¡Paren las máquinas!

Título original: *Stop Press*
En cubierta: Image courtesy of the Advertising Archives
Diseño gráfico: Gloria Gauger
© Michael Innes Literary Management Ltd., 1939
© De la traducción, Miguel Ros González
© Ediciones Siruela, S. A., 2017
c/ Almagro 25, ppal. dcha.
28010 Madrid. Tel.: + 34 91 355 57 20
Fax: + 34 91 355 22 01
www.siruela.com
ISBN: 978-84-17041-30-4
Depósito legal: M-9.789-2017
Impreso en Gráficas Dehon
Printed and made in Spain

Papel 100% procedente de bosques bien gestionados
de acuerdo con criterios de sostenibilidad

Michael Innes

¡PAREN LAS MÁQUINAS!

Traducción del inglés de
Miguel Ros González

 Siruela

Libros del Tiempo Biblioteca Clásicos Policiacos

Índice

Prólogo

La carrera de la Araña empezó como la de un criminal tradicional. Como la de un criminal casi tradicional, mejor dicho, pues podría alegarse que, desde el primer momento, la magnitud de sus operaciones lo sacó un poco de la rutina. Apenas hacía trabajos manuales en persona, y nunca se le veía merodear por los antros que solían frecuentar los de su calaña: tabernas, cuevas de ladrones y casas de empeños sombrías. Vivía, como viviría un rentista de moral intachable cualquiera, en una casa rural bastante grande, y tenía a su servicio un mayordomo, dos criados y un secretario, si bien es cierto que este último estaba ciego, rasgo insólito y un tanto siniestro para tratarse de un secretario: el golpeteo de su bastón mientras cumplía los encargos confidenciales de su jefe era uno de los elementos más impactantes de la decoración de la Araña. Los criados, sin embargo, eran del todo normales, e ignoraban por completo la auténtica profesión de su señor. Desde una biblioteca repleta de libros antiguos, la Araña controlaba una organización perversa, de una complejidad extraordinaria. De ahí, en teoría, que lo llamasen la Araña. Citaba con orgullo al poeta Pope, cuya enmarañada bibliografía dominaba en profundidad, y con un tono que helaba la sangre recordaba a los tenientes rebeldes que su mano, infinitamente sutil, sentía todos los hilos y estaba al tanto de todo. Tenía un transmisor inalámbrico personal escondido en un mueble bar.

A mitad de su carrera, más o menos, la Araña experimentó un cambio de carácter. Si hasta entonces había sido metódico y casi escrupulosamente diabólico, comenzó a hacer gala de una caballerosidad intermitente. En más de una ocasión, se supo que había liberado a una joven hermosa de las garras de un cómplice brutal para entregarla, indemne, a un oponente —oponente que, a pesar de ser un cabeza hueca, tenía una actitud cortés, y era demasiado caballeroso como para solicitar la vulgar ayuda de la policía para enfrentarse a la organización de la Araña—. También por esa época la Araña desarrolló una filosofía de la propiedad. Se comparaba ora con Robin Hood, ora con los reyes del petróleo y del acero estadounidenses. Robaba a los ricos para entregárselo a personas y causas que un auténtico hombre sabio y bondadoso habría apoyado. Así pasaron varios años.

Luego se produjo un cambio ulterior, al parecer consecuencia de un período confuso de guerra entre bandas, en el que la Araña adquirió una ametralladora y un carro armado. Resultaron ser inversiones infructuosas —Inglaterra era demasiado pequeña para ellas—, y por un tiempo pareció que la Araña había perdido el rumbo. Ese jaque aceleró la crisis y, aunque no existen crónicas, sin duda el conflicto fue intenso. La Araña reapareció con unos principios morales del todo ortodoxos: su pasión por perpetrar el crimen se convirtió en pasión por descubrirlo; de su antiguo estilo de vida solo quedaba el ventajoso conocimiento de los entresijos de la mente de sus nuevas presas. Ahora los ricos acudían sin ningún temor a él, que resolvía sus confusiones más estrambóticas de manera infalible. Quienes no lo conocían desde hacía mucho se preguntaban a cuento de qué lo llamaban la Araña, y un par de personas que habían leído a Swift pensaron que más valdría haberlo apodado la Abeja: ahora estaba del lado de la dulzura y la luz sin fisuras.

Empezó a criar abejas, se versó en el arte de la música y se convirtió en un clarinetista consumado; además, se produjeron otros cambios en su vida doméstica: su casa, aunque seguía estando en el campo, era más pequeña. Los libros estaban aún más a la vista, y a Pope se habían sumado Shakespeare, Wordsworth, san Juan de la Cruz, Hegel, Emerson y Donne. La Araña era ahora extraordinariamente culto; a veces era culto por encima de todo. El transmisor inalámbrico había desaparecido. La Araña lo sustituyó por un amigo del alma, un ingeniero retirado que lo acompañaba por doquier y anotaba cuanto decía, sin la inconveniencia de tener que comprender un ápice del porqué lo estaba diciendo. Sin embargo, aunque no era inteligente, el ingeniero también era culto. No había pista lo bastante fresca para impedir que él y la Araña hicieran un parón y compartiesen unos versos. La poesía en sí era exquisita, y servía para dar un toque de distinción a la Araña en una profesión que se estaba masificando peligrosamente.

El señor Richard Eliot, creador de la Araña, no lo había hecho a propósito. Al menos no hasta el punto en que acabó haciéndolo. La primera historia de la Araña, explicaba con ese tono erudito y alusivo cada vez más propio de él, llegó al mundo con la misma excusa que el bebé de *El guardiamarina Easy*: era muy pequeñita. Y, por curioso que parezca, era fruto de una exigencia innecesaria.

Unos veinte años antes del comienzo de esta crónica, el señor Eliot heredó una casa rural bastante grande, y allí vivía como viviría un rentista de moral intachable cualquiera, supervisando operaciones agrícolas poco rentables, con actitud *amateur* pero competente. En ocasiones se pasaba por la ciudad para ir a la ópera, las exposiciones de la Royal Academy, las reuniones con su corredor de bolsa y al partido de críquet entre Eton y Harrow. Y fue el partido de 1919 lo que resultó crucial en su historia.

El encuentro se celebró tres días después de que naciese el segundo hijo del señor Eliot, que por primera vez entraba a su club de St. James como padre de un niño. Allí encontró a varios de sus coetáneos, que ya eran padres de alumnos de Eton y de Harrow —pues el señor Eliot se había casado un poco tarde—, y tuvo claro de inmediato que Timothy debía ir a Eton. La decisión era, como ya se ha apuntado, de una exigencia innecesaria, pues un caballero también puede educarse en colegios menos caros. No obstante, cualquier inglés comprenderá el proceso mental del señor Eliot.

Así las cosas, el señor Eliot inscribió al pequeño Timothy en Eton y volvió a casa para calcular el coste, que prometía ser considerable. Además, cabía la posibilidad de tener más hijos, y no le parecía justo mandar a Timothy a Eton y a sus hermanos más pequeños a peores colegios. Fue entonces cuando el señor Eliot recordó que tenía dotes de hombre de letras. Años atrás, durante su breve servicio en el Ejército indio, publicó un par de textos en una revista del regimiento. A sus amigos les gustaron, y lo animaron a enviar un relato breve, repleto de coloridas escenas locales y de las reacciones idóneas ante los peligros físicos, a un editor de Londres. La historia se publicó; otras la sucedieron, y por un tiempo el nombre del señor Eliot solía aparecer en esas revistas sin absolutamente ninguna ilustración que yacen en los clubes, para diversión de los ancianos. Sin embargo, cuando se retiró a la campiña inglesa abandonó esa costumbre de la escritura. Ya no estaba en contacto con los tigres y faquires sobre los que escribía, y descubrió que recordaba sorprendentemente poco de ellos. Además, se estaba volviendo demasiado intelectual como para disfrutar con la escritura; sentía debilidad por Shakespeare, Wordsworth y otros autores sobre los que hay muy poco más que añadir. Se convirtió en toda una autoridad sobre su poeta favorito, Pope, y a veces osaba preguntarse si habría material para una monografía, humildemente erudita, titulada «El uso de los términos *naturaleza, razón* y *sentido común* en Pope: un estudio sobre la denotación y la connotación». Durante años, sobre el escritorio del señor Eliot yacieron varias hojas con apuntes en sucio para este opúsculo y una página con el título escrito con una caligrafía esmerada.

Que el señor Eliot, en esas circunstancias y con esas inclinaciones, inventase a la Araña para pagar la educación de su hijo es algo que probablemente incluso él mismo acabaría viendo con una buena dosis de perplejidad. Se debió, en parte, a ese cambio de mentalidad realista que lo convirtió en un caballero rural medianamente capacitado. Se necesitaba cierta cantidad de dinero y la literatura podía ofrecérsela, con lo que el señor Eliot se sentó a leer *Autobiografía*, de Anthony Trollope, ese manual de economía del escritor. Luego reflexionó sobre el número de personas que leían revistas viejas en clubes tranquilos y lo comparó con el número de personas que tienen que leer lo que se lee con facilidad en metros y autobuses ruidosos. De dichas reflexiones nació la Araña.

Sin embargo, eso no era todo. Si la Araña hubiese sido un mero recurso económico, el señor Eliot, que no era una persona venal, jamás lo habría invocado desde la noche de su pasado. La verdad es que el señor Eliot sumó a su realismo una imaginación febril, y a su cultura literaria madura, pero bastante inútil, un gusto juvenil por las aventuras románticas imaginarias. Al concebir las andanzas harto improbables de la Araña, estaba tejiendo su propia alfombra mágica. Al principio, nadie disfrutaba de esas aventuras tanto como su inventor. Su imaginación era como una cámara frigorífica, de donde sus fantasías infantiles salían con una frescura convincente; y fue esa cualidad, no cabe duda, lo que granjeó a las historias un éxito instantáneo y casi bochornoso. Al principio, la erudición del señor Eliot tampoco fue una desventaja; antes bien, le ofrecía un control crítico muy útil sobre la alfombra mágica, de suerte que sus artilugios volaban más rectos y fluidos que la mayoría. Y le ofreció desde el primer momento una buena dosis de habilidad. Había reflexionado sobre *Los viajes de Gulliver* y sabía que la mejor manera de colar un episodio improbable era enfrentarlo a otra improbabilidad. Sabía que la literatura se divide de manera natural en «géneros», que el escritor mezcla por su cuenta y riesgo. Las primeras historias de la Araña se circunscribían a las de su «género».

Y tuvieron mucho éxito. El momento fatídico llegó cuando el señor Eliot debió haber parado, pero no lo hizo. Luego no hubo marcha atrás. Una finca colindante salió a la venta y la compró. Se comía el dinero, al igual que varios familiares indigentes, entre ellos un par de primos de mala fama a los que las buenas noticias trajeron en un santiamén desde las colonias. Muy pronto, las continuas andanzas de la Araña acabaron sustentando a una veintena de vidas de lo más remotas. Había una anciana que escenificaba y un joven que hacía las películas; un agente estadounidense que se las había apañado para casarse con la sobrina del señor Eliot; un puñado de trabajadores de las editoriales que publicaban al señor Eliot y dirigían el Spider Club, absurdo y exitoso hasta la irritación; había un judío gracioso que se hacía llamar Helmuth Nosequé y hacía traducciones al alemán, y también el mismo judío haciéndose llamar André Nosecuánto y traduciendo al francés. Durante un tiempo incluso hubo dos mujeres jóvenes de Chelsea que propusieron dibujar a la Araña, junto a Sherlock Holmes y otros conocidos personajes por el estilo, en las vajillas de diseño para los hogares modernos; pero el señor Eliot se rebeló y, volviendo a comprar esos «derechos» concretos por una cantidad desorbitada, cortó de raíz esa industria en ciernes.

Luego, durante años, la Araña siguió contribuyendo a la alegría de las naciones[1]. Pero el señor Eliot, al que habían educado para pensar que la vida debía ser seria además de jovial y sobria además de fantástica, estaba cada vez más incómodo con la creciente demanda de energía que la Araña le exigía. Pasaba meses y meses viéndose obligado a sumergirse por completo entre situaciones descabelladas y absurdidades de tal calibre que un hombre equilibrado solo las toleraría en alguna que otra tarde de manta y chimenea. Aquello era como pasar varios días seguidos en un cine, o vivir a través de una sucesión ininterrumpida de obras de teatro. Y cada vez que proponía salir o despertarse, sabía que la anciana que escenificaba sus libros y el resto de criados que la Araña había reunido a su alrededor temían por su pan; o al menos por su postre. Al señor Eliot, con un corazón de oro, le gustaba pensar que así había postre para todos, y en cierto sentido lo ayudaba a sobrellevar la decepción de Timothy. Porque al final Timothy no había ido a Eton. Su precoz interés por la teoría educativa, acompañado de una fuerza de voluntad igual de precoz, lo habían llevado a una modesta escuela mixta que su padre se podría haber permitido sin escribir ni una sola palabra. Así las cosas, el señor Eliot tenía

---

[1] Referencia alterada a una frase de Samuel Johnson, escrita en homenaje tras la muerte de su amigo David Garrick. (*Todas las notas son del traductor.*)

que contentarse con la idea de que sus actividades ofrecían una prosperidad inesperada a una serie de personas que podían merecérselo o no. Sin embargo, se conoce que acabó sintiéndose harto incómodo con su creación.

El carácter profundamente cambiante de la Araña estaba motivado, qué duda cabe, por dicha incomodidad. Llegaba un momento en que el señor Eliot ya no podía contemplar a la Araña tal y como era, y por ende debía producirse un cambio. Cada uno de esos cambios, que sumían a los editores del señor Eliot en una profunda agonía, siempre tenían, por una curiosa fatalidad, un éxito abrumador. Los amables reseñistas hablaban de una complejidad revelada de manera progresiva, del sutil proceso de madurez de la Araña, y cuando por fin acabó de pasarse al bando de la ley y del orden, su conversión mereció los comentarios aprobatorios de más de un púlpito distinguido. Por un tiempo, mientras la intrépida Araña perseguía a los malhechores por todo el mundo, el propio señor Eliot tuvo la sensación ilusoria de ser el secuaz de una especie de policía cósmica.

Los novelistas suelen dejar constancia de la forma casi sorprendente en que su vida cotidiana acaba influyendo en sus creaciones. Se dice que los personajes de la imaginación de un escritor se apiñan a su alrededor, y en ocasiones incluso imponen su personalidad ficticia a la personalidad real de su creador. Así las cosas, cabría suponer que cuando un escritor escoge como compañero de vida y experiencias a un solo personaje, protagonista de una serie de aventuras que solo pueden concluir con su muerte, el escritor podría quedar atrapado por esa única creación dominadora de manera extraordinaria. Quizá eso fue lo que le ocurrió al señor Eliot. Lo que está claro es que, en la fase final de la Araña, este y el señor Eliot se mezclaron un poquito. Se publicó una novela desconcertante en que la costumbre de la Araña de escribir historias sobre tigres y faquires —desconocida hasta la fecha para sus admiradores— le salía muy rentable. Y en las chanzas entre la Araña y su amigo ingeniero no solo hubo un aumento de alusiones literarias, sino de elementos realistas y nada románticos sobre los conflictos de los terratenientes ingleses y el estado de la sociedad rural del país. Ante esta arriesgada tendencia, más de una parte implicada contrató costosas y complejas pólizas de seguro.

De hecho, el señor Eliot y sus intereses parecían adentrarse cada vez más en el mundo de la Araña. ¿Estaba la Araña, especulaban los curiosos, adentrándose a su vez en el mundo del señor Eliot? Nadie sabía la opinión del susodicho. Lo más probable es que no le afectase nada, pues cabe señalar que ninguno de sus conocidos lo tenía por un hombre desequilibrado y nervioso. Sin embargo, al observar que ya no aparecía por la Royal Academy y ni siquiera acudía al partido entre Eton y Harrow, sus conocidos sospecharon que no debía de estar del todo bien; algunos llegaron a pensar que había desarrollado por la tediosa Araña algo que debía parecerse bastante al odio compulsivo moderado.

Así estaban las cosas cuando todo sucedió.

PRIMERA PARTE

La Residencia Rust

1

Corría una tarde de noviembre en Oxford, con el aire estancado, áspero y traicioneramente frío. Los vapores, fantasmas apáticos y apenas visibles, hacían de cuando en cuando trucos acústicos sobre la ciudad, como los técnicos aburridos que van de un panel de sonido a otro en un estudio radiofónico. Un trocito de piedra carcomida, cediendo bajo la última gota infinitesimal de ácido condensado, cayó al suelo y resonó de manera desconcertante. Las mazas de los albañiles, que reconstruían zonas al azar tras siglos de suave decadencia, golpeteaban como máquinas de escribir diminutas sumidas en un silencio envolvente. El cielo, una lámina de plomo que se oxidaba a toda prisa, se desteñía, pasando de los tonos glaucos a los cenicientos; los bordes de los halos de luz se difuminaban y, a medida que avanzaba el crepúsculo, los estilos gótico y Tudor, paladianos y venecianos, se fundían en una arquitectura onírica. Y los vapores flotantes, se diría que espoleados por la oscuridad, se deslizaban, cada vez más densos, por muros y contrafuertes, como los primeros habitantes del lugar, ataviados con hábito y capucha, volviendo a tomar posesión con la llegada de la noche.

—¡Webster!

El joven que había salido precipitadamente de la portería hizo caso omiso de la llamada. Tenía un cuerpo delgado y atlético, y un atuendo desproporcionado: alrededor del cuello se amontonaban un suéter, una toalla, un *blazer* y una bufanda gruesa; debajo, solo unos zapatos y unos pantalones cortos minúsculos, diseñados con la convicción de que la de estar en cuclillas es la única postura conocida por el hombre. Ese atuendo estilo peonza es propio de los remeros recién salidos del río, y no había en el joven nada insólito salvo la prisa repentina que lo poseía. Como si se le hubiese aparecido un auténtico fantasma, echó a correr. Ignorando la llamada de otro amigo, atravesó el jardín de césped del *college* —ruta que, de haberlo visto un catedrático con mentalidad tradicional, le habría costado cinco chelines—, se tropezó con la tortuga del *college*, se recompuso, esquivó con gran pericia un carrito con bollos y tostadas de anchoas, se coló por un estrecho pasaje abovedado y subió como una exhalación por una escalera oscura y antigua. Un tipo lúgubre, que el joven al que llamaron Webster siempre había tenido por un trabajador de las cocinas, y que en realidad era el profesor regio de escatología, se apartó educadamente para dejarlo pasar. Salvó los últimos peldaños de un salto, se abalanzó contra una puerta, entró a toda velocidad y se desplomó en una silla de mimbre; una silla diseñada, como sus pantalones cortos, con otra teoría: que el hombre no se sienta, sino que se encorva o se despatarra.

Gerald Winter, el catedrático que tenía asignada esa sala, observó a su jadeante visita, pronunció con una sencilla ironía la palabra «adelante» y se sirvió un *muffin* de un plato que había junto a la chimenea. Luego, rindiéndose al ejercicio de la hospitalidad, dijo:

—¿*Muffin*?

El joven cogió una mitad, y se incorporó abruptamente desde el fondo de la silla para alcanzar una taza y un platito.

—Siento muchísimo —murmuró con el clásico tono de cortesía mientras se servía el té— la brusquedad. —Se puso en pie de un salto en busca de tres terrones de azúcar. Se comió uno y echó a la taza los otros dos, salpicando. Luego volvió a sentarse, y miró con cautela a su anfitrión sin dejar de moverse, nervioso—. Lo siento muchísimo —repitió inútil y vagamente. Era un joven de boca firme y barbilla resuelta.

Winter alargó el brazo para coger el hervidor, disimulando así su mirada escudriñadora al invitado.

—Mi querido Timmy —dijo, pues solo los amigos más íntimos de Timothy Eliot tenían el privilegio de llamarlo Webster; y Winter, que no era más que su tutor, no tenía tanta intimidad—. Mi querido Timmy, no se preocupe. —Empezó a rellenar su pipa, ritual que sugería una tranquilidad compasiva. No sentía ningún apego por el papel de consejero y confidente de los jóvenes; sin embargo, solía ver cómo acababa tocándole hacer esa tarea. Los problemas materiales y espirituales subían por sus escaleras con regularidad, ora con las zancadas más inquietas, ora con las pausas más dubitativas a cada peldaño. El profesor de escatología había llegado a la conclusión de que Winter era una persona siniestramente sociable.

En realidad, era bastante tímido, y más de una vez, cuando oía esos pasos característicos, corría a refugiarse en el tejado. Pero Timothy Eliot lo había pillado, así que tuvo que preguntar:

—¿Qué pasa?

—Es la Araña.

Winter le lanzó una mirada melancólica. Lo único tedioso de Timmy era la sensibilidad crónica por esa invención inofensiva de su padre. Desde su llegada a Oxford, Timmy se había visto obligado a soportar un buen montón de bromas sobre la Araña, pues en los estudiantes suelen despertarse tipos de humor que permanecían latentes desde que dejaron sus colegios privados. Algunos, por ejemplo, se entretenían hablándole a Timmy con expresiones sacadas de lo que llamaban *Diccionario Webster*, es decir, usando, y a ser posible pasando desapercibidos, frases de las conversaciones más pintorescas del héroe del señor Eliot. Y también estaba la creencia solemne de que el propio Timmy era el autor de los libros, forma ingeniosa de evitar la incorrección de mofarse abiertamente del padre de alguien. Las bromas sobre Webster Eliot eran de una intermitencia meticulosa, pues de ser machaconas habrían resultado groseras, pero a veces Timmy, que solía soportarlas con relativo aplomo, se amargaba por culpa de la curiosa industria familiar que las ocasionaba. Así que Winter suspiró y dijo, seco:

—Ah, es eso. —Se sentía incapaz de ayudarlo con la Araña.

Pero Timmy negó con la cabeza.

—No son las bromas de siempre —dijo—. Está pasando algo raro en casa. Es decir, parece que a papá le está pasando algo.

Para Winter, Eliot sénior no era mucho más que un nombre y una reputación peculiar. Así pues, le pareció suficiente mostrar una preocupación de cortesía.

—¿Le está pasando algo? —murmuró.

—Se está yendo al garete.

—¿La Araña se está yendo al garete? ¿Quiere decir que lo va a dejar?

—La Araña no, papá. Quiero decir que parece estar perdiendo poco a poco la cabeza. Se está tomando algo muy a pecho. No sé muy bien qué hacer, es una situación incómoda para la familia, y he pensado que a usted se le podría ocurrir algo. —Y Timmy, con un trozo de *muffin* que había reservado al efecto, empezó a sopar la mantequilla que se había quedado en el plato, con unos movimientos que reflejaban las frases erráticas.

Hubo un breve silencio. Un autobús pasó por High Street y las ventanas de Winter retumbaron, furiosas; del patio interior llegaron las voces de hombres fornidos que comentaban un entrenamiento de fútbol. Winter se irguió, al sentir que ya no era decente mostrar somnolencia.

—Los hechos —dijo.

—Es muy sencillo: cree que la Araña ha cobrado vida.

—¿Que ha cobrado vida? —A pesar de su experiencia en apuros estudiantiles, Winter no pudo evitar sentirse incómodo.

—Exacto, una situación al estilo Pigmalión y Galatea. La escultura amada se mueve y cobra vida. Solo que papá no adora a la Araña, que digamos.

Winter miró a su discípulo con recelo.

—¿Y se puede saber qué ha pasado exactamente?

—Una broma, que algún auténtico imbécil le está gastando a papá. Y que le ha salido redonda, joder. —Timmy apartó el plato de *muffin* vacío con gesto ingrato—. Se está yendo al garete —repitió; parecía encontrar consuelo en esa frase lapidaria y fatídica.

—No será para tanto. Sea cual sea la broma, supongo que a su padre se le olvidará con el tiempo.

—No se hace una idea. La broma aún sigue.

—¡Ah! —Winter parecía desconcertado.

—Es una larga historia, empezó hace varios meses. Confío en que se haga una idea de cuánta gente puede incordiar a alguien como papá: lo leen cientos de miles de personas, y eso equivale a cientos de plastas moderados. Siempre hay unos cuantos que lo acosan. Le dicen que sus mujeres los intentan envenenar, o que sus tíos los tachan de locos; o que son perseguidos sistemáticamente por el primer ministro, o el arzobispo de Canterbury. En los viejos tiempos, a veces se quejaban de que la Araña los perseguía pistola en mano. Ya se lo imagina.

—Perfectamente. —Los *fellows*[2] de los *colleges* de Oxford, pensó Winter, rara vez sufren esas impertinencias paranoicas, y en caso contrario se preocuparían sobremanera—. Supongo que incluso usted se ha visto un poco acosado.

—Ah, bueno. Lo pasé un poco mal en Secundaria. Me llamaban Elefante Balanceante, que era aún peor que Webster. Desde entonces no me ha preocupado mucho, la verdad. ¿Sabe que en Balliol hay un hombre cuyo padre es el mayor fabricante mundial de...

—Por supuesto, pero, volviendo a su historia...

[2] Miembros del cuerpo docente y de la junta rectora de una universidad, sobre todo en Oxford y Cambridge. Suelen impartir clases.

—Bueno, lo habitual es que esos acosadores se vayan desvaneciendo. Supongo que al no recibir respuesta pasan a acosar a otra persona. He aquí una característica que convierte a este en un acosador singular: la tenacidad. Y hay otra: papá había recibido montones de mensajes y demás sobre la Araña, como si fuera una persona de carne y hueso; sin embargo, nunca había recibido ninguno firmado por la Araña como tal.

—Parece evidente que se trata de una broma, ¿no? No me estará usted diciendo —en el tono de Winter había un punto no desdeñable de preocupación— que su padre se lo ha tomado en serio.

—Este acosador —lo interrumpió Timmy— sabe demasiado. Tiene una especie de lema: «La Araña lo sabe todo». Y al parecer es bastante cierto.

Winter le lanzó una mirada severa.

—Timmy Eliot, no diga sandeces.

—No son sandeces, ahí radica el quid de la cuestión. Este acosador sabe cosas que solo la auténtica Araña podría saber.

—¿La auténtica Araña?

—Dios santo, me refiero a la auténtica Araña: la de los libros.

Winter se agitó en su sillón.

—¿Está seguro de que no es usted el acosador y está intentando tomarme el pelo? —preguntó—. ¿O de que no ha estado leyendo más de la cuenta?

El joven frente a él, enfundado en su atuendo de remo, se desperezó con gesto suntuoso y felino.

—¿Le parezco —preguntó— el discípulo del *Funeral de un gramático*[3]? Le garantizo que hablo muy en serio. Esa persona que finge ser la Araña sabe cosas que solo la auténtica Araña sabría.

—Timmy, está diciendo algo sin sentido. Lo que usted llama la auténtica Araña no es una persona con cerebro e intelecto, sino una serie de caracteres impresos sobre papel. Esa persona no puede saber cosas que solo la Araña sabría.

—Una verdad aplastante. Pero, según papá, sabe cosas que la Araña de los libros pensó en hacer, pero no hizo. En otras palabras, tiene un acceso sobrenatural a la cabeza de papá.

Otro autobús bajó lentamente por High Street y las ventanas volvieron a temblar, como zarandeadas por un demonio iracundo. En la distancia, atenuado por el aire cada vez más espeso, se empezó a oír el tañido grave de una campana.

---

[3] Referencia al poema *Funeral de un gramático*, de Robert Browning.

—Todo comenzó en las vacaciones de verano —dijo Timmy—. Con la perpetración de una broma muy elaborada. La principal implicada es la señora Birdwire, y primero he de hablarle sobre ella.

—El nombre me suena. Una viajera, ¿verdad?

—Sí, solo que no debería llamarla así; no le gusta. Exploradora. La señora Birdwire, famosa exploradora. Es nuestra vecina más cercana, está a unos tres kilómetros.

Winter arqueó las cejas.

—No sabía que vivían tan aislados.

—No es nuestra vecina local más cercana; es nuestra vecina aristócrata más cercana, mejor dicho. La señora Birdwire es la persona de clase alta, e increíblemente vulgar, por cierto, que vive más cerca de nosotros; y la Araña robó en su casa. Fue todo muy complicado. El caso es que papá y ella nunca se han llevado bien.

—Qué violento.

—Mucho. La Araña entró en casa de la señora Birdwire y robó numerosos trofeos de animales, curiosidades y piezas varias. Luego dejó su famosa firma: una gran araña recortada en terciopelo negro. La dejó en la mismísima bañera de la señora Birdwire.

—¿Siempre hace eso?

Timmy se ruborizó.

—Es bastante repugnante, ¿verdad? Siempre hacía cosas por el estilo. Recuerde que los robos eran cosa de la Araña de hace mucho tiempo; llevaba años metido exclusivamente en cuestiones detectivescas. Tuvo una recaída, por así decirlo, y robó a la señora Birdwire. También la insultó. Debe saber que, en teoría, existe un señor Birdwire, aunque nadie lo ha visto nunca. La señora Birdwire siempre repite que «está atado a la cruel ciudad», y se bromea con que algún día la señora Birdwire quizá organice una exploración en su busca. Pues bien, la Araña hizo un dibujo donde se veía a la señora Birdwire luciendo un fabuloso conjunto tropical y abriéndose paso a machetazos entre una jungla de teléfonos y máquinas de escribir, hasta llegar a un hombrecillo que estaba sentado en su escritorio, besuqueándose con su secretaria. Y debajo decía: «El señor Birdwire, supongo». Como lo oye.

Winter soltó una sonora y poco académica carcajada.

—Vulgar —dijo—, indiscutiblemente vulgar. Pero eficaz también. ¿Dónde estaba el dibujo?

—La señora Birdwire se ha construido una casa con un estilo horrendo, que ella llama «misión española»: paredes completamente blancas y rejas falsas de hierro forjado. La Araña escogió la pared más blanca y grande, e hizo el dibujo con pintura roja y a escala natural, si no más. Durante varios días fue un lugar de peregrinaje en kilómetros a la redonda.

Winter cerró los ojos unos segundos, como para ver mejor ese manifiesto repugnante.

—Timmy —dijo—, me fascina. Pero permítame decirle que tiene una pésima costumbre lingüística: al referirse continuamente a ese bromista como «la Araña», está fomentando, y cómo, la confusión mental que, según sostiene usted, se ha apoderado de su padre.

—Me parece lo más práctico. De hecho, hasta ahora debería haber hablado de la Araña Uno.

—¿La Araña Uno?

—El ladrón consumado. Verá, en cuanto la Araña Uno robó a la señora Birdwire, la Araña Dos, el superdetective de los últimos años, entró en acción y empezó a aclarar el asunto.

—¡¿Quién diantres hizo qué?!

—La Araña Dos, la Araña Dos de papá, tiene la costumbre de leer artículos de periódico sobre crímenes misteriosos para luego enviar a la policía pistas cruciales que, de lo contrario, los agentes habrían pasado por alto. La Araña Dos de la señora Birdwire hizo exactamente lo mismo. La pintura roja estaba sequísima cuando el jardinero lo descubrió todo a primera hora de la mañana. La Araña escribió a la policía para señalar que la única pintura corriente que se secaba tan rápido era un producto extranjero, y que solo habían empezado a importarla en pequeñas cantidades. Sin duda eso ofreció a la policía una pista que habían obviado: rastrearon la compra de dicho material en un almacén de Londres por parte de un cliente desconocido. El tipo en cuestión había pagado en efectivo y pidió que enviasen el producto a una dirección de las afueras. La entrega se produjo con diligencia en una casa deshabitada, y allí estaba el desconocido para recibirla; al parecer, se hizo pasar por el dueño de una casa vacía al azar, en la que se coló por la parte de atrás. No volvió a haber rastro de él, pero las curiosidades y demás piezas de la señora Birdwire se encontraron, cuidadosamente ordenadas, en el suelo del salón. Si la Araña Dos no hubiera señalado un itinerario detectivesco válido, no sería de extrañar que jamás las hubiesen recuperado. Y es que, en efecto, toda la historia era una enorme broma sin sentido. No le estaré aburriendo sobremanera, ¿verdad?

—Le repito que estoy fascinado. Su historia describe unas situaciones desconcertantes. Sin embargo, permítame recordarle que aún tiene que explicar...

Pero Timmy Eliot se había levantado de un salto.

—Y ahora —dijo—, ¿sería tan amable de venir conmigo?

—¿Ir con usted?

—A pasar el fin de semana en casa, para ver si podemos llegar al fondo del asunto. Confío en que pueda conseguirme un permiso para saltarme las clases de Benton. Además, los catedráticos siempre libran el fin de semana.

Winter se levantó de golpe de su silla, harto perplejo.

—¡Pare el carro, joven! ¿Se puede saber a santo de qué ha venido a verme con tanta prisa y toda esta historia?

—¿Vendrá conmigo?

—¿Y qué permiso pretende conseguir con la declaración fantasiosa de que ese bromista sabe cosas que el lucrativo personaje de su padre pensó en hacer, pero no hizo?

Timmy esbozó una sonrisa, consciente de la fuerza de su anzuelo.

—Eso es lo más desconcertante, ¿no le parece? ¿Cómo puede un bromista dar la sensación de estar leyendo la mente de un escritor? Se lo vuelvo a preguntar, ¿vendrá conmigo?

No muy lejos de allí, la campana de la capilla inició su repiqueteo frenético e indiferente. Winter miró su agenda y echó mano de la sobrepelliz.

—¡Santo Dios! —se lamentó, desconsolado—. Tengo que leer Números 23 y aún no he mirado las pronunciaciones. —Se giró hacia Timmy—. Usted, a su vestuario. Y si desayuna conmigo a las ocho y media, tomaré una decisión.

Cuando se quedó solo, Winter pasó unos segundos contemplando, dubitativo, la chimenea. En la historia de Timmy Eliot había un elemento lo bastante enigmático como para interesarle; sin embargo, no podía evitar considerarse estúpido por haberle medio prometido que lo investigaría. Bajó las escaleras a toda prisa, sintiéndose cada vez más imprudente. En el patio interior se cruzó con varios colegas, y se consoló pensando que la aventura, en caso de emprenderla, le permitiría pasar un fin de semana lejos de las caras conocidas.

Los acontecimientos revelarían que fue un error de cálculo, pues un buen número de caras conocidas iba a participar en la comedia de los días venideros; algunas estaban en el patio en ese mismo momento. La comedia iba a ser de estilo clásico, basada en un personaje. No obstante, para la imprudencia de Gerald Winter —una imprudencia que se repetiría en menos de una hora— la historia de un famoso escritor de novelas habría sido completamente distinta.

El protocolo de sobremesa en la sala de profesores fue dictado por el doctor Groper. Las mesas pequeña, mediana, grande y adicional fueron idea suya.

El doctor Groper, matemático distinguido y por mucho tiempo *master*[4] del *college*, concibió el sistema durante el tenso período en que Oxford esperaba noticias de Waterloo. Sus disposiciones se han respetado desde entonces por la sencilla razón de que determinó que su cumplimiento conllevase una donación considerable a la bodega del *college*. Es verdad que, a mediados del siglo XIX, un *master* de mentalidad radical, que mostraba una sociabilidad voraz y se oponía sobre todo a la mesa pequeña, convenció a sus colegas para recibir asesoramiento legal al respecto. Pero los expertos asesores, tras estudiar el testamento del doctor Groper en colaboración con varios matemáticos de Cambridge, opinaron que el sistema era racional, razonable y en absoluto repugnante para el interés público; de hecho, sostenían que, si el sistema desapareciese, también lo harían la mitad de los fondos de la bodega. El sistema no ha vuelto a cuestionarse desde entonces.

El doctor Groper deseaba que todos, y todos por igual, pasaran un rato edificante; y consagró su ciencia a la materialización de esa propuesta. Creía que la hora de sobremesa es particularmente propicia para esos arranques repentinos del intelecto que amplían las fronteras del conocimiento humano. Así las cosas, de manera periódica, un académico debía tener la oportunidad de degustar su oporto en un retiro contemplativo: de ahí la mesa pequeña, apartada en un rincón de la sala y preparada para una sola persona; todos los *fellows* del *college*, por turnos, tienen que pasar por ella y esperar a la posible visita de la inspiración. Luego está la mesa mediana, para tres personas: en ella el doctor Groper concibió debates fructíferos de carácter sobrio y prolongado. La mesa grande es para siete personas, y en ella, como es natural, la conversación es más genérica y fragmentada; el doctor Groper mencionaba en su testamento que buscaba una jovialidad inocente. Así se completa la disposición ordinaria. El *college* es pequeño, y esas once plazas están ocupadas por el *master* y el número reglamentario de *fellows*. Su progresión ordenada de una mesa a otra, noche tras noche, sería cosa sencilla, de no ser por la complicación añadida que representan los huéspedes ocasionales. Cuando hay invitados, se sientan en la mesa adicional en compañía del *master*, el decano y el *fellow* que normalmente se sentaría en la quinta silla de la mesa grande suponiendo —y no era el caso— que no se recibiesen invitados los domingos. Esa última disposición es la que complica un poco los cálculos, y es probable

---

[4] Título que recibe el miembro más veterano o el director de algunos *colleges* del Reino Unido.

que el doctor Groper la introdujese para no descuidar el nivel de matemáticas en el *college*. El doctor Groper sigue presidiendo las felices conversaciones, ordenadas con gran pericia por su sistema, merced a un retrato de Raeburn. Un hombre rechoncho con un atuendo clerical desgastado, en pie y apuntando con incoherente gesto militar una página de su merecidamente célebre *Comentario sobre los principios de Newton*. A su lado, un planetario de plata y latón pintado con maestría. Parece que bastaría un toque de esa mano para que los planetas y las lunas comenzasen su complejo baile alrededor del sol. Sin embargo, la mirada del doctor Groper se posa en la sala de profesores, como si quisiera controlar las rotaciones seculares, y casi igual de complejas, que su testamento impuso sobre las futuras generaciones de académicos.

Tras dejar atrás el vestíbulo, el sistema Groper recibió con sus brazos familiares a Gerald Winter y sus colegas. Se habían visto obligados a atravesar dos patios interiores bajo la llovizna —pues la vida de los catedráticos es una mezcla sublime de comodidad y molestias innecesarias—, y ahora Winter observaba con ojos abstraídos el apiñamiento de togas, paraguas y servilletas que se ordenaban fuera, en el pórtico. Pensó que aquello se parecía a una congregación de urracas; de urracas mudando las plumas, añadió, reconociendo para sus adentros que estaba con un estado anímico peculiar. En la capilla, la improvisación de Números 23 no había salido bien. Leyó con confianza, de forma constante, rayana en lo aburrido. Pero Mummery, profesor de latín y griego y reconocido excéntrico del *college*, se había propuesto lanzar una exclamación desdeñosa a cada error de pronunciación en ese catálogo grotesco de nombres: una decisión de lo más gratificante para la congregación de alumnos, a quienes las reacciones de Mummery, involuntariamente, parecían arrancar de un profundo sueño.

A Winter le alegró ver a Mummery dirigirse a la mesa pequeña. Una de las pegas del sistema del doctor Groper era que uno nunca sabía, de un día para otro, con quién le tocaba compartir mesa. Existía la sospecha de que el viejo Puxton, el profesor de matemáticas encargado de la colocación, llevaba tiempo sin ser capaz de realizar los cálculos necesarios y recurría al mero farol. En una ocasión, cuando al profesor de escatología se le asignó la mesa pequeña durante tres noches consecutivas, montó un numerito. Los catedráticos son por lo general hombres relativamente sociables y nadie, a excepción de Mummery, disfrutaba del aislamiento periódico impuesto por el doctor Groper. Pero Mummery hacía trampas: la mesa pequeña, por ser pequeña, resultaba fácil de mover, y

Mummery tenía la costumbre de acercarla hasta poder escuchar a la mesa mediana. Así pues, aunque parecía sumido en una profunda abstracción, pudo seguir con ese jueguecito de la exclamación que había usado contra Winter en la capilla.

Winter, reflexionando, cada vez más irritado, sobre el enigma de las premoniciones de la Araña, se vio asignado a la mesa mediana con el *master*, el doctor Bussenschutt. Unos segundos después se les unió Benton, el profesor sénior al que tenía que pedir el permiso para Timmy. Winter se dijo que ninguna combinación podía ser más deprimente: Benton creía que Bussenschutt bebía. Bussenschutt lo sabía. Bussenschutt fingía creer que Benton tenía un acento vulgar y desconocido, y acostumbraba a interrogar a los alumnos de zonas remotas del país para intentar identificarlo. Benton lo sabía. Una vez, Bussenschutt oyó a Benton decir que Winter creía que Bussenschutt era de esos académicos que nunca había dominado la gramática latina; eso vino a confirmar algo de lo que Bussenschutt estaba convencido: que Winter era, al menos desde un punto de vista intelectual, poco honrado. Winter y Benton no se caían bien, aunque solo fuera por mero instinto. Y por mero instinto a ninguno de los dos les caía bien Mummery, cuya mesa levitaba ahora con sigilo, cada vez más cerca. En una ocasión, en un arrebato, Mummery tachó a Bussenschutt de borrico canoso y desdentado, y Bussenschutt, declarando que no había nada menos académico que ese lenguaje, lanzó una potente diatriba contra Mummery en el texto *El nombre del malvado se pudre*[5]. Los cuatro hombres tenían el cometido de colaborar estrechamente en la edición de una revista erudita titulada *Consideración*.

Bussenschutt tomó asiento y miró a sus colegas con extraordinaria afabilidad. Luego, con esa misma expresión, posó los ojos en el decantador.

—Ah, ¿es el Smith Woodhouse de cosecha tardía? Un vino siempre soberbio en la mesa. —Se sirvió una copa—. Y qué decir del buqué: inmenso.

—Yo detesto —dijo Mummery en voz alta, como dirigiéndose al doctor Groper, sobre la chimenea— el aroma en los oportos.

Benton giró su silla para dar completamente la espalda a la mesa pequeña.

—Ojalá —dijo— nos sirviesen el Fonseca de mil ochocientos noventa y seis. —Benton era una persona inquieta y nerviosa, que miraba mucho al pasado y al futuro; con frecuencia, sus intervenciones

[5] Referencia bíblica, Proverbios 10, 7.

eran anhelantes hasta rayar lo desalentador—. Sí, ojalá tuviésemos el cosecha mil ochocientos noventa y seis.

Bussenschutt abrió una nuez.

—¿El Fonseca? Nos lo van a servir el Día del Fundador, a finales de mes. Por cierto, he recibido una carta de Jasper Shoon.

—¿De Shoon, el hombre de las armas? —preguntó Winter, cuya mente bajaba a veces a los asuntos mundanos.

—¿De Shoon, el coleccionista? —dijo Benton, que siempre conservaba una actitud de académico puro.

—Sí, exacto, de Jasper Shoon. Winter, ¿puede ser que le haya oído afirmar alguna vez que el oporto no es un vino propiamente dicho?

—El placer intelectual de beber vino —dijo Winter, con la aversión de alguien al que le obligan a repetir un aforismo manido— nunca es del todo redondo con el oporto. ¿Shoon?

Bussenschutt, sin alterar lo más mínimo la cordialidad de su semblante, colocó los labios como para silbar y bebió lentamente, mezclando oporto y aire.

—No negaré —dijo tras una reflexión irritante— que un señor burdeos es el cierre ideal para una comida.

—Ojalá aprendieran a no decantar esos burdeos hasta que empezara a servirse el postre —apuntó Benton—. Nos decía que ha recibido noticias de Shoon.

—Exacto, de Shoon. ¿Coincide conmigo, mi querido Benton, en que los oportos añejos maduran ahora más rápido que en el pasado?

Benton, indeciso entre dos temas atractivos, movía nerviosamente la cabeza de un lado a otro, como el burro entre dos zanahorias.

—Sí —dijo—, estoy con usted. Y ojalá nos sirviesen más cosecha mil novecientos diecisiete. Y más cosecha mil novecientos veinte. Nos sentiríamos mucho más reconfortados. —Negó con la cabeza, triste—. Ojalá conociese a Shoon.

—¿Shoon? —dijo Bussenschutt con tono sorprendido, como si se hubiera mencionado el nombre por primera vez—. Ah, claro. Ha hecho un hallazgo interesantísimo. Winter, el decantador está en medio.

Winter, con la mente dividida entre la Araña y ese tema ajeno pero intrigante con el que jugueteaba Bussenschutt, apartó el oporto. En la mesa pequeña, Mummery emitió una especie de resoplido alargado, como solía hacer al sumirse, concentrado, en el cotilleo a distancia.

—Shoon —dijo Bussenschutt— ha adquirido un papiro harto extraordinario. —Abrió otra nuez—. Un documento, mi querido

Winter, plasmado en ese antiguo material para escribir hecho con el tallo del *Cyperus papyrus*, ¿me entienden? —Una de las bromitas más irritantes de Bussenschutt era fingir arrebatos momentáneos de abstracción en los que se dirigía a sus colegas como si fuesen estudiantes de primero. Volvió a mirar a Benton—. ¿Dice que no tenemos suficientes botellas de mil novecientos diecisiete? Una pena. Es una cosecha que ya está en muy buenas condiciones.

—Y la cosecha mil novecientos veinte —añadió Benton.

De la mesa pequeña llegó un ruido como de bañera acabando de vaciarse. Mummery expresaba así su impaciencia e indignación.

—¿Mil novecientos veinte? —murmuró Bussenschutt, lanzando a Benton una mirada de puro desconcierto—. No, querido colega: cuatrocientos siete. He dicho cuatrocientos siete. —Los ruiditos de Mummery cesaron de golpe, y en la mente de Winter los Eliot se retiraron, derrotados.

—¿Y con qué —continuó Bussenschutt, mirando con intensidad a toda la mesa, como si fuese un pequeño grupo en el aula— asociamos el año cuatrocientos siete antes de Cristo? Permítanme que se lo diga: con la reconstrucción del Erecteón. Ahora les diré unas palabras sobre los papiros en general.

—La verdad, maestro —dijo Benton—, es que esta broma es de muy mal gusto. Tanto Winter como yo estamos de sobra familiarizados con los papiros en general. Ojalá...

—Como ya saben, todos los papiros que conservamos, excepción hecha de los descubiertos en Herculano, vienen de Egipto. Sin embargo, este papiro proviene de Atenas. Al parecer, por lo que sabemos gracias a una inscripción, es ni más ni menos que uno de los dos que formaban la copia en limpio de los gastos de reconstrucción del Erecteón. Es probable que, desde el punto de vista paleográfico, sea de una relevancia sobresaliente. —Bussenschutt estiró el brazo para volver a coger el decantador y, de repente, dejó de dirigirse a una clase imaginaria—. Un hallazgo de primera categoría —afirmó—. No ha habido nada tan importante desde su puñetero códice.

Pronunciando las últimas palabras, el doctor Bussenschutt acercó su cara a la de Benton y, con toda la intención del mundo, hizo un ruido cargado del odio más primitivo y espeluznante. Ni el mismísimo Mummery lo habría igualado en expresividad.

Winter suspiró, entretenido. Le gustaban las extravagancias, y esta era la segunda que se le presentaba ese día. Además, estaba mucho más interesado en el códice de Benton que en las desventuras del padre de Timmy Eliot. Ese manuscrito llevaba años en el ojo del huracán; era de enorme interés académico, y su descubrimiento en el Levante mediterráneo le valió a Benton su plaza de *fellow* y una atención que hasta entonces no había recibido —atención a la que reaccionó con gran escepticismo—. Se limitó a imprimir las partes que despertarían la curiosidad de sus colegas académicos y guardó bajo llave el códice, sugiriendo que no se publicaría hasta que, tras su muerte, pasara al patrimonio nacional. Cuando se le echaba en cara esa terquedad, solía responder, en tono misterioso, que su decisión estaba motivada por una promesa que le había hecho a la Sublime Puerta. Como nadie sabía cómo había encontrado el códice —y como tampoco se sabía demasiado sobre la Sublime Puerta—, esa postura no podía rebatirse. Sin embargo, la creencia generalizada era que Benton solo recurría a ese artificio para conservar una cuota de importancia superior a la que le correspondía por naturaleza. Si era así, lo había logrado con creces: la lista de títulos honorarios que había recibido por universidades que anhelaban poseer el códice algún día era, efectivamente, formidable; tenía una gran caja repleta de condecoraciones extranjeras; las autoridades del Museo Británico llevaban años consagradas al estudio de la psicología de Benton; y en el propio *college* hubo un sinfín de intentos para pillarlo. El resentimiento no tiene por qué ser menos intenso por ser intelectual, y ahí estaba Bussenschutt, permitiéndose dar una muestra de indignación almacenada.

Winter, viéndose obligado a cubrir la explosión por deber social, pensó que ese era un momento oportuno para sacar el tema de la Araña. Sería una distracción, y necesitaba explicar el problema de los Eliot para que la solicitud del permiso a Timmy tuviese algún sentido. Además, había un vínculo entre temas que podía aprovechar, aunque estuviese un poco cogido con pinzas: la famosa viajera y el Levante de Benton. Así que se lanzó a la piscina:

—Por cierto, hablando del códice, Benton. ¿Ha tenido ocasión de conocer a la señora Birdwire?

La pregunta tuvo un resultado sorprendente: Benton se hundió en su silla con un ligero sollozo y la camisa blanca salpicada de rojo. Hubo un momento de silencio perplejo, que solo rompió el ruidito de placer intenso de Mummery y el cepillo del camarero, encorvado para recoger la copa de vino rota. Benton solo se había sobresaltado, tirando el oporto, pero era como si hubiese recibido un disparo o una puñalada.

Bussenschutt, cuyos rasgos ya no eran tan benignos y angelicales, le ofreció a Benton una servilleta con gesto amable, pero tenía los ojos, extraordinariamente penetrantes, clavados en Winter. Y Winter, con cierta consternación, cayó en la cuenta de que era sospechoso de armar un escándalo de forma deliberada. En las salas de profesores, el instinto natural ante cualquier situación problemática es intentar distinguir las caras más discretas de la malicia.

Benton se limpió la camisa y la barbilla.

—Una punzada de reuma —dijo con voz tenue—. Ojalá el puñetero valle del Támesis no fuese tan húmedo. ¿La señora Birdwire, dice? Creo que me la presentaron alguna vez. ¿Por qué pregunta?

—Por una historia bastante peculiar. Eliot...

Benton se recompuso lo suficiente como para fruncir el ceño.

—Joven holgazán y descortés donde los haya —dijo, con tono poco prometedor.

—El padre de Eliot escribe novelas. Todas tienen como protagonista a un mismo personaje: la Araña.

Bussenschutt lo interrumpió.

—¡¿Nuestro Eliot es ese Eliot?! Vaya, vaya, tengo que invitarlo a almorzar.

—¿Novelas? —Benton parecía perplejo—. A veces me digo que ojalá tuviese tiempo para leer ficción en prosa. Pero no lo tengo. Y cuando me paro a pensarlo, dudo que me gustasen. —Miró a su alrededor con más confianza—. Cuando me paro a sopesarlo, me veo inclinado a pensar que esas lecturas son un mero vicio. —Los ojos de Benton parecían escudriñar la mesa en busca de un arma. Respiró profundamente—. Como la bebida.

La mano de Bussenschutt se acercó con discreción al decantador.

—¿No lee ficción, Benton? Creo que algunos autores dialectales podrían interesarle. Por ejemplo...

—Hay —dijo Winter, levantando la voz para zanjar la clásica logomaquia— un buen montón de novelas de la Araña...

—Treinta y siete —interrumpió Mummery, con tono brusco y autoritario, desde la mesa pequeña. Le estaba hablando al techo, y en voz tan alta que incluso las personas de la mesa grande se giraron—. Hay treinta y siete novelas de la Araña, y en ellas ha desempeñado diferentes papeles. Antes era un habilidoso ladrón y un traficante de armas; ahora es una especie de detective privado.

—¿Ladrón? ¿Traficante de armas? ¿Detective? —Benton repetía las palabras con tono exasperado, como si fueran términos especializados de una de las ramas más remotas del conocimiento.

—La obra maestra —dijo un Bussenschutt categórico— fue sin duda *La Araña pica de nuevo*. No ha publicado nada mejor desde entonces.

—Y ahora —dijo Winter, que empezaba a divertirse aireando la inquietud de Timmy— la Araña ha cobrado vida. Y ha robado en casa de la señora Birdwire.

De la mesa pequeña llegó un nuevo resoplido. A Mummery aquello le parecía más que relativamente interesante. Y también a Bussenschutt.

—¿La Araña ha cobrado vida? —exclamó—. He aquí un auténtico matiz filosófico. Benton, mi querido colega, ¿tu ignorancia llega hasta *Frankenstein*?

Benton, que, presa de la agresividad, parecía haber agotado sus recursos equiparando las novelas y la bebida, estaba desconcertado.

—Maestro —dijo—, ojalá dejase a Winter contar su historia, cualquiera que sea. ¿Frankenstein? El nombre me suena. ¿No encontró unas tumbas de la sexta dinastía?

Bussenschutt negó solemnemente con la cabeza.

—Es un Frankenstein muy distinto, Benton; muy distinto. Este Frankenstein fue un estudiante ginebrino de filosofía natural.

—Aprendió —dijo Winter, que a veces gustaba de secundar a Bussenschutt para irritar a Benton— el secreto de insuflar vida a la materia inanimada. Tras recolectar huesos en los osarios, construyó una especie de ser humano, ¡y le dio vida!

—La criatura, dotada de un tamaño y una fuerza sobrenaturales —Bussenschutt dio una palmadita a Benton en la camisa manchada de oporto—, pero de aspecto repugnante, inspiraba aversión a todo el que la veía. —Bussenschutt clavó sus ojos en los de Benton—. Su voz era espantosa.

—La verdad es que —dijo Benton, retorciéndose en su silla— ojalá...

—Marginado y abatido —continuó Winter—, la criatura comenzó a sentir odio por su creador, y asesinó al hermano y a la prometida de Frankenstein.

—Y, al final —concluyó Bussenschutt—, también al propio Frankenstein. El monstruo podría seguir merodeando por el mundo en la actualidad. Winter, por favor, continúe con su historia.

—La Araña —dijo Winter— robó en casa de la señora Birdwire. Y la Araña —continuó, haciendo una pausa teatral— lo sabe todo.

Ese eco de las palabras de Timmy fue el punto álgido de la velada. Benton se puso de pie *ipso facto*, lanzando un grito ronco, y salió a toda prisa de la sala.

Bussenschutt sacó un cigarrillo e indicó que podían servirle el café.

—Esto —dijo, poniéndose cómodo— es lo más interesante que ha ocurrido en mucho tiempo. ¡Es curioso cómo una cosa lleva a la otra! —Intercambió una mirada inteligente y traviesa con el doctor Groper, situado sobre su cabeza—. Estamos hablando, mi querido

Winter, de la asociación de ideas. Si bien es cierto que la asociación de hechos, misteriosa y obstinada, resulta mucho más significativa. La reacción de Benton a ese robo del que usted nos ha hablado de repente sería un tema digno de la pluma del bueno del señor Eliot. Y ahora dígame, y también a Mummery, huelga decirlo, todo lo que sepa sobre la encarnación de la Araña.

Así que Winter repitió el relato de Timmy.

En la madrugada volvió a repetírselo a él mismo, con todas las distorsiones, los detalles y las intricadas confusiones lógicas propias de los sueños. Se vio otra vez en la sala de profesores, una sala cuyo suelo era líquido y estaba en movimiento, como un mar lúgubre. Bussenschutt, Mummery y Benton estaban ahí, y también una cuarta presencia borrosa, que debía de ser el padre de Timmy Eliot; él era el encargado de reunir a esas cuatro personas en una mesa sobre la que se cernía una silueta aún más borrosa: Jasper Shoon, el gran coleccionista y rey de las armas, aferrando un papiro ático. La mesa flotaba, ora aquí, ora allá, pero —como en las abstracciones de la física moderna— resultaba imposible verla realizar el trayecto; y las personas tampoco se reunían. La chimenea estaba presidida por el retrato del doctor Groper, que era una enorme araña rechoncha con una pata grotesca colocada sobre una pila inestable de treinta y siete libros. Winter sabía que sus acciones constituían, en cierto modo, el intento de escribir un trigésimo octavo libro; libro cuyas partes no se unían, sino que seguían volando por los cuatro rincones de su mente.

Entonces el doctor Groper, impaciente ante la falta de orden y coherencia, daba una patada, y la pila de libros, cuyo tamaño crecía a la velocidad de un proyectil, se venía abajo; al final solo quedaba Winter, flotando en un mar tranquilo y gélido. Con la mente fría, tranquila y, tras desvincularse de la mera fantasía, concentrada en el único problema puramente intelectual que ya lo atormentase estando despierto:

¿Cómo podía un bromista, que se divertía a costa del señor Eliot, conocer los proyectos literarios que se habían desvanecido cuando aún estaban recluidos en la imaginación del autor?

La respuesta tomó forma por sí misma, pero antes de que pudiese aferrarla se perdió entre murmullos. La gente murmuraba por doquier, Timmy parloteaba, y los catedráticos hablaban como hablan quienes dedican su vida a hablar; por un momento volvió a verse en la sala de profesores, llena de voces, maratones de conversación, que el doctor Groper, reconvertido en el retrato de Raeburn, observaba desde arriba con aprobación. Intentó seguir pensando, pero su mente volvía a ser solo una mente onírica; una mente maestra, una mente maestra de los libros; él mismo era la Araña. Él era tanto la Araña como los seres para los que la Araña tejía su tela, al igual que los hombres de los sermones medievales, que son tanto comensales como manjares del gran banquete final.

Y luego llegó la señora Birdwire. Descendió de un rincón del sueño, convertida en una inmensa red tropical, de esas contra las que los hombres se lanzan en vano. Al menos debía evitar eso: ese encuentro sería letal. Echó a correr, y la señora Birdwire, abriéndose paso entre una jungla de teléfonos y máquinas de escribir, lo siguió. Corrió hasta despertarse.

2

Oxford —adorable soñadora rodeada por el río, con el eco de los cucos y su enjambre de campanas, el hechizo de las alondras y el tormento de los grajos— se estremecía, se tambaleaba y se desintegraba con la fluidez del paralaje. Unos cuantos segundos de pura confusión y ritmo la reafirmaban: en las fábricas de gas, los pináculos grises giraban sobre sus ejes a distintas velocidades. Con ese gesto, majestuoso como un bailarín de zarabanda, Oxford te recibe; con ese gesto, Oxford se despide de ti. Así es como la diosa, soltándose el ceñidor al ritmo de la locomotora de Great Western Railway, se revela al novicio en toda su belleza desnuda; y así recoge sus prendas a la hora de la expulsión del paraíso. Unas faldas de cimientos y ladrillo; un crecimiento sin belleza; y el tren te lleva hacia las fábricas de galletas de Reading, o acaso repta rumbo al oeste, hasta el mismísimo seno de Inglaterra.

Timothy Eliot, acurrucado cómodamente en un rincón del compartimento con su permiso en el bolsillo, parecía ser consciente de lo que simbolizaba el tren acelerando.

—Dentro de un año —dijo en tono solemne— me darán el título y me marcharé. —Y con la boquilla de una bonita pipa de veta recta hizo un gesto amplio hacia las torres menguantes.

Winter, cuyo desayuno había sido más precipitado de lo que le habría gustado, lo miró por encima del *Times*.

—Uno de los mejores tipos —dijo— que se marchará de Oxford. Pero que sin duda —a Dios gracias, pensó— se marchará. No querría usted ser catedrático, ¿verdad?

Winter se percató de que Timmy rellenó la pipa con una de esas mezclas anónimas pero caras que a los tabaqueros de Oxford les encanta preparar para los jóvenes, siguiendo el principio del «hecho a medida». El joven miró a su tutor con ojos titubeantes.

—No estoy seguro. Parece un estilo de vida agradable y social, a su sosa manera.

—No le quepa la menor duda. —Winter pensó en Bussenschutt, Mummery y Benton.

—Y estoy perfectamente capacitado.

—Sin duda.

—Bueno, lo estoy, ¿no?

—Es usted sobradamente holgazán. Y lo importante no es tanto la capacidad, cuanto el temperamento. Ahora déjeme diez minutos con el periódico y luego hablamos de algo interesante.

—Ah, la Araña. —Una vez garantizada la compañía de Winter, Timmy no parecía tener prisa por darle más detalles sobre la curiosa situación de su casa. Se rebuscó en los bolsillos—. ¿No tendrá una cerilla? Se me ha olvidado robar unas cuantas de la sala de alumnos.

Winter sacó unas cerillas, negando con la cabeza.

—Es usted un joven considerablemente acaudalado. No veo qué necesidad tiene de gorronear a la gente que paga las cerillas de la sala de estudiantes.

Timmy esbozó una sonrisa somnolienta; se había comido un arenque ahumado, beicon y dos huevos, además de sus tostadas y las de su invitado, untadas con un tercio de frasco de mermelada Frank Cooper.

—Bueno —dijo—, supongo que yo también las pago indirectamente.

—Usted paga, como mucho, una de cada tres cerillas. Las otras las pagan William de Chalfont, Richard à Lys, *sir* Humphrey Bohun y otros benefactores del *college* que murieron hace ya muchos siglos. Por cada penique que paga, Oxford le devuelve al menos tres.

—Miel sobre hojuelas —dijo un Timmy insolente. Era un joven que sabía sacarle partido al brío de la juventud a la perfección—. Creo —añadió con tono malicioso— que los obituarios están en la página seis. —Y luego se sumergió en la revista *New Verse*.

Winter, que en efecto tenía la costumbre de empezar por los obituarios, buscó, no sin cierto estruendo, los artículos legales. Al poco rato, Timmy, que había leído unos cuantos poemas con gran concentración y otras tantas reseñas con una diversión cómplice y vulgar, volvió a la carga. Bajó la revista y dijo con firmeza:

—*Que faire?*

—¿Cómo dice?

—*Que faire?* Significa qué hacer.

—Gracias.

—Es decir, ustedes me están dando una educación liberal, ¿y qué sé? ¿Qué demonios sé de verdad? Si quiero conseguir un trabajo y esas cosas, ya me entiende.

Resignado, Winter se levantó y guardó el *Times* en su maleta.

—¿Es esto relevante para nuestra expedición? —preguntó.

—No lo sé. Pero le hablo bastante en serio. Me pregunto de qué me aprovecho y para qué valgo, esas cosas.

—Le acabo de explicar de qué, según su abominable jerga, se aprovecha: de William de Chalfont y Richard à Lys, que lo dispusieron todo para que, a cambio de un desembolso insignificante, usted disfrute de un alojamiento cómodo, una compañía relativamente educada, dos o tres millones de libros a su disposición y un sistema educativo individual harto evolucionado, cuyo sello, Dios mediante, se llevará usted a la tumba. Ahora, si le parece, podría decirme algo más sobre la Araña.

Timmy negó con la cabeza, terco.

—Ahora mismo. Pero antes siga diciéndome qué estoy ganando. Es reconfortante.

—Muy bien. A esa tumba —dijo Winter, señalando con gesto teatral el suelo del compartimento— también se llevará una complexión atlética, gracias a una meticulosa educación física; gracias a su conocimiento del uso y del abuso del vino; gracias a la cocina que los mineros de Gales y Kalgoorlie subvencionan con el sudor de su frente; gracias a frecuentar el Támesis, a competir en costosas embarcaciones en cuya mejora los artesanos han trabajado durante generaciones. En resumen, con un cuerpo perfectamente modelado, tendrá el privilegio de escrutar el mundo desde la mismísima ciudadela.

Timmy suspiró.

—He de admitir que habla bien. Incluso sabe cuándo tomar aire en esas frases.

—Es usted un joven muy impertinente. Y su impertinencia solo se redime por una educación que, le repito, ha costado una buena cantidad de dinero. En cuanto a lo que sabe: gracias a mí sabe algo de griego y latín; y gracias a que el próspero Eliot le ofrece libre acceso a Europa, sabe mucho francés y alemán, y tiene un nivel muy respetable de italiano. En cuanto a lo que podría hacer: apuesto a que una agencia de viajes le ofrecería trabajo como intérprete en una gran estación de trenes.

Timmy se tocó el sombrero y retorció un bigote imaginario.

—No es mala idea. La verdad es que estaba pensando en algo parecido: diplomático. Sabrá que Hugo va a entrar. —Y Timmy esbozó una sonrisa de felicidad. Siempre tenía a alguien a quien admirar. Winter comprendió que, en ese momento, era un hombre tristemente ortodoxo en New College.

—¿Su Hugo Toplady? Suponía que fue a Eton. ¿No cree que debería haber ido allí, tal y como deseaba su padre, si pretendía alcanzar los laureles diplomáticos?

—Creo que hoy día toleran una dosis moderada de excentricidad. Como le digo, solo es una idea. Y, en cualquier caso, no creo que quiera hacer nada intelectual. Papá es un hombre intelectual cuando esta historia de la Araña se lo permite. Y también Belinda.

—¿Belinda?

—Mi hermana mayor. A papá le encanta Pope, y le puso a su hija el nombre de una chica cuyos rizos robaban en uno de sus poemas.

Winter hizo un ruido elocuente, que recordaba a los de su colega Mummery.

—Eso cuénteselo a los de Asuntos Exteriores —dijo—. Es justo lo que necesita para caerle en gracia a un comité de embajadores retirados. Pero por fin llegamos a algún sitio: tiene una hermana, Belinda. Siga hablándome de los Eliot. —Hizo una pausa—. Vamos, si de verdad quiere. Porque empiezo a sospechar que solo me ha convencido para embarcarme en esta excursión porque sabía que podía conseguirle su puñetero permiso.

Timmy hizo un gesto pueril, como cortándose el cuello.

—No, señor. Por cierto, ¿fue difícil?

—Mucho. Tuve que ir a la habitación de Benton a medianoche, y después de haberlo dejado en evidencia, sin querer, en la sala de profesores. Tuve que recurrir al tacto; al soborno, más bien. Me vi obligado a compartir con él un precioso poema epigráfico que no había revelado a nadie.

—Pobre señor Benton; no le gusto lo más mínimo. Por cierto, hablando de las complexiones atléticas de Oxford, Benton no es un gran ejemplo, ¿verdad?

Winter miró a su discípulo, pensativo.

—Benton es una importación, y está todo lo atlético que puede. ¿Por qué pregunta?

Timmy negó ligeramente con la cabeza.

—Es solo que no le gusto, lo que demuestra que debe tener un alma atormentada. Gracias por compartir su conflicto conmigo. Y sí, quiero sinceramente su ayuda. —Por un instante, los ojos de Timmy reflejaron la quintaesencia de la sinceridad. Luego añadió—: En cualquier caso, pasaremos un buen fin de semana. Hugo también viene.

—¡¿Cómo que viene?!

—De hecho, ahora mismo está en el tren. Pero viajando más cómodo, claro.

—Claro.

Timmy se desperezó, adoptando deliberadamente una expresión de idiotez que helaba la sangre.

—Es fantástico conocer a un tipo así, ¿no le parece? —dijo.

Winter miró el techo del compartimento.

—Timmy, ¿alguna vez azotaban a alguien en su escuela mixta?

—Claro que no. Soy virgen de la palmeta.

—No me parece que sea demasiado tarde para empezar.

—Bueno —dijo Timmy rápidamente—, volvamos a la Araña.

La Araña, la Araña encarnada e inquietante, había dado a conocer su existencia por teléfono. Una vez metido en el tema, Timmy hizo una exposición ágil y detallada de ese primer incidente. Una tarde estaba con su padre en la biblioteca jugando al *piquet* cuando sonó el teléfono. El señor Eliot cogió el aparato —lo tenía al alcance de la mano— y estuvo a punto de hablar, pero se contuvo y permaneció unos segundos a la espera, ostensiblemente irritado. Hizo ademán de colgar, pero cambió de parecer y siguió escuchando unos segundos, hasta que por fin bajó el auricular con una imprecación de rabia. Se giró hacia Timmy, apuntó que era una pena que los secretarios tuvieran vacaciones como los seres humanos y siguió con la partida.

Por lo general todas las llamadas pasaban por el secretario del señor Eliot, y que el aparato de la biblioteca tuviese línea directa con el mundo exterior se debía única y exclusivamente a que este estaba de vacaciones. La broma mordaz de su padre le hizo suponer a Timmy que había sido uno de esos mensajes irritantes que los famosos han de soportar y, por tanto, no mostró ninguna curiosidad. Esa contención tuvo su recompensa, pues más entrada la tarde el señor Eliot lo explicaría. En cuanto levantó el auricular, una voz dijo: «Soy la Araña. Lo sé todo». Ese fue el momento en que el señor Eliot pensó en cortar la conversación, pero se contuvo. Luego la voz añadió: «Tengo una advertencia para su querida señora Birdwire». Y el señor Eliot colgó con rabia. Tres noches después se produjo el robo en casa de la señora Birdwire.

Desde ese momento la Araña cogió ritmo. Una tarde, el pastor se presentó en casa de los Eliot presa de un pánico apenas disimulado. Al parecer, la Araña había vuelto a sugerir que lo sabía todo. El señor Eliot tenía la delicada tarea de tranquilizar a su invitado sin caer en la incómoda confianza; según le contó a Timmy, supu-

41

so que el secreto que pesaba sobre la conciencia del pastor era la duda intelectual. Luego fue el turno de la maestra del pueblo. La Araña, presuntamente su versión detective, le explicó que el señor Eliot, y solo el señor Eliot, podría revelarle la misteriosa identidad de su auténtico padre, tema sobre el que la maestra no había albergado ninguna duda hasta la fecha; sin embargo, la Araña había escogido a la destinataria de su mensaje con una técnica psicológica básica, y el señor Eliot tuvo que pasar por un buen montón de problemas antes de resolver la cuestión. En muy poco tiempo la Araña perpetró varias majaderías por el estilo. Aquella fue la primera fase de sus actividades.

La segunda fase fue más sutil. Y, según el orden lógico, debería haber ocurrido antes. Porque si en la fase anterior la Araña ya era un agente independiente, que planeaba acciones a su antojo, en esta fase sucesiva se las ingenió para dar la impresión de liberarse dolorosamente de esa prisión de tinta y papel en la que había existido hasta entonces. Según explicó Timmy con una pincelada de imaginación, era como si las cubiertas de los libros de su padre, en apariencia inanimadas, temblasen y se agrietaran, y de las crisálidas saliera con gran esfuerzo un ser vivo. O como un anuncio que le había impactado mucho en su infancia: una obra pionera de surrealismo donde nuestros ancestros bajan por las murallas para saborear una conocida marca de whisky.

Pasó un tiempo hasta que el señor Eliot pareció darse cuenta de lo que estaba ocurriendo. Sus hábitos como escritor eran un tanto insólitos; por lo general, gustaba de trabajar en dos novelas en paralelo, y además solía tener unos cuantos relatos a los que prestaba una atención esporádica. Durante años su trabajo había supuesto un incordio para él, y cuando hablaba del tema solía hacerlo con tono irritado. Esa tendencia, como cabe imaginar, se acentuó en el momento de los incidentes que rodearon al robo en casa de Birdwire. Y luego llegó el cambio. En varias ocasiones el señor Eliot habló con satisfacción de las novelas actuales; creía que tenían una vida insólita. Los personajes estaban cobrando vida y seguían su propio camino. Eso es algo que siempre resulta grato al novelista, aun cuando su consecuencia sean noches en vela intentando reconstruir una trama hecha añicos. Y el señor Eliot, que había poblado treinta y siete volúmenes con personajes, parecía emocionado ante la nueva sensación de que sus creaciones se moviesen a sus espaldas. Sin embargo, esa sensación no duró mucho; era evidente que la perplejidad del señor Eliot crecía por momentos. Una mañana tuvo una reunión con su secretario, y la auténtica explicación para esa vida independiente que percibía en sus personajes salió a la luz: los manuscritos del señor Eliot se estaban reescribiendo misteriosamente dentro de sus carpetas.

Timmy había llegado hasta ahí cuando Winter levantó una mano en señal de protesta.

—Joven, es usted el que habla muy, pero que muy bien. Debería meterse en el negocio familiar. ¿Es consciente de cuánto está dramatizando esas ocurrencias absurdas? Los manuscritos se estaban reescribiendo misteriosamente, ¡claro!

Timmy, que sin duda había hecho todo lo posible por ofrecer un relato dramático, abrió unos ojos inocentes de par en par.

—Pero ¡es que fue tal que así! Los manuscritos se habían estado reescribiendo en la oscuridad. Cuando mi padre llevaba a la Araña por una dirección en la que no quería ir, este se limitaba a eliminar una frase o un párrafo o una página, e introducir otra en consonancia con sus propias ideas.

Por un instante Winter se quedó con la mirada perdida, incrédulo. Después negó con la cabeza.

—Le repito que ha heredado el talento de contar historias. Lo que le convierte en un testigo del todo irritante. ¿En qué formato estaban dichos manuscritos? ¿Dónde se conservaban? ¿Con qué frecuencia se alteraban? Y, sobre todo, ¿cómo es posible que su padre no viese inmediatamente lo que estaba sucediendo?

—Las preguntas de una en una, por favor. Estoy intentando exponerle la cuestión de la forma en que afectó a papá, como quien dice. Creo que eso es lo importante, ¿no le parece?

—Sin duda. ¿En qué formato estaban los manuscritos?

Por desconcertante que pareciese, por una fracción de segundo el suave proyectil en el que viajaban se movió en dos direcciones a la vez; mientras se detenía, traqueteó plácidamente sobre un laberinto de cambios de agujas.

—Paddington —dijo Timmy—. Todo cambia.

La gente a la que uno logra eludir al subir suele ser aquella con la que se topa al bajar. En el andén, mientras Timmy buscaba a un porteador que llevase su maleta, de un tamaño innecesario, Winter se topó con Bussenschutt.

—Hombre, mi querido colega, ¿ha vuelto a salir? —Los ojos de Bussenschutt, que radiaban con su repelente cordialidad, se posaron en Timmy—. ¿No es ese el joven Eliot del que hablábamos ayer?

—Sí, voy a pasar el fin de semana en su casa.

—¿Para atrapar a la Araña? —Bussenschutt hizo un gesto de tolerancia divertida—. *Soyez heureux, mes enfants; vous êtes encore jeunes.*

Winter, cuyas dudas sobre la expedición no menguaban, sonrió sin amabilidad.

—¿Va a pasar una noche en la ciudad, maestro? —Confirió a su voz una confianza escandalosamente falsa—. Mi tío abuelo Edward me ha dicho que, en el Vanity, el coro de la belleza, como él lo llama, es mejor que nunca.

Bussenschutt le correspondió con otra sonrisa, con la indulgencia de quien reconoce hasta la pulla más tenue.

—Voy —dijo— a ver a Shoon. Por esa cuestión apasionante del papiro. Confío en que tenga a bien entregarme una fotocopia. Los de mi generación, mi querido Winter, carecemos del talento suficiente para cuadrar el academicismo con la semana de cuarenta horas. Cuídese mucho de entrar en la sala de estar. En fin, tengo que coger un taxi. *Au revoir.*

Winter se quitó el sombrero.

—*Au revoir*, maestro —dijo con una sonrisa—. Mire, ahí hay uno. —Y se retiró con la sensación de que había ganado la última ronda de ese encuentro deplorable.

Timmy, andén abajo, daba vueltas alrededor de un joven alto con un uniforme de viaje de lo más estricto: bombín, paraguas y guantes de un amarillo inimitable. Era evidente que Timmy estaba viviendo un éxtasis silencioso.

—Winter, ¿conoce a Hugo Toplady? Hugo, te presento a Gerald Winter.

Toplady, con el aire de quien toma una decisión importante con una rapidez estudiada, dijo:

—¿Qué tal?

Los tres se metieron en un taxi intercambiando comentarios baladíes. Salieron de la estación para zambullirse en el alboroto de Londres, siempre sorprendente.

—Le he estado contando a Winter —dijo Timmy— la historia de la Araña. Confía en poder resolverla.

Winter se dispuso a hablar, pero Toplady se le adelantó.

—Una estupidez repelente —dijo—. Se ve que es una broma, pero sin duda no es el tipo de broma que se suele ver. —Y dio un golpecito en el suelo del taxi con la contera desgastada de su paraguas.

—No es el tipo de broma que se suele ver. —Timmy, repitiendo las palabras como quien repetiría un verso particularmente hermoso de Dante, se las ingenió para zaherir con astucia y crueldad a Winter. La admiración de Timmy siempre estaba reforzada por la ironía.

Quizá algún día, se dijo Winter, Timmy llegase a ser un gran admirador; tenía la insólita capacidad de adorar lo que tenía delante.

—Creo —continuó Toplady, visiblemente alentado por la aprobación de su admirador— que lo más útil que podría hacer tu padre es una llamada. En mi opinión, ese es el mejor camino: una llamada.

—Miró a Winter, como si estuviese calculando rápidamente su edad, y dijo, con tono puntilloso—: ¿Está de acuerdo, señor Winter?

Winter colocó las piernas entre las del joven.

—Pero, ejem, ¿a quién habría que llamar?

Toplady frunció el ceño.

—Eso —dijo— es lo próximo que hay que plantearse.

Suavemente, su taxi chocó con el de delante.

Siguiendo el curso del río, el tren pasa del Londres de los lugares emblemáticos y las declaraciones excepcionales al Londres de las repeticiones implacables y las identidades sumergidas; el Londres del millón de chimeneas, donde cada cual solo reivindica el sinsentido de la reivindicación. Esta región, que se atraviesa en un abrir y cerrar de ojos, solo demuestra que las cosas en general carecen de objetivo y de plan. Qué suerte, se dijo Winter, que en el tren pertenezcamos a otro mundo, donde la vida está hecha de viajes eficaces en busca de fines racionales. Frunció el ceño y se levantó para coger el *Times*. Los obituarios, aún sin leer, seguían siendo un refugio que lo separaban de las excentricidades crecientes de los Eliot.

—Creo —dijo Toplady, recostándose, en un experimento un tanto incómodo para el vagón de tercera clase— que al jefe de policía.

—¿Cómo dice?

—La llamada del señor Eliot. Al jefe de policía, o a alguien por el estilo.

Timmy, que estaba acurrucado en un rincón, atacando con un descaro pueril una señora chocolatina, lo interrumpió.

—Por cierto, Winter, ¿sabía que nos han descubierto? He visto al maestro subir al último vagón.

—¿Bussenschutt? Va a ver a un viejo conocido llamado Shoon.

—¿Shoon? Anda, ese es...

—El jefe de policía —dijo Toplady con tono educado a la par que firme—. O alguien por el estilo.

Timmy, afanado en quitar la última tira de papel de aluminio de su tentempié, negó con la cabeza.

—Los jefes de policía, o algo por el estilo, ya vinieron para lo del robo en casa de Birdwire. Pero a papá no le gustaban. Veréis, los libros están llenos de policías, y la Araña tenía por costumbre ser más inteligente que ellos. Ahora se limita a dejarlos rezagados. En cualquier caso, deben de ser unos idiotas de narices; así que cuando la auténtica policía tiene que venir a investigarnos, a investigar algo que en realidad parece sacado de los libros, papá, como es natural, se siente un poco...

—Abochornado. —Toplady ofreció amablemente la palabra que parecía clave en la descripción de la postura del señor Eliot—. Tenemos que buscar en otro sitio. —Se quitó el bombín y miró dentro.

—Es un poco difícil saber cómo moverse —dijo Timmy—. Os daréis cuenta cuando percibáis el ambiente en casa. Papá es muy tímido.

Winter se preguntaba si el muy tímido señor Eliot disfrutaría más del intenso interrogatorio de un catedrático desconocido o de los consejos diplomáticos del admirado Toplady.

—¿Sabe su padre que nosotros vamos? —preguntó con un recelo repentino.

—Por supuesto, Winter. Le envié un telegrama justo antes de salir.

—Ya veo.

—No hay que alarmarse. A él no le importa lo más mínimo a quién llevemos a casa.

Toplady, que con un gesto de anciano estaba sacudiendo su bombín con la manga del abrigo, se detuvo, dándose cuenta de que el último apunte de su amigo pedía un análisis. Winter dijo:

—Eso nos alivia.

—Del que no le he hablado, por supuesto, es de Chown.

—¿De Chown?

—Sí: el psicoanalista. Le he pedido que venga también, pensando que quizá podría penetrar en la mente y los motivos del bromista. ¿Será caro?

—Mucho —dijo Winter, asintiendo con énfasis—. Y he de decir que yo también empiezo a plantearme cobrar por mis servicios.

Toplady le lanzó a Winter una mirada contenida de censura social.

—Ahora que me acuerdo —dijo lentamente el joven—, un amigo me comentó que tiene la sensación, acaso percibida de forma indirecta, de que Herbert Chown ha ayudado a más de una familia; que ha ayudado mucho, de hecho. Pero creo, Timmy, y no solo lo creo, sino que lo afirmo, que habría sido más inteligente, que habría sido lo suyo, si un amigo puede permitirse usar esa expresión, dejar que tu padre juzgase por sí mismo si la ayuda de Chown es necesaria y si, de ser necesaria, es deseable.

Timmy parecía muy avergonzado; una sensación, se dijo Winter, que él nunca había logrado provocar en su discípulo.

—Pero, Hugo, por favor...

—Y si has llamado a Chown —continuó Toplady—, como sospecho que has hecho, y creo que puedo decirlo, pues afirmas haber hablado del tema con el señor Winter; y si has llamado a Chown, digo, porque estás preocupado por cómo está viviendo tu padre el tema, considero que, aunque es otra cuestión, también es bastante seria, y confío en que te hayas planteado debatirla con algún miembro adulto de tu familia. ¿Te lo has planteado?

Sería precioso, pensó Winter, clavarle un alfiler al comedido Toplady. Sin embargo, su detallada precisión tenía sentido, y además quizá lograse sonsacarle a Timmy un relato menos fragmentado que el que había contado hasta ahora sobre el misterio Eliot. Así pues, Winter insistió con aprobación:

—¿Se lo ha planteado?

Timmy abrió la puerta del compartimento y tiró el envoltorio de su chocolatina al pasillo, revelando una notable falta de pulcritud.

—La verdad es que no. Chown es un conocido de la familia y pensé que podía venir sin avisar. Y sí, creí que tranquilizaría un poco a papá; ya han tenido relación antes. Pero, ante todo, confiaba en que pudiese decirnos a qué tipo de cerebro nos enfrentamos.

—¿Entiende usted por calmar a su padre el llevarle a casa todo un circo? —preguntó Winter, mirando afablemente al sosegado Toplady.

—Pensé que el problema podría abordarse desde varios flancos al mismo tiempo. En cuanto supe que Chown vendría, fui corriendo a reclutarlo a usted. Y luego fui a por Hugo. Quizá lo haya hecho todo a gran escala, pero os garantizo que pasaremos desapercibidos entre la multitud.

—¿La multitud?

—El veintiún cumpleaños de la Araña —dijo Timmy—. Nunca hemos organizado una fiesta tan grande. —Se lamió cuidadosamente un pulgar untado de chocolate y sacó su hermosa y solemne pipa—. Winter, ¿me vuelve a dejar las cerillas, por favor?

Hubo un profundo silencio. Qué telarañas más intricadas tejemos, reflexionaba Winter, mirando con tristeza a Timmy, cuando somos expertos en el embaucamiento.

—Por lo que he entendido —dijo—, estas elaboradas bromas sin sentido han causado una considerable angustia mental a su padre. ¿Quiere decir que ha escogido este momento para celebrar una fiesta en honor de la Araña?

—Está claro —dijo Toplady, insistiendo a su vez— que no, ¿verdad?

—No ha sido papá exactamente; ha sido su editor, un tal Wedge. Todos los años organiza la fiesta de cumpleaños, y luego la mete en la revista de su editorial, e incluso consigue que la mencionen en los semanales ilustrados. Y este año en concreto papá no quería decepcionarlo.

Toplady miró el freno de emergencia e hizo ademán de coger su sombrero. Luego volvió a hundirse en su asiento y dijo: «Publicidad». Eso es exactamente, pensó Winter, lo que podría haber dicho un hombre medieval: «Peste».

—Papá me envió una nota con los invitados. Confío en que haya un buen número de camino ahora mismo. —Timmy se levantó para coger su abrigo—. ¡Maldita sea! En esta línea inútil siempre se equivocan con las luces. —Y es que el tren ululante se había zambullido de golpe en la oscuridad—. Es el único túnel y suelen olvidarse.

La voz de Timmy y el traqueteo subterráneo del tren quedaron ahogados por un clamor espantoso y desconcertante. Un pandemónium de sonido, como de ladridos, ululatos y bramidos, que se elevaba sobre todas las palabras, resonó entre las paredes del túnel. Las hordas de los condenados, hablando todas las tristes lenguas del infierno, apenas habrían podido superar ese efecto momentáneo de horror. Pero solo fue un instante; luego lo desconocido se reveló: perros, un número escandalosamente grande de perros en un compartimento contiguo. Se oyó a Toplady decir «¡Perros!»; hubo unos golpes en el pasillo; una voz estridente de mujer chilló «¡Guardia!»; las luces tardías se encendieron en el techo; y a los pocos segundos el tren salió a la luz.

Timmy, que seguía en pie, se asomó al pasillo, al igual que varios pasajeros agitados.

«¡Vaya una obscenidad!». La voz estridente de la mujer se había acercado. Elevándose sobre los alaridos incesantes de los perros, expresó ese descontento abrupto y autoritario propio de las clases propietarias.

—Estos —dijo— son animales muy sensibles. Es vergonzoso que se les trate con tamaña negligencia. ¿No oye lo alterados que están?

—Sí, señora, todo el tren lo oye. —La voz de ese hombre era la de alguien que se acuerda y se arrepiente de haber recibido un soborno—. Pero los perros, la verdad sea dicha, no deberían estar en el compartimento siquiera. Mire sus billetes y verá que dicen vagón de equipaje.

Timmy se inclinó hacia adelante y susurró a sus compañeros.

—¡Parece que estamos todos! La tropa Birdwire viaja con nosotros.

Al oír eso, Winter también asomó con sumo cuidado la cabeza. No muy lejos de ellos, recién salida de un compartimento de primera clase, una mujer estrictamente vestida de *tweed*, una de esas cuyos atributos son los prismáticos, el bastón de caza y una gran etiqueta de cartón, estaba regañando a un auxiliar uniformado. Es lo que se dice una mujer agreste, pensó Winter, paseando la mirada hasta el final del pasillo. Y más allá de una larga serie de caras indignadas, desde el último compartimento, asomó la cara extraordinariamente indignada de Bussenschutt. Winter hizo una reverencia educada a la última aparición y se retiró.

La voz estridente, respaldada por un diapasón canino en auge, siguió hablando. «No vamos a poner una reclamación. La señora Birdwire no es de ese tipo de gente. Pero les ruego que presten más atención a las luces la próxima vez; no les sienta bien a los perros. Y también podría propiciar la inmoralidad. Ahora, por favor, disponga que nos sirvan café y galletas». Se oyó una puerta cerrarse y el estrépito canino se silenció unos instantes. Al poco se oyó de nuevo, cuando la puerta volvió a abrirse y la mujer agreste, con mayor estridencia si cabe, para llamar la atención del auxiliar en retirada, gritó: «A la señora Birdwire le gustan las galletas de jengibre».

—La mujer —explicó Timmy— es amiga de Birdwire. Se llama Pike. *Lady* Pike. Es asquerosamente rica, mucho más que Birdwire, pero como es un auténtico parásito vive con ella y gestiona sus asuntos. *Anima naturaliter pelota.* —Timmy sonrió satisfecho, en aparente homenaje a su habilidad para describir personalidades—. Si os la cruzáis —añadió tras unos segundos— os preguntará si tenéis un jardín con personalidad.

Winter estaba pensando en Benton. Se preguntaba si Bussenschutt, en su compartimento, era consciente de que la señora cuyos esclavos habían armado ese alboroto tenía el apellido que tanto alteró al profesor sénior. Para responder a ese misterio secundario, al menos ahora podría decirse que era poco probable que el entorno de los Birdwire fuese compatible con la mentalidad académica. Winter se giró hacia Timmy.

—Espero no cruzarme con ninguna de las dos. Doy por sentado que no va a pedirles que se unan al grupo, ¿verdad? —dijo.

—Nada más lejos de mi intención. Pero podrían dejarse caer. A la señora Birdwire le gustan los enemigos y los amigos por igual. Una vieja belicosa. Papá, en cambio, no es nada belicoso.

—Timmy —dijo Toplady, aprovechando la oportunidad con una rapidez que Winter no pudo por menos de admirar—, me gustaría que nos contases algo sobre tu padre. O, mejor dicho, pues ya nos has contado algo: me parece que estamos en nuestro derecho de pedirte que nos cuentes algo más. Porque si, como cabe suponer a tenor de tus palabras, crees que esta cuestión ha tenido un cierto efecto en su estado anímico y en su manera de percibir la realidad, sin duda lo mejor será, si es que queremos ayudarlo en algo, y también por el mero hecho de ahorrarnos situaciones bochornosas, que sepamos cómo y en qué grado es evidente dicho efecto.

Esa frase compuesta con tacto, se dijo Winter, iba al grano. La fantasía de la encarnación de la Araña era de por sí agradable, pero a causa de la enajenación mental que le había provocado, su futuro anfitrión no estaba en condiciones de disfrutarla. La explicación que Timmy había dado sobre el estado de su padre era ambigua, y acaso un tanto alarmista; pero ahí estaba Toplady, apretándole amablemente las tuercas para obtener una información más precisa, esperando con ligero entusiasmo la respuesta de Timmy. Winter se sintió un poco incómodo, y quizá eso fue lo que le hizo asomarse de nuevo al pasillo para echar un vistazo. Justo a tiempo para presenciar una escena peculiar.

Vio un ojo. A lo lejos —más allá del último compartimento, donde sabía que estaba Bussenschutt—, asomándose cautelosamente desde un pequeño recoveco que conducía a un baño, vio un ojo y la cantidad indispensable de rostro masculino que ha de acompañar a un ojo si este quiere acechar con éxito. El efecto fue curioso e irreal —más que sugerir una observación cautelosa, pensó Winter, recordaba a la convención pictórica de la observación cautelosa en la portada de una revista—, y fue fugaz: al instante, el ojo estaba acompañado por una nariz titubeante, medio bigote gris muy corto y la correspondiente mitad de una boca algo menos titubeante. Luego todo el hombre quedó al descubierto —un hombre maduro, vestido con una elegancia informal y desgastada— y se acercó a toda prisa por el pasillo. Al llegar a las inmediaciones del compartimento de la señora Birdwire y *lady* Pike, como infectado de repente por la salvaje creación que seguía vociferando de cuando en cuando en su interior, se puso a cuatro patas y pasó como una exhalación. Luego volvió a ponerse en pie con destreza y dignidad, y miró rápidamente dentro de varios compartimentos, mascullando algo en voz alta. Se acercó aún más, se detuvo para que Winter pudiese retirar la cabeza, entró por la puerta abierta y, sin dejar de mascullar, se sentó. Miró a su alrededor con ojos ausentes: primero a Timmy, luego a Toplady y a Winter. Al fin, su mirada volvió a Timmy, reflejando un reconocimiento afable.

—Hola —dijo—, ¿cómo están?

—Gerald Winter y Hugo Toplady —dijo Timmy con tono formal—, os presento a mi padre.

3

El señor Eliot, estudioso de Pope, creador de la Araña y padre condenado al garete, conservaba en su madurez la complexión delgada y atlética de su hijo. Y aunque era más exiguo que rotundo, transmitía la misma sensación que el globo de un niño: parecía estar en un equilibrio precario, vibrando con la promesa de alzarse plácido hacia el cielo al más mínimo toque, con una flotabilidad que sugería a su vez el riesgo de deshincharse. Uno podría aventurarse a pensar que el señor Eliot tenía una afabilidad tan cautivadora por ser particularmente vulnerable a las flechas del destino. En efecto, era probable que fuese tímido; tenía ese instinto social ágil que deben desarrollar las personas tímidas y cultas.

—Confío en que Timmy les esté llevando a casa para el fin de semana —dijo.

Winter y Toplady emitieron esos murmullos de agradecimiento propios de quienes sienten que su posición se está regularizando. Timmy mencionó algo sobre su telegrama, y el señor Eliot asintió con una vaguedad que bien podría ser tacto.

—He tenido que venir a toda prisa a la ciudad —continuó—, algo muy poco común últimamente. Pero Belinda habrá recibido el telegrama y enviará a alguien a la estación. Me temo que este es un tren harto tedioso —dijo, dirigiéndose a Winter—. Más de una vez he pensado en escribirle a la compañía. —Hizo una pausa, sugiriendo con discreción que quizá ese era un tema sobre el que Winter quería decir la última y sabia palabra—. Pero no me cabe la menor duda de que sus caprichos son en aras de los dividendos, y yo mismo soy accionista —añadió, pragmático—. No obstante, es muy tedioso, sobre todo si uno no está acostumbrado. —Y el señor Eliot sonrió, pues era evidente que, para él, la pesadez de su tren estaba entre las cosas reconfortantes y satisfactorias de este mundo.

Winter concluyó con gran alivio que el señor Eliot estaba, a todas luces, cuerdo. Sin embargo, sintió un arrebato de cólera por la exageración de Timmy, y acaso como acto reflejo dijo, sin demasiada amabilidad:

—Este tren no me parece aburrido en absoluto. —Y desvió la mirada al pasillo.

Toplady, ajeno a los peculiares andares del señor Eliot unos minutos antes, intuyó que era hora de intervenir.

—La casa de la colina —dijo en tono pedagógico, con una franqueza insólita— es de unos primos míos.

Todos miraron por la ventana. Encaramada a lo alto de una colina con una agresividad urbana, y por ende violando los hermosos cánones de su época, había una inmensa mansión dieciochesca, cuyas proporciones impecables destacaban al recortarse contra el horizonte gris.

—Una casa grande —dijo Winter, con un respeto cargado de malicia. Se percató de que Timmy estaba esbozando una sonrisa de comprensión: sabía por experiencia que su tutor se sentía aliviado, irritado y listo para zambullirse en un prolongado derroche verbal.

Toplady, consciente de que su afirmación no había tenido nada de arrogante, procedió a mostrar la mansión, que ya se alejaba, desde un prisma más clemente.

—La Residencia Steynfield —dijo—. Los impuestos de sucesiones llevan tres décadas gravando sobre sus residentes con una dureza mucho mayor de lo que sería natural suponer. Hace no mucho mi primo tuvo que deshacerse de la biblioteca, y ahora cree, o eso pensamos, que quizá tenga que renunciar incluso a sus sabuesos. Imagínense lo feas que tienen que estar las cosas.

El terrateniente que había en el señor Eliot asintió con sinceridad, expresando un acuerdo ausente. El novelista, sospechó Winter, escribió una nota mental sobre la retórica peculiar de Toplady. Pero la que habló fue una tercera versión del señor Eliot.

—¿La biblioteca Steynfield? Recuerdo muy bien la venta, había varias obras impresas por Caxton. Belinda estuvo allí. —Entonces se giró hacia Winter—. A mi hija le interesan las primeras imprentas. —Hablaba con indiferencia, como un hombre educado jugando su mejor carta—. Ya tiene publicados un par de artículos en la *Biblioteca*.

Los ojos del señor Eliot miraron con un ligero reproche a Timmy antes de volver, conservando un ápice de ese mismo reproche, a

Winter. Lo que sugerían, remotamente, era que habría estado bien que su tutor hubiese transmitido al hermano de Belinda un gusto parecido por el estudio.

Del rincón de Timmy llegó una sucesión de chasquidos tenues. Había sacado otra tableta de chocolate y la estaba partiendo en trozos irregulares.

—Libros —dijo—: esa lucha aburrida e interminable. ¿Chocolate?

El señor Eliot cogió una onza, y padre e hijo masticaron sonoramente, codo con codo.

—Venga, ¿oye el canto del pardillo en los bosques?[6]. Sí, por supuesto. Pero no creo que Wordsworth pretendiese hacer una condena rotunda de los libros, y ni siquiera de la erudición. En el *Preludio* habla con mucho cariño de los libros, y la verdad es que no podríamos sobrevivir sin ellos; ni siquiera sin ese tipo de libros cuya escritura no tiene ninguna finalidad. ¿No le parece? —Y el señor Eliot, ofreciendo abiertamente disfrutar de una breve conversación sobre literatura, volvió a mirar a Winter.

En ese momento el tren se detuvo con una sacudida.

—El empalme —dijo Timmy con un tono peculiar, que permitió a los demás reconocer en sus palabras una broma de familia.

El señor Eliot, hasta entonces un monumento a la felicidad sosegada, se transformó de repente en la quintaesencia del puro e incomprensible júbilo; júbilo que no se revelaba en sus palabras ni en sus gestos, sino que se manifestó en una fugaz translucidez del hombre de carne y hueso, como si alguien hubiera ideado un precioso efecto eléctrico. No obstante, al mismo tiempo parecía harto inquieto.

—Mira tú —le ordenó a su hijo de inmediato.

Timmy miró. Winter hizo lo propio. Vio a Bussenschutt apeándose en la cola del tren, y en su actitud se leía la irritación del hombre que baja de un vagón de primera clase y no encuentra un porteador en las inmediaciones. Todos los porteadores estaban andén abajo, donde un grupo considerable de personas, que parecían conocerse en su mayoría, ya esperaban entre pequeñas pilas de equipaje. En un patio a sus espaldas había una hilera de coches: un chófer con una berlina antigua y espaciosa, de esas que la gente discretamente rica usa para ir a las estaciones rurales; un jardinero de paisano, con otro coche del mismo tipo; y un trabajador de las caballerizas con un turismo aún más viejo y espacioso. La comitiva se distinguía con relativa y calculada faci-

---

[6] Referencia al poema *The Tables Turned*, de William Wordsworth.

lidad, pues el conjunto, excepción hecha del tipo de las caballerizas, lucía un suave color crema, conocido por los conservadores carroceros como blanco Ana Estuardo. Y hacia allí, con el extra de alegría propio de los viajeros que se percatan de que ahora es otro quien paga, se movió el grupo que se había bajado en la parte delantera.

—Como veis —dijo Timmy—, indicamos el empalme en nuestras cartas y la gente se reúne.

—Este —dijo el señor Eliot— es el vagón de transbordo. Por eso he venido aquí.

—Dentro de cinco minutos nos remolcarán al apartadero.

—El único problema es que la calefacción se apaga. Pero hoy día solo tenemos que esperar una media hora hasta que nos enganchen a un regional. —El señor Eliot sacó una pipa que era casi gemela de la de Timmy—. Espero que no les importe.

Winter, que de repente tuvo la sensación de que llevaba todo el día viajando, se tapó con el abrigo y emitió un sonido afable. Toplady dijo:

—En absoluto. ¿Quedan muchas paradas?

—Warter, King's Cleeve y Wing —respondió Timmy.

—Swaffham Bajo, Pigg, Little Limber, Snug, Cold Findon y Rust —añadió el señor Eliot—. Eso significa que, cuando lleguemos, Belinda ya lo habrá preparado todo. —Rellenó su pipa y miró a Winter—. ¿No tendrá por casualidad una cerilla? Se me ha olvidado coger unas cuantas de mi club.

—Wing —dijo Timmy, apoyándose en el asiento de enfrente—. Lo curioso de los trenes es que, cuanto más lentos van, más rápido frenan. —Hizo una pausa—. Prestad atención, aún oigo a los perros. Esas mujeres infames deben de haber tenido la misma idea que nosotros.

—Me temo que este es un tren harto tedioso —dijo el señor Eliot—. ¿Cerramos la ventana?

Enroscando y desenroscando los dedos en los zapatos, al encontrar una ambigüedad satisfactoria en la exclamación, Winter gritó «¡Pigg!»[7]. El señor Eliot frotó la ventana con un guante y preguntó «¿Pigg?», como sorprendido de que ya estuvieran ahí. Y Timmy, coreando «¡Pigg, Pigg, Pigg! Dios, Hugo, ¡tengo que llevarte a Pigg!», se retorcía en su asiento, presa del desconocido placer de algún sentimiento de la infancia.

---

[7] Pigg es, además del nombre de la parada, homófono de cerdo en inglés.

Winter estaba cada vez más adormilado. Había dejado, contra toda lógica, de creer en algún misterio de la Araña, o en la presencia de la señora Birdwire y *lady* Pike en el pasillo, o incluso en la envidiable cantidad de invitados a los que habían conducido a casa de los Eliot con mucha más rapidez que a él. Era poco más de mediodía, pero el tren parecía estar atravesando una Inglaterra interminable, envuelta en el frío, la penumbra y un tiempo plomizo.

—No —dijo, retomando la conversación literaria con el señor Eliot y hablando con tanto énfasis que Toplady se sobresaltó—. Creo que los libros son un error, y que cuantos más libros, mayor es el error. La única satisfacción legítima al contemplar la producción literaria es la certeza de que el proceso tiene un límite matemático; de que llegará un momento, al igual que ocurrirá con la música, en que solo será posible crear algo que ya se haya creado con anterioridad.

El señor Eliot vació su pipa.

—Ese momento ya ha llegado prácticamente —dijo, afable.

—Pero yo estoy hablando de exactitud. El vocabulario humano es limitado y puede ordenarse en un número finito de formas. Las combinaciones acabarán agotándose sin más remedio. Imagínense —dijo Winter— a un observador de otro planeta, con unos hábitos algo distintos a los nuestros, merodeando y observando a los escritores en faena.

Toplady, a quien eso le pareció algo que no merecía la pena imaginar, y punto, cogió el *Times*.

—Imagínense a este observador imparcial, viendo la incesante labor de los escritores, mezclando y reordenando palabras. ¿No sería racional suponer que esa cuestión de las combinaciones posibles es la parte visible?

El señor Eliot reflexionó detenidamente, con una ligera sombra de perplejidad en su semblante.

—Sí, comprendo lo que quiere decir. Puedo imaginarme una postura desde la que todo lo que se ha escrito hasta ahora parezca un fragmento de una labor matemática sin sentido. Solo que su observador pronto se daría cuenta de que las combinaciones se buscan de manera harto aleatoria. —El señor Eliot miró a Winter con ojos inquisitivos, preguntándose si estaba dando las respuestas correctas en esa conversación excéntrica.

—¡Exacto! —Winter, levantándose el cuello del abrigo, asintió con una expresión exagerada de entusiasmo lógico—. Así pues, ¿por qué no organizarse y concentrarse? Los estudiosos del lenguaje han demostrado que se puede plasmar un instrumento lingüístico idóneo para cada operación del intelecto humano en una sola hoja de papel. Si se siguiera a un ritmo fijo, pongamos un par de siglos, con una búsqueda constante, ajena a las distracciones de los sentidos y sinsentidos aparentes, de las posibles combinaciones de ese lenguaje racional...

«Little Limber», dijo Timmy.

«Snug», dijo Timmy.

—... Y luego está —continuó Winter, convencido de que sus opciones eran hablar o congelarse— la fragilidad intelectual de creer que, alimentando el flujo de la experiencia por enésima vez a través de la máquina de escribir, contorsionándolo aquí y allá con truquitos tediosos y pesados para crear esos efectos ocasionalmente agradables llamados arte...

Se detuvo. El señor Eliot estaba escuchando con extrema atención, pero más por una cuestión de deber que de placer, y Winter se percató de repente. No se trataba de que el señor Eliot fuese incapaz de seguir un argumento fantasioso; era solo que ese tipo de cosas no le competían. Emancipado de su propia labor literaria popular, el señor Eliot era un hombre serio; respaldado por la sensación de estar en un ambiente serio —de catedráticos que se comportaban relativamente bien e hijas que estudiaban las primeras imprentas— podía mostrarse alegre con espontaneidad. Pero al verse ante una frivolidad, cuando en realidad esperaba un debate literario solemne, se quedó perplejo, y su alegría se desvaneció; toda su personalidad se atenuó ostensiblemente, como se atenúan hasta desaparecer las figuras de un escenario mediante un regulador de luz. Winter, consciente de ese curioso efecto físico e intuyendo parte del mecanismo, también cayó en la cuenta de que se había precipitado, llevando su tema absurdo más allá de lo que era prudente o incluso decente. Ese caballero simpático y volátil, en cuya casa iba a pasar unos días en unas circunstancias misteriosas y un tanto incómodas, era el creador de treinta y siete novelas. Y Winter, para olvidarse de ese final de viaje gélido y lentísimo, le había ofrecido una visión extravagante de la profesión del escritor, presentándola como una actividad propia de hormigas, una de las máximas futilidades del espíritu humano. El señor Eliot, cierto, había empezado el debate, pero de una manera del todo humilde; sin dar motivos para recibir una respuesta hostil y pirotécnica. Mortificado por el peso repentino de sus pecados —sentimiento agudizado por la abrupta disociación que representaba ver al correcto Toplady abriendo el *Times*—, comenzó a disculparse torpemente. Había dicho, estaba seguro, una sarta de sinsentidos de lo más aburrido. Incluso dejó de enroscar y desenroscar los dedos, como si eso también fuera una ofensa contra el pan y la sal de bienvenida que estaba a punto de tomar.

Hubo una pausa un tanto incómoda, que se rompió con la voz de Toplady.

—¿Old Findon? —preguntó.

—Cold Findon —dijo Timmy.

—Un tren tedioso —dijo el señor Eliot, esta vez con auténtico convencimiento. Miró con desolación por la ventana; parecía una persona distinta al caballero que había esquivado a sus invitados tan alegre y juguetonamente—. Cuán melancólico puede llegar a ser el paisaje invernal.

Winter también miró. Una casita de campo, un fardo de heno cortado en dos cual hogaza de pan, una tranquila vaca de Jersey, y como telón de fondo campos desnudos salpicados con setos verdes, y más allá una colina suave y herbosa, periferia del campo ondulado, coronada por un pequeño robledal. Al otro lado, la cara de la naturaleza mostraba una neutralidad igual de dura; esperando, pensaba Winter, a que las personas como el señor Eliot le inyectasen parte de su propia química cambiante. Nuestro es su traje de novia, nuestra su mortaja[8].

—Me interesa —dijo el señor Eliot— lo que ha dicho sobre la escritura. Me recuerda a un pasaje de la tercera parte de *Los viajes de Gulliver*, la que está llena de pedantes y personas con una mente ingeniosa pero estéril. —Hizo una pausa y sonrió a Winter; estaba claro que no era inocente, y siguió con su detallado resumen—. Seguro que recordará al profesor que había ideado una máquina para mejorar el conocimiento especulativo mediante operaciones prácticas y mecánicas. Era un mosaico enorme de palabras; lo que usted ha llamado «el vocabulario humano». Cuando el discípulo del profesor manipulaba las palancas, todo el mosaico adquiría un nuevo orden, y entonces tomaban nota del resultado. Con el paso del tiempo, el aparato ofrecería al mundo la totalidad de las artes y las ciencias. La sátira, es evidente, va contra el profesor y su invención absurda. Pero quizá también pretenda golpear las artes y las ciencias; golpear, como usted ha hecho de una forma tan divertida, el negocio de la escritura en su conjunto. Escribir no deja de ser mover palabras de un lado a otro, algo que una máquina podría hacer perfectamente.

[8] Referencia al poema «Abatimiento: una oda», de Samuel Taylor Coleridge.

El señor Eliot hizo una pausa y por un instante miró a Winter con ojos titubeantes. Luego su mirada se abstrajo, clavada en algún territorio problemático frente a él.

—Swift —dijo— desconfiaba de lo que él llamaba el balbuceo inútil y el mero sonido de las palabras. Desconfiaba de la palabra; quizá la temía.

Toplady bajó el *Times* con lentitud. Timmy, que hasta entonces no había parado quieto, no movía ni un músculo.

—Swift —continuó el señor Eliot—, el más racional de los hombres, temía la palabra porque es mágica. Intentó no conferirle magia alguna, usarla únicamente de manera plana, desnuda, racional. Pero, como además de temerla, la comprendía, la magia se agolpaba en su escritura. Swift apiñaba las palabras y, en algún lugar —el señor Eliot hizo un gesto tímido—, otro mundo reconocía ese gesto original de creación. Señor Winter, ¿negaría la existencia de Liliput y Brobdingnag?

El pequeño tren avanzaba traqueteando, somnoliento y pertinaz; la locomotora silbaba; desde el fondo del pasillo llegó el gemido ahogado de un perro de la señora Birdwire. Pero dentro del compartimento reinaba un silencio absoluto.

—Es —dijo el señor Eliot— un problema metafísico. —Miró al techo rápidamente, como si hubiera algo alentador en su reflexión—. Un problema metafísico interesante. Recuerdo que un colega suyo —miró a Winter—, hombre de New College y distinguido filósofo —se giró hacia un Toplady atentísimo—, planteó una pregunta fascinante: ¿cuál es la condición metafísica de un animal salvaje que aparece en un sueño? Si el sueño es intenso o aterrador, tenemos la sensación evidente de que la fiera que aparece en él es más real que cualquier fiera similar observada en la seguridad de un zoo. Pues bien, los seres del mundo de las palabras plantean el mismo problema que los seres del mundo de los sueños: ¿cuál es su condición?

Del pasillo llegó un ruido cualquiera y Winter, sobresaltado, se asomó con timidez. Un discurso fantasioso, por otro lado; solo que las palabras de su anfitrión lo obligaban a hacer una reflexión urgente. Sin duda la Araña estaba viva, aunque solo fuera en la mente de su creador; se estaba reafirmando como algo que, de manera misteriosa, trascendía la suma de palabras de las que estaba hecho. Sus pasos, acaso menos firmes que los de un mortal, pero que no se percibían únicamente con el oído interno, podrían estar resonando en un lejano pasillo del tren; sus ojos podrían posarse sobre Bussenschutt con curiosidad, mirar ceñudos a los perros de la señora

Birdwire. Winter, que no era amante de ese tipo de ideas, comprobó que tuvo que esforzarse para deshacerse de ellas.

—Ayer —continuó el señor Eliot— me topé con el porteador de mi club por primera vez en casi un año. ¿Qué ha estado haciendo en este tiempo? Nadie dudaría ni por un segundo que ha estado ahí, en el club, cumpliendo diligentemente con su trabajo. Pero pensemos en Iago o en el señor Micawber, seres con muchísima más vitalidad que nuestro porteador. A veces me pregunto qué pasa cuando dejo de pensar en ellos. —El señor Eliot se detuvo de golpe, como para tomar aire—. Es un problema inquietante, y quizá lo sea porque es un mero problema metafísico. —Volvió a sacar su pipa y la rellenó con lo que a Winter le pareció un pulso deliberadamente firme—. Lo que quiero decir es que no existe un problema práctico; estas diferentes formas de ser nunca chocan entre sí. El mundo real en el que nos ponen y el mundo imaginario en el que ponemos nuestras palabras: quizá ambos sean sueños y floten, sin mezclarse nunca, lado a lado. —Encendió una cerilla y la pequeña llama iluminó un rostro perplejo y absorto—. Pero ¿y si llegase un momento en que ambos sueños se cruzaran?

Una vez más, el tren se detuvo con una sacudida. Con un ligero nerviosismo, poco habitual en él, Timmy empezó a entregar a sus acompañantes sus respectivas posesiones.

—Rust —dijo—. Vamos a salir antes de que la señora Birdwire recoja sus maletas.

Winter, que agradeció el cambio de tema, se caló el sombrero y se dispuso a bajar con una prisa poco digna. El dedo del señor Eliot lo detuvo; un dedo aéreo y ligero, que se levantó con la flotabilidad repentina y renovada de un submarino.

—En estos casos —dijo el señor Eliot— hay que aplicar una técnica. —Sonrió y, como si le hubiesen quitado muchos años de encima, su sonrisa era la de Timmy—. En los taxis uno entra por una puerta y baja por la otra. De los trenes uno baja por el otro lado, y así esquiva o, si queremos ser más correctos, soslaya a sus perseguidores. Estas maniobras son siempre gratificantes. —Escudriñó el compartimento—. Timmy, no me puedo creer que de verdad tuvieras que traer una maleta tan grande; Winter y Toplady lo van a tener mucho más fácil.

Y el señor Eliot, un señor Eliot que, Winter lo notaba, estaba al mando en ese momento, abrió la puerta que había a su lado y bajó con confianza a las vías. Toplady lo siguió, no sin antes lanzar una mirada prolongada y anhelante a la ortodoxia del pasillo y del andén; luego le tocó a Winter; Timmy se quedó para bajar el equipaje.

Al cabo de un minuto todos estaban en una vía muerta, entre sacos de ceniza de huesos y un camión cargado de cerdos. El señor Eliot, al que quizá el trajín y el aire fresco le habían devuelto un ligero brillo, inspeccionó los cerdos.

—Son gloucester moteados —le dijo a Toplady—, probablemente de mi vecino Gregory. —Miró a un lado y a otro de la vía—. Creo que podremos llegar al granero de Laslett.

Caminaron con esfuerzo por la vía muerta; a sus espaldas, un río de estruendo en crecida les indicó que la señora Birdwire y *lady* Pike habían empezado a desembocar.

—Siento que esté lloviendo tanto —dijo el señor Eliot.

Y es que, de repente, había empezado a llover a cántaros. Winter confiaba en que el granero de ese tal Laslett estuviese cerca. Sus pantalones empapados chapoteaban contra las pantorrillas. Leyó compasión y una diversión prudente en la mirada de un joven porteador, que se tocó el gorro en señal de respeto al paso de la curiosa procesión del señor Eliot. Supuso que Toplady estaba teniendo un debate consigo mismo sobre si sería conveniente dejar de intentar protegerse con el paraguas. Timmy había agarrado el sombrero con los dientes y probaba a llevar su inmensa maleta sobre la cabeza.

—Personalmente —dijo el señor Eliot— prefiero los lincolnshire de pelo rizado. —Agarró el brazo de Toplady con gesto amistoso—. Ahora usted me dirá que son de pelaje áspero, pero yo le respondo que son excepcionalmente robustos y prolíficos. Y, al menos en el caso de los cerdos —los ojos del señor Eliot miraron con inocencia a Winter bajo unas cejas empapadas—, ser prolífico significa poseer la máxima virtud.

Siguieron avanzando pesadamente. La lluvia, empujada por un viento cambiante, caía sobre ellos en ráfagas grises, golpeteaba sus sombreros y estallaba contra los hierros oxidados que atravesaban. Winter, mientras se cambiaba la bolsa de una mano a otra, pegó sin querer un puntapié congelado a una traviesa.

—Por lo general, advierto a los aparceros —dijo el señor Eliot— para que los crucen con large whites. Creo que lo mejor es que pasemos por aquí debajo. Cuidado con el alambre de púas, es de un tipo espantosamente caro y dicen que tiene una púa extra. Pero la mayoría prefiere a los large blacks. Este es el granero. Cuando no haya peligro mandaremos a Timmy en misión de reconocimiento y probablemente descubra que alguien ha venido a recogernos en coche. Qué negligente es este Laslett con el grano.

Winter intuyó que la negligencia de Laslett se debía a una inmensa bandada de gorriones acuartelados en el granero. Cuando entraron, los pájaros se alzaron en una nube de polvo y paja y cagadas inquietas; unos segundos después se habían desvanecido bajo la lluvia.

—Al parecer es bastante difícil echarlos —dijo el señor Eliot—. No les quepa la menor duda de que volverán.

Winter apoyó su maleta cerca de la puerta, se sentó sobre ella y, desde esa posición, volvió a observar a su anfitrión. Unos veinte minutos antes había sentido remordimiento y conmiseración por el señor Eliot; ahora se percató de que la actitud del padre confirmaba parte de la ligera sospecha con la que a veces no podía evitar mirar a su hijo: el señor Eliot rural, el señor Eliot que compraba alambre de púas y opinaba sobre las nupcias de los gloucester moteados, apareció en cuanto el grupo pisó tierra, con una velocidad desconcertante —que recordaba, por cierto, a esa sincronización perfecta propia de los procesos de fabricación refinados—. Detrás de ese señor Eliot había estado, por unos momentos, el señor Eliot cuya preocupación profesional eran los resortes del melodrama, y que estaba encantado de bromear sobre su propia mercancía. Y detrás de este, a su vez, el señor Eliot sobre el que Timmy había pensado en soltar a Herbert Chown: un señor Eliot al que ciertos acontecimientos adversos lo llevaban a abrigar ideas perturbadoras sobre las relaciones entre lo imaginario y lo real. Ese, se dijo Winter, era el señor Eliot interesante, bochornoso y, probablemente, peligroso. Por supuesto, también había otro señor Eliot: el afable anticuario y padre orgulloso de Belinda. Quizá había otros que le pasaban desapercibidos; sin duda había demasiados señores Eliot como para estar cómodo.

En ese momento, las reflexiones de Winter se vieron interrumpidas por una sensación gélida y punzante en su espalda, que un instante después se reveló como una gota descendiéndole por la columna. Miró al techo y unas cuantas gotas le cayeron en la nariz.

—Mucho me temo —dijo el señor Eliot— que hay goteras. Ahora que lo pienso, Laslett se quejó más de una vez. Y recuerdo que le contesté, con cierto dogmatismo, que no podía ser. Qué fácil es dejarse llevar por el apriorismo y adoptar posturas imprudentes.

Winter se preguntó si el señor Eliot repararía el techo de Laslett, o si consideraba que para reparar el impacto de la experiencia bastaba un aforismo filosófico. Se levantó y se acercó a Toplady, que se asomaba por la puerta.

—Creo que nos espera un fin de semana movidito —dijo Toplady, lanzando a Winter una mirada harto elocuente, que acentuaba de manera aciaga la sutileza de su comentario. Luego bajó la voz—:

¿Hemos hecho bien al venir? ¿Sabe lo que siento principalmente, y en este preciso momento con más intensidad que nunca en mi vida? El puro período de tiempo que hay entre el almuerzo del viernes y el desayuno del lunes.

Winter miró su reloj.

—¿Va a haber almuerzo del viernes?

—Si conseguimos llegar, imagino que sí; un señor almuerzo. No parece que nuestros amigos conozcan las estrecheces de ningún tipo. Supongo que todos esos libros tienen que haberle reportado una fortuna. Y eso, sin duda, se suma al desconcierto de la situación actual, ¿no le parece? Imagine —dijo Toplady, sintiéndolo de verdad— que a sus bonos y cheques de dividendos empezaran a pasarles cosas raras.

—Ya me cuesta imaginar que pasen cosas raras con los manuscritos de Eliot. No me sorprendería que esa parte de la historia sea fruto de la imaginación de Timmy.

Toplady miró con disimulo a su espalda.

—Timmy es bastante excéntrico, no cabe duda. Supongo que en su familia pasa tres cuartas partes de lo mismo. El trimestre pasado, por ejemplo, hizo algo muy curioso: me envió una larga serie de sonetos.

—¿Sonetos?

—No me explico por qué. La verdad es que no me interesa mucho la poesía, y no me sentía capaz de analizarlos. —Toplady miró a Winter con una pizca de incertidumbre—. Además, descubrí que el año pasado envió exactamente los mismos poemas a un hombre de Balliol; a un hombre negro.

—Mira por dónde...

—Así que es una persona bastante incomprensible. Pero no creo que se inventase nada sobre las vergüenzas de su padre. Y supongo que coincidirá conmigo en que, sean cuales sean los hechos, que sin duda queremos conocer con mayor profundidad, es probable que constituyan una situación delicada, que haya que abordar con tacto.

—Sí —dijo Winter.

—Creo que lo que debatían en el tren —continuó Toplady, escrupuloso—, aunque usted no sospechase que me cuestiono los motivos de la gente interesada en ese tipo de cosas, entre la que sin duda cabe suponer que se encuentra el propio señor Eliot, ha propiciado, quizá infelizmente...

—Estoy de acuerdo —dijo Winter— con lo que está en proceso de decir. —Asomó la cabeza por el granero con cautela. Le parecía haber oído el zumbido de un motor ahí al lado.

—Timmy ha asegurado —dijo Toplady— que usted confía en poder resolver...

Winter lo interrumpió bruscamente.

—Le garantizo que al menos eso es una sandez de Timmy. Estoy convencido de que no voy a resolver nada. Ni usted tampoco.

Toplady no rebatió esa pulla acaso innecesaria.

—Entonces espero —dijo sin inmutarse— que encontremos a la persona que pueda hacerlo.

Alguien estaba silbando. Una tenue melodía, suntuosa a la par que renqueante, como el recital de un síntoma neurótico, envolvió el granero. Hubo un intervalo de silencio, y luego se repitieron los pasajes, con tal lentitud que resultó evidente que el silencio buscaba permitir una valoración imparcial. Esta vez la melodía se acercó un poco más, ralentizándose a medida que avanzaba. Se produjo otra pausa considerable, y luego un cambio de tema, que aceleró con decisión con un par de compases de la obertura de *Fígaro*.

—Disculpen —dijo una voz—, ¿están con el señor Eliot?

Winter y Toplady giraron la cabeza. Una joven, cubierta por un chubasquero mucho más grande que ella, había doblado la esquina del granero. En ese momento el señor Eliot apareció a su espalda.

—Mi querida Patricia —gritó—, ¿cómo nos has encontrado?

La joven llamada Patricia entró en el granero y, sacudiéndose la cabeza descubierta, lanzó una ráfaga de gotas.

—He visto los gorriones —dijo— y me lo he imaginado.

El señor Eliot, que estaba empapado hasta los huesos y a la vez débilmente iluminado, como un santelmo o un fragmento de fuego griego, hizo las presentaciones.

—Este es el señor Winter, el tutor de Timmy; y este es su amigo, Hugo Toplady. Nuestra rescatadora es Patricia Appleby.

La señorita Appleby acompañó los murmullos de rigor con una mirada escudriñadora.

—Me manda Belinda —le dijo al señor Eliot—, y le he prometido que dentro de quince minutos estarían almorzando. Así que en marcha. Estarán hambrientos, aunque supongo —y miró por primera vez a Timmy— que habrán tomado caramelos por el camino para vigorizar cuerpo y alma.

—Chocolate —dijo el señor Eliot, sonriente.

—Antes solían ser caramelos. Webster, ha pasado un siglo desde la última vez que te vi.

Durante un segundo ambos se miraron como salvajes tímidos y cautelosos. La respuesta de Timmy, divertida por curiosa, fue un extraño murmullo; se acercó un poco más a Toplady. La joven, delgada y de una belleza cincelada, se colocó un mechón de pelo mojado detrás de la oreja, y el movimiento reveló una barbilla más decidida que la del propio Timmy.

—Has crecido —dijo, y se giró bruscamente hacia los otros.

Sin duda Timmy había crecido. Pero en ese segundo de vida, la declaración física y el giro brusco planteaban un desafío tan directo y primordial como el juego del escondite en el Edén. De repente, Winter cayó en la cuenta de que ese fin de semana había salido de un claustro. Se giró hacia el señor Eliot.

—Soy viejo —dijo—, y me preocupo por vanidades.

El señor Eliot, que relucía ligeramente bajo la luz tenue del granero, reflexionó unos segundos. Entonces, por el mero hecho de que le gustaba captar las insinuaciones, resplandeció con un brillo centellante.

—Siempre nos quedará el almuerzo —dijo—. Patricia, el coche.

—Y Winter siguió a los demás bajo la lluvia, sumiéndose en una penumbra repentina y traicionera.

El coche, que brillaba cual paquidermo acicalado, estaba aparcado junto al granero. Era grande y nuevo; la carrocería, color blanco Ana Estuardo, no tenía arañazo ni mancha alguna; y dentro el aire era cálido y seco. Winter, sentándose junto a la señorita Appleby, se preguntó distraídamente hasta qué punto su anfitrión sentía apego por esos regalos de la Araña. Todo indicaba que la vida en la Residencia Rust, en palabras de Toplady, no conocía las estrecheces de ningún tipo. Por otro lado, también es verdad que buena parte del esfuerzo humano está destinada a obsequiar a los ricos con numerosos productos y servicios, y ese proceso, a diferencia de *lady* Pike y la señora Birdwire, no es algo que los ricos puedan eludir mediante curiosas maniobras en los trenes. Ser ostentoso es, para el hombre rico, el camino más simple; mientras ser espléndido para satisfacción de los demás, sin llegar a resultar una carga angustiosa para uno mismo, exige una reflexión considerable. Quizá el señor Eliot compró los coches que le recomendaron y dejó que su gusto por la elegancia discreta se expresara en la pintura.

—No es mi estilo de coche —dijo Patricia Appleby, como si pudiese hacerse una idea de los pensamientos de Winter—. Pero parece que sabe controlarse. ¿Se da cuenta de que cuando uno hace esto —y pisó el acelerador—, el coche lo empuja en la espalda con suavidad, pero también firmeza? —Avanzaron a toda velocidad entre setos altos y empapados, cual hoja en un vendaval—. Y lo único que se oye son los neumáticos.

—¿Le gustan los coches? —preguntó Winter, que se tomó unos segundos para adaptarse a la conversación con una mujer joven.

—¿Que si me gustan los coches? —Las manos de la señorita Appleby se deslizaron suavemente sobre el volante y las marchas, y el coche ralentizó, trazó con precisión una curva cerrada, esquivó de milagro a un perro medio ahogado y pegó un brinco, acelerando pavorosamente de nuevo—. Nada de nada.

Avanzaron un minuto en silencio, y doblaron otra curva que obligó a Winter a apretar los pies contra el suelo. En la parte de atrás, un Timmy entusiasta charlaba con Toplady sobre un paisaje invisible tras las cortinas de lluvia; el señor Eliot, quizá abrumado al imaginarse la pródiga fiesta que le aguardaba, se acurrucó discretamente en su rincón.

—Belinda, Timmy y yo —dijo la señorita Appleby, como si le pareciese que hacer un comentario menos negativo que el último sería educado— fuimos juntos al colegio. Pero no veía a Timmy desde entonces; ni tampoco a Belinda, hasta que no hace mucho empezamos a trabajar juntas. ¿Cree usted en la educación mixta?

—En la sala de profesores, las creencias de uno rara vez se ven desafiadas de una forma tan abierta.

—La verdad es que no lo sé —dijo Winter—. Pero el sistema parece producir encantadoras... —La señorita Appleby pisó el acelerador hasta aniquilar lo que iba a ser, Winter se percató, un cumplido fatuo.

—Yo sí —dijo—. ¿Ha estado alguna vez en un *college* femenino?

—No a efectos prácticos.

—Pues vaya. ¡Je, je! ¡Y el lirio de ella se quiebra[9]!

—¿Cómo dice?

—*El claustro español,* un poema.

—Ah, sí, pero, si me permite, es el lirio de él. Además, estoy convencido de que la mezquindad de los monasterios no tiene nada que envidiar a la de los conventos. No obstante, sería bonito ofrecer a Oxford una generosísima cantidad de dinero para fundar un *college* mixto. Puedo imaginarme perfectamente a mi colega Horace Benton...

—¿Horace Benton? —dijo la señorita Appleby—. Le he enviado un telegrama esta mañana.

—O al viejo Mummery...

—¿A Mummery? A él le he enviado otro. —La joven miró a Winter con curiosidad—. Me temo —dijo en tono formal— que no me he quedado con su nombre.

[9] Referencia al poema «Soliloquio del claustro español», de Robert Browning.

—Winter.

—Qué extraño.

—¿Extraño?

Negó con la cabeza.

—No tenía que haber dicho nada. Una violación del secreto profesional —dijo, apartando los ojos de la carretera y mirándolo con una solemnidad irónica—. Ya hemos llegado.

El coche atravesó la verja principal y enfiló, ronroneando, el camino.

El comportamiento del señor Eliot en la estación de Rust había sido, curiosamente, muy similar al del doctor Bussenschutt en el empalme. Pues Bussenschutt, al igual que Eliot, estaba determinado a hacer una salida discreta; solo que su método fue un poco distinto y estuvo a la altura de la dignidad de su posición. Al porteador que llegó para recoger sus maletas, Bussenschutt le dijo rapidísimo:

—Escóndalas.

—¿Cómo dice, señor?

—Me gustaría pasar inadvertido, buen hombre. Escóndalas.

Bussenschutt desembolsó lo que le parecía una cantidad suficiente de dinero, miró con curiosidad a los huéspedes del señor Eliot montándose en los coches color crema, se fijó con cautela en otro coche grande, que esperaba al otro lado del patio, y se retiró al servicio con una pila de libros. Se concedió una pausa de diez minutos con la *Revista de arqueología clásica* y luego volvió, perseverante, a *Pequeños granos de arena*. La meticulosidad había sido la tónica de su carrera. La riña con su colega Mummery se remontaba a una ocasión en que este le dijo, acompañando sus palabras de un resoplido considerable, que la meticulosidad solía ser una triste sustituta de la lógica.

Casi todos los viajes de Bussenschutt habían sido por los reinos dorados de la literatura. En alguna ocasión puntual visitaba con un grupo de colegas helenistas esa preciosidad que era Grecia; pero lo habitual era que cruzase esos mismos territorios sin salir de las cuatro paredes de su biblioteca. Leyendo *Pequeños granos de arena*, relato de la señora Birdwire sobre sus viajes por Australia Central, lo horrorizaba que esos lugares pudieran existir, y aún más que se celebrasen con una prosa tan atroz. No obstante, lo leyó con atención hasta el final. Después dio otro reconfortante traguito de arqueología y se puso con el siguiente volumen. Antes de marcharse de Oxford se había pertrechado con las obras completas de la señora Birdwire en la librería del señor Blackwell.

Conviene apuntar que todas las historias de la señora Birdwire empezaban y concluían en un antiguo jardín inglés. El núcleo del libro podía discurrir sobre los esquimales o los bantús, el Loira o el Limpopo, las corridas de toros o la exploración ártica, pero ese jardín siempre yacía tranquilamente a ambos extremos, abarrotado de flores que brindaban a la viajera un millar de despedidas aromáticas, patrullado por perros con la misión de reconocer a su muy resistente señora y recibirla con gran alboroto a su vuelta a casa. El doctor Bussenschutt, que no sabía nada de horticultura, sintió que debía dar a las flores el beneficio de la duda. Pero el tema de los perros lo veía con muy malos ojos; eso mismo ya se había hecho con mayor efecto y frugalidad en la *Odisea*. Así que se saltó el siguiente jardín, se cubrió con su abrigo y navegó con la señora Birdwire rumbo a la isla de Tango. Al parecer, a los habitantes de Tango se les concedía una botella de whisky por cabeza los lunes por la mañana; los jueves, los viernes y los sábados, el administrador organizaba fiestas en su jardín con un fabuloso bufé; y los domingos, el obispo de Tango-Tango ofrecía un espectáculo una vez acabado el servicio divino. La señora Birdwire quedó impresionada y conmovida por la lealtad del pueblo de Tango a la idea imperial. Bussenschutt, impasible, cerró el libro y se levantó para echar un vistazo de reconocimiento. El tren regional se había marchado, y también el coche grande que había estado esperando al invitado del señor Shoon en el patio de la estación. Bussenschutt salió al andén, miró a un lado y a otro al más puro estilo fugitivo y llamó a su porteador.

—Consígame un sándwich de jamón sustancioso y un taxi discreto —le dijo.

La confianza que destilaba su petición no tenía nada que envidiar a la de la mismísima señora Birdwire dirigiéndose a un grupo de *sherpas*, *felahs* o caribeños; el sándwich llegó y Bussenschutt se lo comió mientras deambulaba, estudiando un mapa. El taxi llegó poco después e hizo gala de su notable discreción; el conductor era un anciano que vestía una bata.

—Buenos días tenga usted, maese —dijo Bussenschutt, que adoptaba unas formas notablemente tradicionales en las excursiones rurales—. ¿Va bien surtido de combustible?

El conductor, tras someter esa pregunta a alguna especie de interpretación mental, respondió que iba bien.

—Voy a la abadía Shoon, pero propongo que antes demos una vuelta. Lléveme —consultó el mapa— a Little Limber. —Tras supervisar la colocación de sus maletas, montó en el taxi—. Conduzca sin prisas —ordenó—. Estoy sumido en el estudio.

El taxi se deslizó por Inglaterra, una Inglaterra gris, húmeda y hermosa en noviembre. Los árboles de hoja perenne estaban pulidos por la lluvia, y sus bayas eran como fuegos oscuros; los campos de rastrojos se alternaban con las tierras de labranza, y se extendían con su tenue color dorado bajo el vuelo de los zorzales alirrojos; los robles y los fresnos, recortándose contra el cielo, se desnudaban cual atletas a medida que su opulencia otoñal se desvanecía; el sol, asomándose y ocultándose entre nubes de lluvia que se acercaban, erigió al norte un arcoíris fragmentado que parecía pintado por Constable o Crome. Sin embargo, Bussenschutt no tenía ojos para esas apariciones hermosas e inspiradoras; también su oído estaba cerrado al canto del faisán y del zorzal real. Había tirado *Pequeños granos de arena*, junto con el libro sobre la isla de Tango, a la cuneta, y ahora se concentraba en *Minaretes, monasterios y yo*. Cuando el taxi por fin se detuvo, levantó una mirada ceñuda.

—Mi querido amigo —dijo con tono ofensivo—, ¿en qué caserío miserable estamos?

—En Little Limber, señor. Donde me ha pedido que lo trajera.

—¡Ah! Continúe —Bussenschutt lanzó una mirada distraída a su mapa— hacia Pigg.

—¿Pigg, señor? Hemos pasado por Pigg hace menos de un cuarto de hora. —El anciano al volante se sentía ofendido. Si su cliente hubiera mostrado un interés pasajero por el campo, lo habría catalogado como un urbanita excéntrico e inofensivo. Sin embargo, se negaba a trabajar por motivos que ofendiesen a la razón humana.

—Mi médico —dijo Bussenschutt rápidamente— me ha prescrito ejercicio en coche. Continúe hacia Pigg. —Acababa de leer que la señora Birdwire era experta en acceder a las instituciones menos conocidas de Oriente Próximo disfrazándose de eunuco.

El anciano rodeó a regañadientes el parque de Little Limber y puso rumbo a Pigg. Había caído un chaparrón, y el aire tenía un remoto aroma acre a tierra; las bandadas de pinzones atravesaban un cielo cuyo gris mostraba un ligero toque verde y otro azul. Pero Bussenschutt siguió leyendo a su ritmo normal de ciento ochenta páginas por hora. Al parecer, los camellos sentían un apego desorbitado por la señora Birdwire, y la acariciaban con el hocico. Bussenschutt recordó que ese era un comportamiento que hasta ahora se atribuía a los perros de los epílogos. Siguió leyendo. Los perros del epílogo de *Minaretes, monasterios y yo*, aduladores, se frotaban contra su dueña.

—Pigg, señor.

Bussenschutt levantó los ojos de su libro.

—Hola otra vez, Pigg —dijo con jocosidad—. Ahora ya puede dirigirse a la abadía Shoon, maese, pero de camino pase por Snug.

El conductor ya ni siquiera protestó. Tomó nota para aumentar la tarifa tres céntimos por kilómetro, rodeó el parque de Pigg, condujo a un ritmo constante atravesando Little Limber y enfiló una carretera sinuosa.

—¡Pare! —dijo Bussenschutt de repente—. ¿A quién pertenece esa original casa en la colina?

—A la señora Birdwire, señor.

—¿La señora Birdwire? Qué cosa más curiosa —dijo Bussenschutt con una falsedad innecesaria—. ¿Y es ese el camino por el que sube su coche?

—Sí, señor.

Bussenschutt miró la hora.

—Mis amigos de la abadía —dijo— pueden esperar. La señora Birdwire y yo hemos estado juntos por todo el planeta, me parece que lo más apropiado es hacerle una visita. —Cerró *Minaretes, monasterios y yo* y lo tiró detrás de un seto—. Suba.

4

Cuando entró en el comedor, ya casi al final del almuerzo, Winter tuvo la sensación de que ya había vivido todo eso. Él ya había estado en ese mismo momento, hacía mucho tiempo, entre esa multitud, que se atiborraba de las mismas natillas y hojaldres con idéntica vivacidad, igual de ajena a la profunda singularidad del proceso.

La reacción instintiva ante una sensación así es comprobar hasta dónde encajan los detalles. Winter miró a su izquierda y vio una tortilla dulce que, sin duda, formaba parte de la imagen; frente a él vio un plato de sopa con esa misma familiaridad remota, pero penetrante; al mirar a su derecha vio un merengue, y con él la ilusión se desvaneció. Sería el cansancio, se dijo; el agotamiento gasta bromas desconcertantes. Nuestra conciencia parpadea un momento y una escena se cuela, pasando desapercibida, en la región de la memoria, de la que rebota al instante con el aspecto de un recuerdo, para enfrentarse a las impresiones directas de un segundo más tarde. Quizá sea el más desconcertante de todos los trucos, relativamente normales, que hace la mente. El doctor Herbert Chown, cuyas facciones, a menudo publicitadas, reconoció mesa abajo, lo llamaría paramnesia...

Winter, confundido y perturbado, recordó su sueño de la noche anterior, en el que se movía entre ese mismo sonido balbuceante, esa cháchara continua y semiautomática. La única diferencia radicaba en que la cháchara de sus sueños era entre catedráticos, mientras que esta era entre personas que hablaban con un tono más alto y dos más fuerte, amén de hacer bastante más ruido con vasos, tenedores y cucharas. El comedor del señor Eliot, en esa sospechosa celebración, también recordaba peligrosamente a otro sueño: la pesadilla de volver al colegio. La mesa era casi igual de larga; la edad mental de quienes estaban a su alrededor no sería muy distinta; pero la sopa, y Winter se alegró de comprobarlo, sí que era de otro mundo.

Decidió explotar una variante de esas reflexiones para hacer su propia contribución necesaria a la algarabía. Se giró hacia el merengue.

—Al igual que la gente más pueril —dijo con tono grave—, tengo la convicción latente de que no deberían haberme dejado salir del colegio, y por ende temo que puedan mandarme de nuevo allí. ¿Ha leído *El padre pródigo* de Storer Clourston? Versa sobre un abogado de Edimburgo muy respetable que empieza a rejuvenecer en vez de envejecer. Una idea macabra por su exquisitez. Ser como Peter Pan y no crecer jamás: he ahí una situación que vemos por doquier a nuestro alrededor. Sin embargo, retroceder lenta e inexorablemente hacia la humillación de la cuna..., la idea es digna del mismísimo autor del *Inferno*. ¿No le parece?

Tras pronunciar esas palabras, Winter miró hacia el destino del merengue. Vio a una anciana de pelo plateado, con un sombrero que más bien parecía un nido macizo, y alrededor del cuello uno de esos collares de encaje reforzados con postes de hueso en miniatura. La anciana asentía con vehemencia, tanto que Winter casi esperaba que unos pájaros alarmados alzasen el vuelo desde el sombrero, y mientras asentía se sonrojó ligeramente. Por un instante pareció buscar una secuela verbal para su gesto de conformidad, pero acabó refugiándose en el enorme trozo de merengue, del todo inapropiado. Al parecer, no era de las que hablaban, así que Winter se giró hacia la tortilla dulce. Esta vez probó con algo más sencillo.

—Una fiesta muy animada —dijo. Recordó que en su sueño la función de la cháchara era crear una distracción para resolver un problema. Y ahora, mirando a su alrededor, se convenció de que el ambiente de la Residencia Rust no era propicio para el esclarecimiento razonado de misterios—. Me temo que no conozco a casi nadie —añadió.

—El encuentro —dijo el hombre que se estaba comiendo la tortilla dulce— es único. Conmemora una de las mejores novelas de la industria editorial moderna. —Era un hombre corpulento, con un traje holgado de *tweed* verde y una mirada traviesa, que hablaba con gran pompa—. Piense —continuó, y a Winter le quedó claro que era de los que hablaban—, piense en veinte libros cualquiera que venden en Inglaterra. Por lamentable que resulte la confesión, es muy probable que seis de ellos sean simple y llanamente malos. Y otros seis, sin ser malos, son de todo punto anodinos. Solo los otros ocho proporcionan placer a sus lectores, como quien dice, y, de esos ocho —el hombre corpulento hizo un gesto teatral sobre la mesa—, dos los ha escrito nuestro anfitrión.

Winter dijo que eso era extraordinario.

—En efecto, es extraordinario —confirmó el hombre corpulento—. Sobre todo si tenemos en cuenta que el producto lleva ya muchos años ocupando una posición sólida en el mercado. —El hombre se henchía al hablar, con un efecto ranesco potenciado por su amplio traje de *tweed*—. Es un trabajo de beneficencia al que me enorgullece estar vinculado.

Hizo otro gesto, esta vez de esos importantes, que la mente de Winter asoció con directores de empresa en juntas de accionistas. Y luego, inexplicablemente, estalló en una sonora carcajada y se giró hacia su otro vecino de mesa.

La anciana, vigorizada tras comerse su merengue, reunió el valor suficiente para hablar.

—Me temo —dijo— que en esta fiesta nadie ha creído necesarias las presentaciones. ¿No conoce al señor Wedge? Sus imitaciones son de lo más divertido, ¿no le parece?

—¿Sus imitaciones?

—De todos los editores. Ahora mismo estaba imitando a *sir* Richard Fell. No conozco a *sir* Richard, pero estoy convencida de que lo ha hecho a la perfección. Si me permite la heterodoxia, le diré que soy la señora Moule. A veces verá mi nombre en letras chiquititas en los carteles de teatro.

Winter emitió un sonido que sugería que a veces sus ojos se fijaban en las letras chiquititas.

—Yo soy Winter —añadió.

La señora Moule, era obvio, pasó unos segundos intentando ubicar a Winter entre los mirmidones de la Araña. Al no conseguirlo, preguntó:

—¿Y no conoce a mucha gente por aquí? —Titubeó, sonrojándose ligeramente, para luego añadir, en un arranque de resolución—: ¿Es usted el detective?

Sorprendido, Winter se tragó un bocado de pescado.

—Me temo que no. Si se me concede una vida larga, me llamarán arqueólogo clásico. Es un campo de fisgones, que podría ayudarme a convertirme en detective, en caso de ser necesario. Le importaría decirme por qué...

Una confusión rosácea se había apoderado de la señora Moule.

—Lo siento muchísimo, sabrá perdonarme. Creo que ahora algunos policías son bastante... Pero ha sido una tontería. Verá, me consta que van a traer a un detective —su voz se convirtió en un susurro—, con discreción.

—Al parecer, han traído a un montón de gente con discreción.

La anciana miró a Winter con una expresión inquieta y ausente a la vez; él pensó que ya no estaba usando los ojos, sino los oídos; aguzándolos para escuchar algo más allá de la cháchara estridente que los rodeaba.

—¿Alguna vez ha desvalijado una tumba? —preguntó a los pocos segundos.

—Me temo que nunca he logrado largarme con un tesoro significativo. Pero he excavado un poco aquí y allá.

—¡Vaya por Dios! Sabía que estaba usando la terminología incorrecta. Pero ¿ha explorado tumbas —en la voz de la señora Moule se percibía un tono de asombro— en Egipto?

—Sí, como aficionado. Se sale un poco del itinerario del hombre clásico.

—¿Alguna vez ha sufrido una maldición?

—Eso seguro que no.

—Eso nunca se sabe —dijo la señora Moule, lúgubre.

—Vaya, espero que usted no haya vivido en sus propias carnes algo parecido...

Winter la miró y comprendió que esa frase de cortesía había sido un error. Aceptando rápidamente otro merengue, la señora Moule habló de auras y cuerpos astrales, de emanaciones, reencarnaciones y manifestaciones ectoplásmicas, de la Gran Pirámide y de acontecimientos sorprendentes en lugares encantados y salas oscuras. Habló de los movimientos de la Gran Memoria y el Nuevo Pensamiento; de las supersticiones populares de las Tierras Altas escocesas y el conocimiento esotérico de Oriente; presentó, dentro de los límites difusos de su argumento, toda una mitología inferior de seres sobrenaturales: criaturas de fuego y aire, hadas venidas a menos y los aún potentes *aes sídhe*, divinidades oscuras de México y dioses salvajes del Nilo. A Winter le pareció que la señora Moule tenía una imaginación intensa, amplia y muy, pero que muy indisciplinada. Ese tema de conversación no era una obsesión; representaba la limpieza de uno de sus muchos trasteros desordenados, en un arrebato que aún no le había sido revelado. Era fácil suponer que los mismos acontecimientos misteriosos que habían llevado la mente sofisticada del señor Eliot a un debate metafísico estaban detrás de los escarceos de su colaboradora con lo simple y llanamente siniestro.

Winter estaba al tanto de algunos de esos acontecimientos, pero buena parte permanecían, obstinados, en la sombra. Decidió pasar a un ataque calculado.

—Todo este tema de los fenómenos inexplicables es sin duda fascinante, y supone un material extraordinario para la escritura creativa. Cuando uno se para a pensarlo, todas las grandes historias del mundo tienen algún elemento sobrenatural. Obviarlo equivale a sacrificar muchísimos efectos narrativos fabulosos. ¿Es el señor Eliot una de esas personas con una imaginación propensa a lo sobrenatural? ¿Hay algo verdaderamente sobrenatural en sus libros?

La señora Moule se lo pensó.

—Hay un fantasma en *La telaraña carmesí*. Pero resulta ser el mayordomo despedido, que vive en secreto en la bodega y por las noches merodea por la casa en estado de embriaguez. Y esa es la tónica general: las apariciones sobrenaturales son permisibles para crear una emoción momentánea, pero al final han de tener una explicación real. El quid de la cuestión es que el lector o el espectador ha de sentirse seguro.

Winter se olvidó por un momento de que estaba buscando información de manera indirecta. La anciana era inteligente.

—¿Seguro? —preguntó Winter.

—Lo sobrenatural no tiene reglas conocidas, y hoy día solo estamos cómodos cuando hay reglas. Si queremos divertirnos con nuestros juegos estereotipados, o que nuestros motores funcionen, o conservar la línea, tenemos que seguir las reglas. Los últimos libros del señor Eliot tienen éxito porque todo está sometido a reglas que el lector conoce. Por lo general hay un puzle que el lector puede resolver mediante reglas; y eso implica que, en el microcosmos del libro, el lector es un maestro. Aunque el lector apenas se percate, los libros cubren esa necesidad de seguridad. La vida real es terriblemente insegura, porque Dios es capaz de sacarse de la manga una o dos reglas cruciales y darnos sorpresas desagradables. Al señor Eliot no se le permite hacer eso; en un libro-puzle las sorpresas siempre son agradables, porque se sobreentiende que nuestra inteligencia es muy superior a ellas. Al conocer las reglas, podemos controlarlas si queremos.

Era harto curioso, se dijo Winter, que esa anciana competente, que con tan buen ojo habían escogido para colaborar con el señor Eliot en lo que Wedge había denominado «trabajo de beneficencia», también fuera capaz de decir sandeces sobre el Nuevo Pensamiento y los cuerpos astrales.

—En cuanto a esas reglas ocultas que a Eliot no le permiten usar —dijo Winter—, ¿cree usted que Dios guarda algunas en la Gran

Pirámide? ¿Y que quizá las esté sacando para acosar a nuestro anfitrión?

Al oír esa pregunta, la señora Moule, que había estado charlando con brío y ánimo, se llevó una mano nerviosa a la pequeña empalizada que le rodeaba el cuello. De manera involuntaria, o por principios, volvió a convertirse en una anciana muda y timorata; una maestra de escuela que se había abierto camino a pesar de no haber tenido nunca confianza en sí misma para enfrentarse al mundo. Y, de nuevo, la mujer pareció estar escuchando algo que no formaba parte de ese almuerzo festivo: la sugestión era tan potente que el propio Winter se descubrió aguzando el oído para escuchar quién sabe qué.

—Verá —comentó Winter al punto—, aunque no soy detective, me han traído para desvelar un misterio, cuya cabeza asoma y se esconde constantemente, de manera un tanto irritante. Aunque parece muy preocupado, Timmy Eliot se divierte envolviendo dicho misterio en un halo de desconcierto. El propio Eliot lo vincula a la metafísica, y usted parece vincularlo a la magia. Como recién llegado, con un punto de vista más o menos objetivo, lo que yo veo es una broma compleja, quizá con una finalidad práctica. Si se plantease la cuestión y pudiésemos inspeccionarla, como quien dice, quizá podríamos decidir quién está en lo cierto.

La señora Moule parecía cada vez más nerviosa.

—Señor Winter, ¿ha oído...?

—Una parte de la historia, sí.

—Ah, la historia. —La anciana mostró un ligero alivio. Reflexionó, y respiró hondo—. Señor Winter —dijo en tono grave—, se han producido manifestaciones. —El nido asintió con vigor—. Toda la verdad radica ahí. Si no es capaz de creer en esas cosas, y sé de sobra que hoy día muchas de las mejores mentes no lo son, toda la verdad lo eludirá; más le valdría no haber venido. Un espíritu, un espíritu conectado con..., con los libros, está presente en toda la casa. Lo sé.

—Cielo santo, parece usted muy convencida. Quiere decir que ha visto...

—¿Si he visto? —dijo la señora Moule, con ligero énfasis—. No he visto nada. —Hizo una pausa, para cambiar un poco de tercio—. ¿Le han contado lo de los manuscritos? Algunos de los manuscritos del señor Eliot han estado...

—Reescribiéndose. Lo sé. Pero ¿reescribiéndose de auténtico puño y letra? ¿O solo retecleándose? Lo importante son esos detalles. Y antes de admitir que aquí hay un espíritu en acción, me gustaría saber muchas cosas sobre las cerraduras y las llaves.

Durante unos segundos, la señora Moule pareció esforzarse por aceptar ese punto de vista ordinario. Luego apoyó la mano en el brazo de Winter.

—Sé —dijo— que existe un peligro, un peligro real, en esta casa. Se está preparando algo. Un desastre. Una trampa. —El rubor le iba y le venía—. Sé que este es el lenguaje que me paso la vida usando en los diálogos teatrales, pero ahí está el quid de la cuestión: es nuestra propia imaginación, nuestra propia mercancía, lo que nos acecha. Ahí radica la sutileza.

—Coincido con usted. Pero es la sutileza, sin duda, de un bromista ocioso de carne y hueso; puede que con un propósito no muy siniestro.

—Señor Winter, ¿sabe exactamente cómo se han estado reescribiendo los manuscritos?

—Según Timmy, el resultado ha sido que el protagonista, la Araña, ha cambiado de opinión y ha decidido seguir su propio camino.

La señora Moule asintió.

—Ese es el resumen. —Titubeó—. La verdad es que no sé si tengo autorización para contarle más. —Le lanzó una mirada tan penetrante que, por unos segundos, se sintió harto incómodo—. Pero se lo voy a contar, pues siento que tengo que justificar lo que le he dicho: que un pavor inminente se cierne sobre la Residencia Rust...

—Pavor —dijo una voz animada—. Eso me recuerda algo.

Aquel no era un ambiente propicio para el esclarecimiento razonado de misterios, volvió a decirse Winter. Lanzó una mirada sombría al editor Wedge.

—Me recuerda —dijo Wedge— que soy responsable de toda una montaña de libros sobre política. Señora Moule, ¿se lo he contado alguna vez?

La señora Moule, que quizá agradecía un respiro, le aseguró que no.

—El caso es que yo nunca hago libros de ese tipo, pero fui yo quien echó a rodar el balón. Fue por una serie de poemarios refritos, con una encuadernación neovictoriana de terciopelo horrenda. La colección se llamaba Libros de Estribor y tuvo muchísimo éxito. —Lanzó a Winter una mirada rápida, estudiándolo—. No esperaba que en Oxford o Cambridge la demanda fuese inmensa, pero en el mundo exterior las ventas fueron a pedir de boca. ¿Conoce a Andrew Urchart?

Sin ninguna cordialidad, Winter dijo haber conocido a Andrew Urchart en una fiesta.

—Andrew es un tipo listo. Sabe a qué apuntarse, y cuándo. —Wedge sonrió, satisfecho—. Llamó por teléfono a uno de sus colaboradores jóvenes para que se pusiera a trabajar en una serie de Libros de Babor. Solo que Andrew es escocés.

Winter y la señora Moule lo miraron con cara de póquer.

—Como Andrew es escocés y pronuncia de aquella manera, resulta que el joven empezó a trabajar en la serie Libros de Pavor. Como es natural, comenzó por el Pavor Rojo, por los comunistas, y luego hizo el Pavor Amarillo y el Pavor Marrón. Andrew se dijo que podría publicarlos, y los Pavores superaron con creces a los Estribores.

La señora Moule se rio con una potencia inesperada. A Winter, tenía que admitirlo, aquello le pareció bastante divertido.

—Y así se creó la moda —siguió Wedge, con tono grave—, y ahora tenemos todo este aluvión de libros sobre política. Los Pavores tuvieron tanto éxito que, cuando al joven colaborador de Andrew se le acabó el material más o menos auténtico, empezó a inventárselo. Estaba, por ejemplo, el Pavor Caqui, temible movimiento ultraderechista de Mónaco. Y el Pavor Ultravioleta... Atención, parece que la gente se mueve. —Se levantó—. Pavores cultos, por así decirlo.

Una ocurrencia divertida, pensó Winter, pero sin demasiado futuro.

Pasaron a una sala anónima, que podría sugerir a un observador lo bastante atento que su dueño era tanto un viudo como un viudo con una hija favorita, donde Winter pudo analizar al grupo al detalle. Le habían arrebatado a la señora Moule, probablemente justo antes de la revelación. En el hueco profundo de una ventana, que parecía frío, pero en realidad estaba caldeado con radiadores eléctricos, la anciana escuchaba a un hombrecillo con una de esas barbas enrevesadas e increíbles a las que tan acostumbrados están los franceses por los anuncios de remedios para los barbudos; se agitaba frenéticamente, cerquísima de la cara de la señora Moule, donde el rubor iba y venía con la regularidad propia del cartel de neón más rudimentario. Winter imaginó que aquello era un monólogo de escándalo, y se abstuvo de intervenir. Su segundo vecino en la mesa del almuerzo estaba en el centro de un pequeño grupo, junto a una chimenea al otro extremo de la sala; Winter lo veía frotarse las manos, apoyándose de cuando en cuando en una sola pierna: probablemente estaría haciendo otra de sus famosas imitaciones. Tras aceptar la taza de café que le ofrecía Belinda Eliot, Winter se retiró a un cómodo rincón.

Ahí estaban los Eliot. Belinda, con la que solo había cruzado una palabra, tenía una nariz respingona que parecía enana bajo las inmensas gafas redondas, eclipsadas a su vez por una frente amplia y abultada. A ese aspecto, que casaba bastante bien con las primeras imprentas, había que sumar una mirada calculadora y práctica, que en ese momento parecía fijarse en su hermano. Timmy seguía pegado a su Hugo, mientras que los ojos de su Hugo deambulaban con cautela por la sala, acaso en busca de alguien con una corbata como la suya: uno no puede encontrar mejores padrinos que quienes fueron a su colegio privado. El ser humano tiene una dependencia de los ojos que raya lo absurdo, y eso crea la sutil jerarquía de sastres y sombrereros; lo que de verdad necesitaba Toplady en ese ambiente desconocido era la sencillez primitiva de una nariz.

Winter buscó a su anfitrión. El señor Eliot se movía entre sus huéspedes con la cordialidad meticulosa, pero poco convincente, de alguien cuyo cuerpo seguiría de buena gana a su cabeza para irse a cualquier otro sitio. En ese momento estaba estrechando la mano del doctor Chown, y Winter pudo leer una sorpresa de lo más efímera; no cabía duda de que se mostraba cordial hasta con un invitado inexplicable, que no sacaba tajada de las fortunas de la Araña. El señor Eliot era, definitivamente, un hombrecillo agradable, como suelen ser los que aún conservan algo de su niñez. Winter se alegró de sentirse escéptico respecto a los presagios de la señora Moule sobre trampas y desastres venideros. Se preguntó quién sería el responsable de la idea, mencionada por la señora Moule, de traer a un detective. El propio señor Eliot, aunque estaba a todas luces perturbado, parecía seguir unos razonamientos que no diferían mucho de los de su colaboradora; solo que él hablaba de problemas metafísicos, mientras que la anciana se refería a planos astrales. En ningún momento había demostrado ser consciente de que solo le estaban gastando una broma pesada; además, Timmy explicó que su padre sentía una aversión comprensible, aunque compasiva, por los detectores del crimen de carne y hueso. Quizá Timmy, al traer a Herbert Chown a Rust, se estaba guardando un as en la manga. O quizá Belinda...

—Disculpe —dijo una voz—. Creo que no lo conozco.

La voz había hecho una observación; también había emitido un juicio, con una ingenuidad encantadora. Winter hizo una reverencia.

—Soy Gerald Winter, un arqueólogo.

—Yo soy Peter Holme —dijo el desconocido, y pareció titubear un instante entre el artículo definido y el indefinido—, un actor. Solo quería preguntarle si le interesan las obras de teatro *amateur*.

—No, por Dios. Y apuesto a que a usted tampoco.

Holme esbozó una sonrisa hermosa, aunque demasiado tierna.

—A mí seguro que no. Pero en esta fiesta siempre esperan que organice algo, ¿sabe?

—¿Quién espera?

Esa pregunta pilló a Peter Holme desprevenido.

—No sé si me lo he preguntado alguna vez. Es algo que viene pasando cada año, desde hace tiempo. No sé quién estuvo en el origen en un principio. Wedge, supongo. Ese hombre está en el origen de casi todo, caray. Organizamos una tontería, un cabaré sobre la Araña, solo para que el bueno de Eliot se divierta.

—¿Y se divierte?

Holme pareció sorprendido de verdad.

—Sin duda —dijo—, eso es lo que se pretende al traer savia nueva. Y creo que hasta ahora no había conocido a ningún arqueólogo. Venga a tomar una copa.

Rodearon a la muchedumbre y, tras girar en un pasillo, llegaron a una sala de billar desierta, llena de decantadores y puros.

—Pero ¡qué buena suerte la nuestra! —dijo Holme—. Casi siempre hay alguien trasteando por aquí. Podemos echar una partida a cincuenta y un puntos. —Deslizó con la mano una bola hasta dejarla pegada a la banda—. No sé. Quiero decir que no sé si Eliot se divierte. Seguro que antes sí. Pero en los últimos años... Parece que debería haberle dado cincuenta de ventaja.

—La verdad es que sí. Es bastante comprensible que esté un poco cansado de toda esta historia, ¿no? —Winter golpeó la bola con torpeza—. Piense en una máquina de salchichas con sentimientos. ¿Acaso nuestro anfitrión no es exactamente eso? Salchichas excelentes en febrero, salchichas magníficas en octubre, y una demanda estable de pequeñas salchichas magistrales entre medias: un tanto monótono.

—Bueno, si nos ponemos así, ¿qué pasa conmigo?

—Lo que pasa con usted —dijo Winter al instante, con gran franqueza— es que todos los caminos llevan a Holme. Pero se le da mejor el billar que el teatro...

Su rival falló un golpe y lanzó un suspiro.

—La gente suele ser maleducada, pero parece que los arqueólogos se pasan de la raya con particular rapidez. ¿Alguna vez me ha visto?

—Claro que sí. Una vez a la semana, en el Repertorio de Oxford. ¿Se acuerda de *La dama del mar*? ¿Y de *Tío Vania*?

Holme volvió a suspirar, esta vez con más fuerza, y dio un golpe de gran sutileza.

—Esos eran los buenos tiempos —dijo, y Winter pensó que no podía tener más de veintiséis años—. Pero llevo ya años encallado con esta puñetera Araña. A fin de cuentas, Eliot pasa en un abrir y cerrar de ojos de una fábula a otra. Y no son salchichas exactamente, pues tiene la tendencia de encontrar algo nuevo de cuando en cuando. Estoy expuesto a que una sola fábula me obligue a subirme al escenario trescientas noches y matinés, dos veces por semana. Llevé *La trampilla* a Ciudad del Cabo, Johannesburgo, Perth, Adelaida, Melbourne, Sídney, un puñado de ciudades neozelandesas y Brisbane. ¿Ha estado en Brisbane?

—La verdad es que no.

—Hace calor. ¿Conoce *La trampilla*? Esa tendencia de encontrar algo nuevo de la que le hablaba: está ambientada en la Antártida. La trampilla conduce a una especie de cabaña excavada en el hielo, donde unos tipos intentan sobrevivir a la prolongada noche polar. Me puse el traje apropiado, que me prepararon unos auténticos exploradores. Odio a la Araña. Ojalá estuviese muerto. Ojalá lo matase.

Winter negó con la cabeza.

—No sirve de nada. Es muy probable que Conan Doyle matase a su Sherlock. Pero volvió a aparecer; si mal no recuerdo, saliendo de una grieta. Y a la señora Moule, no le quepa la menor duda, una Araña muerta no le supondría ningún problema: lo reencarnaría en un abrir y cerrar de ojos.

—He ganado. Podemos jugar otra a quinientos puntos. Creo —Holme ojeó con cautela la sala vacía— que podría matarlo. Lo digo en serio.

—¿Apostaría cinco libras?

Holme parecía sorprendido.

—¿A que va a matar a la bestia?

—A la partida.

—Sí que las apuesto, sí.

Holme se pasó la mayor parte de los diez minutos de partida apoyado en la pared.

—Granuja infame —dijo—. ¿No irá a hacerme pagar?

—Sí que va a pagar, sí... ¿A qué se refiere con que cree que podría matarlo?

Holme volvió a mirar a su alrededor con sumo cuidado.

—¿No lo ha oído?

—Lo he oído, sí, pero más bien como un murmullo. Quizá usted pueda darme una explicación más coherente. —Winter siguió metiendo bolas en las troneras con monotonía.

81

—Dudo que lo merezca, pero lo intentaré. Verá...

En ese momento la puerta se abrió, y Timmy y Belinda entraron.

—Holme —dijo Winter deliberadamente, determinado a que no se le volviesen a ir por las ramas— cree que su padre podría matar a la Araña.

Belinda se adelantó con gesto ágil.

—¿Se refiere a una especie de jubilación?

Holme, estirado ilegalmente sobre la mesa de billar, asintió.

—Para centrarse en los cerdos, para alejarse de los asuntos de la policía de una vez por todas. Su yelmo se convertirá ahora en una colmena, como diría el poeta[10].

—¡Imposible! —dijo Belinda, tajante—. Piense en Wedge.

—Y en André, y en la señora Moule, y en todos los estadounidenses —añadió Timmy. Se acercó a una ventana y empezó a silbar en voz baja; a silbar una melodía que empezó a dar vueltas misteriosamente en la cabeza de Winter.

—Y —dijo Holme— en los mánager y la gente del cine; estamos hablando de un gran negocio. Pero, como le iba diciendo a Winter...

—¡Pare! —Belinda, junto a la chimenea, se puso tensa de repente—. Timmy, ¿lo estás oyendo?

Timmy dejó de silbar, y en ese mismo instante Winter reconoció la melodía. Era la misma que repetía tan concienzudamente la joven que los recogió en el granero de Laslett. Como los otros tres, Winter aguzó el oído. Timmy debía de haber oído la música de manera inconsciente. Tenues, como si provinieran de un punto recóndito de la casa, los pasajes neurasténicos flotaban hasta llegar a ellos..., desvaneciéndose. Winter reconoció el instrumento merced a la última nota que pudieron oír. Era un clarinete.

—La Araña y su *leitmotiv* —dijo Holme en voz baja—. Es la primera vez que lo oigo.

Belinda seguía sin mover un músculo. Timmy se apartó de la ventana y se dirigió a la puerta.

—Voy a destrozar esta casa —gritó, hecho una furia—, vaya que...

—La puerta se abrió antes de que la alcanzase. Retrocedió, presa de una resignación exasperada—. André —dijo—, Dios, Dios, Dios.

Era el hombrecillo barbudo.

—¡Peter! —gritó—. Tengo una idea.

—Mi querido André, eso no es lo tuyo.

André soltó una carcajada alegre. Si había oído esa música espectral unos segundos antes, no daba muestras de ello.

---

[10] Referencia al poema *Adiós a las armas,* de George Peele.

—¡Y será divertidísimo! Mejor que el año pasado, mejor que hace dos años...

—Dios —dijo Timmy—, Dios, Dios, Dios.

—Mejor incluso que hace tres años. —André se sirvió un whisky—. No me diréis que a las tres en punto no se empiezan a tener ganas de un buen té. La idea —y titubeó frente a una caja de puros particularmente grandes— está sacada de Pirandello. Se abre el telón, y la obra se desarrolla hasta que, mira por dónde, el público se da cuenta de que lo que está viendo no es una obra al uso, sino una obra dentro de otra obra. La cuestión es que así podríamos explotar esas travesuras de las que habla todo el mundo. Esas bromas. Porque supongo que son bromas, ¿no? —Hizo una pausa fugaz y miró a sus compañeros—. No tanto una obra dentro de otra obra, cuanto una Araña dentro de otra Araña. Como digo, si se nos ocurriese algo en ese sentido, nos divertiríamos un montón. El tipo de cosa que divertiría un montón a tu padre. —Esbozó una sonrisa: inocente, maliciosa; imposible determinarlo—. Pensadlo. —Se acabó de un trago su whisky y se marchó.

Hubo un silencio incómodo.

—Creo —dijo Winter, titubeante— que era Puccini. ¿Suele pasar?

Timmy había vuelto a la ventana.

—¿Lo de la música? Me parece que busca un efecto insólito y deliberado: la guinda de la broma. —Se giró y los miró—. La vida empieza a dejar de tener sentido. La Araña por ahí con su música espectral, y André por aquí con sus propuestas descabelladas. ¿Qué pensará el pobre Hugo de todo esto?

La compostura de Belinda también pareció alterarse.

—¿Por qué —gritó de repente— has tenido que traer a ese amigo espantoso solo porque te pedí...? —Se detuvo, sin duda al caer en la cuenta, con mucho tino, de que esa era una cuestión estrictamente familiar.

—Por cierto —dijo Winter a toda prisa—, quería preguntar algo que se me ha ocurrido cuando Timmy ha mencionado a Benton. La chica que nos ha recogido en la estación, se me ha olvidado su nombre...

—Patricia Appleby —dijo Belinda.

—Me parece que ha comentado que trabajaban juntas. Y ha dicho algo, susurrando misteriosamente, sobre Benton, sobre un anciano llamado Mummery y sobre mí; algo de enviarnos telegramas.

—Ah —dijo Belinda—, es una bromita de Shoon.

—¿De Jasper Shoon, el coleccionista?

—Sí. Patricia y yo trabajamos para él. Yo llevo los libros y ella los manuscritos. Y, como le digo, Jasper les ha gastado una bromita. Ha invitado a su colega Bussenschutt a pasar el fin de semana para ver en privado un manuscrito muy especial.

—Papiro.

—Eso. Y en cuanto Bussenschutt aceptó, envió invitaciones a otras personas. Cree en «la estimulante rivalidad académica», como él la llama. Supongo que su invitación le seguirá hasta aquí.

—Eso —dijo Timmy, tras abrir una caja de puros que resultó ser un escondite para el chocolate con leche— no tiene nada que ver con el tema en cuestión.

Peter Holme, que llevaba un rato en silencio, lanzó su taco a un sofá.

—El tema en cuestión se ha decidido. Parece que ninguno de ustedes se ha dado cuenta, pero he encadenado una racha de ochenta y siete puntos y he acabado ganando. Al parecer, Puccini no me perturba.

Lo miraron fijamente, incrédulos.

—Es una mentira clamorosa —dijo Timmy—. Has hecho trampas desde el principio hasta el final de esa partida penosa. Vamos a jugar a uno de esos juegos con muchísimas bolas. —Empezó a hurgar en un armario.

Winter cruzó la sala y se detuvo junto a la ventana. Era media tarde y la luz aguada ya se iba atenuando entre unas nubes que venían para quedarse toda la noche. El viento había dejado de soplar. La lluvia, que antes caía en ráfagas diagonales, dando movimiento al paisaje, caía ahora en perpendicular sobre una tierra que, a pesar de ser ondulada, parecía extenderse en líneas rectas, taciturnas y resistentes. La vista inmediata era una terraza con balaustrada, cuya esquina más cercana estaba adornada con un pedestal sobre el que se erigía un pequeño toro de mármol. El animal, incluso bajo esa luz débil, se revelaba como una escultura hermosa, pero algún gracioso había atado un paraguas abierto a uno de sus cuernos, de suerte que vivía una humillación muda, con la cabeza seca y la lluvia goteando por sus esbeltos cuartos traseros. El paisaje, la broma y la temible melodía que aún parecía flotar en el ambiente eran igual de deprimentes; Winter se giró y vio la mesa de billar, iluminada por una cascada de luz clara. Una voz dijo:

—Entonces yo te llevo la cuenta. —Era la de Patricia Appleby.

Hubo algún inconveniente con el juego de muchísimas bolas, así que volvieron a jugar al billar, y durante un rato estuvieron concentrados en la tela verde y un tanto hipnótica. De cuando en cuando,

Patricia cantaba el marcador desde la penumbra; cuando no era su turno, Timmy se las apañaba para retirarse al otro lado de la sala; en un momento dado Patricia encontró su chocolate, y las risas generalizadas lo enfurecieron. Los dos juegos, el billar, por un lado, y, ese juego inmemorial al que Belinda parecía ser aficionada, por otro, se desarrollaban al mismo tiempo. Una típica tarde de invierno, se dijo Winter, para las clases pudientes de Inglaterra: los niños crecen, papá repasa facturas en la biblioteca, las piezas del juego de té empiezan a tintinear en las inmediaciones, y en las cocinas ya está en marcha una cena opulenta. Solo que aquí las facturas y la cena se mezclaban con una muchedumbre que merodeaba de un lado a otro de la casa.

—Podría jubilarse —dijo Belinda, que tenía la capacidad de subirse a un tren de pensamiento en marcha— si quisiera. Señor Winter, me temo que está metido hasta el cuello en los embrollos de la familia. A nosotros nos parece bien, pero ¿a usted le molesta?

—Por supuesto que no —dijo Winter, sintiéndose incómodo y fuera de lugar. Tenía la sensación de que la naturaleza no le había dotado con las características del «amigo de familia».

—Seguro que Timmy le habrá hablado de la historia ridícula e intrincada de la señora Birdwire. Es algo que lo atrae.

—Atrae a Winter —dijo Timmy.

—Me sorprende —explicó Winter, justificándose— porque tiene un lado curioso. Irritante, sin duda.

—Es una mujer harto desagradable —Belinda mostraba una dureza inflexible—, y el episodio fue una decepción de lo más humillante. Las travesuras contra el pastor y la maestra de escuela no fueron ni la mitad de malas. Son personas más o menos razonables y, al poco tiempo, los invitamos y les explicamos nuestro punto de vista. ¡Pero Birdwire! Y encima ahora André quiere hacer una especie de parodia con eso, porque está claro que a él le gustan las bromas chillonas e idiotas, no las sigilosas y letales. —Belinda golpeó la parte baja de la bola y estuvo a punto de rasgar la tela.

—Si ha habido bromas sigilosas y letales —dijo Winter—, me encantaría que me hablasen de ellas con toda seriedad. Creo que me llamarían más la atención que las otras. Esa música me interesa. Suena... peligrosa. El caso Birdwire no le ha hecho daño a nadie.

—Papá dicta. —Belinda se arrancó a hablar de manera abrupta—. Él dicta, pasan a máquina sus palabras, le enseñan el texto, hace garabatos encima, vuelven a pasarlo a máquina y luego lo relee. Ese suele ser el final, aunque hace marcas donde cree que se necesitan varias revisiones. Lo guardan todo en un armario enorme, sin llave, en el despacho del secretario. Una estantería alargada para cada una de las novelas en curso, otra para los relatos breves y otra, un tanto polvorienta, para Pope. Todas esas palabras vivían tranquilamente en dicho armario, o al menos hasta hace unas semanas. Luego empezaron a agitarse poco a poco en la oscuridad.

Era imposible, pensó Winter, que cualquier Eliot se resistiese a una metáfora atractiva. Padre e hijos iban siempre en busca de lo dramático.

—¿A agitarse? —preguntó con tono suave.

Alguien empezó a sustraer folios de las copias en limpio y a sustituirlos por versiones ligeramente distintas, de su propia cosecha.

—De él o de ella —dijo Timmy—. La respuesta está completamente abierta.

—Si queremos ser meticulosos —era la voz de Patricia—, cabe apuntar que Belinda ya se ha alejado de los hechos para ofrecer una interpretación racional de ellos; supongo —la voz titubeó un instante— que la única interpretación racional posible. Pero, en realidad, solo tenemos la afirmación del señor Eliot y su secretario: lo que salía del armario no era exactamente lo mismo que entraba. Y bueno, si creéis que no puede haber otra interpretación, preguntad a la señora Moule.

—A decir verdad, ya se lo he preguntado, más o menos. —Tras fallar una carambola, Winter escrutó la oscuridad. La señorita Appleby le interesaba.

—Mucho me temo —dijo Belinda— que soy del todo racional. Y, la verdad sea dicha —pareció desprenderse de esa notable irrelevancia—, papá también lo es.

—O debería serlo —intervino Holme—, si es un admirador del bueno de Pope. Me gustan sus versos, pero no tenía un halo místico ni por asomo.

—Dejadme seguir. Alguien empezó a tergiversar los textos del armario, con mucha cautela al principio. Y esto sugiere, si nos detenemos a pensarlo, lo que buscaba: no una mera broma o una ligera molestia, sino..., en fin, una socavación en toda regla. Si, de repente, el desconocido hubiera tergiversado considerablemente lo que papá había escrito, el episodio se habría tachado de inmediato como una broma. Pero se hizo de forma que, hasta mucho tiempo después, papá no se percató. Si de verdad comprenden la situación —Belinda miró a Winter—, nos verán como un puñado de gente increíblemente difusa. Pasan cosas, como esos ruidos; la gente se preocupa, pero nadie se propone remediarlas. No sé si se habrán percatado, pero mi padre es un hombre difuso como pocos.

—Por momentos —dijo la voz de Patricia.

—Quizá. Sin duda es difuso con relación a su escritura; es importante comprenderlo, comprender toda su actitud hacia sus textos. Habrán deducido que es una actitud un tanto incómoda. No se avergüenza de la Araña; antes bien, está orgullosísimo de ella, por insólito que parezca. Observen bien a papá, sus gustos y su tempo, y verán que ha logrado algo extraño y singular.

—También se preguntarán —dijo la voz— de dónde viene la Araña.

—«De escondites diez años profundos»[11] —murmuró Holme, cuya mente parecía espoleada por los poetas ingleses.

—Pero la cuestión —continuó Belinda— es cómo escribe. Sus textos son completamente ajenos a la vida consciente, y dudo mucho que él se definiese como «despierto» mientras escribe. En cambio, al revisar está muy despierto; ahí es cuando llega el control crítico. Y ahí está la esencia de esas operaciones del desconocido. Papá leía sus copias en limpio y le sorprendía un acontecimiento imprevisto aquí y allí; un acontecimiento olvidado, pensaba él. Pero poco a poco fue teniendo la sensación de que..., de que pasaba algo. Durante un tiempo no dijo ni mu. Y precisamente por no decir ni mu, creo yo, la cuestión tomó un cariz, en fin, un cariz un tanto torcido en su cabeza. Por culpa de eso y, en cierto sentido, de Herbert Chown. Y ahora Chown está aquí otra vez: si Timmy puede traer un tremendo incordio a la Residencia Rust, tengan por seguro que lo hará.

Timmy soltó una risita nerviosa. Winter, que sintió la pulla involuntaria, retrocedió abruptamente hacia la penumbra y tropezó con un obstáculo que no había visto. Al tantear con las manos, tocó unas piernas humanas de una longitud desproporcionada, que se extendían desde un sofá. Hubo unos segundos de confusión y alguien encendió las luces.

—¡Vaya! —gritó Belinda, claramente aliviada—. Pero ¡si solo es Rupert!

—Solo soy yo —concedió una voz seca—. Por favor, seguid.

—O, mejor —dijo el larguirucho llamado Rupert—, no sigáis y escuchadme. Tras una larga experiencia en esta casa, veo que habéis estado dándole vueltas y más vueltas, pero probablemente sin considerar todos los hechos. Resulta que hay un nuevo hecho. Mientras vosotros estabais hablando, ha ocurrido algo.

—Si te refieres —dijo Timmy— a otra exhibición con el clarinete...

—No.

---

[11] Referencia al poema *The Waggoner*, de William Wordsworth.

Holme bajó de la mesa y Timmy dejó su taco en el soporte. Winter observó, curioso, la aparición de ese último Eliot. A pesar de tener la edad del señor Eliot, Rupert parecía mucho mayor. Su altura y envergadura insólitas, que con un porte erguido conferirían una gran presencia física, transmitían una imagen a medio camino entre la holgazanería y la torpeza. Contradiciendo su aspecto de diligencia y dinamismo presentes, había unos ojos que parecían muy puestos en el pasado; no en el pasado impersonal y liberador de los académicos, ni en el pasado sobrio, geológico, de los científicos, sino en el pasado de los hombres pequeños, abarrotado de carencias y oportunidades perdidas, que devora lo que se alimenta de él. El caballero que admitió irónicamente que solo era Rupert pertenecía, y Winter se percató con una perspicacia muy poco académica, a la especie de los fracasados profesionales. Antaño, los de su especie vivían protegidos en Canadá por dos libras a la semana.

—La verdad —dijo Rupert Eliot con un desdén disimulado— es que todos sois especímenes con mentalidad literaria. No podéis abordar una cuestión sin retroceder unos pasos para reflexionar sobre vuestra interesante naturaleza. Yo, en cambio, siempre he sido un hombre de acción, y puede confiarse en que voy al grano. Pero antes, habida cuenta de que este grupo parece contar con la total confianza de la familia, convendría dedicar un momento a las presentaciones.

—Gerald Winter —dijo Belinda—, nuestro primo Rupert Eliot.

El Eliot de acción hizo un gesto frío con la cabeza; un gesto tan frío y teatral, pensó Winter, que revelaba una vez más el auténtico estilo de los Eliot; el tipo de gesto que uno podía imaginarse haciendo al señor Dombey ante un intruso particularmente antipático que llegase al santuario del hogar.

—Timmy —dijo esa persona glacial—, un consejo: es muy poco discreto tratar una cuestión tan delicada en una sala de billar en penumbra, donde cualquiera puede colarse y fisgonear a su antojo.

A Winter aquello le pareció demasiado.

—A fin de cuentas, señor Eliot...

—Para ser exactos —dijo Timmy, con la voz perdida—, Rupert es un *baronet*[12]. El cabeza de familia, un nombre distinguido. —Timmy parecía haberse sumido en la abstracción y la melancolía.

---

[12] El de *baronet* es un título de honor hereditario concedido por la Corona británica, reservado para el pueblo llano, que se encuentra justo por debajo de los barones y por encima de todas las órdenes de caballería, salvo los de la Jarretera y los del Cardo.

—A fin de cuentas, *sir* Rupert, usted es la única persona que, eh..., que se ha dejado caer por aquí, así que no pasa nada.

—El caso es que —dijo Rupert, haciendo caso omiso de esas palabras—, los papeles concretos con los que este bromista impertinente ha estado jugueteando...

—Pero ¡¿qué ha pasado?! —exclamó Belinda, impaciente.

—He creído comprender que quieres poner a nuestro amigo el señor Winter al tanto de los hechos. Pues bien, esos papeles son el manuscrito, o el mecanoscrito, si se me permite la expresión, de una novela titulada *Asesinato a medianoche*. Huelga decir que el protagonista es la Araña. A propósito, me gustaría apuntar que considero que la Araña, y no yo, es el cabeza de familia.

Hubo un silencio incómodo.

—Al menos nuestra fortuna se cimienta en él. Pero sigo; al parecer, en esa novela la Araña tiene un papel intachable y sin duda loable: es un detective privado con muchos medios, unos modales exquisitos y una inteligencia extraordinaria. —Rupert hizo una pausa; tenía el don familiar de la palabra, algo que, en cierto sentido, arruinaba su pose de hombre práctico—. Ese, lo sé, lleva un tiempo siendo su papel. Solo que la Araña tiene algo profundamente desgraciado —Rupert se incorporó un poco en el sofá—: un pasado. Y en estas manipulaciones del manuscrito está volviendo a él. Habrán oído hablar de la broma que le gastó a la señora Birdwire: una broma de lo más vulgar e idiota. Una Araña que había vuelto a su antiguo y maligno yo entró a robar en su casa y demás. En la alteración del manuscrito, aunque hay que admitir que es una cuestión muchísimo más sutil, ocurrió algo parecido, en mi opinión. El resultado fue la reincidencia. Podría decirse que el personaje sufrió una desviación moral sospechosa. Casi se diría, si leemos con atención, que en las últimas páginas podría descubrirse que es el malo de la obra.

—Como el jefe de policía —interrumpió Holme— que resulta ser el asesino desde el principio.

—Seguro que sí; no tengo mucho tiempo para estudiar esas cosas.

Timmy estaba silbando en voz baja una melodía melancólica; Belinda dibujaba en el suelo con un trozo de tiza de billar. Winter, que estudiaba detenidamente a *sir* Rupert, al otro lado de la mesa, preguntó:

—¿Por qué habla en pasado? ¿Es que los manuscritos han...?

—Sí. Cuando mi primo quedó convencido de que había sucedido algo indecoroso, los hizo añicos. Una auténtica pena, porque podrían haber dado algún beneficio. Richard es susceptible y muy, pero que muy poco práctico. Nosotros tenemos que ser prácticos y hacernos preguntas prácticas. Y no me cabe la menor duda de que usted tiene una en la punta de la lengua. ¿Vio alguien esos mecanoscritos adulterados además de mi primo? Y la respuesta es sí, su secretario. —Rupert hizo otra pausa. Timmy, en una esquina de la mesa, estaba toqueteando una tronera. Belinda seguía sentada, muy tranquila—. Solo que su secretario está muerto, claro.

Rupert volvió a hacer una pausa, quizá para dar efecto, quizá porque la puerta se había abierto para recibir a un criado. Belinda se levantó.

—Té —dijo al instante—. Voy a ayudar a servirlo, y dispondré que os traigan. —Salió a toda prisa.

—Muerto —repitió Rupert—, de una muerte repentina y violenta. —Soltó una risa ahogada—. Ahí tenemos —Winter había dado un respingo considerable— la mentalidad literaria otra vez. En una situación como esta hay que tener un cadáver relevante, pero este cadáver es de todo punto irrelevante. Al pobre diablo le tocó viajar en un avión que se estrelló contra otro. Todo el incidente quedó corroborado tras someterse a una investigación de altos vuelos. —Rupert soltó otra risita, esta vez en homenaje a su ingenio, que le convirtió por unos segundos en la horrible caricatura de Timmy—. Así las cosas, se preguntará si hay otro testigo independiente.

—Le garantizo que no creo que sea de mi incumbencia —Winter habló con aspereza— preguntar algo por el estilo.

—Pero quiere saberlo. Y lo hay. Hay otro testimonio, el de mi primo Archie Eliot.

—Ya veo. ¿Quiere decir que el señor Eliot le enseñó los papeles al tal Archie Eliot?

—Para ser exactos —intervino Timmy—, el primo Archie es caballero. Hace tropecientos años construyó un puente, porque es ingeniero, y lo nombraron caballero. El puente se derrumbó poco después. El primo Archie también vive con nosotros. —Volvió a sumirse en un silencio significativo.

—¿El señor Eliot le enseñó los papeles a *sir*, eh, Archibald Eliot?

—Me parece más probable —respondió Rupert tranquilamente— que Archie les echase un vistazo a escondidas. —Miró a la puerta—. Belinda, joven de confianza, ha estado a la altura de su promesa sobre el té.

El juego de té era de auténtica porcelana Ana Estuardo; el té había viajado desde China, y su única relación con el mar era la que imponía el canal de la Mancha. A Winter, que tuvo la corazonada de que el caso Eliot iba a llevarlo plácidamente, con sus suaves cuestas, más allá de su capacidad, que iba a quedarle grande, esos indicios de una vida sensata le parecieron gratificantes.

—Las auténticas caravanas —habló con ese tonillo de experto propio del doctor Bussenschutt— son algo cada vez más insólito. —Se sirvió otra taza de té—. Cuán reconfortante es que Belinda sea, como usted dice, de confianza.

Rupert resopló; un resoplido en toda regla, que hizo caer unas cuantas migajas de su bigote eduardiano.

—Hasta cierto punto —dijo—; solo hasta cierto punto, no más. La verdad es —señaló hacia Timmy con un gesto— que son un puñado de soñadores; talentosos a su manera, pero soñadores y descerebrados. Sin embargo, apuesto a que usted es un hombre como yo —a Rupert pareció habérsele olvidado que Winter era un intruso al que había que tratar con reserva y frialdad—, que ha visto mundo y sabe lo que hay. Apuesto a que usted sabe que una puñetera broma impertinente no es un acto divino, sino una puñetera broma impertinente. Y que hay que pillar al bromista y destrozarlo. Primero actuar. —Rupert cogió otra tostada con mantequilla y se colocó un cojín mullido detrás de la cabeza—. Primero actuar y luego preguntar, ese es mi principio, y permítame decirle que me ha servido para llegar muy lejos. ¿Ha visto el toro que hay en la terraza? Si por mí fuera, pondría a esta muchedumbre bohemia repelente de patitas en la calle en menos que canta un gallo. ¿Sabe que en este momento hay doce hombres invitados en esta casa y que nueve de ellos —miró pensativo a Winter—, quizá ocho, son auténticos sinvergüenzas? Lo que quiero decir es que un hombre de mundo preguntaría de inmediato: «¿Qué esperaba?». Y ahora —Rupert se puso en pie a regañadientes—, supongo que lo mejor sería echar un vistazo a esa pintura roja.

Winter se sobresaltó.

—¿A esa qué?

—A esa pintura roja. Le dije que había pasado algo. Sin duda el clarinete era la forma de anunciarlo. La pintura roja es un material al que nuestro bromista tiene particular apego. —Rupert puso en movimiento sus alargadas extremidades—. Paraguas —dijo—, necesitamos paraguas. Y algún idiota profundo ha atado el mío al toro del abuelo Richard.

Abandonaron la sala de billar: Timmy con las manos metidas expresivamente en los bolsillos de unos viejos pantalones de franela; Rupert con el aire determinado de quien emprende una acción decisiva; Holme con la incertidumbre de quien se pregunta si aún pertenece al grupo; y Winter imaginándose posibles usos de la pintura roja. En el salón, un grupo de gente —bastante empapada, bastante escandalizada, bastante entretenida— charlaba frente a una gran chimenea. Junto al vestíbulo, tras una puerta de cristal, había una salita con un teléfono; al pasar, Winter echó un vistazo y vio a Patricia Appleby y a Belinda en una mesa, con el aparato entre ellas. Los dos semblantes, se dijo, daban que pensar. Belinda parecía perpleja, irritada, pero no alarmada; Patricia, ni irritada ni perpleja, se mostraba todo lo alarmada que podía parecer una persona con esa barbilla. Ambas tenían los ojos clavados en el teléfono, y su posición sugería que estaban esperando a que les pasaran una llamada de larga distancia.

En la puerta principal había toda una colección de paraguas, mojados en su mayoría; incluso había un criado repartiéndolos, como si fuesen el programa de un espectáculo desconocido que se celebraba en el crepúsculo. André acababa de entrar y se estaba secando la barba con un gran pañuelo de seda mientras hablaba solo, muy animadamente, al parecer ajeno a que su acompañante —hasta hacía unos segundos— le había dado esquinazo.

Salieron. La terraza, que se desplegaba en semicírculo ante la casa, ya era un territorio incierto, que se desvanecía en un espacio indeterminado; la balaustrada y la línea irregular de árboles que se erigían justo detrás se fundían en una composición borrosa, que en breve dejaría paso a la oscuridad pura de las noches nubladas. El aire estaba helado e impregnado de un aroma ilusorio: el olor, que sugería ora frescura, ora decadencia, de la tierra húmeda invernal. La lluvia golpeteaba suavemente las baldosas, borboteando como si saliese a toda prisa de tuberías invisibles, y en algún punto caía a chorro desde un canalón atrancado. Con un gesto inconsciente —quizá porque miraban hacia lo ignoto y vacío, quizá solo por culpa del frío y de la humedad incómoda—, abrieron los paraguas, incoherentes bajo las sombras de un pórtico clásico. Bajaron corriendo los peldaños y cruzaron la terraza.

Al llegar al extremo más alejado, se toparon con la silueta difusa de un coche que tenía el capó apuntando hacia la casa.

—¡Archie, enciende una luz! —gritó Rupert.

Como respuesta, un rayo de luz cegadora salió del lateral del coche; al atravesarlo, pudieron distinguir un brazo que salía por la ventanilla y manejaba un foco. Se giraron. La Residencia Rust se erigía frente a ellos: ni acogedora, ni amenazante; una enorme mancha neutral recortándose contra la última hora de la tarde. La luz del foco cruzó la terraza y zigzagueó pórtico arriba, de suerte que las sombras de los pilares giraban como engranajes de una máquina descontrolada; alumbró un instante una fila de capiteles jónicos y saltó al frontón, resplandeciendo unos segundos en una ventana redonda que había en el centro, como un ojo de cíclope. Luego descendió hasta el arquitrabe y se detuvo, enfocando. Cada cual a su manera, según su temperamento, las personas del pequeño grupo junto al coche lanzaron una exclamación. Porque a lo largo del arquitrabe, donde en la época clásica se acostumbraba a grabar palabras de piedad y devoción civil hacia los dioses, había una inscripción en grandes letras rojas, que tan solo rezaba:

ESTA ES LA RESIDENCIA DISPARATE

Era la segunda vez ese día que Winter notaba una gota de lluvia descendiéndole por la espalda.

—No se pasa —dijo—. Es claramente inferior a la obra *du côté de chez Birdwire*. También vulgar, pero esta vez no tiene gracia. —Silencio por toda respuesta. Volvió a observar la inscripción, iluminada de manera grotesca—. Sí —dijo, serio—: es curioso, curiosísimo.

Del interior del gran coche color crema, una voz, presumiblemente la de ese tal *sir* Archibald Eliot cuyo puente se había derrumbado, habló con una cortesía impasible.

—Rupert, Timmy, ¿no sería mejor que entraseis con vuestros amigos al coche? Estaréis empapados.

Se montaron en la parte de atrás. El interior era cálido y seco. Pudieron distinguir la figura de Archie, hombrecillo orondo de mediana edad, que daba caladas tranquilas a su pipa mientras miraba la inscripción indecorosa que tenía delante como quien mira los momentos más aburridos de un partido de fútbol. Un segundo después, Winter cayó en la cuenta de que no estaba solo. En el asiento del copiloto, contemplando el espectáculo con una expresión de puro desconcierto y temor, estaba la silueta inmóvil y abatida del propietario de la Residencia Rust.

5

En algún punto entre Rust y Londres tiene que haber una perturbación eléctrica. La voz al otro lado de la línea llegaba con poca claridad.

«Sí», dijo la voz; una voz agradable, aunque ordinaria, con un tonillo de racionalidad instintiva quizá ligeramente superior al que agradecería todo el mundo. «Sí, sé que prometí que iría. Pero estaba pensando en el domingo por la mañana; aquí hay un montón de trabajo. ¿Cuáles son los síntomas concretos, enfermera?». El sentido del humor de la voz rayó la inconsciencia.

«Estoy junto al lecho», continuó la voz, «de un ladrón arrepentido y parturiente, esperando el nacimiento del testimonio que implicará a sus compinches. Te pregunto que cuáles son los síntomas por allí. Te pregunto... Es igual. ¿Qué ha pasado?». La voz guardó un silencio que se interrumpió una sola vez. «No me vengas con por favor John, limítate a contarme los hechos», dijo.

«¿A medianoche?», preguntó la voz. «Ya veo. Pero ¿eres consciente de que estoy a más de ciento cincuenta kilómetros de allí? ¿Y crees que puedo pedir así, como si nada, un coche patrulla que no esté de servicio? ¿De verdad? ¿A qué hora cenan? ¿A las ocho? Me queda una hora aquí, pero llegaré. He dicho que llegaré. ¿Matarme? Es posible, pero improbable. Nunca hay que titubear. Adiós. Y mientras, no te entrometas». En alguna oficina de la nueva sede de Scotland Yard, un teléfono se colgó con un clic concluyente.

Patricia se sentó al borde de la mesa, balanceando las piernas.

—Mi hermano estará aquí para la cena —dijo.

Belinda miró por la puerta de cristal y vio una pequeña comitiva de huéspedes de su padre.

—¿Qué aspecto tiene? —preguntó.

—Claramente superior. Su ropa está hecha a medida y las suelas de sus zapatos apenas son más gruesas que las de tu hermano.

Belinda arrugó la nariz para acercarla un poquito más a su frente abultada.

—Me refiero físicamente.

—Uno ochenta y dos, pelo rubio y ojos grises; musculoso y bien comido...

—¡Vaya, vaya! ¿Ha dicho algo?

—Que no me entrometa y que nunca hay que titubear. Es un hermano mayor.

—Patricia, supongo que hemos hecho lo que había que hacer, ¿no? ¿Y qué es eso de que Timmy haya traído primero a Chown y luego a Hugo Nosequé y a ese catedrático...?

—John lo aclarará todo. —Patricia hablaba con confianza, pero sin alegría. Tenía una mentalidad objetiva. Al trabajar con manuscritos medievales uno puede estar medianamente seguro de que llegar a la verdad es lo deseable. Sin embargo, en el ámbito de las relaciones humanas, puede haber situaciones en las que más valdría que un misterio siguiese siéndolo. John no estaría de acuerdo, pero John tenía la perspectiva profesional. De hecho, John no era una persona ante la que había que postrarse. Patricia miró su reloj—. Tenemos poco menos de tres horas —dijo— para una pizquita de intromisión. Vamos.

Belinda bajó de la mesa del teléfono.

—Muy bien, ¿qué quieres hacer?

—Seguiremos el rastro de la pintura roja. ¿Cómo la pusieron y de dónde la trajeron? ¿Se estará encargando alguien de eso?

—Claro que no. En mi familia nos limitaríamos a quedarnos sentados mirando, y dentro de una semana o así Rupert reivindicaría su carácter activo diciendo durante el desayuno: «Mejor será que mandemos subir a alguien para limpiar ese puñetero desastre impertinente».

—Entonces tenemos pista libre. Me da en la nariz que, a falta de andamio, tienen que haberlo hecho desde arriba; se habrán descolgado temerariamente desde el frontón. Me pregunto si eso nos señala a alguien.

—Por lo pronto, a todos los Eliot. Llevamos escalando desde que se empezó a escalar. Incluso Archie ha hecho historia en la escalada, y en alguna montaña hay un «paso Eliot» que recibió ese nombre en su honor. Aunque supongo que también se necesitaría tener mentalidad de escalador, y eso tacha a algunas personas: a la señora Moule, por ejemplo. En cualquier caso, podemos subir y echar un vistazo. Voy a por Timmy. —Belinda tenía la capacidad de pensar en dos cosas a la vez.

—No. Si lo llamas traerá a ese tal Toplady, y la cosa se convertirá en una especie de comisión oficial de investigación. Vamos.

Atravesaron el vestíbulo con discreción, cruzaron una puerta recubierta de paño y subieron unas escaleras secundarias seguras para no cruzarse con invitados. En la segunda planta, Belinda se alejó un momento y volvió armada de una linterna, con la que enfilaron unas escaleras aún más estrechas.

—Podemos empezar a buscar la pintura por aquí —dijo Belinda—. La escalera principal conduce directamente hasta arriba, pero supongo que esta sería la ruta más probable de un decorador no autorizado. Y en esta planta solo hay una habitación que podría ser útil: la de la ventana redonda, en el centro del frontón; tiene que haber salido por ahí. Solía ser el baluarte de nuestra antigua ama de llaves, pero ahora estará vacía, a no ser que hayan metido a un huésped venido después de que yo acabase de organizarlo todo. Ya que estamos, podemos prepararla para tu hermano John.

Subieron lentamente, en busca de restos de pintura roja con una meticulosidad que el hermano John podría aprobar, o quizá no. Repitieron el proceso, otra vez sin éxito, hasta llegar a la mitad de un pasillo alargado y de techo bajo. Belinda se detuvo frente a una puerta cerrada y la abrió, palpó un grupo de interruptores y encendió una luz tenue al otro lado de la habitación.

—Aquí estamos —dijo—, y ahí está la ventana.

Atravesaron la habitación a toda prisa y descorrieron las cortinas. De cerca, como cabía esperar, el ojo de cíclope tenía un tamaño considerable, y en el centro había una ventana de guillotina normal y corriente, ahora abierta por arriba. Belinda la empujó desde abajo y echaron un vistazo fuera.

—Archie y su público se han ido —comentó—, solo se mueven, como en Milton, el caos y la eterna noche[13].

Apuntó con la linterna hacia abajo. A un metro de la ventana se extendía una cornisa de piedra relativamente ancha: era la base del triángulo que enmarcaba el frontón.

—Algo más de medio metro —apuntó—. Pan comido. Aunque las enaguas quizá sean un poco inútiles. —En un abrir y cerrar de ojos se había quitado el vestido.

---

[13] Referencia al poema narrativo *El paraíso perdido*, de John Milton.

Patricia, hasta ahora la líder, titubeó una fracción de segundo. Era fría y pragmática, y conocía las jugarretas que podían hacerle sus propios nervios.

—¿Vamos a salir? —preguntó—. No sé si servirá de mucho.

—Yo voy a salir y tú vas a alumbrarme con la linterna.

¡Qué pena, se dijo Patricia, que lo único que hubiese hecho ella fuera subir con gran esfuerzo a Helvellyn! No obstante, ante las aficiones caras de Belinda en Suiza solo cabía una respuesta: Patricia, que unos minutos antes había advertido a un hermano mayor que no se matase en un coche a mil por hora, se quitó el vestido y se descalzó.

—Puedes ir delante —dijo—, si te cabe el pie.

A Belinda le cupo el pie con una prudencia profesional y ágil.

—Vale. —Su voz llegó flotando desde la oscuridad inmediata—. Pásame la linterna.

Patricia le pasó la linterna y se encaramó a la ventana. Estaba en la cornisa, con la cara salpicada por la lluvia y el cuerpo luchando instintivamente contra un viento que no soplaba. Se preguntó si se marearía, y mientras se lo preguntaba empezó a marearse. Mejor será mirar, pensó, y miró hacia afuera y hacia abajo. La noche había sido una ilusión creada por la luz eléctrica de la habitación. Aún estaban a media tarde, a media tarde de un día de puro invierno: el gris oscuro se fundía en la oscuridad de manera prematura; la lluvia se convertía de nuevo en neblina, flotando a la deriva, acumulándose, elevándose y sumiéndose luego en la oscuridad. A los escaladores, esas condiciones no les hacen ni pizca de gracia; y a Patricia, que no era escaladora, menos. La cabeza volvió a darle vueltas, y esperó sin esperanza que hubiese algo a lo que aferrarse. Cayó en la cuenta de que seguía junto a la ventana, con un brazo enganchado firmemente al marco, sin duda de una solidez extraordinaria. Comprendió que moverse de esa posición era algo que sobrepasaba a su voluntad. Con franqueza, angustiada y furiosa, dijo en voz baja hacia la penumbra:

—No puedo moverme. Joder, joder, joder.

—No pasa nada. Permanece donde estás. Ya te digo que hay que cogerle el tranquillo a esto, es cuestión de aclimatarse. —Incluso en medio de esa situación pueril y peligrosa, Belinda tendía a usar palabras cultas. Así que Patricia se quedó donde estaba, y para mitigar su humillación maldecía, un tanto injustamente, a toda la estirpe de escaladores, diciéndose que eran un puñado de puñeteros macacos de Gibraltar, y perjurando que después de eso estaban en paz.

—Estamos —la voz de Belinda se oyó ahí cerca—, yo de rodillas y tú de pie, justo encima de la travesura. Es un poco raro. Esta cornisa, como yo pensaba, tiene algo más de medio metro de anchura; si tenemos en cuenta las molduras, se encuentra con la pared unos treinta y cinco centímetros más abajo. Y si el arquitrabe está alineado con la pared del frontón, ambos están medio metro adentro. Es probable que la pared del frontón entre aún más, pero en cualquier caso ha sido un trabajo muy, pero que muy difícil. Además, el bromista no habrá querido emplear demasiado tiempo: incluso en una tarde lluviosa como esta, alguien podría salir un rato a la terraza y mirar hacia arriba. Supongo que, habiendo practicando antes, y con una brocha de mango largo... —Hizo una pausa—. Voy a asomarme a echar un vistazo. Sería pan comido si no tuviese que sostener también la linterna.

Se produjo un silencio prolongado. Patricia se sentía orgullosa del poderoso arsenal de vocabulario ofensivo que ofrece la educación mixta, y repetía las imprecaciones entre dientes, una y otra vez.

—Cielo santo... —Belinda ahora estaba de pie, a su lado, con el brazo enganchado al otro lateral de la ventana—. Podría decirse, con el poeta persa, que el dedo en movimiento escribe y, tras escribir, se borra sin demora a sí mismo[14].

Patricia tenía la boca reseca, pero logró decir, con el tono de quien se hace una pregunta razonada:

—¿Se borra a sí mismo?

—He podido echarle un vistazo a la inscripción, y la lluvia se la está ventilando poco a poco. —Belinda compensaba su vocabulario un tanto hipertrofiado con la jerga pertinente—. Acuarela, supongo. No va a servir de nada que tu hermano John traiga a los peritos caligráficos. —Se rio, y por primera vez le tembló la voz—. Vamos dentro, estoy asustada.

De vuelta en la habitación, empapadas y tiritando un poco, empezaron a contorsionarse para entrar en sus vestidos.

—Madre mía —dijo una Patricia, ya más tranquila, a la que le tocaba retomar la delantera—, mira eso. —En uno de los rincones más alejados de la habitación, algo se movió en la cama, levantándose bajo la luz tenue, como una pequeña ola invernal. Se oyó el clic de un interruptor, y vieron a Hugo Toplady incorporado en la cama con un pijama verde aguamarina, buscando clarísimamente las palabras adecuadas.

[14] Referencia alterada de un verso de Omar Jayam.

Haciendo un tremendo esfuerzo por comprender, Toplady dijo: «Hola».

En esas circunstancias quizá era lo más conveniente que podía decir, y se mereció un mejor trato que el recibido. Patricia se puso a cuatro patas y empezó a gatear lentamente; Belinda, que volvió a cederle el mando, hizo lo propio. Escudriñando la moqueta palmo a palmo, se dirigieron de la ventana a la cama, dejando a su paso un tenue rastro de rodillas y pies mojados.

—Supongo —dijo Toplady— que esto es una «broma». —En las comillas con que se las ingenió para rodear la última palabra había más nerviosismo que censura. Miró a su alrededor como si esperase que la broma incluyera una jarra inminente de agua fría o fuegos artificiales debajo de la cama.

Belinda se puso en pie de un salto, al sentir que debía mostrar un comedimiento estricto al bromear con un huésped.

—Lo siento —dijo—, la verdad es que estamos buscando algo. —Se apartó de la cara el pelo mojado y puso su expresión más encantadora. Pero era evidente que el hombre se había ofendido—. Confío en que no se lo diga a Timmy —añadió—; se molestaría muchísimo.

Toplady se relajó de golpe. La idea de interponerse entre una joven extravagante y la reprimenda justificada de uno de sus parientes varones le gustaba. Patricia, para no arruinar el momento con una risita, instinto universal que el diccionario circunscribe muy injustamente a las niñas afectadas o maleducadas, hundió la nariz en la moqueta.

—Y no sabíamos —continuó Belinda— que tenía esta habitación, ni que se iba a la cama tan temprano.

Toplady salió de la cama con una celeridad inesperada.

—He pensado —dijo, prudente— que una tarde tranquila podría evitarme el resfriado inminente que quizá haya pillado en el viaje. —Miró a Belinda con auténtica preocupación—. Confío en que sepa que no he querido decir, bajo ningún concepto, que haya sido un viaje incómodo; ha sido harto agradable, y ha habido una buena dosis, una buenísima dosis, de conversación interesante. Pero en el empalme...

Al considerar poco prudente ser más concreto, Toplady se calló de golpe y se tapó con una decorosa bata. Patricia seguía gateando, ahora aún con más celo; la observó unos segundos, como si fuese una especie de examen vestido de etiqueta, y luego él también se puso a cuatro patas.

—Me pregunto —dijo— si puedo ayudar.

—La verdad es que estamos buscando restos de pintura roja. El bromista ha vuelto a salir, ¿sabe?

—¡Vaya por Dios! Espero que no sea... ¿Es otro dibujo ofensivo?

—Toplady escudriñó la moqueta, como si esperase descubrir calumnias horribles en los cuatro rincones—. Antes me estaba preguntando precisamente si el bromista buscaría un momento no desfavorable... —Se calló de golpe—. Estoy convencido de que no he dejado la ventana así de abierta.

Belinda se explicó.

—Acabamos de salir. Y también el bromista con su pintura; mientras usted dormía, al parecer.

—Puede —intervino Patricia— que le haya pintado a usted también. Todo enterito de rojo, como el vendedor de almagre de Thomas Hardy.

Toplady pensó unos segundos en Thomas Hardy, constató su absoluta irrelevancia, y volvió a la cuestión desconcertante que se traían entre manos.

—¿Esa persona deplorable ha estado ahí fuera?

—Sí. Pero sin hacer dibujos, solo dejando constancia de una realidad: que esta es la Residencia Disparate.

—¿Mientras yo estaba durmiendo él salió por la ventana y escribió eso en el frontón?

—Más abajo, a decir verdad: en el arquitrabe.

Toplady ofreció cigarrillos. En sus manos, el proceso adquirió el carácter de un gesto diplomático menor; quizá estaba admitiendo que había un motivo válido para la invasión de su territorio.

—Qué extraño —dijo—. El bromista se vuelve aún más interesante, y me pregunto si también una pizca menos absolutamente odioso que antes. —Caminó hasta el otro extremo de la habitación con una cerilla extinguida, regresó y miró pensativo la caja—. Primero, con la señora Birdwire, se muestra ordinario, escandaloso y, en opinión de una o dos personas a cuyo buen gusto hemos de dar al menos un poco de crédito, hace gala de un auténtico humor vulgar. Luego —Toplady cerró la caja de cerillas— se torna sutil. Y ahora —la abrió de nuevo— vuelve a la ordinariez y el escándalo. Pero al hacerlo añade un nuevo elemento: una notable intrepidez.

—Es cuestión —dijo Patricia, misteriosa— de aclimatarse.

—Para empezar —continuó Toplady, sin hacer caso al enigma— renuncia a la seguridad absoluta de la planta baja en aras de lograr un efecto ligeramente superior aquí arriba. Luego renuncia a la relativa seguridad de pintar en el frontón en aras de lograr un efecto ínfimamente superior. De hecho —hizo una pausa en busca de una expresión rigurosa—, al empeñarse en realizar su garabato, pues supongo que será eso, en el arquitrabe, estaba aceptando un máximo de peligro adicional a cambio de un mínimo de estilo añadido. Creo que «estilo» es la única palabra apropiada. Quería que su inscripción estuviese justo donde están las inscripciones en los edificios de este tipo. Eso me parece harto interesante. Uno ya puede empezar a hacerse una idea, provisional, huelga decirlo, del hombre.

Lo miraron con respeto, reconociendo por un momento el intelecto masculino, una abstracción que sopla a su antojo y habla con voces extrañas. Patricia se las apañó para contraatacar a esa voz.

—Como dice, esto añade un nuevo elemento —apuntó, aunque era consciente de que Toplady, con su meticuloso razonamiento, había llegado antes que ella a esa conclusión: que el bromista se había creado una personalidad, una personalidad extraña. Al ver a ese hombre sensato también recordó que media hora antes había llamado a su hermano, igual o más sensato que él, siguiendo una intuición sencilla pero ingeniosa—. Señor Toplady —dijo—, esta es la Residencia Disparate. ¿Qué vamos a hacer con eso?

—¿Que qué vamos a hacer? —Lanzó a Belinda una mirada incómoda, como si su yo más instintivo se viese inclinado a responder que lo que podrían hacer era una interpretación ingeniosa—. Hemos de verlo como una mera grosería estúpida. —Creyó percibir que hacía falta una intensificación—. Toda vez que los invitados de la Residencia Rust —y se zambulló, valiente, en la primera persona del plural— somos un grupo bastante peculiar.

Belinda interpretó que esas palabras contenían un indicio y un eufemismo discreto, e hizo un movimiento de retirada.

—Cenamos a las ocho, señor Toplady. Confío...

Toplady, caballeroso, se apresuró a confirmar.

—Por supuesto que bajaré. Le garantizo que ya me encuentro perfectamente. Creo que esta pequeña dosis de misterio ha sido —parecía sorprendido ante la sencillez de su frase— estimulante. —Se giró hacia su tocador y, con un gesto rápido, cogió una cuchilla de afeitar y una esponja.

Las dos chicas, conscientes de su aspecto desarreglado a más no poder, se retiraron.

—Si volvemos a entrometernos —dijo Belinda cuando ya iban por la mitad del pasillo—, será siguiendo los pasos de tu hermano, con discreción. Lo único que veo claro entre este momento y la hora de la cena es un baño caliente. Toda esta historia es una estupidez irritante, punto final. O al menos sería punto final si estuviese segura de que mi padre también lo ve así. Patricia, ¿tú por qué estás nerviosa?

Patricia, que seguía pensando en que sería un fracaso como reparadora de chimeneas, afirmó no estar para nada nerviosa, y ante esa falta de sinceridad tuvieron una discusión, deteniéndose en lo alto de la escalera al efecto.

—Todos sois irritantes a más no poder —declaró Belinda, abrumadora, con un enfado que bien podía sugerir que era ella quien estaba nerviosa—. Todos estáis conspirando contra la paz de este hogar. Empezando por Timmy, con sus misterios, y trayendo primero al infame Chown, que se gana la vida tildando a todo el mundo de chalado, y luego a ese desgraciado tutor suyo...

—Creo que ese tutor desgraciado es una persona bastante sensata.

—Tú crees que eres una persona bastante sensata, pero tienes exactamente la misma pinta que él, el aire de creer que en esta historia está implicado Dios sabe qué. Luego está la señora Moule, con ese aspecto espeluznante y su inquietud eterna, aguzando el oído para escuchar los sonidos del bromista. Y André, proponiendo... —Se detuvo en seco.

A su espalda se oyó un tumulto de pasos apresurados y gritos incomprensibles. Se dieron la vuelta. Era Toplady otra vez, que se acercaba a toda prisa con la bata desaliñada, recordando mucho a un *Hamlet* de ropa moderna. Se detuvo frente a ellas y su emoción resultó ser una profunda ira varonil; ira que lo privó durante unos segundos de toda capacidad para pronunciar un discurso coherente.

—¡Vaya imbécil! —gritó Toplady, causando impresión y sorpresa en las jóvenes—. ¡Vaya un imbécil! —Llegaba blandiendo un objeto problemático, y a los pocos segundos se tranquilizó lo suficiente como para ponérselo delante de las narices. Era una brocha de afeitar: alguien la había usado para la aplicación generosa de pintura roja.

Mientras descendía por el camino de la señora Birdwire a última hora de la tarde —una escena de conmovedora reconciliación con los animales, cuyo clamor se debilitaba en la distancia—, el doctor Bussenschutt se giró en su asiento y echó un último vistazo a la extensión blanca que representaba la ciudadela que con tanto éxito había atacado. Luego miró su reloj: había dado plantón al señor Shoon para el almuerzo y estaba ansioso por llegar puntualísimo a la cena.

—Mi querido amigo —le dijo a su chófer—, ¿puede llegar a la abadía en una hora?

—Creo que sí, señor. Pasado Little Limber podemos tomar la ronda y ahorrarnos la carretera mala que atraviesa Swaffham Bajo.

El anciano en bata se había calentado con el té de la señora Birdwire, y esa era la frase más larga que había pronunciado hasta el momento. Bussenschutt se inclinó hacia adelante, con un interés repentino.

—¿Cómo se llama? —preguntó.

—George Cowthick, señor.

—Mi buen maese Cowthick, me gustaría hablar con usted.

—¿Cómo dice, señor?

—Charlar. —Bussenschutt se percató de que el anciano estaba confundido—. Charlar —explicó, amablemente— sobre el estado de los cultivos. —El señor Cowthick seguía en silencio—. ¡Avena! —dijo Bussenschutt, alentador y autoritario a la vez—. ¡Maíz! ¡Judías! ¡Lúpulo! —Su conocimiento de la economía rural tenía lagunas—. ¡Nabos! —dijo Bussenschutt como último recurso.

—Ah, la zona de Pigg es fantástica para cultivar nabos. —Había dado en el clavo, y el señor Cowthick charló en abundancia.

Bussenschutt se reclinó y empezó a escuchar, mientras en su cara se iba dibujando una expresión de convicción intelectual.

—¡Alto! —gritó—. No puedo estar equivocado. Pero hay una prueba más: maese Cowthick, me gustaría que repitiese unas palabras: «Ojalá tuviésemos el cosecha mil ochocientos noventa y seis».

Al final, Bussenschutt acabó convenciendo al señor Cowthick, que ya no se asombraba por nada, para que repitiese la misteriosa frase.

—¡Eureka! —gritó Bussenschutt, lanzándose de cabeza al único idioma lo bastante expresivo—. *Dies faustus!*

—¿Cómo dice, señor?

—Yo diría —tradujo Bussenschutt— que ha sido un buen día.

En la biblioteca de Rust, el doctor Chown reflexionaba sobre una cuestión de ética profesional. Estaba en una posición delicada. Había ido allí a petición de un familiar interesado, a saber, el hijo del paciente, y eso era bastante habitual. Sin embargo, no estaba claro que el hijo del paciente fuese mayor de edad, y tenía la sensación de que la hija, algo mayor, desaprobaba su presencia. Así las cosas, lo mejor sería no cobrar por los servicios, de suerte que su posición dejase de ser delicada de inmediato. Los psiquiatras tienen la mala suerte de trabajar con una especie de máquina tragaperras invisible a su lado, y los pacientes no siempre logran disimular que saben que deben echarle un chelín, también invisible, por minuto; a veces incluso comentan sueños cuyo asunto está envuelto en un complejo simbolismo. Todos los especialistas tienen esa máquina tragaperras, pero las características del trabajo del psiquiatra la hacen particularmente notoria; es como si el paciente hubiera cogido un taxi para explorar un laberinto, y mirase ora el taxímetro, ora los continuos tramos recorridos marcha atrás al llegar a callejones sin salida. Por lo tanto, abstenerse de bajar la bandera al ser contratado supone un placer auténtico pero caro; convierte una labor profesional dignificada en una búsqueda de la ciencia pura, aún más dignificada... Disfrutando con pleno conocimiento de la corrección política de su postura y de la benevolencia de su quizá dolorosa ayuda, el doctor Chown tomó asiento en la biblioteca y sometió al señor Eliot, frente a él, a un escrutinio científico absorto.

—Es curioso —dijo el doctor Chown—, curioso y desconcertante. Pero sin duda llegaremos al fondo del asunto. Solo tenemos —lanzó una mirada alentadora al señor Eliot— que buscar a nuestro alrededor al hombre adecuado.

—Mi querido Chown, es muy amable por su parte preocuparse de esta desagradable cuestión. —El señor Eliot estaba hundido en un sillón de orejas de cuero y, a la luz tenue del ocaso, habría sido casi imposible verlo de no ser porque Chown, atento, colocó un flexo iluminándole la cara—. ¿Cree que se puede llegar al fondo del asunto?

—Creo —dijo Chown, ahora cauto— que podemos controlarlo. Sé por experiencia que, cuando estas cosas pasan —hablaba como si sus manuales prácticos estuviesen repletos de Arañas desbocadas—, pueden controlarse. Un poco de estudio, un poco de análisis y unas medidas sosegadas y sensatas tomadas con firmeza: esos tres pasos resolverán el misterio.

El señor Eliot asintió. Chown tuvo la sensación de que sus ojos se extraviaban, nerviosos, por las sombras.

—A medida que envejezco, Chown, se confirma el cliché de que las consecuencias de nuestras acciones son incalculables. Nuestras obras e incluso nuestros pensamientos más íntimos generan fuerzas que llaman a un millar de puertas desconocidas. Nuestras fantasías se liberan y configuran la realidad de otras personas. Así pues, ¿por qué no habrían de volverse contra nosotros?

Chown adoptó una expresión comprensiva y empática, una rama teatral en la que no tenía nada que envidiar a Peter Holme.

—Muy cierto, Eliot; muy cierto y muy bien expresado. No obstante, usted y yo hemos de tener un punto de vista objetivo. Debemos salir de esta casa, alejarnos de toda la constelación familiar y abordar la cuestión como personas ajenas a ella. Pongámonos en la situación de uno de sus invitados, un huésped imparcial, que sale a su terraza y ve esa inscripción con pintura roja. Me sorprende lo arriesgado del proceso; el hombre que hizo esa pintada sin duda se estaba jugando la crisma. Pero solo soy un aficionado de las alturas, y quizá me equivoque. —El doctor Chown miró fijamente al señor Eliot—. Usted tiene experiencia escalando, ¿verdad?

—Sí, a todos nos gusta mucho.

—Es una pena que no pudiésemos hacer una reunión con todos los presentes justo después de lo ocurrido.

—¿Una reunión? ¡Vaya, vaya! —El señor Eliot parecía desconcertado.

—Cabría esperar —Chown dio un hábil empujoncito al flexo para que iluminase mejor las facciones del señor Eliot— un nivel de conmoción muy perceptible. A falta de un limpiacristales o un reparador de chimeneas profesional entre nosotros, la aventura sería poco común, incluso para un escalador consumado. Experimentar un riesgo desconocido siempre deja huella: la persona estaría nerviosa y afligida; habría un trauma detectable.

—Ah, sí. —El señor Eliot, quizá el señor Eliot que agradecía un poco de conversación intelectual, se iluminó ligeramente—. Trauma, sí, le sigo. —Y se sobresaltó con un trocito de carbón salido de la chimenea.

—Ahora mismo —Chown se estaba relajando—, por supuesto, no tenemos ninguna prueba en absoluto. No obstante, confío, sí, en aclarar las cosas. —Se inclinó y atizó la lumbre del señor Eliot con gesto amistoso—. Creo recordar que dijo que todo empezó con una llamada de teléfono, ¿verdad? —Sabía de sobra que su anfitrión no había dicho absolutamente nada de cómo empezó todo, pero la mente del señor Eliot estaba confusa, y Chown podía tomar unos cuantos atajos sin riesgo—. Y creo que fue su hijo, que respondió a la llamada, quien le dijo que se pusiera al aparato, ¿no?

—Sí, en efecto. —La respuesta del señor Eliot volvió a sonar ausente. Había levantado la cabeza, aguzando el oído. El runrún de unas voces agitadas pasó junto a la biblioteca. Chown se debatía sobre la mejor forma de proceder ante ese estado harto sugestionable, cuando el señor Eliot se corrigió—: No, no fue así; mucho me temo que me he despistado. Recuerdo claramente que, cuando llamaron, fui yo quien descolgó el teléfono. Timmy no tuvo nada que ver; no supo lo que ocurrió hasta que se lo conté esa noche.

Chown asintió mirando el fuego, poniendo cara de profunda reflexión.

—Ahora —dijo—, pensemos en los sospechosos.

—¿Sospechosos? —El señor Eliot se retorció en su sillón de orejas, incómodo, adoptando un tono a la defensiva—. En este tiempo

—añadió, como disculpándose— he pensado en muchos. —Por un instante se iluminó de alegría, brillando como un animal submarino que transporta su propia luz eléctrica por el lecho oceánico—. Sospecho de toda esta historia de los sospechosos.

El doctor Chown se puso serio *ipso facto*. Había descubierto que no hay nada que altere tanto el curso de un análisis como un arranque de euforia en el paciente, de suerte que siempre estaba en guardia para prevenir la irrupción de la alegría.

—Lo único que me gustaría —dijo— es que pudiésemos adoptar un punto de vista relajado. Sin embargo, cuando he dicho que se puede controlar la cuestión no pretendía inducirle a error. Esto podría ser más grave de lo que pensamos. —El señor Eliot, como es natural, pareció desolado—. Ahora, vamos a repasar a los presentes.

El señor Eliot, al oír que le pedían hacer un repaso del séquito de la Araña, lanzó un pequeño suspiro.

—Y preguntarnos —murmuró— cómo diablos llegaron ahí[15]. —La cita de Pope lo animó a añadir—: ¿Eso era la campanilla para empezar a vestirse?

—Y ahora —dijo Chown, implacable, unos quince minutos después— pensemos en los miembros de su familia. Para empezar, están sus primos: ¿confía en ellos?

—¿Que si confío en Rupert y en Archie? —Daba la sensación de que el señor Eliot buscase a tientas la respuesta de rigor para esa pregunta. Buscó en vano, en un ambiente de confesionario—. No puedo decir que confíe. No del todo, vaya. Claro que ambos son buenos tipos; muy buenos tipos, de hecho, y me alegró muchísimo que vinieran a vivir con nosotros. Rupert y yo crecimos juntos; somos auténticos *arcades ambo*, la verdad, tal para cual. Y en estos últimos años Archie se ha mostrado muy simpático. Le gusta la literatura, y temo que sus gustos sean más literarios de la cuenta para su profesión; durante un tiempo tuvo mucho éxito, y muchas de sus estructuras se definían como poemas de acero. Por desgracia, siempre había algún fallo o complicación por el lado material, que, por supuesto, tiene su importancia en ingeniería.

—¿Así que *sir* Archibald, a pesar de sus cualidades admirables, no es del todo digno de confianza?

---

[15] Referencia a la «Epístola al doctor Arbuthnot», prólogo de *Imitaciones de Horacio*, de Alexander Pope.

—Bueno, quizá no del todo. Hace unos años se produjo un incidente embarazoso cuando descubrimos que Archie tenía acceso a la bodega gracias a una llave maestra. La verdad es que fui yo el que se informó del proceso para fabricarla; el oficio de escritor, ya ve, me lleva a rincones peculiares del conocimiento. Archie solo sacó la idea de mi libro. Y ese detalle vino a sumarse, de algún modo, a la incomodidad de la situación.

Chown asintió. Al parecer, el señor Eliot ya tenía algo de experiencia en lo que él llamaba «el retorno de las propias fantasías».

—¿Y *sir* Rupert? —preguntó rápidamente.

—¿Rupert? —El señor Eliot estaba incómodo pero indefenso—. Rupert es un tipo fantástico, con un gran conocimiento del mundo. Ha viajado mucho, es sorprendente; un hombre de acción, como a veces se define.

—¿Ha estado activo en los últimos tiempos?

El señor Eliot pareció muy sorprendido ante esa pregunta incisiva.

—Ahora que lo pienso, no. Parece haberle cogido mucho cariño a Rust. —Se retorció en su sillón, como si poco a poco estuviese llegando al lado bueno de algo—. Claro que aquí está más seguro. Como le he dicho, no es del todo digno de confianza.

—Ah.

La indefensión del señor Eliot se acentuó.

—Sobre todo con el dinero. No parece haberlo entendido nunca. Recuerdo un incidente deplorable de nuestra infancia, relacionado con el cepillo de la parroquia. Al párroco le pareció particularmente grave; supongo que era inevitable que el sacrilegio le pareciese algo más serio que el hurto común. Hoy día son cheques, más que nada. Ofrecen un campo más amplio.

Haber llegado tan lejos agradó sobremanera al doctor Chown, que se tranquilizó. Habló del disparate que suponía ver el robo de un cepillo desde un punto de vista criminal, más que estrictamente científico; habló de la maldad de los sacerdotes y del sacerdocio en general. Luego el señor Eliot arrojó un tronco al fuego, y Chown le dio un empujoncito amistoso con el atizador. Y el armisticio tocó a su fin.

—Quedan —dijo Chown— sus propios hijos. Esta siempre es una cuestión peliaguda, pero ha de afrontarse. La postura de sus hijos es muy ambigua, extraordinariamente ambigua, más bien.

El señor Eliot observó el fuego, pensativo; esta vez parecía reacio a dejarse arrastrar, incluso hacia una charla intelectual.

—Lo quieren —continuó Chown, en tono suave—, lo quieren muchísimo. Pero al mismo tiempo lo odian; y en particular su hijo.

—La verdad —protestó el señor Eliot, por fin enardecido—, no creo que conozca lo bastante a Timmy...

Chown levantó una mano autoritaria.

—Estoy hablando —dijo— de algo a lo que he llegado mediante un razonamiento inductivo tras el estudio de miles de padres e hijos. Podríamos protestar. Pero es un hecho científico. Podríamos aferrarnos a la ilusión. Pero es la realidad. —Chown era propenso a hacer ese tipo de afirmaciones antitéticas cuando se enfrentaba a personas cuya mente se obstina en permanecer a contraluz; ahora las elevó a un nivel claramente lucreciano—. Puede rebelarse contra la ley. Pero lo más inteligente es sacar fuerzas de ella. Estamos heridos. Pero sabemos que la herida forma parte de la naturaleza de las cosas.

El señor Eliot hizo una mueca de dolor, quizá recordando el tipo de heridas a las que se refería Chown, quizá porque no le gustaban tantas frases empezando con preposición.

—¿El quid de la cuestión —preguntó— es que Timmy y Belinda podrían estar gastándome una broma mezquina?

El ceño fruncido de Chown alteró unos segundos la serenidad estudiada con que solía realizar sus operaciones. Desaprobaba que sus pacientes hicieran preguntas; no le gustaban las transiciones rápidas de lo abstracto a lo concreto.

—Claro que no —dijo—. Aún queda mucho para pensar que estamos en condiciones de hacer sugerencias... ¿Diría usted que sus hijos son extravagantes?

—Sí. Están en una edad extravagante. Aunque, si nos ponemos así, yo también soy extravagante.

—¡Ah! —dijo Chown, haciendo una larga pausa—. Como dice, la campanilla para vestirse ha sonado. Tenemos que dejarlo aquí.

—¿Dejarlo? —repitió el señor Eliot, y lanzó un suspiro, consciente de lo que suponía eso—. Sí, quizá sea lo mejor. Ahora me toca atender —dijo en tono de disculpa— a muchísimos invitados. La verdad es que me genera un auténtico estrés.

Chown se levantó y se dirigió a la puerta.

—No hay por qué darse prisa —dijo—. He comprobado que las pequeñas cuestiones como esta, desconcertantes, pero en absoluto trágicas, se resisten al esclarecimiento hasta la consulta número cuatrocientos. —Su mirada se volvió absorta, como si contemplase una máquina tragaperras invisible de proporciones gigantescas—. Cada vez soy más consciente, mi querido Eliot, de la maravillosa profundidad y complejidad de la mente humana. La describiría, si la palabra no estuviese bajo sospecha justificada, como algo sagrado.

—El doctor Chown se detuvo unos instantes en la puerta, con una expresión benévola y meditabunda—. Qué alegría —dijo— que se acerque la hora de cenar. Tengo mucho apetito. —Asintió, reconociendo alegremente su fragilidad humana, y se marchó.

6

—Ese —dijo la señora Moule— es el señor Kermode.

El grupo se estaba reuniendo para la cena en la sala grande y anodina a la que habían pasado tras el almuerzo. A pesar de sus dimensiones, no terminaba de dar cabida a todo el grupo, al menos cómodamente. El mobiliario no era excesivo, pero parecía estar dispuesto
en filas y aglomeraciones que se resentían y resistían con sutileza a
los ritmos y maniobras insólitos a su alrededor. En Rust uno crecía
sabiendo que el único hueco libre en la pared para la cabeza de alce
del tío abuelo Richard estaba a metro y medio del suelo; en consecuencia, uno nunca se enredaba el pelo en sus astas ni se las clavaba
en la nuca. Aunque el interés por la enorme colección de mariposas
de Timmy era cosa del pasado remoto, la vitrina donde la guardaba
aún ocupaba el lugar de honor donde la colocaron diez años antes.
No hacía falta quitarla; todo el mundo sabía que, desde la histórica
riña que su dueño tuvo a los quince años con un primo que estaba de
visita, era un objeto traicionero para apoyarse. Y todo el mundo era
consciente de que los cojines del hueco de la ventana hacían un ruido
curioso cuando uno se levantaba: ya no era la espectacular novedad
navideña de antaño; ya no era ni siquiera una bromita, solo la forma
en que los cojines del hueco de la ventana sonaban por naturaleza.
Y, lo más sencillo, todo el mundo conocía el mejor camino para ir de
un sitio de la sala a otro: si se intentaba pasar entre el sofá frente a la
chimenea y la mesa de refectorio que había detrás, debía recordarse
el curioso reposapiés chino que le habían enviado a la tía Agatha; y si
se quería ir de ahí a la mesa donde estaban las bebidas, en la pared de
enfrente, debía tenerse en cuenta el pequeño escalón del que decían,
enigmáticamente, que era indispensable para los desagües.

Era una sala de estar; una sala de estar con el sello indeleble de lo que las guías telefónicas llamaban aristocracia rural menor. El buen gusto brillaba por su ausencia, aunque no había ningún objeto del que pudiese decirse que no lo tuviese. Había una buena dosis de solidez, una buena dosis de desgaste, y solo un poco de la opulencia invasora de la Araña —esta última a punto de quedar triunfalmente absorbida—. Los libros eran los libros que los Eliot habían poseído antes de tener a un novelista o un erudito de Pope: libros encuadernados en cuero, topográficos, históricos y genealógicos, que algún tatarabuelo consultó alguna que otra vez; novelas de tres tomos que los abuelos leyeron en voz alta a sus hijos; libros de los padres, empezando por Huxley y Ruskin y Carlyle y acabando con los primeros Kiplings. Las paredes estaban llenas de acuarelas: acuarelas inglesas de gran tradición junto a cuadros bastante decentes de las señoras Eliot. *Sir* Rupert tenía un rincón abarrotado de peces disecados y *sir* Archie, cínico, tenía una vitrina con una maqueta de su malhadado puente. Era una sala familiar, y los huéspedes del señor Eliot se movían por ella con cierta torpeza.

Al huésped imparcial, esa idea abstracta del doctor Chown, el grupo podría haberle parecido más inquieto que lo que su carácter y la hora requerían. En particular si el observador estuviese en las cristaleras al final de la sala, pues desde ahí todo se recortaba contra un fondo de inmenso sosiego. Dominando la pared más alejada, en llamativo contraste con casi todos los demás objetos, había un magnífico Renoir que el señor Eliot regaló a su hija por su veintiún cumpleaños. Era una mujer bañándose, la exuberancia de la carne que no ha sido tocada por su enemigo, el pensamiento, con unas curvas opulentas iluminadas y redimidas por la luz, mientras el resplandor del cielo descendía a un estanque oscuro y tranquilo; la evanescencia más absoluta convertida en eternidad. Los huéspedes se arremolinaban alrededor del cuadro. La más inquietante era una señora rechoncha, que gesticulaba con particular intensidad. Colocadas sobre una balanza, ella y la mujer del cuadro estarían casi en equilibrio, y cuando la una se puso frente a la otra parecían explicar toda la verdad descorazonadora sobre la diferencia entre vida y arte. La señora rechoncha, ajena al papel simbólico que había adoptado, permaneció junto al cuadro, y de cuando en cuando lanzaba gritos de emoción, al ver o saludar a sus amigos. Una de las características del grupo era que su composición parecía cambiar de manera constante, y mientras unos huéspedes iban apareciendo, otros se perdían por un camino invisible. Quizá algunas personas seguían llegando a la casa; quizá otros se habían cansado desde el almuerzo y habían desaparecido; o quizá aquella gente tenía la costumbre de saludarse una y otra vez.

El grupo parecía inquieto, sabedor de que estaban ocurriendo cosas extrañas en Rust. La desagradable frase que apareció fugazmente en el arquitrabe estaba pensada con una sutileza exquisita, y no parecía muy distinta a la bromita del paraguas en el toro del abuelo Richard; un tipo de humor perfectamente habitual y aceptado en Rust en esa época. Sin embargo, quizá por lo arriesgado de la elaboración, insinuaba inexplicablemente que era algo más que una broma; incluso se había definido como una acción con un objetivo siniestro. La inquietud del grupo se distinguía por su expectación: toda esa gente estaba esperando a ver qué sucedería después.

Pero también había otra corriente de sentimientos que, a pesar de estar aún muy por debajo de la superficie, ya dejaba percibir su fuerza. Quizá no estaban ni ante una broma ni ante una conspiración; sino ante lo que la señora Moule, que apenas podía contener sus presagios ominosos, denominó «una manifestación». Se rumoreaba que un ser creado por el señor Eliot se había hecho con el control de sus creaciones actuales; en la casa se oía el eco de sonidos ambiguos, melodías sin tono que hasta entonces solo habían existido en la paráfrasis silenciosa de la tinta; la propia Araña iba a ser el invitado estrella de la fiesta de la Araña... Era fantástico, y el grupo, a pesar de estar formado en su mayor parte por personas que exhibían algo más que un ligero nerviosismo, también mostraba un exceso de escepticismo. Solo en el caso del señor Eliot podía sospecharse que esas cábalas misteriosas produjesen auténtica ansiedad. El señor Eliot se concentraba con todas sus fuerzas en mostrarse atento con las personas a su alrededor; no obstante, se le podía ver sumido en un aislamiento creciente, creado por él mismo. Era como si hubiese perdido el contacto con la vida real a su alrededor, y una corriente invisible lo transportase al reino de su propio melodrama, donde pequeñas causas producen grandes turbaciones, y unos incidentes inofensivos para el ignorante podrían revelarse como advertencias funestas para unos pocos ilustrados.

—Ese —repitió la señora Moule— es el señor Kermode. —La señora Moule se había puesto una pequeña y elegante tiara en su pelo plateado; cuando movió la cabeza, un haz de luz atravesó la habitación—. Es una especie de fantasma.

Gerald Winter miró, obediente, al señor Kermode. Era un hombre alto, con la agresiva presencia física del atleta que está empezando a perder la buena forma. Sin embargo, no había absolutamente nada fantasmal en el señor Kermode. Tenía una pequeña salchicha entre los dientes y un vaso de cóctel en cada mano, y emitía unos gruñidos quedos para comunicarse con la señora rechoncha. La ligera obsesión que la señora Moule había revelado en el almuerzo debía de ser de esas que se agudizaban a medida que pasaba el día. Encontrarse con ella a medianoche, pensó Winter, sería harto alarmante.

—¿Una especie de fantasma? —dijo con educación—. Me sorprende usted.

La tiara de la señora Moule centelleó en señal de confirmación.

—Claro, los auténticos fantasmas ya son cosa del pasado casi por completo; pero aún quedan unos cuantos, cual reliquias de aquellos días infames. Estoy convencidísima de que su desaparición se debe a una mayor conciencia por el tema, llegada de la mano de una educación cada vez más extendida. Pero el señor Wedge, que intenta ser muy cínico, sostiene que solo es cosa de los métodos de *marketing* modernos, que hacen a los fantasmas innecesarios.

El concepto de lo sobrenatural como artículo comercial era tan peculiar que durante unos segundos Winter solo pudo quedarse mirándola fijamente. Luego lo comprendió.

—Ah, un fantasma, claro. Me había confundido de tipo. ¿El señor Kermode es un escritor fantasma?

—El escritor fantasma del señor Eliot. Pero solo una especie de fantasma. Hasta ahora no ha escrito nada para el señor Eliot; a él nunca se le ocurriría hacer pasar por suyo el trabajo de otro. No obstante, el señor Wedge cree que hay que adelantarse a los acontecimientos.

—Vaya por Dios, me temo que soy un lego en la materia. Quiere decir que ese tal Kermode...

—El señor Eliot —dijo la señora Moule, remilgada— no estará siempre entre nosotros. El señor Wedge cree que debería haber alguien para recoger el testigo, y considera que el señor Kermode es muy capaz. Es muy joven, y los médicos le han vaticinado una excelente esperanza de vida, aunque no sé si ahora es tan estable como antes. Ahora mismo, ya le digo, solo está estudiando. Con mucho provecho, creo: el señor Wedge opina que ya conoce la obra de Eliot como la palma de su mano. —Winter volvió a mirar al interesante Kermode. En ese momento su mano estaba en un decantador de jerez. Casi se había despejado la boca de salchicha y sus gruñidos eran ahora más fuertes; podría decirse que su actitud expresaba impaciencia—. Conoce a la Araña a la perfección —continuó la señora Moule— y está listo para empezar.

—Es increíble. ¿De verdad le sale a cuenta a Wedge mantener, por así decirlo, a ese hombre?

La señora Moule sonrió, como si Winter fuese un auténtico lego en la materia.

—Le saldría a cuenta —dijo de inmediato— mantener a un batallón.

—Pero está claro que si el señor Eliot muriese o dejara de escribir, el hecho difícilmente podría ocultarse a la opinión pública.

Un rubor indignado tiñó la cara de la señora Moule.

—No lo entiende. El señor Eliot nunca aprobaría los preparativos para cualquier tipo de engaño. El señor Kermode no va a convertirse en el señor Eliot; no hará ninguna falta. Solo será el autor de las historias de la Araña. Retomará los manuscritos inconclusos del señor Eliot, será una buena forma de comenzar. En los libros concluidos así aparecerán como coautores el señor Eliot y el señor Kermode. Después, este último continuará, simple y llanamente, firmando como el señor Kermode. Verá, lo que la gente tiene en la cabeza es a la Araña, no al señor Eliot.

Winter asintió, ausente.

—Sí —dijo—, eso es muy cierto.

Lo que uno tenía en la cabeza era a la Araña, no al señor Eliot. Y, si no se le conocía en persona, era alguien del que resultaba imposible hacerse la más mínima idea. Su entorno se podía intuir. Winter, desde su reclusión académica, se había hecho una idea difusa pero bastante rigurosa del entorno de los autores populares. Lo de Wedge, la señora Moule y ese hombrecillo llamado André podía imaginárselo; ni siquiera Kermode lo sorprendió demasiado; el factor desconocido y desconcertante residía en el propio señor Eliot, el complejo y trastornado hombrecillo que estaba en el centro de todo el sistema. Winter se había formado una ligera imagen de él: un escritorzuelo pertinaz y con talento, que vivía en un mundo completamente ajeno al suyo propio. Una pequeña reflexión sobre Timmy, se dijo ahora, podría haberle ofrecido alguna clave para descubrir la verdad; una verdad que resultaba un tanto desconcertante. Tal es el poder —pensó, revolviéndose contra sí mismo— del esnobismo académico y social. Volvía a ser una cuestión de esa nariz: el olfato del señor Eliot era menos distante de lo que esperaba, y eso hacía, entre otras cosas, que Winter sintiese un poco más de compasión por la peculiar desgracia que le había sobrevenido.

—Y ahora —dijo la señora Moule, que había establecido a todas luces un protectorado— vamos a dar una vuelta por aquí y voy a presentarle a todo tipo de gente interesantísima. No obstante, confío en que para la cena volvamos a sentarnos juntos. Creo que tenemos mucho en común. Mi hermano, que también es un hombre de Oxford, es ahora obispo de Udonga.

Winter emitió un murmullo cordial con el que ocultó un suspiro. De niño quería ser pirata; de mayor había descubierto la curiosa necesidad de descubrir y volver a cubrir el pasado: *clarorum virorum facta moresque posteris tradere*. Sin embargo, para la señora Moule, el obispo de Udonga y él eran uno.

—Espero —dijo Winter— que empiece por presentarme a Kermode; tengo la sensación de que me ayudará desde el primer instante a aumentar mi conocimiento sobre la naturaleza humana.

—En ese caso —dijo la señora Moule—, venga conmigo. —Comenzó a abrirse paso entre la multitud con ese sensato punto medio, entre la firmeza física y el comedimiento social, que la situación requería. Kermode no estaba muy solicitado: la señora rechoncha se había alejado de sus gruñidos, alguien le había arrebatado el decantador de jerez y él caminaba de un lado a otro, entre dos grandes sillas, con gesto de hambre. El efecto era alarmantemente leonino, y la señora Moule comprendió al punto la esencia de la situación.

—Coja esto —dijo con un susurro, poniendo en las manos de Winter un plato con alguna especie de moluscos desnudos atravesados por pequeños arpones de madera. Winter, que era lo bastante mayor para condenar el exceso de aperitivos en la sala de estar y para asociar los arpones con palillos, cogió el plato, titubeante.

—Señor Kermode —dijo la señora Moule—, le presento al señor Winter. Gerald Winter, Adrian Kermode.

Dio un paso atrás, claramente satisfecha con esa preciosa fórmula de palabras; Winter murmuró con educación y le mostró su ofrenda. Kermode emitió un gruñido suave, efecto mudo que podía interpretarse como de satisfacción; luego le estrechó la mano con un movimiento raudo y fugaz y cogió un puñadito de arpones.

—Personalmente —dijo Kermode—, prefiero cenar a las diecinueve en punto.

La señora Moule frunció el ceño, quizá pensando que si el sucesor del señor Eliot hubiese escrito esa frase en un cuadernillo de ejercicios habría tenido que corregirlo. Unos segundos después, un conocido la llamó por detrás, dejando a Winter y al aspirante a fantasma en singular comunión.

—No lo deje —ordenó Kermode—, se han quedado cortísimos. Póngalo aquí.

Winter lo puso ahí.

—Parece que tiene un hambre lupina —dijo con una sonrisa—. ¿Ha estado haciendo ejercicio? Difícil, en una tarde como esta.

Kermode pareció sorprendido; durante un segundo su mano llegó incluso a suspender una nueva incursión al plato.

—Un tipo listo, ¿eh? —dijo Kermode, y tras engullir rápidamente un molusco hizo ese conocido gesto de enseñar unos dientes agresivos—. No tiene nada contra mí. —Pareció buscar a toda prisa en su memoria algo que acentuase su afirmación—. No, señor —añadió. Y sus dientes volvieron a adoptar una posición apta para engullir moluscos.

No sería descabellado suponer que los estudios de Kermode iban por la fase de la Araña en la que adquirió un carro armado y una ametralladora, cuando la influencia transatlántica se dejaba sentir con más fuerza. Y eso fue hace mucho tiempo. Winter negó con la cabeza, con actitud juiciosa.

—Si me permite decírselo, está usted bastante anticuado. Las cosas no permanecen estáticas. Lea a Mencken, el argot se renueva con sutileza año tras año.

Kermode volvió a quedarse perplejo y frunció el ceño, con una expresión de inteligencia taciturna y feroz.

—Bueno —dijo—, ¿y cómo se supone que voy a ponerme al día en esas cuestiones? No me pagan lo suficiente para viajar, y nunca he sido un amante de la lectura. ¿Sabe —se había vuelto a hacer con el decantador— que a veces me paso con la bebida? Quizá no se lo crea, pero es verdad.

—Le garantizo que no lo pongo en duda, para nada.

Kermode, soltando una ráfaga de arpones vacíos, dejó caer con violencia una mano en el hombro de Winter.

—Eso es un compañero —sentenció—, eso es un compañero. —En un arranque de generosidad, miró a su alrededor en busca de una segunda copa—. ¿Sabes? —dijo Kermode, pimplándose una copa de jerez y saltándose varias fases del proceso de trabar amistad con Winter—, es mortificante. Esa es la única palabra que se me ocurre, mi buen amigo Jerry: mortificante.

—Gerald —lo corrigió Winter, sin crudeza. Por ahora estaba algo embelesado con Kermode, pues le transmitía la sensación de que llevaba semanas tratando esencialmente con el mismo tipo de personas y que él tenía algo distinto; una ilusión siempre grata mientras dura—. Estoy seguro de que es —añadió, compasivo— harto mortificante.

—El pan de la holgazanería[16] —dijo un Kermode bíblico. En sus palabras se apreciaba un cariño palpable, pero quedó demos-

---

[16] Referencia bíblica, Proverbios 31, 27.

trado que ese sentimiento se ceñía estrictamente a Winter cuando se giró y lanzó un gruñido espeluznante a alguien que había osado interrumpirlos—. El pan de la holgazanería —repitió—, lo lanzas al agua y no vuelves a verlo. —Reflexionó unos segundos sobre esa máxima, dubitativo—. Shakespeare —dijo— lo sabía todo al respecto; suelo decir que Shakespeare fue el mejor. ¿Recuerda su patraña a la deriva?

—Su caña a la deriva, claro[17].

Kermode negó con la cabeza rotundamente.

—Usted está pensando en otro pasaje; Shakespeare es vastísimo. El pueblo, como patraña a la deriva en la corriente, va acá y allá siguiendo el flujo vacilante cual lacayo, y se pudre de moverse. Perdiendo el tiempo, ya sabe. Y ese soy yo.

—Es evidente que limitarse a perder el tiempo no es obligatorio. ¿No podría hacer algo por su cuenta mientras tanto?

El fantasma lo miró con tanto recelo que pareció probable que el pan de la holgazanería no le supiese tan mal como daba a entender.

—Créeme, viejo amigo —dijo—, no es tan fácil. Tengo que estar aquí, esperando siempre en la línea de banda, por así decirlo; y eso distrae mucho, eso distrae lo que no está escrito. Por supuesto, de cuando en cuando echo una mano con esto y lo otro. Hay mucho trabajo, ya ve, en un negocio como el de la Araña.

—Supongo que sí. Por cierto, ¿le interesa Pope?

—Nunca me han gustado los juegos de cartas. Ah, vale, se refiere a Pope. No, por supuesto que no. Como le digo, jamás he sido un gran amante de la lectura. Shakespeare sí. Pero ese tal Pope, no. —Kermode apoyó la copa y miró a Winter con una sagacidad inesperada pero convincente, como la de los leones de Landseer en Trafalgar Square—. Mi Araña va a ser distinta.

—Estoy seguro de que lo es. —Winter estaba convencido de verdad—. Pero ¿es esa la idea?

—Claro que sí. ¿Por qué ese personaje ha tenido el éxito descabellado que ha tenido? ¿Porque el viejo Eliot puede ponerle su pizquita de cul250eta? No, señor. Solo porque nuestro amigo la Araña ha evolucionado, y a la gente le interesa cómo le va, como con los niños cuando crecen. ¿Cómo evolucionará cuando Eliot lo deje? Esa es la cuestión que intriga a Wedge. Y es el motivo por el que me ha contratado a mí. Wedge y yo jugamos juntos, y él conoce mi plan.

---

[17] Referencia a la obra de teatro *Antonio y Cleopatra*, acto 1, escena 4, de William Shakespeare.

Winter se preguntó por un instante si entre los juegos a los que Wedge y Kermode jugaban juntos estaba el hacerse pasar por otra persona. Del Kermode tal y como él mismo se presentaba a la importante tarea para la que el astuto Wedge lo había escogido parecía haber una discrepancia notable. Sin embargo, quizá esa percepción también se debía a la poca experiencia de Winter, como académico enclaustrado que era. Intentó examinar con más detenimiento a su compañero. Sin duda el hombre era una especie de rey de la jungla, pero del tipo circo ambulante; el pavor que inspiraba estaba adulterado por una pizca de patetismo y señales de una sarna incipiente. Todo demasiado complejo para ser un disfraz. Sin embargo, podía intuirse un atisbo de disimulo en Kermode, así que, incitado para seguir explorando, Winter dijo, con tono alentador:

—Me comentaba usted que su Araña va a ser distinta. ¿Va a evolucionar más el personaje?

Kermode lo agarró del codo, con confianza.

—La idea de Wedge es que lo involucione. Y cree que tengo capacidad para hacerlo.

—¿Quiere decir que la Araña volvería a sus antiguos y perversos derroteros? —Aunque nunca lo habría dicho, a Winter ese plan de corrupción en tinta y papel le impactó un poco. Desde su nacimiento hace un puñado de milenios, nuestras ideas morales han calado sorprendentemente hondo; y regenerar, aunque solo fuera a un personaje, para luego volverlo a pervertir, era una propuesta que perturbaría a cualquier mente equilibrada. Winter miró a Kermode, casi consternado.

Kermode asintió.

—Así es Wedge —dijo—. Y yo no diría que no es un tipo inteligente. Cuanto más observas la serie de libros —e hizo un gesto que evocaba a la perfección los treinta y siete volúmenes— más claro lo ves. No obstante, Wedge tiene sus limitaciones; a fin de cuentas, carece de la mentalidad de escritor. Y yo tengo mis propias ideas. —De repente gruñó, esta vez como si Winter no fuese distinto al resto del mundo—. Como podrás comprobar. —Cogió su copa y puso cara de asco al ver que estaba vacía; luego, para sorpresa de Winter, se la metió en la boca, y de un mordisco separó el tallo y el cáliz, que un segundo después empezó a emerger lentamente entre sus labios, cual pompa maníaca—. Me lo enseñó mi abuela —dijo cuando acabó de expulsarlo. Clavó los ojos en Winter, y sus palabras se fundieron con una mirada que expresaba una inteligencia de lo más lúcida—. Deberías probar a hacerlo cuando estés estresado. —Sus ojos deambularon por la sala—. En fin, mi viejo amigo Jerry

—volvió a mostrarse un poco sensible—, nos vemos. Ahí tengo unos amigos, hay que ser educado. Esta noche tenemos un montón de buena gente.

Con un gruñido *in crescendo*, Kermode empezó a atravesar la sala. Sin embargo, tras dar varios pasos se detuvo, y se giró un momento.

—Una patraña a la deriva —dijo—. Eso soy yo.

Timmy estaba hablando con Patricia. Creía hacerlo, que así de tortuoso es el análisis del intelecto sobre el instinto, principalmente por Hugo Toplady. Por ahora, la influencia de Hugo había contagiado a Timmy el respeto fiel de los buenos modales: Patricia era la mejor amiga de Belinda, y lo apropiado en ese momento era que la mejor amiga de Belinda recibiese las atenciones del único hermano de Belinda. Así que Timmy le estaba ofreciendo jerez y, como en el colegio Patricia iba un curso por delante, una conversación con un ápice de fanfarronería.

Patricia aceptó el jerez con cautela. Notaba que, en efecto, la actitud de Timmy se debía principalmente a los buenos modales de Toplady, mezclados con algo de la bondad de los Eliot adultos y con un cierto interés auténtico, aunque fugaz, de su propia cosecha. De no ser porque él también estaba claramente asustado, Patricia casi podía verse como una especie de anciana bien conservada que tiene la suficiente energía como para ganarse el interés impersonal de los jóvenes, y que agradece con sinceridad sus palabras de aprobación, amistosas y condescendientes. Como Timmy le hizo sentirse así, lo detestó por ser un títere insoportable, por ser otro puñetero macaco de Gibraltar —la aventura de la tarde seguía grabada, infelizmente, en su cabeza—, por ser un joven que no había mejorado nada desde la época en la que demostró un notable ingenio para fabricar bombas de tinta. Al mismo tiempo, le gustaban sobremanera algunos detalles aleatorios de él: en particular las orejas, el cuello y el dorso de las manos. Y a Patricia esa le parecía una forma de sentir tan caprichosa e irracional que también estaba asustada. Así que juntó las rodillas y los talones y los pies, y contempló a Timmy, que hablaba por los codos, con una actitud particularmente fría e inmutable.

—¿Y cómo va —preguntó Timmy, amable— el «pilla pilla chiquilla»? ¿Aún tienes tiempo para eso?

Patricia digirió esa antigua y ofensiva descripción del deporte femenino, esforzándose por contener la sensación de que sus muy presentables piernas se volvían torpes y agresivamente musculosas bajo el traje de cola.

—Hay una pista de tenis real en la abadía —dijo—. Es un lugar fabuloso. ¿Has estado?

—Nunca. Y Belinda ni siquiera se trae a casa toda la diversión: que si Shoon compra esto, que si Shoon regala lo otro. Papá está deseando ver la Colección; él también tiene una colección de Pope, como sabrás; solo que una colección de Pope no tiene nada de llamativo. Parece que el tipo escribió la mayor parte de su obra sin tener que preocuparse de las facturas semanales, y tiene muy poca dignidad en su conjunto. Es completa, eso sí: los literatos pueden explorar una parte, y los economistas e historiadores sociales otra. Sin embargo, no hay una ardua búsqueda para pagar las facturas de la tintorería, como en Shelley, donde puede verse al otro lado de los poemas. Por cierto, la colección más llamativa de la casa es la de mis mariposas. Ven a verlas.

La cháchara de Timmy estaba volviéndose incoherente, como si tuviera ya la mitad de la cabeza en otro sitio. No obstante, condujo a Patricia al otro lado de la sala y, en el ojo del remolino que formaban los invitados del señor Eliot, inspeccionaron las mariposas. Timmy empezó a disertar sobre ellas sin ton ni son —estaba claro que en materia de insectos diurnos su memoria llevaba mucho tiempo en blanco—, y Patricia se distrajo pensando que unos minutos antes había caído en la cuenta de algo agradable, que ahora se le escapaba. Tras una breve persecución marcha atrás, lo encontró: era la sensación de que Timmy, con frecuencia, tenía destellos de su padre. Una vez consultada rápidamente su propia opinión sobre el señor Eliot sénior, Patricia se cercioró de que lo tenía por uno de los hombres más encantadores que conocía. Volvió a mirar el dorso de las manos de Timmy, apoyadas en la vitrina, y sintió que en el rumbo de su pensamiento había motivos de sobra para alarmarse; escuchaba a Timmy entreteniendo animadamente a la anciana bien conservada y sintió que el pronóstico era incluso lúgubre. Más valía que ese macaco de Gibraltar y ella se separasen.

—¿De verdad te gustaría ver la abadía? —se oyó decir a sí misma—. Creo que en breve va a haber una especie de invitación masiva, y, si es el caso, espero que vengas. Es divertida: una fantasía inmensa e increíble de arriba abajo.

—Estoy cansado de fantasías. —Timmy se había girado hacia ella, hosco y cada vez más asustado. Sus ojos se encontraron—. ¡Perdona, Patricia! Lo siento, he sido un maleducado. Me encantaría ver la abadía. Estaba pensando en la fantasía crónica de esta casa. ¿Cuándo crees que será la invitación?

Se miraron unos segundos en un silencio elocuente; preparándose para un largo enfrentamiento.

—¿Qué pasa con la fantasía crónica de esta casa? —preguntó Patricia abruptamente.

—Esta sarta de bromas estúpidas y melodías lúgubres son la gota que colma el vaso. Esa Araña infame ha abusado de nuestra hospitalidad, y ha llegado la hora de que le demos pasaporte. A veces tengo la sensación de que acompañarlo a la puerta es mi responsabilidad.

—¿Y por qué iba a serlo?

—Porque yo se la abrí. La Araña fue el regalo de mi primer cumpleaños. Papá pensó que un hijo sería un lujo tremendamente caro.

Patricia miró a Timmy de arriba abajo con ojos críticos.

—Bueno —dijo—, ¿acaso no llevaba razón? Me imagino que mantenerte no tiene que ser barato, que digamos.

—Ni mucho menos. Pero hoy día la familia vive en la más absoluta opulencia, y las historias solo siguen publicándose porque hay mucha gente presionando. Es intolerable. Creo que papá y todo el mundo estaría mucho mejor si acabasen con la Araña. Quizá estas travesuras cumplan esa función; quizá esa sea la idea.

Patricia apoyó su copa. Timmy era tozudo. Ahora su padre tenía cualidades que treinta años atrás fueron tozudez; el carácter inestable era de su propia cosecha.

—¿Acabar con la Araña? —preguntó Patricia—. Esperemos que la idea no sea acabar con su inventor, a medianoche.

Por un momento Timmy pareció sorprendido; luego sonrió, exhibiendo una insoportable confianza en su propio juicio.

—He pasado por uno o dos momentos inquietos, pero resulta asombroso lo fuerte que es papá. A veces —se desperezó lentamente, como tirando de un remo— me pregunto si no seré yo el bromista, ¿sabes?

—No me parece que esa sea una buena idea, ni mucho menos.

—O podría ser Belinda perfectamente.

—Aún peor.

—¿No sabes que Belinda es despiadada a más no poder?

—Sí.

—Me pregunto —Timmy se fue por las ramas— si eres tú. Sería espantoso que las hermanas nos contasen toda la verdad sobre las mujeres. La teoría dice que hay otro lado.

—Timmy —inexplicablemente, Patricia estaba muy molesta—, no podrías ser tú. Todo empezó con una llamada a tu padre mientras estabas con él en la biblioteca.

—Eso fue —dijo Timmy con voz seria— lo que me dio la idea. ¿Quieres otro vaso de jerez? —Patricia negó con la cabeza, enfadada y casi asustada—. Aquella solo fue una broma aislada, de las que ocurren de cuando en cuando. Y me dio, a mí o a Belinda, claro, la idea. ¿Crees que acabaremos lográndolo?

Todo el mundo tenía los nervios a flor de piel; Patricia partió de ese hecho como base de su razonamiento y volvió a mirar a Timmy. Estaba intentando probar con ella el papel de joven criminal magnético, tal y como podría concebirlo Peter Holme. Por un lado, el gusto por el drama era cosa de familia; por otro, había algo auténtico en él, aunque estuviese incompleto. Esa era una imagen nueva, o aumentada, de Timmy. Pero sus orejas y sus manos seguían siendo las mismas.

Patricia, que parecía condenada a una desgracia doble ese día, sintió que las lágrimas se le acumulaban en los ojos. Volvió a aferrarse a la enorme magnitud de la situación y dijo, con mucha calma:

—Desearía con todas mis fuerzas que fuese así. Que fueras tú, quiero decir.

La pose de Timmy se esfumó; ahora la miraba con indecisión.

—¿A ti también te aburre el *arañismus*?

—En absoluto. Si eres tú, te deseo la peor suerte del mundo. Digo que espero que lo seas porque entonces yo también me estaría columpiando.

Timmy dio un respingo como un muelle y se quedó observándola, sentada en un sillón bajo, desde una altura cómica.

—Patricia, ¿sigues columpiándote? —Y empezó a balancear los brazos.

Ambos se rieron, pero Patricia sintió que la tensión momentánea había dejado una incómoda huella en su mente.

—Columpiarse es en mi familia lo que el misterio y la pose es en la tuya. Si Belinda o tú sois el bromista es poco probable que lleguéis a los extremos que me imaginaba.

—¿A qué te refieres?

—¿Sabes que Belinda le ha pedido a mi hermano que venga?

—No lo sabía, pero qué bien.

—Belinda se lo ha pedido y yo le he metido prisa. Estará aquí para la cena. Es policía.

—¿Que es qué?

—Policía. Me temo que al señor Toplady le parecerá muy raro. Pero los desdichados Appleby han tenido que apañárselas con su cerebro.

Timmy se sonrojó y por unos instantes quedó reducido a un murmullo.

—No creerás de verdad, en fin, que el bromista va a hacer algo extremo, ¿no?

—Creo —Patricia observó toda la sala— que, ahora mismo, algo bastante moderado tendría un efecto considerable.

—Coincido contigo. ¿Has dicho que tu hermano llegaba para la cena? —Miró su reloj—. En ese caso, ambos llevan retraso. ¿Ves a Belinda, allí? Tiene la cabeza puesta en la cocina. Los recursos de Rust están un poco sobrexplotados, como suele decirse, y es muy probable que se produzca un desastre. Creo —empezó a alejarse caminando de lado, con una torpeza notoria— que iré a ver lo que está haciendo.

Patricia lo vio salir de la sala. Tenía sentimientos confusos. Quizá podría haberlos ordenado haciéndose a la idea de que no existen los príncipes azules en este mundo, sino solo hombres jóvenes con cuellos y manos que asoman, hermosos, de su ropa, y personalidades, mucho más problemáticas, que afloran con la conversación. Giró la barbilla y apartó la atención de todo eso; luego se acordó de que John, y también la cena, llevaban quince minutos de retraso. Probablemente era un pinchazo; quizá un accidente. Giró aún más la barbilla y contempló un grupo de finas bombillas escondidas en un gran candelabro. Sus ojos estaban observando la luz cuando se desvaneció. Por un instante, una imagen fantasmal de la sala —las mariposas de Timmy, los peces de Rupert, el puente de Archie, el Renoir de Belinda y los invitados del señor Eliot— parpadeó en su retina. Luego también se desvaneció. En la sala de estar de la Residencia Rust, una oscuridad universal lo había enterrado todo.

La conmoción produjo un silencio sepulcral; un silencio que al instante dejó paso a una sucesión de sonidos remotos y siniestros. De arriba, de fuera —imposible determinarlo— llegaba el tenue golpeteo acompasado de un bastón sobre una superficie dura. Como si los oyentes se precipitasen a una velocidad endiablada hacia un enorme segundero, el volumen del sonido subió golpe tras golpe, hasta alcanzar un clímax insoportable, aunque no era más alto que un hachazo en el otro extremo de un amplio campo, antes de desvanecerse.

Patricia oyó la voz de Belinda, helada de rabia, en su oído.

—El golpeteo —dijo Belinda— del bastón del secretario ciego de la Araña.

7

Un murmullo, una babel de voces que se acumulaban rápidamente pasando por la sorpresa, la inquietud, el miedo, hasta llegar a los tonos más bajos del pánico, invadió la sala de estar de la Residencia Rust. Cuando la luz volvió, lo hizo de manera desconcertante, formando un arco que subía en diagonal desde los rodapiés hasta el techo, filtrándose, según pudieron comprobar las personas más serenas, por las cortinas finas de la cristalera que daba a la terraza. La algarabía de exclamaciones y sollozos se vio interrumpida por un grito —era la señora rechoncha de Kermode—; y, merced a una de esas curiosas bromas comunicativas provocadas por las crisis, los ojos de todo el grupo se posaron en la cristalera. La cortina, ahora una especie de lienzo iluminado cual pantalla de cine, mostró la silueta en movimiento de un hombre. La silueta avanzó, se volvió colosal, y menguó de nuevo. Se oyó el chasquido de una cristalera abriéndose con brío; la cortina ondeó hacia atrás; la luz se convirtió en una llamarada que parecía salir de los faros de un coche. Una voz normal y corriente, pero que combinaba volumen y serenidad hasta constituir una hazaña declamatoria, dijo:

—Tranquilos. No pasa nada. —Y, como si unas válvulas gigantes se hubiesen cerrado, todo quedó sumido en el silencio.

Patricia, que se había puesto en pie con la oscuridad, encontró a Belinda a su lado.

—A menos que el bromista —dijo con voz algo trémula— haya preparado una entrada deslumbrante para John.

—No pasa absolutamente nada —reiteró John Appleby. Hablaba con el brío de un médico que está haciendo valer su posición ante unos parientes inquietos—. Por lo que he visto, toda la casa se ha quedado a oscuras de golpe, así que puede haber sido el cuadro de luces. Aquí tengo una linterna, por si alguien quiere investigar. —Entró en la sala.

Aquello parecía el escenario de una obra de teatro *amateur* donde la iluminación y el ensayo se habían ido al traste al mismo tiempo. Los huéspedes se movían, inquietos, en el túnel de luz penetrante que llegaba del coche, sabedores de que habían estado a punto de protagonizar una escena bochornosa. A veces las comodidades de la civilización nos fallan de golpe, pero las mentes serenas están preparadas para las pocas ocasiones en que la maquinaria se avería. Ahora se había averiado en la Residencia Rust, y el efecto, como Patricia auguraba, fue considerable. Porque en la casa se estaba formando una atmósfera de esas que al señor Eliot le gustaba crear en sus novelas. Appleby, que contemplaba la escena desde la cristalera, estudió las miradas de soslayo sobre hombros nerviosos y lo comprendió: aquellas travesuras estaban tomando el control de esa multitud variopinta.

El señor Eliot surgió del grupo y se presentó rápidamente.

—¿El hermano de Patricia? —dijo—. Vaya, el día está lleno de sorpresas, y esta es harto agradable. Su llegada ha sido de lo más oportuno, y de una importancia mayúscula. Me temo que he cometido un grave error al no calmar los ánimos de inmediato con unas palabras. Pero la cuestión me ha recordado a algo curioso y, me temo, me ha cogido por sorpresa. La del *deus ex machina* es una frase muy manida, pero en esta ocasión no me parece inapropiada. Y tiene usted la buenaventura —cuando el señor Eliot se permitía citar a Pope, solía hacerlo con la máxima discreción— de unirse justo para la hora de la cena. Pero ir a comprobar el cuadro de luces es, como dice, una idea excelente. He de disculparme con todo el mundo por las molestias. Por favor, quédense aquí mientras el señor Appleby y yo vamos a investigar.

Si Timmy, pensó Patricia, tenía destellos del señor Eliot, también había momentos en que el señor Eliot se parecía a Timmy. Al verse perturbado, sus palabras quedaban reducidas a cháchara; y ahora, sin duda, estaba perturbado. Daba la impresión de que su cabeza se había alejado aún más, e iba a la deriva. A última hora de la tarde había pasado de una ausencia mental y una distracción apacible a una fase de concentración extenuante en el mundo que había a su alrededor. Ahora parecía alegre. Ese brillo interior volvió a manar de él, aunque casi podía confundirse con una luz febril, más héctica que centelleante. Patricia miró a John y John miró a Patricia. Y los ojos de John dijeron que sí, que le picaba bastante la curiosidad, y que la perdonaba por haberlo arrastrado hasta allí. Unos segundos después encendió la linterna y, siguiendo a su anfitrión, salió de la sala, que volvió a sumirse en el silencio. Los pasos y la voz del señor Eliot, por primera vez un pelín más acelerada de la cuenta, se desvanecieron en el pasillo.

El mayordomo del señor Eliot sostenía la linterna, nervioso, pues había dejado al cocinero del señor Eliot preparando a tientas el último plato en la cocina. El chico al que, con motivo de las fiestas, ascendían al cargo de criado independiente, sostenía las escaleras, aunque no era necesario, pues el paso de Appleby era lo bastante firme. Dos camareras, a las que nadie pensó en despachar, se esforzaban por no desmayarse. Y el propio señor Eliot sostenía una vela que agitaba, creando una ligera confusión, por encima de su cabeza. Quizá debido a la enmarañada instalación eléctrica, la pared era un laberinto de contadores, interruptores y cajas de fusibles.

—La verdad, mi querido Appleby —dijo el señor Eliot, al que algún impulso interior le seguía urgiendo a decir banalidades—, es que parece conocerse al dedillo esta complicada instalación. ¿Es usted, por casualidad, ingeniero eléctrico?

—Me temo que no. De hecho —incluso en presencia de aquella pequeña brigada de asistentes domésticos, lo mejor era ir con la verdad por delante— soy policía. Trabajo en el Departamento de Investigación Criminal de Scotland Yard.

La vela del señor Eliot se inclinó y cayó al suelo, estabilizándose.

—¿El DIC? —Pronunció la sigla con perplejidad, como si nunca hubiese imaginado a un puñado de agentes trabajando en ese organismo; al instante pareció recomponerse—. Eso es muy interesante; no tenía ni idea de que Patricia tuviera un hermano con un trabajo tan peculiar. Seguro que tendremos ocasión de intercambiar algunas impresiones. Y sin duda se demostrará, por enésima vez, que la realidad supera a la ficción.

Appleby lo miró desde lo alto de las escaleras con una sonrisa afable.

—La realidad —dijo distraídamente— es realidad, y la ficción es ficción; y aquí las dos se encuentran en la oscuridad.

Hubo un breve silencio.

—¿Cree usted —la voz que llegaba desde abajo sonó tensa de repente— que puede localizar el problema? —Hizo una pausa y, como temiendo que el cambio de tono hubiera sido demasiado abrupto, añadió—: ¿Mi querido amigo?

Appleby, que rara vez hacía algo sin un motivo concreto, frunció el ceño en la oscuridad.

—Lo he localizado. Como pensaba, se ha fundido un señor fusible. Pero aquí hay otro, en perfecto estado, que podemos poner... aquí. —Se oyó un ligero chasquido, y la Residencia Rust volvió a inundarse con cientos de luces.

Las camareras se escabulleron, el chico se llevó las escaleras y el mayordomo apagó la linterna y se quedó contemplando al eficaz invitado de su jefe con una auténtica y genuina expresión de deferencia; la vocación de ese caballero podía ser anómala, pero había convertido el caos en orden, y en las cocinas la situación volvería a estar controlada.

—La cena —le dijo el mayordomo al señor Eliot, intentando llamar la atención con su propio truco, menos espectacular, pero aun así meritorio— se servirá dentro de cinco minutos. —Y al oír esas palabras el caballero del DIC se quitó el abrigo, revelando un esmoquin tan decente como el que más. El mayordomo del señor Eliot, al que se le había borrado el último ápice de inquietud, se retiró con una reverencia.

El centro neurálgico del suministro eléctrico de la Residencia Rust estaba en una salita junto al vestíbulo, tras una puerta de cristal idéntica a la de la sala del teléfono, justo enfrente. Cuando se quedó a solas con su nuevo invitado, el señor Eliot se vio en la disyuntiva de alargar ese retiro con el desconocido solitario o volver a toda prisa a la muchedumbre y las caras familiares. Miró por la puerta de cristal hacia el vestíbulo, donde solo se veía la figura del criado, alejándose; luego observó la instalación eléctrica de la pared, y Appleby se percató de que sus ojos, competentes, se posaron en el fusible en cuestión. Luego su mirada pasó a su compañero; una mirada que presagiaba una pregunta crítica.

—Señor Appleby, supongo que estará usted lo bastante cualificado para responder: ¿le parece un accidente?

Appleby conocía los detalles suficientes para saber que el señor Eliot tenía motivos para sospechar de la intencionalidad; de lo que no sabía nada era del golpeteo que siguió al apagón. Le resultó grato comenzar su relación con unas palabras reconfortantes.

—Sí, ¿por qué? —dijo—. El fusible solo estaba fundido, se ve con claridad. Parece un mero accidente.

El señor Eliot empezó a hacer un movimiento extravagante, girando sobre sus talones; era una maraña de prendas blancas y negras sobre un suelo de baldosas blancas y negras... Y desde la distancia, más tenue que el sonido más tenue del cuerno lejano de Sigfrido, llegó la melodía descendente del clarinete.

La cena se sirvió a las ocho y veinticinco, y el señor Eliot presidió la mesa. Solo Appleby había presenciado su desmayo, de suerte que solo Appleby estaba dándole vueltas. No era la primera vez que veía a una mente estresada jugando una mala pasada: desde el punto de vista físico pasan pronto, pero desde el psíquico se aferran con tenacidad al olvido que pretenden conseguir. El señor Eliot se había olvidado; por el momento se había olvidado completamente de la oscuridad que se había cernido sobre sus invitados y del sonrojo que se había apoderado de ellos; se había olvidado de los sonidos que empezaban a salir de sus libros y flotar por los pasillos de la Residencia Rust; se había olvidado de la señora Birdwire y del párroco y de la maestra y de todo lo que había sucedido en el tren. Durante unos instantes dichosos, la Araña volvió a dormir entre sus paredes de tinta y papel; esa fiesta era como la fiesta del año pasado, y como la del anterior: algo que agradaba a Wedge y a otras muchas personas, sin duda fundamentales a su manera; el complemento anual indispensable de la curiosa, y a menudo divertidísima, forma en que se había ganado una opulenta vida para Timmy y Belinda y Rupert y Archie y él mismo. Pronto se le pasaría, pero, mientras tanto, ni siquiera la enorme araña de peluche que alguien había colgado sobre la mesa del comedor podía considerarse una auténtica amenaza. La Araña estaba en su casa, y Dios en la de todos.

Appleby se dijo que ese sería, más o menos, el proceso mental de su anfitrión. La consecuencia, por el momento, fue la recuperación de la compostura en toda la mesa; sin embargo, el proceso como tal distaba mucho de ser prometedor. La mente no crea esas medidas de emergencia a prueba de complicaciones; y tampoco duran demasiado. Si quería resultar útil, Appleby debía actuar con cierta rapidez, y hasta ahora solo tenía esbozos incompletos de los hechos: la carta de Patricia con la invitación de Belinda; la seductora, amén de extravagante, hipótesis de la que Patricia le había hablado por teléfono... Observó con discreción toda la mesa.

Vio, porque su visión estaba entrenada con gran tesón, que Belinda Eliot estaba diciéndose que esos veinticinco minutos desperdiciados no le habían sentado nada bien a la sopa; que su hermana intentaba aclarar sus ideas sobre un joven que debía de ser Timmy Eliot; que Timmy Eliot estaba dándole vueltas, sintiéndose culpable, a la posibilidad de hacer novillos con otro hombre joven y serio sentado a su lado; que un hombrecillo rechoncho que se traía un aire al señor Eliot había bebido un poco más de la cuenta con el estómago vacío; que un hombre grande y feroz, sentado al final de la mesa, había bebido mucho más de la cuenta en las mismas condiciones;

que la mayoría del grupo solo sabía de él mismo que era un recién llegado que, de manera un tanto teatral, había evitado que cundiese un pánico menor; que la anciana sentada a su lado sabía un poco más. Y todo eso apenas servía de nada. Estaba intentando hacer una observación más profunda cuando la anciana habló.

—Me temo —dijo, en lo que tenía toda la pinta de ser una fórmula— que en esta fiesta nadie ha creído necesarias las presentaciones. Si me permite la heterodoxia, le diré que soy la señora Moule. A veces verá mi nombre en letras chiquititas en...

—En los carteles de teatro —dijo Appleby—. Es un placer conocerla. Yo soy John Appleby, el hermano de Patricia.

La señora Moule se sonrojó, no ligera, sino vistosamente, como el enanito del señor Disney. Appleby, profesional, la apuntó como amiga para el resto de la aventura. Resultaba sorprendente lo útil que era a veces la retención de información inútil. La señora Moule apoyó una mano liviana en su brazo.

—Belinda —dijo en voz baja— me lo ha contado.

Un punto menos, pensó Appleby, para Belinda. Aunque quizá había algún atenuante. La señora Moule pareció leerle el pensamiento.

—Pero Belinda es muy discreta. No me gustaría decir que he intentado ser una madre para ella, porque es algo que muchísima gente tiende a decir de los niños sin madre. Pero siempre nos hemos llevado genial. Es una joven encantadora. Quizá un pelín moderna, aunque eso, claro, era previsible.

Appleby coincidió en que era previsible que los jóvenes fuesen más bien modernos. La señora Moule dijo que, aunque en muchos sentidos mejoraba a los tipos de mente que la habían predecido, la mente moderna tendía a ser estrecha. En cinco minutos Appleby conoció todas las convicciones de la señora Moule sobre innumerables asuntos humanos.

—Y ahora —dijo la señora Moule— voy a presentarle a Gerald Winter; me lo he quedado para mí sola todo este tiempo.

Winter estaba al otro lado de la señora Moule; la presentación se realizó sobre su pecho, bajo el centelleo alegre de su tiara.

—El señor Winter —dijo la señora Moule— es de Oxford. Y resulta que mi hermano, que ahora es obispo de Udonga, aunque no acudió a su mismo *college*, casi fue su vecino.

Appleby, cuya cabeza había subido a las nubes durante la última parte del discurso de la señora Moule, pasó unos segundos en busca de un comentario introductorio adecuado: la proximidad del *college* del señor Winter y el del obispo de Udonga estaba particularmente yerma de sugerencias. Sin embargo, Winter tomó de inmediato las riendas de la conversación.

—Que te presenten como un miembro de Oxford, ¡qué poca información ofrece eso hoy día! —dijo—. Hace cien años significaba que eras un clérigo, un clérigo en ciernes o un demócrata peligroso. Ahora la otra persona no puede saber si eres un experto en microquímica, un secretario sindical, un amante del tamil y el telugu o una autoridad internacional de la industria del beicon. Si la presentación es ambigua y se produce a oscuras, el sexo es pura hipótesis, y el color de piel puede ser negro, amarillo o café con leche, además del tradicional gris rosáceo.

—Creo —dijo la señora Moule— que las universidades son lugares deliciosamente invariables.

—Se equivoca; el ritmo es vertiginoso en ambas. En Oxford hemos visto cómo todo se ha puesto patas arriba en una generación. Cuando nuestros cerebros se funden y dejan de ser aptos para el tipo de operaciones que caracterizan al dinámico funcionario público, nos retiramos a pequeñas villas a las afueras de la ciudad. Las calles están abarrotadas de mujeres cultas cuyo hábitat natural está en los poemas de Lord Tennyson. En las facultades se enseñan asignaturas extrañas: la industria del beicon, como decía, e incluso literatura inglesa, un saber popular que hasta la fecha se circunscribía, como debe ser, a los académicos y a los *colleges* de la India.

Winter hizo una pausa para dar un sorbo a su copa de vino blanco del Rin. Appleby tuvo tiempo para reflexionar y decirse que las universidades, en efecto, cambian, y que ese catedrático anciano con aire juvenil debía de ser uno de esos remanentes, cada vez más exiguos, que seguían practicando el arte de cenar como invitados. La mesa del comedor del señor Eliot aún distaba mucho de estar tranquila, pero al menos de un rincón llegaba una conversación fluida.

—Las lenguas muertas —continuó Winter, con esa entonación calculada que evita que un monólogo se convierta en una arenga—, que durante milenios han sido en realidad las lenguas más vivas, ahora están muriendo de verdad. Los chicos llegan de los mejores colegios públicos sin ni siquiera saber traducir al latín un salmo, y hay que enseñarles que Virgilio y Sófocles eran escritores admirados por Spencer y Milton; que la tragedia es una oda del chivo; que el «fonógrafo» está formado por dos palabras griegas y que con la difusión de la máquina el nombre ha pasado al uso popular. —Se giró hacia la señora Moule y lanzó una hábil pregunta retórica—. ¿De verdad la gente dice «fonógrafo»? No. Pero es en la inocencia de esas convicciones de claustro donde, a fin de cuentas, radica su encanto. —Ahora, cuando ya tenía a la vista el pequeño clímax al que pretendía llegar, miró a Appleby—. Adorable soñador —dijo, citando a Byron—, hogar de causas perdidas y creencias abandonadas y nombres impopulares[18] —su voz se fue apagando con elegancia—, ¡donde un gramófono aún es un fonógrafo!

Imaginativo, pensó un Appleby frío; bien hecho. Pero una vez más, sin lugar a dudas, solo ligeramente pedagógico. Estaba planteándose cambiar de tema *motu proprio* cuando se oyó una voz al otro lado de la mesa. El timbre, Appleby lo conocía, era el de un editor llamado Spandrell; sin embargo, comprobó con cierta sorpresa que la voz provenía de alguien que no había visto en su vida.

—No me hable —dijo la voz, en tono quejumbroso y sin venir a cuento— de universidades. En mi opinión, están en el fondo de toda esta travesura.

—¿De la travesura? —dijo Winter, entre cuyas dotes para la conversación parecía estar la capacidad de saber cuándo intervenir—. Sin duda no tenemos nada de traviesos, ¿no cree? Por lo general, la gente nos imagina sosegados.

—Últimamente, las universidades están ejerciendo, a todas luces, un efecto sedante en el ámbito de la actividad literaria. Hoy día, a nadie se le permite salir de Oxford con la más mínima intención de satisfacer unos deseos literarios que siente desde hace tiempo. Les meten a la fuerza todos los tomos acumulados en sus bibliotecas, y eso los disuade. Comparemos la situación con Wordsworth y su tropa.

—Hombre de Cambridge, según tengo entendido —dijo Winter, con una repentina y desalentadora jocosidad académica.

—Al parecer, en la universidad nadie se molestó en meterles nada a la fuerza. En consecuencia, salieron con la sensación ideal: que la tarea de escribir aún estaba, en su inmensa mayoría, por hacer. Y el resultado fue excelente. Solo Wordsworth escribió y publicó unos setenta mil versos a lo largo de su vida; e incluso quedaron varias decenas de miles para su manipulación póstuma. Propongo que comparemos eso con la situación actual. —El pseudo-Spandrell tamborileó sobre la mesa con un dedo irritable.

—Pero es evidente, señor Wedge —protestó la señora Moule—, que la cantidad no lo es todo.

Cada vez era más difícil, se dijo Appleby, que llegasen a algún sitio. Pero nunca se sabe, así que siguió escuchando. Se percató de que el salmis había pasado veinticinco minutos ileso en su plato.

---

[18] Referencia al poema narrativo *Las peregrinaciones de Childe Harold*, de Lord Byron.

—Era distinto —continuó el hombre llamado Wedge, que abandonó el tono de Spandrell pero al parecer continuó con su argumento— cuando se era editor y nada más, y se contrataba a un impresor independiente, encargo a encargo. A la sazón no era fundamental que tus escritores escribiesen sin descanso, pero ahora que también somos impresores, con cientos de toneladas de esa maquinaria terriblemente cara devaluándose año tras año... —El señor Wedge, que pareció aburrirse de repente de sus propios comentarios, dejó de hablar y se concentró en su cena.

—Su punto de vista se puede entender —dijo Winter suavemente, y Appleby cayó en la cuenta de que no iba a haber ni la más mínima fisura en el flujo de conversación—. Y no pongo en duda que las universidades tienen parte del efecto que usted les atribuye. El universitario está entrenado —sus ojos se posaron en el señor Eliot, a lo lejos, y su mente se zambulló en su autor favorito para responder con una cita— «para no rimar desde el amanecer e imprimir antes de que el trimestre acabe»[19]. Si quisiéramos usar palabras grandilocuentes, lo llamaríamos sentido crítico. Pero, como le digo, acepto su punto de vista: sin duda las máquinas deben seguir moviéndose; esa es su esencia. Solo un asesinato o el resultado de una carrera de caballos podría justificar el «¡Paren las máquinas!». Que la maquinaria se ralentizase, merced al sentido crítico de los escritores, ya resultaría harto inconveniente. —Dio otro sorbo al vino, con un gesto que sugirió una ligera actitud teatral—. Tenemos, por ejemplo, al hijo de nuestro anfitrión: Timmy Eliot.

Por un momento nadie supo de qué era ejemplo Timmy Eliot, de suerte que fue, por un momento, interesante. Ese hombre, volvió a decirse Appleby, tenía un manejo exquisito del cuchillo y del tenedor de la conversación.

—Probablemente Timmy tenga mentalidad literaria. Cuando lo conoces, descubres que observa sus propias posturas de manera imparcial, y esa es la base de la literatura imaginativa. Puede ser harto ingenioso e inventivo; he ahí otra característica clara. En otra época podría haberse convertido en un dramaturgo insolente de poca monta, o incluso en un auténtico poeta menor. Hoy día, este ambiente universitario del que está usted hablando le ha ofrecido un exceso de dotes literarias, y ahora se ve inclinado a buscar otras cosas. Las imprentas se oxidarán, a pesar de lo que hará por ellas. Se está planteando la carrera diplomática, o algo por el estilo. Uno podría pensar que le parecerá

---

[19] Referencia a la «Epístola al doctor Arbuthnot», prólogo de *Imitaciones de Horacio*, de Alexander Pope.

aburrida; pero esa es su idea ahora mismo. Sería muy injusto tachar a Timmy de esnob. No obstante, la idea revela una cierta dirección en sus intereses, ¿no les parece? —Los ojos de Winter parpadearon un instante sobre la cabeza de Appleby y luego volvieron a su plato, por culpa de la criatura grotesca suspendida sobre la mesa—. Señora Moule, la reto a cerrar los ojos y decirme cuántas patas tiene una araña.

—Treinta y siete —interrumpió un Wedge misterioso, y soltó una carcajada satisfecha por encima de su vaso.

Se produjo, principalmente porque a Gerald Winter le encantaban los espárragos brotados fuera de temporada, un momento de respiro local, y la conversación del fondo de la mesa llegó a oídos de Appleby.

—Quince por ciento por cinco mil —decía una mujer rechoncha hablando rápidamente—; veinte por ciento por diez mil, y en adelante veinticinco por ciento. ¿Lo ve?

El hombre a su vera tenía un aspecto cadavérico y triste.

—Sí —dijo—, sí, lo veo. —Hablaba como si lo que viese fuera una imagen tolerable a medio plazo.

—Pero ahora supongamos que x vende diez mil un ejemplares en seis meses. Entonces y empezará al veinte por ciento, y si y vende quince mil un ejemplares en seis meses, z empezará al veinticinco por ciento. Y así sucesivamente. ¿Lo ve?

—No —dijo el hombre cadavérico, triste a la par que firme—. No, eso no lo veo.

—Pues es muy sencillo. Para empezar, usted escribe tres libros: x, y y z. ¿Lo entiende?

—Sí —dijo el hombre cadavérico, animándose—. Sí, eso lo entiendo perfectamente. —Sus voces se perdieron con una ola de conversación llegada de otro lugar.

—Me temo —dijo la señora Moule, como disculpándose— que la cuestión de los derechos de autor les resulta, nos resulta, mejor dicho, bastante absorbente. Es una pena, ¿no creen? Aunque supongo que es inevitable. El otro día leí un libro que sugería que el propio Shakespeare se interesó mucho por el tema. Y parece que, si se hizo rico, no fue tanto por escribir esas obras maravillosas, cuanto porque se metió en el negocio de la compra de teatros y demás. —La señora Moule hizo una pausa y frunció el ceño—. Cuanto porque... —dijo—. Me pregunto si está bien dicho.

Ahora, pensó Appleby, sí que no iban a llegar a ningún sitio.

—Cuénteme algo sobre toda esta gente interesante —le pidió con firmeza a la señora Moule—. Por ejemplo, el hombre que tiene problemas para entender lo que dice la señora rechoncha.

—Ese es Gilberto Overall.

—Creo que no he oído hablar de él.

—Yo tampoco. —Winter negó categóricamente con la cabeza—. Gilberto, uno no se olvida así como así de ese nombre.

—Ha puesto el dedo en la llaga —dijo la señora Moule, cuya conversación iba ganando chispa bajo la influencia del vino del señor Eliot—. La gente, simple y llanamente, niega haber oído hablar del señor Overall. Y mucho me temo que está resentido por eso.

Winter asintió, comprensivo.

—La irritable especie de los escritores: resentidos si se los ignora, inquietos si reciben alabanzas. Y, cuéntenos, ¿el humor saturnino de ese tal Overall se debe a que el público niega haber oído hablar de él?

—Sí, es tristísimo.

—Mi muy querida señora, vamos a recordar a Keats y alegrar las caras. Lo mismo ocurre, le diré, con los académicos; de hecho, su enfermedad es aún más grave. Conocí a un hombre, apreciado de manera casi universal, que se sumió en la melancolía, y de ahí en un profundo declive, solo porque un académico, que vivía al otro lado del mundo, mantuvo esa postura de negar haber oído hablar de él.

Appleby supuso que, detrás de esas palabras sofisticadas con las que hablaba Winter, había inquietud.

—¿Es Overall —preguntó Appleby— novelista?

—Efectivamente; escribe el mismo tipo de historias que el señor Eliot. Para ser exactos, el señor Eliot lo ha echado del mercado, como quien dice.

—¡Que lo ha echado del mercado! —exclamó un Winter asombrado—. Qué extraño. Habría jurado que, en un ámbito tan popular de la literatura como el de nuestro amigo, habría espacio de sobra para todos.

La señora Moule asintió vigorosamente con la tiara.

—En líneas generales tiene usted razón, pero en la profesión del escritor todo puede pasar.

Wedge, que llevaba un tiempo sumido en una profunda abstracción, se despertó como si hubiese oído un grito de guerra.

—Todo —coincidió enérgicamente— puede pasar en la industria editorial. —Volvió a abstraerse.

—No me cabe la menor duda —continuó la señora Moule, animada— de que si tengo lo que el señor Winter considera unas nociones irrisorias sobre el funcionamiento del universo, es por llevar tanto tiempo entre libros. Y es que los caminos de los libros son inescrutables. Señor Winter, ¿sabe usted cómo nace un superventas?

—No tengo ni idea.

—Ni usted ni nadie. ¿Sabe por qué la gente no compra libros?

—Bueno, me hago una idea, sí.

—Así es. Pero cuando la gente compra un libro, ¿sabe por qué lo compra?

—No tengo la menor idea.

—Exacto. Nadie la tiene, ni siquiera el señor Wedge. Pero, volviendo al señor Overall, su experiencia solo es una parte de ese misterio general que envuelve a los libros. Cuando las novelas del señor Eliot se sometieron a su última evolución, y ya sabe que son famosas por evolucionar, invadieron el territorio del señor Overall, que intenta lograr los mismos efectos que ahora logra el señor Eliot. Me temo que aquello lo molestó mucho, y empezó a afirmar que el señor Eliot había adoptado deliberadamente su estilo, cuando en realidad el señor Eliot solo era una de las muchas personas a las que el señor Overall y su trabajo les eran ajenos. Todo esto apenas habría tenido relevancia de no ser por un comportamiento muy curioso y excepcional por parte del público: la gente dejó de leer los libros de Overall. El señor Eliot ganó unos cuantos miles de lectores y el señor Overall perdió la mayoría de los suyos. Y yo no me canso de decir que eso es muy triste. El señor Winter me dirá que piense en Rembrandt y me anime. Pero Rembrandt era un genio y podía permitirse perder público por una buena causa y que no le importase un bledo —la señora Moule parecía sorprendida por el vigor de sus propias palabras—, mientras que el señor Overall solo es un tipo que se gana el pan para su familia como cualquiera de nosotros.

Winter, sintiéndose desafiado indirectamente, negó con la cabeza.

—Mi corazón —tuvo la decencia de bajar la voz— es de piedra. Y seguirá siéndolo, aunque me dibuje a un desesperado señor Overall rodeado de una piara de chiquillos hambrientos. —Se detuvo un momento en la expresión y cayó en la cuenta de que no era del todo afortunada—. Pero ahora me interesa más la presencia de Overall aquí. Sin duda es una situación un tanto incómoda, ¿no les parece?

La señora Moule miró con un bochorno evidente al otro lado de la mesa.

—El señor Overall —dijo— es uno de los autores del señor Wedge. —Y como si estuviese resuelta a dejarlo ahí, le pegó un señor bocado a lo que tenía delante.

Wedge miró a su alrededor con cautela.

—Se me echa la culpa de todo a mí —dijo—. Es verdad que he traído a Overall a la Residencia Rust, pero creo que va a sentarle muy bien.

Appleby miró a Overall, al fondo de la mesa, preguntándose en qué tipo de beneficio estaba pensando. Quizá Overall solo iba a cebarse a costa de su rival exitoso. En tal caso, el plan había sido un fiasco: Overall parecía un espectro sentado a la mesa, y comía con lúgubre moderación.

—El bueno de Gib Overall —continuó Wedge, adoptando un tono dramático que probablemente imitaba al de otra persona—; tenemos que distribuirlo, a fin de cuentas. —Pareció colocar ese sentimiento virtuoso encima de la mesa, frente a él, y contemplarlo con admiración—. Y no podemos venderlo como el hombre cuyo territorio pisó Eliot. No sería cierto. —Negó con la cabeza, con gesto sensato—. Y para más inri, no funcionaría. Pero ¿por qué no venderlo como el hombre que pisó el territorio de Eliot?

—¿Eso —preguntó un Appleby inocente— sería cierto?

—Dentro de tres meses puede ser palabra de Dios. Overall solo tiene que recortar un poco aquí y allá, y estará persiguiendo claramente a Eliot. Y así quizá podríamos hacer algo con él.

—Jubilarlo mentalmente —dijo Winter— me parece ser demasiado duro con Overall.

—El bueno de Gib. —Wedge suspiró con un exceso de benevolencia que, no obstante, sugería que hay que hacer sacrificios para recibir beneficios—. Con que logremos que escriba cosas que se parezcan la mitad de la mitad a la Araña, ya será un iniciado.

—No puedo evitar sentir —Winter miró de refilón a Appleby con ojos afables— que estamos rodeados de misterio. Me refiero a lo que la señora Moule denomina «el misterio de los libros». En la biblioteca Bodleiana de Oxford, los libros parecen comportarse con gran decoro; no he advertido ni una vez, en ninguno de ellos, nerviosismo o indecencia alguna. Quizá conozcan la Sala de Lectura del Museo Británico. ¿Alguna vez sus libros les han sorprendido con una conducta inapropiada? A mí, francamente, no. Pero en el mundo exterior... —Dejó ese solemne disparate en el aire, con delicadeza.

Appleby estaba repasando mentalmente lo que recordaba de Alexander Pope. Este había escrito un largo poema, *La dunciada*, que dedicó por completo a ridiculizar a los escritores anodinos y fracasados de su época. Aquello no fue algo demasiado educado o benévolo, pues el propio Pope había sacado mucho partido a la profesión de las letras; de hecho, fue un auténtico Eliot, aunque en un plano superior. Ahí había algo digno de explorar, así que volvió a dirigirse a la señora Moule.

—Deduzco, pues, que Overall está aquí para hacerse un poco de publicidad, cual meteorito a la deriva a punto de ser absorbido por la órbita de la Araña. —La atmósfera de la Residencia Rust invitaba a hacer metáforas literarias coloridas, aunque inexactas—. Pero ¿qué hay de su relación con nuestro anfitrión? Parecía sugerir usted que está un poco resentido por lo que ha pasado.

La señora Moule miró a su alrededor, nerviosa. Sin embargo, los invitados se estaban animando; la gente hacía cada vez más ruido, con lo que su conversación estaba aislada y era seguro hablar.

—Me parece natural —dijo con sumo cuidado— que el señor Overall esté un poco dolido. Y, para empezar, creo que tiene un temperamento un tanto taciturno. En cualquier caso, el comportamiento del señor Eliot es irreprochable...

—Es precisamente en eso en lo que estaba pensando —intervino Appleby, prudente, pues tenía la sensación de que la actitud de la señora Moule para con el señor Eliot era parecida a la que, en un poema cósmico, tendría la luna hacia el sol—. ¿El señor Eliot nunca haría nada para que Overall sintiese hacia él un resentimiento activo?

—¡No, por Dios!

La negación de la señora Moule sonó un poco más entusiasta de la cuenta. Appleby volvió a intentarlo, aún con mayor cautela, pues había llegado al punto más delicado.

—Es que se me ha ocurrido que el señor Eliot tiene algo que podría resultar muy irritante para..., para las personas en la situación de Overall. Apenas lo conozco, y no puedo explicarme demasiado bien. Es la Residencia Rust, creo, toda esta multitud, y su interés por las antigüedades. Podría tergiversarse todo esto y decir que es un aficionado superior, que se metió en el negocio y se llevó el premio gordo, y que, en secreto —Appleby miró con recelo a la mujer que se volvía dramática con el señor Eliot—, siente un poco de desdén por toda la industria.

Para alivio de Appleby, la tiara centelleó en una especie de acuerdo con matices.

—Desdén no es la palabra, señor Appleby. El señor Eliot es excesivamente —trataba de encontrar la expresión idónea— shakespeariano. ¿He dicho ya que he leído un libro sobre Shakespeare? Parece que, en ocasiones, las absurdidades de su teatro y la simpleza de los gustos de su público le hacían parecer inquieto, que no desdeñoso. Y el señor Eliot —estaba claro que la señora Moule sentía gran satisfacción al equiparar con gran ingenio a ambos— es clavadito a Shakespeare en ese sentido. —Hizo una pausa para que el comentario fuese el doble de enfático—. Pero entiendo a la perfección a lo que se refiere. El éxito puro y duro, como el del señor Eliot, puede irritar a muchísima gente, y es verdad que da un pelín la sensación de que el señor Eliot escribe cosas para niños. Y también es verdad que tiene cierta tendencia a... —La señora Moule titubeó, se puso roja y se detuvo en seco—. Pero, a fin de cuentas, todos estamos sentados a su mesa.

Appleby, que había quedado reducido al policía inquisidor, guardó silencio. Winter salió al rescate.

—Muy cierto —murmuró—, muy cierto. Pero a todos nos interesa llegar al fondo de estas bromas desafortunadas, y sería interesante reunir toda la información que poseemos. —Observó al resto de la mesa con una mirada exageradamente precavida, que acentuaba el aislamiento del trío; ahora incluso Wedge estaba ensimismado, hablando con uno de sus vecinos.

—Sí —dijo la señora Moule—, muy bien. Lo que iba a decir es que el señor Eliot tiene cierta tendencia, es difícil de explicar, a recurrir en ocasiones a una crueldad moderada. —Buscó la manera de reformularlo con palabras amables—: ¡El señor Eliot es un hombre de una complejidad exquisita!

Appleby vio la irritación e indignación que ofuscaban los ojos de Winter, y se apresuró a intervenir con una afirmación indignante de su propia cosecha.

—¿Quiere decir —preguntó— que a veces le tira petardos al gato, cosas así?

La señora Moule se mostró indignada.

—¡Qué va, nada por el estilo! Solo digo que a veces se divierte provocando e incluso atormentando a la gente de manera irónica. El señor Eliot tiene un extraordinario dominio de la ironía, que hemos de considerar —la señora Moule volvió a hacer una de sus inmersiones intrascendentes en su pasado de maestra— uno de los estilos literarios más elevados.

—¿Y Eliot —Winter seguía inquieto— gusta de importunar a la gente con ese elevado estilo literario? Eso me parece harto interesante. Appleby, estoy seguro, está pensando en Pope.

—Como dice —contestó Appleby, sosegado—, estoy pensando en Pope. ¿Cree que el señor Eliot —continuó, girándose hacia la señora Moule— se divertiría así? ¿Escribiendo sátiras, pongamos, sobre gente como Overall? ¿Podría granjearse enemigos con ese tipo de pasatiempos?

La señora Moule parecía desconcertada.

—Bueno, no creo que fuese por ahí enseñándolos. Yo, sin ir más lejos, solo he visto uno en todos estos años.

—¡Ah! —Winter la interrumpió con tono inquisidor—. Así que existen.

—Supongo que sí. Yo solo he visto un conjunto de versos de ese tipo; un poema sobre el señor Wedge, divertidísimo.

—¿Con auténticas pullas dignas de Papiniano?

—Dignísimas, diría yo. —La señora Moule sonrió, recordando algo muy placentero, y luego se recompuso—. Es un rasgo curioso —añadió escrupulosamente— para tratarse de un hombre como el señor Eliot, con un corazón de oro. Pero, verá, yo no estaba pensando en sátiras, ni en nada por el estilo, cuando hablaba de crueldad moderada.

—Entonces —dijo Winter con un ápice de impaciencia—, ¿en qué estaba pensando?

—Bueno —la señora Moule usó el tono sorprendido de alguien al que la respuesta le parece obvia—, estaba pensando en el pobre *sir* Archibald, claro está.

Appleby tardó unos segundos en ubicar al pobre *sir* Archibald; el nombre había aparecido de fugacísima pasada en el relato de Patricia.

—¿*Sir* Archibald Eliot? Pues ahora tendrá que hablarme de él.

Era demasiado tarde. Belinda había llamado la atención de la señora rechoncha. Con paso liviano o pesado, con elegancia o desgarbo, las mujeres se estaban preparando para marcharse del comedor.

8

La Residencia Rust se sumió aún más en la oscuridad, como un monstruito desaliñado, pero apacible, que se mete en su madriguera para pasar la noche. El monstruo tenía cuatro cabezas y poco más —ahí radicaba su desaliño—, y cada cabeza, apoyada sobre el suelo, había pasado todo el día observando a través de la neblina y la lluvia los diferentes cuadrantes de la rosa de los vientos. En el edificio había piedras junto a las que quizá el mismísimo Chaucer se habría detenido para observar su forma, aunque los primeros fragmentos distinguibles pertenecían a la casa señorial del siglo xv que daba al este. Esa seguía siendo la fachada principal cuando el historiador John Leland pasó por aquí —la casa, escribió, estaba «relativamente bien construida, con piedra y madera», y al otro lado de su parque podía verse el pequeño y próspero pueblo con mercado de Rust, que William Camden llamaría *emporiolum non inelegans*—. En los últimos años del siglo xvi se había producido un vuelco radical; ahora la Residencia Rust daba al calor y a las aulagas del oeste —*bruaria*, dice Candem—, y la parte trasera, desmoronándose, miraba con discreción a un Rust que, merced a la perturbación de la armonía rural, estaba al borde de la decadencia. Ese fue el período del auge de los Eliot: alargando unos brazos firmes y acaparadores desde los mostradores y almacenes de la ciudad de Londres, se hicieron con la casa señorial y con varias propiedades contiguas; comprando aquí, robando allá, y a veces recurriendo a una influencia creciente en los tribunales para alcanzar un sensato punto medio. El siglo xvii vio llenarse la casa de caballeros, ora extraordinariamente alegres, ora portentosamente morales y científicos, siguiendo la moda de la Restauración inglesa, pero todos ellos negligentes en el ámbito comercial, salvo por el clásico interés en la segunda mano. Estos miraron al sur y construyeron una pequeña fachada de estilo carolino, adornada con estatuas de una piedra desconocida, esculpidas por un chapucero apellidado Fleming; culminada por gabletes que se recortaban contra el cielo formando volutas, casi floridas y casi —muy típico de los Eliot— ideales para coronar el asiento de un noble. Durante más de cien años esa fue la fachada principal de la Residencia Rust, hasta que en el siglo XVIII, dando la espalda a los amplios pastos que, a una distancia invisible, caían al mar convertidos en acantilados, se construyó un pórtico clásico mirando al norte, con un ojo de cíclope en medio del frontón, que parecía vigilar las agradables y anónimas tierras de labranza —territorio Eliot hasta el horizonte en los días de bastante niebla— cual administrador impasible. Y ese fue el cénit de la Residencia Rust en su ascensión hacia lo imponente. La fortuna dejó de sonreír a los Eliot. Unas mentes respetables pero anodinas, y otras mentes entusiastas pero insensatas, se fueron sucediendo durante generaciones fatídicas. Ya no hubo más construcción, y apenas había dinero para pintura. El edificio se deterioró y en las juntas principales empezaron a aparecer grietas, como si los siglos quisieran dividirse en las partes independientes que constituían la casa. La llegada del señor Richard Eliot, que heredó los dominios tras la muerte de varios primos y un hermano, y que poco después ya dominaba el arte del apuntalamiento ilimitado y el blanco Ana Estuardo, evitó la destrucción inminente. La Residencia Rust, heterogénea, que no mediocre, volvió a prosperar.

Ahora se había fundido por completo en la oscuridad absoluta de una noche invernal sin estrellas. Aunque no parecía dispersa, se confundía; aunque alcanzara hace ya tiempo una especie de armonía visual, aún era incoherente e incomprensible para los pies exploradores: un cúmulo de ángulos inverosímiles y líneas quebradas, cual cristal dañado en el lento proceso de la acreción. Las distintas generaciones habían ido dándole forma, y la estructura tenía esa ligerísima incoherencia propia de los grandes edificios públicos que han crecido durante siglos sometidos a la tiranía del sentido histórico.

Un caminante que se acercara a la Residencia Rust en la oscuridad —probablemente con cautela, y sin más luz que la que se filtrase a través de las cortinas— podría verse muy perturbado por el carácter fragmentario de su arquitectura. Aunque lo lógico sería que la terraza señorial que se desplegaba frente a la fachada georgiana rodease la casa o culminara en una escalinata, la terraza terminaba abruptamente sobre un pequeño jardín holandés —legado de un

Eliot que había apoyado la Revolución—, y amenazaba al forastero deambulante con la posibilidad del baño en un canal en miniatura. Si dicho visitante furtivo creyese ver una buena vía de aproximación a la casa en la oscuridad que se formaba entre las dos hileras de olmos fantasmales, estaría recorriendo una avenida que antaño conducía a una puerta que llevaba tiempo sin existir, pisando lo que luego sería un estanque —proyecto abocado al fracaso—, extinguido a su vez, y del que solo quedaban algunos huecos y zanjas ingratos para el pie ajeno. El merodeador, que podría tener intenciones jocosas, saqueadoras o aún más siniestras, también correría peligro si lograse llegar al interior de la casa. En una docena de puntos, donde los siglos chocaban, los pasillos se estrellaban abruptamente, de suerte que avanzar pegado a la pared con cautela, envuelto en la oscuridad, era sinónimo de darse un trompazo contra un revestimiento de madera o escayola; en otros tantos sitios, el nivel del suelo cambiaba, y existía la amenaza de peldaños invisibles que pasaban bruscamente de piedra a madera o viceversa. Además, la topografía de la Residencia Rust era muy suya. Estaba claro que uno no podía deambular infinitamente por ella —no era lo bastante grande, ni mucho menos—, pero sí que podía perderse en un santiamén. La Residencia Rust era el lugar ideal para el tipo de desventura que vivió el dickensiano señor Pickwick en el Great White Horse de Ipswich.

Asimismo, era idónea para el desarrollo de cualquier actividad que pretendiera ser un misterio. Ya fuese una búsqueda del tesoro, un escondite, o cualquiera de esos animados juegos en que la gente se acumula progresivamente en un recoveco o un armario, la Residencia Rust estaba diseñada con esmero para aspirar a la perfección de todos ellos. Las habitaciones se comunicaban de manera inesperada; los pasillos se separaban y volvían a unirse; había escaleras que subían a desvanes, y de caracol, que ofrecían oportunidades inesperadas para el cambio de suerte y la sorpresa. Con el paso de los años, las visitas del señor Eliot fueron adquiriendo un conocimiento decente de todo eso, y había varios juegos diseñados expresamente para la casa —elaborados pasatiempos donde solo las dependencias de los criados y la despensa del mayordomo estaban prohibidas—. Sin embargo, si era una buena casa para jugar a los misterios y al desconcierto, también era muy mala para plantearse la posibilidad de enfrentarse a un caso real: si un bromista empezase a hacer travesuras en la Residencia Rust, comenzaría con mucha ventaja.

La Residencia Rust yacía en la oscuridad, salpicada por una constelación de luz mayor y otra menor; los huéspedes del señor Eliot digiriendo y los criados fregando los platos. El observador imparcial imaginado por el doctor Chown, de haber sido lo bastante excéntrico para encaramarse a un olmo y contemplar ese cuadro tradicional —algo impensable—, no vería ningún cambio significativo sobre el que especular hasta casi las diez y media. A esa hora, cerca de la constelación menor y más baja, destacaría una lucecita independiente. Armado de su profundo conocimiento en estos temas, el observador sabría que se había retirado la plata y que el mayordomo del señor Eliot había vuelto a su santuario. El señor Eliot, se diría quizá el observador, había hecho entrevistas de trabajo a innumerables mayordomos fantasmales, y todos tenían por costumbre merodear por la casa de sus señores a medianoche, llevando decantadores de whisky que tintineaban o incluso se hacían añicos contra el suelo cuando el infeliz tropezaba con cuerpos tumbados o acurrucados en la biblioteca. Sin embargo, al mayordomo de carne y hueso del señor Eliot, que organizaba los asuntos de la Residencia Rust siguiendo un principio establecido por su abuelo, que sirvió en casa de un marqués, rara vez se le veía fuera de la cama a las once en punto; entonces gustaba de pasarse una hora leyendo un sustituto decente del *Morning Post*. Y el único cadáver que había descubierto en su vida fue el de su tía, Tomasina, que se despeñó por una cantera de caliza yendo, infelizmente, ebria, pequeño placer que se había concedido después de tener una crisis en la vaquería donde trabajaba como encargada a sus cuarenta años.

El observador del doctor Chown, de haber sido igual de omnisciente que el doctor Chown, podría haberse entretenido con estas reflexiones tan triviales mientras esperaba unas novedades que llegaban con cuentagotas. De cuando en cuando una luz se encendía en las habitaciones; en una ocasión, una línea corta de luces iluminó fugazmente una mesa de billar en una sala con las cortinas descorridas, como si alguien quisiera jugar una partida pero luego se lo hubiese pensado mejor o se lo hubieran desaconsejado. Entonces, a las once en punto, se produjo una novedad dramática: la Residencia Rust, como ya ocurriera unas horas antes, se sumió en una oscuridad total. O casi total, mejor dicho, pues en el pórtico y en las dependencias de los criados había un resplandor tenue, indicando que esta vez no se trataba de un apagón eléctrico general. La oscuridad duró solo medio minuto. Unos haces de luz parpadeante y frenética aparecieron en la zona donde antes estaba la constelación principal, ahora iluminando, titubeantes y temblorosos, hacia afuera, cual pequeña hueste de luciérnagas saliendo de una colmena central y extendiéndose al azar para explorar las inmediaciones de la casa. El fenómeno duró unos cinco minutos, y en ese momento las luciérnagas —intentando sincronizarse, al parecer— apagaron sus luces errantes. Quedó entonces una sola luz que, tras unos segundos inmóvil, empezó una exploración solitaria que duraría unos cinco minutos más; se le sumó luego una segunda luz, y ambas, bailando juntas, pronto descubrieron una tercera. El proceso siguió acelerándose, hasta que al final un pequeño ejército de luces marchó en retirada hacia el punto desde el que se habían dispersado. Un minuto después habían desaparecido, engullidas por la iluminación habitual de la Residencia Rust.

Appleby recordó, sonriéndose, que esa misma tarde había dicho tener una linterna. Ahora la sala de estar estaba abarrotada de linternas; habrían usado unas dos docenas para el juego. Se preguntó distraídamente si las habían repartido, como las bolsas de agua caliente, o si los invitados tenían que traerlas de casa —duda que Rupert Eliot despejó al punto, apareciendo con una bolsa grande donde las guardó todas con diligencia—. Había sido un juego divertido, y con un toque especial porque, al proponerlo, hubo claramente cierta bravuconería. Los nervios aún no estaban templados en la Residencia Rust; de hecho, daba la sensación de que la tensión volvía a crecer, quizá a medida que el señor Eliot fue recuperando plenamente la conciencia. Parecía muy poco probable que esa zambullida en la oscuridad, justo antes de que los jugadores se apresurasen a esconderse por la casa con sus linternas, no le recordara al apagón previo a la cena; era tan evidente, que Appleby intentó recordar quién había propuesto el juego, pero no lo consiguió. Se trataba de un pasatiempo que la mayoría de invitados conocía de otros años, y se diría que la idea había salido de la nada. Ahora todos estaban otra vez en la sala de estar, jadeantes, emocionados, unos un poco manchados de polvo o con la ropa arrugada, otros con una misteriosa expresión pícara, alguno recuperándose del susto, y cada cual, seguramente, sintiéndose aliviado en mayor o menor medida. Hubo una pausa —una pausa con cháchara, pero pausa a fin de cuentas— y Appleby, quitándose una telaraña del pelo, se sentó a reflexionar.

En el primer apagón había algo curioso que, si se demostraba correctamente, podía ofrecer una clave de lo que estaba ocurriendo allí, fuera lo que fuera. Miró el fusible —fundido sin más— y le aseguró al señor Eliot que aquello parecía un simple accidente. Ante esas palabras, el señor Eliot reaccionó de una forma un tanto insólita. Temía que fuese provocado, pero que Appleby apuntase lo contrario le supuso un impacto emocional suficiente para desmayarse unos segundos. Eso, por el mero hecho de no tener ningún sentido, debía contener información en potencia.

Appleby no le había garantizado que fuera un accidente; solo había hablado de apariencia. Y esa apariencia podía fingirse fácilmente: bastaría el simple intercambio de un fusible en perfecto estado por uno fundido. Lo que conmocionó al señor Eliot, pues, fue el anuncio de una ausencia aparente de intencionalidad. Es decir: estaba convencido de que habían manipulado el cuadro de luces, y le dolió saber que esa manipulación se acompañó de un sencillo truco que daba a toda la historia la pinta de un accidente. No solo estaba dolido, pensó Appleby, sino abrumado por un auténtico frenesí mental. Sin duda, solo había una explicación plausible para eso: el sencillo truquito de los fusibles debía de ser una de esas posibilidades que el señor Eliot barajó y que quedó en un fruto inconcluso de su mente. «Cosas pensadas para la Araña pero que nunca se plasmaron en el papel», la frase aparecía en la carta de Patricia, y quizá era la clave fantástica para comprender esa reacción del señor Eliot, inexplicable por lo demás, ante el cuadro de luces. Sin duda había visto actuar a su creación.

Esa interpretación, por extraña que fuese, encajaba con los hechos. Incluso arrojaba luz sobre el primer comentario del señor Eliot a propósito del fallo en el cuadro de luces: que la cuestión le había recordado a algo curioso. Si uno la aceptaba, ¿cuál era su contexto? ¿Cuáles eran, hasta ahora, los hechos constitutivos de esa fantasía de una Araña que salía de los libros?

Se habían producido una serie de bromas ideadas a lo grande, que iban desde un auténtico robo en una casa y la recuperación de los objetos robados con una especie de hallazgo paródico hasta la espeluznante producción de efectos acústicos en la Residencia Rust. Esas actividades podían relacionarse con el personaje de la Araña en las novelas del señor Eliot; más concretamente, se asociaban con la primera fase de la existencia ficticia del personaje, donde se había presentado como un agitador de la paz. También estaba la cuestión, bastante más curiosa e incierta, de los manuscritos: el señor Eliot aseguraba que estos, y en particular el de una novela titulada *Asesinato a medianoche*, habían sufrido algunos cambios que se escapaban a su control. Cambios que podrían describirse como peyorativos, toda vez que representaban a la Araña sintiendo la llamada de su pasado criminal y cuestionándose su reciente adhesión a la causa de la virtud. La cuestión de los manuscritos seguía siendo un misterio, pero no tanto como la situación que parecía reflejarse en el incidente de las luces. Ahí se produjo la confusa y alarmante sugerencia del señor Eliot: ese ser responsable de las manifestaciones —hombre o sombra— estaba dotado de una especie de clarividencia; tenía acceso a unas ideas que, según creía el señor Eliot, nunca salieron por las puertas de su cerebro. El truco de los fusibles no era nada del otro mundo, y además era poco convincente, pero al parecer el señor Eliot creía haber visto otras manifestaciones aterradoras de esa familiaridad con sus ideas secretas. Lo más importante era descubrir quién o qué estaba actuando en ese territorio indeterminado, y el primer paso era elaborar planes para explorarlo. Por desgracia, se trataba esencialmente de explorar la mente del señor Eliot, y Appleby no tenía licencia para eso. La preocupación legítima de Belinda Eliot era el motivo y la justificación de su presencia allí, pero no tenía ningún derecho a entrar por la fuerza en la mente afligida del señor Eliot. Ahora solo podía confiar en que este le ofreciese su confianza o en que —y no era descabellado pensarlo— todo el caso se iluminara un poco más con la irrupción de incidentes frescos.

Sin embargo, se abría otro hilo de reflexión. ¿Tenían los incidentes, tal y como habían ocurrido, algún tipo de coherencia o dirección perceptible; algo que pudiese analizarse como un móvil?

Estos episodios eran harto bochornosos para el señor Eliot y sus hijos, pero Appleby dudaba que, por el momento, sirviese de algo especular y ahondar en ese mero hecho. Quizá también avergonzaban a *sir* Rupert Eliot, a *sir* Archibald Eliot y a cualquier otro Eliot que la espaciosa residencia resultase albergar. No obstante, el señor Eliot, Timmy y Belinda, se dijo Appleby a tenor de la información de que disponía, eran particularmente proclives a sufrirlos. El padre tenía a todas luces ese tipo de mente susceptible y fantasiosa que se tragaría a la primera un truquito cualquiera; además, parecía que su relación con la Araña de tinta y papel llevaba unos años en la cuerda floja. Los hijos también parecían susceptibles: Belinda, seria y quisquillosa; el bisoño Timmy en una fase de su crecimiento en la que ya podía sentir que las Arañas eran lo de menos. Todo apuntaba a que el quid de la cuestión era un acoso a los Eliot: un acoso ora descarado, ora sutil... La palabra «sutil» pareció frenarlo. Le recordó que esa reflexión apenas tenía en cuenta la inquietante idea que se hizo Patricia.

Appleby había recorrido un buen trecho en sus cábalas cuando se percató de que se estaba comportando de manera excéntrica. La mayoría de los invitados del señor Eliot no tenía una actitud contemplativa, y cualquier persona sentada entre ellos con semblante taciturno y reflexivo se vería con los mismos ojos con que se mira a quien se dedica a gastar bromas en un funeral. La señora rechoncha, que resultó ser autora de varios libros abrumadores del estilo de *Cumbres borrascosas,* era el alma de la fiesta; según Wedge, solo así lograba soportar la vida entre la enorme crudeza de sus creaciones. Esa mañana, siempre según Wedge, se la había pasado trabajando en la descripción de cómo su última heroína ahorcaba una camada de cachorros en un granero; era el tercer cumpleaños de la heroína, había cuatro cachorros y el episodio se iba a extender cinco mil palabras. Como es natural y sano, ahora la señora rechoncha estaba reaccionando a esa tremenda empresa, animando a los demás invitados con todo tipo de bromas. Acababa de organizar una especie de farsa, fotografiada copiosamente por un profesional aparecido al efecto con gran misterio, y ahora miraba a su alrededor con ojos de general a punto de reorganizar el campo de batalla. Su mirada se detuvo en el pensativo Appleby. La señora rechoncha dijo:

—Usted valdrá.

Appleby adoptó la expresión de entusiasta y divertido consentimiento que la ocasión requería. Una voz dijo:

—Pero tiene que tener un compañero; siempre se ha hecho así.

Otras voces, todas mostrando gran interés, coincidieron. Appleby, aplicando un sencillo método analítico a la nueva situación, supuso que se trataba de otro de esos juegos en los que la gente se esconde en la oscuridad. Había llegado a esa conclusión cuando la señora rechoncha extendió una zarpa rosácea y dominante.

—John y yo —dijo la señora rechoncha, a la que no había nombre de pila que se le escapase— nos esconderemos juntos.

Appleby, que más de una vez había compartido oscuridades insondables con personas harto desesperadas, se acordó de los cachorros y se inquietó sobremanera. Belinda lo rescató.

—El señor Appleby —dijo con voz tenue pero firme— es el recién llegado y se va a esconder conmigo.

Antes de que nadie pudiese cuestionar la lógica de esa frase, la joven lo había sacado de la sala de estar.

—Tenemos una gran ventaja —dijo Belinda con voz seria mientras caminaban a paso ligero por el pasillo—: conozco Rust mejor que nadie, salvo quizá Timmy, y él cree que jugar bien a estas cosas está por debajo de su dignidad: se esconde donde tiene la certeza de que le encontrarán el primero, y luego se retira a la biblioteca a beber whisky, aunque lo detesta, y a coincidir con Rupert en lo puñeteramente bohemia que es esta gente.

—¿Y usted? —A Appleby le interesaba Belinda.

—Me alegro —la respuesta de Belida era discretamente indirecta— de que no haya tenido que esconderse con la oronda señora Cavey. Pero no creo que haya que ser impaciente con un grupo así. La mayoría de gente, huelga decirlo, es irrelevante. Pero nunca se sabe: entre veinte escritorzuelos normales y corrientes siempre podría esconderse una mente literaria original. ¡Qué emocionante sería toparse con un Blake o un Lawrence!

Una joven serísima, pensó Appleby. De hecho, más seria de la cuenta para ser verdad, y miró a Belinda con recelo, sospechando que le estuviese tomando el pelo. Sin embargo, se asomaba con gesto profesional por el pasillo de la planta superior a la que habían llegado, como si una mitad exacta de su cerebro estuviese concentrada en el juego y la otra en la conversación. Appleby se contentó con la sospecha de que había varias Belindas, como casi seguro había varios señores Eliot, y que una de ellas sin duda cabalgaba un imponente corcel literario. Era grato pensar en esa Belinda soportando a una veintena de las cabras del señor Wedge ante la muy remota posibilidad de que entre ellas se escondiese una oveja.

—Timmy —continuó Belinda— es bastante intolerante.

—Ah —dijo Appleby.

—Claro que es muy joven, y tiende a imitar ese tono de sala de armas y esa actitud de hombre de mundo que ve en Rupert. Se burla de todo esto, pero en realidad le parece una invasión escandalosa de la calma y la decencia de Rust. Timmy es un pequeño aspirante a caballero rural, y los de su índole siempre han hablado de gente puñeteramente bohemia. —Reflexionó un instante y midió mejor sus palabras—. No digo que Timmy no sea buena persona. De hecho, lo quiero mucho.

Ese era sin duda lo que la señora Moule definía como el lado moderno de la mente de Belinda; en la vida de la señora Moule, el amor fraternal y sororal era obligatorio, como las oraciones en familia.

—Sí —dijo Appleby con tono grave—, parece buena persona. Pero su tutor, Winter, ¿verdad?, no parece tenerlo por un aspirante a caballero rural, sino por alguien con una creatividad literaria frustrada. Por cierto, ¿esto es otro juego en las tinieblas?

—No exactamente. Nosotros sí que tenemos que escondernos en algún lugar oscuro, pero las luces de la casa se quedan encendidas. Vamos a dejar iluminada la lámpara de este pasillo. Ahí está el sitio en el que había pensado.

Estaban en la parte más antigua de la casa y Belinda se había detenido frente a una pared revestida de roble. Apretó una figurita tallada, dio un vigoroso empujón hacia el lado y un panel del revestimiento se abrió por completo con un crujido, revelando una cavidad polvorienta de dimensiones inciertas.

—Dios santo —dijo Appleby—, esto es muy del estilo... —«de la Araña», iba a añadir, pero al recordar la seriedad de Belinda optó por un impreciso—: de la ocasión.

—Hay otra en la planta baja, y probablemente una o dos más que no conozcamos. —Estudió a Appleby con la mirada—. Cabemos de sobra.

Appleby echó un vistazo al interior sin entusiasmo. Ese escondite para curas[20], o lo que quiera que fuese, parecía harto mugriento.

—¿No cree —dijo— que..., en fin, que manchará su nuevo brocado[21]? —Miró su elegante traje de cola.

A Belinda, antes al contrario, pareció gustarle que le recordasen a su tocaya con esa referencia a Pope.

—Mi querido John, ¿puedo llamarte John?, hoy día las criadas no desempolvan los pasadizos secretos como se debe. Si te fijas, verás que las telarañas que cuelgan de las vigas del techo tienen al menos un año[22]. —Mientras citaba ese misterioso verso libre, le lanzó una mirada, ahora estaba seguro, de burla—. Ve entrando. Imagina que te estás escondiendo bajo la tribuna en un mitin político.

Tras protestar, indignado, diciendo que ese tipo de actividades no entraban en su línea de actuación policial, Appleby permitió que lo obligase a entrar. Con varios gestos bruscos y golpes, Belinda logró cerrar el panel desde dentro. Excepción hecha de un solitario hilo de luz que se filtraba desde el pasillo por una grieta, se encontraban en la más absoluta oscuridad. Appleby, que estaba encorvado, se puso erguido y se dio un coscorrón.

—Joder —dijo Belinda, maldiciendo empáticamente por él—, tenía que habértelo dicho. Pero no hace frío y hay un par de taburetes. No nos puede ir mal. Si no hablamos, es imposible que nos encuentren. —Hizo una pausa y buscó a tientas los taburetes, algo sencillo en ese espacio angosto. Se sentaron muy pegados—. Pero creo que deberíamos hablar de todas formas. —Su voz, atenuada para llegar apenas a un oído a diez centímetros de distancia, volvió a sonar nítida y formal en la oscuridad.

—Parece una buena oportunidad —coincidió Appleby, serio— para tener una conversación a solas. Más de lo que suele llamarse *tête-à-tête*.

---

[20] Como los que se construyeron en algunos de los edificios de Inglaterra para dar cobijo a los sacerdotes católicos cuando estos fueron proscritos entre los siglos XVI y XVII.

[21] Referencia al poema narrativo *El rizo robado*, canto 2, de Alexander Pope.

[22] Referencia al libro de relatos *Siete hombres*, de Max Beerbohm.

—Adquieres hábitos a una velocidad pasmosa, John. Ya se te han pegado las etiquetas literarias; ahora estás hablando como Gerald Winter.

—Hablando de Gerald Winter, ¿qué está haciendo aquí?

—Es la aportación de Timmy para esclarecer el misterio; o, mejor dicho, una parte de su aportación. La otra es Herbert Chown. Y tú eres la de Patricia y mía. Nosotras te apoyamos.

—Gracias. Que tú sepas, ¿hay otras aportaciones? ¿Tu padre, por ejemplo, ha dado algún paso *motu proprio*?

Hubo un momento de silencio.

—Supongo —dijo Belinda sin venir al caso— que los Eliot llevan generaciones jugando a tener historias románticas en estos escondites. Timmy y yo lo hacíamos. —Se giró ante la pregunta—. Ahora ya no da ningún paso. Cuando robaron en casa de la señora Birdwire papá se enfadó muchísimo, montó un escándalo y vinieron un puñado de policías infames... —Belinda se detuvo al punto—. Policías locales, se entiende —corrigió.

—Belinda, en el fondo todos los policías somos exactamente iguales. Te lo advierto desde el principio.

—Vino la policía y el escándalo no acabó, ni mucho menos. Luego papá se volvió tímido con el tema. Fue muy raro, por aquello de que todo se mezclaba con sus historias. Y, desde la cuestión de los manuscritos y los ruidos, se ve inclinado a considerarlo una especie de aparición. A veces, como habrás notado, se las apaña para convencerse de que es un tema apto para una sosegada conversación filosófica. Pero, en líneas generales, creo que está perplejo y cada vez más asustado.

Hubo un silencio más largo. Appleby aguzó el oído para captar cualquier señal de la cacería en el exterior; lo único que no había averiguado era el sentido de ese juego en concreto. Toda la casa parecía haberse sumido en el silencio, y se entretuvo reflexionando en el curioso lugar que esa joven competente, sentada su lado en la oscuridad, había escogido para tener esa conversación.

—Claro que quizá no sea mala cosa —dijo Belinda, y su voz era deliberadamente pragmática.

—¿Que tu padre esté perplejo y asustado? —Appleby pareció sorprendido; ese era un grado de modernidad para el que ni siquiera él estaba preparado.

—No, no exactamente. Durante un tiempo será un poco irritante, cierto, pero quizá le dé la determinación para desafiar a toda esa horda de interesados y librarse por fin de toda esta historia. A lo que me refiero es que quizá llegue a la conclusión de que la mejor salida es matar a la Araña y olvidarse de él. Precisamente esta tarde estaba diciendo que papá sería mucho más feliz si pudiese cambiar Arañas por cerdos.

—¿Tú estás convencida de que habría que liquidar la industria de la Araña?

—Claro que sí. Yo y todos. Si la Araña no tiene una muerte digna pronto, seguirá remoloneando por aquí y..., y acabará feneciendo entre sandeces y espectáculo[23].

Appleby se estaba acostumbrado a los bombardeos intermitentes de versos del siglo XVIII. Sin embargo, era muy extraño que la creación inofensiva y lúdica del señor Eliot hubiese acabado acosando así a sus familiares.

—Me parece, Belinda Eliot —dijo—, que tú y tu hermano y quizá todos vosotros tenéis arañas en la cabeza. Puede que estas bromas constantes hayan irritado particularmente a tu padre, pero es innegable que a vosotros también.

—Sin duda estoy molesta. —Appleby podía imaginarse la pequeña y profundamente intelectual cabeza de Belinda haciendo un ademán rabioso en la oscuridad—. Y, por supuesto, no me importa lo más mínimo que papá siga hasta llegar al centenar de libros, si es lo que quiere. No obstante —podía imaginarse una nariz arrugadísima—, es tedioso.

—Y preocupa en particular a tu hermano. Claro que, como dices, es muy joven.

Belinda hizo una pausa meditativa. Appleby miró la esfera luminosa de su reloj.

—Las doce menos diez —dijo.

El silencio se prolongaba. Appleby, que no sabía nada sobre la historia de la Residencia Rust, se imaginó los silencios que debieron guardarse en ese escondrijo en el pasado. Entonces se erigió en su mente, con toda nitidez, debido a la oscuridad, un cuadro que colgaba de la pared de su habitación de niño: ¿Cuándo fue la última vez que viste a tu padre? Se preguntaba si ese famoso retablo con investigadores fue el primero en poner su mente infantil rumbo a su profesión actual. Quizá, en plena guerra civil inglesa, los caballeros realistas Eliot se habían acomodado en ese recoveco durante esas mismas visitas de parlamentarios que ilustraba aquel viejo cuadro. O quizá la familia se aferró a la vieja religión y daba cobijo, en la oscuridad mohosa, a un jesuita resistente de Reims o Douai. Por un momento a Appleby casi le pareció oír el crujido de una sotana a su

---

[23] Referencia al poema *La vanidad de los deseos humanos*, de Samuel Johnson.

lado; luego un leve aroma a perfume, ilusorio, como si llegase del aseo de la primera Belinda, le recordó que estaba en las nubes, con una actitud muy poco profesional. Preguntándose hasta qué hora durarían los juegos del grupo, volvió al trabajo.

—A lo que nos enfrentamos hasta ahora es a un moderado acoso a los Eliot, nada más. Quizá lo más útil que podemos hacer es buscar motivos plausibles. ¿Por qué todo esto iba a ser lo bastante atractivo como para llevar a un bromista a meterse en un señor berenjenal, por no hablar del peligro físico real? Si pudiéramos pensar en buenos motivos, quizá encontrásemos a alguien impulsado por ellos. Aunque, claro, tu conocimiento de la situación familiar y demás podría permitirte tomar un atajo y señalar directamente a una hipotética persona.

Un crujido le dijo que Belinda había vuelto a moverse en la oscuridad.

—Somos una familia curiosa —dijo con circunspección—. Además, papá está en una situación curiosa. Supongo que ya te habrás enterado de que se granjea envidias y enemistades en las que probablemente jamás pensaría.

—Estoy percibiendo impresiones, como dices. Y también me hago una idea de que la cosa podría ser contagiosa. Por cierto, ¿se le ha dado publicidad? Supongo que estas bromas extrañas al autor de las historias de la Araña tienen que ser lo que se conoce como una «noticia».

—Hasta ahora no ha trascendido prácticamente nada. El caso Birdwire se sofocó muy bien, aunque aún no acabo de explicarme cómo.

—Ya veo. La idea de que el personaje más importante de un escritor famoso cobre vida de manera misteriosa y lo persiga con un clarinete es muy estrambótica. Si se le diese publicidad, un montón de gente diría que es un ardid publicitario muy inteligente.

Se oyó claramente el taburete de Belinda arrastrándose por el suelo.

—John —dijo—, tu lucidez mental es abominable. Esa desgracia en concreto no se me había ocurrido.

—Claro que quizá no sea mala cosa. Eso es lo que has dicho, ¿verdad? Por lo que he visto de tu padre, no creo que haya nada con más posibilidades de hacerle acabar con todo esto de raíz. Que es lo que Timmy y tú parecéis querer.

—Al menos, un escándalo de ese tipo no sería bueno para la estúpida diplomacia de Timmy.

—Eso no podría garantizártelo. Quizá estés confundiendo la diplomacia con un club exclusivo y exigente. Deduzco que, en cualquier caso, tampoco la apruebas. Arañas longevas por un lado y hermanos pequeños embajadores por el otro, ¿ambos son tediosos?

El taburete volvió a arrastrarse.

—No sé qué insinúas. Eso..., eso es justo lo que dicen los sospechosos en los libros. Pero supongo que tú tratas a todo el mundo así, ¿no?

—No entro con todo el mundo en una bonita, tranquila y oscura cámara secreta. Pero, esencialmente, sí. Ya te he dicho cómo somos los policías. Y ahora vamos a hablar del editor Wedge.

—Bueno, por el amor de Dios... Sabía que aquí nunca iban a encontrarnos... ¿Qué pasa con Wedge?

—¿Estas fiestas son idea suya?

—Sí.

—¿Y se manipulan para convertirlas en una publicidad discreta?

—Ah, sí. Es algo ted... Es un tanto irritante.

—Supongamos que estas travesuras fueran a más y acabasen en las portadas nacionales. ¿Sería eso bueno para Wedge y los libros?

—¡Dios santo! John, esto es muy, pero que muy deprimente. No eres ni la mitad de convincente cuando apuntas a Wedge que cuando merodeas con gran pericia alrededor de los hijos de mi pobre padre. Papá tiene que seguir en el candelero, pero no creo, ni mucho menos, que Wedge agradeciese un escándalo. Las consecuencias serían demasiado problemáticas. Con alguien que no llegara siquiera a ser moderadamente exitoso, quizá merecería la pena correr el riesgo, pero no con un superventas que va viento en popa. Y tienes que pensar en los efectos de toda esta historia en papá. ¿Te parece probable que Wedge asumiese el riesgo de volver medio loco a uno de sus activos más valiosos? Además, aunque a veces le guste hacer el payaso, Wedge es tremendamente astuto. Tiene mucha más responsabilidad que papá en la creación de la Araña, de verdad. Esos son hechos. Y también creo con firmeza que es un hombre honrado. Así que, John Appleby, volvamos a pensar.

—Claro. Vamos a...

Belinda se levantó y se pegó un coscorrón.

—Joder —dijo Appleby.

—Gracias. Iba a escuchar. No estoy segura de no haber oído ese estúpido bastón de secretario. ¿No crees que este juego se está pasando de largo?

—Al no tener ni idea de en qué consiste el juego, no puedo opinar. Vamos a volver donde empezamos.

—Vale. —Belinda comenzó a toquetear el panel.

—No me refería a eso, sino a la conversación.

Belinda suspiró.

—Patricia ha abierto las puertas de Rust a un obseso. Pero bueno, sigue.

—Esperemos —Appleby hablaba con total seriedad— que nadie haya abierto las puertas de Rust a un obseso, ni abra cualquier otra puerta a ningún obseso.

—Supongo que ese es el auténtico apunte críptico. ¿A qué te refieres?

—No tiene nada de críptico. Hasta ahora este acoso, que curiosamente parece del todo aleatorio, se ha ceñido a Rust. ¿Va a seguir ciñéndose a Rust y a tu padre en el futuro, o va a propagarse a otros lugares y a otros Eliot? Supongo que no has tenido ningún problema en la abadía Shoon, ¿verdad?

—Ni el más mínimo.

—Parece el lugar idóneo para que surgiesen problemas —dijo Appleby, con un regodeo moderadamente profesional.

Solo quedaban unos minutos para la medianoche, y para entonces el aburrimiento, si es que el aburrimiento tuviese cabida en la abstracción científica, se habría apoderado del observador del doctor Chown encaramado al olmo. Se había levantado un viento tenue y frío. Soplaba entre las ramas desnudas con la fuerza justa para barrer las últimas gotas de lluvia que colgaban de ellas, y que caían al suelo con un sonido que se intensificaba en medio del silencio, recordando a unas pisadas distantes. No se movía nada más. Las luces de la sala de estar brillaban firme y tranquilizadoramente detrás de las cortinas; otras, más arriba, señalaban ventanas que daban a pasillos. La casa podía concebirse como una gran fuente de luz de la que emanaban haces serpenteantes que se propagaban por la oscuridad; el resto de luces se había apagado por las exigencias de lo que estaba sucediendo en el interior. Una, dos veces, se vio una sombra vibrante atravesar una de las ventanas débilmente iluminadas del piso de arriba, como si un copo de la noche se hubiera soltado para sumirse en la oscuridad de abajo —un murciélago o una lechuza aleteando alrededor de Rust—. Un búho ululó. Luego, en la ventana más alejada de la sala de estar, se vio moverse, con mayor precaución, una sombra más grande. Por un momento la luz brilló directamente, como si hubiesen descorrido la cortina. La sombra volvió a moverse, rápida y certera. Después, nada. El episodio, si podía llamarse así, parecía acabado. En las ramas altas el viento sopló con más fuerza y el árbol se agitó, como si se acercara una tormenta.

En el escondite para curas, la conversación iba a la deriva.

—Va a haber una gran visita a la abadía —decía Belinda—. Voy a colarte. ¿No conoces a Jasper?

—No. —Appleby soltó una risita—. Espero arrestarlo algún día.

—¡Arrestar a Jasper!

—Cuando uno es joven —el tono de Appleby era provocadoramente paternal— quizá le apetezca liquidar Arañas. Cuando uno crece, empieza a pensar que no sería mala idea liquidar a los Shoon.

—Pero, John, Jasper es un tipo simpático, a su estrambótica manera. Además, no creo que a la gente tan rica como él se la pueda arrestar.

Appleby suspiró.

—Bueno, no suele ocurrir. Pero algún día quizá lo pillemos. Pasará de contrabando una o dos armas a quien no debe, en la frontera de la India británica, pongamos; a alguien se le agotará la paciencia, se aconsejará a las personas importantes que se aparten con discreción de su lado, y quizá nos den permiso para zarpar. Es una fantasía improbable, pero me gusta. Supongo que no has hurgado demasiado en los cimientos económicos de la abadía Shoon, ¿verdad?

—Sé —Belinda volvía a estar malhumorada— que Jasper cree que valgo ocho libras por semana.

—Sí. Patricia se puso contentísima cuando llegaste a trabajar con ella, porque Shoon empezó a pagarle esa misma cantidad.

Hubo una pausa, que representaba a Belinda pensando.

—Pero, John, seguro que antes ya cobraba eso, ¿no? Pero si tiene un título mejor que el mío...

—Belinda Eliot, tú eres una hija privilegiada, ¿no lo sabías? El amigo Shoon es un hombre muy rico, y tuvo la sensación de que no podía pagar a la hija de otro hombre medianamente rico una cantidad inferior. Podríamos llamar a ese sentimiento «solidaridad plutocrática». Pero al ser, supongo, un hombre elegante con los pequeños detalles, también le subió el sueldo a Patricia. Se puso a gritar, contentísima, y ha empezado a ir de compras a otras calles.

—Este juego se me está haciendo interminable... —Belinda se detuvo, y pareció replantearse y descartar la evasión—. ¿Todos los policías os especializáis en estos comentarios de reproche? Ahora que me has hecho sentir pequeña, dime más sobre el pobre Jasper.

—No hay mucho que decir. Ahora mismo se encuentra en un período boyante, como supondrás por la cantidad de dinero que te da para jugar en las salas de subastas. Mira, ya no tiene que arriesgarse con ese peligroso juego de armar a los rebeldes; ahora arma a gobiernos legítimos.

—¿Gobiernos legítimos?

—A las personas que estarían gobernando si otras personas no hubiesen sido elegidas injustamente para hacer su trabajo. Gracias a eso puede comprar todos los papiros egipcios y vasijas áticas que quiera.

—Creo que esta conversación ha sido deprimente como pocas, de principio a fin. No obstante, debería gustarte vértelas con el villano, por no hablar de visitar la abadía. —Belinda se levantó con cuidado—. Mira, vamos a salir. No nos han encontrado y el juego habrá acabado hace ya tiempo.

—Sí —dijo Appleby—. Parece que no ha pasado nada desde entonces... —Se detuvo abruptamente—. Belinda, ¿no has dicho que para este juego las luces del pasillo se quedaban encendidas?

—Todas se quedan encendidas. Las únicas luces que no están permitidas son las de las habitaciones.

—Un hilo de luz se filtraba desde el pasillo por una grieta. Me acabo de dar cuenta de que ya no se ve. —Apoyó la mano en el brazo de Belinda—. Escucha.

Justo encima de su cabeza, en esa oscuridad confinada, tan cercana y a la vez tan desconcertantemente remota como la señal de un buzo para unos hombres atrapados en un submarino, se oyó el melodramático, absurdo y siniestro sonido del bastón del secretario ciego.

9

La Residencia Rust, por dentro y por fuera, estaba sumida en la oscuridad. Y esta vez John Appleby no tenía una linterna a mano. Nadie tenía linterna, pues *sir* Rupert Eliot había guardado con diligencia en una bolsa la veintena que unos minutos antes revoloteara por la casa. Rust estaba particularmente mal preparada para afrontar una segunda invasión de la noche.

Appleby y Belinda tiraron del panel secreto y lo colocaron entre ellos; al hacerlo, un runrún confuso les llegó de arriba, de abajo, de todas las direcciones. Mientras salían a trompicones, el sonido se convirtió en gritos y alaridos. Por enésima vez, los invitados del señor Eliot estaban pasando por un momento difícil.

—Esto —dijo Belinda— se está volviendo monótono. —Hablaba rápidamente, como captando en el momento justo sus propias reacciones—. Incluso puedo oír a la señora Cavey adoptando su papel de líder del grupo. —En efecto, la voz de la señora Cavey, aunque un tanto amortiguada por la distancia, era inconfundible.

Appleby agarró a Belinda del brazo y recorrieron a tientas el pasillo.

—Espero —dijo el hombre— que los ojos de esos cuatro cachorros la estén mirando fijamente en la oscuridad... La triste verdad es que tengo una caja de cerillas con una sola cerilla; la conservaremos para una emergencia. Tú nos guías. Supongo que no habrás sido tú quien ha planeado todo esto, escondiendo en ese cuchitril un interruptor maestro y un gramófono para el golpeteo... Señor, qué cruz.

Habían llegado a lo alto de la escalera principal; por ese pozo ascendía el eco de un pequeño caos. Aquí y allá se encendía una cerilla, para apagarse al punto, merced a una fría corriente nocturna que había empezado a soplar inexplicablemente por toda la casa.

—Prueba con esa voz persuasiva —dijo Belinda.

Mientras Appleby se llenaba los pulmones, dispuesto a obedecer, alguien se le adelantó. Desde abajo, de una posición más o menos céntrica, llegó un grito perentorio. «¡Paren!». La voz no era persuasiva, pero sonaba tan sumamente irritada que casi todo el mundo paró.

—El Toplady de Timmy —dijo Belinda—. Otro pequeño diplomático, y un personaje no exento de sorpresas.

—Y ahora —dijo la voz de Toplady— las ventanas. Hay muchas abiertas. ¿Puede alguien, dos o tres personas bastan, intentar encontrarlas y cerrarlas? —La voz hizo una pausa, a la espera de sonidos de acatamiento; cuando prosiguió, en su tono ya no había ni rastro de ese *staccato* de emergencia—. Es razonable suponer —continuó con una voz que era la personificación tranquilizadora de la razonabilidad— que las velas, y las había en una cantidad considerable, se han quedado en la mesa del comedor esta mañana. Suele pasar. —La preocupación de Toplady, para evitar sugerir lo más mínimo que la economía doméstica de Rust era inadecuada, resultó harto impactante al resonar en la oscuridad, y el grupo se quedó mudo—. Voy a por ellas. Luego quizá el caballero que nos ayudó antes, y mucho me temo, lo confieso, haber olvidado su nombre, pueda hacer otra inspección a los fusibles.

Asomándose desde lo alto de la escalera, Appleby volvió a soltar una risita ahogada.

—Estoy hecho polvo —masculló—. ¿Toplady, dices? La casta dominante, supongo. Esa es la única forma en que los Toplady se hacen con el control de palmeras y pinos[24]. Vamos a bajar, e intentaré llevar a cabo mi pequeño cometido mecánico. —Su voz se tornó seria, y su mano apretó unos segundos la de Belinda antes de soltarla—. En mi opinión —las palabras brotaban con una autoridad innata—, no ha pasado nada demasiado alarmante.

—Mejor —dijo Belinda, sin añadir más preguntas. Bajaron a toda prisa.

—Porque —Appleby estaba notablemente comunicativo— se está preparando algo. Un proceso artístico bastardo. Y aún no hemos llegado al clímax.

Cual miembros de un aquelarre de etiqueta, los invitados del señor Eliot formaban un semicírculo sosteniendo candeleros de plata.

---

[24] Referencia al poema *Recessional*, de Ruyard Kipling.

Habían cerrado las ventanas y la corriente de aire estaba bastante controlada, aunque algunas ráfagas seguían soplando las velas, que echaban humo y resplandecían con indecisión, dibujando una rápida secuencia de emociones en unos semblantes que ahora estaban decididos a parecer todo lo fríos e impasibles que pudiesen. Solo Wedge, que se había hecho con un candelabro y había adoptado una pose deliberadamente hierática, y Peter Holme, que no podía evitar hacer gestos dignos de la escena de la vela en *Julio César*, no parecían ansiosos por mostrarse correctísimos. Toplady y Chown flanqueaban al señor Eliot, que respondía con una cortesía escrupulosa a dos técnicas tranquilizantes incompatibles.

—Esta vez —dijo Appleby, decidiendo ofrecer, tras unos instantes de reflexión, una dosis general de buen juicio— no son los fusibles. Es el interruptor principal, esa palanquita que sube y baja. Alguien la ha arrancado de cuajo, ejerciendo una fuerza considerable y corriendo cierto riesgo. Me temo que ahora mismo no veo cómo sustituirla. —Hubo una pausa; el grupo hostigado lo rodeaba con expresión afligida—. Pero... esperen. Quiero un caucho y todos los paquetes o latas de cigarrillos disponibles. Pitilleras no: latas o paquetes. —El grupo se agitó, murmuró, y hubo un poco de trasiego de gente yendo y viniendo; le entregaron los objetos solicitados como a un ilusionista en el escenario—. Los motoristas, sobre todo —dijo un Appleby con tono pedagógico—, deberían llevar siempre papel de aluminio en abundancia. Hace —de repente la luz inundó la Residencia Rust— milagros. —Y se deslizó hasta el suelo.

Por segunda vez en muy poco tiempo, Hugo Toplady aprovechó la ocasión.

—Qué alegría —dijo, autoritario— que todos podamos ver el camino a la cama.

Como el coro de una comedia musical, que baja apiñado del escenario para que los protagonistas puedan continuar con los asuntos románticos de la obra, la mayor parte del grupo se dispersó a toda prisa para pasar la noche. Solo la señora Cavey se mostraba reticente a marcharse. Quizá estaba más espirituosa que los demás; quizá era reacia a quedarse en la cama a solas en la oscuridad, pensando en sus cachorros ahorcados y escuchando las asombrosas reflexiones musicales de la Araña. La primera hipótesis resultó ser la correcta, pues la mujer preguntó, un tanto inquieta, si el día que acababa de terminar era viernes o sábado; cuando le aseguraron que era viernes, ella apuntó que entonces daba igual, porque la gran fiesta era la del sábado por la noche. El señor Eliot se quedó rodeado de sus familiares y de una especie de círculo interior de semiconfidentes. Sin embargo, nadie parecía estar muy seguro de cómo debería seguir ahora la obra, ni siquiera de qué papel sería sensato desempeñar. Alguien había traído bebidas de la biblioteca —por la que habían pasado varios de los huéspedes en retirada para fortalecerse ante la noche—, y el pequeño grupo se sentó por el vestíbulo, unos en la escalera y otros en varias sillas desperdigadas, dando claras muestras de estar reflexionando sobre una situación profundamente incierta. Hugo Toplady, una vez dispersado el rebaño, parecía sentir que había cumplido su cometido. Fue Appleby quien rompió el silencio, cogiendo los cuernos del primer toro que tuvo a mano.

—No cabe duda de que esta vez ha sido deliberado, y me sorprendería mucho que no hubiera nada detrás de este segundo corte de luz. Lo que me interesa es el curioso momento escogido para la broma.

—Debería haber caído —Gerald Winter hablaba desde la escalera, unos peldaños más arriba que el resto— en que era un momento crucial, aunque obvio: todo el mundo escondido para lo que iba a ser, estoy convencido, un juego divertidísimo. —Winter se las apañó para sonar aburrido e inquieto al mismo tiempo.

—Lo curioso —dijo Appleby, al que podrían acusar de hacer gala de una paciencia un tanto irritante en su tono de voz— no es que todos estuviésemos escondidos, sino que todos estábamos escondidos en parejas. —Todos los presentes, salvo el señor Eliot, que seguía sentado, muy quieto, en el último escalón, se movieron con inquietud, y Appleby tuvo la sensación de que, para bien o para mal, se había erigido como investigador. Así que continuó—: Sería interesante saber quién se escondía con quién, y quién, de haberlo, no se ha escondido en ningún momento.

—¿Una lista de quién se escondía con quién? —Timmy, que sorbía su whisky con un ruidito desagradable en un rincón, intervino—. Podría ser un tanto embarazoso, ¿sabe? —Su voz delataba un tono de admiración, como si creyese que esa opción era genial—. Cavey quería a Appleby, pero ¿quién le tocó al final?

El señor Eliot levantó la cabeza.

—La señora Cavey y yo —dijo— nos escondimos en un armario para la ropa de cama, en el primer piso. —Hablaba haciendo un esfuerzo, como si lo espolease únicamente la necesidad de evitar que Timmy se burlase de un huésped ausente—. Ahora que lo pienso, tuvimos la sensación de pasar ahí muchísimo tiempo. La señora Cavey me contó infinidad de cosas sobre su nuevo libro, solo que... —El señor Eliot frunció el ceño, perplejo—. Es muy raro. —El ceño se relajó y su rostro se iluminó, como apreciando el punto cómico de lo que iba a decir—: No me acuerdo absolutamente de nada. —Sonrió a Timmy con una felicidad momentánea, arrastrado hacia la broma que se había propuesto frenar. Y luego volvió a fruncir el ceño—. Esta noche le pasa algo muy raro a mi memoria.

Hubo una sensación de incomodidad generalizada.

—La verdad —dijo Belinda de repente— es que ha sido un juego larguísimo. Y dudo mucho que se haya encontrado a alguien. Cuando pillan a alguien siempre hay cierto jaleo, pero John y yo no hemos oído una mosca.

—El caso es que —Timmy habló de manera impulsiva— había una persona sin pareja. Es Archie, él era el cazador, y sabrá si ha pillado a alguien.

Todos los ojos se posaron en *sir* Archibald Eliot. Aquello también fue incómodo, pues *sir* Archibald estaba a todas luces borracho. Appleby recordó que ese era el hombrecillo rechoncho sobre el que la señora Moule iba a darle información justo antes de salir del comedor. Appleby volvió a dedicar unos segundos a ubicarlo. Se trataba del ingeniero fracasado; y, lo más curioso, era en cierto y misterioso modo la víctima de esa tendencia cruel del señor Eliot sobre la que habían hablado unas horas antes. Cuando lo molestaban, parecía llevarlo bien. Destilaba comodidad, y un sosiego que el licor no hacía sino acentuar. Ahora miraba afablemente a Timmy bajo unos párpados pesadísimos. Pero fue el señor Eliot quien tomó la palabra.

—¿Qué puede decirnos el Pontífice? —preguntó bruscamente.

Ahí estaba: para alguien cuyo puente se había portado tan mal, el apodo era de todo menos amable. Pero quizá estaba aprobado por un afectivo uso familiar; sin duda la mirada que Archie dedicó al señor Eliot era amable como la que más.

—¿Acaso —preguntó Archie con una voz pastosa, que no desagradable— llevo la luna en el bolsillo[25]?

Appleby suspiró. El ingeniero también era literato.

—Estos apagones—dijo Archie, con un ligero tono quejumbroso— no cesan. Es un caso de apaga la llama y después apaga su llama[26], que diría Otelo. —Los ojos se le abrieron por completo un instante, como si estuviera asombrado de su feliz cita—. Los juegos, juegos son, mi querido Richard, ¿se suponía que iba a ir por ahí a oscuras, para tropezarme con tus escaleras infestadas de ratas? —Se detuvo a pensar—. No quiero decir —corrigió con tono serio— que

---

[25] Referencia al poema *Master Hugues Of Saxe-Gotha*, de Robert Browning.

[26] Referencia a la obra de teatro *Otelo*, acto 5, escena 2, de William Shakespeare.

de verdad haya ratas en Rust. Pero ¿cómo iba a deambular por ahí buscando al personal en la más absoluta oscuridad? Sé razonable, mi querido amigo. —Archie, inofensivo, soltó un golpecito de hipo.

El señor Eliot pareció quedarse desconcertado, y fue Timmy quien respondió.

—¿Así que no has descubierto a nadie? Las luces no se han apagado, estoy segurísimo, hasta un buen rato después de que empezase el juego.

Era tan evidente que Archie no estaba en condiciones de realizar una búsqueda efectiva que la mayor parte del grupo dirigió a Timmy una mirada de ligero reproche. Archie, sin embargo, seguía reflexionando.

—Siropes somníferos —dijo—. Ha sido eso: siropes somníferos. —Miró vagamente a su alrededor, como si esperase encontrar opio y mandrágora desparramados por el suelo. Timmy, con un gesto que denotaba una cierta mala baba, sirvió un poco más de soda en su vaso. Todo aquello era muy poco edificante, y casi todos estaban a disgusto.

—¿Quiere decir, *sir* Archibald —intervino una nueva voz—, que lo han drogado? —Era el doctor Chown.

El señor Eliot volvió a entrometerse; parecía ansioso por atajar la inverosímil excusa de su familiar.

—No, no, Chown. Con esta historia de la fiesta, Archie se ha pasado un poco con la celebración. Creo sinceramente que deberíamos...

Pero Chown, haciendo caso omiso de su anfitrión, atravesó como un rayo el vestíbulo y levantó uno de los párpados de Archie con la misma ceremoniosidad con la que se trataría a un paciente externo en un hospital o a un objeto inanimado.

—Sí que está drogado —dijo al instante—. No cabe la menor duda.

Todo iba de mal en peor. A Patricia, que se había quedado para hacer compañía a Belinda, se le pasó por la cabeza que sería muchísimo mejor que hubiese —y, presuntamente, no lo había— un cadáver en la biblioteca. Un cadáver justifica cierta dosis de incomodidad; en aras de atrapar a un criminal con las manos manchadas de sangre, el decoro social puede abandonarse alegremente. Pero lo más parecido a la sangre que se había visto en Rust hasta el momento era la acuarela roja. Y lo más cercano a la sed de sangre había sido la reacción de Hugo Toplady al descubrir esa pintura en su brocha de afeitar. No se había producido ningún crimen, y lo más parecido era el grotesco robo en casa de Birdwire. Un robo paródico, una arriesgada advertencia de que Rust era la Residencia Disparate, una confesión falsa de Timmy, una declaración absurda de ese tal Archie Eliot que, sin embargo, resultó ser verídica, indicios varios de travesuras, el ligero temor salvaje que ella misma había sentido; todos esos elementos merecían, con creces, el epíteto condenatorio más severo de Belinda: todos y cada uno eran tediosos. Una vez concluida la reflexión, Patricia miró a su hermano, al otro lado del vestíbulo. Y vio que al menos había alguien ajeno al tedio o la incomodidad; ajeno, en ese momento, a todo lo que no fuese el propietario de Rust.

De manera discreta o descarada, todo el mundo miraba al señor Eliot. De repente había ocupado, como quien no quiere la cosa, pero deliberadamente, el centro del escenario; lo había ocupado con su presencia física, pues estaba en el centro de su vestíbulo, rodeado por el pequeño grupo.

—Lamento —dijo— que tanta gente se haya ido a la cama. Espero que los que os habéis quedado me creáis cuando digo que siento una necesidad imperiosa de disculparme. Ha sido incómodo, de lo más incómodo, pero al menos me ha mostrado lo que tengo que hacer. He tenido muchísimas dudas, pero ahora el asunto se ha aclarado.

El señor Eliot se detuvo. Era un hombre derrotado, y al mismo tiempo un hombre consciente de que se había quitado de encima el peso de la incertidumbre. Tenía la actitud de alguien que por fin ha llegado a la conclusión de que los hechos caen por su propio peso; pero eran unos hechos sobre los que ahora por fin se podía actuar.

—Como os digo, lo siento muchísimo. Yo, y solo yo, huelga decirlo, soy el único responsable.

El grupo lo miró, perplejo.

—Por supuesto, uno tiene que ser consciente de las coincidencias, y yo he sido muy consciente en todo momento. —El señor Eliot miró a su alrededor en busca de apoyo, ignorando al parecer que sus frases eran harto misteriosas—. Pero ahora creo que no cabe la menor duda. Y esta es *La fiesta de cumpleaños*.

Belinda habló con voz baja y cansada.

—¿La fiesta de cumpleaños, papá?

—Sí, cariño, pero en cursiva. *La fiesta de cumpleaños*. Como todos sabemos, se trata de una fiesta de cumpleaños: de *su* fiesta de cumpleaños. —El señor Eliot hizo otra pausa y el grupo, instintivamente, se acercó un poco más a él, como si ese cauteloso intercambio de frases hiciera un poco más real la hipótesis fantástica de que la Araña anduviese suelta por Rust—. Es, en efecto, una fiesta de cumpleaños: ese es el punto uno. Las luces se apagaron: punto dos. Hasta aquí todo podría ser una mera coincidencia; pero ahora han drogado a Archie, y eso es concluyente. Resulta asombroso: durante un tiempo todo esto me molestó muchísimo; pero una vez que se le planta cara, aunque no creo que se le deba plantar cara demasiado tiempo, la cuestión se vuelve interesantísima. —De nuevo, el señor Eliot observó el círculo de caras preocupadas—. Veo que, como es normal, todos sentís curiosidad. Así las cosas, tenemos esos puntos, que me aseguran que esto es *La fiesta de cumpleaños*. Y ahora dejadme que os diga el cuarto; ¡dejadme —por un instante el señor Eliot pareció alegre— profetizar! —Su rostro se oscureció al instante—. Aunque la verdad es que no tengo muy buena memoria, se me olvidan los detalles; quizá nunca hubo detalles. Pero del cuarto punto estoy convencido: será algo relacionado con un cuadro.

Hubo un silencio perplejo. Appleby se encargó de romperlo.

—¿No había —preguntó con voz sosegada— un quinto punto? ¿Residencia Disparate?

El señor Eliot negó con la cabeza, rotundo.

—No —dijo—, no. —Curiosamente, tenía un tono certero—. Usted está pensando en algo muy distinto. *La fiesta de cumpleaños* que ve es una historia antigua y, lo que resulta más extraordinario: es una historia que nunca se materializó. Estoy convencido de que coincidirán conmigo en lo interesante del asunto. No tiene nada que contradiga a la inteligencia especulativa; y, sin embargo, para las mentes irreflexivas resulta más asombroso que cualquier historia que pudiese imaginar —miró a su alrededor con cautela— nuestra queridísima señora Moule.

Las mentes reunidas en torno al señor Eliot eran, al parecer, del tipo irreflexivo, y los semblantes gobernados por dichas mentes se mostraban cada vez más atónitos. Sin embargo, el señor Eliot no parecía sospechar que estaba siendo de todo menos lúcido y convincente.

—He de confesar mi más absoluto racionalismo. Esa vulgaridad de lo sobrenatural nunca ha tenido ningún atractivo para mí; jamás creeré en algo por el estilo. Sin embargo, como Winter y yo concordábamos esta mañana en el tren, estamos ante una cuestión puramente metafísica.

El señor Eliot hizo una pausa y lanzó una mirada esperanzada al tutor de Timmy; Winter se la devolvió, incómodo, y al parecer sintió que procedía decir algo.

—El señor Eliot —comenzó— se ve inclinado a pensar que la escritura imaginativa es, estrictamente, creativa; que crece en un mundo autónomo, tan real como el nuestro. No en nuestra realidad; pero en una realidad, a fin de cuentas. La idea —titubeó— es de una antigüedad y linaje muy respetables. Pero, además, el señor Eliot cree que esas realidades, separadas por lo general, a veces se confunden; como las conversaciones telefónicas cuando los cables se cruzan en una tormenta.

El señor Eliot asintió con énfasis, claramente satisfecho con el símil con que Winter había adornado su teoría. Estaba a punto de continuar cuando Appleby intervino.

—¿Así que *La fiesta de cumpleaños* es una antigua creación imaginativa que, de algún modo, se ha representado ante nosotros esta noche? ¿Una historia que usted escribió en el pasado?

Todo el mundo guardaba silencio, sintiendo, cada cual a su manera, que esa era una pregunta crítica. Y la respuesta del señor Eliot fue inmediata.

—¡En absoluto! —gritó—. Justo aquí es donde radica el punto más interesante: nunca llegué a escribir esa historia. Solo la proyecté.

Se habría producido otro silencio gélido de no ser por Winter. Quizá porque pensó en mitigar la incomodidad del momento, quizá porque ese tipo de jueguecitos verbales le parecían irresistibles. Levantó un dedo polémico y comenzó su discurso.

—En ese caso, no me parece que pueda afirmar que creó u originó la historia. Resulta mucho más probable que la historia fuese algo que existía de manera independiente en otro lugar y que, al proyectarla, como usted dice, su mente entró en contacto con ella a tientas. Me da la impresión de que es el tiempo lo que puede gastarnos una de esas bromas en las que estamos empezando a creer. Quizá esta, aquí y ahora, sea la auténtica *Fiesta de cumpleaños*, y cuando usted pensó en ella como una historia, su mente hizo una incursión fugaz en el futuro. Quizá toda creación imaginativa no sea más que eso. Quizá todas sus historias se hagan realidad algún día.

Al oír eso, el señor Eliot, que estaba en pie, dominando el vestíbulo, tomó asiento y se pasó una mano por la frente. Ante el cariz desconcertante que había tomado su mundo, optó por defenderse con lo que Belinda denominaba «cháchara filosófica». Sin embargo, la cháchara filosófica no era lo suyo. El vuelco que el experimentado Winter había dado a su idea, acaso acompañado de la mera imagen de sus treinta y siete novelas acechándolo desde un futuro preñado de amenazas, parecieron desconcertarlo de nuevo.

—Al menos —dijo, un tanto desesperado— veo lo que debería hacer... Podría pararlo.

Chown, frunciendo el ceño con desaprobación, al parecer por el whisky de Timmy, pero quizá por la situación en general, y tamborileando con el dedo sobre una mesita, se aprovechó del silencio.

—Esta conversación metafísica —dijo— sin duda tiene su encanto. Por desgracia, está fuera de lugar y carece del más mínimo sentido.

—¡Escuchen, escuchen! —Una nueva voz intervino; era Rupert Eliot, despertando simpatía con una palabrota suave—: Todo eso son puñeteras sandeces de *college*, y mientras tanto hay un canalla rastrero a la vuelta de la esquina esperando a que lo apresen.

Appleby, que tuvo la sensación de que la charla podía prolongarse con una indefinición marcadamente rusa, se puso en pie de un salto.

—Me permito sugerir que quizá estemos perdiendo el tiempo. Parece muy probable que este segundo fallo en el sistema eléctrico haya ido acompañado de otra manifestación. El señor Eliot cree que habrá un cuadro implicado, y *sir* Rupert Eliot está preocupado por un canalla rastrero. Sugiero que echemos un vistazo. Quizá el canalla haya robado el cuadro. Supongamos que sea un experto o un astuto hombre de negocios; eso sugiere que deberíamos revisar el cuadro más valioso de la casa. ¿Cuál es?

El grupo del vestíbulo respiró algo más tranquilo, aliviado al verse devuelto al vulgar nivel de policías y ladrones. Belinda se levantó.

—El cuadro más valioso con diferencia es el Greco de la biblioteca.

—¡El Greco! —Al estar en una modesta casa rural es permisible mostrarse ligeramente sorprendido al oír que hay un Greco a la vuelta de la esquina.

—Papá se lo compró el año pasado al hombre que lo descubrió. Es casi nuestro secreto. Pero su autenticidad está más que demostrada, y es un señor cuadro.

—¿Un señor cuadro? —Appleby, que se había imaginado una pequeña cabeza en un lienzo, estaba patidifuso—. Bueno, creo que lo mejor será ir a verlo.

Se dirigieron a la biblioteca, con el señor Eliot, que aún parecía dispuesto a creer que el posible robo de un valioso cuadro podía ser una cuestión puramente metafísica, a la cabeza, tranquilo. Las luces se encendieron y el grupo apiñado maniobró, rodeando una bahía de libros; el señor Eliot lanzó un suspiro, y todos se detuvieron en seco. Durante unos segundos hubo un silencio absoluto: ver un

Greco resulta tranquilizador por partida doble si uno ha corrido a toda prisa ante el miedo de que no estuviese ahí. Y sin duda era un señor cuadro: todo un rebaño de santos y padres ondulando cual llama. Appleby bendijo al señor Eliot y sus tribulaciones por haberlo llevado frente a la obra; cuando terminó, cayó en la cuenta de que los demás se habían dispersado. Presumiblemente estarían comprobando el resto de cuadros valiosos de la casa; Appleby echó otro vistazo al Greco —merece la pena exprimir al máximo los buenos momentos cuando se presentan— y continuó a su ritmo. Las voces lo guiaron hasta la sala de estar, y se convirtieron en una exclamación cuando entró.

Era el Renoir. El lugar que ocupaba en la pared estaba vacío; o lo habría estado de no ser por la silueta negra de una enorme araña.

La voz del doctor Chown se elevó sobre media docena de murmullos sorprendidos e indignados.

—Esos cables telefónicos —dijo con frialdad— parecen haberse cruzado con un objetivo extraordinariamente claro. Cabe suponer que el cuadro, por no hablar ya del enorme y resistente marco bañado en oro, se ha ido volando al mundo autónomo de la creación imaginativa. Vaya, vaya, vaya. —Miró al señor Eliot y cambió de tono—. Vamos, Eliot; no seré yo quien diga que está equivocado. En la ciencia, lo más importante es admitir la absoluta ignorancia humana. Sin embargo, dudo que podamos hacer mucho más esta noche. Mejor será irnos a la cama a dormir, y volver a hablar del tema por la mañana. —Chown se había convertido en un médico competente, con un tono firme y seguro y una mente flotando en bromuro.

Appleby avanzó unos pasos y tocó la pintura negra. Estaba completamente seca. Quién sabe cuánto tiempo llevaba esa firma enorme acechando detrás del cuadro, aguardando su momento. Una voz habló al oído de Appleby; Timmy susurró con cautela:

—El Renoir fue el regalo de papá a Belinda en su veintiún cumpleaños. Es muy injusto.

Appleby podía ver que era muy injusto. De hecho, era ingeniosamente hiriente, o aún peor. Belinda, pálida y resuelta a guardar las formas, aferraba la mano de su padre. Appleby miró con curiosidad al señor Eliot; pudo percibir que ese era otro momento crítico. Chown acaba de batirse en impetuosa retirada, reconociendo, en efecto, que las ideas que el señor Eliot había desarrollado debían tratarse con tacto, respetarse como las fantasías protectoras que eran, construidas por una mente hipertensa. Sin embargo, ante ese calculado hachazo de maldad —arrojar una creación pública y burda contra el símbolo de una relación privada—, la única reacción del señor Eliot podía ser el resentimiento. A la mañana siguiente, cuando la conmoción hubiese pasado, la situación sería distinta, pero si en ese momento el señor Eliot hubiera seguido hablando desesperadamente de filosofía, sin duda habría recorrido un buen trecho para convertirse en un caso de psiquiatra.

Durante unos segundos tensos, el señor Eliot guardó silencio. Cuando habló, dijo poca cosa.

—Belinda, creo que hemos tenido suficiente emoción por esta noche, y que Chown hace bien en aconsejar que nos vayamos a la cama. Confieso que estoy perplejo y no puedo pensar con lucidez en lo que ha pasado. Y —en el semblante del señor Eliot se dibujó una sorpresa repentina y extraña— también estoy enfadado. —Se detuvo; su expresión volvió a cambiar: era como si de repente estuviese ante un pasillo largo y oscuro—. Hay algo de lo que no me acuerdo muy bien..., algo completamente distinto a lo que he estado diciendo. —Sus ojos pasaron por todo el grupo, buscando, al parecer, una cara. Negó con la cabeza, perplejo y abatido. Atravesó la habitación agarrando a Belinda de la mano, le dio una palmadita a Timmy en el hombro, dio las buenas noches con un murmullo a los demás y se marchó.

Un suspiro difuso, exhalación alargada de varias bocas, flotó en el aire. Era evidente que se había producido un robo. Pero también, y eso era aún más palpable, una atrocidad —y quienes se quedaron en la sala se sintieron incómodos al ser conscientes de esa violación indefinible—. Hubo una retirada generalizada, a la cama o a conversaciones privadas. En un par de minutos, Appleby, convertido tácitamente en el experto a cargo de aquello, se quedó solo, contemplando una pintada negra e intencionada.

Estudió la pared y la moqueta a sus pies; de ahí pasó a una ventana abierta al otro extremo de la sala de estar. Sus ojos fueron de la ventana a la pared y luego, lentamente, de vuelta; fijó su mirada a medio camino y dio grandes zancadas hasta colocarse detrás de un sofá. Al parecer, ese procedimiento lo ayudaba a alcanzar la iluminación; asintió, ausente, continuó hasta la ventana y atravesó las cortinas, que ondeaban con la suave brisa nocturna. La mayoría de las ventanas de esa pared llegaba hasta el suelo y daba a la terraza, pero esa era una ventana de guillotina normal y corriente, abierta del todo por la parte de abajo. Echó un vistazo al exterior, oscuro como boca de lobo. Se subió al alféizar, se dejó caer con cuidado al suelo, se agachó y encendió su cerilla solitaria. Pero se apagó. Una voz desde arriba dijo:

—He sacado una de las linternas de esa bolsa.

—Pásemela. —Appleby reconoció el tono de Gerald Winter—. Y, si no le importa, quédese ahí. Voy a volver dentro para echar otro vistazo a esa planta.

—Espero no importunar.

—Ni mucho menos. —La voz de Appleby llegaba flotando desde la oscuridad—. Empieza usted a interesarme.

—Me halaga.

—Me interesa casi todo el mundo en esta casa. Uno de ustedes tiene una mente extraordinaria y malévola.

Winter levantó un rostro afligido del vaso vacío que estaba observando y volvió a mirar a Appleby, que ahora se movía con cautela por la sala.

—Pues, ya que estamos —dijo, recogiendo el testigo de su exigua conversación—, usted también me interesa. Los caballeros se dejan la vergüenza en casa. Esto es muy interesante. Dicen que es usted un auténtico detective de Scotland Yard, ¿es eso cierto?

—Totalmente. Mi presencia aquí es un misterio, como la suya, por otra parte; dudo mucho que haya venido para conocer a la señora Cavey o para jugar a ocho variedades del escondite, ¿me equivoco? —Appleby, tumbado bocabajo sobre la moqueta, lanzó a Winter una rápida mirada inquisitiva.

—La verdad es que he venido para esclarecer el misterio. Pero, al verme ante un competidor profesional —Winter señaló con un gesto la posición del otro—, me retiro. Me retiro y vuelvo, como esa tediosa Araña, a mi auténtico papel, limitándome a hablar. Pero también me gusta escuchar. —Se puso serísimo; era evidente que estaba muy inquieto—. En particular a usted.

Appleby se levantó.

—No suelo hacer comentarios a mitad del trabajo, pero haré lo que pueda. Por cierto, ¿es usted ese tipo al que Chown llama una mente imparcial? ¿Hay alguien en esta casa a quien adore u odie? ¿Su discípulo, por ejemplo?

—¿Timmy? Es un buen chico; no lo odio, eso seguro, aunque tampoco lo adoro. —Winter negó con la cabeza, agotado—. En los últimos doce años he tenido demasiados Timmys bajo mi tutela, y cada vez me aburren más las relaciones personales, en particular con los jóvenes. Los jóvenes son conmovedores y hermosos, pero ni la mismísima caridad podría definirlos como emocionantes desde el punto de vista intelectual. Prefiero la impersonalidad de los jarrones griegos. Puede considerarme una mente sin ataduras. —Observó con el ceño fruncido las cenizas de un fuego consumido—. Pero este caso extravagante me afecta, como a todos. Estoy asustado.

Fue una conclusión peculiar para su discurso. Appleby, que trasteaba con una banqueta alargada y baja, levantó un instante la mirada.

—¿Asustado? Empiezo a pensar que todos acabaremos estándolo.

—¿Cree que puede haber algún peligro real en todo esto?

—Si no se pierde nada más que un Renoir, incluso un Greco, quedaré satisfecho; podremos darnos con un canto en los dientes.

Winter se puso en pie de un salto.

—Mire ahí... —Se detuvo en seco, y pareció pensarse mejor lo que iba a decir—. ¿Estamos seguros de que no es un simple robo con unas cuantas extravagancias de por medio? A fin de cuentas, se han llevado, con gran eficacia, un cuadro valiosísimo.

—¿Se refiere a otro caso Birdwire, a que el cuadro podría aparecer de nuevo?

Winter negó con la cabeza enfáticamente.

—No pensaba en eso. Los dos casos solo tienen un parecido superficial. Por lo que he entendido, el caso Birdwire fue más divertido, a su burda manera, que hiriente. En este caso es al revés. En mi opinión, podría tratarse de un auténtico robo, para obtener beneficios, pero con una mezquindad repelente incluida.

—No creo que sea para obtener beneficios. —Appleby estaba observando de nuevo la araña negra—. Quedaría aún más satisfecho si fuese el caso. El quid de la cuestión, al menos hasta ahora, parece ser un acoso complejo y prolongado a Eliot; a la tranquilidad de Eliot, a su cordura, a la relación con sus hijos, acaso a su fortuna. Piense en el incidente, porque no es más que eso, del cuadro. Las salas comunes estaban vacías y el ladrón podría haber ido a cualquier sitio. El Renoir es valioso, pero mucho menos que el Greco. El Renoir es prácticamente imposible de vender: no hay marchante en Europa que no lo comprobara en un catálogo y descubriese que debería pertenecer al señor Eliot, de la Residencia Rust. El Greco, sin embargo, ha aparecido recientemente, y de manera discreta. Eliot lo recibió del hombre que lo había descubierto, y lo hizo sin levantar la voz; puede imaginarse su reticencia a anunciar a los cuatro vientos la compra de un cuadro tan caro. De hecho, un ladrón, si conociese el mundillo y tuviera una suerte insólita, podría sacar una cantidad considerable por él. Pero todo esto es superfluo, como quien dice. Sabemos de sobra por qué han escogido el Renoir. Se trataba de golpear, golpear con una finura extraordinaria, un sentimiento.

Ambos se quedaron en silencio. Appleby extendió una mano y rascó la pintura negra con la uña.

—¿Cuándo —preguntó de repente— ha llegado a Rust?

—Hoy, bien entrado el almuerzo.

Appleby dio unos golpecitos en la pared.

—Entonces parece poco probable que usted sea el autor. —Esbozó una sonrisa fugaz—. Vamos progresando. —Caminó hasta el sofá y empujó cuidadosamente con el pie la banqueta alargada que había examinado—. Descolgaron el cuadro de la pared sin demasiados miramientos y lo arrastraron por la moqueta hasta esa ventana. Lo hizo alguien que conocía esta sala como la palma de su mano.

—¿Cómo lo sabe?

—Porque, en lo que probablemente fue una maniobra bastante precipitada, el ladrón optó por un rumbo libre de obstáculos ocultos. Empezó trazando un arco limpio entre este sofá y la banqueta que hay detrás, imposible de ver desde aquí. Un dato también superfluo.

—¿Superfluo? —Winter le lanzó una mirada escéptica—. Bueno, supongo que, como esta fiesta lleva años celebrándose, la mayoría de personas estarían familiarizadas con la sala.

—No estaba pensando en eso. Me refería a que, en cualquier caso, podemos tener la certeza de que se trata de un trabajo desde dentro. Cualquiera que esté tan familiarizado con la mente de Eliot ha de estar familiarizado con la sala.

Volvieron a quedarse en silencio.

—Como dice —apuntó al instante Winter—, han golpeado un sentimiento con una finura insólita. Eliot está satisfecho, de verdad, con su Araña; de lo contrario el personaje no habría tenido tantísimo éxito. Pero al abrigar unas expectativas académicas frustradas, lo de Pope y esas cosas, le gusta pensar que Belinda vive en un mundo más serio...

—En la abadía Shoon, concretamente —lo interrumpió Appleby.

Winter titubeó y miró a su compañero con curiosidad.

—Shoon tiene un lado extravagante, sin duda. Pero eso es lo de menos. Eliot tiene ese concepto de Belinda, y que parezca que su propia creación melodramática ha hecho eso —y Winter apuntó con el pulgar a la pared— a su valioso regalo de cumpleaños ha sido profundamente humillante. Mucho peor que el caso Birdwire; un golpe más astuto, más deliberado. Era mucho más probable ofenderlo con su querida invención. De hecho, parece evidente que la Araña, la Araña de las historias, está condenada al olvido. No habrá episodio treinta y ocho.

—Regalos de cumpleaños y fiestas de cumpleaños. —Appleby dio un golpecito al sofá a su lado—. Winter, ¡ahí está el quid de la cuestión! *La fiesta de cumpleaños*. Si nos creemos todo eso, el bromista tiene acceso a la mismísima mente de Eliot. Resolviendo ese enigma se resuelve todo. Dudo mucho que este problema no le ofrezca lo que usted llama emoción intelectual... ¿Dónde cree que está el cuadro?

—¿Está sugiriendo que lo han sacado por esa ventana?

—Y también sugiero que lo han vuelto a meter por otra. Aquí hay algo que quizá encaje con el incidente Birdwire; una especie de parodia pueril de las historias de policías y ladrones. ¿A santo de qué tirar el cuadro por una ventana cuando podía sacarse sin problemas por una cristalera? La respuesta parece estar en la voluntad de dejar pistas. La cristalera da directamente a la terraza; esa ventana de guillotina al fondo de la sala tiene un parterre justo debajo. Y dicho parterre, es de traca, tiene unas huellas preciosas. Esto es como la sobrecubierta de la historia. En el parterre también se ven las huellas de un coche que ha dado marcha atrás; huellas que, huelga decirlo, se perderán en la terraza. Todo será muy arácnido; o, mejor dicho, subarácnido, pues creo que ahora las historias de Eliot son mucho más sofisticadas.

—Pero si el cuadro ha vuelto a entrar en la casa solo tenemos que buscarlo, ¿no?

—*Arañismus* otra vez. Al parecer, la Residencia Rust está repleta de cámaras secretas. Yo he estado en una. Bastante cómoda, dicho sea de paso.

Por primera vez, Winter pareció más perplejo que abatido.

—Creo —dijo— que me voy a ir a la cama. Antes de llegar aquí alguien me dijo que me cuidase mucho de entrar en la sala de estar. No veo por qué iba a querer conocer los pasadizos secretos. —Hizo una pausa, arrepintiéndose de esa broma mala—. Sí —dijo—, creo que me voy.

—Buenas noches, pues. —Appleby soltó una risita—. Confiaba en que la emoción intelectual no le pasara desapercibida. Me esforzaré yo solo.

Era un desafío. Winter se giró.

—¿De verdad es tan intrigante?

A Appleby se le había borrado la sonrisa, y ahora escudriñaba el suelo.

—Winter, todo esto parece un embrollo, una serie desordenada de faenas hechas con maldad y algo de conocimiento. Pero creo que acabará encajando.

—¿Encajando?

—No me parece —Appleby respondió de forma indirecta— que el bromista actúe de manera chapucera y desmesurada; antes bien, sus operaciones probablemente sean frugales. Está trabajando con constancia para llegar a un objetivo concreto. Pero puede que sucumba a los encantos de la dispersión. Por cierto, ¿no ha habido ningún problema en su *college*? —Winter, que se había detenido justo antes de salir, quitó la mano del pomo.

—¿Problemas en el *college*? ¿A qué se refiere?

—Se me ocurre que la cuestión podría extenderse. Empezó con un acoso al propio Eliot, metiéndolo en embrollos bochornosos con sus vecinos. Creo que otros miembros de la familia podrían acabar acosados de esa misma forma, solo eso.

—Ya veo. No, no ha pasado nada en Oxford; o al menos Timmy no me lo ha contado. —La mirada de Winter pasó de Appleby a la pared en la que debería estar el Renoir. Pareció titubear—. Por cierto, se me ocurre algo. Rupert Eliot quiere cazar a ese que llama canalla rastrero. ¿Cómo de rastrero cree que es el canalla?

—La verdad es que no me lo he planteado.

—Solo lo digo por hacer un apunte sobre el cuadro: usted dice que no lo han robado para obtener beneficios, y estoy de acuerdo. Pero si el robo es simple y llanamente un gesto mezquino con el regalo de Eliot a su hija, ¿por qué un robo tan laborioso? ¿Por qué esconderlo y pintar la araña en la pared? Creo que, si yo fuese un canalla particularmente rastrero, me vería tentado a hacer la pintada en el cuadro.

Durante unos segundos, Appleby pareció todo lo asombrado que un detective podía parecer sin perder la decencia.

—Buen apunte —dijo.

—Sugiere —continuó Winter, con sumo cuidado— que el canalla, aunque despiadado en las relaciones personales, tiene cierta conciencia para con las obras de arte. Podría buscar a alguien con esas características; ese tipo de personas se encuentran incluso entre las más respetables.

Desafío por desafío. Appleby se acercó a la ventana abierta.

—Winter —dijo—, venga aquí. —Apuntó con la linterna al parterre e iluminó una línea de huellas nítidas en la tierra húmeda—. Pistas —continuó—, y, como le digo, no estoy perdiendo el tiempo con ellas. —Hubo una pausa—. Mire: los casos como este, por curioso que le parezca, provocan impulsos gratuitos, incluso en las personas más respetables, como usted las llama. Se trata de ese instinto salvaje de ocupar el centro de atención, y puede sumarse al refinado instinto juguetón de los intelectuales. Por eso no debería tratar este tema con tanta ligereza, como una mera emoción intelectual. No creo que usted sea el autor de esta broma bárbara con el cuadro de Belinda, y no quiero perder energía jugando con usted. Esta noche ya hemos tenido escondite para rato. Su muy ingeniosa mente académica se ha propuesto lanzarme pistas para divertirse viendo si soy lo bastante inteligente para seguirlas. Déjelo. Me importa un rábano si le gustan las relaciones personales, los jarrones áticos o lo que sea.

Winter lanzó un suspiro en la noche.

—Llevo una vida enclaustrada, y ha pasado mucho tiempo desde la última vez que alguien me dio una lección. Pero sin duda lleva razón. —Su voz se volvió completamente formal—. ¿De verdad es tan grave? Tengo la sensación de que la cabeza de Eliot no es tan vulnerable como parece.

—Estoy de acuerdo. Cuando ha salido hace un rato se me ha ocurrido algo curioso... —Appleby se detuvo, buscando las palabras.

—Le ha dado la impresión de que, aunque no lo demuestre, aún tiene una bala en la recámara.

—Exacto. —Appleby miró con intensidad a su compañero—. Él no lo sabe, o lo sabe de manera subliminal y misteriosa... Ojalá pudiésemos tener la certeza de que este acoso, tal y como lo conocemos, se detendrá. Puede que pare, quizá ramificándose, como he sugerido, para incluir a hijos o primos. Por otro lado, todo esto podría ser un mero juego preliminar, como el del gato y el ratón antes del asesinato.

—¿Asesinato? ¿Habla en serio?

Tras escrutar la oscuridad, Appleby cerró la ventana y caminó lentamente hasta el centro de la sala.

—Esta noche —dijo— hemos tenido la fiesta de cumpleaños. Imagíneselo en cursiva: *La fiesta de cumpleaños*, una vieja historia que Eliot nunca escribió. ¿Sabe cómo se titula el libro en el que ha estado trabajando recientemente? *Asesinato a medianoche*. ¿Sabe dónde está ambientado?

—No tengo la menor idea. —Ahora la voz de Winter, además de seria, sonaba tensa.

—Yo tampoco. Pero mi hermana tiene una hipótesis: Residencia Disparate.

SEGUNDA PARTE

Asesinato a medianoche

1

Inglaterra se escoró y, a través de unas nubes amenazantes cual ganado saliendo de un redil brumoso, la luz golpeó con valentía los capiteles de Canterbury. Se extendía hacia el oeste, torre a torre, subiendo por el estuario del Támesis y buscando a tientas entre la niebla, en vano, St. Stephen y la catedral de Westminster; remontando el río cada vez más estrecho hasta tocar los pináculos del *college* Magdalen, las grandes iglesias financiadas por el comercio de lana, la veleta que gira en lo alto, sobre el polvo de Shakespeare. Al sur, a medida que el sol se elevaba, abriéndose paso como buenamente podía a través de un cielo cargado de vapor, la luz iluminaba monumentos menores: en Warter, confería una gloria efímera a la capilla de ladrillo rojo que hay junto a la oficina de Correos; en King's Cleeve, convertía la torre de humo que coronaba la fábrica de mantas en un minarete pasajero. El alba llegó a Wing; la mañana a Swaffham Bajo; y en Pigg ya era pleno día. En Wing, las vidrieras medievales brillaban con su oscura riqueza; la neblina se revolvía y pasaba junto a los sauces cenicientos de Swaffham Bajo; y el centro de abstinencia de Pigg lanzaba su desafío diurno a las credenciales del sol.

El centro de abstinencia de Pigg se encuentra en un gran salón de celebraciones estilo sajón temprano. Como este es territorio Shoon, Pigg yace a la sombra de la abadía Shoon, y así ha sido los últimos diez años. Swaffham Bajo está en el límite oriental, y tiene un par de cepos, una silla sumergible, una brida de tortura, un cinturón de castidad y una biblioteca encadenada. Little Limber está en el extremo opuesto, y cuenta con un albergue público con perrera aneja, todo al estilo del establo de Cædmon, donde se compuso el primer poema en inglés. Los caseríos intermedios disfrutan de beneficios similares, de formas varias pero idéntico carácter marcadamente histórico, y todos lucen una misma inscripción que acaba con las palabras *Donum Dedit Jasper Shoon Sacrosanctae Antiquitatis Amator*. Escorada Inglaterra, el sol se abrió paso entre las ruinas hiladas con acero de la abadía Shoon, deslizándose por la gran torre oeste hasta alumbrar el hormigón frío y desnudo de la enfermería inconclusa, entreviendo a través de una cortina el sueño estertóreo del ilustrado doctor Bussenschutt. Pero el sol, que no es anticuario y va siempre a la caza del mañana, pasó sin detenerse; en Snug empezaron a abrir los postigos; en La Hacienda, cerca de Snug, las paredes blancas resplandecían —una pared estaba más blanca que el resto— y los perros aullaban; la señora Pike tocó una campanilla y pidió galletas, y los zulús de la señora Birdwire empezaron a trajinar en las cocinas. El sol, que iluminaba con indiferencia estas y otras cosas más serias, pasó sobre Cold Findon, despertó con su caricia a la Residencia Rust, atravesó el prado y, bañando de luz una arboleda de alerces, arrojó largas sombras sobre Rust Heath, justo detrás.

Era sábado por la mañana.

John Appleby abrió los ojos y se acordó de la noche. ¿Seguiría la fiesta después de los acontecimientos inquietantes de la velada anterior? Probablemente sí. Era de ese tipo de fiestas, y solo la aparición de un coche fúnebre en el camino de acceso, pongamos, podía garantizar la dispersión.

Y los coches fúnebres, se dijo Appleby, asediarán tus puertas sin cesar[27]. Había unas tremendas ansias de venganza en el Pope del señor Eliot. ¿Las había también en Rust? Sería esclarecedor y reconfortante creer que el problema se basaba en eso: resentimiento y venganza. En eso se basaba la historia de la familia Eliot, y la de sus primos anómalos, el literato Archie y el supuestamente activo, pero indescriptiblemente acechante, Rupert. En eso también se basaban los rencores extrafamiliares, los intereses y emociones que sin duda rodean un fenómeno tan grande como la Araña: el agraviado Overall y el impaciente Kermode. Un terreno amplísimo. Sin embargo, sería reconfortante si eso limitase las posibilidades.

Appleby se disponía a salir de la cama, pero se lo impidió la aparición de un joven con el té. A Appleby, que el señor Eliot definiría como una mente especulativa, le pareció curioso que un joven tuviese que llevarle el té y susurrar que eran las ocho en punto. Mientras

---

[27] Referencia al poema *Elegía en memoria de una dama desafortunada*, de Alexander Pope.

daba sorbitos al té y masticaba su tostada de mantequilla —era una rebanada exigua, desdeñable a efectos nutritivos: estamos rodeados de rituales insignificantes—, se acordó de que, entre otras cosas, había que encontrar un cuadro; la imagen le vino a la cabeza como por arte de magia. Del joven que ahora descorría las cortinas —solo que algo más rechoncho—, por ejemplo, Renoir podía pintar un cuadro. Su vida, en cambio, estaba consagrada a fines inútiles: a mantener la ley y el orden para que el té de la mañana llegase sin problemas a las puertas de innumerables y opulentas habitaciones. Y la vida del señor Eliot... El joven se marchó y Appleby salió de la cama *ipso facto*.

Abrió la ventana y miró el cielo de seda ondulada y plomiza, iluminado por una luz amarilla titubeante. Los estorninos bullían ahí arriba, y en un arrebato fortuito les dedicó más Pope[28]:

> *Por las blancas cortinas el sol lanzó un tímido rayo,*
> *y abrió esos ojos llamados a eclipsar el día;*
> *los perritos falderos comenzaron a desperezarse...*

Se detuvo, perplejo. En algún lugar de las inmediaciones, los versos continuaron con una entonación que dejaba la suya en mantillas.

> *Y los amantes trasnochadores se despertaron a las doce;*
> *se oyó la zapatilla contra el suelo, tres veces la campana,*
> *y el reloj le devolvió un sonido de plata.*
> *Belinda seguía abrazada a su mullida almohada...*

Los versos, que llegaban de la ventana de al lado, parecían una especie de invitación; Appleby se puso la bata, salió al pasillo y llamó a la puerta de su vecino.

—Adelante —dijo una voz.

Al entrar vio lo que parecía una habitación vacía. Pero la voz dijo:

—¡Anda que no somos literarios! —Una voz hermosa, que parecía escapar de debajo de la cama.

Appleby atravesó la habitación. Era Peter Holme, tumbado bocarriba frente a la ventana en pantalones de pijama.

—Control del abdomen —dijo—. Nada de aparatosos e inútiles abdominales; solo hay que tumbarse bocarriba y meter y sacar barriga. Puede comerse mi tostada de mantequilla.

---

[28] Referencia al poema *El rizo robado*, de Alexander Pope.

—¿Hace esto habitualmente? —Appleby se tomó la tostada mientras observaba el abdomen de Holme: ya estuviese metiéndolo o sacándolo, el resultado era una bonita línea recta.

—De cuando en cuando, por aquello de la conciencia. Está recogido en el contrato para las películas, junto con mi peso, la hora a la que me voy a la cama y Dios sabe qué más.

—Madre mía, la suya debe ser una profesión exigente.

—Es esta maldita Araña. Se han empeñado en que el personaje tiene que ser arácnido a más no poder. Una idea muy novedosa, por cierto. Cuando representé a la antigua Araña en Estados Unidos, estaba siniestramente obeso y tuvo muchísimo éxito. No veo ningún motivo por el que una araña tenga que ser un esqueleto. Fíjese en esos bichos repugnantes y verá que la mayoría son bultitos grises y redondos. Clavados a esa gente infame de la industria del cine. Maldita la hora en la que entré en sus «estudios». —Peter Holme se puso en pie con un gesto ágil—. ¿Conoce la última moda para las articulaciones inferiores, llegada de París? El giro de cadera. —Y giró.

—De Marsella —dijo un Appleby ausente. Ahí tenía una nueva muestra de lo lejos que llegaban las consecuencias de la genialidad del señor Eliot—. ¿Diría —añadió con tono alentador— que su contrato tiene unas condiciones enojosas?

Holme miró a Appleby con unos ojos que indicaban que el adjetivo le parecía pedante e incoloro. Siguió girando concienzudamente unos segundos, hasta que se detuvo un momento y dijo, en tono desafiante:

—Oiga, ¿su visita a Rust es de carácter profesional?

—No exactamente. Pero supongo que siempre llevo encima algo de mi profesión. Convendrá usted conmigo —Appleby esbozó una sonrisa inofensiva— en que mucha gente lo hace.

Cual instrumento de precisión que se detiene, Holme dejó de girar.

—Este año —dijo—, Rust está abarrotada de guasas y guasones. Ahora en serio —su semblante se anegó de seriedad a medida que hablaba—, ¿tiene intención de permitir que la situación siga su curso natural? —La seriedad convirtió la pregunta en la petición de un hombre sabio a otro—. Parece lo único que puede hacerse, ¿no es así?

—¿Su curso natural? La opinión generalizada es que las cosas que están ocurriendo son muy antinaturales. Sobrenaturales incluso, atendiendo a la señora Moule. —Appleby se sentó en la cama y miró con curiosidad al actor.

—Yo también coincido en que la situación es extraña, por supuesto. —Holme empezó a vestirse—. Pero me parece que era de esperar. ¿Alguna vez ha tenido peces dorados? De manera ambiciosa, me refiero.

—Dos peces y una pecera por un chelín; nada más grandioso que eso.

—Ah. Bueno, el caso es que la cría de peces dorados es interesantísima, ¿sabe? Se ha desarrollado durante miles de años, y esos animales son lo más parecido a una creación puramente artificial que respire. ¿Respiran los peces?

—Sin duda.

—Eso pensaba yo. Como le digo, son organismos harto organizados y sobrexplotados; en consecuencia, son muy inestables. En cualquier momento puede ocurrir algo rarísimo. Pueden nacer sin aletas, cuando parece que lo lógico es que los peces tengan aletas y punto; o con muchas más aletas que los otros peces. Esos animales se encuentran en un estado de perfección artificial: apenas muestran relación con ningún estado natural, de suerte que están expuestos a sufrir averías grotescas. Se me ocurre que lo mismo podría pasar con las Arañas.

Appleby sopesó esa sugerencia.

—Creo —dijo— que nunca en mi vida he oído una analogía más confusa desde el punto de vista imaginativo y más estéril desde el intelectual. ¿Se le ha ocurrido a usted solo?

—Se me ha ocurrido —dijo Holme, sin tomárselo a pecho— justo antes de levantarme. No digo que sea estrictamente filosófica, pero aun así me parece que está usted siendo demasiado riguroso. Recuerde toda esa historia de ayer sobre crear mundos autónomos y Dios sabe qué. En cierto modo es verdad. El bueno de Eliot ha creado un mundo artificial inmenso y destartalado que se extiende a lo largo de treinta y siete volúmenes. Lo natural es que algo salga mal: dos cabezas en un cuello, o aletas donde uno menos se lo espera.

—Su reflexión es mucho menos coherente que la de la señora Moule. De hecho, tiene usted una cabeza embarullada.

Mientras estiraba el brazo para coger una chaqueta, con un gesto que imitaba casi a la perfección al Apolo de Belvedere, Peter Holme asintió con semblante amable, dándole la razón.

—La verdad es que sí —dijo—. No tengo ni la más remota idea de qué es todo esto. Pero creo —habló con una franqueza repentina y exquisita— que debería dejarse a su aire. Ayer estuve hablando con Eliot; quizá se lo mencioné a unos pocos presentes en la sala de billar, antes de su llegada. Me dio la sensación de que estaba pensando en dejarlo de verdad. Era un día gris, igual que hoy, pero el sol pareció brillar, los pájaros empezaron a cantar.

—Y los peces dorados a batir sus colas redundantes.

—Equilicuá. Envié un telegrama a mi agente en el acto. Y todo está en orden.

—¿En orden?

En el rostro de Holme se dibujó una expresión de astucia sobrenatural.

—Kermode —dijo—. Pensé de inmediato en Kermode. Ser vasallo de ese profundo renegado sería la gota que colma el vaso. Pero todo está en perfecto orden: solo tengo cerradas obras basadas en los libros escritos por el propio Eliot. Así que creo que habría que dejar las cosas a su aire.

—Ya veo. Su claridad mental es exuberante e indiscutible, al menos en un sentido.

—Tenga presente —continuó Holme, como si de repente sintiera la necesidad imperiosa de justificarse— que, aunque pueda tener las ideas confusas, soy una persona amplia de miras. No tengo absolutamente ninguna teoría. Y no comparto lo más mínimo la línea de actuación de Chown, apareciendo por aquí esta mañana.

—¿Chown se ha pasado por aquí esta mañana? —Appleby estaba sorprendido.

—Chown ha entrado con el pájaro de la aurora shakespeariano[29], para una consulta profesional.

—¿Una consulta profesional? No irá Chown a creer que usted está realmente...

—¡Pare, pare el carro! Se está confundiendo: Chown ha venido para consultarme a mí. Un tipo inteligente, sin duda. Se ha dado cuenta, a diferencia de esos periódicos infames, de que un actor es el mejor crítico de las actuaciones. Algún día seré crítico de teatro y comeré todo lo que quiera.

—Un actor —dijo Appleby— siempre puede aspirar a ser el mejor actor. Yo no me atrevería a ir mucho más allá. Pero hábleme de Chown.

Podría decirse que la inocencia efervescente de Peter Holme se sumió por unos instantes en la reflexión profunda; cogió un frasquito del tocador y se echó su aromático contenido en el pelo castaño ondulado.

—Chown —dijo— ha metido al bueno de Eliot en su redil de

[29] Referencia a la obra de teatro *Hamlet*, acto 1, escena 1, de William Shakespeare.

locos. Creo que Eliot fue su paciente durante un tiempo, hace varios años. Ahora dice que tiene la obligación de protegerlo.

—¿Qué es eso de que Eliot fue paciente de Chown? —De repente, Appleby se mostró visiblemente interesado—. ¿Está seguro?

—Me temo que no. El tipo es un riguroso defensor del secreto profesional, salvo cuando está irascible. Solo me ha dado esa impresión: Eliot estuvo viendo a Chown sin contárselo a su familia. El caso es que ahora está determinado a intervenir. Al parecer, cree que esa opinión mía que ha venido buscando podría ayudarlo a resolver esta situación. Por eso Chown no me ha entusiasmado sobremanera; por eso no estoy seguro, ni mucho menos, de que usted me entusiasme. Yo me opongo radicalmente a que la situación se resuelva; en mi opinión, sería una auténtica pena.

—¿Y cómo pretende Chown resolver la situación? ¿Qué estaba buscando, para ser exactos?

Holme negó con la cabeza; su expresión era aún más fría y astuta que antes.

—Eso es un secreto —dijo—, pero le confesaré algo: el tipo se ha ido más contento que unas pascuas; como un niño que ha encontrado un bicho rarísimo. Y, como le digo, ha sido muy inteligente por su parte venir aquí.

—Podría decirse —comentó Appleby— que ha removido cielo y tierra.

Al salir al pasillo, Appleby se cruzó con un enorme bizcocho. Justo detrás vio llegar a Gerald Winter.

—Empezaba a creer —dijo Winter de forma absurda— que solo era un sueño curioso. Pero aquí está otra vez, firme como los tipos que vigilan las puertas del Parlamento; un hombre robusto, con cuerpo para sargento. —Observó a Appleby en la penumbra—. Y, mira por dónde, inmune a la impertinencia. Dígame, ¿qué es usted? Toda la casa se muere de curiosidad. ¿El ayudante de inspector?

—Inspector jefe, Departamento de Investigación Criminal. Le ruego que contenga sus ganas de jueguecitos matutinos. ¿Conoce a Peter Holme? ¿De verdad es el personaje de comedia ligera por el que se hace pasar?

—Dígame si los locos de Congreve están locos de verdad[30].

Appleby levantó una mano en señal de protesta.

—El lema de hoy —dijo— es: «Nada de Pope». ¿Qué sabe a ciencia cierta de Holme?

[30] Referencia a la «Epístola al doctor Arbuthnot», prólogo de *Imitaciones de Horacio*, de Alexander Pope.

183

—Que es un buen actor y por ende un hombre con talento. Y que si alguien lo trata como un bufón, usará sus artes para divertirse a su costa. Por cierto, hay novedades.

—Vaya, vaya.

—Pero no debería contárselas. —Winter miró a un lado y otro del pasillo—. La cuestión es que usted afirmaba que el robo del Renoir era, sin lugar a dudas, un trabajo desde dentro, ¿se acuerda? Eso me llevó a repasar todas las bromas de las que había oído hablar, calibrando su interioridad o exterioridad. Y he estado hablando con Timmy del tema justo después de pegarme una ducha fría. A fin de cuentas, yo sí que he venido para investigar y, ya puestos, podía dar algo de espectáculo. Lo que he deducido es que todo podría estar organizado desde fuera, así de sencillo. Como en el caso del cuadro, el conocimiento de la casa y sus pasillos está implícito. Pero, si nos ceñimos a cuestiones físicas, el bromista podría estar fuera de Rust por completo. El quid de la cuestión, claro está, es el tema de los manuscritos.

—Efectivamente.

—Ya sabe que los guardan en un armario, sin llave. Pues bien, la casa tampoco está cerrada con llave. Eliot acostumbra a quedarse en pie hasta las tantas, y ningún criado lo espera despierto. Si alguien cierra la casa, es él, y según Timmy eso nunca pasa. Ni siquiera en la época de los manuscritos rebeldes se pensó en imponer algún tipo de control. —Winter hizo una pausa—. Lo primero que noté de Rust es que nadie sería capaz de resolver un misterio aquí, jamás.

—Se equivocaba. No digo que no haya dificultades particulares; por ejemplo, el secretario de Eliot, que podría haber ofrecido una gran ayuda, ha sido eliminado, algo de lo más inoportuno. Y el propio Eliot representa el clásico problemilla inminente. Estoy deseando enfrentarme a una pequeña historia familiar, y Eliot es la persona idónea para ofrecerla. Pero ¿puedo hacerlo?

Winter se encogió de hombros.

—A mí que me registren.

—Eso haré, con usted y con el resto de inquilinos de esta casa, en sentido metafórico. Pero, por ahora, quiero conocer todos los fantasmas y trapos sucios de la familia.

—Debería probar con los criados. Hablando de clasicismo, siempre me ha parecido que ese es el método clásico.

Alrededor de Winter siempre flotaba ese halo desafiante.

—Muy bien —dijo Appleby rápidamente—, eso haré.

La señora Cavey mordisqueó la pluma y contempló a sus cachorros ahorcados. Sobre el escritorio tenía libros con explicaciones de los actos reflejos, el *rigor mortis* y la anatomía del *Canis vulgaris*, o perro. Sin embargo, la cosa no iba demasiado bien. El cuarto cachorro, al que la heroína no había colgado como Dios manda, estaba emitiendo unos ruidos desgarradores. Los ruidos eran un problema. El efecto, indicado mediante la habitual unión de las consonantes *g* y *r*, era trivial y muy poco conmovedor. Pero plasmar cualquier expresión fonéticamente más precisa era difícil, y comprenderla escurridizo. La señora Cavey aguzó el oído interno —ese órgano que es a la vez gozo y agonía del novelista en su soledad— y cerró los ojos internos; por un momento pensó en trasladar toda su grandiosa escena a la oscuridad. Sin embargo, eso añadiría unas enormes dificultades técnicas; la señora Cavey conservó la luz del sol y, desesperada, cortó la soga del cuarto cachorro y volvió a empezar. Esta vez tenía que acordarse de añadir una salivación copiosa. Y unos ojos que poco a poco se pondrían vidriosos. La cola se retorcería rítmicamente, y la idea de que el cachorro parecía estar meneándola para llamar a su cruel dueñita sería un derroche de *pathos*... La señora Cavey cayó en la cuenta de que tenía hambre y, dejando a un lado su manuscrito, bajó a desayunar.

En la escalera, para desgracia de su paz mental, adelantó a Archie Eliot y le dio una señora palmada en la espalda. Porque la señora Cavey, otra vez presa de su tema trágico, y ante la idea de que abajo la aguardaba abundante material a la espera de ser recopilado, rebosaba jovialidad.

—Mi querido y jubilado Watson —dijo enérgicamente—, lo veo muy bien para la edad que tiene.

Archie se giró con afable cortesía.

—Mis cinco canas —masculló, poético— y la burla de mi suerte en ruinas[31].

—¿Qué es eso?

—Nada, mi querida señora; no es nada. Da la casualidad de que estaba pensando en una antigua imprecación. —Los párpados pesados de Archie se abrieron un instante, revelando una mirada inocente y peligrosa—. Qué bien que nos hayamos cruzado; le haré de cicerone por el laberinto de las suntuosas bandejas del bufé de Richard y luego charlaremos un ratito. De hecho, me interesa en particular su consejo. Aquí está André; quizá deberíamos permitir que se uniese. —El pequeño traductor bajaba las escaleras correteando para alcanzarlos.

---

[31] Referencia al poema *La canonización*, de John Donne.

En las fiestas en Rust, el desayuno era un proceso lento y dilatado. Las bandejas del bufé, aunque no suntuosas, eran numerosas, y recibían las visitas intermitentes de Bowles, el mayordomo del señor Eliot, y de su ayudante —joven cuyo nombre de pila había caído en el olvido, con lo que era obligatorio llamarlo Joseph—. Joseph sirvió un arenque ahumado a Archie, y Bowles una taza de café a André; los dos hombres los colocaron solícitamente ante la señora Cavey y tomaron asiento, cada uno a un lado. Wedge estaba un poco más allá, lanzando una mirada elogiosa a sus propios anuncios en una pila de periódicos; al otro extremo de la habitación, un grupo de seis personas charlaba animadamente.

—Espero —dijo Archie, serio— que pudieran dormir bien después de la fiesta de cumpleaños. Estamos todos muy disgustados por que nuestros huéspedes pasaran una velada tan agitada.

—Muy, pero que muy disgustados —corroboró André. Durante sus estancias en Rust, gustaba de identificarse por completo con los inquilinos fijos.

—Gracias. Después de un rato pude dormir muy bien. —La iluminación, como suele ocurrir, le llegó a la señora Cavey con el primer bocado de arenque: desataría una tormenta fuera, y describiría los ruidos que emitía el cuarto cachorro como una especie de eco tenue de los elementos. Masticó otro bocado—. Ese joven de ahí —dijo de repente— me está mirando de una forma muy rara.

Archie se giró.

—¿Joseph? Solo son sus formas, algo zafias. Me temo que mi primo es poco exigente con los criados. Y últimamente Belinda pasa mucho tiempo fuera de casa. —Archie hizo una pausa y miró a la señora Cavey con la más afable de las preocupaciones—. Cuando la ignorancia es la felicidad —masculló, otra vez poético—, ser sabio es un disparate[32].

—¿Cómo?

—Estaba pensando —dijo Archie— que quizá convendría que usted lo supiese. Quizá nos sepa aconsejar. André, ¿no está de acuerdo?

—¿De acuerdo? —André pareció quedarse en blanco unos instantes—. Ah, sin duda, mi querido Eliot; sin ninguna duda. Yo me atrevería incluso a decir que la señora Cavey debe saberlo. —André, a pesar de no tener ni idea de lo que estaba diciendo, pareció harto solemne.

[32] Referencia al poema *Oda a una perspectiva lejana de Eton College*, de Thomas Gray.

O quizá fuera haría un calor seco y otoñal, y el crujido del viento en las campanillas marchitas tendría su eco en los resuellos secos y espantosos de los cuatro cachorros en fila. Sin embargo, la señora Cavey solo tenía la mitad de la cabeza puesta en su despiadada creación; sus ojos volvieron a posarse en Joseph.

—Lo digo en serio —apuntó—, hay algo muy, pero que muy curioso en la actitud de ese joven junto al aparador. Parece que lo tengo embelesado.

—Quizá —dijo Archie con tono tranquilizador— no se encuentre bien. —Se giró y miró a Joseph—. No cabe duda de que le está prestando mucha atención. —Los ojos de Archie se posaron en el techo, meditabundos, unos instantes—. Ahora que lo pienso —continuó—, Joseph es un tipo particular. Llegó siendo un niño, de algún lugar de las islas Hébridas. Como quizá sepa, la difunta esposa de mi primo era hija de un terrateniente de la zona. —Archie hizo otra pausa para que esa dosis de información territorial pudiese asimilarse correctamente—. Y se dice que Joseph tiene el don de la clarividencia.

—¿Clarividencia? —Eso captó por completo la atención de la señora Cavey—. ¡Qué curioso! Estoy particularmente interesada en ese tipo de cosas. En mi nueva novela...

—Es curioso —continuó Archie, pensativo— que de repente Joseph se haya interesado en usted. André, ¿no se siente inclinado a ver esto igual que yo?

—Por supuesto. —André hablaba con la confianza instantánea de quien ha pasado a desempeñar un papel—. Y también me parece peculiar; más que peculiar, diría yo.

La señora Cavey miró con una pizca de incertidumbre a sus compañeros.

—La verdad es que no veo...

—Pero esta cuestión superflua —prosiguió Archie— no debería desviarme de lo que estaba a punto de decirle: anoche tuvimos la fiesta de cumpleaños, y es imposible no preguntarse qué será lo siguiente.

—Es imposible —dijo André con tono formal— no plantearse esa pregunta con la mayor de las preocupaciones...

—No pretendo —Archie daba plácidos sorbitos a su café— decir qué o quién hay detrás de las peculiares manifestaciones que ocurren a nuestro alrededor. Rupert cree que se trata de un canalla rastrero; claro que lo más natural es que la mente de Rupert apunte en esa dirección. Otros tienen la sensación de que hay algún elemento sobrenatural de por medio. Y sin duda todo este caso tiene un aspecto muy singular: los fenómenos parecen estar relacionados con lo más recóndito de la mente de mi primo. Anoche fuimos testigos de una especie de representación de una historia que nunca plasmó en papel. ¿Qué será lo próximo que presenciemos? Aquí es donde tengo noticias inquietantes. —Archie se detuvo y miró a la señora Cavey con unos ojos azules, serios y calculadores—. Si tiene lágrimas, prepárese para derramarlas.

—Llore con fuerza —de repente, André confirió ingenio a su función de coro—, con un lamento largo; llore a lágrima viva, ¡pues hay un final inminente!

Al oír esas frases amenazadoras, la señora Cavey dejó su arenque.

—¿Se refieren —preguntó— a que nos aguarda algún peligro?

—No debe alarmarse, no demasiado. Durante algunos años, como su divertida broma en la escalera sobre mi jubilación me hace intuir que sabe, he tenido la suerte de ofrecerle a mi primo un fragmento de su inspiración; un fragmento lúdico. —La sonrisa plácida de Archie se amplió un momento para mostrar dos caninos amarillos—. En sus libros hay un ingeniero, un ingeniero fracasado, con una mente un tanto obtusa quizá, pero al que le gustan los libros; un ingeniero con el que sin duda los amigos de Richard, literatos y, en fin, comerciales, gustan de identificarme. —En ese momento bochornoso Archie hizo una pausa afable, y la señora Cavey, aunque su ensimismamiento creativo apenas le dejaba energía para mostrar una sensibilidad aleatoria, pareció muy incómoda—. No obstante, a cambio de este pequeño servicio, tengo mis privilegios. No solo me mantienen con gran hospitalidad en Rust, sino que de cuando en cuando tengo el placer de oír o ver parte de los planes de mi talentoso primo. Y puedo decirle que lleva un tiempo trabajando en una novela titulada *Asesinato a medianoche*. Un título emocionante, ¿no le parece? Por cierto, ¿qué habitación le ha correspondido este año?

La señora Cavey dio un respingo.

—¿Qué habitación? La pequeñita, justo debajo de la torre, ¿por?

André, que había salido en exploración en busca de alubias, volvió a tiempo para decir.

—¡Ah!

—Pues bien —continuó Archie, con serenidad—, lo que tememos es lo siguiente: ya hemos visto la fiesta de cumpleaños, ¿acaso no veremos también el asesinato a medianoche? Nuestros temores, mi querido André, son de esta índole, ¿no es así?

—Así es. Tememos que alguna pobre mujer sea asesinada de verdad.

—¿Una mujer? La señora Cavey apartó nerviosamente el arenque a medias.

—Una mujer —corroboró, asintiendo con seriedad—. Dios santo, Joseph está mirándola otra vez de esa forma tan peculiar.

La señora Cavey hizo un último esfuerzo en busca de autocontrol. No creo que me esté mirando de... la forma que usted parece sugerir. Es más bien como si me estuviera desnudando con la mirada.

—Mi querida señora, le ruego que conserve la calma. Si permanecemos tranquilos tenemos muchas más probabilidades de plantarle cara a esto. Para empezar, ¿quién podría ser la mujer? —Archie estudió deliberadamente a todas las invitadas del señor Eliot—. Solo contamos con una ligera descripción.

—¿Una descripción?

—El cuerpo se describe como el de una mujer bien alimentada de mediana edad.

La señora Cavey se levantó abruptamente.

—Tengo que comprobar algo —dijo con decisión— en el horario de los trenes.

—Mi conocimiento de la historia de mi primo, huelga decirlo, es escaso. Creo que ahora mismo hay dos versiones alternativas: en una, la desdichada mujer muere en su habitación; una habitación bastante aislada, dicho sea de paso. En la otra, la Parca le da caza mientras intenta escapar de sus perseguidores.

La señora Cavey volvió a sentarse.

—¿Sabe —preguntó con voz tensa— cómo muere? ¿Es una muerte... dolorosa?

André hizo una intervención espléndida, a la altura de la ocasión.

—Aparece ahorcada —dijo— con la cuerda de una persiana. Entran a toda prisa en su habitación y la descubren justo cuando está dando su último estertor, su último resuello seco y espantoso.

—Aquí tenemos a Richard —dijo Archie—. Richard, querido, me temo que la señora Cavey está un poco indispuesta. Joseph parece haberla molestado.

2

El sábado estuvo plagado de incidentes, como convenía al día más importante de la fiesta de la Araña. Sin embargo, comenzó con mucha conversación; sobre todo para Appleby, que volvió a verse en compañía de Winter para el desayuno. Su hermana y Timmy Eliot estaban enfrente, y Winter encontró ahí material para entretenerse un ratito. Le ofreció a Patricia un análisis elogioso de la personalidad de Hugo Toplady, pidiendo a Timmy su confirmación punto por punto, y concluyendo con la misteriosa frase de que no había que menospreciar los sonetos, y con el veredicto, aún más misterioso, de que si Toplady tuviese la piel color chocolate sería perfecto. Timmy le ofreció a su tutor, en vano, un ejemplar virgen del *Times*. En cuanto la conversación sobre Toplady rayó lo tedioso, Winter cambió de tema.

—Usted y yo, señorita Appleby, estamos comprometidos con nuestra profesión, pero Timmy aún tiene por delante el placer de elegir. Ayer íbamos hablándolo en el tren. —Se giró hacia un Timmy que se estaba esforzando con enorme caballerosidad por no ponerse de mal humor—. Se me ocurrió una idea que olvidé comentarle; me la sugirieron esas fotografías fascinantes que cuelgan sobre los asientos. Había una de Bridlington —se giró hacia Appleby y le lanzó la frase como si fuese una galleta—, una medialuna de arena donde veraneantes pálidos y difuntos holgazanean en color sepia. ¿Y por qué, me pregunté, no podría Timmy pisar esas arenas sepia? Había otra del castillo de Ludlow —volvió a dirigirse a su discípulo—, y la verdad es que fue ese castillo el que me metió la idea en la cabeza. ¿Por qué, Timmy, no se compra un autobús y organiza extraordinarias visitas literarias? —Miró a Patricia—. Tiene unas dotes teatrales innatas, como sabe.

Appleby permitió a su cabeza marcharse a otro sitio; cuando volvió, Winter seguía hablando sobre el nuevo tema.

—¡Santuarios, Timmy! Organice un «Peregrinaje de Lujo Eliot» este año. Aquí, señoras y señores, Gaveston ideó las siguientes formas de entretener al rey.

Aquello se parecía cada vez más a las peroratas que los hombres, por lo general, solían evitar. Pero Winter, levantando la voz de manera inexplicable, siguió hablando.

—¡Intensamente, señorita Appleby, todo se alza ante nosotros! El patio del castillo en ruinas, sobre cuya silueta desmoronada revolotean los grajos, recortándose contra el cielo helado; en el puente levadizo, el hermoso carruaje color escarlata vibra con ligera impaciencia, y en letras doradas se lee el nombre «*Lady* Ginebra», o quizá el artúrico «Asiento peligroso»; el pequeño grupo de turistas con cámaras y panfletos y cuadernos: maestras nostálgicas que escogen la rosa muerta de York o Lancaster[33], empresarios excéntricos que recopilan material para sociedades literarias provinciales; y en el centro Timmy —el tono de voz de Winter se elevó aún más—, declamando entre las paredes ruinosas, pero aún resonantes...

Y Winter empezó a declamar algo que parecía sacado del *Eduardo II* de Marlowe. Sin embargo, ya era obvio que estaba hablando deliberadamente para eclipsar un tumulto en el otro extremo de la mesa. Y que había perdido. La propuesta de que Timmy hiciese carrera como cicerone se diluyó en el silencio; los componentes del grupo se convirtieron en testigos avergonzados de lo que estaba pasando.

—Un numerito —dijo Timmy con amargura—. Sí, en las fiestas siempre se montan uno o dos numeritos. Pero ¡con un criado! Dios, Dios, Dios...

—Timmy —la voz de Patricia sonó desafiante—, tú siempre tan escrupuloso. Aunque coincido en que habría sido más bonito que la mujer hubiese atacado a Wedge. Tu padre, mira qué contento parece, está haciéndolo todo a la perfección, y ha sacado de la sala al joven patidifuso. Ahí tienes al bueno de Bowles; parece más irritado que nadie. Me pregunto de qué va todo el asunto.

Timmy negó con la cabeza, triste.

—Archie y el pequeño André estaban sentados con la mujer; supongo que se estaban divirtiendo gastándole alguna broma inge-

---

[33] Referencia a la guerra de las Dos Rosas, guerra civil que enfrentó intermitentemente a los miembros y partidarios de la casa de Lancaster contra los de la casa de York entre 1455 y 1487.

niosa, así que ha perdido la cabeza. Lo que no logro imaginarme es por qué ha ido directa a por Joseph.

—La verdad —dijo Patricia— es que he pillado un par de veces a Joseph mirándola de una forma peculiar. —Lanzó una mirada irónica a Winter y a su hermano—. Me da la sensación de que las historias misteriosas empiezan a absorberos. Por lo que a mí respecta, estoy totalmente a favor de estas bromitas y escándalos menores; me parecen saludables. —Y con gran cautela silbó un par de notas del *leitmotiv* de la Araña.

Timmy la miró hecho un mar de dudas.

—¿Qué quieres decir?, ¿que hacen que esta fiesta horrorosa siga siendo agradable y entretenida?

—Lo que digo es que cuantas más operaciones baladíes haya, menos posibilidades de que exista un gran plan siniestro.

Levantando la cabeza del desayuno interrumpido al que había regresado con decoro, Winter hizo un vigoroso gesto de discrepancia intelectual.

—Esa es una idea peligrosísima. Se podría usar fácilmente un montón de tonterías para encubrir una única operación crucial. O si no, podrían crear un escenario o una atmósfera artística para dicha operación. O también podría haber más de una operación en la sombra. Una broma de A podría parecer un crimen o un delito menor a B. Ruedas ocultas de un engranaje más complejo de lo que parece.

Appleby soltó una risita de admiración.

—Le queda a usted poco que aprender. —Se levantó—. Entretanto, más me vale que siga con mi desagradable profesión. Espiar telegramas sobre otros invitados. —Sacó un lápiz, lanzó una mirada inocente a Winter, mojó la punta y empezó a escribir con suma precisión en una página arrancada de su cuaderno, con la lengua siguiendo el movimiento de la mano.

—John —dijo Patricia—, se te da fatal intentar ser gracioso.

—Ese, mi querida hermana, también podría ser el caso de nuestro bromista. Y ahora voy a seguir el consejo de Winter e indagar furtivamente entre los criados. Es el momento psicológico idóneo. —Se giró hacia Timmy con gesto serio—. Prefiero no molestar a su padre con el tema. ¿Le importa?

—Claro que no. Esto, como todos sabemos, es la Residencia Disparate. Pero creo que debería llevarse a Winter con usted. Dijo que confiaba en poder resolver...

—Hay ficciones —dijo Winter— que acaban aburriendo. Y la señorita Appleby y yo vamos a tomarnos otra taza de café.

La indagación furtiva de Appleby comenzó, apropiada, aunque fortuitamente, con una frase oída de pasada. Mientras iba en busca de Bowles y el desdichado Joseph, se perdió; al perderse, se detuvo; y al detenerse, oyó una voz decir: «Eliot se ha recuperado; eso ha fracasado».

Las palabras eran lo bastante intrigantes, así que Appleby aguzó el oído con resolución. Estaba en un pasillo sombrío que debía conducir a las dependencias del servicio; la voz llegó por la puerta entreabierta de una sala indeterminada.

—¿Fracasado? —Una segunda voz intervino; era una voz sepulcral, como la del padre de Hamlet, aunque con una reverberación inferior—. ¿Que «eso» ha fracasado? —La segunda voz se esforzaba por sugerir que el fracaso es prácticamente la condición más universal—. Puede aprenderse muchísimo de los fracasos. Yo mismo, sin ir más lejos, tengo la sensación de haber aprendido más de mis fracasos que de mis éxitos.

—Que Dios me libre de tus éxitos —dijo la primera voz, feroz y brusca—. La cuestión es que aquí no ha pasado nada.

—¿Cómo que no ha pasado nada?

—No, idiota. Me refiero a que estamos otra vez donde empezamos.

—¿Llegamos a empezar? —En la voz sepulcral, Appleby identificó al poco exitoso Gib Overall; la otra voz era la de Kermode, el fantasma inquieto. Y la conversación prometía ser apocalíptica. Resolver un misterio escondiéndose detrás de una puerta es a todas luces bochornoso, pero la de Appleby no era una profesión que ofreciese lujos, así que aguzó el oído al máximo.

—Tú empezaste —dijo un Kermode huraño—, y has vuelto a pararte en seco. Cuando yo empiece no dejaré de moverme. Pero nunca me han dejado.

—¿De verdad esperabas...?

—Ahora, solo por cómo se ha descubierto eso, está cuerdísimo, aunque toda la casa sabía que estaba a punto de perder la gaveta, hasta el punto dejar de escribir.

—Kermode, ¿no es la chaveta?

Era evidente que Kermode estaba bajo presión; equiparó gaveta y chaveta con una sarta de epítetos horripilantes y, cuando por fin guardó silencio, su respiración violenta se oyó con claridad en el pasillo.

—¿Dices que es por cómo se ha descubierto eso? —preguntó Overall con aburrida curiosidad.

—Se le ha metido en la cabeza que no tiene nada que ver con la forma en que trabaja su querida y refinada mente. Él no tocaría una situación así ni con una pértiga, y por ende no puede ser cosa de su imaginación, que cobra vida y se rebela contra él, sino un mero truquito. A mí, sin ir más lejos, me parece divertidísimo, es el tipo de cosas con las que animaría mis libros si me diesen una oportunidad. —Kermode hizo una pausa taciturna—. El tipo —concluyó, indignado— es un loco lúcido.

—Pensaba que decías —la voz de Overall sonó dolorosamente perpleja— que no tenía nada de loco.

Pero Kermode no estaba de humor para la lógica. Soltó un bramido tan amenazador que, a tenor de los ruidos que se oyeron, Overall pareció dirigirse a toda prisa a la puerta. Appleby se retiró en el acto. La conversación, se dijo desolado, era a la vez misteriosa y completamente ambigua. Y no hay nada más irritante que oír enigmas a escondidas. Siguió su camino, reflexionando.

Bowles estaba en su habitación, sumida en una profunda oscuridad. Quizá porque asoció a Appleby con la llegada de la luz, quizá porque creía que el detective gozaba de una mayor confianza de su señor de la que en realidad existía, se mostró comunicativo de inmediato. Sus primeros comentarios fueron en defensa de Joseph. Era un muchacho serio, con un linaje respetable, con y sin librea, y el propio Bowles había puesto un cuidado especial en la ortodoxia de su formación. Sin embargo, había situaciones que, como es natural, no le habían enseñado a abordar. Quizá era demasiado impresionable; «eso» lo había fascinado, y sin duda había mirado a la señora como no correspondía. De hecho, cuando se lo contaron, «eso» no llamó demasiado la atención de Bowles. Este no era amante de las artes; su interés privado se inclinaba más por cuestiones políticas. Y mucho menos Joseph, que dedicaba sus horas libres a las apuestas de fútbol, deplorable pasatiempo que no se toleraba cuando Inglaterra aún estaba gobernada por la aristocracia. Quizá por esa razón, «eso» les había resultado particularmente chocante. Bowles se atrevió a opinar también que la conducta de la señora no estaba a la altura de lo que cabía esperar en la clase alta. Le alegró saber que el propio señor Eliot coincidía con él.

Appleby escuchaba con discreción mientras esos nuevos enigmas iban presentándose de manera dispersa; no tenía ninguna intención de meter prisa a Bowles, cuya vida tenía clarísimamente, desde hacía muchos años, un tempo solemne. Y por fin llegó la clave: el Renoir había vuelto a aparecer; Joseph se lo había encontrado en la cama al despertarse.

—Es una forma de hablar —matizó Bowles—. Cuando el pobre muchacho, decente como el que más y de mente casta, como procede en los de su edad, se despertó, ahí estaba eso, a los pies de la cama, mirándolo de reojo. Dudo mucho que se percatase alguna vez del cuadro mientras estaba en la pared, no es el lugar donde los criados prestan atención a ese tipo de objetos, pero encontrarlo ahí le pegó un buen susto, se lo garantizo. Hasta usted se habría sorprendido, señor Appleby, aunque sin duda estará acostumbrado a estas situaciones.

Aunque no tenía del todo claro lo que quería decir Bowles, Appleby asintió con cautela, afirmando que le gustaban los cuadros y les había echado un vistazo.

—¿Y qué me dice —preguntó— de la señora Cavey?

—Bueno, señor, esa es la parte graciosa; la parte desafortunada, debería decir para expresarme como Dios manda. Después de lo sucedido, cuando la señora Cavey bajó a desayunar se apoderó de Joseph una idea extraña sobre ella y el cuadro. Si se imagina a la señora…, en fin, señor Appleby, ligera de ropa, verá algo muy parecido a lo que ese pintor debió tener enfrente en su momento. Y sin embargo no puede decirse que la señora y el cuadro se parezcan lo más mínimo. Tienen un atractivo diferente, no sé si me explico. Eso es lo que a Joseph le pareció peculiar y fascinante, tanto que no podía quitarle los ojos de encima a la señora Cavey. Yo no lo definiría como un muchacho reflexivo, señor Appleby, pero de repente se le planteó un problema filosófico. Por supuesto —concluyó Bowles, con una satisfacción irrelevante—, esta es una residencia filosófica, en cierto sentido, pues tanto el señor como la señorita Belinda son grandes estudiosos. A veces pienso que es una pena que el señor Eliot no se ciña un poco más a esa línea.

Appleby notó de paso que Bowles parecía compartir moderadamente el sentimiento de desaprobación general que la actividad del señor Eliot despertaba en Rust. También se percató de que buena parte de la conversación que acababa de oír a escondidas se explicaba ahora.

—Creo —dijo— que debemos felicitar a Joseph por haber descubierto algo sobre el arte. Ha sido víctima de una broma de pésimo gusto, y solo cabe compadecerse de él.

—Me alegro de que lo vea así, señor. Entiendo que la señora no se habría lanzado contra el muchacho si no le hubiera sentado mal algún chascarrillo que le estaba contando Archibald.

Appleby asintió, ausente.

—Usar un cuadro así para una broma de ese tipo —dijo— es un ultraje del que ni siquiera mis amigos del mundo criminal serían capaces.

—Sí, señor. No puedo decirle que yo también abrigue esos sentimientos, aunque estoy familiarizado con ellos, no sé si me explico. Aparecen con el dinero, señor Appleby; con un dinero del que se ha disfrutado durante varias generaciones. Ahora *sir* Rupert está molestísimo; dice que hay que encontrar al canalla rastrero.

—Ah, sí, *sir* Rupert. ¿Y qué me dice del señor Eliot?

—Bueno, la verdad es que pasa algo curioso. Como puede ver, señor Appleby, estoy muy enojado; es la primera vez que pasa algo así en Rust, se lo garantizo. Y cabría esperar que el propio señor Eliot estuviese enfadadísimo; es un hombre sensible, como sin duda sabe, y ha tenido muchas preocupaciones últimamente. Pero el caso es que le ha gustado la forma en la que ha aparecido el cuadro. Puedo citar sus palabras, señor: «Bowles», dijo, «esto es una vulgar tontería que no hemos de tener en cuenta. Dígale a la señorita Belinda que controle a la gente como buenamente pueda hasta el almuerzo; voy a salir a preguntarle a Laslett por sus bueyes». Y al punto se ha alejado con toda la parsimonia del mundo. Tras recorrer unos metros del camino, y le estoy hablando de hace unos minutos, señor Appleby, ha dado media vuelta, como el caballero atento que es, para decir que si Joseph se sentía incómodo podía ir a casa de sus primos, en Wing, hasta que acabase la fiesta, y que, si optaba por hacerlo, yo me las apañase como buenamente pudiera. A veces pienso, con el anacronismo que me caracteriza, que servir en Rust es una especie de privilegio, por mostrar el señor Eliot una benevolencia tan sincera.

Appleby reconoció ese respetable sentimiento feudal con unos segundos de silencio. Fue el tiempo que le llevó convencerse de que la reacción del señor Eliot, por sorprendente que fuese, no era incoherente. Ese hombre, en palabras de Kermode, se había recuperado, y Appleby sospechaba cada vez con más fuerza que se recuperaría una y mil veces más. Si, como por ahora cabía suponer, había un acosador que tenía en su diana la cordura del señor Eliot, se había puesto un objetivo engañoso: su víctima era fácil de hostigar, pero tenía unos recursos extraordinarios para recuperar el equilibrio mental. La creación del señor Eliot había cobrado vida, había gastado bromas vergonzosas y alarmantes, se había colado pavorosamente en los recovecos de la mente de su creador. El señor Eliot, al que era fácil perturbar usando la imaginación, se había enfrentado a todo aquello de manera peculiar, pero con un equilibrio mental admirable, recurriendo a la razón para erigir un parapeto de especulación metafísica. La noche anterior lo habían sacado con gran ingenio de ese refugio, que solo resistió un tiempo: el robo del cuadro de Belinda fue un duro golpe ante el que no procedía la indiferencia filosófica. Lo fue porque enfrentaba a la Araña, creación del señor Eliot para el mercado, con el símbolo de una relación emocional privada; y se hizo en un momento en que el señor Eliot se había convencido de que todo el desconcierto a su alrededor era, de alguna y misteriosa manera metafísica, su responsabilidad. El acosador fue extremadamente sutil; pero lo más interesante es que se había extralimitado.

La broma con el Renoir tenía dos partes: el robo y la aparición. La primera tuvo un gran éxito, de suerte que el señor Eliot se metió en la cama como un hombre perplejo y acaso derrotado. La segunda había sido un fiasco. El fin era hostigar aún más al señor Eliot insultando aún más a Belinda; los medios: dejar la mujer bañándose de Renoir a los pies de la cama de un criado. La idea era obscena como pocas, y en esa obscenidad el señor Eliot, brillante, pareció encontrar de nuevo su equilibrio: esas travesuras no entraban en los dominios de su arte; de hecho, eran tan ajenas a su mente que esta no podía tener nada que ver con ellas. Así las cosas, dedujo que sus últimas e inquietantes hipótesis eran erróneas; que todas las bromas que habían tenido lugar eran payasadas superfluas, que se explicaban perfectamente de manera racional. El señor Eliot había llegado, siguiendo un trayecto harto sinuoso, a una posición de la que más le habría valido no alejarse nunca: que alguien estaba burlándose de él. Su increíble resistencia triunfó, y por ahora había dejado todo ese asunto a un lado para centrarse en los bueyes de Laslett. Como Kermode había dicho, era como si allí no hubiese pasado nada.

Appleby observó su obra de reconstrucción psicológica y la aceptó provisionalmente. Pero aún quedaban varios problemas. El más seductor, aunque quizá no el más apremiante, era el de la clarividencia del bromista. Sabía, por ejemplo, que en el pasado el señor Eliot pensó en escribir una historia titulada *La fiesta de cumpleaños*, y que entre los elementos de esa historia había una forma concreta de alterar el sistema de iluminación, el uso de una droga, alguna operación relacionada con un cuadro, quizá huellas a los pies de una ventana: el bromista había usado de manera confusa esos elementos en la representación de una especie de versión onírica de la historia. Sin embargo, el señor Eliot declaró no haber plasmado ni un fragmento de la historia en papel. Además, al parecer, ya se habían producido otros ejemplos premonitorios. Por desgracia, era difícil sonsacárselos a una persona tan evasiva como el propietario de Rust. ¿Cómo se explicaban?

También había que tener en cuenta otro problema, profundamente práctico: esa era la Residencia Disparate. ¿Era Residencia

Disparate el nombre que el señor Eliot había puesto al escenario de *Asesinato a medianoche*? En tal caso, ¿qué podía ocurrir? ¿Que el señor Eliot se hubiese recuperado de un intricado y pérfido ataque a su equilibrio mental podía ponerlo en un peligro diferente y más inmediato? Solo conociendo el tipo y grado de perfidia que había detrás de esas manifestaciones podría responderse a la pregunta con algo más que una suposición.

Teniendo esa idea bien presente, Appleby seguiría ahora sus indagaciones. Y mientras hurgaba en su mente en busca de una frase para continuar, las últimas palabras que había pronunciado Bowles volvieron a resonar, muy oportunas, en su cabeza.

—La benevolencia del señor Eliot —dijo con toda seriedad Appleby— debe granjearle, por lo general, un gran cariño en su casa.

—Sin lugar a dudas, señor Appleby. —Sin morder el anzuelo, Bowles se las ingenió para sugerir que la observación de Appleby era más fruto de su intuición que de su conocimiento de la naturaleza humana.

—Y sin embargo tiene un enemigo en algún sitio, como atestiguan todas estas bromas irritantes.

—Muy cierto, señor. —Bowles asintió con solemnidad, sabedor de que el intercambio decente de clichés está entre los pasos necesarios de las relaciones sociales—. Nunca pensé, señor Appleby, que al señor Eliot le gustasen demasiado estas fiestas. Es un hombre retraído, y en particular con los libros, la gente de letras y demás: prefiere que sus lecturas sean cortas y sus autores estén muertos, por así decirlo; y no al revés. —Bowles, que no parecía consciente de haber ilustrado de modo devastador las relaciones literarias de su señor, negó con la cabeza, afligido—. No negaré que ha traído muchas cosas buenas a Rust, pero siempre pensé que al final acabaría saliendo rana.

—¿Se refiere a la incursión del señor Eliot en la literatura popular?

—Efectivamente, señor Appleby. Supongo que lo mío son prejuicios. Nunca en mi vida había estado en una familia donde hubiera pasado algo así. De joven estuve en la Mansión Scamnum, y si bien es cierto que el duque escribía ocasionalmente alguna que otra monografía sobre peces, coincidirá conmigo en que esto es harina de otro costal. Y el marqués de Kincrae, que como usted sabe, señor Appleby, es su heredero, publicó una vez un libro de poemas. Pero todo el mundo sabía que el pobre era un hombre peculiar, y al final tuvieron que mandarlo a otro sitio para que gobernase no sé qué. Y dudo mucho...

—¿Así que —Appleby interrumpió con brusquedad esos recuerdos aristocráticos— usted cree que la travesura probablemente venga de alguien que el señor Eliot conoció a través de sus libros? Según mi experiencia, este tipo de problemas suelen ser más bien cosa de familia.

—En efecto, señor.

Appleby estaba a punto de rendirse, pero lo intentó con una petición final directa.

—Como sabe, soy agente de policía, aunque no estoy aquí de manera oficial. Tengo la sensación, si de algo valen las sensaciones, de que usted no tiene nada que ver con estos incidentes problemáticos, y de que, en adelante, podrían adquirir un cariz mucho más grave. Parece que lo ideal es recopilar toda la información posible cuanto antes. Esta es una casa singular, y me gustaría que me contase lo que crea que puede contarme sobre la historia de la familia.

Por unos instantes, Bowles lo miró titubeante. Pero Appleby había bordado su pequeño discurso con pericia profesional, y el mayordomo estaba impresionado. Se aclaró la garganta.

—Mucho me temo que eso no se me da nada bien, señor, pero haré lo que pueda. La verdad es que no hay mucho que decir, o mucho que yo pueda decir. Me parece que lo apropiado es comenzar con el título de *baronet*.

Appleby coincidió en que el título de *baronet* era una buena forma de comenzar.

—Pues bien, señor, aunque en Rust han vivido los Eliot desde tiempos inmemoriales, el título de *baronet* es algo muy reciente; reciente de por sí y aún más reciente si lo comparamos con esta casa y la finca. Esto de los *baronets*, según tengo entendido, parece ser la última moda; más de una vez oí al duque de Horton decir que los *baronets* y los dependientes de las tiendas aparecieron al mismo tiempo. Sea como fuere —Bowles parecía saber que no debía permitir que su pasado más elevado interfiriese en su discurso—, el primer *baronet* Eliot vivió hace poco más de un siglo, y todas sus propiedades estaban en Cumberland, muy lejos de Rust. *Sir* Gervase, abuelo del señor Eliot, y también de *sir* Rupert y del señor Archibald, fue el primero de la línea en poseer la Residencia Rust, y llegó aquí después de que sus padres, durante casi tres generaciones, no poseyeran nada en absoluto. *Sir* Gervase llegó a Rust y murió al poco tiempo, a finales del reinado de la antigua reina. Tenía cuatro hijos: *sir* Herbert, padre de nuestro *sir* Rupert; Timothy, que tuvo a Herbert,

Charles y John; John, que tuvo a Timothy y a nuestro señor Richard; y Charles, que tuvo a nuestro señor Archie, o *sir* Archibald, como se le conoce ahora. Confío en haberme explicado bien, señor Appleby.

—Gervase —dijo Appleby— tuvo a Herbert, Timothy, John y Charles; Herbert tuvo a Rupert; Timothy tuvo a Herbert, Charles y John; John tuvo a Timothy y Richard; Charles tuvo a Archibald. Continúe.

—Pues bien, señor —Bowles lanzó una mirada cautelosa a Appleby, como si estuviese en una especie de espectáculo—, lo interesante es lo siguiente. Los títulos y los terrenos se otorgaron tarde, deprisa y corriendo, pero al parecer los abogados no estuvieron tan rápidos. *Sir* Gervase poseía Rust, y su hijo *sir* Herbert poseía Rust, y su hijo Rupert fue criado en Rust, en previsión de que algún día también la poseyese. Estoy convencido de que esto le parecerá interesante, señor Appleby. —Quizá había un ápice de ironía en la voz de Bowles, pero siguió hablando, muy serio—. Aunque me parece a mí que no había mucho que poseer, porque a la sazón las cosas pintaban bastos en Rust.

»Pues bien, señor Appleby, cuando *sir* Herbert estaba aquí, en Rust, y su hijo Rupert aún era un muchacho que no tenía edad para ir a Eton, el segundo hermano de *sir* Herbert, John, vino a faltar. John era viudo, y murió dejando muy poco dinero y dos huérfanos, Timothy y nuestro señor Richard. *Sir* Herbert se hizo cargo de los niños y los trajo a Rust, con Rupert; los tres tenían más o menos la misma edad. Se habrá dado cuenta de que, en aquella época, el señor Richard no tenía ninguna expectativa de acabar poseyendo Rust. Primero estaba Rupert, futuro *baronet*. Luego estaban sus tres primos, Herbert, Charles y John, que eran hijos del hermano mayor de su padre, Timothy. Y luego estaba su propio hermano mayor, también Timothy. Sin embargo, el señor Eliot acabó poseyendo Rust, si es que de algo le sirvió. Sus primos murieron sin descendencia, al igual que su hermano. Y Rupert, y mucho me temo que tenía que llegar a esto, fue desheredado por su padre, *sir* Herbert.

Appleby levantó la cabeza de golpe.

—Un momento. ¿*Sir* Rupert no tenía hijos legítimos?

—Ninguno, señor.

—Entonces, ¿si el señor Timmy murió, *sir* Archibald, único hijo del benjamín de *sir* Gervase, Charles, sucedería a *sir* Rupert en la línea por el título de *baronet*?

—Sí, señor Appleby. Si me permite decirlo, tiene una cabeza extraordinaria para estas cosas.

—¿*Sir* Archibald también heredaría toda la propiedad?

Bowles titubeó.

—No sabría decirlo con certeza. La tierra podría estar vinculada de algún modo a la línea masculina, pero la propiedad personal del señor Eliot, que es donde vivimos, iría sin duda, como puede imaginarse, a la señorita Belinda. —Bowles volvió a mostrarse dubitativo; era evidente que aquella conversación iba en contra de su instinto.

—Y me dice que a *sir* Rupert lo desheredaron.

—Sí, señor Appleby. Rupert, que ahora es sin duda un caballero exquisito, fue al parecer una decepción para su padre. Nada alocado, creo; más bien se fue metiendo discretamente en problemas serios, que nunca he considerado de mi incumbencia. Y al final su padre, que tenía tanto el carácter como el poder para hacerlo, lo mandó en una remesa a cierta colonia repelente, dejando todo lo que estaba bajo su control a su hermano Timmy, hasta que, con el paso del tiempo, como le digo, varias muertes inesperadas trajeron al señor Richard. Dicen que despacharon a Rupert antes de cumplir los diecinueve años, y que nunca volvió a saberse de él hasta que los libros del señor Eliot empezaron a darle mucho dinero. Fue entonces cuando volvió a aparecer, y ha vivido en Rust, más o menos, desde entonces. Dicho vulgarmente, señor Appleby, vive a nuestra costa.

—Y en cuanto a *sir* Archibald, ¿ando muy desencaminado si supongo que apareció de idéntica manera?

—Una suposición inmejorable, señor. *Sir* Archibald surgió de la nada, confiando en esa benevolencia innata del señor Eliot, y no quedó decepcionado. Y estaba aún menos justificado, en cierto sentido. Pues el señor Richard y *sir* Rupert, como le he dicho, se criaron juntos, y ahora el señor Richard poseía lo que *sir* Rupert había crecido esperando poseer. En cambio, *sir* Archibald era un primo que el señor Richard apenas había visto en toda su vida hasta que apareció con lo puesto y, si es decente mencionarlo, con un puñado de facturas sin pagar. No estoy sugiriendo, señor Appleby, y esto huelga decirlo, que *sir* Archibald no sea también un caballero excelente. Tengo entendido que tuvo mala suerte en el apartado mecánico. Sus auténticos gustos parecen estar más en el mundo literario, y eso sin duda ha hecho de él una compañía grata para el señor Eliot. Tiene un apodo en la familia: el Pontífice, lo llaman. Que yo siempre había tenido, señor Appleby, por ser un título del papa de Roma. Pero al parecer los primeros que llevaron ese título trabajaban con puentes y demás. Un tema interesantísimo el de los títulos, señor.

—¿Y cree usted —preguntó Appleby— que esta historia familiar ha dejado rencor en la familia, que hay mala sangre, por así decirlo? Pero en ese instante Bowles se retiró a su caparazón.

—La verdad, señor, es que creo que eso debería preguntárselo directamente a la familia. —Se giró y miró un reloj que había empezado a sonar en la repisa de la chimenea—. Las diez en punto, señor Appleby, madre mía. —Hizo una pausa a mitad de esa despedida decente, perplejo—. Juraría que el reloj ha sonado doce veces; parece que estos días nada funciona en Rust como Dios manda. Si me permite darle un consejo, no sería mala idea que intentase entablar conversación con la señora Eliot.

—¿La señora Eliot? —Appleby estaba desconcertado.

—La viuda, señor Appleby, del segundo hijo de *sir* Gervase: Timothy. Ella también es una Eliot, pues era hija del hermano de *sir* Gervase. Ha vivido muchos años con nosotros en Rust.

—Me parece que no he oído hablar de ella en ningún momento.

—Es muy probable que no, señor Appleby. No la mencionamos, si le digo la verdad. Nunca baja, señor, y no suele recibir. Es ya una señora muy anciana, con tendencia, en palabras del señor Eliot, al pesimismo especulativo. Y va un poco atrasada, en cierto sentido. Pero probablemente sea una pieza importante en la historia familiar. Si lograse hablar con ella, me atrevería a decir que obtendría todo lo que quiere. —Por una fracción de segundo Bowles se permitió mostrar un júbilo remoto—. Absolutamente todo lo que quiere. Los aposentos de la señora Eliot están en la planta alta del lado carolino del edificio. Jamás osaría llevarlo allí yo mismo, señor; a la señora Eliot no la atiende nadie más que la señora Jenkins. Pero si subiera usted por su cuenta y riesgo...

Appleby no perdió ni un minuto más. Una figura matriarcal y melancólica que moraba en el ático era algo que no podía perderse bajo ningún concepto. Resuelto a emprender la aventura sin guía, se despidió de manera un tanto abrupta de Bowles, que al instante pareció concentrarse en la contemplación desconcertada de su reloj.

3

Gerald Winter, que no se sentía capacitado para indagar entre los criados, pasó la mañana entreteniéndose en investigar entre los invitados. Porque de verdad quería enterarse, por un lado, y porque la empresa le ofrecía un ejercicio verbal moderado, por el otro, se había propuesto descubrir quién se emparejó con quién en ese escondite particular al que estaban jugando mientras robaron el Renoir. Appleby había indicado de inmediato que el peculiar suceso se produjo cuando todo el mundo estaba vigilando a otra persona; y, en opinión de Winter, se equivocó al no ponerse a averiguar sobre el tema en ese mismo momento. Suponiendo que las bromas no fuesen obra de una persona ajena a la casa o de un criado, la investigación exhaustiva en el desarrollo del juego debía conducir inevitablemente a una selección de sospechosos. Y las dificultades eran técnicas: no había una investigación policial en marcha de manera formal, y los invitados del señor Eliot eran imprecisos, ruidosos, numerosos y errantes, con lo que la tarea de interrogarlos resultaba formidable. Quizá por la forma en que Timmy lo había traído, Winter sentía que estaba en una especie de competición con el detective profesional: ser el primero en descubrir al bromista que perturbaba la paz de Rust le produciría una satisfacción muy, pero que muy considerable. Además, tenía otro motivo desinteresado para investigar: había llegado a la conclusión, al igual que Appleby, de que si al señor Eliot, después de todo, no podían tumbarlo con unas sombras, no era descabellado pensar que pudiese ser blanco de ataques más tangibles. Y había que proteger al señor Eliot, o al menos eso creía él, pues era un hombre inofensivo y agradable. Solo Archie Eliot se quedó sin pareja. Cuando todo el mundo se escondió, el guion del juego preveía que deambulase libremente por la casa en calidad de cazador. Pero la realidad es que no cazó; alguien lo drogó.

Winter reflexionaba sobre eso, y sobre las drogas en general, cuando de repente se le ocurrió algo curioso y fue en busca de la señora Cavey. La señora Cavey se había escondido con el señor Eliot, y el señor Eliot gastó una pequeña broma sobre la conversación que habían tenido durante el juego: se le había borrado por completo de la memoria.

La mujer se había retirado con sus pertrechos de escritora a una terraza interior, donde la descubrió sentada entre varias filas de radiadores eléctricos. Al acercarse, Winter se percató de que su mirada estaba suspendida, como ausente, unos centímetros sobre su cabeza; cabía suponer que estaba de nuevo en comunión con su musa. La mujer lo recibió con recelo. Entre *sir* Archie y el pequeño André la habían hecho desconfiar de los acercamientos amistosos.

—Confío —dijo Winter— en que toda esta historia endiablada no esté afectando a su escritura. Me parece que eso es lo más importante.

La señora Cavey mostró una satisfacción provisional. Pero ya le habían tomado el pelo más de una vez, así que ahora pasaba ciertas pruebas previas.

—Gracias —dijo—. No lo llevo del todo mal, aunque admito que es inquietante. Lo que se necesita es, ante todo, tranquilidad. —La señora Cavey bajó solemnemente el tono de voz para concluir su frase, como si estuviera invocando a los mismísimos espíritus del silencio—. Y no había trabajado en condiciones así de revueltas desde que escribí *Julio frenético*, esos últimos capítulos de *Julio frenético*. —La señora Cavey miró a Winter con ojos expectantes y sinceros.

El tiempo pareció congelarse. Por lo que Winter sabía, Julio podía ser una persona, y no un fenómeno climático; probablemente un héroe estresado.

—¿Estaba inquieta mientras acababa de escribir *Julio frenético*? ¡Es sorprendente! Esos últimos capítulos me parecieron un derroche de concentración, aún más potentes que el final del libro anterior.

—¿Que *Las manzanas de abril*? ¿Lo dice en serio?

—Y tanto. Y ambas me parecen —ahora Winter disponía de un fragmento de luz que explotar— obras pioneras en la creación de la «novela de estación». Y la de estación es la novela del futuro. La novela familiar, la novela histórica, la novela regional: todas tuvieron su momento. El futuro, mi querida señora Cavey, está en usted.

Esa repentina creación de un nuevo género literario tuvo un éxito rotundo y casi bochornoso. El resto de investigaciones eran prescindibles. La señora Cavey posó una mano rechoncha y cordial en la de Winter.

—¡Creo que le encantará —dijo— *Este amargo septiembre*!

Por extraño que pareciese, era precisamente de *Este amargo septiembre* de lo que Winter quería oír hablar. Miró con discreción su reloj de pulsera y se dispuso a escuchar. Lo fundamental era saber si la señora Cavey, mientras se explayaba sobre sus batallas y triunfos actuales, tenía la costumbre de esperar algún tipo de comentario o interjección.

—La idea clave —dijo la señora Cavey— va a ser la profundidad. —Pronunció la última palabra con un profundo murmullo de ventrílocuo—. En mis otros libros me he ocupado principalmente de la anchura —la señora Cavey soltó un suspiro que evocó las imágenes de *Guerra y paz* y los horizontes inciertos de *Los hermanos Karamázov*—, pero ahora me estoy centrando en la profundidad. Y lo primero que tengo que preguntar es: ¿qué es la profundidad?

La señora Cavey hizo una pausa interrogante y por unos segundos Winter supuso que, en efecto, esperaba algún murmullo esporádico de su público. Pero continuó al punto, respondiendo a su propia pregunta.

—Soy de la opinión de que la profundidad solo es otra función de la anchura. —Buscó en el aire las palabras que arrojasen algo de luz sobre ese concepto complejo—. Yo sostengo que es sobre todo cuestión de cómo uno se siente. —La voz de la señora Cavey se elevó, trémula, hasta el nivel de las puras sensaciones. El efecto fue tan impactante que lo repitió, implacable—: De cómo uno —dijo la señora Cavey, tensa— se siente.

Winter se sintió mal. Por deformación profesional, experimentaba desasosiego en presencia de mentes confusas. Sin embargo, recordándose que esa mujer tenía suficiente vitalidad y talento a su manera, se esforzó por conservar la compostura... La señora Cavey siguió hablando ocho minutos y medio.

Así que eso era todo; y ahora había que investigar otra cuestión. La señora Cavey le había hablado de sus problemas con el pasaje esencial de los cachorros; Winter aprovechó la oportunidad para adoptar un papel menos pasivo en la conversación.

—Se enfrenta usted —dijo— a un problema fascinante. Pero supongo que solo otro de sus colegas artistas podría ofrecerle alguna sugerencia útil.

La señora Cavey acogió la propuesta con recelo.

—Un colega artista podría ayudar. Pero opino que la verdadera inspiración llega de las grandes sombras del pasado. A veces —la señora Cavey se mostró muy solemne— me parece sentir a mi lado el espíritu de Emily Brontë.

Cuánto hay que padecer por una buena causa, se dijo Winter, reprimiendo un estremecimiento evidente. Hizo un ruidito impresionado y respetuoso y volvió a hurgar en su cabeza. La primera maniobra había fallado, así que lo intentaría dándole la vuelta.

—Supongo —dijo— que se sentirá incómoda cuando la gente le ofrece consejos que no ha pedido. Debe ser muy irritante que la verdadera inspiración se vea perturbada así.

Mucho mejor ahora.

—Todo artista sincero y meticuloso —concordó la señora Cavey— ha de saber tratar con tacto las sugerencias bienintencionadas, aunque obtusas.

—Particularmente, me imagino, las de otros escritores de rango inferior. Nuestro respetable anfitrión, por ejemplo —Winter se zambulló sin miramientos en el más atroz de los gustos—, ¿intenta darle algún consejo? Anoche mencionó que le estuvo hablando de *Este amargo septiembre* mientras estaban escondidos juntos. ¿Le hizo alguna sugerencia al respecto?

—¿El señor Eliot? No, la verdad es que no. —La señora Cavey parecía pensativa—. Creo que fue muy comprensivo; estuvo escuchando con suma atención, sin decir ni pío.

Winter suspiró; su historia encajaba con la del señor Eliot bastante bien.

—No debería —dijo— distraerla un segundo más, no querría yo eclipsar la luz de Emily Brontë.

Y se marchó. La señora Cavey lo vio alejarse con una expresión de sospecha incipiente. El reloj de la terraza interior, de cuco, empezó a llamarla con sorna. Sonó doce veces.

Appleby había llegado a lo que, sin duda, era una escalera de estilo carolino. Así que la subió. Lo hizo sin ningún plan de acción pensado; en ese tipo de aventuras particularmente arriesgadas lo mejor es confiar en la inspiración. No obstante, recapituló la situación familiar según se la había contado Bowles. La venerable anciana que se disponía a visitar era la viuda de un tal Timothy Eliot y madre de tres hijos, todos muertos y fuera de juego. El hermano mayor de ese Timothy fue el *sir* Herbert que desheredó a su hijo, el *sir* Rupert actual. Sus dos hermanos menores fueron padres del señor Eliot y de Archie Eliot, respectivamente. Y esta anciana, su viuda, llevaba un tiempo viviendo en Rust; quizá incluso desde que Rupert y el señor Eliot eran niños y crecían aquí juntos. Al menos conocería en profundidad la historia de la familia. Y era una pesimista empedernida.

Mientras le daba vueltas al resumen, Appleby se encontró en un rellano más lúgubre de lo que podría serlo la visión de la mismísima señora Eliot. Un techo de vigas, que apenas se distinguían en la penumbra, le garantizó que no podía seguir subiendo; el lugar de retiro de la señora no debía de andar muy lejos. Frente a él, los pasillos se ramificaban, sumiéndose todos en la oscuridad. Decidió arriesgarse a encender alguna luz, aunque tras unos segundos buscando un interruptor en vano llegó a la conclusión de que la intricada instalación eléctrica de Rust no había alcanzado esas alturas recónditas. Llegó a la mitad de un pasillo y aguzó el oído, con la tenue esperanza de oír a esa señora Jenkins de la que había hablado Bowles y lograr convencerla para llevarlo en presencia de su señora. Al no oír nada, se adentró aún más en el pasillo, escogió una puerta al azar y se acercó. La profesión de detective tiene sus momentos de incomodidad y vergüenza: Appleby acababa de inclinarse para escuchar con atención cuando la superficie de la puerta se alejó de sus narices y Rupert Eliot apareció frente a él. La voz de Eliot, dura y quejumbrosa, dijo:

—¿Quién diablos es usted? ¿Es uno de los invitados de mi primo, o ha venido por lo del desagüe?

—Lo primero, me temo.

Rupert, que quizá pensó que alguien que ofrecía una respuesta tan clara merecía una mirada escudriñadora, dio un paso atrás para apartarse de la luz y reconoció a Appleby.

—Maldita sea, señor... Supongo que ha estado espiándome. Muy bonito saber que en Rust nos protegen unos entrometidos sigilosos. Entre, buen hombre, y eche un vistazo. —Se apartó para dejar pasar a Appleby—. Por favor, no crea que pretendo ser ofensivo. Como hombre de mundo que sin duda es, sabrá que no es nada personal. Y permítame decirle desde ya que prefiero todo un escuadrón de agentes antes que la mitad del rebaño de Richard. Usted es policía, ¿verdad?

—Ah, por supuesto.

Rupert cogió una silla de entre varios taburetes pequeños; la sala parecía una especie de taller.

—Siéntese. —Dejó caer en un banco su cuerpo desgarbado, que no sin gracia, y miró con un ápice de desafío a su visitante—. No puedo decir que haya conocido a nadie como usted; y no me importa decirle que he conocido a policías en más de un país.

—¿Le interesa la criminología, *sir* Rupert?

Rupert soltó un ladrido; el tipo de ruido, se dijo Appleby, que se supone que los *baronets* coléricos acostumbran a emitir.

—¿Criminología? Eso se lo dejo a mi primo. Yo he tenido una vida activa, señor Appleby, he visto mundo. Me he codeado, maldita sea, con todo tipo de gente. ¿Alguna vez le han mandado a limpiar una caldera en el trópico, señor Appleby, con un negro con cara de pocos amigos que entorpece el trabajo?

—No.

—Es lo que suele pasar, ya ve, si uno tiene acento de caballero y los bolsillos vacíos.

—Ya veo. —Appleby observó con interés a Rupert, en la penumbra.

—Mis modestos ires y venires me han convencido de que el mundo es brutal y embrutecedor. Me pregunto qué le parece Rust. ¿Es un puerto tras mares bravos? ¿O es simple y llanamente aburrido?

Inclinándose hacia un lado del banco, Rupert cogió un diminuto destornillador y empezó a juguetear con él.

—Sí —dijo—, no he conocido a nadie como usted. El entrometido por excelencia. Nunca he tratado con un policía que supiese hacer preguntas impertinentes de esa forma tan puñeteramente segura y educada. —Esbozó una curiosa sonrisa lupina—. No estoy seguro, ni mucho menos, de que sea usted una buena idea.

—Entonces es como Peter Holme, que desconfía de mí porque cree que puedo resolver este misterio. Quiere que todo siga siendo misterioso, al parecer por motivos egoístas y deplorables.

Rupert levantó una mirada incisiva.

—Aquí cada cual arrima el ascua a su sardina, macho. No me fío un pelo de nadie. —Se puso en pie lentamente—. Yo también soy una persona activa, y he estado haciendo algo de provecho, después de su paso. A mí me gusta idear cosas, la cháchara la dejo para otros. La de anoche fue una reparación muy ingeniosa por su parte, pero dudo que dure mucho, así que he ideado algo un poco más estable. El lunes debería venir un electricista de Warter —le mostró una palanquita improvisada para sustituir el interruptor principal dañado—, pero eso es lo de menos. Como le iba diciendo, no me fío un pelo de nadie. Con lo primero ya sospeché que se estaba tramando alguna travesura intricada e insolente.

—¿Con lo primero?

—Cuando robaron en casa de esa mujer repugnante. Yo estaba en Escocia, en casa del viejo Lorry Macleod, pero volví en menos que canta un gallo. Mire, aquí son todos un puñado de ineptos, y pensé que más valía que hubiese alguien que ha estudiado en la universidad de la vida. Aunque tampoco sirvió de mucho, porque mi primo no atendió a razones. Al parecer, últimamente gusta más —otra vez esa sonrisilla pícara de Rupert— de atender a locuras.

—Tengo entendido que ahora el señor Eliot está abordando el asunto desde un punto de vista muy objetivo, *sir* Rupert.

Rupert lo fulminó con la mirada; con una malicia más sincera, se dijo Appleby, de la que había mostrado hasta ahora.

—Si no lo abordase desde todos los puntos de vista posibles, no sería Richard. Lo que digo es que a esos puñeteros escritorzuelos y charlatanes entrometidos no se les puede vigilar demasiado de cerca, y no me importa decirle que eso me inquieta.

—Me interesa usted. —Appleby se levantó y cruzó la sala, como si inspeccionase distraídamente el equipo del taller. Al girarse, vio a Rupert con mayor claridad—. ¿No se referirá, por casualidad, a que teme que ocurra algo más serio que la mera continuación de este acoso a base de bromas?

—He estado en situaciones peliagudas, señor Appleby, en situaciones peliagudas de narices. —Rupert hizo una pausa, y Appleby se preguntó si acaso tenía la sensación de estar en uno de esos apuros ahora mismo—. Tengo olfato para el peligro, y le digo que esto no me gusta. Detrás de estas canalladas esconde algo. Se está fraguando algo. Ninguno de nosotros está a salvo, si quiere saber mi opinión. ¿Conoce a ese pequeño patán al que llaman André? ¿Sabe que se llama André Nosequé? ¿Qué diablos se puede esperar teniendo esa chusma por compañía? —Por un momento los comentarios de Rupert parecían disolverse en el vago y bravucón esnobismo. Luego añadió, con más precisión—: No me gusta lo que ha dicho esta mañana. He vivido en sótanos y sé calar a una rata a la legua.

—Lo envidio. —Appleby escudriñó a Rupert—. Desde el punto de vista estrictamente profesional, por supuesto.

Rupert se le acercó lentamente.

—Joven, déjese su insolencia para los escritorzuelos. Y cuando le haya contado lo de ese tal André podrá seguir con sus cosas. Resulta que esta mañana se me ha arrimado para comentarme una sandez que está preparando para esta noche. Se trata, al parecer, de una elaborada parodia. Después de todo lo que ha pasado me parece de pésimo gusto; parecía lógico pensar que al menos dejarían que la fiesta se apagase tranquilamente. Pero organizar un jolgorio fatuo es la tradición, y ese monstruito está resuelto a ponerlo en práctica. Supongo que se lleva comisión de Wedge. Y espero que eso sea lo único.

—¿Y qué tipo de jolgorio ha propuesto exactamente, *sir* Rupert?

—Algo basado en uno de los libros de mi primo. Ha empezado a contarme una tontería detrás de otra, como si esperara que le echase una mano. Lo he escuchado con toda la educación de la que he podido hacer acopio: a fin de cuentas, es un invitado. Sea lo que sea lo que ha pensado, yo creo que hay que vigilarlo. Y ahora le recomiendo que vuelva a su caza. —Rupert miró a Appleby unos segundos con una deliberación velada—. Yo de usted probaría en el otro pasillo, podría sacar un montón de información. Yo lo dejo que siga con su búsqueda; a mí me queda mucho trabajo por hacer. —Y Rupert, en el que Appleby había ido notando una interesante predilección por la primera persona del singular, se desvaneció en el pasillo para ocuparse de sus asuntos.

Un episodio curioso, que no había buscado en ningún momento. De entre todas las opiniones negativas sobre la fiesta de la Araña, la de *sir* Rupert Eliot parecía la más negativa; la aún desconocida señora de Timothy Eliot, si su taciturna imagen estaba a la altura del regio personaje descrito por Bowles, tenía un rival notable al que superar. Appleby se preguntó si Rupert, al igual que su primo Archie, combinaba ese austero rechazo social por la fiesta estridente de la Araña con una inclinación personal a gastar bromas poco simpáticas.

El pasillo estaba más oscuro que antes; Appleby caminó hasta el principio y miró por una ventana de tejado. Justo debajo, un pequeño jardín formal lucía su desalentador decoro invernal bajo un cielo nublado; más allá, un largo muro de ladrillo parecía reflejar el sol. Al oeste, una mancha de luz escalaba lentamente una loma del prado, pero fue disipándose a medida que ascendía, como si el esfuerzo hubiese agotado sus exiguas fuerzas. Un ejército de nubes plomizas que llegaban del sur había decidido el sino del día: en breve volvería la lluvia y más lluvia.

Appleby avanzó con cautela por el otro pasillo, y volvió a percatarse de que esa parte de la casa dependía de las velas y lámparas de aceite. Seguía sin haber ni rastro de la señora Jenkins; aquello solo era una expedición de lo más audaz, así que, deteniéndose ante una de las muchas puertas que podían ser, llamó. Fue un golpe que, bien pensado, podía parecerse peligrosamente a una orden de abrir en nombre de la ley; quizá el pasillo largo y vacío le confirió una resonancia inesperada. La respuesta no tardó en llegar. Una voz áspera dijo desde dentro:

—¿Se puede saber quién diablos es?

Teniendo por un instante la impresión de que Rupert se le había adelantado y estaba gastándole una broma, Appleby empujó la puerta y entró.

La habitación daba a un pequeño patio al norte, y estaba aún más oscura que el pasillo; una lámpara ardía sobre la mesa, junto a un fuego tenue. De las sombras surgió una figura alta, sin duda femenina, que se acercó empuñando un bastón.

—Señor, ¿cómo osa —dijo la voz áspera— entrometerse en la privacidad de una dama? —La silueta femenina, que por unos instantes se reveló como una apuesta anciana con barba, se convirtió en un bulto amenazante entre Appleby y la lámpara de aceite—. ¡Dios mío de mi alma! —dijo la dama, que seguía sin dar crédito a sus ojos—. ¿Es que para garantizarme una reclusión decente voy a tener que recurrir a los puñetazos?

Appleby miró el grueso bastón de ébano y decidió que había que intervenir.

—Señora —dijo en voz alta—, no se asuste. El peligro ha pasado, el incendio está controlado.

Esa afirmación mendaz tuvo un éxito del todo inesperado. La señora de Timothy Eliot se detuvo, y su voz ronca adquirió la calidez que reservamos a los portadores de buenas noticias.

—¿Un incendio? —dijo—, ¿ha habido un incendio? —Se giró ligeramente y gritó hacia una pieza interior—: Jenkins, ha ocurrido. ¿No advertí yo a *sir* Herbert de lo disparatado que era? ¡Ahora va a quedar como un tontaina! Jovencito, ¿dice que el peligro ha pasado?

—Sí, señora. —Habida cuenta de que *sir* Herbert Eliot debía llevar más de treinta años fuera del alcance de la tontuna, Appleby calculó rápidamente hasta qué punto esa señora anciana, aunque vigorosa, iba «atrasada»—. Empezó en los establos. Sin embargo, han podido sacar a todos los caballos, y ahora el incendio está prácticamente sofocado. Huele un poco a humo —Appleby creía en la eficacia de los detalles—, pero no debería suponerle molestia alguna.

La señora Eliot olfateó el aire.

—Jenkins —dijo—, abre las puertas y un par de ventanas que den al norte para que se airee esto. En cuanto a usted, jovencito, no sé quién es. Pero puede sentarse. Jenkins, ¡maldita mujer!, Jenkins, la tarta y un decantador de oporto.

Appleby se sentó en una silla de respaldo recto y observó a su nueva anfitriona con un recelo justificado. Su presencia ahí, que se había ganado de manera ultrajante, era harto precaria. Aunque se había establecido momentáneamente en su retiro, estaba muy lejos de poder preguntarle por la vida de familiares fallecidos.

El oporto fue servido con ceremoniosidad; era un oporto exquisito, lo que sugería que la benevolencia del señor Eliot incluía enviar lo mejor de su bodega a ese lugar remoto y semiolvidado de Rust. La señora Eliot dio un sorbo y de repente soltó una risita. Appleby volvió a tener la desconcertante sensación de estar frente a Rupert: la señora Eliot, recordó, era Eliot de sangre y de matrimonio. La anciana pegó otro sorbito y volvió a reírse.

—Un incendio —dijo, satisfecha—. ¿No estará por casualidad herido mi cuñado *sir* Herbert?

—*Sir* Herbert está impertérrito.

—Ah. —La señora Eliot estaba a todas luces decepcionada—. Bueno, así aprenderá a no hacer oídos sordos a los consejos de los hombres que saben lo que se hacen. Le encanta hacer sus pinitos con artilugios eléctricos para obtener luz, a pesar de que yo le he dicho una y mil veces que mi tío Rupert supo, por boca del mismísimo señor Faraday, que cualquier aplicación doméstica del invento es peligrosísima.

—¿El señor Faraday?

—El señor Michael Faraday, un inventor de cosas por el estilo. A mi tío Rupert siempre le han interesado los avances en ciencias naturales. Más de una vez ha tenido el privilegio de hablar del tema con el príncipe.

—¿El príncipe?

La señora Eliot frunció el ceño.

—Jovencito, ¿es usted extranjero? Me refiero al marido de nuestra querida reina. A mi tío Rupert también le interesa la poesía. Se dice que desempeñó un papel crucial para que el bueno del señor Tennyson obtuviese el título de poeta laureado tras el fallecimiento del viejo señor Wordsworth. He de decir que, personalmente, no recuerdo al pobre señor Wordsworth, pues murió el año en que yo nací. Sin embargo, el señor Faraday —el rumbo de la conversación de la señora Eliot mostraba cierta propensión a irse por las ramas— creía que su descubrimiento podía tener usos prácticos algún día. Se dice que hay un joven en las colonias, un tal Edison, creo, que ha hecho grandes avances al respecto.

Appleby tuvo la sensación de que la señora de Timothy Eliot, si uno se ceñía a su cronología particular, era una persona bien informada e inteligente; demasiado inteligente, quizá, para creerse durante demasiado tiempo lo del incendio imaginario. Así que se armó de valor e hizo una declaración audaz.

—Señora Eliot, no ha habido ningún incendio. Ha sido una broma, ya ve.

La señora de Timothy Eliot dejó su vaso con gesto pausado.

—Jenkins, ¡maldita mujer!, cierra las puertas y las ventanas.

Para ser alguien que vivía eternamente en el crepúsculo de la reina Victoria, la anciana se permitía usar, por curioso que pareciese, un vocabulario enérgico. Appleby se preparaba para recibir un rapapolvo demoledor cuando se percató de que la mujer había soltado una risita; esta vez una risita de admiración, indulgente.

—Supongo —dijo—, que es otra broma del pequeño Rupert. Me pregunto por qué no me lo ha dicho él mismo; suele incluirme en todos sus enredos, nos lo pasamos de fábula juntos. Le habrá dado a su padre un buen susto, estoy segura. El pequeño Rupert siempre está tramando algo; en ese sentido, se parece mucho a mi querido tío Rupert. —La señora de Timothy Eliot se sumió en una reflexión de la que salió en breve, para decir, con una inmediatez desconcertante—. ¿Y quién diablos es usted? —Miró inquisitivamente a su visita—. Parece demasiado mayor para ser amigo de los chiquillos. ¿Cómo se atreve un perfecto desconocido a irrumpir así en mi habitación? Jenkins, ¡maldita mujer!, ¿dónde está mi bastón?

La crisis había vuelto a repetirse de manera desconcertante, y parecía requerir un nuevo embuste.

—Señora Eliot —dijo Appleby rápidamente—, soy el tutor nuevo. *Sir* Herbert ha creído oportuno que subiese a presentarme. Me llamo —la parte verdadera de su afirmación le resultó particularmente bochornosa, pero los policías no tienen que ser quisquillosos— Appleby.

La anciana señora Eliot adoptó de golpe una nueva actitud, bondadosa y confidente.

—Señor Appleby —dijo—, me parece justo decirle que quien le ha contratado no es un hombre honrado.

—Vaya por Dios.

—Quizá también le venga bien saber que bebe.

—Lo siento mucho...

—No tardará en descubrir que tiene un corazón particularmente mezquino.

—¿De verdad?

—Y su higiene personal deja mucho que desear. Confío en que tenga una estancia muy agradable en Rust.

La señora de Timothy Eliot se levantó, sugiriendo claramente que la conversación había acabado. Appleby, al que esa situación absurda le había hecho sentirse por unos momentos tan incómodo como si de verdad le hablasen de un hombre vivo y de carne y hueso, casi se alegraba de que acabase. Bowles no se equivocaba al señalar la inclinación de la anciana por el pesimismo. Y sus recuerdos, por extraño que pareciese, eran de una época demasiado remota para ser útil en la investigación. No obstante, mientras se levantaba para marcharse, Appleby usó el último cartucho.

—Me pregunto —dijo— si tiene algún consejo que darme con relación a mis alumnos.

—Verá que Rupert es un chiquillo encantador; su padre es muy injusto con él, solo porque siempre está pensando en alguna travesura. A propósito, si lleva mucho dinero encima, le aconsejo guardarlo bajo llave. A veces Rupert juega a los ladrones.

—¿Rupert roba?

—Juega a los ladrones; es un muchacho sano e inquieto. Del que no me fío un pelo es de su primo Richard. Es todo un personaje, siempre leyendo o escribiendo o actuando en un rincón; tiene un carácter marcadamente enfermizo, y me sorprende que él y un niño tan robusto como Rupert se lleven tan bien. Richard es blando, y detesto la blandura. Espero que...

La señora Eliot, que se había encargado de acompañar a su visita a la puerta, hizo una pausa inexplicable, y Appleby se dijo que esa anciana, por lo demás inteligente, tenía unas opiniones cargadas de prejuicios sobre sus nietos. Estaba claro que Rupert...

La mente de Appleby frenó a su vez. Un reloj estaba sonando en alguna pieza interior. Y la señora Eliot, mientras abría la puerta, demostró que una amplia imprecisión con los siglos no era incompatible con un control exacto de las horas.

—Jenkins —gritó—, ¿cómo te atreves, sinvergüenza, insolente, a trastocar ese reloj? ¿Cómo que no? ¡Y un cuerno, déjate de sandeces! ¿Es que alguna vez lo has oído dar las doce cuando solo son las once?

4

—Un día aburrido —dijo Wedge—. Algún día tiene que venir a visitarnos a Gordon Square.

Winter, que miraba con ojos ausentes el campo a través de las patas del toro del abuelo Richard, se entretuvo intentando encontrar la relación entre esas dos observaciones. La casa de Wedge en Gordon Square sería claramente aburrida por fuera, aunque sin duda gloriosa por dentro. Sería luminosa, al menos las salas donde se daban las fiestas; con una luminosidad que se renovaría una o dos veces al año. Cada cierto tiempo, dejarían que el último joven en entrar en la línea sucesoria de la decoración interior campase a sus anchas por doquier; los Brâncuşi y Meštrović irían y vendrían como baratijas; el mundo melenudo quedaría boquiabierto ante los recursos de la casa de Wedge.

—Sí —dijo Winter, dejando esas conjeturas elevadas—, un día aburrido y apagado. —Como espíritus urbanos que eran los dos, miraron al frente con unos ojos que ignoraban sus propias carencias—. A veces pienso —continuó Winter— que Cambridge habría hecho de mí un hombre distinto. —Tenía asuntos pendientes con Wedge, pero no había ninguna prisa—. Todo ese ladrillo cálido... Me habría relajado, como un melocotonero recortándose contra una pared.

Wedge, que no recordaba haber conocido a un catedrático que suspirase por los melocotoneros en flor, calculó que Winter llevaría entre cuarenta y ciento cincuenta libras encima. Observó a su compañero con interés. Las monedas de dos y tres peniques, se dijo, recordando una anécdota ilustrativa y graciosa, pesan lo suyo.

—¿Melocotones? —preguntó. El hilo de su pensamiento, aunque pasajero, había sido absorbente, y no se acordaba de cómo había salido el tema de la fruta.

—Piense —dijo Winter, siguiendo con su reflexión— en la monotonía de la grisalla de Oxford. *Colleges* grisáceos, iglesias cenicientas, y ahora toda una serie de edificios eclesiásticos varios con el mismísimo color del cieno. Una desordenada extensión gótica que va del gris pizarra a lo parduzco, pasando por lo neutro; atravesada por riachuelos glaucos, impregnada de vapores plomizos y cubierta de nubes densas, pálidas y apagadas. A veces, cuando miro la ciudad, pienso que podría cogerla y apretarla hasta que saliese un borbotón rojo, como por las fisuras de un higo.

Wedge hizo un sondeo cauteloso.

—¿Alguna vez ha pensado —preguntó— en plasmar por escrito esas impresiones?

—Y si hablamos así de Oxford, ¿qué palabras nos quedan para el núcleo gris y lúgubre de la Inglaterra urbana? Qué alegría verlo por aquí —y Winter hizo un breve ademán con la cabeza a un Appleby que acababa de acercarse—, el Nerón de técnica moderna; ¡el Nerón que dispone de termita para facilitar su trabajo antes de sentarse a componer una rapsodia sobre los placeres de la piromanía! Para que los suburbios envueltos en hollín muerdan el polvo, para que las fábricas mugrientas se desmoronen con un estallido de escarlata, dorado y bermellón...

—Parece —Appleby se las ingenió para intervenir— que está esperando a que le den de comer. ¿Ha conocido a Kermode? Cuando tiene hambre habla exactamente igual; quizá con una pizca menos de estilo.

—Y por último —era evidente que Winter estaba determinado a que no interrumpiesen su batiburrillo de palabras—, uno mismo ardiendo al fin, envuelto en llamas duras como gemas... Qué bien comprende usted, mi querido Appleby, los resortes de la motivación humana. —Miró su reloj.

Wedge se arrancó.

—¿Qué le parecería —preguntó— firmar un contrato?

—¿Un contrato? ¿Quiere que me haga novelista?

—No, hombre; nada de eso, no necesariamente. —Wedge parecía ansioso por rechazar cualquier sugerencia ofensiva—. Memorias, quizá. Cualquier cosa que transmita la idea de esparcimiento erudito. En la sobrecubierta su foto, con un bonito fondo de libros en fila. Y yo recomendaría el dictado; capta la voz a una velocidad de dicción normal. Podría conseguirle...

Winter negaba con la cabeza.

—No soy escritor —dijo—, y tengo la suerte de saberlo. Cuídese mucho, mi querido Wedge, de la expansión ilustrada: significaría que esas máquinas suyas, sin duda, acabarían parándose en seco.

Wedge suspiró.

—Y tan solo necesitaría un dictáfono. Me parece una auténtica pena.

Winter acarició el toro del abuelo Richard.

—Nuestro amigo —le dijo a Appleby— posee unas máquinas insaciables, que nunca duermen y piden comida constantemente. Va por ahí merodeando, velando por los intereses de sus imprentas hambrientas, e incluso estaría dispuesto a darles poesía si pudiese garantizarle una producción wordsworthiana. Merodea de día y de noche. Te lo encuentras en un rincón oscuro y te endilga el título de autor.

Wedge sonrió afablemente a esa burla extravagante; acostumbrado a soportar conversaciones de negocios mucho más estrambóticas que la de Winter, no se desalentó, ni mucho menos.

—Los hombres viven —dijo—. Y, como Winter sabe, las máquinas producen.

—A cualquiera de las veinticuatro horas del día —continuó Winter—, es más probable que esté yendo en busca de un manuscrito a que esté haciendo cualquier otra cosa. Diga una hora, cualquiera, y me apuesto cinco chelines a que estaba trabajando, sudando tinta. Confiaremos en su imparcialidad.

—Las doce menos cuarto de anoche —dijo Appleby, al que aquello lo divertía. La maniobra de Winter para ponerse en posición había sido gratuitamente compleja, pero los aficionados pueden permitirse remolonear un poco. Wedge negó con la cabeza, evasivo.

—¿Las doce menos cuarto de anoche? ¿Cómo voy a acordarme en medio de toda esta vorágine de diversión de lo que estaba haciendo justo a esa hora?

—Se lo puedo decir, aproximadamente. —La voz de Winter sonaba un poco aburrida, como si ahora viese la estupidez de su apuesta, y eso lo irritara—. Estaba escondido en un armario con una persona que ignoramos; el lugar ideal para convencer a alguien de que escriba un libro. ¿Quién era?

—Peter Holme. —Wedge se giró hacia Appleby—. ¿Siempre va por ahí acompañado de un aprendiz? —Sonrió satisfecho ante el bochorno de Winter—. Holme no dejó de ponerme a caldo, y yo a él: estuvimos prácticamente abrazados todo el rato. Fue él quien me escogió; se pone nervioso si tiene que meterse en sitios oscuros con señoras, e incluso señoritas. Los actores tienen que llevar mucho cuidado, pobres diablos... Bueno, bueno, supongo que querrán seguir con su ronda. —Se alejó lentamente, paró en seco y se giró—.

Por cierto —dijo—, Winter gana cinco chelines. —Y desapareció, entrando a la casa.

—Después de todo ese esfuerzo retórico —dijo Appleby—, tenemos una cosecha muy exigua, me temo. ¿Está hablando con todos los invitados haciendo cosas por el estilo?

Winter parecía todo lo desconcertado que puede estar un hombre con gran aplomo.

—Pues sí, la verdad. Me parece una buena línea de investigación.

—Todo es una línea, buen hombre. El arte radica en saber escoger la más recta, y por ende rápida. Está encandilado con el hecho de que todos nos escondíamos en parejas. Bien, ¿y eso por qué? Porque: uno, el bromista es Archie u otra persona desconocida que no estaba escondida; dos, el bromista tenía un as en la manga para dar esquinazo a su pareja; o tres, había una pareja conchabada. Su línea de investigación, en efecto, es una a la que puede recurrirse si otras fallan. Personalmente, creo que la mejor línea es la del telégrafo.

—¿Qué quiere decir con eso?

—Aunque, ya puestos, ¿con quién estaba emparejado usted?

—Con ese pequeño traductor, André. No dejaba de cotorrear y yo le iba dando respuestas decentes. Como le gusta decir a Kermode, no tiene nada contra mí... A propósito —Winter cambió de tema con una brusquedad deliberada—, ¿sabía que Chown practica la hipnosis médica?

Appleby abrió los ojos de par en par.

—¡Qué líneas más siniestras sigue su mente!

—Suena absurdo, lo sé. Pero me he hecho una idea de Chown como una influencia siniestra... quizá porque Belinda parece verlo así. ¿Ha leído *La Piedra Lunar*?

Podría decirse que la perplejidad y la diversión luchaban por dominar la expresión de Appleby.

—¿*La Piedra Lunar*? Recuerdo a unos indios que usaban la hipnosis. Pero no veo...

—O también —dijo Winter— las drogas. La clave de la historia es que, bajo el efecto de una droga, un hombre puede hacer cosas del todo ajenas a su naturaleza y luego no acordarse absolutamente de nada. Pues bien, a Archie Eliot lo drogaron, y se me ha ocurrido que puede que drogaran también al propio Eliot, para hacerle Dios sabe qué. He descubierto que quizá no estuvo en ese armario para la ropa de cama con la señora Cavey más que un minuto al principio y otro al final; ella admite que estuvo hablando sola, ajena a su presencia.

—¿Y la hipnosis?

—Eso —Winter pareció un poco incómodo— solo es una alternativa que he pensado después, al acordarme de Chown y su técnica. Hay un tipo de personas que pueden hacer cosas extraordinarias bajo la influencia de la hipnosis.

Appleby observó a su aprendiz esbozando la más sincera de las sonrisas.

—¡Vaya si estamos progresando! —Se quedó mirando el paisaje; luego se giró de golpe, con una expresión seria y desconcertante—. Sí —dijo, sobrio—, estamos progresando.

Winter le lanzó una mirada penetrante.

—¿Mientras yo daba vueltas por aquí con ideas sacadas de libros usted ha dado, tras una intensa búsqueda, con la huella dactilar clave?

Appleby negó con la cabeza, ausente.

—Nada de huellas dactilares —dijo—. Está usted tan anticuado como el hombre que trasteó con el Renoir. Y no suele haber búsqueda. ¿Ha hablado alguna vez con periodistas expertos? Le dirán que las grandes historias no llegan a través de la búsqueda, sino teniendo simplemente un estado anímico determinado... ¿De verdad le interesa?

—Muchísimo.

Appleby le echó un vistazo casi dubitativo.

—Este curioso negocio es mi vida —dijo—. Y cada vez tengo más claro que, en realidad, el esconderse no está en la naturaleza de la verdad. La verdad está ahí, como un objeto relevante pero muy familiar, en un salón, esperando a que alguien se percate de ella. ¿Crees que de toda esta inmensidad...?

—Buen hombre, ya hemos tenido bastante poesía en Rust.

Appleby miró a Winter con unos ojos serios y remotos, y repitió:

—¿Crees que de toda esta inmensidad, de cosas siempre elocuentes, nada podremos sacar, condenados a buscar eternamente?[34]. —Volvió a esbozar una sonrisa amistosa—. A veces —dijo— las citas lo bordan.

Una extraña irritación se apoderaba de Winter.

—Pasividad policial erudita —dijo el profesor—. ¿Quién lo habría dicho?

Appleby volvió a sonreír, inquieto.

—Pero es la verdad, y es lo que hace interesante el juego. Nunca sabes dónde estás. La verdad, la verdad profunda, no los espejismos, podría despuntar con sus preciosos pináculos en medio del

---

[34] Referencia al poema *Expostulation and Reply*, de William Wordsworth.

mismísimo desierto del aburrimiento... Como le digo, estamos progresando.

—Me alegro. Llevo aquí veinticuatro horas y lo único que veo es un embrollo. —Winter habló con una sinceridad triste y repentina—. ¿De qué tipo de progreso estamos hablando, para ser exactos?

—No de un burdo progreso temporal. —Appleby se puso hábilmente a la evasiva—. Alguien está haciendo un experimento con el tiempo. Los relojes de Rust no se están portando bien: algunos han insistido en dar las doce a las diez y a las once. La última moda en efectos de sonido accidentales. Otros se han adelantado a las doce y ahí se han quedado. *Asesinato a medianoche*, ya sabe.

—Justo lo que Fausto quería. —Winter se irguió, emocionadísimo de repente—. Pero, hombre, ¿eso no implica una pericia técnica considerable?

—Saber qué ruedecita quitar, supongo; algo que puede aprenderse probando. Rupert ha estado jugueteando con un destornillador delante de mis narices en un taller, que en realidad es el estudio de Archie. El propio Eliot tiene una mente mecánica por momentos. Overall le confesó a la señora Moule que tiene una maqueta preciosa de trenes eléctricos en un desván de su casa. Usted mismo, cuando fue a excavar a Arabia, estudió el funcionamiento de los cronómetros y se encargó de ellos.

Winter sintió en su interior un tirón repentino, lo que los narradores tienen en mente, sin duda, cuando hablan de un hombre que da un respingo.

—Y usted se describe a sí mismo —dijo el profesor con tono amargo— sentado con Wordsworth en la antigua piedra gris, pasándose el día soñando[35].

—La rutina, ya ve. Telegramas, llamadas... y saber escoger bien a las personas útiles. —Appleby administraba su sonrisa con profesionalidad, y eso sorprendió a Winter. Ahora se le borró de la cara—. *Asesinato a medianoche* —repitió—. Toda esta historia tiene que parar, como los relojes. Cuando se le ocurra cualquier idea, como la de *La Piedra Lunar*, compártala. Toda ayuda es poca.

Winter abrió la boca para responder, se detuvo, y miró boquiabierto al otro extremo de la terraza.

—Por ahí se acercan —dijo— nuestro anfitrión; su bestia negra, la señora Birdwire; mi bestia negra, el doctor Bussenschutt; y una cuarta persona que solo puede ser, ni más ni menos, el mismísimo Jasper Shoon, *amator sacrosanctae antiquitatis*. Resulta que se me ol-

---

[35] Referencia al poema *Expostulation and Reply*, de William Wordsworth.

vidó por completo usar su puñetero telégrafo para responder a una invitación formal del susodicho. Esto es demasiado, demasiado más de la cuenta. Adiós, agente. —Y se desvaneció con discreta prisa por la cristalera.

Appleby se giró. «¿Vienen en son de paz», masculló, «o en son de guerra?». Y avanzó con pasos largos y firmes hacia el grupo que se acercaba.

La confianza y la ignorancia son a menudo hijas de un mismo parto. A medida que atravesaba la terraza, se percató de las expresiones de asombro y consternación que no dejaban de aumentar en las caras de los nuevos invitados del señor Eliot. Appleby, de piedra, se preguntaba qué repentino y humillante cambio podía haberse producido en su aspecto cuando oyó a su espalda un sonido increíble a la par que inconfundible. Se giró. Por absurdo que pareciese, Appleby iba catastróficamente al encuentro del augusto grupo, atravesando la terraza decorosa y sin pretensiones del señor Eliot, a la cabeza de una piara de cerdos negros y de un tamaño considerable.

Así como los criados no están preparados para enfrentarse a señoras que de repente se revelan como la materia prima del arte, los policías, por más que hayan tenido un entrenamiento impecable, pueden verse un poco perdidos cuando se transforman de golpe en porqueros en las terrazas de las casas de campo. Appleby frenó en seco.

El grupo se acercó. El señor Eliot fue el primero en hablar; un señor Eliot que Winter había conocido, pero con el que Appleby aún no tenía confianza. Ni siquiera la pasividad más sabia podría revelarle que estaba presenciando el prólogo de una tragedia grotesca.

—Esta —dijo— es una situación curiosa, pero en absoluto desafortunada. Puede conocer al mismo tiempo a varios de los habitantes más importantes de Rust. Mi querido señor Shoon —miró a ese hombre imponente con una alegría comedida—, ¿le interesan por casualidad los middle blacks? Nuestra piara tiene su interés.

El señor Shoon, que era mayor y peinaba canas plateadas y tenía un porte tan distinguido que rayaba lo increíble, se quedó en su sitio, como si estar rodeado de cerdos fuese lo primero que se esperaba de la Residencia Rust.

—Los aprecio —dijo sin excesos—, como aprecio cualquier vestigio, y cada vez son menos, de unos tiempos mejores. El middle black, como la ardilla autóctona a la que las variedades importadas están echando implacablemente de nuestros bosques, se merece sin duda nuestro respeto de anticuarios. —Con gran elegancia, el señor Shoon usó un bastón de paseo de marfil para rascar el lomo del cerdo más cercano—. Doctor Bussenschutt, ¿no coincide conmigo?

Era evidente que el doctor Bussenschutt se estaba preguntando, hecho un mar de dudas, qué nivel de seriedad o ligereza exigía el encuentro inesperado.

—Me temo —dijo— que todos los mamíferos ungulados no rumiantes me parecen el mismo. —Se apartó nerviosamente de un hocico curioso, y pareció pensar que se había adentrado muchísimo más de la cuenta en la jocosidad—. Pero lo felicito, maese —tenía claro el trabajo de Appleby— por su interesante cometido. A ojos inexpertos, al menos, parecen tener, eh, un pelaje excelente.

Con sumo cuidado intentó imitar la caricia del señor Shoon. Appleby, recordando un pasaje de Horacio protagonizado por cerdos, lo repitió con ese acento que los no filólogos clasifican como inglés de la BBC. El doctor Bussenschutt, aún más confuso, arrugó la frente, se aclaró la garganta y respondió al fuego con algo en griego. Los cerdos, al parecer intrigados por ese nuevo hábitat, pusieron el coro aristofánico. La situación era de todo punto absurda.

Y llegó el turno de la señora Birdwire. La señora Birdwire, mujer corpulenta y pelirroja, le pegó al cerdo más cercano una patada vigorosa —acción que bien podría definirse como una cochinada, reflexionó un Appleby filosófico— y levantó la voz con igual vigor. El parecer de la señora Birdwire quedó claro en el acto: ella era de esas personas que creen viable mostrarse ariscas y familiares, groseras y alegres, todo al mismo tiempo.

—¡Bestias inmundas! —gritó la señora Birdwire, desgañitándose—. ¡Bestias inmundas que se regodean en su degradación doméstica! —Se giró hacia el señor Eliot, como si él fuese responsable de corromper la pureza inmaculada de todas las especies porcinas—. Si pudiesen ustedes ver —dijo con feliz desdén— los majestuosos cerdos salvajes de las Tango Tango.

—Mi querida señora Birdwire —dijo Bussenschutt al instante—, ¿se acuerda de su gloriosa cacería de jabalíes allí, el día de Viernes Santo?

Appleby, sin prestar atención a los cerdos, por considerarlos una propiedad superflua, miró con curiosidad al colega y superior de Gerald Winter. Los cerdos armaban un escándalo de mil demonios, pero lo verdaderamente peculiar está en los pequeños detalles. Luego su mirada pasó de Bussenschutt a Shoon. Estaba claro que al famoso anticuario, o curioso, como Patricia aseguraba que prefería que lo llamasen, le había dolido la crueldad del gesto de la señora Birdwire; llegó incluso a agacharse y rascar la oreja del cerdo ultrajado con un guante color lavanda.

—¡Son animales adorables! —dijo. Miró la terraza, y luego al señor Eliot, con una malicia fascinante, que parecía recalcar cuán abominable era la señora Birdwire—. Aunque un pelín ectópicos —añadió, mostrando un conocimiento singular— en su situación actual. —Entonces el señor Shoon lanzó una mirada magnánima a su alrededor; compasivo, culto, importante y, sin lugar a dudas, al mando.

Hubo una pausa, en la que lo único obvio fue que la señora Birdwire estaba preparando una acción grandiosa con la que expresarse. Los middle blacks eran los únicos que estaban relativamente cómodos; formaban pequeños grupos, concentrados en girar sus hocicos chatos en diferentes ángulos, experimentando, como si su misión en la vida fuese realizar diminutos arabescos en el aire. El señor Eliot, aunque tenía un humor robusto y campestre, estaba claramente estresado; presentó a Appleby y hubo otra pausa, donde lo apropiado casi parecía presentar a los cerdos. O disculparse por ellos. Pero Appleby se percató de que el señor Eliot no pidió perdón por nada; se mostraba firme.

—Este fin de semana estamos dando una gran fiesta —dijo—, y están pasando cosas muy divertidas. ¿Seguro que no quieren almorzar con nosotros...? Entren al menos a tomar una copita de jerez.

Empezaron a abrirse paso entre los cerdos. Pero, entretanto, la señora Birdwire encontró lo que quería decir.

—¿Y a esos amigos nauseabundos de los que se rodea, puñetero tontaina —dijo—, les parece divertido incordiar a unos perfectos desconocidos a altas horas de la madrugada? Pero ¿esto qué es? ¿Otra artimaña publicitaria como la pintada roja? —La señora Birdwire no hablaba con ira, sino en consonancia con su canon personal de vocabulario permisible; un método, en su opinión, que autorizaba cualquier barbaridad.

El señor Shoon intervino con educación y firmeza.

—¿Una gran fiesta? No querríamos molestarlo. Ahora mismo también tenemos un grupo grande en la abadía. La escuela de verano —miró el paisaje helado a su alrededor—, la escuela de invierno, mejor dicho, de los Amigos. Los Amigos de Beda el Venerable. Han tenido la amabilidad de honrar a su presidente reuniéndose bajo su techo. El doctor Bussenschutt va a decir unas palabras; y mañana deberían visitarnos todos.

Mientras revelaba esos misterios y pronunciaba esas palabras, el señor Shoon miró al grupo con una autoridad tan sosegada que la señora Birdwire guardó silencio, e incluso podría decirse que los middle blacks prestaron atención.

—En cuanto a la colección —continuó el señor Shoon—, se la mostraré a todos ustedes con toda mi confianza; buena parte de ella —hizo una reverencia elegante al señor Eliot— está custodiada por la encantadora y muy diligente hija de nuestro anfitrión. Por la señorita Eliot y —realizó una reverencia a Appleby, demostrando que no se le escapaba nada— por la hermana del señor Appleby, igual de talentosa. —Hizo una pausa, seguro de que el silencio no se rompería: estaba acostumbrado a abrumar—. Me temo —dijo— que la Vitrina de las Curiosidades quizá no supere la inclemencia de la academia —esta vez la reverencia estaba dirigida a Bussenschutt—, pero podría ofrecer a las señoritas un cuarto de hora ocioso y entretenido. Y si todo lo demás falla —se giró hacia el señor Eliot con gesto jovial, sugiriendo que su anfitrión, a pesar de su humor campestre y su curiosa senda literaria, también era un reputado erudito—, si todo lo demás falla, confío en que mis tamworths se ganen el afecto del dueño —blandió su bastón de marfil sobre los ruidosos middle blacks— de estas preciosidades, que se han acercado tan amablemente a darnos la bienvenida.

Como frase final era difícil de superar. La comitiva, a excepción de Appleby, continuó hasta la casa. El detective se quedó fuera, contemplando a los middle blacks, sacó un pañuelo y se secó la frente. Mientras lo hacía se percató del señor Eliot, que había vuelto un momento.

—Esos cerdos —dijo—, quienquiera que lo haya hecho no ha soltado a toda la piara.

Appleby observó a los animales deambulantes.

—A bote pronto —apuntó—, diría que hay doce.

—No hay nada —dijo el señor Eliot— más probable. —Miró a Appleby con unos ojos de inteligencia lúcida y serena, y se marchó.

Gerald Winter, empujado por sus recuerdos al lugar que le parecía más seguro, se había dirigido a la sala de billar. Allí solo estaban Belinda y Timmy, pero aun así resultó ser el centro de una especie de tormenta. El hermano y la hermana no estaban discutiendo como tal; sin embargo, tenían intenciones enfrentadas, y se dedicaban a intentar poner al otro de los nervios. Winter pensó que ahora, misteriosamente, se habían cambiado los papeles. Belinda se mostraba despreocupada e irónica; cabía suponer que estaba muy, pero que muy aliviada por el feliz a la par que misterioso vuelco que se había producido esa mañana en el equilibrio mental de su padre. Timmy, por el contrario, se había vuelto irritable y soterradamente peligroso; en efecto, estaba al borde de ponerse rabioso.

—No me parece —decía Belinda— que importe demasiado de verdad. Papá lo tiene controlado, y eso es lo más importante. —Lanzó a Winter una mirada que lo admitía tácitamente en la conversación—. Siempre y cuando el pobre señor Toplady no vuelva a preocuparse, todo esto pasará de una manera lo bastante tolerable.

Timmy, que estaba tumbado junto a una ventana intentando leer, cerró su libro de golpe: Winter se percató, con relativa sorpresa, de que era un volumen aconsejado para estudiar *in Litteris Humanioribus* en la Universidad de Oxford.

—Dios santo —gritó—, deja ya al puñetero Hugo de una vez por todas.

Belinda se quedó ojiplática y miró a Winter.

—No sabrá por casualidad si han llevado a Timmy a beber, ¿verdad?

—Ni a beber vino —dijo Winter— ni a cantar.

Winter esbozó una sonrisa apagada a su discípulo ceñudo y furioso. Como le encantaba decir, había tenido bajo su tutela a muchísimos Timmys, con idénticas y aciagas tribulaciones, con lo que su interés por el progreso espiritual de un ejemplar en concreto era harto moderado. Patricia llegaba y Hugo se iba: así funcionaban las cosas en el mundo adolescente.

—El plan —Winter se giró hacia Belinda y se divirtió mostrando una falta de sutileza deliberada— era suyo, a fin de cuentas. —Negó con la cabeza—. En Rust siempre hay uno o dos planes maquinándose.

Timmy se levantó de un salto.

—Me dan ganas —dijo— de romperle el cuello a ese enano de André. ¡Planes, claro! Si es capaz de jugársela como se la jugó a Cavey, es capaz de jugársela a cualquiera como quiera. —Ahora se dirigía a Winter—: ¿Sabe qué se les ha ocurrido a Archie y a él esta mañana? Se han inventado lo que sin duda es una sarta de mentiras sobre el temible *Asesinato a medianoche,* y han convencido a esa mujer asustadiza de que cuando el libro cobre vida ella será, sin lugar a dudas, la víctima. Se ha quedado tan conmocionada —por un momento Timmy levantó la voz hasta rozar la violencia— que probablemente ahora esté en su habitación, engendrando novelas flojas antes de que llegue su hora.

Winter miró a su discípulo con una expresión seria.

—Timmy —dijo—, ¿no me diga que no le parece divertido? —Se giró hacia Belinda, negando solemne y elocuentemente con la cabeza.

—¿Y sabe qué se trae entre manos ahora André? Está organizando una especie de espectáculo para esta noche. Creo que de verdad lleva varios días tramándolo, y que será tan intricado como repugnante.

Belinda puso cara de aburrimiento.

—Sin duda es una amenaza—coincidió—, pero no creo que tengamos que preocuparnos mucho. Como digo, lo más importante es descubrir si el bromista se va a volver violento o no antes de que lo atrapen. Y creo que John se encargará de eso.

—¿Y sabe —preguntó Timmy, que estaba pálido y parecía incapaz de pronunciar algo que no fuese una pregunta retórica— exactamente qué está planeando? ¿Sabe qué me ha dicho?

Winter se sentó, resignado.

—Ruego —dijo— que la explicación sea sosegada y sostenida. ¿Va a haber algún tipo de actuación teatral?

—No le quepa duda. Y el tema es...

La puerta de la sala de billar se abrió, como siempre, y de entre todas las parejas inimaginables, se dijo Winter, entraron Hugo Toplady y Patricia. Por un momento pareció que el cariño fraternal haría que Belinda echase algún tipo de cable a su hermano. Winter, notando que el almuerzo aún quedaba lejos y la diversión no tenía que decaer, intervino rápidamente.

—Timmy está a punto de contarnos los planes de André para esta noche —dijo—. Va a haber una actuación teatral, y el tema es... —Hizo un gesto, como devolviéndole a Timmy una pelota invisible.

Timmy adoptó una expresión de tranquilidad desesperada.

—André se ha tomado la liberad de decirme que, dadas las circunstancias, un cabaré del tipo crimen e investigación sería de mal gusto... ¡De mal gusto! —Timmy hizo una pausa, lanzó una mirada cautelosa a Patricia, otra irritada a su hermana—. Dios, Dios, Dios.

—Bueno —dijo Belinda, sensata—, es una forma un poco tradicional de decirlo, pero supongo que no va del todo desencaminado. ¿Qué es lo que te reconcome?

—Sí —dijo Patricia—, ¿qué es? —Su instinto ante ese tipo de situaciones, pensó Winter, había sido incierto hasta ahora.

Timmy se puso nervioso, y miró a puertas y ventanas, desesperado.

—Ah, nada. Pues que él está preparando alguna tontería de todas formas. —Empezó a juguetear con un trocito de tiza solitario, y luego levantó la mirada hacia unas caras implacablemente expectantes—. André está organizando una especie de fantasía sobre el elemento romántico de los libros.

Belinda se puso en pie al instante.

—Ya veo. Pues venga, que esa tontería no nos pille desprevenidos.

—¿El elemento romántico, Timmy? —Toplady arqueó las cejas con una expresión interrogante, férrea y fatídica—. Tenía entendido que los libros eran novelas serias de cabo a rabo.

—Amor —dijo Timmy, con una violencia indescriptible—, puñetero amor. «Henry», dijo ella, titubeante, «sabes que te quiero, pero no podemos casarnos hasta que esta nube se haya alejado del nombre de mi padre».

Hubo un momento de silencio atónito. Hasta que Patricia, con la más pura sencillez, se echó a reír.

—¿Los libros de tu padre —preguntó— llegan a esos extremos? No tenía ni idea.

Winter suspiró, pensando en la debilidad de los de su propio sexo. Hay panfletos llenos de tonterías de cuartel, se dijo, que las mujeres ignoran. Y en voz alta dijo:

—El amor, sin duda un tema espantoso. —Pero Patricia seguía sonriendo. Estaba tan irritado como un motorista que toca el claxon sin cesar, en vano.

Y Timmy estaba herido; era sorprendente por qué grietas podía colarse la tediosa Araña. Estaba disfrutando de unas sensaciones nuevas y hermosas, que giraban en torno a Patricia, reflexionó Winter, y le ofendía que, por poco que fuera, se burlasen de su disfrute. Pero nadie se percató; y mucho menos la chica. Solo Winter, sin duda porque su conocimiento era objetivo, teórico y sacado de las mejores fuentes impresas, vio la situación en su conjunto. O Winter y, presuntamente, André. Lo más probable es que el espectáculo de esa noche no tuviera nada que ver con eso; lo más probable es que André se estuviese quedando con Timmy, como Archie y él ya se habían quedado con la señora Cavey. Era ingenioso y, pensó Winter tras mirar a Timmy de nuevo, desagradable; también tenía muchas posibilidades de ser absolutamente bochornoso, si no se controlaba.

—No sé —dijo— si su padre querrá algún tipo de espectáculo intricado esta noche. Quizá el grupo haría mejor en ponerse a arreglar los relojes. Supongo que saben que han estado marcando lo que, sin duda, deberíamos llamar una melodía siniestra.

El juego de palabras, que pretendía cambiar de tema, no tuvo éxito.

—«Eleanor —dijo de repente Timmy, que parecía tener delante el *Diccionario Webster* abierto por la página más espantosa—, ¿puedes oír esas alegres campanas? Quiero que sepas que también resuenan en mi corazón». —Y miró a sus compañeros con una sonrisa repelente y masoquista.

Belinda creyó conveniente explicarlo.

227

—No creo —dijo con toda franqueza— que a papá le interesase demasiado el tema. Pero cuando su tirada creció, le pareció justo introducirlo para satisfacer las expectativas de sus lectores. Su amor es muy anticuado, y bastante fantasioso, por cierto, pero nos dicen que tiene muchísimo éxito. Siempre hay un héroe y una heroína, y el conflicto entre el amor y el deber se desencadena pasadas unas treinta mil palabras. Creo que papá sacó la fórmula de Corneille.

—Todo en el nivel más puro —intervino Timmy—. Nada físico hasta justo después del último capítulo.

Toplady tenía una mirada de desaprobación; Patricia estaba un tanto perpleja. Winter dijo, con desdén:

—¿Y tendremos a Henry y Eleanor esta noche? Bueno, supongo que podría ser peor. Henry y Eleanor podrían cobrar vida también.

—La verdad es que —dijo la voz de Appleby desde la puerta— lo han hecho.

Todos se giraron al unísono.

—La señora Birdwire —dijo Appleby— ha venido con un interesante acompañante a quejarse. O a no quejarse, mejor dicho. Como dice nuestra querida Lucy Pike, ella no es de ese tipo de gente. Ha venido, antes bien, a soltar una ristra de insultos exultantes, y de paso a dar señoras palmadas a todas las espaldas disponibles. La señora Birdwire ha recibido fragmentos amorosos de los libros; con un estilo bastante anticuado, como dice Belinda. Algo irritante, sin duda, para una mujer con ese temperamento. En el corazón de la noche le murmuraron por teléfono un pasaje erótico victoriano. Una mujer infame, por cierto, es innegable. Mientras estábamos en la terraza pensaba en lo bonito que sería poder invocar a Circe.

—¿A Circe? —preguntó Winter, asombrado.

—A Circe de Eea, esa dama astuta. Pero esa es otra historia, con cerdos de por medio.

Paseando de nuevo por la terraza empapada junto a Appleby, Winter se detuvo y miró el reloj. Ese gesto, provocado por su estómago, le recordó nítidamente otra cosa.

—Ritmo —dijo—. El bromista sabe elegir el momento oportuno. Timmy se enamora de su hermana de la noche a la mañana; Henry y Eleanor aparecen de inmediato. La historia combina sutileza y velocidad. Timmy se vuelve vulnerable y al instante sufre un ataque. Estaba en lo cierto cuando pronosticaba que la trama se ramificaría.

—Las tramas no se ramifican; se embrollan. —Appleby frenó en seco—. Esta trama se embrolla. Hasta rayar lo inverosímil, lo extenuante y casi lo eliot-arácnido. Sospecho, aunque reconozco que solo es una sospecha, que hasta ahora hemos visto los espectáculos secundarios. El auténtico *show* está en otro sitio.

Hubo una pausa. Appleby sacó una pipa y la llenó, la encendió y dio una calada, todo con una lentitud que insinuaba un sentido dramático y acechante.

—Cuénteme —dijo, lanzando una caja de cerillas al aire— todo lo que sepa —atrapó al vuelo la caja— de Bussenschutt y Birdwire.

—¿De qué? —Los ojos de Winter se abrieron como platos.

—Antes de que esa gente se marchase, hace unos minutos, me he hecho una idea de la relación que tienen. Bussenschutt está en casa de Shoon, al parecer por primera vez. Ayer, de camino a la abadía, pasó por casa de Birdwire, también por primera vez. Resultó ser, a tenor de lo que dice la señora, un devoto estudioso de sus obras. Y esta mañana ha convencido a Shoon para que se pasasen juntos por su casa. Luego los tres han venido aquí; Shoon para invitarnos al gran acontecimiento de mañana y Birdwire para vociferar sus bromas indignantes. Y es cierto que Bussenschutt aprovecha la menor ocasión para hacer comentarios elogiosos, muy bien informados, sobre los viajes de Birdwire. Le pregunto qué significa eso.

—No tengo ni idea. Es algo que, presuntamente, no debería importarnos un comino. —Winter se detuvo, con la mirada perdida—. ¡Viejo diablo taimado!

Appleby sonrió, deleitándose.

—Eso es —dijo—, algo ha hecho clic. Cuénteme.

—Por supuesto. Es el relleno, la trama secundaria. O lo que yo definía ayer para mis adentros como misterio secundario. —Soltó una risita—. Y es Bussenschutt una y otra vez... ¿Sabe quién es mi colega Horace Benton?

—Sí. —La caja de cerillas de Appleby volvió a volar—. Solía vender armas cortas de contrabando en Oriente Próximo.

—¡¿Qué?! —Winter pegó un respingo, como si le hubiese dado una descarga eléctrica.

—A Shoon. De hecho, era un Amigo de Beda el Venerable.

Ambos se miraron.

—«Ojalá —dijo Winter lentamente— conociese a Shoon». «Ojalá conociese a Shoon». Lo dijo Benton. Benton, infame. —Levantó la cabeza, carcomido por una duda repentina—. No sé demasiado sobre su *curriculum vitae*, lo hicieron *fellow* antes que a mí. Pero debe de tener un itinerario académico ortodoxo e intachable, ¿cómo puede estar metido en el tráfico de armas...? Y, que Dios nos ayude, ¡¿cómo encaja eso con Eliot y su absurda Araña?!

Appleby sonreía como un chiquillo.

—El aprendiz optimista —dijo— nunca pierde la cabeza, conserva el aplomo. Pronto todo quedará explicado. Para empezar, veo que no está al tanto de los Amigos. Jasper Shoon no es un «curioso» devoto por amor al arte. Esa sociedad que dirige, los Amigos de Beda el Venerable, se supone que hacen Dios sabe qué; buscar en archivos europeos, creo, información relacionada con las antigüedades inglesas. Tiene contratados a un puñado de académicos de verdad, cuanto más idiotas y menos observadores, mejor, pero principalmente es una organización que se dedica a hacer y vender fechorías. Su amigo Benton estaba en ambas ramas.

Winter negó con la cabeza.

—Me encantará —dijo con frialdad— verlo explicando esto. Lo único que yo veo es un embrollo sin remisión. Si este cuento con el que me sorprende ocupa el centro de atención, y parece que solo se basa en su instinto para decirlo, estamos ante una historia completamente distinta. Hasta ahora hemos buscado un enemigo doméstico o profesional de Eliot. Acaba de asegurarme que este deplorable acoso doméstico está empezando a ramificarse hacia otros miembros de la familia, como parece ocurrir con el baladí pero ingenioso anzuelo del enamoramiento de Timmy. Y ahora, solo porque menciono a un tal Benton, persona lerda y asustadiza, monta de repente un melodrama sobre contrabando. No tiene sentido. —Winter hizo un gesto de impaciencia—. Desafía la coherencia. Si el propio Eliot estuviese tramando todo esto para su público, lo descartaría.

—Hábleme —Appleby repitió y amplió su petición— de Bussenschutt, Benton, Shoon y Birdwire.

Winter se quedó pensando.

—Anteanoche tuve que conseguir un permiso para que Timmy pudiese venir aquí. Eso implicaba el visto bueno de Benton. En la sala de profesores, Bussenschutt mencionó que iba a venir a ver a Shoon para que le mostrase un papiro. Eso nos condujo a un manuscrito que Benton había encontrado en el Levante mediterráneo, y me dio la oportunidad de mencionar a Birdwire y el robo en su casa; quería explicar por qué Timmy creía que debía volver a casa. Benton entró en un frenesí inexplicable al oír el nombre de la buena dama, y Bussenschutt, al que no se le escapa una, quedó intrigado. Una de sus tranquilas ocupaciones es acosar a Benton siempre que puede. Debió de pensar que Birdwire sabía algo acerca de Benton, y al ser, como le digo, un hombre meticuloso, empezó a indagar sobre ella. Le invito a pensar si estos hechos encajan con, pongamos, la afirmación de que esta es la Residencia Disparate.

—Creo —dijo Appleby plácidamente— que deberíamos prepararnos para el almuerzo.

Winter recordó que tenía hambre. *A priori* había que creer a Appleby; sin embargo, aún podía oír el murmullo de Benton: «Ojalá conociese a Shoon». Por desgracia, y al poco de su llegada imprudente a Rust ya había tenido la primera corazonada, aquello le quedaba grande. Se acordó de sus laboriosos interrogatorios a la señora Cavey y a Wedge y se maldijo por ser un tontaina entrometido. Su expedición no había aportado absolutamente nada al esclarecimiento de la irritante y quizá siniestra historia de la Araña.

Nada. Winter, el aficionado, miró a Appleby y de pronto se sintió torpe y cansado, involucrado en una futilidad. Y era una futilidad familiar: sabía de sobra que ya se había visto en una situación idéntica, muchos años atrás...

—¡Ya lo tengo!

Appleby lo miró asombrado.

—El quid de toda la cuestión. Por qué el bromista puede hurgar en la mente de Eliot. He dado —Winter se volvió cauteloso de repente— con una posible solución.

—En ese caso ya podemos ir haciendo las maletas. Resuelva eso y el misterio se desvanecerá bajo la luz de un día cualquiera[36].

—Sí —dijo Winter—, también a Wordsworth.

—¿Qué?

—Acaba de citar a Wordsworth, y mi explicación también explica a Wordsworth. Y a Platón.

El profesional Appleby parecía gratamente perplejo.

—Quedaré más que satisfecho —dijo— con una explicación de Eliot.

—No es tanto una explicación, sino una justificación. Pero creo que debe de ser la cierta. Y se me ocurrió, se lo digo en serio, antes de llevar diez minutos en Rust.

—Cielo santo.

Winter miró con un ápice de indecisión a su compañero.

—Por la naturaleza de las cosas, las pruebas solo existen en la cabeza de Eliot; me refiero a las pruebas de la clarividencia del bromista. El secretario que murió en ese accidente de avión podría haber confirmado que los manuscritos fueron alterados, pero todo el tema de la clarividencia está en la cabeza de Eliot. Y Eliot está confundido. Paramnesia.

---

[36] Referencia a la oda *Intimations of Immortality from Recollections of Early Childhood*, de William Wordsworth.

—Ah.

—La sensación de que esto ya ha pasado. Está en el fondo de las doctrinas de la reencarnación, de la teoría platónica de la reminiscencia, del misticismo natural, como el de Wordsworth... Y ayer se me ocurrió mientras me sentaba a almorzar: esto ya lo he vivido.

—¿Y lo había vivido?

—Claro que no. Tiene que haber una sencilla explicación psicológica. Y la mejor sugerencia es, en mi opinión, Havelock Ellis. La mente es como una casa de dos plantas: arriba, las sensaciones del momento; abajo, la memoria. Solo que a veces las sensaciones se caen por las escaleras sin que nos demos cuenta de haberlas tenido. Caen directamente a la memoria. Y un instante después, mientras aún estamos percibiendo esas mismas sensaciones de manera normal, vuelven a subir convertidas en recuerdos y se enredan con lo que está ocurriendo de verdad ante nosotros. La consecuencia es la asombrosa sensación de que lo que tenemos delante ahora ya lo tuvimos delante en el pasado.

—Una explicación de lo más lúcida de un fenómeno corriente.

—Es un fenómeno ante el que algunas personas son más susceptibles que otras. Sugiero que Eliot es particularmente proclive a la paramnesia. Se enfrenta a una situación y de repente está convencido de que...

—¿De qué, mi querido Winter?

—De que ya la ha vivido. En su cabeza.

—Exactamente, en su cabeza. El matiz me parece importante. Si estamos hablando de paramnesia, se trata de un caso especial de ese fenómeno. Él no piensa: esto ya lo he vivido. Él piensa: esto existió una vez como un proyecto en mi cabeza. Cree que algo que recuerda como una imaginación ahora se está materializando. Dudo mucho que los mecanismos de la paramnesia lleguen a eso. Su sugerencia —Appleby lanzó a Winter una mirada pensativa—, en cualquier caso, es excelente.

—Gracias. Podría planteársele a Chown.

—Sin duda hay cosas que plantearle a Chown —dijo Appleby.

5

Casi todo el mundo sabía que la señora Cavey había vivido una experiencia. Al poco de acabar su conversación con Winter, fue caminando hasta el pueblecito de Rust, donde un hombre le colgó un par de cachorros por media corona. La señora Cavey compensó el relato entusiasta y elocuente del proceso con un almuerzo relativamente frugal. Añadió agua a un burdeos que no iba nada corto de burdeos y, mientras se comía una tortilla preparada expresamente sin riñones, repitió la historia a quien quisiera escucharla.

La señora Cavey, que como todas las personas imaginativas era más amiga de los deseos que de la realidad, no quería que colgasen a los cachorros. No tenía ni idea de que eso era lo que tenía el hombre en la cabeza. Era un hombre joven, el mejor tipo de campesino, según la señora Cavey, y cuando habló con él solo estaba pensando muy por encima en la mejora profesional. Los elementos rústicos —sangre caliente, habla pausada y una ligerísima relación con el paso de las estaciones— formaban parte de su repertorio, y era meticulosa en el trabajo de campo. A veces iba en busca de ancianos, a los que desmontaba y luego recomponía con su máquina de escribir en un contexto de salones de posada y rinconcitos con chimenea; sin duda, el espíritu de George Eliot flotaba a su lado mientras tecleaba. Sin embargo, prefería frecuentar a los jóvenes, para después crear a partir de sus notas personajes que a los interesados les parecían del estilo de *El amante de lady Chatterley*, aunque sin las palabras a las que las remilgadas bibliotecas de alquiler se oponían. Fue precisamente buscando ese tipo de contactos cuando la señora Cavey entabló conversación con ese joven en concreto. La conversación empezó siendo afable y acabó siendo confidencial, y en el transcurso, qué otra opción tenía, la mujer habló del problema al que se enfrentaba en ese momento. El joven le pidió que subiese por una escalera y entrase al granero. La señora Cavey subió. Según explicaba, empezó a llover.

Al joven, pensaría luego la señora Cavey, debía de encantarle el contacto urbano. Una vez en el granero, se marchó para volver con los dos cachorros, un trozo de soga y un gancho de esos con que los carniceros cuelgan la carne. Colgó a un cachorro, y al otro lo ensartó: por suerte, el gancho perforaría algún órgano vital, pues el animal murió casi en el acto. Pero aquello era un desastre y la señora Cavey se sintió mal; tan mal, ironías de la vida, que no recordaba en absoluto los ruidos de los cachorros, y por lo tanto había vivido una experiencia desgarradora en vano. Intentó escapar, pero el viaje escalera abajo no era algo que, presa de esa angustia, pudiese afrontar sin ayuda. El pago de la media corona resultó ser una especie de rescate.

La señora Cavey, poco convincente, dijo estar resuelta a dar parte a la policía.

Ese deplorable incidente, se decía Gerald Winter, era el tipo de cosas intrascendentes que pasan de verdad. Porque la vida no necesita coherencia. Aparece un paleto sin motivo alguno; da rienda suelta, así porque sí, a su macabra anomalía; se desvanece de nuevo en las sombras, y su acción queda escrita en el agua. En cuestión de una semana Cavey y el mundo se habrán olvidado de él; y, sin embargo, ha ocurrido la enésima cosa que jamás, jamás, valdrá para el arte.

Winter se apartó de esas reflexiones estériles para fijarse en su amiga, la señora Moule, y notó que estaba comiendo merengue otra vez.

—Eso —dijo, enigmático— es arte.

—¿Arte, señor Winter?

—Merengue, veinticuatro horas bastante moviditas, y otra vez merengue. Porque nuestra mente reconoce patrones, ese es el tipo de cosas que inventamos.

—¿Y qué experimentamos en realidad?

—Lo que experimentaríamos es más sencillo. Merengue, merengue, merengue. Pero rara vez lo conseguimos. Piense en la señora Cavey, que ha tenido una de cal y otra de cal. Malicia refinada, si los rumores son ciertos, en el desayuno, seguida de malicia rústica en vez de un tentempié. Ya sabemos que esta casa está abarrotada de malicia, pero parece un poco duro que la malicia también rezume de las tierras que la rodean.

—Es un aura —dijo la señora Moule.

—Sí, no lo había pensado. En estas veinticuatro horas he quedado convencido de todas sus opiniones.

La señora Moule no se molestó en ocultar su recelo.

—Mire —dijo—, no soy una ingenua; ni siquiera cuando me montaba en mi caballito de juguete. La malicia de *sir* Rupert no me pilló por sorpresa en absoluto.

—¿La malicia de *sir* Rupert?

—En ese juego tedioso. ¡Hola, Belinda! Parece que hoy tienes mejor color... En ese juego tedioso del escondite. Íbamos en parejas; él me llevó arriba, a un lugar oscuro como boca de lobo, un pasadizo secreto, creo, y se hizo pasar por un fantasma.

—Vaya por Dios. Tenía a Rupert por una persona muy correcta. Eso me parece mucho más propio de Archie. ¿Qué tipo de fantasma?

—Un fantasma muy —la señora Moule se ruborizó—, muy vivo.

—¡Ah! —El aprendiz descubrió que la investigación tenía sus momentos incómodos.

—Y al mismo tiempo..., en fin, fantasmal. La verdad es que estaba muy confusa, y un tanto asustada... Creo que por eso la curiosa historia de *sir* Archie se me olvidó. Me pregunto si debería atreverme a compartirla con el agradable señor Appleby.

—Compártala —dijo Winter, enfático— conmigo.

La señora Moule titubeó unos segundos.

—Es curioso cómo, al repasar una situación, podemos recordar haber visto algo de lo que no recordamos habernos percatado en el momento... Madre mía —la señora Moule negó con una cabeza de antigua maestra—, ¡qué horripilantemente mal me he expresado!

—Al contrario, su observación es harto lúcida.

La señora Moule sonrió, agradecida.

—Se dice que esa es la gran prueba del estilo, ¿verdad? El caso es que justo antes de venir a almorzar me he acordado de la curiosa historia de *sir* Archibald drogado. El doctor Chown parecía muy seguro, y estoy convencida de que una persona tan ilustre no puede equivocarse. Y sin embargo es rarísimo. Entendemos por qué lo drogaron; o creemos entenderlo: era la única persona sin pareja, estaba merodeando por la casa y había que eliminarlo para poder robar el Renoir sin peligro. Bueno —la señora Moule se sonrojó un poco—, no lo robaron exactamente.

—Para poder juguetear con el Renoir sin peligro.

—Esa es una muy buena forma de expresarlo. —La señora Moule le devolvió el cumplido—. Así pues, vemos, o creemos ver, por qué drogaron a *sir* Archibald. Pero ¿cómo lo drogaron?

—Había un montón de bebidas yendo y viniendo todo el tiempo.

—Sí, pero hubo poquísimo tiempo para drogarlo a él. Había que drogar a la persona sin pareja; no, o al menos no solo, a *sir* Archibald. Al minuto de escogerlo como cazador, todo el mundo había ido a esconderse... ¿Sabe algo de drogas?

La pregunta estuvo acompañada de una mirada tan seria de repente que Winter se quedó perplejo.

—Singularmente poco —respondió.

—El señor Eliot y yo hemos tenido ocasión de estudiarlas juntos. Y he pensado que, si de verdad drogaron a *sir* Archibald para poder robar el cuadro en ese momento y sin peligro, habría sido necesario, casi seguro, ponerle un pinchazo; no bastaría con echar algo en su bebida, ya sabe. A menos que fuese muy potente, una droga en su bebida empezaría a actuar más o menos cuando Chown se dio cuenta de que pasaba algo raro.

—Ya veo.

—Así que, si lo analiza con detenimiento, todo está plagado de dificultades. Solo cuando lo he mirado desde esa óptica me he acordado de que yo vi lo que pasó de verdad: *sir* Archibald se drogó a sí mismo.

Winter se quedó mirándola fijamente.

—Mi querida señora Moule, tiene que tomarse esto con mucha calma. ¿Es consciente de que tiene a Scotland Yard encima?

La señora Moule soltó una risita inesperada.

—El señor Eliot y yo tenemos a Scotland Yard encima desde hace años, al menos en papel. Así que supongo que no es ninguna novedad... El caso es que *sir* Rupert y yo fuimos los últimos en salir. Mientras nos marchábamos, *sir* Archie se acercó a las bebidas y dijo: «Mejor será tomar otra lagrimita antes de empezar con esto». Es decir, antes de empezar a hacer de cazador. Cuando acabó de servirse la copa, la puerta ya estaba cerrándose entre él y yo. *Sir* Rupert había salido primero porque iba a adelantarse para traerme un chal de mi habitación, pero se le ocurrió decir: «¿Está segura de que no lo ha dejado aquí?». Así que volví a mirar y pude entrever a *sir* Archibald en un espejo. Estaba buscando algo a su alrededor —la señora Moule se detuvo a pensar, y recurrió al apoyo de su vocabulario profesional—, con actitud furtiva. Luego echó algo en su vaso. Como le digo, la culpa de que pasara por alto una situación tan curiosa es de *sir* Rupert. Me temo que parece que *sir* Archie es responsable de todos estos incidentes insufribles.

—Bueno, bueno... ¿Y qué hay del aura?

—Creo —la señora Moule tenía las cosas muy claras— que debe de ser un caso de posesión. A fin de cuentas, ¿por qué iba *sir* Archie a comportarse de una forma tan bochornosa, por mucho que se burlen de su faceta de ingeniero? En cierto sentido, estoy bastante aliviada. Puede que *sir* Archie sea un poco malévolo, pero no creo que vaya a hacer nada realmente violento o letal.

Winter fue incapaz de no entrar al trapo.

—Pero si es posesión...

—Se ha descubierto —dijo la señora Moule, muy puesta— que en los casos de posesión suele haber una relación caprichosa entre los espíritus y el instrumento escogido.

Winter no fue capaz de rebatir esa afirmación. Miró la mesa. El instrumento escogido estaba murmurando algo al oído de su compinche André.

Mientras se acababa su café en compañía de Belinda Eliot, Appleby sintió una misteriosa incomodidad topográfica. La tarde anterior había puesto rumbo a la Residencia Rust, cuya estructura física se desplegaba ahora a su alrededor; sin embargo, en su cabeza era cada vez más inconsistente: si cerraba los ojos, casi podía verla, como una especie de visión borrosa, desvanecerse, para adoptar luego las formas menos suaves de la abadía Shoon. Appleby, que tenía una imaginación considerable, dada su profesión, sentía debilidad por las armas grandes, y las armas grandes, en todos los sentidos, estaban en la abadía, lo que sugería que las alarmas en la residencia no eran más que un problemilla, una nimiedad. Ahí, un escritor popular estaba siendo acosado por rivales contrariados o familiares resentidos; allí, blindado en el interior de su extravagancia de hormigón armado, o deambulando entre sus ruinas caras y simbólicas, el culto señor Shoon estaba tramando sus modestos pero rentables tejemanejes internacionales. Appleby recordó que más vale nimiedad en mano que armas grandes volando; o, mejor dicho, nimiedad en sus manos, pues se había propuesto resolverla. Pero lo más gracioso, se dijo, era que ambas estaban relacionadas de manera enigmática...

—Belinda —dijo—, ¿tu padre ha estado alguna vez en Oriente Próximo?

Belinda abrió los ojos de par en par bajo esa frente abultada.

—Lo destinaron allí un tiempo, justo al final de su carrera militar, cuando estaba en inteligencia. Pero cayó enfermo y lo mandaron a casa. Nunca ha hablado mucho de aquella época; me imagino que la enfermedad fue grave y le afectó un poco a la memoria. Fue mucho antes de que yo naciera, así que de todos modos no sé casi nada del tema. Pero estoy casi segura de que nunca volvió.

—¿Qué me dices de Rupert y Archie? ¿Han estado alguna vez en Oriente Próximo? ¿Puede que alguno de ellos coincidiese allí con tu padre?

—No lo sé. Un tupido velo cubre, probablemente para bien, buena parte de sus vidas. Pero, espera. Sí, sé algo sobre Rupert. —Belinda hizo unos cálculos rápidos—. Ya te digo que no soy testigo directo, pero sé de buena tinta que Rupert no pudo coincidir con papá en Oriente Próximo. Estaba en la cárcel, ya ves.

—Eso parece concluyente. Y perdona por sacar los trapos sucios. Solo una pregunta más: ¿tu padre conoce a un tal Horace Benton, ahora colega de Winter?

—¿El tutor moral de Timmy? Le hizo una llamada de cortesía a Oxford. Estoy casi segura de que no se habían visto antes. Estás siendo aterradoramente misterioso.

—Las cosas son misteriosas, no yo. Cuando empezaste a trabajar con Shoon, ¿fue porque tu padre y él habían tenido algún tipo de relación?

—¿Un favor a un colega? Segurísimo que no. —Belinda pareció indignarse unos segundos—. Se conocían lo justo, como se conocen los aristócratas, nada más. Papá nunca ha estado en la abadía. Dice que le recordaría a Wembley, o a una especie de parque de atracciones. Pero mañana ya verás cómo le impresiona con la colección. —Belinda se sonrió, satisfecha—. Ya que estamos preguntando: ¿tienes a Patricia trabajando en la abadía como espía?

—No —dijo Appleby, muy serio—. No.

Guardaron silencio un momento, mientras una parte del grupo pasaba de largo.

—Pero estás siendo muy misterioso, John, de verdad. No veo qué relación puede haber entre Jasper y la historia de la Araña. —Belinda admitió que ese defecto en la vista era sin duda tedioso.

—Yo tampoco. Tu Jasper, como la obstinada Araña, está en el centro de una telaraña. Pero eso no ayuda demasiado. Por cierto, ¿te has topado ya con un Blake o un Lawrence?

—¿Si he qué?

—Si has encontrado a un auténtico genio al que proteger, escondido entre los amigos corrientes y molientes de tu padre.

—Dios, Dios, Dios. —Belinda parecía más abatida que indignada—. ¿De verdad dije eso? Estaría agitada.

—Si quieres un consejo, yo probaría con Kermode; tiene una mente original. Pero la pregunta es: ¿vamos a agitarnos todos otra vez? Los relojes han dado una especie de llamada de advertencia, pero la gente se está moviendo con bastante lentitud. Fíjate hasta qué punto depende de tu padre: como ayer estaba nervioso, todo el mundo parecía listo para salir en estampida a las primeras de cambio. El clarinete y demás cumplieron su objetivo. Flotaba en el ambiente la sensación misteriosa pero generalizada de que algo venía a por nosotros. Ahora que se las ha apañado para retirarse hábilmente con los cerdos, los ánimos en la fiesta están más firmes. Tu padre es un hombre retraído, pero debe de tener lo que la señora Moule llama aura; un aura potente. ¿Podemos agitarnos todos otra vez antes de esta noche? Los recursos del bromista están menguando, y asume cada vez más riesgos. ¿Has oído lo de los middle blacks? Al igual que la inscripción en el arquitrabe, fue un riesgo enorme para lograr un mero efecto estilístico. Si sigue así, simple y llanamente, lo van a ver.

—Appleby frunció el ceño al distinguir el Renoir, colgado de nuevo en la pared, al otro lado de la sala de estar—. ¿Qué viene ahora, pues?

—Hay movimiento fuera, en el camino, si te sirve de algo.

Belinda estaba mirando por la ventana a través de una cortina de lluvia. Appleby se giró y siguió su mirada. Los cristales parecían un parabrisas bajo un chaparrón; solo se distinguía una mancha borrosa color crema en movimiento. Belinda abrió la ventana y las gotas de lluvia les salpicaron la cara. Vieron el coche más grande del señor Eliot deteniéndose, y el chófer, cumpliendo el protocolo, bajó y abrió una puerta. Una pequeña silueta, que vestía un largo abrigo *ulster* y un sombrero de *tweed* tan grande que parecía primo hermano de un paraguas precioso, bajó corriendo las escaleras y montó en el coche.

—André —dijo Belinda—. Me pregunto si lo habrán llamado para que vuelva a la ciudad.

—Si se marcha habrá un buen motivo.

También vieron, cobijado en un extremo de la terraza mientras observaba al coche alejarse con una sonrisilla repelente, a *sir* Rupert Eliot.

—Una purga menor —interpretó Belinda—. La aristocracia rural se desparasita a sí misma, aunque menos de lo que debería. Ocho patanes en vez de nueve. —Volvió a cerrar la ventana con un chasquido—. Como ibas diciendo, ¿qué viene ahora?

Appleby se giró hacia la sala de estar y esbozó una sonrisa tranquilizadora.

—No más incordios —dijo.

La lluvia siguió cayendo toda la tarde; cayendo a medida que se acercaba el momento del aniversario. Veintiún años antes, acaso una tarde pasada por agua como aquella, las rotativas de los periódicos del domingo incluyeron en sus cilindros noticias breves pero elogiosas de las primeras actividades de la Araña. Y ahora los criados de la Araña se estaban preparando para una celebración; para celebrar, presumiblemente, la permanencia en el poder del señor Richard Eliot. Iban a festejarla como la gente próspera, con tiempo libre y mucho espacio y cantidad de objetos guardados en habitaciones olvidadas, suele festejar los acontecimientos domésticos los días de lluvia. Iban a representar una función teatral, expresión que quizá se quedaba grande, pero que abarcaba todo el trajín de la preparación para la velada que estaba teniendo lugar en ese momento. Iban a representar una función teatral en lo que era prácticamente un teatro de verdad.

Timmy, que parecía dolido porque Winter hubiese dicho que tenía unas dotes teatrales innatas, estaba mostrando a Patricia la sala con ironía y melancolía. Toda la ironía corría por cuenta de Timmy; Patricia exhibía un interés sosegado. La melancolía impregnaba la gran sala estilo cisterna donde se escondía ese entretenimiento de Rust. El teatro fue una innovación de *sir* Gervase Eliot, pero debido a las estrecheces por las que este pasó tenía un aire obstinado de imitación, que una posterior inversión sin ton ni son del señor Eliot agudizaría, en vez de disimular. *Sir* Gervase tuvo ciertas aspiraciones teatrales; cuando sus criados se negaron a vivir en un almacén abovedado y con algo de humedad, del que no se habían quejado hasta la fecha, *sir* Gervase tuvo la feliz idea de trasladarlos a una sala de armas ruinosa y convertir el almacén en un pequeño teatro. Quitó el suelo, que salió sin demasiados problemas, y luego añadió a la bóveda cimeria una base claramente tártara. En el cubo resultante se montó el teatro.

—Melancólico, sin duda —dijo Timmy.

—Pero un teatro vacío es siempre melancólico.

—No tanto como este.

Siguieron explorándolo en silencio un rato.

—Bueno —dijo Patricia—, si yo tuviese un teatro intentaría ver el lado bueno. —Para suavizar el sarcasmo, añadió—: Por cierto, ¿cuál es el lado bueno?

Timmy la miró con recelo.

—¿Técnicamente? Supongo que la altura. No se suele tener un escenario construido en una casa; estamos hablando de dos plantas. —Subieron al escenario y, a través de una formidable maraña de vigas y poleas, vieron el techo sombrío. Casi en lo más alto había unas cuantas ventanas de cristal aguamarina, por donde entraba la única luz del día—. Es como estar en lo más hondo de una grieta en el hielo —continuó Timmy, evocando de nuevo en la mente de Patricia, sin querer, la idea de que los Eliot eran unos odiosos macacos de Gibraltar—. Pero hay mucho espacio sobre el escenario; los telones de fondo se pueden subir y quedan completamente fuera de la vista. Supongo que no harán nada demasiado elaborado esta noche —en cualquier caso, todo indicaba que el joven galán había sido dispensado de hacerlo—, alguna que otra payasada, una pequeña obra de la que llevan hablando entre risas desde que llegaron y poco más. Ya trate sobre el amor —y se cuidó muy mucho de reprimir una ferocidad que, de todas formas, era evidente que le gustaría mostrar al mundo— o sobre cualquier otro tema de los libros, estoy convencido de que será desternillante.

—A veces pienso —dijo Patricia— que no tengo ni la más mínima idea de lo absurda que soy. ¿Te has sentido así alguna vez?

—Patricia... —Las sílabas no sonaban ni indignadas ni heridas. Resonaron unos segundos en la cisterna con un tono inconfundible: solo así, según la historia de Eleanor, el oído interno oye hablar a Henry.

—Me refiero —dijo Patricia, mientras un pánico repentino se apoderaba de su discurso atropellado— a que hace un momento estaba asustada como una tonta. Solo por estar ahí, en el escenario, mirando esa maraña de cosas del techo. Asustada sin ningún sentido, y han tenido que pasar varios segundos para que me diese cuenta de que estaba siendo una idiota. Tu teatro, te lo concedo, sí que es melancólico. Me da escalofríos.

—Ah, pues..., lo siento muchísimo. He sido un tonto por estar así de taciturno. —Timmy estaba desconcertado y nervioso—. Vamos a largarnos. —Retrocedió un paso y completó su propia confusión al tropezar y caerse del escenario.

Se sentaron en el borde; Patricia tomó las riendas y contó un chiste enigmático sobre la franela.

—En cuanto a la diversión de esta noche —dijo justo después—, creo que te equivocas. No va a haber nada de nada sobre los libros. Eso solo era una bromita de tu querido André, como lo de la señora Cavey.

Timmy se quedó mirándola fijamente.

—¿Nada de los libros? Pero si siempre hay algo de los libros. Es una tradición asentada.

—Bueno, pues se va a perder. Con todos los incordios que ha tenido que soportar tu padre, se ha creído que lo más considerado era perderla.

La rabia que llevaba tiempo hirviendo en Timmy Eliot estalló de repente y se declaró; se declaró usando unas palabras en las que, sorprendentemente, no hubo ninguna imprecación superficial.

—Odio esta fiesta, la odio con toda mi alma. Es una insolencia, decepcionan a papá, pero con buenas maneras. Con consideración a raudales. ¿Quiénes son ellos para decidir si hay incordios? ¡Un jolgorio inofensivo junto a su lecho, supongo! Nada que lo moleste... Dios, Dios...

—Dios —dijo Patricia. Era absurdo y del todo inadmisible, pero descubrió que le gustaba Timmy más que nunca. Como si su mente hubiese salido a presión y resultara ser idéntica a su nuca, que emergía de ese cuello elegantemente arrugado. Se levantó, peligrosa de repente, y echó un vistazo al teatro—. Cuando te enseñe la abadía —dijo— nos divertiremos mucho más.

A medida que iba atardeciendo, el teatro fue convirtiéndose en el centro de actividad de Rust. El observador del doctor Chown, de estar lo bastante puesto en la última moda para jugar a los antropólogos en una cultura desconocida, distinguiría algo parecido a la concentración confusa que precede a las ceremonias totémicas o *corroboree*. La conciencia social, bregando contra la conciencia individual subdesarrollada que caracterizaba a los miembros del grupo, lograba una organización intermitente y destartalada. Esa gente, que hasta ahora había concentrado sus energías en impresionarse a sí misma con soliloquios y disquisiciones, se hostigaba ahora con órdenes y sugerencias. Los movimientos, hasta entonces limitados a gestos y a hacer y retocar nudos y lazos, se volvieron más útiles: en líneas rectas, o entrelazándose en filas opuestas como las hormigas, ambos sexos iban y venían con cargas y mensajes. Por la casa se difundió la agradable sensación de que cada cual estaba aportando su granito de arena. Lo que hizo extremadamente difícil que alguien pudiera escaquearse. Winter, merced a su relativa familiaridad con el período ático, se vio dirigiendo para la creación de máscaras a esas dos jóvenes de Chelsea que una vez propusieron pintar a la Araña en soperas y hueveras. A *sir* Rupert Eliot podía vérsele, sorprendentemente, yendo de un lado a otro con un artilugio parecido a una pequeña carretilla. *Sir* Archie —cuya serenidad, cortesía inquietante y capacidad para la ociosa cita literaria parecía crecer con la emoción— había consagrado su pericia profesional en lo que parecían los preparativos de una actuación con trapecio o la bajada de un dios; Winter confiaba en que su conocimiento de esa rama trivial de la ingeniería conocida como Resistencia de Materiales fuese lo bastante sólido esta vez. A la hora del té, esa sensación de preparativos se intensificó con el regreso de André con cuatro enormes paquetes de papel marrón. En ese momento quedó claro que el grupo no era tanto un organismo único preparándose para un ritual, cuanto una serie de facciones preparándose para un torneo; probablemente para una contienda que rayaría lo gladiatorio.

Para unos cuantos, los paquetes de André eran un triunfo susurrado; para otros, un desconcierto que también suponía un profundo malestar. Appleby, que parecía absorto, jugando con un cuadro de mandos entre bastidores, reflexionaba sobre la dimensión descomunal de la fiesta; sobre eso y su imposible fluidez. Había caras de la situación que no recordaba haber visto la noche anterior; y, a su vez, había una ausencia de caras que se quedaron grabadas en su memoria al poco de llegar. Estaba claro que el del señor Eliot no era un misterio tipo «sala cerrada», ni siquiera un misterio con un número relativamente cerrado de *dramatis personae*. Appleby se entretuvo decidiendo quién era la persona más tonta del lugar, y escogió a un jovencito nervioso cuyo cometido era ir de un lado a otro tomando apuntes para el señor Wedge. El joven parecía moderadamente consciente del patetismo de su misión, y eso le daba cierto aire criminal: ¿acaso sería el bromista oculto que estaba perturbando la paz de Rust?

Esa no era una forma de pensar que pudiese describirse como análisis de la situación. Appleby se dijo —quizá porque se había empecinado en tener una charla con el doctor Chown— que lo que hacía falta era una especie de interpretación de los sueños. Y es que volvía a tener la sensación de que la fiesta de la Araña estaba adquiriendo la naturaleza de un sueño; poseía al mismo tiempo la irrealidad y esa urgencia desconcertante de los sueños de los que uno está a punto de despertarse. Se debía, en parte, a ese escenario aburrido y sin embargo misteriosamente dramático al que los invitados del señor Eliot se habían dirigido. Los paneles pálidos y altos, frescos y desconchados; la luz aguamarina que se filtraba, tenue, desde arriba; los tonos lúgubres y grises curiosamente salpicados de negro azabache: todo creaba una composición que era al mismo tiempo vibrante y repelente, como una de esas imágenes de la Escuela de Español donde aparecen unas figuras enanas de presencia siniestra, presas de una tremenda agitación y encarceladas entre paredes altísimas, sin poder ver nada. O era un sueño monstruoso, donde unos peces humanos se movían en las profundidades de un acuario: *sir* Archibald Eliot era un ser esférico creado por la naturaleza para adelantarse a la barisfera; la señora Cavey, envuelta en un manto de seda verde, parecía un bacalao gigante mirando con una inteligencia fría y húmeda entre las algas. Lo único que faltaba era el silencio del acuario. Casi todo el mundo estaba hablando, hablando con un brío y una perentoriedad antinaturales. Era, dijo un Timmy plomizo al pasar, como si hubiesen soltado a un surtido de lunáticos en un puesto de mando.

De algún lugar entre bastidores llegó una serie de porrazos confusos, como si un niño sin maña para las herramientas hubiese cogido un martillo para fijar una tabla suelta. Las voces subieron de tono a modo de respuesta, y Appleby se preguntó si en algún oído más, además del suyo, por encima de todo ese estrépito seguían sonando las campanadas de unos relojes que daban las doce a destiempo. La noche anterior Rust había quedado impregnada con la expectativa de un acontecimiento adverso, un temor generalizado ante una maldad que estaba por llegar. Con la recuperación del señor Eliot, la campaña se había trabado, y el truco de los relojes no surtió efecto en la mayoría; quizá había una especie de reconocimiento cómico de la derrota en el último y casi desenfadado episodio de los cerdos. O la historia se había tomado la licencia onírica de desvanecerse y desaparecer, se dijo Appleby; o el conspirador se había zambullido en un profundo descanso dramático; o también podía ser, con otra buena dosis de esa incoherencia propia de los sueños, que la malicia que hasta ahora se concentraba en un único desconocido se hubiera difundido entre el grupo, diluyéndose. Era obvio que el grupo se estaba dividiendo en campamentos, con el objetivo de idear formas de incordiar al prójimo. También era obvio que eso ponía a todo el mundo muy contento. La señora Cavey se había recuperado de sus desventuras y se preparaba para presentar un pequeño *sketch* titulado *Un sábado noche en Haworth*. Incluso Gib Overall estaba animado a su taciturna manera: no hacía mucho tiempo descubrió que, en su juventud incauta, Wedge publicó un libro de poemas, y ahora estaba recopilando algunos de los más bonitos para dar un recital inesperado y devastador. De hecho, el grupo se acercaba cordialmente a su clímax, y Appleby parecía el único en preguntarse en qué consistiría dicho clímax.

—Niños —dijo una voz estentórea al oído de Appleby—, son como niños, ahí está el secreto. ¿Quiere un donut? Me he guardado unos cuantos a la hora del té. —Appleby se giró y descubrió que la amable oferta era de Kermode, quien le extendía una mano con tres donuts como canicas—. Me sientan muy bien después del brandi. ¿Ha bebido, mi querido Tommy? Porque yo sí. —Kermode asintió con gesto solemne y sincero.

—John —dijo Appleby.

—¿John? —Kermode frunció el ceño y miró con gesto amenazante a su alrededor.

—Tommy no, John.

Kermode pareció perplejo; luego su semblante se relajó.

—Le estaba tomando el pelo —dijo—. ¿Cómo está?

El olor a brandi era ineludible. Appleby se preguntó por un instante si Kermode no se lo habría echado directamente en la chaqueta; era imposible ser detective de policía e ingenuo a la vez. Le parecía muy probable que Kermode fuese la persona más inteligente de Rust, perfectamente capaz de presentarse como un actor borracho.

—¿El secreto? —preguntó—. ¿El secreto es que son como niños? Kermode asintió.

—Cuando uno crece —dijo— se da cuenta de que la solución más sencilla es la cogorza. Sin embargo, si uno se queda en la edad de los refrescos de jengibre, en fin, tiene poco más que hacer, aparte de dibujitos. —Escrutó la sala, y detuvo momentáneamente el viaje de un donut a su boca para señalar con un gesto a Gerald Winter—. Y eso también vale para los de su ralea; solo que en su caso es la cháchara... Niños. Mi problema, mi querido y viejo Jack, es que yo también soy viejo. La verdad sobre los escritores es que a los diez años ya son demasiado viejos. ¿Conoce la obra de Wedge *Las puertas de la literatura*? La única puerta de verdad es la de la guardería. Ahora bien, la mía —a Appleby le pareció que el estilo aforístico de Kermode tenía un sentido oculto que lo convertía en una parte más del sueño—, la mía ha sido la puerta de atrás. Por ahí se ve prácticamente todo: los criados, las escaleras de servicio. Y le digo que las suyas no son profesiones adultas; nadie los contrata ni les pide asesoramiento, ¿verdad? Solo se abren paso a empujones, sin más. Animadores juveniles: tienen éxito si llegan a eso.

—Que Dios me libre de ese tipo de éxito.

Por un instante los ojos de Kermode buscaron un recuerdo.

—Niños —dijo—, pero se creen bebés y lactantes, proclives a introducir la profecía en su actuación. Las sociedades maduras no lo permitían: consideraban el arte como un mero entretenimiento para chiquillos; nada de vocecitas brotando del infinito. ¿No llevo razón? —Y se tragó un donut de un bocado.

—Más que un santo —dijo Appleby—. Sí, parece que todos han perdido la gaveta.

El donut bajó de golpe por la garganta de Kermode. Sus ojos, los ojos de un hombre completamente sobrio y serio, se entrecerraron para escudriñar a Appleby, y al punto se abrieron, radiantes y divertidos.

—El ojo de la cerradura es por donde mejor pasan los secretos —dijo—. Adiós, Jack.

Appleby lo vio atravesar el teatro. El ojo de la cerradura y los secretos; una reprimenda de lo más sencilla y evidente... Sin embargo, algo le decía que, entre toda la cháchara de Rust, se habían pronunciado las primeras palabras de peso.

Justo después, Appleby pudo conversar con el señor Eliot. Fue una conversación agitada, sin privacidad e interrumpida por golpes y sacudidas. Y como no dejaban de esquivar gente que iba y venía por el teatro, se traía un aire a las danzas primitivas: un cara a cara moviéndose de aquí para allá, subiendo y bajando, como salvajes imitando el combate. El lugar escogido fue elección del señor Eliot. Era un ejemplo de su sentido del estilo; ese sentido ligeramente irónico que, unas veces sí, otras no, lo metía en problemas con su escritura. El señor Eliot no era un hombre corpulento, como el amenazante Shoon; ni poderoso, como el intermitente Bussenschutt; a veces daba la sensación de que era un hombre pequeño, quizá porque solo había una parte de él presente en cada momento. Sin duda era vital, y tenía las mismas vidas que un gato. Incluso era —Appleby pensó en los treinta y siete libros, en Pope y en la vida ociosa y porcina de Rust— un tanto misterioso e inquietante, si se le observaba con atención un buen rato. Pero no había peligro en ese momento; fue un encuentro efímero, aunque significativo.

—Parece que todos vamos de excursión a la abadía mañana —dijo el señor Eliot al pasar, deteniéndose, como si solo fuera para unos segundos—. ¿Lo sabía? Salvo por la colección, pues me consta que es extraordinaria de verdad, me acecha la sensación de que más valdría que saltase toda entera por los aires.

Appleby asintió.

—Mis sensaciones no acechan. Sin duda estaría mejor en ruinas; en auténticas ruinas.

—Qué rápido va todo —dijo el señor Eliot, sin sentido aparente—. Wedge, mi querido amigo —el editor pasaba por allí—, están tramando algo contra ti: no te lo tomes a mal. ¿Y qué —ahora volvía a mirar a Appleby— va a pasar a medianoche?, ¿un auténtico y genuino asesinato, cree usted?

Appleby miró con severidad a su anfitrión; parecía estar de un humor particularmente bueno.

—Dios nos libre —dijo en voz baja—. Otra bromita irritante, quizá.

—Coincido con usted. —El señor Eliot retrocedió unos pasos para evitar a un grupo de gente sudorosa que cargaba con un piano—. Están siendo unas bromas de lo más irritantes.

—¿Ha abandonado la idea de que es una especie de campaña orquestada desde otro mundo que ha creado usted? —Appleby tuvo la apremiante sensación de que, de algún modo, debía forzar al señor Eliot a dar opiniones claras.

Su anfitrión asintió con sencillez y convicción.

—A veces se me ocurren esas fantasías. —Hablaba con un ligero tono de disculpa sincera—. Me temo que preocupé a los niños. Pasé un tiempo asustado y la idea era una especie de refugio.

Eso, se dijo Appleby, podía considerarse bastante concreto. Esperó a que alguien dejase de tocar unos acordes con el piano y dijo, firme:

—¿Asustado?

—Mi querido John —el señor Eliot se mostraba desenfadado, pero en absoluto frívolo—, algunas ideas que Chown me metió en la cabeza hace un tiempo me asustaron de verdad. No he creído oportuno hablar del tema con los niños, pero sé que puedo comentarlo de manera confidencial con el hermano de Patricia. Chown estuvo tratándome un tiempo: me había obsesionado con los libros y no podía quitármelos de la cabeza; una cuestión de exceso de trabajo. Él es un tipo fantástico, y muy competente: puso todo el asunto en orden. Solo que —por un instante la expresión del señor Eliot dijo que el miedo del que hablaba no era del todo agua pasada— tiene una afición, como otros muchos de su especie. Tiene su explicación favorita de las cosas... Señora Cavey, estamos deseando ver *Haworth* esta noche.

Appleby obsequió a la señora Cavey con lo que tenía toda la pinta de una mirada asesina. Se quedó pensativo unos segundos. Lo que quería plantearle al señor Eliot podía ser peligroso.

—¿Chown —dijo, osado— interesado por la personalidad múltiple? —El señor Eliot no se inmutó.

—Exacto. Es muy agradable, si me permite decirlo, hablar del tema con una mente sagaz. Al parecer, y para mí fue algo chocante, la gente como Chown estudia mis libros con una buena dosis de curiosidad. Están interesados —el señor Eliot, en el centro de la sala vertiginosa, mostraba ese aire de teatralidad sosegada con el que había dado su discurso en la fiesta de cumpleaños de la noche anterior— en mí... Tenga cuidado con la cabeza.

Appleby, sin prestar demasiada atención, tuvo cuidado con la cabeza. Una cuerda y una polea bajaron con gran estrépito desde lo alto del escenario, donde Archie Eliot martilleaba y atornillaba algo.

—¿Cree que los psiquiatras están interesados en usted como... un caso?

—Equilicuá. Están interesados en mí y en la Araña. Es curioso pensar que todos los loqueros de Harley Street y Wimpole Street están intrigados por ese autómata viejo y canoso. —El señor Eliot esbozó una sonrisa que podía ser de ironía o de cándido orgullo—. ¿Qué le ocurrirá a una persona que se pasa la mitad de la vida en compañía de una única creación imaginaria? Esa es la pregunta que los atrae. Y al parecer hay varias escuelas. Algunos de los colegas de Chown creen que yo y mi invención, la Araña, podríamos acabar fundiéndonos en una única personalidad estable que viva mi vida y la de los libros. Otros sostienen que paulatinamente iré siendo incapaz de distinguir entre mi propio ego y el otro, más poderoso, que he creado; en consecuencia, es inevitable que acabe destruido. Solo quedará, supongo, la Araña.

—Dios santo. Eso parece otro problema metafísico.

—No le quepa la menor duda, mi querido John. Pero no se mofe de mí; le aseguro que es fatídico descubrir que uno es el protagonista de ese tipo de cábalas. He de decir que el propio Chown parece haber recibido esos diagnósticos tentativos con profundo escepticismo; al parecer, sostiene que no hay pruebas suficientes para formarse una opinión científica válida. Solo dice, con una frase muy feliz, pues es un tipo bastante literario, que, efectivamente, he quedado atrapado, de algún modo, en mi propia telaraña. Y ante eso, tiempo al tiempo. —La sonrisa del señor Eliot se volvió radiante de golpe—. Y ahora el tiempo, parece creer, ha dado sus frutos.

El rasgueo del piano no cesaba, y en el escenario alguien empezó a bailar claqué. Las luces se habían encendido y el teatro, que hasta entonces tenía un ligero halo de misterio, brillaba ahora con un resplandor chapucero. Aunque hasta el momento no había escuchado casi nada sobre lo que no hubiera reflexionado ya, por poco que fuese, Appleby estaba inquieto. Eso se debía, en parte, a la sensación que transmitía el lugar escogido. Supuso que el señor Eliot asociaba mentalmente las cuestiones sobre las que estaban hablando con la privacidad incómoda de la consulta del doctor Chown, y que disfrutaba al airearlas en un ambiente distinto... Las luces se apagaron. Estaban probando los focos; un haz de luz verdoso les apuntó y, por un instante, sumió al señor Eliot en un aislamiento radiante; la inquietud de Appleby iba en aumento.

—Como le decía, la personalidad múltiple es la especialidad de Chown. Una vez me prestó un libro fascinante sobre eso. No vaya a pensar que me ha vinculado abiertamente con el tema; sin embargo, alguna vez he podido leerle el pensamiento. Así que puede imaginarse mi inquietud cuando empezaron a pasar estas cosas raras. Estas cosas raras, al parecer, pueden pasar. Podemos desarrollar una personalidad secundaria y nunca ser conscientes de ella, o de nuestro vínculo con sus operaciones. Había una chica, una chica muy disciplinada, que al despertarse cada mañana encontraba su habitación patas arriba, y lo que había tejido el día anterior estaba deshecho. Era ella desde el primer momento: una personalidad de la que no tenía ni la más remota idea solía apoderarse de ella y decir auténticas barbaridades a la gente en el tranvía.

Appleby soltó una risita lo más animada que pudo.

—¿La señora A de Morton Prince? Si mal no recuerdo, una personalidad solía desconcertar a la otra llevando un diario en un idioma que solo la personalidad escritora conocía. Algo que nunca se atrevería a plasmar en una novela. Lo que Aristóteles llamaría una posibilidad improbable.

El señor Eliot hizo un gesto fugaz de reconocimiento ante esa digresión crítica literaria.

—Exactamente ese tipo de cosas. Comprenderá que era natural que me alarmase al relacionarlo con esas conjeturas eruditas sobre la Araña y sobre mí; con eso y con los acontecimientos fantásticos que empezaron a ocurrir de verdad. Mi explicación metafísica era, simple y llanamente, una forma de desviar esa posibilidad inquietante. No fue hasta saber que el cuadro apareció de ese modo cuando vi que ambas ideas podían descartarse. Ninguna personalidad mía se comportaría así... Holme, mi querido compañero, no dejes que te exijan demasiado esta noche.

Era dolorosamente obvio que la flamante confianza del señor Eliot era quebradiza y demente a partes iguales. Era probable que la señora A, al despertarse en su habitación desordenada, tuviera esa idéntica convicción ultrarracional de que ninguna personalidad suya se comportaría así. Pero eso no podía planteárselo como tal al señor Eliot; Appleby estaba a punto de pasar rápidamente a otro tema cuando su anfitrión volvió a tomar la iniciativa.

—No sé si me entenderá si le digo que el razonamiento de Chown era particularmente angustioso porque me atraía. Se ganó a mi imaginación; y mi imaginación, como sabe, es como los músculos de un boxeador: está peligrosamente sobredesarrollada. De repente empecé a imaginar que aquello era cierto, y a intentar resolver los varios problemas que se planteaban, igualito que haría con un libro. Y lo más fascinante, y deprimente, a fin de cuentas, fue cuando

Chown volvió convencidísimo de que, por alguna razón desconocida, yo estaba actuando.

Appleby sonrió.

—No sé si debería decírselo, pero creo que consultó a Holme.

—¿Que consultó a Holme? —El señor Eliot estaba patidifuso.

—Al parecer, Chown cree —Appleby decidió de golpe poner a prueba la nueva confianza del señor Eliot— que usted no es del todo consciente de su segunda personalidad. Esa conciencia de su conducta extraordinaria se esconde en el umbral de su mente. Comprende a tientas, por así decirlo, lo que está pasando. En consecuencia, cuando usted manifiesta que las bromas le desconciertan sobremanera, en cierto sentido está actuando. Creo que Chown pidió la opinión profesional de Holme al respecto.

—Me parece —dijo un señor Eliot alegre— que es muy amable por su parte preocuparse tanto. ¿Le consta cuál era la opinión de Holme?

—Tengo una hipótesis: que usted no estaba actuando en absoluto.

—¿Y a Chown eso le hizo creer que...?

—Que..., en fin, que era usted un caso aún más intrigante.

El señor Eliot soltó una carcajada sincera.

—Rupert, mi querido primo —que pasaba transportando una pila de sillas en su carretilla—, pareces sacado de un dibujo de la revista *Punch* con las clases propietarias haciendo una huelga general. —Volvió a girarse hacia Appleby, con el rostro arrepentido de repente—. Vaya, me he colado al decir eso de las clases propietarias. Rupert no tiene propiedades. Y me temo que, con toda la razón del mundo, está resentido. Es un buen tipo, pero hay que entenderlo, claro... ¡Qué máscara más bonita! —Una de las jóvenes de Chelsea había diseñado una grotesca careta tras la que Gib Overall haría su representación de los poemas de Wedge—. Aunque un pelín cruel, espero que no hiera los sentimientos de nadie. Puede que esas bromas idiotas hayan puesto a la gente susceptible.

Appleby sintió el arrebato de agarrar al señor Eliot de los hombros y zarandearlo. Se las estaba apañando para mostrarse distante hasta la irritación; tan distante como un autor detrás de un libro construido con solidez. A su alrededor también flotaba la insinuación de un *tour de force* finalizado, como si estuviese ideando el capítulo final de su enésimo puzle. Appleby decidió sacar toda la artillería.

—Residencia Disparate —dijo—. Un buen montón de gente cree, y mi hermana fue la primera en intuirlo, que Residencia Disparate era el nombre que le dio a su casa de *Asesinato a medianoche*.

—Patricia está en lo cierto.

—¿Cuánta gente lo sabía?

—Bueno, cualquiera podía saberlo. Mis manuscritos siempre están ahí en el armario por si alguien quiere verlos, aunque yo siempre he preferido que nadie los vea. De hecho —el señor Eliot parecía incómodo—, por lo que sé, Archie es el único que acostumbra a observarlos a su aire. Supongo que muestra un amable interés por saber cómo van las cosas. —El señor Eliot, decididamente benévolo, volvió a resplandecer mientras hacía esa sugerencia.

—¿Iba a producirse un asesinato en la Residencia Disparate a medianoche? ¿Cómo, para ser exactos?

El señor Eliot negó con la cabeza, afable.

—Mi querido John, no tengo ni idea. Rompí el manuscrito en mil pedazos al poco de que empezase a portarse mal, y antes de eso aún no había planeado el asesinato en absoluto. Mire, me he dado cuenta de que cada vez aplazo más los asesinatos; ya no tienen el mismo interés, al menos para mí.

—Ya veo. ¿Le importa si ahora abordamos el quid de toda la cuestión?: la clarividencia del bromista, o como queramos llamarlo. Podría haber sacado el nombre de Residencia Disparate de su manuscrito. La pregunta es: ¿ha demostrado estar al tanto de algo que usted planease para *Asesinato a medianoche* pero que no llegase a plasmar por escrito? Me refiero a cualquier cosa, como el conocimiento que parecía tener sobre la historia no escrita de *La fiesta de cumpleaños*.

—Ah, vaya por Dios, sí. —La alegría plácida del señor Eliot, que recordaba un poco a la de *sir* Archie, se estaba convirtiendo en un ligero enfado—. Varios de los cambios que descubrí en el manuscrito implicaban que estaba al tanto de ideas que me planteé, aunque luego rechazase, en la primera etapa de la Araña.

—¿Ideas que está convencido de no haber escrito nunca, ni siquiera en sucio en un papel? ¿Ideas que está convencido que nunca mencionó en una conversación informal, de las que nunca le habló a nadie? —Appleby, que sentía que el señor Eliot podía escapársele en cualquier momento, mostraba una urgencia implacable.

—Exacto, eso es. Nunca hablo con nadie de mis planes para los libros; hay muchas cosas de las que merece más la pena hablar. —El señor Eliot sonrió con la que podía interpretarse, y eso sorprendió a Appleby, como esa actitud suya de aficionado superior—. Ni siquiera los comento con mi secretario. Y nunca tomo notas; cualquier nota que yo escribiese no haría más que llenarme de consternación a la semana siguiente. Excepto, claro está —el señor Eliot pareció nostálgico de repente—, mis notas sobre Pope. Creo que están empezando a encajar. —El suspiro del señor Eliot contradijo esa confianza.

—¿Ideas —dijo Appleby, cauto— lo bastante peculiares para no ser meros palos de ciego?

—Sin lugar a dudas. Las ideas medianamente originales, por algún motivo, me llegan con bastante facilidad. Le garantizo que, de lo contrario, todo esto sería aburridísimo. Las ideas que el bromista reveló conocer me llegan a la cabeza sin más, y ahí se quedan almacenadas. Cuando las necesito, las uso... Tenemos que procurar a toda costa que este teatro esté más bonito para el año que viene. Me parece lo menos que podemos hacer, habida cuenta de toda la gente que tiene la amabilidad de venir.

—¿Está familiarizado —Appleby disparó la idea de Winter— con ese fenómeno que los psicólogos llaman paramnesia?

—Ah, eso. Lo pensé muy al principio, pero no me vale.

El arrebato de Appleby de zarandearlo se volvió intensísimo.

—Y después de abandonar la metafísica y rechazar la psicología mórbida —dijo—, ¿tiene alguna forma de explicar esta situación extraordinaria?

El señor Eliot abrió los ojos con gesto de sorpresa exagerada; de habérsele ocurrido a Timmy un truquito así, digno de Secundaria, Winter habría tenido motivos para enojarse, se dijo Appleby.

—Por supuesto que sí. Aún no consigo explicarme cómo no caía antes. Se explica a la perfección con un hecho demostrado científicamente. Wedge publicó un libro sobre el tema anteayer, como quien dice, escrito por un *fellow* de la Royal Society. Lo que el bromista domina es, simple y llanamente, la telepatía. La lectura de la mente. Está demostrada. Tengo que irme ya, he de decirle unas palabras amables a estas almas de Dios.

Y con la misma indiferencia e inevitabilidad que una placa de hielo a la deriva, el señor Eliot se alejó. Se detuvo, no obstante, tras un par de pasos.

—Creo que era de la Royal Society —dijo—. Y está prácticamente demostrada.

6

El señor Eliot, en realidad, no creía en la telepatía y podía llegar a ser tan irritante como su hijo. Sin embargo, tras esa curiosa conversación en el teatro, Appleby por fin estaba menos irritado que impresionado. Era como si el señor Eliot, que hasta el momento se dejaba llevar amablemente de aquí para allá, hubiera tomado un impulso sutil, marcándose un objetivo propio. Quizá solo fuese, por enésima vez, su elasticidad natural; quizá solo estaba tomando impulso con la fiesta, que ahora se acercaba, llena de energía, al cénit de la diversión. Sin embargo, Appleby tenía la sensación de que la confianza del señor Eliot, que Joseph había engendrado de manera tan inesperada con el Renoir, iba más allá. El creador de la Araña, por alguna razón desconocida, sentía ahora que ese era su juego; que tenía controlada la situación problemática de Rust. Appleby intentaba pensar en algo, además del cuadro de Belinda, que hubiese podido contribuir a ese estado. Los relojes, los visitantes de la abadía, los cerdos; esos habían sido los principales incidentes del día, y ninguno aportaba una aclaración obvia. El señor Eliot, además, había rechazado con educación y lucidez las opiniones inquietantes del doctor Chown: ¿se sentía simplemente más liviano por haberse quitado de encima ese peso peligroso? ¿O sentía que así había ganado el flanco de la que podría acabar resultando ser la verdad?

Ahora Appleby tenía más de un motivo para querer abordar a Chown. Su lectura de la situación —a juzgar incluso por la explicación somera que le había dado el señor Eliot— era, al menos, la más económica y convincente. Quizá al señor Eliot no lo estuviese persiguiendo la malicia insistente de nadie; quizá se estuviese persiguiendo a sí mismo. A primera vista parecía un tipo improbable de locura, pero Appleby sabía que, para alguien con la experiencia de Chown, esas excentricidades del espíritu atolondrado están casi a la orden del día. En todos los manicomios hay gente cuya mano derecha no sabe lo que hace la izquierda. De hecho, hasta el más cuerdo de nosotros, si tiene por costumbre ser introspectivo, advertirá a veces curiosos elementos que juegan al escondite en los confines de su personalidad. ¿Era un señor Eliot condenado al garete y acosándose a sí mismo? ¿O, lo más probable, un señor Eliot perfectamente cuerdo que estaba poniendo los misteriosos cimientos para acosar a otra persona?

Al plantearse esa última pregunta, Appleby descubrió que tenía una curiosa confianza en la veracidad del señor Eliot. O en la veracidad, al menos, del señor Eliot que conocía —y no había pruebas reales de que existiese otro—. La creencia de su anfitrión en la telepatía había sido un claro ejercicio imaginativo; sin embargo, su instinto de veracidad le había hecho subrayar la frase con un comentario irónico. Appleby creía en la honradez trascendental de cualquier señor Eliot que no tuviese nada de enfermo, subliminal ni meramente hipotético; también creía, se daba cuenta, en la racionalidad esencial de ese mismo hombre consciente. Creía, en resumidas cuentas —y esa era la cuestión ineludible—, que el señor Eliot había encontrado, para su desconcierto, tanto en el manuscrito alterado de *Asesinato a medianoche* como en el incidente de *La fiesta de cumpleaños* de la noche anterior, elementos que él creía que nunca cruzaron la frontera de su pensamiento no hablado ni escrito.

Entre la maraña de incidentes en Rust, y entre las sombras inminentes de las complicaciones que estaban por venir, según sospechaba Appleby, el problema destacó con nitidez: si el señor Eliot estaba diciendo no solo lo que él creía que era verdad, sino la pura verdad, ¿cómo podía funcionar el truco? Era una pregunta especulativa. Y Appleby comprobó que su planteamiento interfería con un deber práctico.

El señor Eliot, seguro de sí mismo y burlón, había revelado sentir una ligera euforia. Y Appleby había visto en eso la mano de algo que él conocía muy bien: la sensación de peligro y la estimulación de la conciencia que esta provoca. El señor Eliot se estaba reforzando para tener la posición dominante en una situación difícil.

Asesinato a medianoche. Aún era probable que Patricia estuviese en lo cierto; que la situación en Rust fuera peligrosa además de misteriosa; y que el señor Eliot, sobre todo, estuviera en peligro. El convencimiento de Appleby no era, ni de lejos, absoluto: la situación podía continuar teniendo un nivel de malicia fútil. Pero, como poco, estaba más convencido de la autenticidad del peligro que de la capacidad del señor Eliot para plantarle cara. El autor de treinta y siete novelas de misterio y emociones fuertes podía verse muy afectado por lo que no era más que un puñado de recursos literarios y artimañas teóricas. En resumidas cuentas: había que proteger al señor Eliot.

Appleby se había hecho policía mucho antes de que la honorable vocación de los shakespearianos Dogberry y Verges entrase en Inglaterra en su fase caballerosa. Le gustaba sentir —aunque se hubiese especializado en un campo fundamental— que seguía dominando los elementos más simples de su oficio. Le gustaba sentir que si, ataviado con su corbata lavanda, se apostaba junto a una mesa repleta de regalos de boda, esos regalos estarían igual de protegidos que en una cámara acorazada; que si lo contrataban como guardaespaldas de un personaje público pecaminoso, ese personaje público podía olvidarse de sus pecados. Y ahora le gustaba pensar que el señor Eliot estaba más seguro de lo que creía. Solo que la tarea requería más vigilancia de la que un hombre con un problema abstracto podía ofrecer sin problemas.

Nunca tuvo claro si de verdad le pareció sorprendente que, al verse cargado con esa doble tarea, se acordase tanto de las palabras de Winter sobre el arte.

—La señora Cavey y yo —dijo Winter— estamos intentando definir la naturaleza del mal arte. Y nos ha parecido necesario empezar con una definición del arte en sí mismo. Proust dijo que el placer que ofrece el artista es la posibilidad de conocer otro universo. El arte es la construcción de otro universo. Sé que a todos les parecerá muy interesante que la señora Cavey coincida con Proust.

Al parecer, Winter había descubierto que la expectación ante lo inminente era más tediosa que cualquier manifestación de la Araña. Había reunido a un pequeño público y estaba hablando con esa mezcla de timidez personal y audacia intelectual propia de los de su especie. La señora Cavey, que se había recuperado de su desconfianza matutina y estaba tensa por culpa del foco del teatro, que se colocaría en breve sobre ella, asentía con una intensidad inquietante.

—Sí —dijo con rotundidad—, Proust tiene razón.

—La señora Cavey —continuó Winter, inocente— es una autoridad en la materia, y el debate es todo suyo. Pero me gustaría destacar que es sencillo, siguiendo nuestra primera definición, señalar lo que no es arte. El artista no nos permite conocer este universo. La documentación no es arte; la información no es arte, por rigurosa y comprometida que sea. Si la mismísima señora Cavey, de vuelta de su excursión para estudiar el temperamento rural, se hubiese limitado a trasladar sus experiencias al papel, el resultado estaría muy lejos del arte. Para obtener el arte han de entrar en juego otros factores.

—Está —dijo la señora Cavey, juntando las manos sobre la barriga con una sonrisa— el lado espiritual.

—Exacto —dijo Winter, y con discreta crueldad hizo el mismo gesto—. Está el poder moldeador; el poder esenoplástico; el poder esemplástico, como lo llama la inestable teoría de Coleridge. —Ante ese pésimo regodeo profesional, el público menguó perceptiblemente; Appleby, que sentía una curiosa fascinación por las disquisiciones de Winter, fue uno de los que se quedaron—. Nuestra mera experiencia no es arte. Y, sin embargo, volviendo al aforismo de Proust, las musas son las hijas de la Memoria, y no existe arte sin recuerdo. Pero, y aquí está la clave, recuerdo inexacto. La señora Cavey recuerda sus experiencias con la gente del campo, pero las recuerda, ¡y qué agradecidos hemos de estar por ello!, con la inexactitud divina del artista. Eso es lo que hace a sus libros tan raros, tan claramente distintos de todo lo que puede ofrecer este universo. Y ese es el sello distintivo del arte, que podríamos definir, usando más o menos las palabras de Wordsworth, como la conmoción mal recordada con tranquilidad[37]. Ahora bien, el mal arte...

Appleby sacrificó la oportunidad de aprender algo sobre el mal arte para ir como una flecha hacia el doctor Chown, al que había visto apartado, en el otro extremo del teatro. Pero se marchó de la clase de Winter sabiendo algo nuevo: ese día ya se habían burlado bastante de la señora Cavey, y esa mofa añadida del profesor estaba muy lejos de la decencia; era el resultado de unos nervios crispados, obra de alguien cuyo sentido del decoro no estaba a la altura de su sentido de la seguridad. Al menos otra persona de la fiesta —una persona inteligente— estaba deseando, con algo de ansiedad, que comenzase la velada. Appleby supuso que Winter hablaría con más insistencia a las nueve que a las ocho, y con más descontrol a las once que a las diez.

Se acercó a Chown como quien no quiere la cosa.

—¿Acaso la mente académica —preguntó, y la alusión estaba clara, pues Winter era el centro de atención de la sala— trabaja con mayor fluidez cuando está asustada e inquieta?

---

[37] Referencia alterada al prefacio del libro de poemas *Baladas líricas*, de William Wordsworth y Samuel Taylor Coleridge.

—La inteligencia, mi querido señor Appleby, suele ser más fértil cuando está azuzada por las emociones. Pero los diferentes estados anímicos estimulan respuestas intelectuales específicas. Pongamos un intenso sentido del peligro. —Chown, que ya se había suavizado con su primer vaso de amontillado, se disponía a mostrarse afable, pedagógico y prácticamente igual de voluble que Winter—. Nuestro buen amigo está ahí subido, diciendo sinsentidos sobre la memoria divinamente inexacta del arte. Tendría más sentido que hablase de la memoria milagrosamente prolongada por el pánico.

—¿El hombre ahogándose?

—Exacto. La idea de que a un hombre que se está ahogando se le pasa toda la vida por delante de los ojos es esencialmente correcta; hay muchos testimonios de personas que han vivido un peligro de muerte y recuerdan su pasado con una intensidad y un nivel de detalle extraordinarios. Eso es un ejemplo de que la mente trabaja con mayor fluidez, aunque sea de manera pasiva, cuando está asustada. El poder de una mente más activa, sin embargo, no está tan estimulado por el temor, cuanto por la rabia. En las situaciones difíciles y complejas, lo que se nos suele pedir es que conservemos la calma. Pero así es como hablan los maestrillos ignorantes; en realidad, no hay nada más erróneo. —Chown miró a Appleby con la severidad benévola del hombre instruido—. Siempre resolveremos un problema intelectual con mayor facilidad si de verdad nos cabrea. Eso es algo que hemos experimentado en el laboratorio. Está demostrado.

Como la telepatía, pensó Appleby, dejando que su mirada y su oído se desviasen hacia el señor Eliot, en las inmediaciones. El señor Eliot estaba explicándole al fracasado Gib Overall que los cerdos que dan buen beicon deben tener lomos largos, anchos y fuertes, ligeramente hundidos. Overall, a su melancólica manera, parecía estar preparándose para aplicar la receta de Chown para el buen desempeño intelectual. Un poco más allá, la señora Cavey pasaba de nuevo de la complacencia a la sospecha, y de ahí a la desconfianza. De manera consciente e inconsciente, el grupo estaba desarrollando su poder de irritación. Sintiendo que eso le daba permiso para lanzar un ataque frontal, Appleby dijo de golpe:

—Los diferentes estados hipnóticos, ¿cómo afectan a la memoria?

Frunciendo ligeramente el ceño, Chown sugirió que las preguntas de su interlocutor rayaban el acoso.

—Bajo el control hipnótico podemos recuperar muchas cosas. Los cumpleaños, por ejemplo. ¿Recuerda algo de su décimo cumpleaños?

—No creo que recuerde ningún cumpleaños antes del vigésimo primero.

—Exacto, pero solo porque está en un estado de vigilia normal. Bajo la influencia hipnótica, podríamos persuadirlo para recordar algo de su vigésimo cumpleaños. Y luego, aunque el proceso es incierto y laborioso, podríamos ir remontándonos año a año. De esa forma es bastante frecuente recuperar recuerdos del segundo cumpleaños, y alguna vez incluso del primero. Algunos profesionales de la hipnosis médica llegan a afirmar que se han remontado hasta los recuerdos intrauterinos. Pero eso —Chown, con gesto responsable y conservador, negó con la cabeza— es discutible.

—¿El sujeto sigue acordándose de los cumpleaños cuando sale de la hipnosis? ¿Se acuerda de algo, por poco que sea, de lo que ocurre mientras está hipnotizado?

El doctor Chown dejó su vaso.

—Mi querido señor Appleby —dijo con una rotundidad afable—, es un tema complejo. Quizá algún día, si de verdad le interesa, me conceda el honor de recomendarle unos cuantos libros.

—¿Libros, doctor Chown?

La pregunta, cargada misteriosamente de significado, se quedó unos instantes flotando en el aire, donde Chown parecía contemplarla con gesto desafiante.

—Hay varios —dijo, y con un murmullo educado se despidió, antes de alejarse.

Appleby se quedó un momento mirando el vaso vacío en su mano. Era interesante. Todo, incluso Gerald Winter hablando sobre *La Piedra Lunar* o el arte, era interesante si se le prestaba atención correctamente. Se giró. La señora Cavey se había retirado a un rincón, rodeada de un pequeño grupo de partidarios indignados. Winter estaba ahora escuchando a Peter Holme. Kermode, plantado en el centro de la sala, parecía estar diseccionando a su anfitrión ante la señora Moule, en unos términos que la pusieron roja de rabia. Timmy Eliot trataba con desprecio a Toplady: se decía que tuvieron una espantosa disputa en un armario durante el fatídico juego de la noche anterior. A eso, y mucho más, se sumaron la expectación creciente y la inquieta sensación corporativa del grupo. Solo el señor Eliot parecía un mar de tranquilidad. Esa era, simple y llanamente, una fiesta de la Araña más; muchos de los invitados eran hijos de la Araña; él mismo desempeñaba un papel de abuelo benévolo. Viendo todo eso, Appleby tuvo que reprimir la poco productiva sensación de que la Araña —la Araña que había salido de los manuscritos— estaba al mando; que, aunque el clarinete y el bastón de ciego guardasen silencio y no hubiera vuelto a producirse ningún incidente, la fiesta avanzaba según un plan. Miró su reloj. Justo veinticuatro horas antes había abierto una cristalera, presentándose en medio de la oscuridad a esa misma gente que ahora daba vueltas a su alrededor. ¿Había descubierto algo en ese intervalo? ¿Y qué había descubierto Winter?

Winter —se enteró al cruzar de nuevo la sala— había descubierto los ejercicios físicos de Holme; estaba convirtiendo el control abdominal en la ocasión para elaborar una especie de fantasía antropológica. Los ejercicios partían de una falacia filosófica muy extendida: la falacia romántica. Holme trabajaba en su panza debido a una creencia irracional en la superioridad del hombre primitivo; estaba intentando sustituir un interior civilizado por uno salvaje. En el mejor de los casos, era una medida ilógica y de medias tintas; no existía ninguna prueba de que el hombre primitivo estuviera más sano que su descendiente civilizado. Con los simios, eso sí, la cuestión era distinta. Había un respaldo científico considerable para la teoría de que, cuando el hombre se puso en pie por primera vez, dio a su estructura física un mazazo del que jamás se recuperó. En esa historia de la postura y la panza el lema no debería ser «volvamos al hombre primitivo», sino «volvamos a los lémures, simios y zarigüeyas». Quedaría bien en el escenario: si había un *Hamlet* con vestuario moderno, ¿por qué no uno simiesco? ¿Por qué no un Otelo babuino, una Araña convertida en mono araña?

Winter, tal y como Appleby había previsto para sus adentros, hablaba con más descontrol. También hablaba mejor; su rendimiento se había acelerado, aunque Holme, perspicaz y mucho menos vacuo de lo que parecía, era un objetivo más peliagudo. Sin embargo, Appleby cogió a Winter del brazo e hicieron un aparte.

—Mi querido amigo —dijo, cándido—, usted no vale. Como comparsa para decir unas palabras puntuales, sí; como detective, claramente no. Vamos fuera.

Abrieron una cristalera y salieron a la oscuridad fría de la terraza. Por un segundo no pudieron ver nada; luego exclamaron al unísono. La naturaleza, tan sumamente anodina en las últimas treinta y seis horas, había hecho un truco espectacular. Con una velocidad que era pasto de curiosidad meteorológica, la lluvia había dejado paso a la nieve, y la nieve empezaba a posarse en el suelo. Iluminada por unas cuantas luces desperdigadas, la terraza parecía una postal navideña a medias.

—Me parece —dijo Winter— que todo forma parte del plan. ¿La Residencia Disparate estaba rodeada de nieve en *Asesinato a medianoche*? Le apuesto a que sí.

—¿El plan? —La palabra pareció crear un eco.

Winter se movía con impaciencia en las sombras.

—¿No está ocurriendo algo? ¿Cree que esos relojes se detuvieron y coincidieron sin motivo? Ojalá no hubiera pisado nunca este rincón de Inglaterra. Estoy asustado, y estar asustado es un derroche gratuito de energía en forma de nervios. —Se oyó el rasguido de una cerilla y se encendió un cigarrillo—. Usted y yo seguimos teniendo estas conversaciones. ¿Es necesario, considerando los progresos que está haciendo, que tengamos otra bajo una tormenta de nieve?

—He pensado que podíamos intercambiar ideas. Pero sin duda está asustado. ¿Siempre le afecta al habla? ¿Y por qué solo usted? El grupo está bien; quizá haya perdido un poco el talante, pero no los nervios. No veo casi por ningún lado la zozobra de ayer. ¿Por qué solo usted?

—Quizá porque se me ha metido en la cabeza que todo esto es cosa del propio Eliot; algo lo afectó profundamente y ahora está como una cabra. Me parece una idea horrible y agobiante. ¿Ha considerado esa posibilidad? —Winter había vuelto junto a la cristalera y se recortaba contra una luz tenue.

—Sin duda, y Eliot también. Me ha ofrecido una teoría actualizada, aprobada por Chown, sobre su propia locura. He hablado con el doctor por casualidad, y al compartir con él mis preocupaciones me ha tratado con desdén. He de decir que no me parece que tenga a Eliot en un estado semipermanente de esclavitud hipnótica. Chown no es un villano ni nada por el estilo; solo un científico de cabo a rabo.

Winter soltó una carcajada de arrepentimiento.

—Era una teoría estúpida, debería pensármelo dos veces antes de proponer otra. Pero le propongo un hecho; para ser exactos, se lo propone la señora Moule. Parece —había un ápice de triunfalismo en su voz— el hecho crucial. ¿Coincide conmigo en que el hombre que drogó a Archie Eliot anoche es el hombre que estamos buscando?

Appleby soltó una risita.

—A estas alturas del puzle nunca coincido con nada. No obstante, tiene sentido.

—En ese caso —Winter parecía un tanto impaciente—, Archie se drogó a sí mismo. La señora Moule lo vio.

—Es bueno que alguien haya visto algo. El manto de oscuridad con que se cubre este bromista empieza a preocuparme. Ah, excelente, Moule.

—No parece muy impresionado.

—No.

Los copos de nieve caían entre ambos; el momento de silencio se rompió con la voz quejumbrosa de Winter.

—Pero está claro que...

—No es de gran ayuda. —El tono de Appleby era a la vez ausente y concluyente; incluso podía tener un rastro de burla—. La señora Moule tiene que volver a mirar. Hasta ahora, se lo repito, todos hemos visto demasiado poco.

—Si nos quedamos aquí, lo que no veremos será la cena. —Winter arrojó su cigarrillo a la oscuridad—. Ojalá pudiera pensar que usted no es más que un amante de los misterios. Le traigo información decisiva y usted hace unos ruiditos enigmáticos de desprecio; siento decirlo, pero me sorprende muchísimo.

—Mi querido señor Winter, que no sea yo quien lo sorprenda. Sorpréndase con la mente que hay detrás de esta tontería.

—¿Uno debería sorprenderse con las tonterías? —El hambre de Winter parecía menos acuciante que su instinto para el debate.

—Solo digo que, quienquiera que haya detrás, es una buena mente. Cualquier mente que pueda salir de rositas tras toda una serie de maniobras, por nimias o degeneradas que sean, es una buena mente. Y usted mismo sospecha que hay un plan. —En la voz de Appleby volvió a percibirse una discreta diversión—. Sospecho que esa es la mejor sospecha que ha tenido hasta ahora.

—En ese sentido me he limitado a seguirlo.

Appleby asintió, recuperando la seriedad.

—Sí, hay un plan... ¿Lee muchas cosas del campo de Chown?

—Muy pocas. —Winter, que estaba aguzando el oído en busca de la cháchara que le garantizase que aún no se había dado el aviso para la cena, se debatía entre la perplejidad y la impaciencia.

—¿Tienen un psicólogo en su *college*? ¿El ilustre Benton, por ejemplo?

—Tiene usted el cerebro de un antílope. No hay nada que se parezca ni remotamente a un psicólogo médico, si se refiere a eso. Y sin duda no Benton. A propósito, ¿otra vez con eso? ¿No le parece que tiene pinta de ser una quimera?

—Toda la pinta, sí. Pero Benton se quedó patidifuso con una mención fortuita del robo en casa de Birdwire y tenía relación con Shoon, y ahora tenemos a su otro amigo sagaz, Bussenschutt, hurgando por aquí. Es interesante.

—Estoy de acuerdo. Pero ¿qué tiene la psicología de Chown...?

Appleby lo interrumpió, dirigiéndose abruptamente hacia la casa.

—Cuando yo tengo una teoría salvaje —dijo con una falta de tacto genial— me la callo... Por cierto, ¿cómo van sus investigaciones sobre las coartadas?

—Han terminado de golpe; eso no es lo mío. Pero llegué hasta el final con los que podríamos llamar protagonistas. Su hermana, como sin duda sabe, se escondía con Chown. Kermode estaba con Overall. Y Timmy con Toplady; con el que, por cierto, discutió. Timmy le pidió a Toplady que le devolviese unos poemas. Toplady, que no entiende mucho de poesía, se los había dejado a su abuela, una anciana amante de la literatura, para conocer su opinión. Timmy se molestó.

Appleby lanzó un suspiro.

—A fin de cuentas —dijo, ausente—, esta es la Residencia Disparate. —Volvió a detenerse junto a la cristalera, como si se le hubiese ocurrido algo de golpe—. *Asesinato a medianoche* está hecho mil pedazos. Las alteraciones enfadaron tanto a Eliot que lo destruyó. Y anoche estábamos aventurando que no habría episodio treinta y ocho; la situación le había hecho batirse en retirada y la Araña estaba en quiebra. Pero ¿y ahora? Da la sensación de que volveremos a ver la típica historia de la Araña entre los libros más vendidos de primavera.

—Y una historia de la Araña escrita por Eliot —recalcó Winter—. ¿De verdad todo este encantamiento de Rust habrá sido cosa de... un fantasma?

—¿Fallará el plan si Eliot sigue escribiendo?

—Exacto. Si Kermode...

—No olvide la coartada del Renoir.

—Si Kermode y Overall... —Winter hizo una pausa y su rostro se iluminó por la emoción—. Dos escritores del mismo tipo de historias —dijo—. Dígame que no podría haber algo ahí. Eliot está inquieto porque cree que su mercancía se ha estado actualizando. Pero ¿acaso las tretas literarias de toda esa gente no son estrictamente limitadas? En cambio, con dos cabezas aplicadas, estudiosas de los treinta y siete libros publicados, pensando al mismo tiempo... —Se detuvo al ver la sonrisa de Appleby.

—Winter, no me explico cómo no ha sido usted quien ha publicado treinta y siete libros. Tiene un cerebro extraordinariamente fértil. Y, hablando de cerebros, ¿esta última teoría no menosprecia un poquito el de Eliot? Es un hombre con talento. —Appleby hizo un gesto contrariado con la cabeza—. Un tipo ocioso, fantasioso y un poco irresponsable. De hecho, se parece mucho a su hijo. —Soltó una risita—. Solo que Timmy, claro, es un poco más maduro.

Mientras se giraban para entrar en la casa, la escena cambió. Como el rostro pálido de un buzo que emerge de aguas oscuras, la luna apareció entre nubes negras, al este. Ante ellos, tras la cortina de nieve que caía en espiral, se dibujó un paisaje incierto. El efecto era extraño, por un momento inverosímil, y recordaba mucho al pequeño teatro del señor Eliot mientras *sir* Archie jugueteaba con las luces. Appleby observó la escena detenidamente.

—Mala noche para un reconocimiento —dijo.

—¿Va a salir a hacer un reconocimiento?

—No. Solo voy a merodear sigilosamente rodeando la casa para asegurarme de que nadie se lleva un golpe en la cabeza.

Cuando volvieron al salón, el grupo seguía revoloteando y exclamando en torno a ellos.

—Mi querido Appleby —dijo Winter—, le he cogido una especie de cariño moderado. No sea usted quien se lleva un golpe en la cabeza.

En la historia del teatro no hay nada más imponente que los pasajes que ilustran las actuaciones privadas que se daban en las cortes europeas, con su humor más doméstico y exclusivo. La familia real, dispuesta en una formación piramidal y rodeada de un respetuoso vacío, contempla el escenario como si fuese una especie de fuego gigantesco: se puede sentir la obra consumiéndose bajo su mirada. En la naturaleza del drama hay algo que exige que detrás de las candilejas haya al menos un grupo de gente. Así como el discurso de Marco Antonio no surte efecto si los productores no han pagado por la presencia —o, mejor dicho, la ilusión— de una asamblea considerable de romanos, toda la obra puede fracasar si el público se niega a pagar por un número suficiente de butacas. Así las cosas, dada la naturaleza del teatro *amateur*, la principal dificultad radica en conseguir el público necesario. También en estos casos no hay nada más deprimente que no tener público en absoluto, o tener un público compuesto por una sola fila de personas ancianas o enfermizas, que se suman a unos hijos arrancados cruelmente del sueño. Si la mayoría de inquilinos actúa, es de recibo pedir a los vecinos que se dejen caer, y esa era la costumbre del señor Eliot. Y ese fue el motivo por el que Gib Overall y la señora Cavey, André y las jóvenes de Chelsea —además de otro actor, indeseado aunque no del todo inesperado— interpretaron sus papeles la noche del sábado ante un público formado por todos los vecinos, salvo la flor y nata, de medio condado.

El encargado de organizarlo fue Wedge; eso le vendría bien para el desfile hacia la iglesia del día siguiente: y es que al editor le gustaba mandar a algunos de sus autores —sobre todo a los que, como la señora Cavey, escribían sobre temas rurales y tradicionales— a la iglesia; en el camino de ida o de vuelta alguien les sacaría una foto, paseando por un sendero rural con gesto de devoción expectante o reminiscente. Si les sacaban la foto en compañía de gente conocida haciendo lo mismo, aunque de manera menos artificial, miel sobre hojuelas. Para llevar a cabo esa práctica dominical, se hacían contactos preliminares el sábado por la noche. Ese año, en cambio, llevaría a un selecto grupo de autores a la abadía Shoon: un lugar que tenía, cuando menos, un halo religioso. Pero habían invitado a los vecinos a la fiesta de todas formas. A un buen montón —a los que vivían más alejados, y a los más cercanos a la auténtica grandeza— hubo que pedirles que viniesen a cenar, una necesidad que solía amenazar con ser la gota que colmase el vaso doméstico de Rust. Lo habitual era que se produjese una especie de crisis con Bowles: los arreglos complementarios que había que hacer, a pesar de estar subordinados estrictamente a su control, tenían la pinta horrenda de un cáterin. Y Bowles tenía la certeza de que un cáterin, salvo en la emergencia muy poco frecuente de desayuno tras noche de boda, no era algo admisible en una casa rural. El sábado antes de cenar fue el momento más espantoso para Belinda.

El coronel y la señora Dethleps de Warter, los Stitts, los Stitt-Plapp, la vieja *lady* Bootomley de la Mansión Wing, los Ford de la Residencia Findon, las señoras Unkle y su sobrina Angela, *lady* Leidi: los nombres no tienen ninguna relevancia para la historia del señor Eliot, pero sirven para hacerse una idea de la infusión a la que se sometió obligatoriamente al grupo en ese momento. A los refuerzos, tan sumamente agrestes, les gustó bastante el grupo del señor Eliot. Los antecedentes del propio señor Eliot eran de una ortodoxia intachable: sus curiosos amigos resultaban entretenidos durante cuatro horas al año, y sus bromas rara vez eran inaceptables sin ser también felizmente ininteligibles. Los agrestes eran además gente discreta, poco publicitada en general, y en su fuero interno estaban deseando posar entre personas exóticas y salir en los periódicos de la semana siguiente. Incluso se acordaron de poner alguno de los libros de Wedge en su lista de lecturas pendientes, o de comprar un par de ellos en ediciones baratas para afrontar los aburridos viajes en el Flying Scotsman o el Blue Train. Por lo general, todo el mundo se encontraba bastante a gusto; salvo quizá el propietario de Rust.

Pero la cena en sí tenía todos los ingredientes para ser difícil. A los agrestes les gusta que les den de comer. Las fotografías revelan una tendencia al trato suave y expansivo por la noche, combinada con la increíble capacidad de contraerse de nuevo, fríos y áridos, al entrar en contacto con el aire libre al día siguiente: habilidad que, según se cuenta, es fruto de una educación minuciosa desde la más tierna infancia. Los agrestes del señor Eliot estaban deseando que llegase la cena, y unos vinos que, merced al poder adquisitivo de la Araña, trabajaban con mayor sutileza que los que guardaban en casa. Los otros invitados tenían casi las mismas sensaciones, pero en esa cena en concreto sus cabezas iban por delante. Así pues, había dos tempos en la mesa monstruosamente extendida del señor Eliot; el cometido de la gente imparcial era funcionar como una especie de engranaje entre ambos, y a Winter ese deber social baladí se le daba mejor que a nadie. Sentado en el centro, con una buena porción de mesa a cada lado, garantizaba un ritmo parejo.

Ese fue el motivo, infeliz, a la luz de lo que estaba a punto de suceder, por el que los gestos y las maneras de Winter, que ya le eran familiares al resto de invitados, se quedaron grabados también en los agrestes.

7

Repasando el espantoso clímax de la velada, Patricia Appleby hizo hincapié en señalar el carácter paulatino con el que acabó por culminarse. En el teatro, los presentes pasaron de la incomodidad al estrés creciente, y de ahí a la crisis. Parecía un progreso marcado, y el efecto no era menos opresivo por ser manifiestamente improvisado y espontáneo. Los agrestes, que no entendieron casi nada, quizá se llevaron la peor parte. Su mente, inclinada a la censura social, no estaba preparada para la consternación primitiva. El tragicómico incumplimiento de sus expectativas fue, ante todo, lo que propició el problema de la velada.

Si Winter no hubiera tenido tanto éxito en la cena; si la señora Cavey no se las hubiera ingeniado para hacer a *lady* Bootomley un relato de su aventura matutina en el granero, si *lady* Bootomley no hubiera osado unos minutos antes sentirse satisfecha e iluminada con *Julio frenético*; y, sobre todo, si hubieran encendido la calefacción en el teatro un poco antes; si estas cosas hubieran y no hubieran ocurrido, el ambiente, y quizá el hecho en sí, habría sido distinto. Y es que fueron las contracorrientes de irritación las que desencadenaron la situación final.

Sin duda en el teatro hacía frío. El termómetro podría estar bien, pero la humedad acechante hacía fallar la sensación térmica. La señora Dethleps subió con decisión a por su capa; *lady* Bootomley, aún más decidida y generando mucha más confusión, salió a su coche a por un calientapiés. Cuando el pequeño público se acomodó, a eso de las diez, Patricia ya podía discernir algo funesto en el triunfo de ese silencio improvisado y un tanto esotérico: muchas cabezas se estaban diciendo que faltaban aún dos horas para los placeres del siguiente refrigerio. Un segundo momento de abatimiento palpable llegó cuando hubo que explicar que aquella no sería una actuación al uso. Los nuevos invitados estaban más o menos familiarizados con la vida larga y por capítulos de la Araña, y disfrutaban de la pequeña representación que se hacía cada año de sus aventuras; además, algunos ya llevaban suficientes años trabajados como para recelar de cualquier novedad. El cambio convirtió el espectáculo en cosa de unos pocos. De hecho, fue un error. Fue un error porque sirvió para reavivar entre los primeros invitados la conciencia de que en los últimos tiempos la vida en Rust estaba siendo accidentada. A Patricia le costaba calibrar hasta qué punto había expectación o aprensión ante cualquier posible golpe del bromista. Probablemente muy poca gente se percató de lo cerca que procuraba estar su hermano del señor Eliot. Pero casi todo el mundo sabía que el chófer del señor Eliot estaba montando guardia en la salita con el cuadro de luces, y eso era una fuente potencial de inquietud. Así pues, había dos corrientes de preocupación en el teatro: el miedo a que el espectáculo decayese por sí solo, y el miedo a que alguna fuerza externa interviniese y se las ingeniara para interrumpirlo.

La preocupación es la más fluida de las emociones, y discurre rápidamente de un centro a otro, un mecanismo de transmisión que en ocasiones nos hace preocuparnos hasta niveles irracionales por cuestiones baladíes. Patricia esperaba de corazón, y lo esperaba con violencia, que el programa de la velada fuera como la seda. A aportar confianza no ayudaban ni Timmy, que aún estaba atribulado por el temor oculto a la aparición de Henry y Eleanor, ni Belinda, que había despertado una preocupación más mayoritaria especulando sobre la cantidad del refrigerio posterior. Solo el señor Eliot estaba sereno. Iba rápidamente de un lado a otro para cerciorarse del confort de sus invitados, indicando con alegría a diestro y siniestro que el escenario estaba montado y el telón se subiría en breve. Lo secundaba *sir* Rupert Eliot, que parecía muy animado con la compañía de los Unkle, Stitt y Stitt-Plapp.

La primera y principal parte del espectáculo fue una obra representada por algunos de los miembros más misteriosos y por ende más concienzudos del séquito de Wedge. Patricia observó su progreso con respeto y consternación. Era una comedia de tipo neoacadémico, claramente pasto del teatro experimental, y podría haberle servido a Winter como texto para un discurso sobre la memoria. Había tres personajes: el marido, la mujer y la amante. La esencia de la obra era el intento de los tres por explicar su problema. La primera escena planteaba el debate, pues los actores adelantaban que se produciría. En la segunda hacían movimientos idénticos, pero decían palabras distintas: eso era el debate como luego creerían que había sido. En la tercera volvían a verse los mismos gestos y unas palabras diferentes: eso era lo que pasó de verdad. Había una cuarta escena que el autor escribió como alternativa a la segunda, y por cuestión de interés técnico también la representaron. Toda la función no se llevó mucho tiempo de reloj; sin embargo, fue particularmente paralizante. El coronel Dethleps dijo que aquello era muy ingenioso, y los Stitt dijeron en coro que, en efecto, era muy ingenioso: para los agrestes no había expresión de condena más dura. *Lady* Bootomley metió los pies en su calientapiés y la señora Dethleps se abotonó la capa hasta el cuello: aunque quizá estuviera subiendo físicamente, la temperatura del teatro bajó unos diez grados psicológicos. Patricia se enfrentaba ahora al aciago hecho de que buena parte del programa había acabado.

Y sin duda lo peor estaba por llegar. Peter Holme, al que la interpretación *amateur* lo asqueaba un poco, y que se sabía el único de los presentes capaz de atrapar a un público, resolvió sacar el espectáculo del abismo. Disfrutaba, a diferencia de la mayoría de actores, de una imaginación rica y una espontaneidad precisa; también tenía un rencor de lo más peligroso, pues podía confundirse con un espíritu juguetón. Tras un intervalo de prueba, en el que la conversación salpicó el teatro con la misma frugalidad que las primeras gotas lentas de un chaparrón atronador sobre un techo de estaño, el telón se subió y Holme apareció en el escenario vacío. Su actuación duró cuatro minutos y quince segundos, y Wedge la declaró la cosa más incomparable que había hecho en su vida... Era una parodia de una precisión letal sobre los gestos y las maneras de un arqueólogo de Oxford.

Los agrestes habían reconocido a Winter. A la hora de la cena, el profesor puso de su parte para ser reconocido, y los agrestes lo habían aceptado: parecía combinar una dosis correcta de lealtad y la capacidad de conversar con la intelectualidad rural; parecía ser, en suma, lo que los agrestes consideran que los catedráticos y el alto clero cobran para ser. Así pues, interpretaron la broma de Holme como un ultraje. El antagonismo de clase, en una de sus versiones más sesgadas e incómodas, inundó la sórdida cisterna de *sir* Gervase Eliot.

Patricia estaba sentada junto a la víctima de la broma de Holme. Lo miró de reojo y vio lo que podía interpretarse como una valoración sincera. Winter no parecía divertido, pero tampoco molesto, enfadado o avergonzado. En la sala de profesores uno nunca se acostumbra a los golpes duros, y al parecer también se hace callo ante los ataques inesperados.

—Ha sido claramente —dijo Patricia, probándose— un error. No es lo que gusta a esta gente, y no les ha sentado nada bien.

Winter se giró hacia ella y sonrió.

—Qué amplia la mayoría de mujeres jóvenes que murmuran en tono compasivo.

Iba mejorando poco a poco, pensó Patricia, en el arte de los halagos. Sin embargo, hablaba como si tuviese la cabeza en otro sitio. Como, en efecto, sucedía: la mirada de Winter se había apartado de mala gana del señor Eliot y su hermano; parecía interesado en el tuétano de la situación, no en sus accidentes, por más que estuviesen dirigidos dramáticamente contra él.

—No creo que usted necesite compasión en absoluto —dijo.

—Hemos de reservar la compasión para nuestro anfitrión. Ha sido, como dice, un gatillazo. En Wing y Cold Findon, una buena parodia es como caviar para la gente en general. —Señaló a los Dethleps con un gesto de la cabeza—. Y también para el coronel. —Hizo una pausa de admiración ante ese juego de palabras curioso y miró al resto de espectadores—. Me pregunto cómo se lo está tomando Timmy. A bote pronto parece llevarlo bien. Timmy está acolchado.

A pesar de la benevolencia evidente de esas palabras, Patricia estaba satisfecha. Pero dijo, seca:

—Ha sido una buena cena, ¿verdad?

—Pero no va a arreglar esta situación. —Descubierta su amabilidad, Winter se retiró a la malicia—. El espectáculo está muerto. *Si monumentum requiris, circumspice*[38].

—En efecto, tienen caras un poco lúgubres.

—Y podemos tener la certeza de que entre bastidores reina la consternación. Creo que le toca a Overall recitar un poema de Wedge con una de esas máscaras absurdas. Ahora tiene miedo escénico y está triste. Y hace bien: sería solo su enésima aparición profesional que resulta un fracaso. Si Holme no se hubiese mofado de ese hombre educado de Oxford, lo habrían aceptado. Ahora bullen de rabia, pero con unas buenas formas temibles. A la noche hubo ruido de jolgorio, pero los caballeros reunidos de Pigg y Limber creyeron que era más

---

[38] «Si buscas su monumento, mira a tu alrededor», epitafio de la tumba de *sir* Christopher Wren, uno de los arquitectos más aclamados de la historia de Inglaterra, en la catedral de San Pablo de Londres, diseñada por él.

bajo[39]. Más bajo que el mismísimo Swaffham Bajo. —Particularmente satisfecho con esa ocurrencia literaria pueril, Winter dejó que su risa, su risa educada de Oxford, se extendiese por el teatro sumido en un silencio incómodo.

Sacaron a la señora Cavey. *Un sábado noche en Haworth* podía no ser del gusto de las sensibilidades más delicadas, pero al menos solo ultrajaba a los muertos. La señora Cavey, que interpretaba al personaje de Emily Brontë, creó a su alrededor, mediante un ingenioso monólogo, un pequeño mundo formado por padre, hermano, hermanas y amigos tontos. Se trataba de un tipo de espectáculo que había culminado con éxito una sola vez en los anales del escenario, y el sentir generalizado era que la señora Cavey se merecía un gran reconocimiento por ese intento audaz de una variedad difícil. Era evidente que partía con claras desventajas físicas: Emily Brontë jamás habría podido ser tan corpulenta con los sobrios platos que el señor reverendo Brontë llevaba a la mesa, ni tuvo la suerte de llegar a la edad de la señora Cavey. Eso ofrecía más espacio para un triunfo del espíritu sobre la carne, y la señora Cavey tenía una buena dosis de espíritu. De los recelosos, solo Peter Holme tuvo la determinación para irse: se retiró a la soledad de la biblioteca a leer, y no se le volvió a ver. Los agrestes, de los que muchos tuvieron que leer *Jane Eyre* en el colegio, se mostraron interesados y satisfechos. A la hora undécima —y, en efecto, acababan de dar las once— el espectáculo mostraba una leve promesa de éxito. Eso hizo que el incidente de Keeper fuese aún más desafortunado.

Keeper era el perro de Emily Brontë. El clímax de la actuación de la señora Cavey era la valiente forma en que Emily se enfrentaba al animal, fiel por regla general, cuando se suponía que había pillado la rabia. Todo lo demás, incluida la tensa escena en que el borracho Branwell se confunde con citas de *La inquilina de Wildfell Hall*, de Anne, estaba en un segundo plano con respecto a ese final descomunal.

Emily avanzaba hacia un Keeper imaginario que se suponía que estaba a los pies del escenario, a la derecha. La señora Cavey tenía talento, el público estaba embelesado; Patricia pudo incluso distinguir en el semblante de Winter un horror impresionado y atento. Fue entonces cuando, del ala izquierda del escenario, se asomó una figura descomunal y familiar. Una nariz blandita, un hocico moteado, unos ojos lacrimosos y unas enormes orejas caídas: el muñeco se llama Dis-

---

[39] Referencia alterada al poema *La víspera de Waterloo*, de Lord Byron.

mal Desmond y lo conocen en todas las guarderías. Ese triste Dismal Desmond era enorme. Manipulado con gran maña desde atrás, se acercaba hacia una Emily inconsciente, olfateándolo todo de manera obscena, mientras ella avanzaba hacia el invisible Keeper.

Alguien —luego los rumores dirían que había sido el admirable Toplady— bajó el telón. El horroroso silencio, particularmente horrible por ser, más que un silencio, un vacío trémulo de alegría reprimida, se rompió con la voz de *lady* Bootomley, que resumió el sentir de su contingente con unas palabras históricas.

—No nos estamos divirtiendo —dijo *lady* Bootomley.

Winter se inclinó hacia Patricia.

—Y esto —murmuró— es todo. No puede pasar nada más espantoso.

Se equivocaba. Mediante qué golpe maestro pudo hacerse nunca se supo, pero mientras Winter hablaba el telón volvió a subirse. La señora Cavey seguía en el escenario, claramente ajena a lo que había ocurrido. Dismal Desmond también estaba en escena, y se le habían sumado otras tres monstruosidades caninas disecadas, aún más grandes que él. En el mismo momento en que se reveló esa imagen, los animales empezaron a elevarse. Tres estaban atados con sogas; a Dismal Desmond se le podía ver ensartado en un enorme gancho de carnicero; los cuatro subieron hasta quedar suspendidos junto a la cabeza de la señora Cavey.

Luego las fuerzas del orden volvieron a tomar el mando y el telón bajó definitivamente, ocultando un escenario inmóvil, salvo por el hilo de serrín que caía al suelo desde las entrañas abiertas de Dismal Desmond.

Cuando se hicieron las autopsias en los salones de Wing y Warter y King's Cleeve, *lady* Bootomley, que ya era impopular de por sí en el condado, tuvo que enfrentarse a una buena dosis de censura por su reacción desmedida. Porque *lady* Bootomley se detuvo a compadecerse de la señora Cavey por la forma chabacana en que habían arruinado su hermosa evocación, y luego, metiéndose su calientapiés debajo del brazo, le explicó a Belinda por qué no podía quedarse para el refrigerio. Había nevado con fuerza, dijo, y había que pensar en los caballos. Luego montó en su coche y se marchó.

La mayoría de agrestes reaccionó de manera distinta. Sentían —y los agrestes tienen una extraña capacidad de sentir— que Richard Eliot era uno de los suyos, de corazón; lo correcto era hacerle compañía cuando sus amigos extravagantes lo metían en berenjenales. Así que los agrestes se quedaron para el refrigerio, y solo mostraron su inquietud moviéndose en una masa compacta y árida y adoptando una formación defensiva en un extremo del comedor. Rupert Eliot se desvaneció entre esa masa cual desertor sincero, pálido de la emoción. Archie Eliot, del que ya se sospechaba como el técnico detrás de la debacle, se movía a su antojo, cómodo y afable. El hombrecillo André, cuyos paquetes de papel marrón ya no eran un secreto, se había retirado con discreción. Timmy, después de que sus miedos sobre Henry y Eleanor se demostrasen infundados, estaba con el ánimo encendido y había arengado a todo el mundo con una declaración encubierta de guerra contra los agrestes. El arma que había escogido era la bebida; con un poco de suerte y un conocimiento profundo de la bodega de su padre, le dijo a Patricia, podían ponerlos a todos lo bastante chispados; las ancianas primero. Así aprenderían a percibir el olorcillo de la sátira inteligente.

El señor Eliot no pareció condenar del todo esa agradable actitud poco diplomática. Cuando menos, el señor Eliot creía que el alcohol, en su versión más exclusiva, podía actuar como lubricante, necesario a más no poder. Repartió un buen montón de botellas él mismo, y Appleby, siempre a su vera, hizo de línea de distribución secundaria. Aquí y allá, la calma volvió a reinar en la fiesta. Al menos la situación estaba sofocada. El refrigerio concluiría decentemente y luego llegaría la dispersión.

Sin embargo, lo que llegó fue el caso —anticlímax o interludio— de Gib Overall. Esta vez el ingeniero fue Archie, que sabía mucho más que Timmy sobre la composición de las bebidas. Había encontrado a Overall sumido en la tristeza, angustiado al ver desperdiciada su gran oportunidad. Evitando con la habilidad que le caracterizaba la conversión al mero júbilo, Archie lo indujo a un estado, bastante más insólito, conocido como el del borracho pendenciero. Y luego apuntó que, a fin de cuentas, no era tan tarde. Así pues, mientras el grupo, comprometido con la causa de la decencia social, se esforzaba por olvidar todas las ideas y los recuerdos del teatro, y mientras la cualidad balsámica de los vinos del señor Eliot y la cualidad sedante de su comedor se combinaban con gran fortuna al efecto, irrumpió en escena una figura estridente con una máscara —máscara que era a todas luces una calumnia contra el señor Wedge—, declamando versos ininteligibles intercalados con amenazas lúcidas y lacónicamente sajonas, hasta que acabó desplomándose cual bailarina al final de un *ballet*. Kermode y un agreste resuelto se encargaron de retirarlo. En el bochornoso proceso, digno de taberna, la máscara se cayó y rodó por el suelo. El efecto de la decapitación, lejos de mitigar, acentuaba lo grotesco de la actuación. Fue el golpe final.

El caso Cavey, ahora se podía sentir incluso a toro pasado, contenía algún elemento redentor de ingenio salvaje. El esfuerzo de Overall quedó sin redención.

Tras diez minutos de abatimiento, Patricia volvió a toparse con Winter; un Winter que mostraba una preocupación ostensible por primera vez esa noche. El hombre la miró un segundo con ojos interrogantes. Luego preguntó abruptamente:

—Señorita Appleby, ¿eso ha sido una mera floritura decorativa?

Patricia dejó un mejunje caliente que le había traído Timmy. Tras darle un sorbo había notado que un calor incómodo se apoderaba de todo su cuerpo, pero ahora sentía de repente un frío inexplicable.

—¿A qué se refiere?

—Me sorprende que haya tenido, por designio o accidente, un significado estructural. —Winter era presa de una curiosa mezcla de apremio y pedantería—. Lo que Dethleps definiría como un movimiento enmascarador: todos estábamos mirando patidifusos balbucear a Gib, y mientras tanto nuestro anfitrión ha desaparecido.

Patricia revisó rápidamente la sala abarrotada.

—John tampoco está.

Winter asintió.

—Entonces supongo que no hay que preocuparse. Pero ojalá hubiese podido irme yo también.

—Mi hermano puede armar una buena si la situación lo requiere. No creo que deba usted alarmarse. —Patricia volvió a probar el mejunje. Era vomitivo. Cayó en la cuenta de que, al igual que Winter, estaba más inquieta de lo que cabría esperar dada la lógica de la situación—. ¿Qué hora es?

Winter sacó un reloj finísimo.

—Las doce menos cinco.

Se miraron en silencio, intranquilos por saber que había una docena de motivos por los que el señor Eliot podía haber abandonado el salón. Tampoco había ni rastro de Rupert y Archie; Timmy y Belinda se habían quedado solos al mando. Era la hora en que las visitas empezaban a pensar en marcharse, y se pudo ver a varios preparándose para la maniobra: localizando a Belinda, esforzándose por localizar al señor Eliot. Era un momento en que su anfitrión no habría debido desaparecer. Winter volvió a observar la situación.

—Creo que voy a ir a echar un vistazo —dijo, y se encaminó hacia la puerta.

Patricia, igual de preocupada, bordeó al gentío hasta llegar a una cristalera y se coló entre las gruesas cortinas; tras unos segundos, pudo distinguir algo en la noche. Los agrestes tendrían un viaje de vuelta a casa tranquilo. Había dejado de nevar, el cielo se estaba despejando y la luna se elevaba en el cielo: el final de la terraza, frente a ella, se fundía con la sombra almenada de los gabletes de estilo carolino. La avenida de olmos olvidada y llena de agujeros; esa broma de canal holandés; una zona del parque que había más allá: todo tenía ese carácter extraño y un tanto desconcertante en el que las novedades combinadas de la luz de la luna y la nieve impregnaban una escena conocida y habitual. La propia luna, pensó Patricia, era el elemento más familiar, y menos inquietante, de la estampa: su cercanía, un efecto doméstico que bien podría ser parte de la propiedad, estaba acentuada por un planeta que tenía justo al lado, remoto y no titilante. Fuera todo estaba muy tranquilo. A pesar de la conversación que se desintegraba a sus espaldas —a pesar de las palabras, como estallidos de petardos y velas parpadeantes y consumidas, con que la fiesta desastrosa tocaba a su fin—, pudo oír los latidos de su corazón contando los segundos, como un golpeteo remoto en la nieve.

Era medianoche.

Regresó a la sala y casi se dio de bruces con el doctor Chown, que parecía haberse retirado a la cristalera para estudiar la escena de manera imparcial. Miró a Patricia con dureza, como si fuese una chiquilla a la que había pillado haciendo una travesura, y dijo:

—Esto es sumamente extraordinario.

Patricia sintió, más que ver, a qué se refería. Un grupo de invitados estaba despidiéndose de Belinda, incómodos, en ausencia de su anfitrión. Pero eso no era lo importante. El grupo estaba en pleno proceso de transición de inquietudes, pasando del conocido estrés social de la velada a un temor profundo e indefinido. Era imposible determinar desde dónde se había extendido esa nueva sensación. No de los hijos del señor Eliot, se dijo Patricia: la situación no manaba de Timmy y Belinda, sino que iba contra ellos. Y a los pocos segundos de que la joven se percatase, los había alcanzado. Ya eran dos las ocasiones en que Belinda había dicho, mientras estrechaba manos: «No me explico dónde se ha metido mi padre; quizá se lo encuentren en el vestíbulo». Ahora, despidiéndose de los Dethleps, volvió a repetirlo con un tono que revelaba que la marea la había superado. Hubo un silencio perplejo. Y, como si el silencio fuese una poderosa invocación a la noche, la oscuridad se cernió por tercera vez sobre la Residencia Rust.

Tanto el arte de la guerra como el de la venta desmienten ese dicho de que la familiaridad propicia la indiferencia. Cuando el sector tranquilo al que nos han trasladado se revela tan activo como el que hemos dejado atrás, la línea se rompe; cuando el ojo ha visto distraídamente el eslogan una veintena de veces, nombramos la marca en la tienda. Ese tercer apagón fue el más eficaz de todos.

De poco valieron, pues, las medidas que se habían adoptado. Un cable eléctrico que atraviesa cual guirnalda un parque no puede protegerse contra un bromista activo y bien informado. El chófer junto al cuadro de luces había sido una mera precaución parcial; y ahora se puso en marcha otra: las luces apenas llevaban unos segundos apagadas cuando un grupo de criados del señor Eliot entró con lámparas y velas. Bowles, con el buen gusto que lo caracterizaba, cerraba la fila con las cincuenta linternas de Rust sobre una gran bandeja de plata.

Patricia soltó una risita entre la alarma generalizada. Ese era el primer golpe activo de John en Rust; un golpe beneficioso e inquietante a la vez. Era beneficioso porque prevenía una confusión de un calibre imponderable, e inquietante porque le arruinaba el espectáculo a los agrestes. Las luces podían apagarse por accidente, pero los accidentes no ponen en marcha unas contramedidas tan rápidas y eficaces, que podrían ser la envidia de un gobierno. Todos los invitados del señor Eliot, salvo los más lentos, se dieron cuenta, mientras Bowles pasaba con solemnidad entre ellos portando la bandeja, de que esos eran los pertrechos para una batalla misteriosa pero inminente. El coronel Dethleps, que era un experto en las fortificaciones rurales de la Inglaterra neomedieval, empezó a decir que había que llevar a las mujeres a las bodegas. En ese momento, la señora Cavey pegó un grito.

Que la señora Cavey gritase era natural; era su costumbre en los momentos de crisis, y había pasado un día de perros. Solo que los agrestes pensaron en buscar el motivo concreto de su manifestación; y fueron los agrestes los primeros en ver lo que ella había visto. En el umbral de la puerta había una silueta amenazante e inestable. Habían colocado dos faroles en el suelo, a su lado; por un momento, su luz y la de las linternas parpadeantes solo mostraron un enigma de materia y líneas, como si se proyectase en una pantalla un objeto corriente con un ángulo particular. La figura avanzó y se convirtió en Archie Eliot. La señora Cavey volvió a gritar. Chown se apartó del ventanal y empezó a abrirse paso entre la gente. Archie se tambaleó, cayó al suelo y rodó como una víctima sobre el escenario; se incorporó, apoyándose en un codo, apuntó hacia la puerta con un dedo trémulo, exclamó «¡Richard!» con voz ronca y, haciendo un giro final lento, como la bola de billar a punto de perderse bajo una mesa, quedó tumbado, inmóvil. Chown se inclinó sobre él. Como había hecho exactamente lo mismo veinticuatro horas antes, la escena se traía un aire fantasmal.

—*Sir* Archibald —dijo Chown— tiene una herida en la cabeza. Agua fría, toallas, silencio y saquen a la señora Cavey de la habitación.

Se produjo un silencio inmediato, que creó un contexto eficaz para la entrada del chófer del señor Eliot. Se acercó aprisa a Timmy y le habló con un susurro penetrante que llegó a todos los presentes.

—Señorito Timothy... en la puerta principal... no sé qué. ¿Qué le parece si usted y algunos de estos caballeros vienen?

La súplica autorizaba la acción. Timmy y Belinda se abrieron paso para salir; el coronel Dethleps, poniéndose al mando de los agrestes, creó en cuestión de segundos una guarnición y una patrulla de reconocimiento, a la que encabezó y dirigió hacia el vestíbulo. Patricia tuvo la sensación de que los agrestes, con un instinto propio para lo dramático, eran como peones perfectamente colocados en lo que estaba ocurriendo; pero ahora no tocaba hacer reflexiones profundas, con lo que salió a la zaga de Belinda. Llegó a tiempo para la escena bajo el pórtico.

El aire, frío e hiriente, soplaba entre los pilares jónicos que enmarcaban una noche de nieve y estrellas. La luna estaba en su cénit; los árboles que rodeaban el parque vadeaban en sombras de tinta; el panorama más alejado titilaba, en una perspectiva incierta, cual montañas invisibles fotografiadas a través de una pantalla. Una fina capa de nieve se había posado alrededor de los pilares, y también había nieve en los escalones que bajaban a la terraza, que era de por sí una enorme página en blanco. El grupo la observaba desde arriba, como en un atril, y leyó las marcas de la violencia.

Desde el borde mismo de la capa de nieve, justo bajo el frontón, arrancaban dos filas de huellas que se alejaban de la casa. Bajaban los peldaños juntas, giraban a la derecha, bordeaban unos pequeños arbustos y desaparecían en el caos. En un área del tamaño aproximado de un *ring* de boxeo, la fina moqueta de nieve estaba llena de arañazos y cicatrices, con una veintena de arcos nítidos y tajos profundos: oscuras líneas de fuerza que hablaban de pies clavándose y talones derrapando. Era un campo de batalla abandonado; en el extremo más alejado, un rastro misterioso, como el de un ejército pigmeo en retirada, desaparecía por el camino. La luna, las estrellas y los invitados horrorizados del señor Eliot observaron esas pruebas.

La patrulla de reconocimiento, una masa oscura con Belinda, Patricia y una señora Moule de escolta formando una especie de caballería colorida en el centro, atravesó corriendo la terraza. El rastro que bajaba por el camino no esclarecía nada: aquí y allí se veía alguna huella, semiborrada por una marca de arrastre o un revolcón. Una voz gritó: «Hay algo en el camino».

Todas las miradas descendieron un poco más. En una charca de luz de la luna entre las sombras de dos olmos gigantescos, una mancha negra e indeterminada salpicaba la nieve. Estirado, como en una carrera comenzada hacía rato, el grupo se acercó a toda prisa; los rezagados menos comedidos aún gritaban «¿Quién es?» cuando la cabeza del grupo ya había descubierto —que así de engañosas son las proporciones bajo la luz de la luna— que era un sombrero, un sombrero de fieltro negro como el que podría llevar cualquier caballero con esmoquin. Pasó del coronel Dethleps a Belinda, que con una tranquilidad repentina dijo: «Es el de papá». En ese mismo instante, de algún lugar a su izquierda llegó un alarido aterrador y solitario.

La señora Moule dijo: «El río». El coronel Dethlpes gritó: «¡Sigan el sendero!». Era demasiado tarde, pues un puñado de los más impetuosos, agrestes y extravagantes revueltos habían echado a correr en la dirección del sonido. El grueso del grupo siguió bajando lentamente por el camino. Al dar una curva se vieron perdidos: el sendero parecía dividirse, y hubo un momento de dispersión. Una nube enorme, oportuna cual estratega que aguarda su momento, se abalanzó sobre la luna, extinguiéndola.

Como si el juego de la noche anterior, incontenible, se hubiese desparramado desde la casa, los haces de luz parpadeante se entrelazaban en el parque de la Residencia Rust. Patricia, dando vueltas con su linterna, iluminó a Wedge. Para ser un hombre cuyo activo más valioso corría un riesgo desconocido, Wedge parecía extraordinariamente sereno.

—¿Conoce —preguntó, y la naturaleza militar de la situación pareció haberle calado hondo— este puñetero terreno?

—No muy bien. Pero aún estamos en el camino, y el camino empieza rodeando la casa.

—¿Y el río? —Wedge era un alma sedentaria; llevaba años visitando Rust sin pasar de los jardines.

—Un poco alejado; casi seguro que no está involucrado.

—Esas condenadas historias de acción —dijo Wedge— le meten cosas en la cabeza a la gente. Creo que me voy a pasar a la ficción narrada. Vamos.

Wedge avanzó lentamente y Patricia lo siguió. Tenía grandeza a su manera; esa situación alarmante e increíble había propiciado una especie de cambio de planes napoleónico en su mente. Pero la preocupación inmediata de Patricia era haber perdido el contacto con Belinda. Hizo una pausa y aguzó el oído. Frente a ellos, la noche estaba llena de murmullos angustiados, de exclamaciones repentinas y desesperadas. Un grupo de exploradores había confundido la falsa avenida y el camino; ahora estaban rodeados de estanques frustrados, cambiando la nieve por una abundante dosis de barro. La luna volvió a surgir en medio de esa confusión, como un granjero que asoma la cabeza por un seto para ver una escena indecorosa. La patrulla de reconocimiento se había desintegrado de mala manera; la oleada de luz fría reveló unas siluetas desperdigadas que dibujaban arabescos en el parque. Era una escena perfectamente pintoresca; una excursión invernal y nocturna, del estilo de las pintadas por Teniers o Both; una comedia descabellada y macabra observada por la luna.

Dethleps convocó a sus reclutas dispersos; agitó un brazo en el aire y se llevó una mano a la coronilla; para Patricia, no versada en el arte de la guerra, el gesto simbolizaba la coronación de la locura. Otros agrestes entrados en años decidieron que había llegado la hora de gritar, y vociferaron el nombre de Eliot, perentorios, alentadores y apremiantes, hacia las estrellas. Un arranque de risa histérica se apoderó de Patricia; algún alma caritativa lo sofocó apretándole la mano. La señora Moule estaba a su lado; se había agarrado a ella para no perder el equilibrio mientras se quitaba los tacones.

—No creo —dijo la mujer, enigmática— que debieran preocuparse.

Echaron a correr las dos juntas, en medias.

—Ahí está Belinda —continuó la señora Moule, triunfante—. Creo que en una noche como esta tendríamos que procurar no separarnos.

Quienes siguieron el camino, encabezados por Dethleps, trazaron un semicírculo; el parque había girado sobre ellos como si estuviesen persiguiendo a una liebre; la casa, momentáneamente oculta, debía estar aún cerca, a su derecha. Patricia, que iba a la vanguardia con Belinda y Timmy, miró a su espalda para ubicarse. Todos los demás estaban mirando al frente, con lo que ella fue la única que presenció la deserción de Kermode.

Kermode estaba fuera de forma y, en consecuencia, se cansaba más que las personas que nunca habían estado en forma. Los ojos de Patricia lo vieron frenarse y seguir andando. Se podía leer con claridad su expresión: miraba fijamente la luna con una cara ausente y afligida. Quizá estaba tan nervioso como los demás; quizá la suya solo era una animadversión intelectual hacia el misterio. Sus ojos pasaron de la luna al suelo, y luego escudriñaron el parque. Se fijó en una luz solitaria que brillaba a una media milla de distancia. De repente su expresión, como por efecto de una iluminación interior, se tornó en regocijo. Al instante salió del camino, saltó una especie de cerca y echó a andar, muy tranquilo, nieve a través. Patricia estaba a punto de dar media vuelta para investigar cuando se vio frenada por el ruido más violento que se había producido en esa noche inquietante.

Desde algún lugar dentro o en las inmediaciones de la casa, el sonido de un disparo se extendió sobre el parque. Su eco se fundió con una rápida sucesión de estertores y gritos ahogados, una agonía sonora más trágica que el alarido solitario que se había oído antes, pues esta estaba más impregnada de un dolor puro e inhumano.

Los agrestes, procurando no revolucionarse aún más, se giraron hacia la casa y echaron a correr. Los primeros volvieron a tropezarse con el camino principal, y dejaron atrás apresuradamente el patio de la cocina, los establos y el jardín de césped. La Residencia Rust se erigió ante los corredores con la apariencia insólita de un muro alto y vacío. Cubierta de hiedra, se alzaba bajo la luz de la luna como un imperioso mar helado. Los murciélagos espantados revoloteaban a su alrededor, recortándose contra ese brillo céreo, lanzando chillidos débiles y fútiles a unos oídos ignaros.

En el centro del muro había una puerta abierta, oscura y solitaria.

Timmy y Belinda —porque conocían el terreno o porque, a diferencia de los demás, no habían titubeado ni una fracción de segundo— entraron los primeros. Les siguió una docena de personas; la luz parpadeante y cauta de las linternas reveló al grupo que estaban de nuevo en el teatro de *sir* Gervase Eliot. La familiaridad inesperada del lugar resultó desconcertante por unos momentos, y en esa pausa perpleja y momentánea el teatro se dejó sentir. Allá arriba, las ventanas estrechas hendían ligeramente la oscuridad; unos dedos transparentes de luz aguamarina descendían por las paredes, perdiendo consistencia hasta desvanecerse, aún muy por encima de sus cabezas. El teatro, muerto, helado y vacío, era tan espeluznante como una jaula intralunar. El olor acre de la pólvora contribuía a crear la sensación de estar en una gruta subterránea, y en algún punto, como la humedad que rezuma de la roca estratificada, se oyó el goteo lento de un líquido que caía desde arriba...

Las linternas exploraron una maraña de sillas, un guante y un montón de programas desperdigados donde se explicaba la pequeña y problemática obra: los escombros de una velada en ruinas. Las linternas avanzaron un poco más, en busca del telón que había bajado ante el desconcierto de la señora Cavey. Ya no estaba. Cual manos sorprendidas que no encuentran en la oscuridad la resistencia esperada, las linternas iluminaron la zona bajo el arco del proscenio, creando un elenco de sombras en las profundidades. Ese era el final del camino; ese era el espectáculo hacia el que se dirigía la velada y la noche. La obra de teatro de Rust había tocado a su fin, y ahora llegaba una función concebida de manera exquisita. Sobre las tablas desiertas, ataviado con una toga invisible, el drama se erigía en su trono.

Los rastreadores titubearon unos segundos; luego se acercaron apresuradamente y superaron la línea de las candilejas como la última batería enemiga. Timmy y Belinda iban a la cabeza; Belinda, adelantándose a su hermano, se arrodilló entre los restos de serrín de Dismal Desmond. Timmy iluminó el suelo con su linterna. Justo al lado del serrín se había formado un charquito. El traje de cola blanco de Belinda estaba manchado de sangre.

Volvió a caer una gota minúscula, y el charquito a sus pies se movió en pequeñas ondas. Las linternas apuntaron hacia arriba y escrutaron, entre los cañones de oscuridad suspendidos, la maraña de vigas, poleas y cuerdas. La primera luz iluminó, altísimos, los grotescos cuartos traseros de un perro enorme; continuó para mostrar las patas de otro animal, y la cola de un tercero. Sin embargo, Desmond no estaba; un grito desde el lateral del escenario anunció que lo habían descubierto en el suelo; su cuerpo, destripado con saña, fue iluminado al instante por una docena de linternas, y desapareció igual de rápido en la oscuridad cuando las linternas se alejaron de nuevo. Casi todo el mundo vio la cruda realidad al mismo tiempo: habían descolgado a Desmond de su gancho con toda la intención del mundo, y junto a los tres perros ahorcados colgaba ahora algo alargado y oscuro. Tras un segundo de dudas angustiantes, una linterna apuntada con pericia distinguió, entre el enredo de poleas, un círculo de tela negra y trenzada. La confusión gélida se vio interrumpida por la voz de Winter, que pedía ayuda con las cuerdas. Dethleps estaba a su lado; Wedge se acercó. La figura oscura se movió y empezó a descender, girando horripilantemente. Una polea chirriaba, incesante, como el sonido de una carreta en una pesadilla.

El cuerpo llegó al suelo. Timmy, que pareció tropezar de nuevo con algo, se arrodilló abruptamente a su lado.

Ante ellos, ensartado en el gancho enorme y enfundado grotescamente en unos pantalones de traje, yacía el cadáver de un cerdo middle black.

TERCERA PARTE
Abadía Shoon

—Largos y anchos.

Inglaterra, amante incansable y variada, había vuelto a pasar de la oscuridad al sol. Nunca había bostezado, nunca se había desperezado delante de Tiempo con ese camisón diáfano en concreto; el tiempo, ni remontándonos antes del centro de abstinencia de Pigg, antes de las carreteras principales, de las cabinas de peaje desaparecidas, de los caminos de herradura que otrora serpenteaban entre pastos sin cercas; el tiempo, ni regresando sobre las generaciones de ganado hasta que se volvía alargado, de pelo liso y rayado; el tiempo, difuminándose al fin en eternidades geológicas, nunca había presenciado esa configuración de luz y sombra, esos cúmulos de neblina y vapor a la deriva; nunca había recogido en sus cosechas de invierno un día de noviembre como ese.

—Largos y anchos —repitió el señor Eliot—. Largos y anchos, con el lomo ligeramente hundido.

El gran coche devoraba las millas.

—El clima —dijo Winter desde la parte de atrás, y de sus palabras podía colegirse que se estaba disculpando por ser arqueólogo—, el clima lo es todo. Wedge quería que escribiese un libro; le he respondido que si buscara expresarme lo haría con la pintura. Pero el clima impide el desarrollo de las artes plásticas en este país. —Escrutó con una mirada teórica el paisaje—. Ojalá fuese un esquimal.

—Ojalá los lincolnshire de pelo rizado tuviesen el pelaje un poco menos áspero.

—¿Un esquimal? —Appleby no habló, ni mucho menos, porque quisiera que Winter siguiese con sus reflexiones. Esa interjección había sido solicitada, y la ofreció como una cuestión de deber social, pero su cabeza estaba puesta en el territorio problemático que tenían ante ellos.

—Un esquimal —repitió Winter—. Para vivir siempre envuelto en ese blanco inmaculado y radiante que simboliza la eternidad. En Labrador, el gran arte debe ser posible; no, debe existir inevitablemente: un arte del todo asensual, abstracto, moldeado por esa única disciplina deslumbrante de los sentidos al servicio de la verdad trascendental. —Y señaló con gesto condescendiente los parches de nieve derritiéndose a su alrededor.

—Estoy deseando ver los tamworths —dijo Eliot—. Y la colección, por supuesto.

—Es tan seguro encontrar un arte suprasensible en la frontera del círculo polar como un arte rico y sensual, brillante y espectroscópico a orillas del Mediterráneo. Está bien ser un esquimal, está bien ser un Tiziano o —titubeó— un Renoir. Es este semimundo de neblina, de colores tenues y fugitivos —hizo otro gesto—, lo que resulta diabólico.

El señor Eliot, sentado junto a Patricia, que iba al volante, se giró desde el asiento de copiloto.

—Espero —dijo, y pareció ser la mención a Renoir lo que lo apartó momentáneamente de su tema— que Rupert venga con los otros. Me gustaría mucho que viese la abadía.

—El clima —Winter era tan insistente como un profesor recalcando la frase clave— lo es todo. —Se giró hacia la señora Moule—. Pensemos en la desvergonzada y absoluta voluptuosidad, en las nalgas grandes y los senos turgentes de las *iaksis* del arte budista más sagrado de la India. Observémoslas trasladándose con la religión budista a China. En un par de generaciones la aclimatación se pone en marcha, reduciendo esas caderas pródigas, deshinchando esos pechos como globos, adaptando a los ritmos del panorama visual chino esa exuberancia más que rubenesca de la carne.

—¿La carne? —El señor Eliot volvió a girarse—. Debe ser firme. La libertad de movimiento es por ende fundamental. Abundancia de terreno donde hurgar y rebuscar. Ahí es donde fallan los métodos intensivos modernos. —Hizo una pausa, y al punto se iluminó—. Supongo que coincidirán todos conmigo en que hay pocos temas más apasionantes que los cerdos.

Appleby repasó la noche. Todo se había planeado con suma eficacia. Rust tenía dos teléfonos independientes, y el bromista había llamado de uno a otro. Le pidió al criado que preguntase por *sir* Archibald Eliot, y cuando Archie se puso le rogó que el señor Eliot acudiese de inmediato a la casa del señor Laslett, al otro lado del parque: se había producido un grave accidente y Laslett quería asegurarse de que un juez de paz fuera testigo de su apresurado testamento. Archie buscó a su primo, que se puso en marcha de inmediato acompañado por Appleby como obvia medida de precaución. A Archie se le encomendó pedir disculpas a los invitados en nombre del señor Eliot, pero, en cuanto se marcharon, alguien lo golpeó en la cabeza. Luego el bromista siguió las huellas del señor Eliot y Appleby, y rápidamente fingió las señales de un forcejeo en la nieve, hasta el lugar en que ambos abandonaron el camino: ahí fue donde Kermode leyó el rastro con buen criterio y empezó a pasear tranquilamente, para acabar encontrándose con el señor Eliot y Appleby, de vuelta de su inocente viaje. Luego el bromista se las apañó para cortar el cable eléctrico por el punto en que cruzaba el camino, y siguió trazando una especie de rastro hacia el teatro. Se adentró un poco en el parque; esperó el momento apropiado para lanzar el alarido solitario; volvió corriendo al teatro; mató a un cerdo que tenía preparado, procurando que el gorrino hiciera todo el ruido posible; le enfundó unos pantalones y lo colgó en el lugar de Dismal Desmond.

Era todo tan sencillo que la hipótesis podía reconstruirse tal que así, con unas pocas frases; pero su sencillez radicaba en un trabajo de precisión milimétrica, cuyo virtuosismo despertó la admiración profesional de Appleby. La mecánica había sido buena; y, a decir verdad, también la psicología. La mente sutil que había percibido con tanta rapidez que se podía provocar a Timmy con Henry y Eleanor también había hecho aquí una serie de cálculos arriesgados pero precisos: que un criado respondiendo al teléfono no levantaría las sospechas de ninguna persona responsable a tiempo; que, bajo la influencia de los agrestes, la fiesta discurriría como, efectivamente, discurrió; que cualquiera que intentase descubrir quién vigilaba a quién se encontraría con unas impresiones contradictorias y confusas hasta rayar la desesperación... La broma del middle black había sido ingeniosa y esencialmente brutal; sin embargo, se había aclarado algo.

El propio señor Eliot quedaba libre de sospecha. Ni bajo la influencia hipnótica de la aventurada hipótesis de Winter, ni con la actitud mucho más sutil supuesta por el doctor Chown, podía considerarse responsable de acosarse a sí mismo. Appleby dijo adiós a su teoría con un suspiro; el mismo tipo de suspiro con que el propio señor Eliot rechazaría una trama demasiado exquisita para su capacidad... El señor Eliot, que ahora hablaba tan pancho con Patricia sobre sus temas rurales favoritos, no se había hecho a sí mismo ninguna marranada. Sin embargo, Appleby aún tenía la sensación de que no había acabado con él; de que el propietario de Rust no había dejado de desconcertarlo. Hubo un momento en que el bromista tuvo al señor Eliot contra las cuerdas; lo llevó a hacer ciertas conjeturas que estaban al borde del caos mental. El bromista había gastado una serie de bromas vejatorias y espectaculares, pero, tras un análisis sereno, se comprobaba que su única arma eficaz había sido el dominio sorprendente de unos temas que, según creía el señor Eliot, nunca habían franqueado las puertas de su imaginación. Eso fue lo que puso al señor Eliot en jaque y casi acaba con su carrera de escritor; era de eso de lo que se recuperó misteriosamente. Misteriosamente. Appleby cayó en la cuenta de que ese lapso de veinticuatro horas colocaba los hechos del sábado por la mañana bajo un nuevo prisma, y ahora no parecía haber motivos pertinentes para la recuperación de su anfitrión. Las manifestaciones de Rust no eran una irrupción del mundo de la creación imaginativa; ni tampoco la consecuencia de que el inventor de la Araña desarrollase una personalidad secundaria y puramente arácnida. El señor Eliot se había librado de todas y cada una de esas cábalas sin sentido, pero evocadoras; y se había librado porque el Renoir se encontró compartiendo cama con Joseph. La explicación del señor Eliot para su racionalidad recuperada había sido engañosa: sugería que su Araña nunca tendría un comportamiento tan tosco; y él mismo tampoco podría hacer algo así, ni siquiera en un estado mental trastocado.

Como las especulaciones del señor Eliot y el doctor Chown habían sido tan extravagantes de por sí, no se pudo observar desde el primer momento que esa vía de escape resultaba, como poco, deficiente desde el punto de vista intelectual. Y el señor Eliot, aunque fuese inestable, era a todas luces un hombre harto inteligente: ¿de verdad se había dado por satisfecho con ese argumento? Ahora parecía difícil de creer. Y sin embargo su recuperación, el desmoronamiento de la campaña contra su equilibrio mental, comenzaba incuestionablemente con la aparición del cuadro robado. Fue entonces cuando también empezó a dar muestras de lo que a Appleby, en cierto modo, le parecía una determinación creciente. Esa conversación sobre los cerdos que dan buen beicon, por ejemplo: era imposible no reconocerla como una señal de que el sentido común del señor Eliot funcionaba a pleno rendimiento.

Pero ahora el señor Eliot se apartaba del centro de la escena, o al menos del centro de la escena tal y como se había visto hasta ahora. Lo mismo ocurría con sus hijos. ¿Y con quién más?

Cuanto más reflexionaba Appleby sobre el tema, cuanto más repasaba las breves conversaciones que había podido mantener, menos claro lo tenía. ¿Kermode estaba fuera? Patricia lo había visto desaparecer en el parque unos segundos antes del disparo al middle black. Pero, si Kermode era el bromista —y Appleby recordó la conversación ambigua que había escuchado a escondidas—, tenía que estar compinchado sin más remedio con Gib Overall. ¿Cómo de borracho estaba realmente Overall? ¿Demasiado para colarse discretamente en el teatro, disparar, espetar y colgar al cerdo? ¿Lo bastante como para no darse cuenta de lo atroz de sus actos? Había sido una buena broma, a su manera; y todo a costa de Timmy y Belinda: el bromista se tomó un montón de molestias para hacerles creer que habían presenciado el asesinato de su padre. Que la acción fuese improvisada tenía su intríngulis; estaba motivada por la broma de André, a su vez una improvisación contra la señora Cavey y su desdichada experiencia en el granero. También tenía miga que la broma fuese una broma; y es que nadie fue asesinado a medianoche. ¿Se debía a que la víctima planeada no era en ese momento «asesinable», o a que el bromista solo pretendía seguir bromeando? La actitud del bromista había sido homicida. Casi se podía ver al middle black como una especie de animal totémico, sustituto expiatorio del propio señor Eliot; un señor Eliot al que el bromista deseaba y al mismo tiempo temía asesinar... Así las cosas, era absurdo introducir la antropología primitiva en el problema: sin duda, la muerte del cerdo había sido más intencional que ritual; tenía toda la pinta de ser el enésimo intento de indignar al señor Eliot recurriendo a su imaginación profesional.

Sin embargo, esas eran reflexiones precarias; Appleby volvió a los posibles descartes. Archie Eliot. Lo primero que se había imaginado la cabeza peculiarmente entrenada de Appleby había sido a Archie alejándose con discreción de un teléfono para interceptar a un criado que hubiese respondido en el otro. Muy sencillo. En ese caso, ¿cuál era la gravedad de la herida de Archie? ¿Podía habérsela infligido él mismo? ¿Qué le pasó cuando lo dejaron en manos de Chown? ¿Le habría dado tiempo a escaparse para pegar el grito, para organizar todo el montaje final con el cerdo? Eso aún estaba por descubrir, e implicaba algo con lo que Appleby no había contado: otra conversación con Chown.

No podía descartarse de manera definitiva a nadie más. Durante esa media hora crucial en torno a la medianoche se perdió de vista a un número sorprendente de personas; hubo una especie de cortina de humo alrededor de los agrestes. No había tenido ningún caso, se decía Appleby, que necesitase tanta excavación paciente en un mismo sitio; ningún caso con tan pocas posibilidades de que ocurriera algo así. En Rust, la mayoría de invitados del señor Eliot se preparaban para dispersarse al día siguiente; y, mientras tanto, ahí estaban ellos, cumpliendo puntillosamente con el compromiso de visitar la abadía Shoon. Appleby se estaba alejando a toda velocidad de cualquier prueba concreta sobre el misterio.

No obstante, hasta la abadía Shoon se extendían algunos hilos sospechosos. El primer golpe del bromista fue robar en casa de la señora Birdwire, y las noticias de ese robo habían trastocado a un tal Horace Benton, quien otrora trabajase con ignominia para el mismísimo Jasper Shoon. En la abadía estaba Bussenschutt, colega de Benton, a quien esos acontecimientos le habían llevado a informarse con gran ingenio y meticulosidad sobre la señora que había sufrido el robo. En el coche iba Gerald Winter, que había contado la historia de Timmy sobre el robo a los otros, y que, loable como él solo, se había mostrado ansioso por investigar los problemáticos incidentes en casa de su discípulo Timmy Eliot. La conexión entre esos hechos resultaba un misterio, pero difícilmente podía ser una ilusión.

Ahora iban a la abadía para realizar una visita que llevaba unos días en el aire. Appleby se preguntaba cómo surgió la idea. Belinda trabajaba en la abadía, pero hasta el día anterior su propietario y el señor Eliot apenas se conocían de vista. Entonces apareció Shoon, flanqueado por Bussenschutt y la señora Birdwire, para transmitir a todos los inquilinos de Rust algo que estaba entre la invitación y la citación. ¿Qué lo había motivado? Al parecer, ya había un grupo considerable de invitados en la abadía: ni más ni menos que una reunión de la sospechosa organización que Shoon, con ingrata pero suficiente ironía, había llamado Amigos de Beda el Venerable. ¿Se suponía que ahora ellos iban a tener algo que ver con los criados de la Araña? ¿Quién había ideado esa fusión? ¿Y con qué propósito? Porque Appleby estaba convencido de que la trama no hacía sino complicarse, y que esa expedición expansiva no era un mero viaje sin rumbo. El misterio que había detrás también estaba delante.

La señora Moule había llegado a una conclusión distinta.

—Por supuesto —dijo—, también yo estoy deseando ver la abadía. Pero estaría un ápice más contenta si antes se hubieran aclarado estas bromas horrendas. Me parece que de poco sirve alejarnos. Y han sido tan desconcertantes y espantosas que una no deja de darle vueltas en la cabeza.

—Un laberinto imponente —dijo el señor Eliot—, pero un mapa habrá de tener[40]... ¿Alguien tiene una cerilla?

Appleby, ofreciéndole las suyas, se preguntó qué estaría ocurriendo para que su anfitrión pasara de los cerdos a Pope.

—A fin de cuentas —dijo Winter—, casi todo el mundo va a venir. No me sorprendería que hiciésemos progresos considerables en la abadía.

—Coincido con usted. —El señor Eliot, sin girarse, habló con una resolución enérgica—. Es curioso: Rupert, que como saben es un gran conocedor del mundo, ha hecho exactamente ese mismo comentario antes de salir. John, ¿qué le parece?

—Me parece del todo probable que estemos llevando a nuestra pesadilla doméstica con nosotros.

La señora Moule, impresionada por esa unanimidad misteriosa, miró con algo de inquietud a la carretera.

—¿De verdad lo creen? Estoy segura de que la casa del señor Shoon es un lugar muy peligroso para los bromistas, con todas esas armas, explosivos y artilugios. Belinda —Belinda y Timmy iban en los asientos pequeños, frente a ella—, ¿guarda Shoon sus bienes más siniestros en casa?

—Nunca he visto ninguno —dijo Belinda, riéndose—. Pero es un edificio grande y a veces hay actividades misteriosas en las ruinas. Creo que están realizando algún tipo de investigación discreta.

—Pues a mí me parece de bastante mal gusto —dijo la señora Moule— construir un lugar religioso, como quien dice, para ese tipo de actividades... Con esto no quiero decir, por supuesto, que *sir* Archibald tenga algo que ver.

—¿*Sir* Archibald? —De repente, Appleby se puso rígido sobre el tapizado de lujo.

—Es lo único —explicó Timmy, que apenas había hablado desde que montó en el coche— que Archie ha hecho desde su puente. Shoon conocía a Archie desde mucho antes que Belinda fuese a la abadía, y le pidió su colaboración para la torre oeste. Al parecer, las torres en ruinas son particularmente peliagudas. Hay que conseguir el permiso de las autoridades del condado antes de construirlas. Shoon pidió a Archie que hiciese una auténtica obra de ingeniería con ella. Supongo que tuvieron mucha relación durante un tiempo.

Belinda asintió.

---

[40] Referencia a la primera epístola del *Ensayo sobre el hombre*, poema de Alexander Pope.

—Y la torre es espectacular. Una sola muralla soporta una construcción inmensa. La verdad es que la clave está en las vigas de acero ancladas en las entrañas de la tierra.

—Pero la colección —el señor Eliot intervino, como si quisiera defender la relación de su hija con todas esas historias— no tendrá nada de extravagante. La Colección Shoon está reconocida por académicos de todo el mundo.

Archie y Shoon, ahí tenía otro vínculo, se dijo Appleby; quizá Archie estaba detrás de esa expedición.

—¿Está *sir* Archibald —preguntó— en condiciones de venir hoy? El señor Eliot negó con la cabeza.

—Creo que no. Chown sostiene que la herida no es grave, pero aconseja reposo. La verdad es que estoy bastante preocupado...

Un pitido, el pitido discreto pero imponente de un claxon como Dios manda, ahogó el resto de la frase. Patricia se hizo a un lado, y un coche color crema, aún más grande que el suyo, se puso a su altura y los adelantó; la persona al volante, con un gesto serio de cortesía, se quitó el sombrero y mostró una cabeza vendada aparatosamente; a su lado pudo entreverse la sonrisilla repelente de Rupert Eliot; entre la piña de siluetas en la parte de atrás estaban la señora Cavey y Wedge. Por encima del ronroneo de su motor se oyó a Timmy decir, con un suspiro:

—A ver quién es el guapo que dice que los Eliot se separan. Nos vamos pisando los talones los unos a los otros.

Era una exageración. Y Appleby recordaría el gesto de iluminación encapotada con el que Timmy hizo ese comentario.

—Por cierto —dijo Belinda—, las armas y las bombas son tabú. A Jasper no le gusta que saquen el tema. Los mercaderes, dice, son una clase de hombres útiles y respetables, pero no le agrada que se le vea así. Él solo es un «curioso»; y, por supuesto, también un «virtuoso».

El señor Eliot asintió, comprensivo.

—A fin de cuentas —dijo—, John coincidirá conmigo en que de vez en cuando no está mal salir del ambiente de trabajo. —Sonrió satisfecho ante la pertinencia de esa reflexión—. Y la gente de armas, en particular, a veces ha de sentirse abrumada por su trabajo. Hay un gran oprobio público al respecto. Llegan incluso a sufrir la condena de muchas personas tradicionales que aún opinan que la del soldado es la vocación más honorable. Eso nunca ha acabado de parecerme justo: a fin de cuentas, no tiene sentido aprobar a los cirujanos y condenar a los fabricantes de bisturíes. —El señor Eliot, esta vez ese señor Eliot resueltamente liberal que insistía en lo fantásticos que eran Rupert y Archie, miró a su alrededor en busca de apoyo y no lo recibió de nadie—. Por supuesto —continuó—, sé que a veces esa gente fomenta los conflictos en aras de sus beneficios. Pero estoy seguro de que una persona con los intereses intelectuales de Shoon no haría algo así. —Lanzó un suspiro, y pareció consultar a regañadientes el libro de la naturaleza humana que él conocía—. O casi seguro... Patricia, querida, alguien nos está haciendo señas.

Era el doctor Bussenschutt. Vestido con unos sorprendentes pantalones bombachos y una antigua chaqueta de caza con ribetes de cuero, les hacía gestos afables a la par que perentorios desde la franja de césped del arcén. Cuando el coche se detuvo, se acercó y se quitó una gorra de *tweed* en la que había clavadas varias moscas de pesca, populares, según nos revelaría un entendido, a finales del siglo XIX. Metió su rostro, inmenso y bondadoso, por una ventanilla.

—Los hay —dijo el doctor Bussenschutt, y sus palabras tenían el ritmo calculado de quien las ha pensado unos segundos antes— que disfrutan con los vuelos sobre ruedas, los motores sobrealimentados y el polvo olímpico. Pero a mí —e hizo un gesto vago en la dirección de la que venía— me encantan los paseos rurales por verdes senderos de césped[41].

El señor Eliot estaba encantado.

—Yo también soy —dijo— un devoto de Cowper. Y ahora Horacio y él van de la mano en el canto[42].

Como el señor Eliot se las había ingeniado para identificar la cita de Bussenschutt y, al mismo tiempo, decirlo con un verso de Pope, Appleby supuso que todos los honores de ese combate refinado irían para él. Era una pena que Archie no estuviese presente para quitarse el sombrero ante ambos; probablemente el otro grupo ya estaba gravitando alrededor del virtuoso y curioso de la abadía Shoon. Solo Timmy, Belinda y Patricia se mostraban serios; las cosas que una generación encuentra elegantes, a la siguiente siempre le parecerán fatuidades un tanto vergonzosas. Sin embargo, las palabras de Bussenschutt revelaban ahora tener una intención; tras varios dichos ingeniosos más sobre el tema de los automóviles y los caminantes, pasó a buscar conversos: quienes podían percibir lo que había en el aire de noviembre deberían apearse y caminar con él de vuelva a la abadía. Parecía particularmente convencido de que Winter estaba deseando hacerlo.

---

[41] Referencia al poema narrativo *La tarea*, libro primero, «El sofá», de William Cowper.

[42] Referencia a la «Epístola al doctor Arbuthnot», prólogo de *Imitaciones de Horacio*, de Alexander Pope.

Las pruebas del deseo de Winter eran poco convincentes. Miró a Bussenschutt, o eso le pareció a Appleby, con el recelo discreto de alguien que conoce las bazas de un antagonista y está calculando por dónde llegará el siguiente ataque.

—Además —dijo Bussenschutt—, tengo noticias con las que amenizar el trayecto. Noticias sobre nuestro colega Benton. —Aunque sus frases iban dirigidas a Winter, Bussenschutt miró con una cordialidad particular a Timmy, como si, de broma, permitiese a ese joven echar un vistazo a los cotilleos inocentes de las salas de profesores—. Me temo —continuó— que no le interesará a nadie más —su mirada se posó fugazmente en Appleby—, pero a lo mejor podemos liar a un tercer paseante de todas maneras.

Hizo una pausa para que todo el mundo admirase ese coloquialismo osado. Abrió una de las puertas traseras del coche, golpe maestro de una indecencia social que mitigó dirigiéndose en el acto a la señora Moule.

—Confío, mi querida señora, en que le lleguen buenas nuevas de su hermano desde esa magnífica diócesis. ¡Cuánto echamos de menos en Oxford al obispo de Udonga! —Y ante ese derroche de esplendidez, y quizá también por ver que Winter y Appleby se apeaban, el docto Bussenschutt sonrió radiante, triunfante, horripilante—. *Au revoir* —gritó—, *arrivederci, auf wiedersehen!* —Se quedó con la gorra de pescador levantada hasta que el coche dobló una curva, y Appleby se imaginó, vaya usted a saber por qué, a un Dethleps de uniforme mandando saludos a la realeza.

Como quien pretende sobreponerse a lo que no ha empezado con buen pie, Winter cruzó la carretera y se dirigió a una cerca que daba a un camino de hierba.

—Tenemos unas tres millas por delante —dijo—. Tiempo de sobra para que incluso usted, maestro, comparta con nosotros esa información secreta.

—He tenido —dijo Bussenschutt, consecuente— una aventura.

Las víctimas de su rapto lo miraron con ojos expectantes.

—Pero ¿a qué —preguntó Bussenschutt en tono erudito, esquivando con pericia una boñiga— nos referimos con aventura? ¿No deberíamos quizá detenernos para preguntarnos si la idea, la idea de aventura *per se*, es un concepto nuevo, un síntoma, en fin, de nuestros males modernos?

Appleby comprendió a lo que se refería Winter con su último comentario. Había motivos de sobra para pensar que, en el arte de la conversación sosegada, el catedrático más joven solo era un discípulo imperfecto del otro.

—Esta reflexión —prosiguió Bussenschutt— me la ha sugerido el caso Benton. También una aventura de la mente. ¿Qué es la curiosidad intelectual, de la que tanto nos enorgullecemos, sino el resultado de nuestra incapacidad para vivir lujosamente en el contexto común, para aprovechar y exprimir el momento que llega de forma natural? La convicción de que la felicidad puede estar mucho más adelante, o a la vuelta de la esquina, es sin duda un ejemplo de nuestra pobreza aquí y ahora, de nuestra ineptitud —hizo un amplio gesto señalando el paisaje, como haría un ciego en una galería de arte llena de cuadros— ante el presente torrencial... Dios santo, mucho me temo que se me ha olvidado la razón de tan interesante tren de pensamientos.

—Benton —dijo un Winter pesimista.

—Claro, Benton. Lo que yo creo es que el misterio nos intriga porque es algo que vemos desde cierta distancia. Una vez resuelto, como por cierto he hecho, uno se pregunta de inmediato: ¿merecía la pena el esfuerzo? Se toma conciencia, como nuestro amigo Eliot debe sentir tan intensamente al escribir sus novelas, de que es mejor viajar esperanzado que llegar.

Appleby estaba dispuesto a conceder a Bussenschutt la matrícula de honor. Mostraba un dominio magistral de esa virtud exasperante de tener al personal en vilo.

—¿Ha resuelto —preguntó Winter con cautela— un misterio relacionado con Benton? ¿Está seguro de que no se lo ha inventado?

Bussenschutt hizo oídos sordos a esa frase.

—Supongo, señor Appleby, que no conoce a Horace Benton.

—Es un académico —dijo Appleby discretamente—, su nombre me suena.

—Ah, sí; el códice, claro. Una historia triste. Pero comprenderá el asuntillo del que me he ocupado sin problemas cuando vea la solución. Winter, ¿le interesa a usted la solución?... Ah, aquí estamos.

Habían llegado a lo alto de un pequeño promontorio desde el que se veía la abadía Shoon. El señor Jasper Shoon, tal y como recalcaban sus numerosas obras de caridad, era un amante de las antigüedades sagradas, y de entre todo lo que abarcaba ese término, el siglo XVIII, el siglo de los *virtuosos* y los *curiosos*, era su predilecto. Eso dictaba la forma del imponente edificio, cuya contemplación había interrumpido a Bussenschutt en plena revelación.

La abadía Shoon estaba impregnada de siglo XVIII: pero no del siglo XVIII ostentoso y de una riqueza hecha en las Indias, con fachadas paladianas y amplias terrazas salpicadas con una colección de estatuas clásicas *à la mode* Winckelmann, sino del siglo XVIII del renacimiento romántico, educado y leído. Las ruinas costosísimas, la gran casa con su ilustrada confusión de períodos que componían una especie de sueño gótico, los Jardines de Ideas —arboledas lúgubres, arroyos murmurantes, grutas aisladas, casitas de raíces, urnas, hondonadas, valles angostos y estrechos—, todo se revelaba desde aquella altura como una declaración extensa, cara y sutil: el anhelo de unos tiempos pasados que anhelaban unos tiempos pasados. Los compañeros de Bussenschutt la observaron con un asombro absorto pero algo abatido.

—¡Prefiero mil veces —dijo Winter, y era casi la primera vez que Appleby le oía decir algo sencillo— la residencia Rust! —Sus ojos se fijaron en la gran torre oeste de *sir* Archibald Eliot—. Dios —dijo, repitiendo la expresión de Rust—: Dios, Dios, Dios. —Se giró hacia Bussenschutt con una expresión grave, que parecía preparar un golpe devastador—. Estaba a punto de revelar, cuando el Disparate Shoon nos ha interrumpido, su pasmoso hallazgo de que Benton solía traficar con armas.

El golpe no tuvo, ni de lejos, el efecto esperado.

—¿Armas? —murmuró Bussenschutt—. Dios santo, no. Mi descubrimiento no tiene nada que ver con eso.

—Entonces —dijo Winter, con un tono que sonaba a capitulación—, ¿con qué tiene que ver?

—En realidad es algo muy sutil. —Bussenschutt hizo una pausa y, por enésima vez, sus compañeros aguardaron en ascuas. Levantó el brazo y señaló algo; era evidente que se estaba refiriendo a la monstruosidad arquitectónica que tenían delante—. Antigüedades dentro de antigüedades, como las cajas chinas: no es nada sencillo lograrlo. Shoon me cuenta que tuvo muchos problemas con el arquitecto. Este conocía el arte gótico, y se mostraba reacio a deshacerse de sus conocimientos y volver al entusiasmo ignorante de los pioneros. Pero Shoon insistió, así que tenemos ante nosotros un batiburrillo de primer gótico inglés y gótico perpendicular, monástico, eclesiástico y doméstico... A ver, ¿no estaba a punto de contarles mi hallazgo sobre Benton?

Esta vez Winter siguió andando a grandes zancadas, sumido en un silencio resuelto. Appleby iba a su ritmo; entretenido, pero cada vez con menos esperanzas de descubrir algo.

—La solución —anunció Bussenschutt abruptamente— es Warter, Wing, Little Limber y Snug.

Winter se quedó mirándolo fijamente.

—¿Cómo dice?

—La cosa podría circunscribirse con bastante certeza al rectángulo aproximado que forman las cuatro. Estrecharlo aún más parece inviable, a tenor de las pruebas puramente fonológicas. Pero es muy satisfactorio: la verdad, como sabe, lleva años eludiéndome. —Bussenschutt se giró hacia Appleby, para dar su genial explicación—. El motivo de mi preocupación era el origen de ese tal Benton, que tiene un acento peculiar. El viernes advertí unos dejes prácticamente idénticos, que no lograba ocultar, por supuesto, la finura espuria de un taxista local. La investigación posterior confirmó mi convicción. Ahora mismo estamos pisando la tierra natal de Benton. Pero, como ya he confesado, el esclarecimiento de este tipo de misterios sabe a poco... Un momento, caballeros. Me temo que nos hemos salido del camino.

No hizo falta pedir a Winter que se detuviese, pues había frenado en seco.

—¿Y es ese —preguntó— el hallazgo sobre Benton con el que pretendía amenizar esta caminata embarrada y aburrida?

Bussenschutt se quedó ojiplático de puro asombro.

—Mi querido compañero, ¿y qué otro hallazgo iba a ser?

Appleby, reflexionando sobre las implicaciones de ese juego del escondite académico, volvió a observar la escena. Habían bajado hasta casi llegar al nivel del parque y la abadía se les presentaba, respetando los mejores preceptos de lo pintoresco, a través de una serie de imágenes con encuadres variados. A su izquierda había ahora una fuente ornamental, rodeada por una elegante balaustrada en semicírculo, con el pórtico de un pequeño templo dórico camuflado entre el follaje justo detrás. A la derecha, una cascada caía por un precipicio en miniatura a un estanque marrón y profundo; y en el aire flotaba el ligero zumbido del motor de gasolina que hacía funcionar la indispensable bomba. En primer plano, un roble retorcido y solitario hacía de *repoussoir* para la composición de detrás; justo debajo había un altar druida con una inscripción grabada, y un banco rústico para quienes desearan detenerse a leerla. Bussenschutt se sentó.

—Sin duda nos hemos desviado un poco del camino. Esto —señaló el altar— no me suena absolutamente de nada.

Leyeron:

ESTE LUGAR SOLÍA ESTAR
DIGNIFICADO POR LA PRESENCIA DE
SAMUEL JOHNSON

LL. D.

CUYOS ESCRITOS,

EN CONSONANCIA PERFECTA CON LOS DOGMAS

MÁS BELLOS DE LA RELIGIÓN CRISTIANA,

CONFERÍAN ARDOR A LA VIRTUD Y

CONFIANZA A LA VERDAD

«y sin duda el maestro eterno vio
sus muchos talentos bien empleados»[43]

—La última línea —dijo un Bussenschutt enciclopédico— es una adaptación del doctor Johnson, pero dudo mucho que sea apropiado llevar tan lejos estas reconstrucciones de una época pasada. Evidentemente el altar se ha esculpido en la última década, y no tendría reparo en indicárselo a Shoon, pero es innegable que hay indicios de extravagancia en toda la concepción de su abadía. Algo que no acaba de casar con su carrera académica. —Se levantó, avanzó unos pasos y se inclinó sobre la balaustrada—. Coincidirán conmigo en que la academia y la extravagancia casan particularmente mal.

Quizá, pensó Appleby, Bussenschutt se estaba dirigiendo a Winter. Quizá estaba apostrofando a su propio reflejo borroso en el estanque.

[43] Referencia alterada al poema *Sobre la muerte del doctor Robert Levet*, de Samuel Johnson.

2

La jardinería es el arte de imponer a la sustancia de la naturaleza los mismos principios de composición y equilibrio que los pintores imponían a su sombra en los lienzos. El tipo más elaborado de jardinería inglesa busca crear una auténtica galería pictórica itinerante. El espectador pasea de un punto a otro y obtiene la recompensa de una serie de vistas que obedecen a las prescripciones más estrictas del arte gráfico. Se logra un plus de elegancia si los senderos por los que discurre el paseo serpentean por un desfiladero, o entre márgenes musgosos, o a través del lujurioso follaje: las visiones repentinas y las transiciones abruptas de la sombra a la luz y la luz a la sombra que se obtienen así confieren a la experiencia el placer añadido del contraste y la sorpresa. El mundo moderno tiene su propia adaptación de ese deleite exquisito en las vías o canales panorámicos que serpentean de cuadro a cuadro a través de imponentes túneles de papel maché. En el siglo XVIII del señor Jasper Shoon, el arte era respetuoso e intricado. Se sabe que el poeta Shenstone trabajaba con tanta diligencia en sus jardines que llegó a crear, dentro de los límites de una finca casi diminuta, muchos kilómetros de dichos senderos sinuosos, y el conjunto estaba planeado con tamaña sutileza que uno no era consciente de las pequeñas dimensiones del territorio por el que caminaba.

Appleby, guiado por el doctor Bussenschutt a través de un sistema similar, aunque más amplio, en los dominios de la abadía Shoon, llegó a la conclusión de que el procedimiento guardaba una relación simbólica con la curiosa investigación en la que estaba involucrado. El caso de la Araña le transmitía esa misma sensación de sendero, complejo y misterioso, que de cuando en cuando ofrecía vistazos, ora a uno, ora a otro aspecto de un elemento central único. También tenía la sensación de que el territorio era más limitado de lo que aparentaba; de que los diferentes fragmentos del sendero, que al explorarlos parecían remotos entre sí, estaban en realidad separados únicamente por una capa intangible, listos para revelar su cercanía bajo el primer golpe inspirado del hacha de un buen detective. Y a lo largo de ese progreso junto a Bussenschutt y Winter, la vista siempre daba a la abadía; cuadro tras cuadro, el tema principal era una obra enorme y creciente de albañilería fantástica. Appleby, que no siempre creía necesario rechazar los procesos mentales ilógicos, estaba cada vez más convencido de que la clave de lo que había sucedido entre las decencias de Rust se encontraría en la monstruosa creación que ahora se manifestaba ante él.

—Se corrobora —dijo Bussenschutt— lo que me temía: estamos acercándonos de manera irregular. Esta visión del edificio, si edificio no es una palabra demasiado prosaica para la hazaña de nuestro amigo, no me resulta familiar. Eso sería irrelevante si Shoon no pareciese particularmente angustiado por el deambular de sus invitados. Se diría que su benevolencia lo ha llevado a dar cobijo por toda la finca a varios desdichados con un temperamento nervioso. Le preocupa nuestra seguridad si nos los topamos cuando están de mal humor. Pero como lo que tenemos delante es claramente un ala de la mansión, me imagino que podemos proceder sin temor.

Con una meticulosidad que hacía honor a su forma de hablar, Bussenschutt espantó con un gesto a un pavo real curioso y guio a sus compañeros por un camino ancho de gravilla que acababa en unos peldaños y un porche agresivo y venerable cubierto de hiedra.

—El gótico —dijo Bussenschutt— tiene un aspecto solemne, como ya apuntara hace mucho tiempo Keats. Uno se ve tentado a añadir que el pseudogótico tiene un aspecto siniestro. Observen esa fila de ventanas con tracería a la izquierda del porche. Las vidrieras son abominables y el tallado no tiene un ápice de delicadeza. Pero creo que el conjunto me espanta por motivos que no son estéticos. Aunque no es medieval, es eminentemente *moyenâgeux*. O, para usar una lítote popular y expresiva, no me gusta un pelo.

—Una parte de la culpa la tiene la hiedra —dijo Winter—. Un edificio tan sumamente frondoso evoca recuerdos de brujas, ladrones y miedos similares de la infancia. Y la otra, el aspecto singularmente desierto de esta parte de la casa.

—Quizá —intervino Appleby, a quien la escena también le transmitía una sensación amenazante, pero que empezaba a cansarse de ese ritmo académico de la conversación— lo mejor sea buscar la puerta principal.

Bussenschutt levantó una mano concluyente.

—Brujas, ladrones y, por qué no añadirlo, animales feroces. Pero ya no somos niños. Antes de retirarnos intentaremos al menos abrir la puerta. Bien podría haber un pasaje que se comunicara con las salas más conocidas.

Subieron los peldaños y fueron engullidos por la sombra húmeda del porche; una inmensa puerta tachonada cedió bajo la mano de Bussenschutt. Se vieron en un pequeño zaguán, y frente a ellos una puerta aún más grande, que podría estar sacada perfectamente de una ilustración en una novela de Scott. Esta también se abrió sin esfuerzo, y por ella accedieron a un vestíbulo largo con el techo de vigas. No faltaban, en efecto, las vidrieras abominables, pero en cada extremo había grandes ventanas normales que inundaban la sala de una luz fría y clara. Lo que tenían ante ellos podía describirse muy brevemente: era una sala capitular medieval convertida en sala de conferencias moderna.

Sobre el suelo de piedra, que tenía toda la pinta de estar desgastado por generaciones de pies con sandalias, se extendía una mesa alargada, maciza y brillante, con treinta sillones de cuero, macizos y resplandecientes; treinta secantes de cuero; treinta tinteros de latón reluciente, que en realidad eran casquillos; y treinta ceniceros de cobre hechos con quince granadas cortadas en dos partes idénticas. El conjunto, aunque no parecía más que una especie de templo de la usura moderno, lograba transmitir una fuerte sensación de expectativa, como un telón subido que muestra una escena vacía, o la descripción minuciosa de un interior al principio de un cuento de hadas.

Su mirada pasó de la mesa alargada a las paredes. Justo enfrente de ellos, curiosamente resaltado por los tonos oscuros de la piedra, había un cuadro radiante, quizá demasiado, de los ángeles de Mons[44] atareados en la recarga de las ametralladoras. Flanqueándolo, vieron una serie de enormes fotografías aéreas de ciudades en ruinas, cada una con una columna de notas técnicas. Y en ambos extremos había dos fotografías similares de dos edificios que conservaban su estado original: uno era el Museo Británico y el otro la Biblioteca del Congreso.

---

[44] Referencia al grupo de ángeles que, según una leyenda urbana, protegió al Ejército británico en la batalla de Mons durante la Primera Guerra Mundial.

Appleby estaba disfrutando mucho de esa exposición cuando Winter lo llamó desde el otro lado de la habitación. Encontró a sus compañeros estudiando un antiguo óleo de un eminente miembro de la Royal Academy, titulado *Beda el Venerable presidiendo el edificio de la abadía Shoon*. Un ala de la abadía estaba representada como completa: era una construcción harto romántica y desmoronada, donde la hierba ya brotaba de las grietas en los claustros en ruinas. La otra ala aún estaba por acabar: una estructura esquelética con vigas de acero incrustadas en cimientos de hormigón armado. En la esquina superior izquierda aparecía Beda el Venerable en un nimbo, con una mano sobre su obra pionera *De Natura Rerum* y la otra levantada en un gesto que combinaba bendición y sorpresa llena de admiración. En la parte inferior derecha estaba el señor Shoon en persona, arrodillado, a causa de una confusión de ideas excusable, con la actitud de un donante.

—Supongo —dijo Winter— que si a uno le gusta imaginar que por sus jardines ha paseado el doctor Johnson, es lógico llegar a convencerse del profundo interés de un historiador del siglo VII por su casa del siglo XIII falsa. Pero, tal y como recalca Bussenschutt, tengo la incómoda sensación de que estamos ante una mente peligrosa por extravagante. Este cuadro también es digno de interés: parece ser un equivalente alemán de los ángeles de Mons. Sin duda los Amigos de Beda el Venerable tienen unos intereses mitológicos católicos. Un ejemplo curioso, maestro, de sincretismo a pleno rendimiento.

Mientras hacía ese apunte excesivamente erudito, se abrió una puerta por la que entró el señor Shoon. La situación era un tanto bochornosa para los visitantes, pero el propio Shoon no dio ninguna muestra de turbación. Con una especie de dignidad afable, sobre todo por tratarse del propietario de una gran mansión, avanzó hacia Winter y Appleby y exclamó:

—¡Bienvenidos a la abadía Shoon!

—Me temo —dijo Winter— que nos hemos perdido.

—Y al entrar por esa puerta —dijo Appleby— nos hemos aventurado a interesarnos por los cuadros.

Shoon, que asentía con una aprobación bondadosa, giró sobre sus talones y se acercó a la fotografía del Museo Británico.

—¡Qué magnífico trabajo, hay que admitirlo, hace la cámara moderna! Reconfortante y estimulante a la vez, ¿no les parece? —Y pasó la mano sobre la imagen escorzada de la columnata de Smirke, con un gesto que parecía abarcar todos los objetos del museo—. El cerebro de Inglaterra, mi querido señor Appleby; la mismísima corteza cerebral de nuestra cultura. ¡Bastaría un golpe para causar una auténtica parálisis! —Su mirada, clavada en unos puntitos que quizá eran señoras dando de comer a las palomas del museo, se volvió absorta. Luego se giró hacia el grupo—. ¿Se han parado a pensar alguna vez hasta qué punto el mecanismo complejo de nuestra civilización depende de unos pocos centros nerviosos? ¿Han caído en la cuenta de que está controlado por solo un puñado de expertos? Piensen en el Instituto Imperial de Entomología, por ejemplo.

Los invitados del señor Shoon, que no habían ido a la abadía, ni mucho menos, con esa intención, se esforzaron al máximo, en un alarde de educación, por parecer personas que estaban pensando en el instituto en cuestión.

—Ahí tenemos a unos cuantos hombres consagrados al estudio abstruso de las plagas en los cultivos y los bosques, de los insectos portadores de enfermedades. ¡Un puñado de científicos desprotegidos bajo un mismo techo! Eliminarlos sería pan comido. —Los dedos de Shoon juguetearon con uno de los bonitos tinteros sobre la mesa alargada—. Sería lo más fácil del mundo. ¿Y cuáles serían las consecuencias? En la India, a más de nueve mil quinientos kilómetros de distancia, la cifra de muertos aumentaría al menos en medio millón de personas en cuestión de un año, mientras que en daños materiales ascendería a cientos de millones de libras. —Hizo un gesto amplio con la mano, como si quisiera evocar el temor intenso ante esas cifras enormes—. O, por acercarnos a casa, pensemos en el suministro de agua de Londres.

Bussenschutt, Winter y Appleby asintieron con un ademán sabio. Estaban pensando en el suministro de agua de Londres.

—Para la mayoría de nosotros solo es cuestión de abrir un grifo. Pero el agua que dominamos como si nada cuando llega a la ciudad se somete a más de treinta y cinco mil pruebas de laboratorio cada año: la prueba de Eijkman, la del indol, la del grupo coliaerógenos, la reacción de Voges-Proskauer... Todas son necesarias, constantemente. ¡Y ahí tenemos otra vez al puñado de expertos! Liquídenlos y Londres estará a merced de la bacteria *coli*, de la *Eucrangonyx gracilis* y la *Niphargus equilex*, o gamba sin ojos.

El doctor Bussenschutt observaba a su anfitrión con enorme respeto. Un «curioso» y «virtuoso» cuya conversación informal abarcaba la *Eucrangonyx gracilis* y la amenaza de la gamba sin ojos era una persona amplia de miras y muy observadora.

—Sus comentarios —dijo— son muy, pero que muy sorprendentes.

El presidente de los Amigos de Beda el Venerable esbozó una sonrisa discreta y radiante.

—Y ahora —dijo—, permítanme que acompañe a mis visitas errantes hasta esa parte de la casa que iban buscando cuando, tristemente, se descarriaron.

De camino a la puerta, Appleby se detuvo con firmeza ante la otra fotografía aérea.

—Confieso —dijo— que estas son las que más me han llamado la atención.

Shoon se puso las gafas que le colgaban de una gruesa cinta negra alrededor del cuello y miró la fotografía con aire distraído.

—Estas —dijo— reflejan un trabajo hecho en colaboración con la Academia Imperial de Asiriología de Tokio. Los Amigos de Beda el Venerable, como comprenderá, tienen estos vínculos, ¡los lazos del conocimiento! Excavaciones, mi querido Appleby —añadió Shoon, volviendo a quitarse las gafas y agitándolas ante las fotografías—, excavaciones en Asiria, excavaciones en Asia Central. Civilizaciones enteras que salen a la luz. —Hizo una pausa y suspiró, antes de añadir, con una vivacidad extraordinaria—: Ciudades en ruinas, mi querido señor Appleby, ciudades en ruinas: ¡una idea fantástica!

Appleby se quedó patidifuso de repente.

—Pero, señor Shoon —dijo—, mire esta de aquí. Hay un pequeño edificio, una especie de kiosco, y la fotografía es tan clara que puede leerse el cartel: *Aquí se venden cigarros.*

—*Aquí se venden...* —masculló Shoon, desconcertado.

—En efecto, es una frase en español. Estoy seguro de que los asirios...

El semblante de Shoon se iluminó de golpe.

—¡Ah! —exclamó—. Me acuerdo perfectamente. Esta excavación en concreto la llevó a cabo un equipo de expertos españoles. Construyeron incluso un pequeño pueblo. Por desgracia, un terremoto lo derribó todo. Recuerdo que contribuimos con una suma considerable a la ayuda humanitaria. Ahora, si me disculpa, les mostraré el camino.

Atravesaron un pasillo largo.

—Interesante —murmuró Winter al oído de Appleby—. Profundamente instructivo, no me lo habría perdido por nada del mundo. No obstante, vuelvo a invitarle a pensar si las actividades ilegales en esta guarida encajan con toda esa historia de que Rust es la Residencia Disparate.

—Encajarán. Ojalá... —Guardó silencio, al ver que Shoon se detenía y se giraba.

—Permítanme añadir —dijo Shoon, cuyo ritmo al hablar se había amoldado al de su siglo predilecto— que no puedo por menos

302

de ser consciente de la profesión que con tanta diligencia desempeña el hermano de la señorita Appleby. —Hizo una pausa y esbozó una sonrisa que convertía su amaneramiento en una broma elegante—. Y me agrada sobremanera que hayan venido hoy. La verdad es que se ha producido un incidente desafortunado.

—¿Un incidente? —exclamó Bussenschutt. En su voz se percibía el recelo inmediato de quien tiene que mantener el orden entre unos trescientos jóvenes.

—Y, lo más lamentable, la víctima ha sido otro de mis invitados hoy: *sir* Rupert Eliot. Lo han amenazado con violencia física.

Appleby sonrió a Winter, satisfecho.

—Dios santo —murmuró.

El propietario de la abadía Shoon hizo amago de retomar la marcha.

—Aborrezco la violencia en todas sus formas —dijo—. Tendrán que perdonarme si estoy un poco alicaído.

Para acosar a Rupert, la Araña había recurrido a una estrategia que llevaba un tiempo sin explotar: había sugerido que lo sabía todo. Como todos estaban al tanto de que Rupert tenía un pasado —de que ese pasado, de hecho, era su única posesión incuestionable—, esa era la línea de ataque evidente. Sin embargo, en el ataque había elementos que no eran, ni mucho menos, evidentes; que eran, antes bien, indirectos y alusivos hasta rayar lo pedante.

Los dos coches, conducidos por Archie y Patricia respectivamente, llegaron a la abadía con cinco minutos de diferencia. El anfitrión recibió a los visitantes en una especie de vestíbulo conocido, por motivos justificados, como la tribuna; en la ceremonia, Shoon contó con la presencia de varios amigos de Beda el Venerable, del ya románticamente misterioso Horace Benton y de su colega Mummery. Tras las presentaciones formales, Shoon acompañó a las mujeres al piso de arriba y las dejó en las buenas manos de un ama de llaves; los hombres quedaron a cargo de Benton y se dirigieron a un guardarropa. Los patrones de hospitalidad en la abadía eran generosos: se entendía que la visita incluía almuerzo y cena, así que ponerse cómodo no era una cuestión baladí. Los hombres dejaron abrigos, sombreros, bufandas, guantes, bastones y paraguas; se asearon, se peinaron y se enderezaron las corbatas, vanidosos; luego, todo el mundo volvió en tropel a la tribuna. Fue entonces cuando alguien se percató de que *sir* Rupert Eliot había vuelto preparado, al parecer, para una especie de juego de sociedad peliagudo. Pegado a su espalda había un circulito de papel.

El señor Eliot, del que en esa situación cabía esperar que estuviese más preocupado que el resto de los presentes, fue el primero en notar que tenía una clara forma de araña; Archie Eliot fue el primero en darle la vuelta y descubrir el mensaje. Y era precisamente el mensaje lo más alusivo. Había una sola línea de texto escrito a máquina, que rezaba:

La usura del amor, versos 10-11.

Hubo unos minutos de debate al respecto. El señor Eliot se veía inclinado a pensar que *La usura del amor* era una obra de teatro de Farquhar; *sir* Archibald Eliot aseguraba rotundamente que se trataba de un poema de Donne. Su anfitrión, aunque un poco de revuelo en un asunto del mero siglo XVII no podía suponerle ninguna deshonra, parecía un tanto enojado por no poder dar un veredicto certero. No quedaba más remedio que remitirse a los libros.

Pero en la abadía Shoon, por desgracia, eso planteaba algunas dificultades; de hecho, la mayor parte del tiempo que Bussenschutt, Winter y Appleby pasaron deambulando por los jardines, el resto de visitantes la dedicó a la incómoda espera para arrojar luz sobre ese último enigma del bromista. Donne y Farquhar estaban disponibles, pero su consulta era una cuestión ceremoniosa. Shoon se retiró a su estudio, abrió una caja fuerte, sacó un manojo de llaves, se dirigió a otra sala de la casa para apagar un sistema antirrobo, volvió a la tribuna, entró en un ascensor y desapareció. Unos diez minutos después volvió a salir con un carrito de biblioteca sobre el que había una pequeña pila de cajas de piel con elaborados grabados. Que al abrirse revelaron unos libros de piel con elaborados grabados. El grupo empezó a explorar a Donne y Farquhar en sus ediciones más insólitas y antiguas. Fue probablemente entonces cuando el señor Eliot tuvo sus primeras dudas sobre la Colección Shoon: cuando los académicos tienen que hacer ese tipo de consultas, suelen recurrir a ediciones básicas sin pretensiones; el señor Eliot, académico frustrado, captaba a la perfección esos pequeños detalles de decoro, y sin duda el pródigo despliegue de su anfitrión fue lo que desató en su cabeza una revolución que acabaría teniendo consecuencias fatídicas.

Mientras tanto, Archie encontró sin ninguna dificultad *La usura del amor* en Donne. Las líneas en cuestión decían:

Y a las próximas nueve
se cumple la promesa de medianoche.

Esa revelación no hizo sino aumentar la incomodidad. La promesa de medianoche era, huelga decirlo, el asesinato. Y, habida cuenta de que lo prometido a medianoche no se había producido a las nueve de la mañana del día siguiente, cabía esperar que estuviese reservado para las nueve de la noche. Sin embargo, se suponía que eso no significaba nada para Shoon, Benton y todo el que no viniese de Rust. Así las cosas, recién llegados a la abadía, como quien dice, los visitantes se vieron obligados a dar explicaciones sobre los disturbios que habían vivido últimamente. Fue a mitad de esas explicaciones cuando la Araña, que parecía acelerar el ritmo, volvió a hablar. Y si su primera acción en la abadía recordaba a ese jueguecito literario con el que, en los últimos años, se entretenía con su amigo el ingeniero, su segunda acción era mucho más del estilo de sus primeros días violentos. También era apropiada para el nuevo ambiente en el que se movía. En efecto, la Araña hizo estallar una bomba.

La explosión, pese a no ser de una violencia devastadora, fue lo bastante alarmante. Varias personas se alejaron a toda prisa de la sala donde creían que estaba el peligro; Timmy Eliot fue el primero en moverse en la dirección opuesta: echó a correr hacia el guardarropa, cuya puerta de cristal quedó hecha añicos tras la detonación, y desapareció en su interior. Un grito de descubrimiento atrajo a otras personas. A efectos de conmoción repentina, el impacto que había logrado el bromista no se diferenciaba mucho de la historia del middle black. Rupert había viajado a la abadía con un amplio abrigo amarillento y bombín. Los había colgado en una percha alargada, junto a las ropas de otra gente; y eran solo esos los que estaban destruidos. Al parecer, alguien había metido la bomba, que debía ser un artefacto diminuto, en un bolsillo del abrigo; en consecuencia, esa prenda de *sir* Rupert estaba hecha jirones. En cuanto al bombín, la copa y el ala se encontraron en los extremos opuestos de la sala. Había sido una demostración calculada meticulosamente. A pesar de rayar la mera futilidad, lograba transmitir la sugerencia macabra de una desintegración violenta y amenazadora. La amenaza implícita en la explosión se explicitaba en un segundo papelito con forma de araña, que apareció durante las labores de búsqueda entre los escombros. Rezaba:

Va a por ti, Rupert.
La araña lo sabe todo.

Appleby, que vio con ligero desconcierto cómo se pasaba de esas insinuaciones de una enorme capacidad destructora, tan delicadamente explicada por Shoon en su sala de conferencias, a ese petardo insignificante pero eficaz entre sombreros y abrigos, se repitió que todo encajaría. Quizá, en algún plano de su mente que aún no estaba al alcance de la conciencia, todo había encajado ya. O quizá solo se estaba repitiendo un dogma de fe. Pero no solo encajaría todo, se dijo; sino que también acabaría apuntando a un hecho esencial. Debía haber un centro para todos esos acontecimientos desperdigados: el señor Eliot había descubierto de verdad que el bromista tenía un curioso acceso a su mente. Entre tanto desconcierto, ahí radicaba el misterio. El móvil y el mecanismo, el porqué y el cómo, se encontraban ahí. Eso era lo que confería un interés intelectual a ese caso disperso e irregular de fin de semana. Eso era también en lo que Appleby se esforzó por centrarse durante la curiosa conversación con Rupert Eliot que siguió a la explosión en el guardarropa.

Fue Rupert quien empezó a hablar. Se llevó a Appleby a un aparte y preguntó:

—¿Cuánto son dos más dos? ¿Ha decidido ya que son cuatro, o aún no ha descartado que puedan ser tres o cinco?

—Ojalá lo viera así de fácil. Quizá usted sepa más que yo del tema.

Iban caminando por un largo pasillo gótico que recordaba bastante al hotel de una estación. Estaba en penumbra, pero a pesar de la sombra Appleby pudo ver a Rupert poniendo su sonrisa menos encantadora.

—¿Saber del tema? Sé que habría que detenerlo.

—¿Antes de las nueve de la noche?

Rupert resopló.

—No estoy asustado. A lo largo de mi vida me han amenazado hombres más imponentes que Archie. Pero habría que parar en seco estas tonterías suyas. En casa de otra gente. Es intolerable.

—¿Usted cree que dos y dos son *sir* Archibald?

—Lo sé —Rupert acompañó un segundo resoplido con un gesto hacia atrás de la cabeza, apuntando al guardarropa—, sé que ha sido Archie. ¿A quién más se le ocurriría combinar un pequeño dispositivo infernal y un par de sandeces sacadas de Donne, o de quienquiera que sea? Además, Archie no va a asesinar a nadie..., a menos que sea a Shoon. No voy a echarme a temblar de miedo, no es más que una bromita maliciosa. Pero habría que cortarla de raíz de todos modos. Es una puñetera tontería intolerable.

—¿*Sir* Archibald podría asesinar a Shoon?

—La verdad es que no. A uno le da por hablar como una novela cuando le pasan estas cosas. Pero Archie tuvo una disputa despiadada con Shoon al final de ese asunto de la torre oeste. Por la factura, no le quepa duda.

—Ya veo. —Llegados a mitad del pasillo sintieron el agradable calor de una enorme chimenea y se detuvieron frente a ella—. Por cierto, *sir* Rupert, sus matemáticas son bastante prudentes. Deduzco que su dos más dos son *sir* Archibald vale solo para esta broma en concreto. ¿Puede ser que su mano maliciosa no haya intervenido hasta ahora?

—Podría ser, hay que tener en cuenta que las otras bromas iban contra Richard. Esta va contra mí. Las bromas contra Richard no cumplieron su objetivo, y no me sorprendería que no volviésemos a ver ninguna. Esta broma de Archie tiene un objetivo distinto; o, lo más probable, ninguno en absoluto.

Appleby extendió sus manos hacia la llama.

—Me parece interesante —dijo con sumo cuidado— que crea que las bromas buscaban algo y han fallado. ¿Quiere decirme en qué está pensando exactamente?

—Dios santo —Rupert estaba impaciente—: es tan obvio para mí como para usted. Querían que Richard perdiese la chaveta. O al menos persuadirlo para que decidiese dejar de escribir esos libros llenos de sandeces, como, por cierto, yo también desearía con todo mi corazón que hiciera. Y el plan ha fracasado, simple y llanamente, porque es un hombre más fuerte y obstinado de lo que parece.

—Lo había pensado, lo admito. Parece que ese ha sido el objetivo. Pero ¿cuál era el móvil? —Appleby levantó la mirada del fuego y respondió al instante a su propia pregunta—. Era un asunto de negocios o de placer.

—Exacto. O el bromista, sencillamente, disfrutaría viendo el final de la Araña, o cree que saldría ganando con él. Es gratificante —Rupert esbozó una sonrisa lupina— poder seguir el ritmo del razonamiento de un policía. Pero no creo que sea una pista muy útil. Todos disfrutaríamos viendo el final de la Araña, pero no me consta que nadie saliese ganando. Yo, por ejemplo, perdería.

—¿Seguro? —Appleby se mostró explícitamente interrogativo.

—Es una cuestión delicada, mi querido señor Appleby. No me cabe duda de que Archie y los demás le han explicado mis circunstancias, que estoy necesitado. De hecho, me mantiene la generosidad de mi primo Richard; y lo que él me entrega es un dos por ciento de sus derechos de autor. Me dio su palabra de que siempre tendría eso, y Richard hace gala de una honradez monótona. Sin embargo, no pondría la mano en el fuego por que nunca se haya arrepentido de su promesa. En mi caso, decir adiós a la Araña significa decir adiós a unos ingresos concretos. Le cuento todo esto, claro —Rupert soltó una risita satisfecha—, para defenderme de las sospechas que, no me cabe duda, abriga usted hacia mí.

—Me alegro de que me cuenten cualquier cosa. ¿Se puede saber si *sir* Archibald está en una posición parecida a la suya?

—No. Él solo le saca lo que puede a Richard de cuando en cuando. Y, por supuesto, odia con todas sus fuerzas a la Araña; ya sabe, ese ingeniero le sentó como un tiro. Creo de corazón que él debería ser su primer sospechoso como autor de las bromas; de toda la serie lamentable de bromas, a fin de cuentas. Por ejemplo, de no ser por el curioso hecho de que lo drogaron, ¡qué claro estaría que es la única persona que pudo juguetear con ese cuadro! Si uno se para a pensarlo, podría haberse drogado a sí mismo.

—Pues resulta que lo vieron haciéndolo.

Rupert dio un respingo.

—Entonces...

Appleby negó con la cabeza.

—No sirve de mucho. Pero las drogas me recuerdan algo. ¿Se le ocurre algún implicado, aparte de Chown, que tenga formación médica?

—¿Formación médica? ¿Se refiere a química? ¿A hacer pinitos con explosivos?

—En absoluto. Me refiero a alguien capacitado para practicar la medicina.

—La policía por fin se adelanta. Me desconcierta usted, pero la respuesta, creo, es ese pequeño sinvergüenza de André. Era médico hasta que descubrió que había más dinero en la Araña.

—Cuánta gente ha hecho eso: ingenieros, médicos, hombres de mundo...

Rupert arrugó la frente.

—Joven, le he ofrecido toda la ayuda que está en mi mano y no necesito que me lo pague con impertinencias.

Appleby se disculpó con una sonrisa.

—Y creo —dijo—, que hay otra información que podría ser útil. Tengo entendido que su primo acostumbra a escribir dos novelas al mismo tiempo. ¿Sabe usted por casualidad si *Asesinato a medianoche* tenía un manuscrito paralelo?

—Lo tenía. Y de hecho lo tiene; guardado en una caja fuerte. *Asesinato a medianoche* está abandonado, pero supongo que continuará con el otro cuando todo esto pase.

—¿Conoce el tema, o el título?

—El tema no, el título sí: *Una muerte en el desierto.*

308

Appleby negó con la cabeza.

—Literario, pero poco esclarecedor. Otro gallo cantaría si se titulara *Aniquilación a las nueve*. O incluso *El cadáver del guardarropa*.

—Ya le digo que la historia del guardarropa no tiene ningún misterio. Estoy convencido de que es una broma de Archie.

—Y le creo —dijo Appleby.

3

La mayoría de amigos de los Amigos de Beda el Venerable se había marchado, al parecer después de que el doctor Bussenschutt les dijese unas palabras la noche anterior. Los que se quedaron parecían proclives a extremar la reticencia. A la hora del almuerzo, los invitados de Rust eran un poco más numerosos, y Shoon pasó la mayor parte del tiempo hablando con ellos.

—Se lo advierto —dijo Shoon—, ojo con el Ermitaño. —Miró a su alrededor con gesto serio, y sus ojos se detuvieron unos instantes en la señora Cavey, como si supusiese que el comercio con anacoretas le resultaba particularmente atractivo—. El pobre diablo lleva años mostrando un temperamento inestable. Cuando lo instalé aquí, dudaba que tuviera vocación de llevar una vida contemplativa, y les garantizo que tengo algo de experiencia con ermitaños.

Se produjo un silencio atento. Appleby miró a su anfitrión y luego a Rupert Eliot, pero no vio a ninguno de los dos. Lo que vio fue a él mismo en una biblioteca escolar veinte años atrás, con su pluma en la boca y ambas manos pasando las páginas de un libro enorme... Sherlock Holmes se había negado a atiborrar su memoria de astronomía básica. Appleby, contemplando el primer rayo de auténtica luz que iluminaba el caso de la Araña, daba gracias a sus estrellas por una memoria que se había negado a deshacerse de la carga tradicional de la educación liberal.

—Como digo, dudaba que fuese el hombre idóneo. Pero él estaba convencido; me dijo que había fracasado en muchísimas cosas, pero que estaba seguro de que tendría un gran éxito con la meditación. Así que le abrí las puertas. Desde entonces mis dudas se han visto justificadas: no ha tenido éxito. Me temo que las aptitudes espirituales necesarias le fueron denegadas. —Shoon puso una cara de reflexión creciente con la que Appleby ya estaba familiarizado—. En una situación así, la pereza es el peligro; la pereza interior. —Hizo un gesto elocuente—. Por supuesto, yo he hecho todo lo que estaba en mi mano para ayudar a ese hombre. Cuando se ha quejado de la calidad de las hierbas y la paja y demás, siempre me he ocupado del asunto en persona. Un ermitaño en una finca siempre debería considerarse responsabilidad directa del propietario.

Los invitados de Shoon murmuraron en señal de aprobación.

—Al final se quejó de que su celda estaba húmeda. Y, francamente, sí que estaba húmeda; ya me dirán cómo se construye una celda de ermitaño si no. Pero si ese hombre miserable carecía de los alicientes fantasmales que le permitiesen elevarse sobre, o, mejor dicho, regodearse con los golpes de tos y los calambres, ¿qué se supone que iba a hacer yo? Piensen —y Shoon hizo un gesto para que se sirviera más burdeos—, piensen en la posición de un ermitaño fracasado y en paro: las salidas son muy pocas, e inmensa mi responsabilidad, en comparación.

Los invitados volvieron a murmurar y se oyó a Benton susurrar que ojalá todos los jefes tuvieran una actitud tan magnánima.

—Así que accedí a contentarlo. Se ha trasladado de su celda, que estaba junto al río, a las ruinas. Y ese es el motivo, aprovecho para explicárselo, por el que las ruinas están, como quien dice, fuera de juego. Es tan quisquilloso que preferiría que lo dejásemos a su aire. Es una pena: el *cellarium* bien merecería una visita. Incluso a mí me resulta difícil. —Shoon dedicó una sonrisa radiante y afable a Appleby—. Las ruinas son mi afición. Pero esto es lo que hay, aunque mucho me temo que ahora el pobre diablo solo tenga de ermitaño el nombre. Quizá aún puedan verlo en la distancia con actitud piadosa...

Dejó de hablar y hubo un breve silencio. La mesa del comedor se enfrentaba, reprobadora, a la historia de un fracaso humano.

—¡Ay! —dijo Shoon—. Temo que solo esté representando un papel.

—Esa celda del ermitaño —dijo Bussenschutt a sus compañeros en un extremo de la mesa—, yo la aconsejaría para Benton. Nunca nadie ha mostrado una actitud tan poco sociable.

Al oír esas palabras, Appleby estudió con profundo interés al académico taciturno que otrora traficase con armas para Shoon. Sin duda Benton estaba abatido; tan abatido como el promotor de una empresa en quiebra o un chaval que ha perdido a su primera novia.

Y su abatimiento, a ojo de buen cubero, porque no es sencillo hacer ese tipo de análisis con desconocidos, estaba compuesto por temor y rabia en proporciones iguales.

—Además —continuó Bussenschutt—, se mostró muy reacio a venir a la abadía. Según tengo entendido, Shoon le envió un telegrama, como a Mummery, con una invitación de lo más cordial para inspeccionar ese importante papiro, poco después de invitarme a mí. Pero hasta que no lo llamé por teléfono yo mismo, ayer por la tarde, no accedió a unirse a nosotros. —Bussenschutt, afable y amenazador, miró a Winter—. No me dirá que no es raro.

—Peculiar, sin duda. —La respuesta de Winter fue manifiestamente cauta—. Pero Benton ha estado inmiscuido en ciertas actividades cuestionables de nuestro anfitrión. Quizá se mostraba reacio a retomar unos contactos inciertos.

—¡Ah! —Bussenschutt estaba más deliberativo que de costumbre—. Yo también pensé en su más que curiosa relación con la señora Birdwire. Todos sabemos lo nervioso que se puso al oír su nombre. A lo mejor se mostraba reticente a correr el riesgo de toparse con ella aquí.

—Como Winter.

Appleby había hablado. Se prometió que, de ahora en adelante, sería él quien soltase una parte de las bombas.

—Mi querido señor Appleby —Bussenschutt se había girado hacia él con una expresión de sorpresa cordial—, ¿lo he entendido mal, o ha dicho...?

—Cuando ustedes tres aparecieron ayer en la terraza, Winter, aquí presente, los identificó *ipso facto*: a Shoon por intuición, a la señora Birdwire y a usted directamente. Luego se retiró a toda prisa y entró en la casa. La retirada me pareció peculiar, pues hasta entonces siempre había estado merodeando. ¿Verdad, Winter?

—Sin duda.

—Así que hice todas las pesquisas que pude. Y descubrí que la primera vez que Timmy Eliot mencionó el nombre de la señora Birdwire, Winter respondió con una expresión que daba claramente a entender que nunca la había visto.

—Interesante —dijo Bussenschutt—. Interesante, vive Dios. Winter, eso a su izquierda son almendras, ¿verdad?

Winter le pasó las almendras y miró a Appleby con unos ojos que querían parecer irónicamente impresionados.

—¿Y qué? —dijo.

—Era evidente —Appleby seguía hablándole a Bussenschutt— que la señora Birdwire representaba una página, oscura a todas luces, en el pasado de Winter: no pudo enfrentarse a ella. Y desde nuestra llegada a la abadía no deja de mirar patéticamente a lo lejos, listo para esfumarse de nuevo si la mujer visitara por casualidad a Shoon. Me da la sensación de que las intrigas no son lo suyo. —Appleby negó con la cabeza, solemne.

Winter no dio muestras de inquietud ante esa provocación. Vació su vaso, asintió con resignación, lanzó una mirada rápida alrededor de la mesa y se limitó a decir:

—Le robé.

—¿Le robó, usted? —Bussenschutt se lanzó contra el respaldo de su silla en un arranque de indignación—. Quiere decir que el robo del que con tanta desfachatez nos habló la otra noche...

—¡Mi querido maestro! —Winter parecía perplejo—. Se confunde usted conmigo. Cuando entraron a su casa, a esa buena señora no le robaron, ni mucho menos: se lo devolvieron todo, por extraño que parezca. Yo estoy confesando un robo real. Lo que robé está ahora mismo en mi habitación del *college*. Y fue un robo con violencia.

Bussenschutt miró al otro extremo de la mesa.

—Cuánto lo siento por Mummery —dijo—. Le encantaría estar oyendo todo esto.

Winter negó con la cabeza.

—Confesaré. Con Appleby pisándome los talones, es mi única oportunidad. Pero no en voz baja y sobre los restos de un lenguado. Tendrán que reprimir su impaciencia.

Y con gran compostura y sosiego, Winter siguió comiendo.

Se retiraron, con una actitud no muy sociable, a la habitación de Bussenschutt. De hecho, Bussenschutt, que se divertía fingiendo tratar a Winter como un prisionero, dirigió la retirada con tanta pompa que, a la conclusión del almuerzo, incluso unos ojos distraídos se habrían percatado de que algo estaba pasando. Sin embargo, la mayoría de huéspedes de Shoon habían sido invitados a echar un vistazo a sus cuadros, con lo que era poco probable que notasen que alguien faltaba hasta la gran asamblea para el estudio de la colección, prevista para unas horas más tarde.

—Una vez, en Alepo...[45] —dijo Winter, e hizo una pausa para encender su pipa.

Appleby, al que cuarenta y ocho horas en la Residencia Rust lo habían vuelto excepcionalmente sensible a las alusiones literarias, miró a Winter con recelo.

[45] Referencia a la obra de teatro *Otelo*, acto 5, escena 2, de William Shakespeare.

—¿Está seguro —preguntó— de que no se me va a confundir con Otelo? Él hizo un comentario sorprendentemente similar.

—Una vez, en Alepo —repitió Winter, sin prestarle atención—, me topé con esa mujer abominable. Por qué estaba yo allí se me ha olvidado, y por qué estaba ella nunca lo supe.

—Los habitantes de esa ciudad otrora próspera —intervino Bussenschutt— son famosos en todo Oriente por la elegancia de sus formas. Y me imagino que eso puede ser un atractivo, aunque no me atreveré a decir para quién de ustedes.

—Nos conocimos mientras estudiábamos el acueducto, la principal antigüedad de la ciudad. La señora Birdwire...

—¡Pare! —dijo Bussenschutt—. Hay varios capítulos muy gráficos sobre Alepo en *Perros circuncidados*. Pero no recuerdo nada sobre un encuentro con el señor Winter.

—El señor Winter nunca reveló su nombre; era un dato irrelevante, que la naturaleza efusiva de la mujer desplazaría de la escena desde el primer momento. Pero nuestra amistad maduró con notable rapidez. Para cuando acabamos de examinar el acueducto, estaba teniendo el placer de oír el tipo de recuerdos picantes de los que usted, mi querido maestro, se ha estado empapando con tanto interés en los últimos días. Luego montamos en un carruaje, un carruaje desvencijado, aunque con ruedas de caucho, que se había procurado, y nos dirigimos a su casa.

»Ella llevaba unos meses en Alepo y, esto es crucial en mi historia, había llegado directa de Grecia. Creo que se proponía escribir un libro sobre Grecia en Alepo, y luego un libro sobre Alepo cuando se trasladase a otro sitio. Entretanto, se había puesto extraordinariamente cómoda; en la ciudad hay unas cuantas casas majestuosas, y había dado con una en excelentes condiciones. Me recuerdo caminando junto a la plantación de pistachos que rodeaba el edificio y pensando lo sorprendentemente aislado que estaba. Sin saberlo, estaba dando mi primer paso hacia el crimen.

—Las circunstancias —dijo Bussenschutt— eran propicias, y su verdadera naturaleza se reveló.

—Sin duda; pero también la de la señora Birdwire. Por qué iba a querer de confidente a una persona que había conocido de manera tan fortuita no lo sé. Tuve que comerme un segundo plato de recuerdos varios, esta vez del tipo menos publicable, y luego, a medida que avanzaba nuestra amistad acelerada, la conversación se volvió más íntima. Desagües.

—Cómo no, desagües. —Bussenschutt suspiró como alguien que ya ha sufrido todo lo que otro puede volver a contar.

—La señora Birdwire tiene muchos intereses, pero el principal son los desagües. Sus viajes le han permitido hacer un gran número de observaciones curiosas sobre el tema, que para mí no tiene ningún atractivo. Debido sin duda a algún accidente en mi entorno infantil que Chown condenaría sin dilación, mi postura hacia la ciencia de las aguas residuales es del todo negativa. La señora Birdwire me aburría hablándome de esa pasión suya, así que mientras la escuchaba empecé a desear estar donde planeaba ir al día siguiente: en esas colinas yermas de caliza que nos rodeaban, de camino a Alejandreta... Pero, como usted mismo dijo hace no mucho, maestro, ¡es curioso cómo una cosa lleva a la otra!

Bussenschutt frunció el ceño, como si le hubiesen planteado un acertijo.

—Lo esencial de los desagües es que los excavamos. Ahí está el vínculo. —Su expresión ceñuda dejó paso a una sonrisa satisfecha de su propia perspicacia.

—Tiene toda la razón. La señora Birdwire, aunque está sobradamente versada en todos los sistemas de tratamiento de aguas residuales, primitivos y modernos, tiene una opinión inflexible sobre el tema en el plano personal. En resumidas cuentas: cree en la fosa séptica. La casa de Alepo había sido equipada con una, y fuimos a inspeccionarla. En Grecia también la había mandado construir, y mientras estaban excavando la fosa desenterraron otra cosa; me lo dijo de pasada, como si nada. También fuimos a ver esa otra cosa, a petición mía. Era —Appleby se percató con interés de que una seriedad pueril se había apoderado de Gerald Winter— una pequeña escultura de mármol.

Bussenschutt pareció ligeramente interesado.

—Grecorromana, seguro —dijo.

—No, señor.

—¿Helenística?

—Un pequeño mármol arcaico. Y la pátina era más perfecta que cualquiera que haya visto en su vida; Dios sabe dónde había estado. A la señora Birdwire le gustaba, le parecía que tenía una sonrisa bonita.

—Madre mía —dijo Bussenschutt—. Cielo santo.

—Había aparecido inesperadamente mientras construían su horrenda fosilla séptica, y veía la escultura como quien ve una moneda de la suerte. La gente hacía agujeros en las monedas de la suerte, y la señora Birdwire propuso hacer un agujero en su mármol.

—Malo María —dijo Bussenschutt—, muy malo. Una vez vi una Venus de Milo con un reloj en la barriga. Pero solo era una copia, a fin de cuentas... ¿Para qué?

—Para un estanque. Estaba planeando construir un pequeño estanque cuando volviese a casa, y pensaba que con una buena limpieza...

Bussenschutt, que ya era uno con su colega, gimió ligeramente.

—... y una especie de boca para la fuente...

—¡Ya basta, Winter! El señor Appleby y yo nos hacemos una idea de la situación. Usted se quedó con el mármol para tenerlo bajo su custodia.

—Una forma elegante de decirlo, maestro. Lo robé. Le puse las manos encima a la mujer y se lo robé. Todo parecía conspirar para incitarme y ayudarme. Propuso tomar el té y llamó a los criados. Nadie vino. No me cabe la menor duda de que puso a medio Alepo a su servicio en cuanto llegó, pero, y solo pude interpretar aquello como una exoneración, no había ni un alma a su alrededor para responder a sus alaridos. Preparamos el té nosotros mismos y ella me explicó que seguro que era la radio. A la sazón, al menos cinco gobiernos bombardeaban esa parte del mundo con los programas más seductores que el dinero podía pagar, y la gente de Alepo es demasiado educada como para rechazar un magnífico entretenimiento gratuito. Así que bebimos té, y luego, pues ya digo que todo conspiró a favor o contra mí, me dijo que nada le gustaría más que mostrarme sus sótanos. No diré que por el bien de ese mármol no habría estado dispuesto a encerrar a esa mujer en la mazmorra más oscura. Pero resulta que no hizo falta. Su amiga, *lady* Pike, llegaba al día siguiente, y a *lady* Pike no le gusta el calor. Así las cosas, la señora Birdwire había preparado una sala de estar comodísima en el corazón de los sótanos. Al detenerme, me percaté de que había una puerta maciza con un cerrojo por fuera. Entonces di un empujón a la señora.

—¿Un empujón? —preguntó Appleby, afable.

—Un empujón. Es sorprendente lo potentes que son los prejuicios de un caballero: intenté hacer una maniobra para que solo fuera necesario poner pies en polvorosa, pero al final se necesitó un empujón poco caballeroso. No hay mucho más que añadir. Metí el mármol en una bolsa, me dirigí a mi hotel, hice las maletas y una hora después iba de camino a Alejandreta. Allí me subí a un barco de vapor; en tres días estaba en Split, y una noche después en Zagreb. El mármol y su ladrón desconocido se habían desvanecido en Europa.

—Y hasta ahora —dijo Bussenschutt— no se desenmascara al culpable. A diferencia del señor Appleby, nunca había tratado con la clase criminal, a menos que se considere que nuestro actual anfitrión entra en esa categoría, y confieso que toda esta historia me ha parecido muy, pero que muy interesante. ¿Cómo se sintió después,

Winter? ¿No se alarmaba al cruzarse con un policía por la calle? ¿Tenía remordimientos? ¿Se interponía el incidente entre usted y la contemplación estética del objeto con el que se había hecho? Si volviesen a plantearse esas mismas circunstancias, ¿actuaría igual que entonces?

Winter soltó una carcajada un tanto cortante.

—Fue un error —dijo—. Lo admito. —Se giró hacia la ventana junto a la que estaba Appleby—. Debe entender...

Pero Appleby ya no estaba en la ventana; se había acercado con sigilo a la puerta. Antes de que Winter terminase de hablar, su mano agarró el pomo, la puerta se abrió de golpe y *sir* Archibald Eliot entró trastabillándose en la habitación.

—Siempre —dijo Appleby— hay que apoyarse en los talones y no perder de vista el pomo. Así se ve si empieza a girar. En ese caso, no intentar la retirada, pues solo se perdería el equilibrio. Enderezarse, llamar a la puerta mientras se abre y encomendar el resto al farol.

—Pero —dijo Archie Eliot, que de los presentes en la habitación de Bussenschutt era el que mejor mantenía la compostura—, yo no escucho por las cerraduras. Yo miro. Es una neurosis compulsiva moderada, tiene un nombre científico. Me he visto afligido desde la más tierna infancia. Huelga decir que lo siento muchísimo.

—¿Quiere decir —dijo Winter, áspero— que se le conocen estos episodios habituales de, eh, debilidad nerviosa?

—Exacto. No soy capaz de ocultarlo demasiado bien, ya ven; me pillan con bastante frecuencia. Un bochorno. —Archie sonrió, afable—. Me atrevería a decir que humillación se quedaría corto. Pero hoy día hay más empatía y comprensión hacia estas cosas. Alguien hizo lo que no tenía que hacer cuando yo era un niño, y aquí estoy. Ahora vamos a por una bebida.

—Mejor será —dijo Appleby— que charlemos un rato.

Archie se sentó en la cama y suspiró.

—¿Sobre la Araña? No encontraremos el final, perdidos en laberintos sinuosos[46].

—Al contrario —Appleby estaba serio—, el final está prácticamente a la vista. Sé, en líneas generales, por qué se han producido estas bromas.

—Mi querido señor Appleby, eso lo sabemos todos. —Archie mostró un desdén respetuoso—. Había que sacar a Richard de sus casillas; solo que el bromista se confundió de hombre.

---

[46] Referencia al poema narrativo *El paraíso perdido*, de John Milton.

—Richard Eliot —intervino Bussenschutt— parece inesperadamente sólido. Ahora bien, si ese acoso se hubiese dirigido contra una persona como Horace Benton...

—Y sé, también en líneas generales, por qué estamos todos de visita en esta abadía falsa. Me interesa Jasper Shoon; me interesa más Shoon que cualquier persona de la Residencia Rust; incluso que usted, *sir* Archibald. Dicho esto, tengo entendido que usted ya había tenido relación con Shoon, ¿verdad? ¿Podría darnos, si es tan amable, su opinión sobre él?

Los ojos de Archie, que hasta hacía bien poco, a juzgar por su versión, se colaban enfermizamente por la cerradura, se entrecerraron ahora, a la defensiva.

—¿Relación? Le construí una torre absurda.

—Y luego tuvo una disputa con él.

—Sí. Pero ya me encargué de compensárselo en cuanto me enteré de lo suyo. En pocas palabras: me rebajé. Miren, he visto mundo, y tengo colegas metidos en negocios turbios. Me soplaron que Shoon es un tipo peligroso con el que conviene no cruzarse.

—Venga, hombre —Winter estaba en la ventana, con los ojos clavados en las onerosas ruinas—. Siniestro, quizá. Pero ¿peligroso...? —Hizo un gesto que abarcaba todas las complejas excentricidades de la abadía Shoon.

Archie se giró hacia Appleby y Bussenschutt.

—Winter —dijo— cree que uno no puede ser peligroso si ha acumulado a su alrededor unos cuantos efectos literarios y antigüedades. Me sorprende. —Su rostro se iluminó con una malicia plácida—. Por ejemplo, tenemos a ese ingeniero de los libros de mi primo. Es imposible encontrar a un fanático más acérrimo de la cultura y, sin embargo, siempre es él quien usa su arma con gran eficacia cuando pintan bastos. Pero eso es lo de menos; como iba diciendo, Shoon es peligroso. Detrás de toda su afectación hay una mente poderosa, sin escrúpulos y con talento. Eso se sabe de sobra. Pero el tipo también es, al parecer, pertinaz y metódicamente vengativo... En resumidas cuentas: volví a hacerme su amigo, pero cumpliendo sus condiciones.

—¿Y fue usted —preguntó Appleby, como si no le importase demasiado— quien organizó la visita?

Archie esbozó una sonrisilla.

—Tenía entendido que ya lo sabía todo sobre el porqué. —Miró su reloj—. En breve vamos a ver la colección, y me temo que tenemos que ir dando por zanjada esta conversación. Resulta que antes —se dirigió a la puerta— tengo un par de cosas —dio un golpecito con el dedo a la cerradura antes de girar el pomo— a las que echar un vistazo.

Y se marchó.

—Un carota y un pasota —dijo Bussenschutt. Se quedó pensando un instante, y le pareció que la pareja de coloquialismos era afortunada—. Un carota y un pasota —repitió. El silencio se cernió sobre la habitación—. Winter, parece absorto en la cerradura de *sir* Archibald.

Winter sonrió.

—Tiene su interés —admitió, caminando lentamente hacia la ventana—. Appleby, ¿no es su hombre?

—¿Archie? Eso querría hacerme creer Rupert. Pero ¿mi hombre para qué? ¿De qué va todo esto?

—De malicia. La malicia de un adicto, que se desarrolla hasta un nivel patológico. Archie tiene un talento innato para las bromas maliciosas. Como la que le gastó a la señora Cavey en el desayuno; y luego los perros de André: le apuesto lo que quiera a que Archie estaba detrás de todo eso. Además, era la única persona sin coartada cuando desapareció el Renoir. Y lo vieron drogarse a sí mismo; nunca me ha dado una respuesta para eso. Piense luego en el toquecillo literario de las bromas: *La usura del amor*, por ejemplo. ¿No es al menos una pista? Y sabemos que Archie ya sacaba ideas de los libros de su primo; que tuvo la desfachatez de aprender a crear llaves maestras para robar en la bodega de Richard. También sabemos que Archie era el único que solía echar un vistazo a los manuscritos...

Appleby parecía un tanto desconcertado.

—Es verdad —dijo— que a estas reflexiones obvias y poco convincentes podrían añadirse una o dos algo más persuasivas. Pero, con todo y con eso...

—¿Qué se puede añadir?

—Bueno, dos puntos que dan a Archie ventaja sobre el también malicioso Rupert. Si Eliot se desmoronaba y los libros paraban, Rupert perdería dinero, y Archie no. O eso me dice Rupert, y no creo que esté mintiendo. Además, Rupert tiene una coartada para el primer caso de todos: el robo en casa de Birdwire. Estaba en Escocia, o eso dice. Ya me lo están comprobando, y probablemente también diga la verdad. Archie no tiene coartada para el robo. Pero permítame repetirle que, aun añadiendo esos dos puntos a su acusación, este caso que se le ha ocurrido es particularmente débil.

—Barrunto —dijo Bussenschutt— que lo que ha emocionado tanto a Winter es el ojo de la cerradura.

—¡Exacto! Cuando he tenido que enfrentarme a enigmas en mi campo de trabajo, siempre he comprobado que la solución más sencilla es también la más probable. Pues bien, el auténtico enigma aquí es el de la clarividencia del bromista. Appleby, ¿sabe cómo fue la primera vez que vi a Eliot? Estábamos en el tren de camino a Rust. Él iba caminando por el pasillo, hablando solo. ¡Habla en voz alta, y es probable que ni siquiera lo sepa!

—Así que el ojo de la cerradura es por donde pasan los secretos. Sin duda es sencillo. Kermode fue el primero en pensarlo, por cierto. Kermode y yo tuvimos una conversación críptica, pero significativa. Esencialmente me dijo que me estaba dando la pista clave si tenía la inteligencia para comprenderla. Y me dijo que el ojo de la cerradura era por donde pasaban los secretos. Las circunstancias concretas de nuestra charla hacían que el comentario sonase ambiguo, pero no hace falta entrar en eso. ¿Así que Eliot murmuraba sus historias y vete a saber qué más, mientras Archie aguzaba el oído junto a la puerta?

—Efectivamente. Ha sido el cargo de conciencia de Archie, la sensación de que el incidente de hace unos minutos podía ponernos tras la pista correcta, lo que le ha hecho salir con eso de que él no tiene por costumbre escuchar, sino mirar... Volviendo ahora al Archie drogado después del caso del Renoir: la señora Moule lo vio drogarse, pero usted dice que su testimonio no es demasiado importante. ¿Por qué?

—¿Por qué? —Appleby se giró hacia Bussenschutt como quien se gira con un acertijo hacia un niño que se lo merece.

Bussenschutt esbozó una sonrisa.

—No tengo ni idea de lo que están hablando. Pero creo entender que las premisas del problema son las siguientes: se encuentra a un hombre drogado; luego se descubre que se drogó a sí mismo; sin embargo, se sostiene que el descubrimiento es irrelevante. La respuesta solo puede ser que se trata de un hombre que se droga habitualmente.

—Exacto. —Appleby soltó una risita tras el suspiro de exasperación de Winter—. La señora Moule no fue demasiado observadora. Archie toma sin cesar pequeñas dosis furtivas de Dios sabe qué; el último elixir de la eterna juventud, quizá. Eso es lo que permitiría que otra persona lo drogase en las circunstancias concretas de hace un par de noches. Archie no desempeñaría el papel principal en un juego sin antes revitalizarse con un traguito. Y no se tomaría un traguito sin antes revitalizarse contra la vejez o vaya usted a saber qué. Así las cosas, podría ser cualquier persona con los dedos medianamente largos: era cuestión de sustraer un frasco, pongamos, y sustituirlo por otro.

Winter negó con la cabeza.

—Eso no demuestra que fuese otra persona quien lo drogó. Que tenga la costumbre de tomarse un tipo de píldora no es indicio, en absoluto, de que en esta ocasión no decidiera tomarse otra. Ahora, volviendo a la clarividencia del bromista, parece que la teoría de la cerradura no logra convencerlo. ¿Acaso es porque tiene usted una teoría más convincente?

Appleby, que hasta el momento estaba yendo como una flecha, pareció detenerse con esas palabras.

—Tengo una teoría —dijo—, una teoría difícil en la que aún no confío, ni mucho menos. Preferiría mil veces antes la suya si pudiera creérmela, como imagino que se la cree Belinda, por cierto. Ella sostiene que su padre trabaja en sus libros sumido en una especie de trance, en el que es fácil imaginárselo murmurando algo que podría escuchar un fisgón. Pero es demasiado fácil. Sin duda, Eliot es muy sagaz en su estado normal. Lo que quiero decir es que si la situación pudiese resolverse como usted propone, ya la habría resuelto él solo. Por ejemplo, se planteó y rechazó su idea de la paramnesia. Si habla solo, dudo mucho que no sea consciente; lo que significa que, al plantearse todo este enigma, habría sopesado la idoneidad del fisgón como posible solución. No, prefiero mi razonamiento, por tortuoso que sea.

—¿Y cuál es?

Appleby esbozó una sonrisa.

—Les decepcionaría —dijo, discreto— si se lo contase ahora. Aún es demasiado provisional; la idea que me he hecho de todo el caso, si es que se puede llamar así, es inmatura. —Hizo una pausa, cargada de una ligera ironía, en esa palabra solemne y culta—. Y está construida de manera harto irregular, basada principalmente en mis impresiones sobre la forma de hablar de la gente. —Empezó a caminar de un lado a otro sin cesar—. Es un enfoque para el que, sin duda, no falta material. La cháchara de Shoon sobre la gamba sin ojos: es significativa, ya ven. Se pueden ver clarísimamente las fantasías de destrucción que han controlado toda su carrera. Y con la otra gente pasa lo mismo: son lo que son, pero cuando hablan largo y tendido se ve lo que se imaginan ser.

—Estas —dijo Bussenschutt— son observaciones psicológicas harto instructivas. Pero no acaban de justificar que se guarde su teoría para usted. Como mero observador que soy de estos acontecimientos indecorosos, me gustaría encarecidamente saber quién cree que está involucrado.

—Es probable que sea alguien a quien no ha conocido: un hombre llamado André Nosequé.

—¿André? —dijo Winter al instante—. Es lo bastante malicioso, en todos los sentidos.

Appleby se quedó quieto y negó con la cabeza con gesto rotundo.

—Ahí es donde se equivoca de plano y desde el primer momento. La malicia no está necesariamente implicada. Nos enfrentamos a un bromista práctico.

—Claro que sí. Pero sin duda...

—A un bromista práctico.

4

Horace Benton caminaba de un lado a otro de su habitación.
Como todas las habitaciones de la abadía, se trataba de una pieza de época. Era de techo alto, y adondequiera que mirase, Benton veía tapices brillantes colgar de las paredes de madera. Caminaba hacia el este y veía la historia de Procne; daba media vuelta y veía al dios descender hacia Dánae en una lluvia de oro; a su izquierda Europa estaba siendo raptada por el toro y a su derecha se extendía un retorcido rapto de las sabinas. Pero ninguno de esos agradables alicientes para la reflexión llamaban la atención de Benton en ese momento. Durante unos segundos miró con ojos iracundos los troncos que ardían entre morillos enormes en la amplia chimenea. Se desplomó en la cama, un armatoste resplandeciente con hipogrifos tallados y cubierto por un dosel de seda, pero no pudo evitar levantarse al punto y retomar la marcha de un lado a otro. En los candelabros plateados resplandecían luces blancas y amarillas con velas de tres tamaños; había un aguamanil de plata en una palangana de plata parcialmente bañada en oro; junto a la cama se encontraban una pequeña colección de misales ilustrados, jarras de cerveza y vino plateadas, panecillos y una hogaza de pan de trigo. Pero Benton no prestó atención a esas minucias de anticuario. Caminó a zancadas hasta la ventana y contempló esa construcción incoherente del disparatado Jasper Shoon. A juzgar por su semblante, se diría que le encantaría pensar que esas torres orgullosas, como las del paraíso perdido, estaban condenadas a una rápida destrucción[47].

[47] Referencia al poema narrativo *El paraíso perdido*, de John Milton.

—Ojalá... —dijo Benton en voz alta, y se detuvo al oír un golpecito en la puerta.

Era su anfitrión. Con ropa plateada y distinguida, benévolo, pero con una inquietud profunda surcándole el rostro, Shoon entró en la habitación. Se detuvo, sorprendido: Benton llevaba puesto un abrigo enorme.

—Mi querido amigo, ¿está proponiendo dar un paseo?

Benton miró con recelo a su antiguo jefe.

—Voy a la ciudad. Un coche viene de camino.

—¿A la ciudad? Es una auténtica pena. Espero que esa explosión absurda no lo haya inquietado. Al parecer, se ha producido una irritante serie de bromas en Rust, y ahora tenemos el privilegio de disfrutar de algo parecido por aquí. Tenga por seguro que no hay de qué preocuparse. Aunque quizá se parezca demasiado a los viejos tiempos, ¿no?

—Voy a volver. —Benton lo dijo con una resignación plomiza—. Tengo que atender un asunto urgente en la ciudad, pero estaré aquí antes de la cena. Ojalá —hizo una pausa en la que, sencillamente, se pensó mejor lo que decir—, ojalá no tuviera que irme, claro.

—Pues no hay más que hablar, mi querido amigo. No lo entretengo más, lo dejo con su asunto urgente en esta anodina tarde de domingo. Aunque confiaba en contar con su ayuda para entretener a los nuevos invitados. He estado hablándoles de la obra y los objetivos de los Amigos.

Benton emitió un sonido ininteligible.

—He compartido con ellos mi modesta esperanza de que quizá, algún día, nuestros resultados sean trascendentales y ubicuos; que hagan, en suma, un ruido harto estridente.

Esos melindres verbales, que le recordaban un poco a los ángeles caídos de Milton, parecieron gustar muy poco a Benton.

—La verdad —dijo— es que estoy completamente desconectado de todo eso. Ojalá...

—Y sin embargo —Shoon miraba con aire meditabundo a su compañero consternado—, cuánta falta hace a veces que estrechemos la mano a nuestro yo muerto.

Benton dio un respingo.

—La verdad, Shoon, es que me cuesta mucho seguirlo.

—Yo me he consagrado al pasado. —Shoon señaló con un gesto amplio la habitación—. Pero no al pasado inmediato. No al pasado que, como suele decirse, puede rebelarse contra uno. Y con la gente como nosotros eso es algo que siempre puede ocurrir. —Con un delicado empujón del pie devolvió un tronco a las llamas—. Todo es hermoso y tranquilo, y sin embargo uno nunca sabe exactamente dónde está. ¿No le parece?

—Bueno, sí, yo sí lo sé. Pero ojalá...

—Pero ojalá esto, ojalá lo otro, ojalá aquello. —Shoon sonrió sin ningún rastro de simpatía—. Y ojalá yo pudiera tener un poco más claro lo que está pasando. No me gustan las explosiones, ni siquiera cuando parecen ser estrictamente cosa de esos afables Eliot. Y no me gusta que usted se marche de la abadía asustado. Me refiero, huelga decirlo, a sin saber por qué.

—Le garantizo —Benton estaba cada vez más nervioso— que mi expedición no tiene nada que ver con nada que pueda inquietarlo.

—¿Acaso el pasado que se ha rebelado contra usted no es, en realidad, nuestro pasado?

—No. Lo que quiero decir, claro, es que no hay nada que se haya rebelado contra mí. La idea es absurda.

—El hermano de la señorita Appleby, el policía, ¿no tiene nada que ver?

Benton lo miró fijamente.

—Ojalá supiera de qué está hablando. Yo no sé nada de un policía.

—Bien. Sabrá perdonarme, ya no soy tan joven como antes, y a veces me imagino conspiraciones. ¿Alguna vez siente que están conspirando contra usted? No es una sensación agradable. Siempre he preferido ser yo el que conspira... Ahora más le vale marcharse a hacer su recado.

—¿Mi recado?

—Benton, ¿por qué no me lo cuenta? ¿Quién le está mandando a la ciudad de esa forma tan perentoria?

Las protestas de Benton se vieron interrumpidas por unos golpes autoritarios en la puerta, que al abrirse reveló a Bussenschutt.

—Benton, dicen que un coche ha venido a por usted. Confío en que no esté desertando de casa de nuestro excelente anfitrión.

Con una exclamación que podría ser un exabrupto de rabia o de mera prisa, Benton cogió un sombrero.

—Le acabo de decir a Shoon que tengo que ir a la ciudad.

—¡¿A la ciudad?! Me sorprende usted. Pero ¿va a volver?

—Voy a volver.

Bussenschutt asintió.

—Eso es fundamental —dijo—. Asegúrese de no cambiar de idea.

La visita a la Colección Shoon tuvo, en ese momento, el aspecto de un interludio; de un episodio instructivo, sí, pero ajeno al misterioso drama que estaba teniendo lugar en la abadía. Así era como Appleby veía la inspección *in situ*; solo más tarde comprendió que ocupaba una posición lógica en la preparación de dos catástrofes independientes. A diferencia de Timmy Eliot, Appleby nunca había coleccionado mariposas; consideraba enfermizo cualquier esfuerzo intenso en aras de la acumulación material, y durante buena parte de la visita tuvo la cabeza en otro sitio.

La colección se conservaba en la Galería Alargada, un bonito ejemplo de arquitectura doméstica de estilo Tudor que Shoon no había dejado de incorporar a su muy ecléctica mansión. Situada donde en una época más frugal se apiñaran un montón de desvanes, se extendía, ancha y de techos bajos, a lo largo de todo el edificio principal; la magnitud de sus proporciones se atenuaba elegantemente con naves espaciosas que ocupaban las alas secundarias. El techo de vigas a dos aguas, con travesaños y correas toscos, sugería una austeridad medieval, pero debajo, como cabría esperar de una biblioteca majestuosa, todo era altorrenacentista. Las columnas corintias en miniatura, monolitos de mármol blanco encastrados en paredes revestidas de mármol verde claro, sostenían los dinteles góticos sobre sus capiteles. Las seis chimeneas, cuyas tuberías eléctricas se escondían tras paneles de hierro forjado de Niccolò Grosso, representaban el triunfo de la extravagancia glíptica de finales del *cinquecento*: hermafroditas de mármol lujosamente encastrados sostenían pergaminos y escudos; amorcillos de mármol sentados a horcajadas o saltarines tiraban de guirnaldas repletas de frutas o jugaban al escondite entre pilares retorcidos y arcadas ruinosas en miniatura —todos los amorcillos estaban igual de rollizos, y en sus ojos almendrados invisibles se leía que acababan de emanciparse de las anodinas funciones eclesiásticas—. Los candelabros, eso afirmaba Shoon, eran del mismísimo Cellini; los objetos de plata desperdigados por ahí eran obra de Francesco di Ser Gregorio da Gravedona; el crucifijo sobre la chimenea principal era de Cataluzio da Todi; y las estanterías era de Baggins y Wragg, aunque las estructuras de hierro ignífugo estaban cubiertas de madera de nogal italiano, con cornisas talladas y bañadas en oro, y las celosías de acero que protegían su contenido estaban damasquinadas con oro claro. La moqueta era de tela entretejida con oro oscuro; los pocos muebles tenían una capa de barniz color crema pálida; todos los libros estaban encuadernados en vitela nevada. La Colección Shoon, en suma, estaba conservada en un lugar hermoso.

Los invitados subieron en tandas en un pequeño ascensor y esperaron en un rellano muy ventoso, hasta que Shoon subió con el último grupo y abrió las puertas inexpugnables de su biblioteca.

La actitud del señor Eliot mientras observaba la ceremonia, se dijo Appleby, parecía la de un cortesano devoto al que estaban a punto de concederle la *grande entrée* para estar en presencia de algún monarca absoluto del pasado.

—Mire, John —murmuró—, en verdad es digno de alabanza que un hombre como Shoon, que sin duda ha salido de un ambiente de intrigas internacionales, y del que aún se rumorea que trapichea con armas de forma no del todo honrada y patriótica, en verdad es digno de alabanza, ya le digo, que valore hasta tal punto los auténticos logros de la civilización.

—Para mí, la coherencia es una de las principales virtudes.

El señor Eliot frunció el ceño.

—Sin duda es un tanto enigmático. Y a veces me he preocupado un poco por Belinda: hay aspectos de la casa con los que uno no puede estar del todo contento... ¡Dios santo! —Las puertas se abrieron, y el interior esplendoroso quedó revelado—. Me temo que esto, más que libros, sugiere dinero.

Aquello sugería un buen montón de dinero, como se encargó de recalcar la señora Cavey, que fue la primera en salir de la piña y presenciar los arcanos de la cultura de Shoon.

—¡Una moqueta majestuosa! —Dio una palmada. El sonido rebotó en las paredes de mármol y retumbó entre los travesaños.

El grupo entró, pisando con timidez la majestuosa moqueta, lanzando miradas humildes a los tesoros que había junto a las paredes laterales. Los museos se humanizan por ser tan públicos como las estaciones de trenes; sin embargo, las grandes colecciones privadas suelen estar impregnadas de una atmósfera hostil hacia todo lo que no esté claramente muerto. Los invitados de Shoon, conscientes de su indecorosa vitalidad, se apiñaron y guardaron silencio.

—Y ahora —dijo Shoon, adelantándose expedito hasta el centro de la sala y adoptando el tono y la actitud de un guía-profesor arrogante— los llevaré directamente a lo que habrá de interesarnos de manera particular esta tarde.

Encabezó al grupo hasta una nave y abrió una biblioteca. No cabía ninguna duda de lo que había en ella. En treinta y siete lomos inmaculados de vitela, brillaban treinta y siete arañas doradas, cuyas patas se posaban delicadamente sobre treinta y siete títulos más o menos crípticos y escabrosos. Ahí, iluminada por Cellini, calentada por Niccolò Grosso, reflejada en las superficies grabadas por Francesco di Ser Gregorio da Gravedona, había toda una fila de esas novelas efímeras pero exitosas que el señor Eliot fabricó para una gente tan modesta como él.

—Tuve problemas —dijo Shoon, sacando cuidadosamente un volumen de la estantería— para hacerme con una primera edición de *La primera reverencia de la Araña*. La sobrecubierta es el gran obstáculo. —Abrió el libro y mostró las solapas delantera y trasera, encuadernadas como mandaban los cánones—. Cuando por fin di con él fue un gran día.

La primera reverencia de la Araña pasó de mano en mano en un ambiente de ligero bochorno. Todo el mundo se había percatado de que el señor Eliot estaba perplejo por esa presentación inesperada de su progenie en un lugar tan poco acorde. Era un momento por el que podía pasarse de puntillas sin problemas con un poco de discreción; sin embargo, por algún motivo, Rupert Eliot hizo una larga pausa.

—Creo recordar —dijo, y la ligera insolencia de su voz llamó la atención de todo el grupo— que Belinda mencionó que a veces incluso los lee, ¿puede ser? —Y señaló con un dedo inquisitivo los libros de su primo.

—Siempre los leo, y estoy expectante, deseando que se publique el siguiente. —Shoon, que daba una enorme importancia a los buenos modales, lanzó a Rupert una mirada de sorpresa y reproche—. Mi favorito —pareció creer que era necesario demostrar que su afirmación no era pura cortesía— es *Alquiler y salario*: no he visto mejor forma de tratar el tema de la venganza.

Y pasó a hacer un resumen fluido de esa novela en concreto.

—Ahora —continuó Shoon, cuando había rematado el episodio según sus patrones de buena educación—, como por desgracia es imposible revisar toda la colección en una sola tarde, propongo que nos centremos, señoras y señores, en las piedras angulares de la literatura inglesa.

Hubo un pequeño murmullo de aprobación, de alabanza. La señora Moule sacó un cuaderno; la señora Cavey empezó a hablar en voz baja sobre los Brontë; Gib Overall, que le había estado preguntando a Wedge por el precio de la vitela, se sintió culpable y guardó silencio.

—Por ahí es por donde empecé: ¡decidí hacerme con las piedras angulares de la literatura inglesa! En mil novecientos veintiocho vendí dieciocho mil acciones preferentes de Cines Dreamworld a ciento seis con nueve libras y me lancé en busca de Shakespeare. Gracias a la subasta Levitski de 1929 y a la dispersión privada de la Colección Smith que siguió al escándalo de 1931, logré hacerme con él, con todo él, en 1932. —Shoon cruzó la sala y se detuvo frente a una amplia pared de mármol. Tocó un resorte escondido y el mármol se deslizó hacia atrás, revelando una gran puerta de acero—. Aquí está Shakespeare —dijo.

Cuando la cámara acorazada se abrió, salió de ella un ligero olor a putrefacción; a putrefacción mezclada con sustancias conservantes aromáticas; así era exactamente, recordó Appleby, como olía una morgue bien conservada. Estudiaron los infolios —1623, 1632, 1663, 1664, 1685: estaban todos—, y una serie de libros de tamaño cuartilla que había a su lado. Era innegable que Shoon, que se había lanzado en busca de Shakespeare con los ingresos de dieciocho mil acciones preferentes de Cines Dreamworld, se había hecho con él. Le pasaron a Appleby *Los sonetos de Shakespeare, por primera vez impresos*. En 1609, alguien le compró ese ejemplar a John Wright en la puerta de Christ Church por cinco peniques; quizá empezó a leerlo mientras subía en el ferri para ver *Coriolano* o *Pericles* en el Globe. Y ahora ahí estaba el libro, con una suntuosa encuadernación, con el emblema de Shakespeare en la cubierta y el de Shoon —una hiena rampante— en la contracubierta, a salvo de todo riesgo, cambio o escrutinio. Appleby lo abrió con sumo cuidado: en la portada, un falsificador minucioso del siglo XVIII había escrito: «Johannes Milton». Paso la página:

> *Ni el mármol ni los regios monumentos*
> *son más indestructibles que estas rimas;*
> *tú brillarás en ellas cuando el tiempo*
> *desgaste, vil, las piedras que ahora brillan.*
> *Y si la guerra tumba las estatuas*
> *y las murallas ceden a la horda,*
> *ni el fuego atroz ni Marte con su espada*
> *impedirán que viva tu memoria...*

Shoon alargó la mano con una impaciencia educada, y Shakespeare volvió a buen recaudo. Un minuto después, los invitados estaban mirando fijamente, como al final de un truco de magia, una pared de mármol vacía.

—A principios de mil novecientos treinta y tres —dijo Shoon— recibí información confidencial sobre la crisis económica inminente de Sedunary. En un par de meses me deshice discretamente de dos concesiones valiosas, relacionadas con el suministro de mano de obra africana a grandes empresas de la península arábiga, y en el momento psicológico idóneo me planté en la puerta de lord Sedunary. —Shoon esbozó una sonrisa académica mientras usaba esa constelación de expresiones populares—. Comprando toda su biblioteca de Milton, Cowper, Byron y Shelley pude formar el núcleo de una sección particularmente rica: ¡La literatura inglesa y la voz de la libertad!

Los huéspedes hicieron unos ruiditos de satisfacción; Shoon los guio hacia el otro lado de la sala, donde pudieron examinar de forma somera «La literatura inglesa y la voz de la libertad». Hubo un problemilla con las llaves, pues esa valiosa sección se guardaba tras una serie particularmente complicada de rejas. Cada volumen tenía un exlibris que representaba la firma de la Carta Magna; uno de los barones menos conocidos del cuadro, le dijo su anfitrión al señor Eliot en un aparte, era un Schune.

Luego Shoon mostró la Colección Coleridge, que compró tras su exitosa emisión de acciones de la Opio Medicinal Chino S. A., y la Colección Wordsworth, fruto del Trust Helvellyn y Skiddaw de Garden City. Ese aspecto genético de su biblioteca parecía fascinarlo en particular, y se pasó un rato describiendo sus finanzas y la larga serie de bancarrotas, pensiones alimenticias, extinciones, locuras, grandes incendios e irresponsabilidades de las grandes casas de Inglaterra que tuvieron como consecuencia esta o aquella importante venta. Sus invitados, que habían pasado en su mayoría de la incomodidad al aburrimiento, lo seguían de aquí para allá en un grupo dócil. Solo de cuando en cuando alguien se quedaba rezagado para fijarse en algo que despertaba su interés de manera especial.

Appleby, más por costumbre que por tener una corazonada de lo que pudiese significar, se percató de la disposición del grupo. Rupert Eliot se había retirado a una nave profunda, llena de estanterías de acero, al fondo de la sala: le habían dado permiso para ojear la sección de «curiosidades» de Shoon y estaba haciendo un edificante repaso de un repertorio inigualable de los libros más indecentes del mundo. Archie Eliot también se estaba formando, pero en un plano más material: con una maniobra por la que Appleby sintió una gran admiración, había logrado meterse al bolsillo un elegante ejemplar de los *Poemas* de Keats de 1817 y una primera edición con cubierta original de las *Rubayat* de Omar Jayam. Para el policía de vacaciones eso planteaba un curioso problema ético y social: Appleby estaba dándole vueltas cuando otra cosa llamó su atención. Era la conducta de Gib Overall, que se esforzaba por controlar —aunque con éxito incierto— una perturbación emocional de grandes y misteriosas proporciones. Appleby había visto esos síntomas en personas que estaban a punto de realizar una manifestación política o ideológica; pensó que las posibilidades de que el señor Eliot lograse que sus invitados se marcharan de la abadía sin provocar más situaciones bochornosas eran, por varios motivos, escasas. Quizá el señor Eliot también lo pensaba. A medida que avanzaba su visita a la colección, parecía cada vez más deprimido.

Ahora Shoon había llevado a sus huéspedes de los libros a los manuscritos. Pasaron un rato inspeccionando manuscritos que eran sin duda piedras angulares. Luego miraron manuscritos que Shoon describía como *parerga*: fragmentos póstumos, comienzos en falso, *jeux d'esprit* obscenos, recortes varios inclasificables; materiales que Wedge, un tanto resentido por ver tantas piedras angulares que no dieron ningún beneficio a los editores en su momento, describió irrespetuosamente como «la literatura inglesa y la papelera». Entonces pasaron a las cartas.

Las cartas, se diría luego Appleby, fueron lo definitivo; fueron las cartas las que marcaron el destino de un buen montón de propiedades valiosas.

Al parecer, Shoon tenía tres colecciones especiales de cartas, y casi todos los grandes nombres de la literatura inglesa estaban representados en ellas. Las colecciones eran: «Cartas de amor», «Últimas cartas» y «Cartas de préstamos».

Era sorprendente ver cuántos poetas, filósofos, dramaturgos, novelistas y ensayistas ingleses se habían visto obligados crónicamente a ir mendigando un préstamo entre sus amigos. Las cartas de Shoon, recubiertas con gran esmero de papel celofán, estaban tan ordenadas que podía hacerse un cómodo estudio comparativo de las técnicas. Constituiría, se dijo Appleby, un tema excelente para una tesis —*La indigencia en el arte epistolar inglés: 1579-1834*—, una sátira —*El gorrón Helicón*— o uno de los inteligentes análisis de Herbert Chown sobre los poetas en jerga psicológica —*Penuria y estilo de vida literario*—. Los invitados de Shoon pasaron un rato estudiando esos escritos: cartas desesperadas sobre el alquiler, epístolas atormentadas sobre reclusiones y bebés y entierros, misivas taimadas sobre el dinero que debía algún pariente deshonrado o editor sin escrúpulos. Eran cartas garabateadas en el dorso de manuscritos rechazados, cartas escritas con gran dolor por manos paralíticas o febriles, cartas donde se filtraban sin cesar las señales de una mente trastornada, cartas un poco arruinadas desde el punto de vista comercial porque aquí y allí una palabra se había vuelto ilegible a causa de las lágrimas. Appleby encontró una misiva en la que un gran poeta, tras haberle sacado un préstamo a un noble, y con la esperanza de sacarle más, escribía que se había perdido tanto en la contemplación de la belleza moral de la acción de usía que tuvo que pasar mucho tiempo hasta que cayese en la cuenta de que él mismo era el beneficiario.

Luego pasaron a las «Últimas cartas».

Uno podría hacer un gráfico, pensó Appleby, de cómo la gente afrontaba la cosa: aquí la curva espléndida de una vida plena y entusiasta desciende hasta un gimoteo; allí un trabajador tedioso y monótono de la literatura se eleva para hacer un gesto impresionante de adiós. Todo dependía, era evidente, de cómo afectaban las enfermedades. El poeta que escribió sobre la belleza moral de la acción de usía consagró los últimos minutos de su vida a escribir una carta de súplica en nombre de un viejo criado; otro murió a mitad de una epístola larga e incoherente a la amante que había dejado treinta años antes: ahí estaba la página inconclusa, con una pequeña mancha de tinta donde la pluma cayó de la mano del escritor.

A Appleby le pareció que esas «Últimas cartas» eran más de su estilo; tenían un atractivo particular, que quizá guardaba alguna relación con el atractivo de las cerraduras para *sir* Archibald Eliot. Era curioso que, mientras la costumbre de Archie sin duda se condenaría de manera universal, uno pudiese escudriñar así las cartas que unos hombres moribundos escribieron a sus amantes y amigos íntimos, y encima se considerase que estaba haciendo algo harto respetable y culto... Cuando Appleby salió de esas reflexiones, se percató de que el grupo había pasado a las «Cartas de amor».

—Las «Cartas de amor» —dijo Shoon— constituyen una representación tan completa de la correspondencia erótica inglesa que me atrevería a predecir que su hipotética publicación supondría una contribución muy considerable...

La atención de Appleby, que volvía a perderse, se fijó en Gerald Winter. Sin quitar un ojo de las cartas que estaban examinando, el profesor se había acercado a Timmy y Patricia.

—Los auténticos Henrys y Eleanors —decía— no son ni un ápice menos extraños, Timmy, que sus hermanos y hermanas sombríos de los libros de su padre.

—Sin duda —dijo Timmy. Habló en voz alta, como si pretendiese acallar a su tutor llamando la atención del grupo.

Pero Winter no iba a dejarse disuadir.

—El apetito sexual: ¡cuán familiar y comprensible, efímero e intermitente como todo lo que se apodera de nosotros! Pero lo que usted llama nerviosamente amor es otra cosa más peliaguda, capaz de adoptar el curioso aspecto de la lealtad, a veces de la actuación. Los factores selectivos —y se giró para incluir primero a Patricia y luego a Appleby en la conversación—, desde lo más profundo del inconsciente, se dejan sentir con muchísima fuerza, llevando a la mente consciente a hacer elecciones y exclusiones fantásticas, a traiciones imperdonables y fidelidades impracticables. Overall, ¿no está de acuerdo?

Como ocurriera con la provocación a la señora Cavey en la mesa del desayuno, Winter estaba contorsionando su discurso para divertirse un rato, como una mera travesura. Había llamado la atención de Overall y estaba desplegando sus mejores palabras.

—La singularidad del proceso constituye la materia prima de dos terceras partes de la escritura imaginativa del mundo. Una desconocida lleva una baratija cualquiera que nos recuerda a un potente fetiche de nuestra más tierna infancia y empezamos a seguirla cual alma peregrina. Y el resultado —con una sonrisa y un gesto de la mano indicó a Shoon, sumido en sus cartas— puede ser el esplendor y las humillaciones, los acosos, cambios, tedios, enredos y las tragedias de los que nuestro anfitrión nos muestra ahora los mejores ejemplos que Cines Dreamworld y Opio Medicinal pueden comprar. —Cogió a Overall del brazo con un ademán amistoso—. A propósito, ¿qué le parece si nos alejamos con discreción de esta bazofia y vamos a por un trago?

La maniobra tuvo el efecto contrario al deseado. Quizá porque la labia simplista de Winter parecía sumarse concienzudamente al horror que lo rodeaba, o quizá porque vio en el público de Winter el núcleo de un público para él, Gib Overall actuó. Cogió la carta que tenía más a mano y la ondeó. Gritó. Gritó en la Galería Alargada de Shoon. Y la Galería Alargada de Shoon resultó ser un lugar excelente para gritar.

Gritó porque era un fracasado, un escritorzuelo de literatura popular que ni siquiera vendía. Gritó porque sentía envidia y resentimiento, y porque tenía miedo de lo que le iba a pasar en el futuro; porque tenía miedo de tener aún más miedo al día siguiente del que tenía hoy. Gritó porque lo que Winter había llamado factores en lo más profundo del inconsciente dictaban que tenía que armar un espectáculo en ese momento y de esa forma. Todo eso era obvio y bochornoso. Lo que hizo de la manifestación de Overall algo impactante y misterioso fue que en su indignación incoherente resonasen las voces de Chatterton y Burns, se liberase toda esa agonía artística que Shoon había recluido con tanto esmero en celofán, terciopelo y tafilete. Por un instante, esa persona apenada y sórdida y fracasada violó, para sorpresa de todos, el monopolio de «La literatura inglesa y la voz de la libertad» que su anfitrión había adquirido sin reparar en gastos.

Pronto todo había pasado. Winter, con tacto y una pizca de respeto inesperado, se llevó a Overall. Los invitados, haciendo caso omiso al altercado, valientes, siguieron charlando cordialmente sobre lo placentero y edificante de poder examinar la colección; luego fueron conducidos cual rebaño hasta el pequeño rellano y bajaron por tandas en el ascensor. Shoon giró la última llave, apagó las luces y comprobó las puertas exteriores. Lo mejor que se había dicho y pensado en Inglaterra, formando detrás de sus celosías, confinado en vitela nevada, protegido por diez mil hienas de Shoon, volvió a sumirse en el sueño. Abajo tomaron té, en esa atmósfera apagada, aunque soterradamente aliviada, que suele seguir a un sepelio llevado a cabo con determinación.

5

—Se ha planeado —dijo Appleby— un asesinato.

El doctor Chown, apoyando con cuidado su taza de té en una bandeja de paso, sugirió que él solo era paciente porque la paciencia velaba por su dignidad.

—Ah, mi querido inspector, ¿no tuvo usted esa misma impresión anoche, y no acabó estando equivocado? Si se ha planeado algo, ¿puede estar seguro de que no es otra mera broma violenta?

—Muy relativamente seguro. Las bromas ya no sirven, así que podemos esperar el golpe de verdad.

—Esa es una noticia de lo más preocupante. —La voz de Chown destilaba una indiferencia insípida—. ¿Así que van a colgar a nuestro desdichado amigo Eliot, pero de verdad?

Appleby miró a Chown con una sorpresa inocente.

—¿A Eliot? Dios santo, no. Eliot está a salvo. Ahora comprendo que ha estado a salvo desde el principio. Su muerte no le convendría a nuestro bromista, ni mucho menos. Lo que tenemos por delante esta noche es el asesinato de otra persona.

—¿Se puede saber de quién?

—Por desgracia, no lo sé. De *sir* Rupert, quizá; ha tenido la amabilidad de prometer que se retiraría a las nueve en punto. O podría ser alguno de los Amigos de Beda el Venerable.

Chown frunció el ceño.

—Supongo, no me queda más remedio, que está intentando gastarme una broma. ¿De verdad sugiere que la secuela lógica de los acontecimientos deplorables que hemos presenciado en Rust es el asesinato de un misterioso socio de nuestro anfitrión en la abadía?

—Se ha planeado un asesinato. No sé de quién, pero sé por qué.

—¿Y sabe, por casualidad, a manos de quién?

—Por desgracia, tampoco. Solo hay dos indicios, pero no me convencen.

La paciencia de Chown se estaba tornando en atención.

—Dudo mucho haber oído una afirmación tan extraordinaria en toda mi vida. ¿Usted sabe de qué va todo esto, pero no tiene ni idea de la identidad de las personas implicadas?

—En efecto.

—¿Y cree que puedo serle útil?

—Sí. El meollo del misterio radica en la clarividencia del bromista. Usted tenía su propia explicación para eso: creía que Eliot estaba trasteándose a sí mismo, pero la historia del *middle black...*

Chown asintió bruscamente.

—Exacto. Soy el primero en admitir que eso hace que mi teoría sea difícil de sostener. No me queda más salida que invitarlo a plantear una mejor.

—Yo ya he sugerido mi teoría. ¿Recuerda que, a propósito de la hipnosis médica, tuvo la amabilidad de ofrecerse a recomendarme algunos libros?

—Lo recuerdo. Aunque lo que le metió la hipnosis en la cabeza...

Appleby sonrió.

—Ah, fue Gerald Winter quien me metió eso en la cabeza. Se montó la teoría de que usted podía tener a Eliot sometido a una especie de esclavitud hipnótica. Como los hipnotizadores del teatro que hacen a la gente meterse en bañeras llenas de agua. —Appleby hizo una pausa para permitir que la indignación extrema de Chown tras esa revelación se apaciguase—. Pero la idea de Winter me sugirió otra cosa. Y cuando usted mencionó los libros sobre su especialidad, deduje que los científicos como usted tienen otros canales de comunicación, además de los libros publicados. —Appleby hizo otra pausa, y se lanzó—: ¿Eliot ha sido paciente suyo?

—Ha de saber, mi querido señor Appleby, que los doctores no acostumbran a dar ese tipo de información.

—¿Y no hablan sobre sus pacientes?

—No.

—¿Nunca? —Appleby levantó una mano, pues Chown estaba a punto de protestar de nuevo—. No me malinterprete, por favor. Lo que estoy pensando es lo siguiente: su rama de la medicina es peculiar, habida cuenta de que a menudo tienen que vérselas con toda la vida intelectual y profesional de sus pacientes. Los libros que escriben están llenos de las actividades de sus pacientes, ora reseñadas por encima, ora narradas y analizadas con gran detalle. En estas obras, ustedes se esfuerzan muchísimo, por supuesto, en garantizar el más absoluto encubrimiento de la identidad. Pero quizá eso no siempre resulte posible.

Chown se había sentado en el sofá.

—Esa es —dijo—, como poco, una idea interesante. Me parece intuir dónde quiere llegar. Continúe.

—Supongamos que Byron o Scott o Dickens estuviesen vivos y llegaran a su consulta para tratarse. Sería prácticamente imposible escribir sobre su historial clínico para una publicación: de no hacer supresiones y distorsiones que perjudicarían el valor científico de lo que escribiese, sería imposible evitar que el lector adivinara la identidad de su paciente real. Lo mismo ocurriría con cualquier escritor muy popular. Y muy en particular con un escritor popular que se ciñese a un solo tema o personaje: sería imposible publicar cualquier análisis psicológico exhaustivo de esa persona sin revelar su identidad a cualquier lector lo bastante sagaz para mostrar interés por su tipo de trabajo. Y ese es un dilema que se le debe plantear con frecuencia.

—En efecto.

—La gente de letras y los artistas, muchos de ellos neuróticos o moderadamente locos, deben encontrarse entre sus pacientes más interesantes. Aportan un montón de material a su estudio. Un escritor llega a su consulta y usted aprende mucho leyendo sus libros; un pintor llama a su puerta y usted va a su estudio y aplica su técnica analítica con sus cuadros. En ese proceso genera conocimiento, y es su deber divulgar dicho conocimiento entre los otros trabajadores de su campo. Lo hace, principalmente, a través de comunicaciones a revistas especializadas; revistas que no lee el gran público. Sin embargo, la mayoría de esas publicaciones están a disposición de cualquiera que tenga la curiosidad de buscarlas. Y es probable, por ende, que su profesión haya desarrollado otros canales de comunicación más privados. Uno se imagina...

—Lo que uno se imagina —dijo Chown— es, como cualquier psicólogo le diría, harto extraordinario.

—Sin duda. Fijémonos ahora en otro punto. Imaginemos que Eliot ha sido su paciente. Y supongamos, si se nos permite, que conocemos un pequeño detalle: usted practica la poco frecuente ciencia de la hipnosis médica. En ese caso, le interesaría la obra de Eliot, pues le ofrecería la llave de su vida mental. Usaría su técnica para conocer muchos aspectos de los que no podría disponer a su antojo en un estado de conciencia normal del paciente. Planes y proyectos, detalles de acciones y episodios pensados y descartados o pospuestos; todo estaría al alcance de su estudio. Y, como buena parte de su investigación se efectuaría estando el paciente bajo su control hipnótico, cabe suponer que al despertar sabría poco o nada de lo que le habría comunicado. En pocas palabras: es usted, de lejos, el principal sospechoso en toda esta historia de la clarividencia del bromista. En ese sentido, no me cabe la menor duda de que coincidirá conmigo de plano.

La mirada de Chown pasó de Appleby a los invitados de Shoon, que iban de aquí para allá, un poco alejados.

—¿Bebe usted? —preguntó.

—No notablemente.

—Se me ha ocurrido que pudo ser la embriaguez la que lo llevó a su curiosa profesión. Me veo inclinado a pensar que su inteligencia podría dejar una huella nada desdeñable en el campo de las ciencias.

—La cuestión —dijo Appleby, sin detenerse a agradecer ese elogio calculado— es la probabilidad de que usted haya hecho una revelación involuntaria sobre Eliot. Algún artículo de revista donde su identidad no quedase perfectamente oculta a ojos de un lector de una sagacidad excepcional. Algún artículo con esas características que imprimió en privado y circuló entre colegas. Conversaciones o consultas protegidas por las reglas del secreto profesional que alguien infringió. Si uno creyese que hay motivos para suponer algo así, a lo mejor sería posible empezar a circunscribir la situación a un individuo. Quizá merezca la pena señalar que ese hombre que se hace llamar André podría tener acceso a fuentes de información médica... Ahora entenderá a lo que me refiero cuando digo que creo que puede serme útil.

Por unos segundos Chown pareció titubear.

—Me opongo por principio —dijo— a este tipo de interrogatorios en supuesto interés de la ley o la justicia o algo por el estilo. La protección directa de una vida es otra historia. Antes de decir nada sobre mi gestión de los asuntos de un paciente, espero que se me muestre una prueba clarísima y apremiante. —Chown, con una mezcla de pomposidad, cautela e inteligencia, miró a Appleby con ojos serísimos.

—Es perfectamente comprensible. Por eso he empezado diciendo que se ha planeado un asesinato.

—El asesinato de no sabe quién a manos de un desconocido. La verdad, señor Appleby, es que la suya es una postura muy poco convincente. ¿No tiene ninguna preferencia sobre la víctima?

—Tengo un indicio parcial, aunque quizá sea un disparate creado por mi cabeza. La prueba, como tal, podría definirse como etimológica.

Chown lo miró como si estuviese a punto de repetirle la pregunta sobre la bebida. En vez de eso, dijo:

—Señor Appleby, doy por sentado que conoce el significado de las palabras.

—Lo bastante para mis intenciones. Y ahora, veamos, ¿qué tiene que decirme?

—Nada en absoluto.

—¿Quiere pensárselo mejor?

—No le voy a decir nada por la sencilla razón de que no hay nada que decir. La idea que se ha montado no es, como la de Winter, una torre de sandeces. Lo que pasa es que no tiene nada dentro.

—¿Nunca ha hablado sobre Eliot —Appleby se mostró insistente—, ni siquiera con sus colegas de mayor confianza?

—No me parece necesario ser explícito al respecto. Debe fiarse de mi palabra, sin más: su teoría es insostenible. De hecho —Chown cambió de humor inesperadamente—, usted y yo, señor Appleby, estamos empatados. Y me interesa mucho ver cómo procede.

—Tendremos que esperar unas horas —dijo Appleby, serio— al acontecimiento.

Habían estado hablando en un aparte, desde la discreción del profundo hueco de una ventana de la amplia sala donde los invitados de Shoon estaban tomando té. Ahora los dos miraron hacia fuera. Sobre esa fantasía dispersa que era la abadía Shoon empezaban a posarse los primeros pliegues del crepúsculo.

Timmy y Patricia paseaban por el Jardín Chino, rodeados de una escena, digna del pincel del mismísimo Salvator Rosa, como le gustaba decir a Shoon. Por el fondo de un desfiladero pedregoso, desprovisto de vegetación salvo por algún que otro cactus y los restos de un árbol retorcido o atrofiado, discurría un arroyo turbulento y somero, que se rompía en pequeños saltos de espuma al pasar, ora sobre un escudo o yelmo oxidado forjado por los bárbaros, ora sobre un cráneo o fémur de caballo. Había un tosco puente de piedra semiderruido por una explosión —la pólvora era un invento chino por el que Shoon tenía particular interés—, y justo al lado un estanque de aguas claras y tranquilas, en cuyo fondo podía verse el esqueleto de una mujer con un bebé. Dispuestos a lo largo de la garganta había primero un potro, más allá una rueda, luego otros instrumentos de tortura, y en la parte alta maniquíes humanos inertes colgando de horcas. En un banco rústico que dominaba toda la escena podía leerse una de las rítmicas inscripciones de Shoon. Explicaba que la escena pretendía sugerir la desolación salvaje y el horror, evocando reflexiones lúgubres y sorprendentes.

—Un estilo *chinoiserie* del siglo XVIII muy ortodoxo —dijo Patricia. Hablaba en ese tono ligeramente defensivo que le parecía necesario usar en la abadía.

—Estoy convencido de que Shoon es un hombre espantoso. —Timmy miró al fondo del estanque—. ¿Sabes que alguien, seguro que ha sido ese infame de Hugo, le ha dicho que escribo poemas? ¿Y que me ha pedido que le componga unos cuantos versos tontos?

—Qué horror.

Timmy miró a Patricia con recelo.

—Al parecer tiene una imprenta...

—La Imprenta Shoon, un mamotreto en el sótano.

—Exacto. Hay planeada una visita a eso antes de la cena. El caso es que le gusta imprimir versos elogiosos para todas las mujeres presentes. Según cuenta, se colocan los tipos móviles; se pide a las señoritas que manden activar la imprenta; alguien toca una palanca y, ¡tachán!, ya tienen delante esa tontería. Entonces se oyen exclamaciones de entusiasmo. —Timmy hizo lo que se suponía que era uno de los gestos caballerosos de Shoon—. ¿Has oído alguna vez esa sandez?

—¿Qué le has dicho?

—Le he dicho que es una idea espléndida y muy acertada. Eso es lo peor de que te eduquen así. Me ha pedido que lo haga por él, e incluso ha tenido la cara dura de darme una especie de patrón sobre el que trabajar. La hermosa amada, algo así.

—¿La hermosa amada?

—Sí. Decía tal que:

> *La hermosa amada, cuya sonrisa se digna*
> *a bañar la torre de Shoon desmoronada,*
> *leerá sus alabanzas en cualquier clima*
> *donde la imprenta habla o el poeta rima*[48].

—Inolvidable, ¿verdad?

Patricia se echó a reír.

—Bueno, yo no me he olvidado. Es de Horace Walpole. Adaptado, claro. A Jasper le gustan las adaptaciones.

Timmy miró el Jardín Chino a su alrededor con toda la melancolía que podía esperarse que evocase.

—Qué culta eres, Patricia. Winter diría que tu hábitat natural está en los poemas de Lord Tennyson. Estoy empezando a pensar

---

[48] Referencia alterada de un poema «A Madame de Boufflers», de Horace Walpole.

que Winter es un poco imbécil, ¿sabes? ¿Crees que debería escribir los versos? Ante esta promesa de un nuevo asesinato y muerte súbita, parece un jueguecito sin sentido.

—Creo que deberías, sí; es cuestión de mera educación... Pero vamos a ver las ruinas. Dentro de media hora estará oscuro.

Salieron del desfiladero en miniatura donde estaba instalado el Jardín Chino. De repente, las ruinas se erigieron ante ellos.

—Espera —dijo Patricia—. Ahí está el Ermitaño.

El Ermitaño, con una bata gris raída y un librito entre las manos, caminaba meditabundo de un extremo a otro de la larga hilera de arcos normandos que había en la parte más próxima de las ruinas: sin duda se trataba del *cellarium*. Antes de dar media vuelta, se detenía unos segundos con actitud piadosa; aquello parecía, curiosamente, la ronda de un centinela.

—En efecto, parece bastante fracasado, ¿verdad? —dijo Timmy, pues el Ermitaño, aunque mostraba un comportamiento correcto, estaba a todas luces más rollizo y borracho de lo que se consideraría respetable en un anacoreta—. Vamos a hablar con él.

—Bueno —dijo Patricia—, eso está, como dice Jasper, fuera de juego.

—No fastidies. —El cumplimiento prudente de las indicaciones de un jefe no era un concepto que a Timmy se le metiese en la cabeza con facilidad—. No seas tan asustadiza, anda —añadió, para su desgracia.

Patricia, que volvía a reflexionar enigmáticamente sobre el parecido del carácter de los Eliot y el de los macacos de Gibraltar, levantó la barbilla y avanzó a grandes zancadas. Cuando estaban más o menos a mitad de camino, el Ermitaño los vio y se arrodilló en oración.

—Vaya un... —La exclamación de Timmy se vio interrumpida por la inesperada aparición de su padre. El señor Eliot o, mejor dicho, su cabeza, había despuntado con extrema cautela de detrás de una pared desmoronada a espaldas del Ermitaño; inspeccionó rápidamente lo que tenía delante, pasó como un rayo a otro escondite, y al segundo había vuelto a perderse en las sombras crecientes de la tarde.

Timmy y Patricia, que sin quererlo habían sido muy útiles llamando la atención del Ermitaño, se miraron ojipláticos.

—Pero qué cosa más extraordinaria —dijo Timmy—. Aunque a veces papá se divierte jugando a los exploradores. Como deduzco que piensa Chown, en el fondo es un chiquillo. Pero, en fin, ¿qué son todas estas ruinas?

—¿El *cellarium*? Belinda y yo siempre hemos supuesto que es un laboratorio discreto, para probar fórmulas de explosivos que han obtenido mediante el soborno o el robo. Algo así.

—Me parece a mí que os tomáis con mucha serenidad vuestra cercanía a estos chanchullos escandalosos.

—Yo guardo las distancias y me ocupo de mis cosas. Eres tú quien estás deseando acercarte ahora mismo.

—También es verdad. Vamos, pues. —Timmy agarró a Patricia del brazo y siguió andando. El Ermitaño abandonó la oración y empezó a golpearse con un trozo de pedernal y a pegarse cabezazos contra el suelo. Timmy se detuvo, titubeante—. Patricia, ¿no te parece que se está mortificando, pero de verdad de la buena? En ese caso, quizá nos estemos entrometiendo un poco.

—Seguro que no. Solo es una bromita de Jasper. No seas tan asustadizo, anda.

Siguieron avanzando. Cuando estaban a unos catorce metros, el Ermitaño abandonó de golpe su penitencia y se giró hacia ellos.

—¡Largo! —gritó.

Se frenaron en seco.

—¿Me habéis oído? —berreó el Ermitaño—. Largo, cabronzuelos, si no queréis que os eche a patadas en el puto culo. —Avanzó, blandiendo su trozo de pedernal con gesto amenazante.

—Vaya un asqueroso —dijo Timmy. A Patricia, el joven no le pareció mucho menos beligerante que el Ermitaño. Todo indicaba que, una vez más, la tranquilidad claustral de la abadía Shoon se vería traumáticamente perturbada.

Pero en ese momento apareció una distracción. Jasper Shoon en persona surgió del *cellarium*.

—Mis queridos y jóvenes amigos —dijo, acercándose y cogiendo a cada uno de un brazo—, el aire de la tarde no es muy saludable por estos pagos. —Y pusieron rumbo a la casa. Al llegar a la terraza se detuvieron, y desde esa distancia prudente volvieron a observar las interesantes ruinas: en la penumbra empezaban a parecer convincentemente venerables.

—No puedo expresar con palabras —dijo Shoon— lo que el pasado significa para mí. —Hizo una pausa reflexiva—. Nada me gustaría más, la verdad, que el presente se convirtiera en pasado algo más rápido de lo que acostumbra.

Appleby, que deambulaba por la abadía admirando los Zoffanys colgados en las paredes de Shoon, se detuvo al oír a Peter Holme, que había elevado melodiosamente su tono de voz.

—Yo de ti no lo haría —decía Holme—. Es mejor que no, de verdad. Es lo típico que queda bien en un libro, o que gusta a un determinado público que se deleita con un auténtico melodrama. Pero en la vida real, no. Produce mucho más bochorno que satisfacción, estoy seguro. O al menos espera a volver a Rust: está claro que una flagelación debería ser un asunto estrictamente doméstico.

Se oyó un murmullo incomprensible por respuesta; Appleby se acercó a la tribuna y descubrió que la persona a la que Holme estaba haciendo una petición tan peculiar era *sir* Rupert Eliot. Y Rupert, efectivamente, blandía un flagelo con gesto ferocísimo.

—Appleby —Holme estaba sentado, elegante, en un sofá—, contribuya con sus ruegos a los míos. Al señor Eliot, aquí presente, han vuelto a darle la mota negra, ¡ah, siempre he deseado actuar en *La isla del tesoro*! El caso es que parece decidido a azotar a su primo. Estoy haciendo todo lo posible —Holme se desperezó—, absolutamente todo lo posible, para evitarlo. Porque una cosa está clara: todos tenemos los nervios a flor de piel. Lo único que no quiero es tener que oír a Archie Eliot gritar. En otro momento, probablemente sí; antes de cenar y después de ver esa colección deprimente, no. Intervenga, se lo ruego.

—¿La mota negra? —Appleby se giró hacia Rupert—. ¿Otra advertencia?

—Otra gilipollez. —Con la punta del flagelo, Rupert señaló una pelotita de periódico arrugada sobre la mesa—. Me lo han tirado mientras iba por el pasillo. Ya se lo digo yo, lo que ese cochinillo necesita es un buen escondite. Reconozco que el lugar apropiado para el castigo serían unos baños públicos, pero esta abadía horrenda de Shoon no se diferencia mucho.

Holme desplegó el misil, que resultó ser un fragmento arrancado de un dominical, de unos quince centímetros cuadrados.

—Después de esa pequeña bomba —dijo—, parece claramente un anticlímax. Pero aun suponiendo que fuese *sir* Archibald, ¿de verdad cree que ha de responder con un flagelo? ¿Qué le parece una chincheta en su silla a la hora de cenar? ¿O un dulce irresistiblemente tentador relleno de tinta?

Rupert resopló.

—Déselo a Appleby —dijo—, que use esos puñeteros ojos fisgones.

Appleby usó los ojos sin rencor. Habían arrancado bruscamente el fragmento de una página de anuncios.

—Gangas en una tienda de Regent Street —dijo—, no parece que aquí haya nada particularmente insultante, no digamos ya siniestro. —Le dio la vuelta—. Viajes en barco a Nueva Zelanda.

Tampoco parece decir mucho... Ya veo. —Le devolvió el papelito a Holme—. Al bromista solo le interesaba una cifra: el *Begonia* zarpa el nueve de diciembre; como verá, en el número nueve hay una pequeña araña dibujada. Lacónico, sin duda. —Sonrió a Rupert, divertido—. Como le he dicho antes por lo bajini: *Aniquilación a las nueve*. O *La hora final*, acentuando la última palabra. —Miró su reloj de pulsera—. *Sir* Rupert, ¿ha escrito su testamento? Le quedan poco menos de tres horas de vida.

Holme miraba fijamente a Appleby, un tanto perplejo. La indignación de Rupert era tal que tardó unos segundos en dominar la facultad del habla.

—Si hubiera usted mostrado el más mínimo indicio de servir de algo —dijo—, podríamos haberle tolerado uno o dos días. Pero su sentido del humor no tiene ninguna gracia. —Volvió a resoplar—. ¿De verdad cree que estoy asustado?

—Creo que está en ello.

—¡Bah! Ya le digo que he tratado con la mayoría de personalidades más peligrosas del mundo, y la de Archie no está entre ellas.

—La confianza que muestra en que su acosador es *sir* Archibald resulta extremada e insólitamente interesante; sobre todo porque no tiene casi ningún fundamento racional. Me pregunto si ha caído en la cuenta de que es muy parecida a esa convicción de su primo Richard, no hace mucho, de que era víctima de una especie de conspiración universal. Se aferró a esa idea porque estaba un poquito asustado. Y ahora usted es el que se aferra a la idea de que es Archie quien lo persigue. —Appleby hablaba sin paños calientes, con contundencia—. Cuando, desde el principio, una persona con muchas más papeletas es Shoon.

Peter Holme silbó, y el sonido se fundió con el chasquido del flagelo de Rupert al caer al suelo. Se agachó para recogerlo, y cuando volvió a ponerse en pie su rostro había palidecido.

—¿Qué demonios quiere decir?

—Se ha planeado un asesinato. —Appleby pronunció esa frase mostrando menos seriedad de lo que hiciera con Chown—. Ese es mi lema para el resto de la tarde. Y le aseguro que estoy empezando a ver claramente que la víctima podría ser usted.

La confianza de Rupert estaba haciendo agua.

—Ha perdido usted el juicio —dijo, tajante.

—Y como posible asesino, mi primera opción sería nuestro actual anfitrión. ¿Conoce el estilo de vida que llevaba antes de dejar sus chanchullos por todo lo alto y emprender un chanchullo dieciochesco con carácter profesional? ¿Sabe que, ahí donde lo ve, practica una filosofía implacable de la destrucción? Es un hombre peligroso, *sir* Rupert, ¡así que ojito!

Peter Holme, que seguía despatarrado en su sofá, se enfrentaba a un claro dilema para elegir si la rimbombancia de Appleby o su efecto en Rupert era la parte más estrambótica de toda esa historia.

—Vaya, vaya, el argumento se complica.

—¿Vosotros también estáis hablando de argumentos? —Belinda había entrado en la habitación, y su mirada curiosa pasó de Rupert a Appleby—. John, creo que papá ha acabado perdiendo el juicio de verdad. Adivina qué ha hecho.

Appleby negó con la cabeza.

—Ya he tenido bastantes adivinanzas por hoy, y *sir* Rupert también. Desembucha.

—Ha hablado del argumento de uno de sus libros con Jasper.

—¿Que ha hecho qué? —Rupert, que estaba mirando fijamente la chimenea, con rostro taciturno, se giró de golpe.

—Han hablado sobre lo que pasaba en *Gran Tarántula*, incluso han hecho una apuesta. En mi vida había visto algo así de curioso; es la primera vez que veo a papá haciendo algo que no sea retirarse tímidamente de las conversaciones sobre cualquiera de sus antiguos libros. Y es aún más raro porque creo que está determinado a no tragar a Jasper. Incluso habla mal de sus cerdos.

—Dios santo. La verdad es que no puedo imaginarme a tu padre hablando mal de nada. Es demasiado amable. —Appleby negaba con la cabeza, desconcertado.

Belinda se rio.

—Claro que sí. Me cuenta que ha dado una vuelta en secreto para ver a los tamworths y que no valen. Fallan en el acabado. Como Peter al representar comedias de salón.

Holme soltó un suspiro tenue.

—Esto es demasiado. Misterios, discursos oscuros, y ahora la gente se vuelve grosera otra vez. —Se puso en pie con parsimonia—. Ante las malas palabras, me resigno; pero sí me parece que ya es hora de esclarecer el misterio. Se está volviendo tan amenazador como un maratón de obras escritas por Eliot y Moule.

—No tendrá que esperar mucho tiempo. —Appleby también se había levantado y estaba mirando el reloj—. Se ha alcanzado el punto de ofuscación máxima. —Su mirada pasó de Holme a Rupert—. La arena se está agotando. —Ahora sus ojos se posaron en Belinda—. Y has sido tú, Belinda, quien ha anunciado la crisis.

CUARTA PARTE

Una muerte en el desierto

1

El crepúsculo, como un galán que envuelve a su dama en un chal finísimo de Cachemira o Ispahán, cubrió Inglaterra con sus sombras. En las dependencias de la señora de Timothy Eliot, en Rust, donde el tiempo se había detenido tan curiosamente, el sol se retiró de su asalto diurno e inútil y la señora Jenkins encendió las lámparas de aceite; luego sacó el encaje y preparó para su señora el entretenimiento comedido de una noche victoriana. Los postigos estaban cerrados en Snug y Warter; en Swaffham Bajo era hora de empezar a entonar canciones para beber; en la iglesia de Wing, los mártires dejaban sus tormentos y se desperezaban entre bostezos, los padres posaban sus plumas y se rascaban la barriga, el cielo y el infierno se fundían, y el Juicio Final quedaba suspendido hasta el amanecer. Los zulús de la señora Birdwire, preparando la fogata que se les concede hacer como premio de los domingos, entonaban sus cantos extraños y ruidosos, que se confundían con los ladridos de los perros de La Hacienda, incapaces de dormir; Horace Benton, adelantado por las faldas de la oscuridad cuando volvía por la carretera de Londres, se recostó en su limusina alquilada y se abandonó al placer de imaginar venganzas sádicas contra el doctor Bussenschutt. Sobre todos ellos y sobre el centro de abstinencia de Pigg, sobre el establo de Cædmon en Little Limber y sobre la fábrica de mantas de King's Cleeve, se fue cerniendo el ocaso. Un poquito más al este la Inglaterra rural ya estaría en la cama, tapada con un edredón de estrellas.

El crepúsculo cubría la abadía Shoon. El sol, que tocaba por última vez la punta de la torre oeste cual gallardete en un buque insignia, extendía sus últimos rayos débiles por el aire. Sobre los contrafuertes desmoronados y las tumbas falsas, las sombras se ennegrecían; la luz tenue de las aguas ornamentales que serpenteaban con elegancia por la finca se apagaba paulatinamente; un miedo parduzco poseyó las arboledas, las grutas y los Jardines de Ideas. No había hora en que la fantasía de Jasper Shoon fuese más impresionante; y es que la abadía —a diferencia de la dama en la canción de ese Gilberto amigo de Baldo[49]— parecía más venerable que nunca al anochecer, con la luz a su espalda.

Dentro, ese deslizarse de Inglaterra hacia el cono de la noche se advertía mirando a un reloj de pulsera o en el sonido del carrillón, que se elevaba sobre el runrún de la conversación. Las siete pisaban con fuerza los talones de las seis; las nueve en punto habían de llegar. A las nueve en punto quizá se produciría otra broma tan ingeniosa y alarmante como la del middle black; quizá eso, o quizá una variación algo menos inocua del tema de la Araña. Según Appleby, se había planeado nada menos que un asesinato. Y Gerald Winter, observando al grupo que ahora deambulaba por la abadía como los días anteriores deambulase por Rust, reflexionaba sobre esa expectación con una mente afligida y a la vez desconcertada. Al principio, el caso de la Araña le parecía una broma, y a medida que la historia se iba desarrollando se mostró reacio a abandonar la convicción de que, esencialmente, seguía siendo solo eso. El episodio del middle black había sido una broma eficaz, aunque brutal; las posteriores amenazas a Rupert Eliot tenían toda la pinta de ser exactamente lo mismo. Por más que lo intentara, solo podía ver lo ocurrido como una tomadura de pelo maliciosa, con métodos fortuitos y una elección aleatoria de la víctima. Así las cosas, el asesinato parecía la secuela menos probable. Y sin embargo ahí estaba Appleby, preparándose con una mezcla inquietante de confianza e indiferencia profesional ante el posible homicidio; como una matrona ajetreada que espera que el parto vaya bien.

Sin darse cuenta, Winter frunció el ceño con un atisbo de esa ferocidad que Kermode había mostrado a la señora Cavey... Pero no con indiferencia. En la actitud de Appleby en la última hora o así podía percibirse una clara satisfacción. Winter estaba convencido de que creía que se iba a producir un intento de asesinato, de verdad; Winter también sospechaba, sagaz, que el inspector no confiaba demasiado en su capacidad para prevenirlo. Sin embargo, Appleby mostraba la actitud de quien espera a que caiga la moneda con la satisfactoria premisa de que si sale cara gano yo y si sale cruz pierdes tú. Winter, que después de conocer a Appleby no lo tenía por una

---

[49] Referencia al poema narrativo *Baldus*, de Teófilo Folengo.

persona irresponsable, ni mucho menos, estaba desconcertado y un poco en vilo.

Por doquier el runrún de la conversación. En breve habría otra visita aburrida a los recursos de la abadía, y después estaba prevista una cena, antes de que el contingente de Rust se marchase. Pero, por ahora, había conversación. Los amigos de Beda el Venerable que quedaban en la abadía, y que en un principio no habían congeniado demasiado bien con las fuerzas de la Araña, se mostraban ahora afables y discretamente pedagógicos. Un hombre grande, que resultó ser microquímico, hizo las delicias de la señora Moule llevándosela a un aparte y enseñándole un experimento a una escala tan pequeña que era del todo invisible. Otro de sus colegas, que trabajaba, en palabras de Shoon, con efectos mucho más extensos, entretenía a Hugo Toplady con una charla sobre un tema cuya naturaleza cataclísmica podía intuirse a juzgar por los gestos violentos con que lo ilustraba. Todo el mundo parecía tolerablemente relajado, salvo Rupert Eliot; sus ojos viajaban sin cesar al reloj, y en una ocasión a Winter le sorprendió ver a Appleby diciéndole a Eliot que no con la cabeza, con un gesto harto aciago y premonitorio. Appleby, que rechazaba el papel de la mera malicia en ese misterio que estaban viviendo, parecía curiosamente consagrado a su práctica discreta.

Conversación. Llevaba días sin parar. Él mismo, sin ir más lejos, había contribuido más de lo que le correspondía. Sin embargo, a Winter le parecía ahora una música sin sentido, que salía de un equipo inalámbrico y que la gente solo escuchaba porque en cualquier momento podía desvanecerse ante el anuncio brusco de una crisis o catástrofe. No sin cierta irritación, comprobó que el propio Appleby se había sumado a los parlanchines. En un rincón alejado de la tribuna, llevaba un tiempo considerable conversando con Bussenschutt. A la pareja se había sumado ahora el señor Eliot, y estaba claro que la conversación era tan animada como fingidamente ociosa.

—Aristóteles apuntó —dijo el doctor Bussenschutt— que no hay nada que fomente la lucidez como tener la sartén por el mango desde el principio. Al reflexionar sobre una acción o una serie de acciones, empecemos siempre por preguntarnos: «¿A qué conduce esto?». —Bussenschutt sonrió, radiante, a Appleby y al señor Eliot—. Es una reflexión clásica, pero la planteo porque considero que debe ser el principio fundamental que rige sus respectivas profesiones.

El señor Eliot, aunque era propenso a una cierta ausencia mental, asintió en señal de aprobación. Era evidente que veía con buenos ojos la conversación de Bussenschutt, pues la encontraba igual de fluida que la de Winter, pero con una dosis menor de esa ligereza tan poco académica.

—Sí —dijo—, cuando uno comprende el propósito de las cosas, de repente está mucho más convencido de su opinión. —Volvió a clavar los ojos en una de las magníficas chimeneas de Shoon.

Appleby asintió.

—Conocer el agente y su mecanismo ignorando el móvil puede ser desconcertante. Sin embargo, tener solo ese mango de la sartén que llamamos «móvil» también resulta muy desconcertante. En ambos casos es difícil actuar.

—En sus respuestas a mi observación —dijo Bussenschutt, y Appleby se percató de lo perturbadora que era esa mirada azul, fría e inteligente que acompañaba a su labia rimbombante— percibo un trasfondo de significado oculto. Un elemento críptico cuya demostración es tentadora.

El señor Eliot se rio con un ápice de nerviosismo.

—Si nuestra forma de hablar es críptica, vamos a dejarlo. De hecho, es lo que toca en breve, pues vamos a visitar la Imprenta Shoon. Habla usted de mi profesión. En mis historias, no hay nada más soporífero que las conversaciones enigmáticas prolongadas. Supongo que es cuestión de buenos modales, y es que me parece un tanto grosero que mis personajes charlen con una complicidad misteriosa, aunque estén en un corrillo, mientras el lector tiene que quedarse apartado en un rincón. —Suspiró—. A veces no consigo advertir esas pequeñas faltas de cortesía hasta que me llegan las pruebas maquetadas. Antes solía costarme persuadir a Wedge sobre la necesidad de cambiarlas. Y ojo, Wedge es un tipo fantástico, de lo más liberal en cuanto a gastos, pero una vez que un libro entra en producción hay un calendario de trabajo. Le da una importancia enorme, y no me cabe la menor duda de que hace bien. —El señor Eliot, hundido en un sillón enorme, parecía proclive a la comunicatividad imprecisa—. No seré yo quien contraríe a Wedge de forma alguna. De ahí que tenga intención de cumplir con mi contrato actual: tres novelas más y, usando la que creo que es la expresión favorita de Timmy, daré pasaporte a la Araña.

—¡Vaya por Dios! —dijo Bussenschutt—. Esa decisión eclipsará la alegría de las naciones[50].

---

[50] Referencia a una frase de Samuel Johnson, escrita en homenaje tras la muerte de su amigo David Garrick.

—Será un alivio para los chicos. Y creo que para mí también. Estas bromas en las que nos hemos visto inmiscuidos me afectaron de una forma muy curiosa durante un tiempo. Estoy convencido de que otro gallo habría cantado si hubiese estado más satisfecho con los libros, con su tono en general. Le confieso, doctor Bussenschutt, que últimamente estoy incómodo con su faceta moral: están llenos de violencia y de crímenes ideados y ocultos con gran ingenio. Y me pregunto, con su misma frase: ¿A qué conduce esto? Sin duda, a nada edificante.

—Mi querido señor Eliot —lo interrumpió Bussenschutt—, eso es demasiado...

—Sé que pueden considerarse inocentemente lúdicos. Pero ¿podemos estar seguros de que son solo eso? ¿No conducirán acaso a la violencia y la crueldad reales, que son ya las pesadillas de este mundo moderno?

—Chown... —comenzó Appleby.

—Sí, John, lo sé. —El señor Eliot lo interrumpió con un gesto impaciente—. Las historias como las mías ayudan a la gente a saciar sus impulsos de violencia y destrucción de manera indirecta e inocua. Pero tengo motivos, tengo motivos muy íntimos, para suponer que eso podría funcionar de forma diametralmente opuesta... —Miró a sus compañeros, pensativo—. La actitud de Archie —añadió al punto— me ha inquietado sobremanera.

Bussenschutt se levantó a regañadientes, pero con decoro.

—Tengo que ver si mi colega Benton ha regresado de su misteriosa visita a la ciudad.

—Mi querido Bussenschutt, no se vaya, por favor. Como buen practicante de la ciencia moral que es, de cuando en cuando es de esperar que le toque lidiar con los problemas éticos de otras personas. Solo iba a decir que mi primo Archie, una de las personas más extraordinarias del mundo, se ha visto, aunque solo sea de manera insignificante, corrompido directamente por mis imágenes. Y es que el carácter de Archie no es tan fuerte, ni de lejos, como su afición por el burdeos.

Bussenschutt volvió a sentarse.

—En ese sentido —dijo—, ¿quién de nosotros puede estar seguro de librarse del juicio?

—De hecho, aprendió en uno de mis libros la técnica para forzar la cerradura de mi propia bodega. Coincido de lleno —pues Bussenschutt daba muestras de una diversión circunspecta— en que el incidente ha de verse bajo una óptica cómica. Pero pensemos lo que sugiere. Mis historias están repletas de casos criminales ideados minuciosamente. ¿Puedo tener la certeza, puedo tener un ápice más de certeza que nuestro anfitrión Shoon, de que no estoy poniendo armas en manos peligrosas? John, ¿no está usted de acuerdo?

Appleby reflexionó unos segundos.

—Solo recuerdo dos ejemplos reales de criminales que intentaron usar métodos sacados de libros como los que usted escribe. Y en ambos casos dichos intentos fueron su perdición: si hubieran hecho lo que tenían que hacer a su manera, quizá se habrían salido con la suya. Pero sus métodos literarios fueron un fracaso. Los miedos de los que habla me parecen exagerados en demasía.

—Pero es innegable que tienen algún fundamento. Y llevo unos años siendo tan consciente de ello que he estado colocando mis crímenes violentos en lugares cada vez más estrambóticos. Wedge empieza a quejarse. *La trampilla*, por ejemplo. Hay un asesinato en el libro, pero el método solo sería viable en el círculo polar antártico. Si alguien, para cometer un asesinato, quisiera basarse lo más mínimo en mis últimos libros, antes tendría que llevar a su víctima a un entorno de lo más inverosímil. Pero la verdad es que he aprendido lo bastante de Chown para creer que esos escrúpulos son en realidad producto del aburrimiento. La verdad es que me siento muy dispuesto, y de hecho ya he dictado mis disposiciones, para una limpieza a fondo. Y luego desarrollaré otros intereses que tras veinte años de escritura se han quedado en los huesos. —El señor Eliot se desperezó con un gesto ostentoso, que recordaba a Timmy, y miró el fuego con unos ojos llenos de complacencia.

—Quizá —dijo Bussenschutt, distraído— se volverá un bibliófilo, como nuestro amigo Shoon.

El señor Eliot puso una curiosa expresión de sorpresa.

—Dios santo, no. No estoy pensando en nada por el estilo. —Se puso en pie—. Antes al contrario, que diría Tararí[51].

El incidente de la Imprenta Shoon, eficaz de por sí, fue aún más impresionante merced al escenario en el que se produjo. El descenso a las entrañas de la abadía para la visita tenía un punto fúnebre; y la secuencia de cámaras y pasajes subterráneos que el grupo tuvo que atravesar resultaba aún más tétrica. Pues era ahí donde Jasper Shoon había dado mayor rienda suelta a la faceta gótica de su fantasía, de suerte que todos los artilugios terroríficos y sorprendentes con que los escritores de novelas de miedo del siglo XVIII habían dotado a sus catacumbas y cuevas y castillos estaban allí expuestos para deleite de

---

[51] Referencia al personaje de *Alicia a través del espejo* (Tweedledum).

los visitantes de la abadía. Mientras uno caminaba por los pasillos sombríos, pisaba sin querer muelles escondidos, y entonces unas cadenas resonaban; o unas manos cadavéricas salían de golpe de aperturas estilo mazmorra; o unos esqueletos se levantaban haciendo gestos místicos con los brazos o ruidos pavorosos con las mandíbulas; o unos fantasmas, con sus sábanas de rigor, revoloteaban entre las sombras; o unos paneles se abrían en la roca desnuda donde estaban labrados los pasadizos, sometiendo al visitante al escrutinio de unos ojos brillantísimos; o unas voces lanzaban gemidos lastimeros desde pozos cubiertos con rejas bajo sus pies, o gritaban, lúgubres y sorprendentes, como llegadas de los recovecos de un laberinto.

Shoon encabezó a su grupo de invitados, unos más sorprendidos que otros, con un regocijo y una complacencia que hacían suponer que la expedición a la imprenta no era sino una excusa para enseñarles esas posesiones más curiosas. Los visitantes hicieron gala de una diversión y un interés apropiados. La señora Cavey, que había ido recuperando a un ritmo constante su tono nervioso, correteaba de acá para allá mostrando un alarmante regocijo pueril. Herbert Chown parecía tomar minuciosos apuntes mentales de lo que consideraba a todas luces una exhibición profundamente patológica. Peter Holme, demorándose en la parte trasera del grupo, se divertía derrochando un terror absoluto según las convenciones de la gran pantalla. El señor Eliot era el único que no parecía impresionado por las innovaciones que veía a su alrededor; a tenor de su actitud, bien podría estar de camino a una cita importante al final de una calle conocida. Cuando llegaron, resultó que la imprenta estaba desierta; Shoon propuso encargarse él mismo de las manipulaciones y explicaciones. Había un buen montón de maquinaria, y otro buen montón de material vario, claramente a la espera de ser examinado. Los visitantes, que tenían frío y hambre, y sabedores de que el estilo expositivo de su anfitrión era ocioso y detallado, miraron a su alrededor con recelo; luego, al caer en la cuenta de esa pausa un tanto deprimente, se apresuraron a emitir murmullos de aprecio prematuros e incomprensibles.

Patricia, mirando las expresiones concienzudamente intelectuales a su alrededor, se detuvo al notar algo que le chocó en el comportamiento de Timmy. Se le acercó con discreción.

—¿Qué te pasa? Estás más afligido que Peter Holme, y eso que parece aquejado por unos dolores espantosos.

—¿Peter? —Timmy se sobresaltó, y respondió con una evasiva—: Solo se está divirtiendo, practicando para «la costa», que así es como apodan a Hollywood. Cree que lo van a llamar para una nueva película de la Araña que se rodará allí en mayo, y que al parecer es la gota que colma el vaso. —Timmy titubeó—. Patricia, creo que he hecho una auténtica idiotez, ha sido un arrebato pueril; como los del bromista, la verdad... La culpa es de esa tontería.

—¿Los versos elogiosos de Jasper? ¿Los has escrito?

—Sí, cuando hemos vuelto a la casa, tal y como me pidió. Y luego he bajado aquí con un vejete, una especie de compositor, y lo he visto colocar los tipos móviles. Y luego, en fin, el vejete se ha ido, y yo me he quedado.

—¿Qué quieres decir?

—Una catástrofe. En su momento me ha parecido divertido, pero ahora estoy aterrado. He cambiado los tipos y he compuesto otra cosa. Una obscenidad. Mucho me temo que no oiremos las exclamaciones de entusiasmo de Shoon.

—Timmy, ¡¿qué dices?!

—Lo que oyes. Tenemos una pequeña imprenta en casa y técnicamente ha sido fácil. A veces me dan estos arrebatos. —Timmy era la viva imagen de la consternación; una consternación que era el mero reflejo, y Patricia se percató de inmediato, desolada, de la actuación de Peter Holme. No obstante, Timmy esbozó lentamente una sonrisa—. Espero que Shoon se cabree tanto que nos eche a todos, y que Belinda y tú perdáis el trabajo —dijo—. No había caído en la cuenta del chanchullo inmenso que es esta abadía. Habría que destruirla. En cuanto a la colección, el pobre Gib tenía razón: huele a chamusquina. Si hubieras levantado los ojos de tus manuscritos medievales, te habrías dado cuenta al instante.

—Pero vaya un...

—La culpa es más de Belinda que tuya. —Para sorpresa de ambos, Timmy hablaba con un tono apacible y decidido, que curiosamente recordaba al de su padre—. Es la hija de un escritor y debería saberlo. Correspondencia erótica inglesa... ¡Dios, Dios, Dios! Es como si un caso grave de *anaesthesia sexualis* fantaseara con tener un harén. Ya podríais haberos dado cuenta...

—¿No se te pasa por la cabeza que a lo mejor tenía que ganarme la vida?

—Habladurías.

Se intercambiaron sendas miradas de rabia.

—Supongo —dijo Patricia, levantando temerariamente la voz sobre el runrún con el que se comentaba un artilugio que Shoon había puesto en marcha— que esto es una propuesta de matrimonio.

—Por supuesto. Patricia, eres una chica listísima.

—¿Misa, hijos y cocina?

—Misa como gustes. Hijos sí. Y comer, habrá que comer.

Patricia echó un vistazo rápido al lugar que Timmy había escogido para esa conversación. A la señora Cavey le estaban enseñando a colocar la tinta sobre una lámina; se había puesto los dedos perdidos y estaba abriendo la boca, a punto de gritar. Hugo Toplady miraba de reojo su reloj. Adrian Kermode saboreaba un *macaroon* que se había guardado a escondidas durante el té. Junto a la puerta por la que habían accedido a la sala, un artilugio gótico se había estropeado, y entre el barullo de las cadenas un esqueleto se comportaba como un reloj de cuco demente. En el centro del sótano, Shoon, mirando con ojos titilantes a Rupert Eliot, disertaba tranquilamente sobre el antiguo arte de la imprenta. Y justo a su lado estaba la elegante imprenta eléctrica diseñada para arrancar en breve exclamaciones de entusiasmo. Todas esas imágenes, aunque con la distancia de una escena vista a través del extremo equivocado de un telescopio, se grabaron en la mente de Patricia. Se las apañó para señalar la imprenta con un ademán de la cabeza.

—Timmy, si lo que has puesto es una tontería...

—Mis exámenes finales —Timmy mostraba la confianza repentina de un dios— acaban el quince de junio. Elige cualquier día de la siguiente quincena.

Patricia, que buscaba las palabras para pinchar esa burbuja, vio a Belinda al otro lado del sótano. Y Belinda estaba a una distancia sideral. Vio su propia mano flotando entre ellas; estaba señalando la imprenta.

—Tus finales —se oyó decir— están ahí. El dieciséis de junio, si apruebas esto. John dice que la única regla de una mujer tiene que ser no casarse con un idiota.

Timmy suspiró, indulgente.

—Estás obsesionada con tu hermano —dijo—, pero eso se arregla rápido. Mi querida, querida, querida Patricia...

Se detuvo. Shoon había logrado que los presentes y las cadenas averiadas guardasen silencio, y ahora el grupo formaba cual *ballet* grotesco alrededor de la imprenta. Entonces, la voz de su anfitrión, afable y distinguida como él mismo, se dirigió a ellos.

—Y ahora —dijo Shoon—, permítanme imitar una feliz costumbre de Horace Walpole que merece ser imitada con creces. Permítanme invitar a la señorita Eliot —Shoon hizo una pausa, como si quisiera subrayar el exquisito gusto de su elección, disculpándose con una levísima reverencia a la señora Cavey—, permítame invitar —se giró e hizo una reverencia al señor Eliot— a su hija para que ponga en marcha nuestra imprenta. —Shoon hizo otra pausa para recibir los murmullos encantados de su huésped—. Por el momento solo añadiré lo siguiente: por regla general, acostumbro a componer yo mismo, en latín. Los poemas salen *e typographeo Shooniano*. Pero, en esta ocasión, y en presencia de tan distinguidos latinistas —la elegante inclinación de Shoon se dirigió esta vez a Bussenschutt y Winter—, las palabras de Mercurio serían sin duda estridentes tras los cantos de Apolo. Permítanme invitar a la señora Moule y la señora Cavey para que se preparen pare recibir lo que saldrá de esta máquina.

Era imposible, reflexionó una Patricia triste mientras observaba el círculo de caras expectantes, que la broma de Timmy se viese como algo más que una mera estupidez; era imposible imaginar cualquier ocurrencia, cualquier salvajada que en ese momento diera algún resultado. La acción sería sorprendente; pero no sería, a diferencia de la de Gib Overall, espontánea; y las obscenidades tenían que ser espontáneas. Ojalá...

Belinda accionó una palanca y se oyó el ligero runrún de la maquinaria. Los visitantes no dijeron ni pío. El señor Eliot observaba, pensativo, el esqueleto enloquecido; Timmy miraba el techo con una inocencia alegre; todos los demás estaban expectantes. Patricia se preguntó si debía intervenir tirándose al suelo y fingiendo un ataque. Pero mientras se lo pensaba, la máquina emitió un zumbido final, la platina se levantó, el carro salió, los visitantes volvieron a murmurar con interés, y Shoon levantó un folio impreso y se lo entregó a las señoras. Solo faltaban las exclamaciones de entusiasmo para completar la ceremonia.

La señora Moule, pensó Patricia, se sonrojaría; Cavey pondría el grito en el cielo, y luego el Diluvio Universal. Pero la señora Moule no se estaba sonrojando; frunció el ceño y puso una mano discretamente restrictiva en el brazo de la señora Cavey.

—¡Qué impresión más preciosa! —dijo a toda prisa la señora Moule—. Una impresión preciosísima, de verdad. —Y con parsimonia empezó a doblar el folio, con la intención evidente de guardárselo en el bolso.

Ese golpe maestro de entereza estuvo a punto de tener el éxito que se merecía. Los visitantes, acostumbrados a las situaciones bochornosas, se dieron cuenta de que algo pasaba; la señora Cavey, limitándose a guardar silencio, dio una muestra sobrehumana de tacto; solo Shoon estuvo fatídicamente obtuso.

—¿Tendrá la señora Moule —dijo con amabilidad, rompiendo el silencio incómodo— la amabilidad de leérnoslo en voz alta?

La señora Moule le lanzó una mirada elocuente que, por desgracia, se perdió en la penumbra del sótano.

—Dentro de un rato —respondió—. Preferiría dejarlo para dentro de un rato, si no le importa.

—Mi querida señora Moule —Shoon, acaso porque tenía la sensación de que la modestia de la mujer era lo único que le impedía leer esa efusión de elogios, mostró una insistencia fatídica—, me veo obligado a rogarle que no nos prive de la felicísima composición —hizo un gesto de complicidad a Timmy— de nuestro talentosísimo y joven amigo.

De mal, pensó Patricia, en peor. La señora Moule miró a Timmy, primero con sorpresa y luego con una seriedad que muchos años atrás debió hacer estremecerse a innumerables alumnas.

—Muy bien —dijo la señora Moule—, leeré textualmente lo que está impreso aquí. —Y desplegó el folio, cuya textura produjo un crujido seco en sus manos; el sonido encontró su réplica en el tintineo de los huesos del esqueleto y en el tenue rechinar de cadenas, pasillo abajo.

Patricia se percató de que Timmy parecía menos incómodo que misteriosamente perplejo. Pero ahora Timmy también estaba a una distancia remota; y desde una distancia remota Patricia oyó llegar la voz, firme y constante, de la señora Moule.

—«A la sagrada memoria de Rupert Mervyn Bevis Eliot, de Crossgarth, en el condado de Cumberland, *baronet*. Nacido en la Residencia Rust, Hampshire, el tres de abril de mil ochocientos ochenta, fallecido...». —La señora Moule hizo una pausa—. Hoy estamos a trece de noviembre, ¿verdad?

Se produjo un silencio por respuesta. La cadena tintineó, el esqueleto chirrió y, al fondo del pasillo, uno de los artilugios de Shoon retomó su actividad con una serie de gemidos fluctuantes.

—«Fallecido» —leyó la señora Moule— «el trece de noviembre de mil novecientos treinta y ocho, en la abadía Shoon, Sussex».

Se oyeron gritos de indignación, pequeños torbellinos de charla agitada. En medio de la confusión, Patricia agarró a Timmy de la mano.

—Timmy, no puedo creerme que...

—No he sido yo. —Timmy tenía la mirada completamente perdida—. Eso no es lo que yo he puesto. —Esbozó una sonrisa fugaz—. Lo que yo he puesto nunca lo sabrás. Dios, Dios, Dios... A Rupert le ha sentado como un tiro. La bomba y el middle black eran nimiedades en comparación con esto: se está desmoronando.

Justo cuando Patricia lo miró, la voz de Rupert Eliot se elevaba, estridente e inestable; no lo hizo con rabia, sino con un tono apremiante e inquisitivo.

—¿Algo más? —gritó. Todo el mundo se giró hacia él: estaba apoyado en una mesa, pálido como una de las figuras góticas de Shoon—. ¿Algo más?

La señora Moule titubeó.

—Solo hay una línea más, una especie de epitafio.

—Léalo.

—«Era un incordio».

La breve frase, peculiarmente definitiva, revoloteó entre las sombras a su alrededor. El esqueleto se había detenido y yacía descoyuntado en su rincón; la cadena había dejado de tintinear; y los gemidos, como si su mecanismo también fallase, se volvieron más tenues y prolongados. Todo el grupo volvió a sumirse, por enésima vez, en un silencio incómodo.

—No puedo expresar con palabras —dijo Shoon al instante— cuánto siento...

El señor Eliot lo interrumpió. Avanzó dos pasos y, con una actitud sutil, pero igual de decidida que tras el robo del Renoir, ocupó el centro de la escena.

—Eso —dijo en un tono que aunaba solemnidad decorosa e interés especulativo— fue idea mía, no me cabe la menor duda. Por supuesto —continuó—, también hay algo parecido en Poe, creo. El hombre que encuentra su propio nombre, con la fecha de su muerte, grabado misteriosamente en lo que debía ser una lápida vacía, en el jardín de un cantero. Huelga decir que murió, de manera muy heroica, el día exacto. Pero creo que imprimir una insinuación de ese tipo fue una idea mía; idea que nunca compartí. Parece, claro está, cuestión de telepatía. Se lo he explicado a tu hermano —el señor Eliot dedicó una sonrisa plácida a Patricia—; al que, mira por dónde, no veo por aquí. —Miró a su alrededor con parsimonia; efectivamente, no había ni rastro de Appleby—. Mi querido Rupert, sabes de sobra todos los motivos que tengo para apreciarte. Mucho me temo que estamos ante una nueva manifestación. Como escribió Pope, hablando de otra araña: *la criatura ha vuelto a su ingrato trabajo.*

—*Con su trono* —dijo una voz pastosa desde un rincón— *en el centro de finos designios.*

—Exacto, mi querido Archie. *Y orgullosa* —el señor Eliot indicó el papel, que seguía en la mano de la señora Moule— *de las líneas más endebles*[52]. —El señor Eliot, tomándose su tiempo para saborear el placer tranquilo de esa fantástica conversación intertextual, volvió

---

[52] Las tres intervenciones contienen referencias a la «Epístola al doctor Arbuthnot», prólogo de *Imitaciones de Horacio*, de Alexander Pope.

a girarse hacia su primo—. Su primo, no querría yo hacer ninguna sugerencia inquietante, pero ¿no crees que lo más inteligente, quizá, sería que te fueras?

—¿Que me fuera?

—Lo que quiero decir es que, ¿no sería mejor que todos fuésemos concluyendo nuestra visita, nuestra muy agradable visita? Pensando en ese mensaje que te enviaron antes, que se cumple la promesa de medianoche a las n...

El señor Eliot se vio interrumpido por el estruendo que llegaba de nuevo desde la zona de los artilugios góticos de Shoon. Alguien se acercaba a toda prisa por los pasadizos que conducían al sótano en el que se encontraban. Era Appleby. Se detuvo en el umbral.

—Tengo noticias —dijo— que serán malas para todos. Ha caído una lluvia muy eficaz sobre los garajes, y en consecuencia no hay ni un solo coche, ni siquiera una bicicleta, que funcione en la abadía. Además, se ha cortado la línea telefónica. Un criado va de camino a Pigg, el lugar más cercano desde el que se puede llamar. Su secretario —Appleby se giró hacia Shoon— le ha dicho que pida coches para quienes tengan que marcharse esta noche de la abadía. Pero son ya las siete y cuarto, y es poco probable que podamos marcharnos —miró su reloj— hasta pasadas las nueve de la noche.

2

—Mi querido Benton —dijo Bussenschutt—, no estoy seguro, ni mucho menos, de que no sea usted cómplice de todo esto.

Bussenschutt parecía alegre; y, dada la depresión generalizada que se había instalado en la abadía, alegre hasta rayar lo indecente. Se frotó las manos y se acurrucó en su sillón.

Benton no estaba animado. Era evidente que su viaje le había crispado los nervios y lo había puesto de mal humor.

—La verdad, maestro —dijo—, es que todo el mundo preferiría que hablase con menos acertijos. Su costumbre se agudiza por momentos, y varios de nuestros colegas ya lo han comentado.

—El asesinato —dijo Bussenschutt—. Me refiero al asesinato o, mejor dicho, al asesinato previsto.

Un espasmo nervioso hizo que, por un momento, Benton pareciese estar acurrucándose también.

—¿Asesinato? Yo no sé nada de asesinatos. ¿De qué asesinato se trata, si puede saberse?

—*Asesinato a medianoche* —dijo un Winter distraído—. O *Una muerte en el desierto.*

Un espasmo aún más fuerte se apoderó de Benton.

—La verdad es que...

—Si no hubiera despachado a su chófer con tanta prisa —dijo Bussenschutt—, los Eliot, asesinado incluido, podrían haberse alejado de la abadía y estar a salvo. Cuando *sir* Rupert sea eliminado, y todo hace presagiar ese desenlace deplorable, será usted responsable, en cierto sentido. Estoy convencido de que no le gustará la idea de que lo involucren con un asesinato.

En el rostro de Benton crecieron la ansiedad y el desconcierto.

—¿Puede ser que le haya oído decir «asesinado»?

—Una prolepsis, mi querido Benton. El hombre no ha sido asesinado aún, pero está condenado. A las nueve en punto. Quizá sea una idea incómoda, pero si reflexionamos sobre ella veremos que la situación de *sir* Rupert tiene grandes ventajas espirituales.

—¡Grrr!

La interjección venía de Mummery. Como Mummery rara vez pasaba de ese tipo de interjecciones, se había puesto un poco en evidencia a lo largo de ese día ajetreado en la abadía. Sin embargo, el momento pedía a gritos una interjección: Rupert Eliot en persona se había acercado al grupo, pero el misterioso buen humor de Bussenschutt no pareció verse afectado.

—Mi querido *sir* Rupert —continuó en tono afable—, me estaba atreviendo a comentar algunos aspectos envidiables de su situación actual. Al igual que un criminal condenado, sabe usted el momento exacto e ineludible de su final. Ese debe ser un fantástico acicate para la meditación y la preparación. Me pregunto si le serviría de algo que le mencionase que Shoon tiene un oratorio. Está en el ala oeste y dispone de todas las comodidades.

Rupert Eliot escuchó esos comentarios amables y ultrajantes sin expresar diversión ni rabia. Quizá, pensó Appleby, apenas los había oído; mostraba una perturbación en ciernes, que curiosamente le hacía parecerse a Horace Benton, con el que, de hecho, se intercambiaba miradas inquietas. Para tratarse de un hombre de mundo con una larga lista de situaciones peliagudas a su espalda, estaba dando un espectáculo mediocre.

—Sería más indicado —intervino Winter— buscar un lugar seguro para *sir* Rupert. No creo que esto vaya en serio; todo comenzó con un disparate y es probable que acabe siendo una mera fantasía, pero no se pierde nada siendo prudentes. —La mirada taciturna de Winter pasó de Rupert a Bussenschutt—. Ha sido una historia absolutamente absurda: un sinfín de complicaciones y la promesa de un asesinato justo al final. —Winter parecía cambiado; ahora se mostraba triste y aburrido—. Ya va siendo hora de que se baje el telón en esta comedia tan irregular.

—¿De que se baje —preguntó Archie Eliot— sobre qué escenario? ¿El mayordomo de Shoon entrando en la biblioteca y hallando el cadáver de Rupert?

—Madre mía —dijo un señor Eliot que, al igual que Appleby, había estado escuchando en silencio esa conversación un tanto abrupta—. Madre mía: una vez pensé en escribir una historia que tenía exactamente esa vuelta de tuerca absurda. El mayordomo iba

363

a entrar justo así, haciendo en el último capítulo lo que suele hacer en el primero. Me lo pensé mejor y rechacé la idea: era una novedad demasiado genérica. Pero eso es lo de menos. La sugerencia de Winter de que debería buscarse un lugar seguro para Rupert es excelente. John, ¿no está usted de acuerdo?

—Creo —dijo Appleby— que ese lugar puede encontrarse y se encontrará.

—La torre oeste —sugirió Archie—. Hay una escalerilla de inspección que sube a lo más alto. Ahí estaría más seguro que en una casa.

—Las casas —dijo Winter— no son particularmente seguras; el dicho está pasado de moda y es engañoso. A mí me parece que no hay nada tan acorazado como una cámara acorazada. Sugiero encerrar a *sir* Rupert junto a Shakespeare, en la que vimos al visitar la colección.

Bussenschutt asintió.

—Una sugerencia excelente. Tiene todas las ventajas: mientras espera ahí, *sir* Rupert podría leer, por ejemplo, *Medida por medida*. La obra contiene reflexiones sin parangón en lengua inglesa sobre la muerte y el miedo a la muerte.

Rupert se estremeció al más puro estilo Benton.

—Oigan —dijo en tono quejumbroso—, ¿de verdad creen que voy a encaramarme a la puñetera torre de Archie o...?

—Hablando de la torre —lo interrumpió Winter—, permítanme decirles que aún no hemos acabado en el frente de las visitas. Y es que el lema de nuestro anfitrión parece ser «sin novedad en el frente»: en unos minutos nos invitarán a entrar en el comedor para la cena, y luego nos llevarán a inspeccionar la torre a la luz de la luna. Eso será sobre las ocho y media, pero no sería prudente confiar en la puntualidad rigurosa del verdugo de *sir* Rupert...

—Incluso en tal caso —Bussenschutt volvió a acurrucarse, comodísimo—, estoy dispuesto a escudriñar esas sombras con un poco de inquietud. —E hizo un gesto hacia el extremo opuesto de la sala alargada en la que mantenían esa conversación.

—Al menos —continuó Winter—, sería poco prudente que *sir* Rupert se sumase a la caminata a la luz de la luna.

—Muy poco prudente —dijo el señor Eliot—. Y puede que sus sugerencias, aunque me temo que no iban completamente en serio, me hayan dado una buena idea. Rupert, creo que tú y yo deberíamos ir a hablar con Shoon. Está en la tribuna con el resto del grupo. ¿Vienes?

Por un instante, Rupert miró a su primo Richard con recelo; luego lanzó una mirada idéntica a su primo Archie.

—Sí —dijo—, voy.

—Insisto —dijo Winter cuando, poco después, se quedó a solas con Appleby— en que es hora de bajar el telón; y lo digo por su propio bien. Como los cuerpos al final de una tragedia isabelina, los fragmentos de nuestro misterio están desperdigados por todo el escenario. Nadie parece tener ni idea de qué hacer con ellos hasta que aparece una persona con autoridad y da unas directrices breves pero suficientes para su retirada: su papel, Appleby, es limpiarlo todo, pero parece reacio a empezar. Empiezo a abrigar la sospecha de que esto se le ha ido de las manos. Su actitud hace unos minutos era completamente pasiva: la de un noble del séquito, que se está rascando la barriga junto al telón de fondo y solo espera a bajar del escenario para tomarse una cerveza.

—Todos tenemos nuestro papel —dijo Appleby, impreciso—, e incluso los extras cumplen con su función. Mummery, por ejemplo.

—¿Mummery?

—Y tiene usted razón al suponer que el telón está a punto de bajarse. Pero creo que solo habrá un cadáver.

—¿El de Rupert?

—Dios santo, no. No se ha enterado, ni de lejos, de qué va esto. Le queda grande, Winter. Pero admito que es complicado. Qué telarañas más intrincadas tejemos cuando...

Winter se estremeció.

—Recuerdo haberle dicho eso a Timmy hace un tiempo.

—Seguro que sí. Y es una pena que no se lo dijese a usted mismo incluso antes.

Winter lanzó a Appleby una mirada larga, sorprendida y calculadora. El detective soltó una risita.

—No soy tan sumamente lerdo, ya ve.

Hubo una pausa.

—Ahora mismo —dijo un Winter pausado— supongo que lo que procede es que saque un cigarrillo y masculle algo así como que no sé a qué se refiere.

—No habría nada más ortodoxo. Y responderé con ortodoxia: se acabó lo que se daba, fin de la partida.

Hubo otra pausa, y Winter sacó de verdad un cigarrillo.

—Todo esto es irrelevante —dijo—, dada la situación actual. Todo esto me queda grande, en efecto. Empecé siendo Hamlet, pero hace ya tiempo fui degradado a un mero noble del séquito.

—Gerald Winter, no esté tan seguro. ¿Cómo puede estarlo? La situación, como usted mismo reconoce, le queda grande. Y habrá un cadáver sobre la alfombra antes de que acabe la velada. No el de Rupert. ¿Qué pasaría si fuese el suyo?

Winter negó con la cabeza y dijo, impaciente y bíblico:

—Esa es mera confusión, está denigrando mis designios con palabras sin sentido[53]. Yo no aparezco en la foto, ni de lejos.

—Pero ¿eso lo sabe Shoon?

—¿Shoon? —Winter miró a Appleby con absoluto desconcierto—. ¿Qué demonios tiene que ver Shoon...?

Appleby lanzó un peculiar suspiro de placer.

—Es muy complicado —dijo—, muy complicado y muy denso. Hacía tiempo que no me divertía tanto. Permítame dejar claro que no exagero: como cadáver, usted le saca un buen trecho de ventaja a Rupert Eliot. Pero no estoy diciendo que en el último momento no pueda ganarle...

—¿Quién, por el amor de Dios?

Appleby volvió a suspirar.

—Se acabó lo que se daba, para usted se acabó. Fin de la partida, ¿no?

—Sí.

—¿Y Bussenschutt se ha hecho con el códice?

—Sí.

—Bueno —dijo Appleby—, pues ahí lo tiene.

—Como he dicho hace unas horas, en mi confesión —dijo Winter—, robar el mármol arcaico de Birdwire y encerrarla en un sótano fue un error. Estaba relativamente a salvo de ella, pues nunca supo mi nombre; y, viceversa, ella estaba relativamente a salvo de mí. Era imposible imaginar una ocasión en la que pudiese volver a acercarme a ella. Y me bastó una breve reflexión, pasado el entusiasmo del robo, para comprobar que era una auténtica pena.

»Durante nuestra fugaz relación, como les dije, se las apañó para compartir conmigo un buen montón de escándalos. De escándalos y de promesas de escándalo. Yo era una generación más joven que ella, según me dijo, y entre los placeres que podría hallar en mi madurez estaría el de leer sus memorias póstumas. Me mostró dos grupos de cuadernos, rojos y negros. En los negros recopilaba material escandaloso que podía publicar sin mayores problemas en sus libros actuales; en los rojos recogía el material que debía esperar hasta que las personas implicadas estuvieran muertas o fuesen incapaces de denunciarla por difamación. Supongo que le parecí apto para el tema; a fin de cuentas, vivo en un *college* de Oxford, así que me

---

[53] Referencia bíblica, Job 38, 2.

permitió conocer uno o dos fragmentos de lo que se reservaba. Se mencionaban incluso unos cuantos nombres, y entre ellos, ¿quién lo diría?, estaba el de Horace Benton. Supongo que se percató de que yo estaba en la senda curricular universitaria, y pensó que me intrigaría saber que tenía algo sobre un respetable académico clásico. Era, en cualquier caso, bastante escabroso; por desgracia, no logré quedarme con los detalles. Ahora supongo, claro, que lo que sabría sobre el bueno de Horace era lo de sus chanchullos de armas, o de lo que fuese, con Shoon.

—Una hipótesis razonable —dijo Appleby.

—La vida enclaustrada lo vuelve a uno deplorablemente cándido. Ese grave escándalo sobre Benton me intrigó sobremanera, pero no fue hasta llegar a Split y sacar el mármol de la maleta en una posada excelente, el Gran Hotel Universo, cuando comprendí que había perdido una oportunidad.

»Supongo que Mummery le habrá puesto al tanto del códice de Benton. Fue un hallazgo fabuloso, pero tenía una actitud deleznable al respecto: nunca compartía el objeto con nadie. Se organizó un congreso gigante de eruditos en París, y un grupo reducidísimo de personas comprobó la autenticidad del códice; entretanto, Horace no le quitaba los ojos de encima, como un niño que tiene miedo de que le roben su juguete favorito. La escena se ha vuelto legendaria; probablemente no haya nada igual en los anales del mundo académico. En cuanto acabó el congreso, encerró su hallazgo bajo llave. De cuando en cuando publica algún fragmento, que completa con facsímiles y demás. Pero hasta la fecha, hasta esta noche, para ser exactos, seguía ocultando el códice en su conjunto. Imagínese un intento de ocultar una importante contribución a la medicina clínica, si quiere hacerse una idea de la indignación que causó en los expertos relacionados con estos temas, entre los que me incluyo. Y estando allí sentado, en Split, contemplando las ruinas del palacio de Diocleciano, comprendí lo imbécil que había sido. Por proteger ese puñetero mármol había perdido la oportunidad de mi carrera.

Appleby asintió.

—Y la oportunidad de hacer un chantaje colosal es algo que rara vez se nos presenta. Su angustia es digna de compasión.

—Me pasé años dándole vueltas a aquello. Luego, por casualidad, empecé a leer los libros de Eliot.

—Vaya por Dios, eso es justo lo que teme Eliot. Me he esforzado por convencerlo de que a los criminales no les interesan esas cosas, pero no tenía en mente a las personas tan pertinazmente estrambóticas como usted. —Appleby negó con la cabeza—. Ya lo decía yo:

la conversación es la clave de este misterio. Solo hay que escucharle hablar para ver que es usted un candidato de lujo para desempeñar cualquier papel extravagante. Cuando me tragué su disertación sobre el arte en Labrador, me dije: «Este es mi hombre».

—Pero yo no soy su hombre. Esta historia que me está haciendo contarle no tiene nada que ver con el caso. Si, como parece creer, esta es la perla de un misterio, debo declararme culpable de ser el irritante original de la ostra: nada más. Pero, resumiendo, empecé a leer los libros de Eliot y me gustó la Araña. Me gustaba sobre todo que antes fuese un criminal y ahora un pilar de la ley y el orden.

—Ah —dijo Appleby—, eso es muy interesante. Eso hace que su comportamiento sea menos gratuito y más inteligente. Me gusta la idea.

Winter miró, muy serio, a su compañero.

—Tiene un cerebro —dijo— a la altura del de Bussenschutt, y el del maestro es uno de los mejores cerebros de Inglaterra. Que Dios pille confesados a los ladronzuelos de poca monta entre los que se pasa la vida.

—Los ladronzuelos —dijo Appleby— nos devuelven al tema.

—Sí. Mi problema no era sencillo: Birdwire disponía de los datos sobre Benton; hace unos años estaban plasmados en papel en uno de sus muchos cuadernitos rojos. Yo tenía que hacerme con los hechos, tenía que usarlos, y aquí reconozco lo de la mente retorcida: tenía que encontrarles un uso. Ahora verá cómo ha actuado Bussenschutt: tras hacerse con los hechos, ha ido a Benton y le ha ofrecido un trato. A mí eso no me parecía posible; supuse que si me limitaba a intentar chantajearlo personalmente, vería que iba de farol. Me desafiaría a hacer esas acusaciones, o lo que fuesen, en público, y es muy probable que no hubiera tenido las agallas, ni la sinvergonzonería, para hacerlo. Dudo que Bussenschutt sí, pero él es mejor psicólogo. Sabía que Benton se derrumbaría a la primera, y no intentó nada complicado. Mi punto débil es, sin duda, la complejidad.

—Equilicuá.

—Volviendo al problema de hacerme con los hechos. No me gustaba la idea de buscar un cómplice que se trabajase a Birdwire y se los sonsacara; tampoco podía acercarme en persona: solo quedaba el robo.

»El móvil tenía que ser un misterio. Si se descubría que a la mujer solo le habían robado unas memorias escandalosas, mi objetivo podía frustrarse. Así que pensé en un robo a gran escala que tendría la apariencia evidente de una broma gigante o una parodia.

Investigué un poco sobre la vida de Birdwire: la leyenda del marido en la ciudad, su tensa relación con los Eliot. Exploré el terreno. Ofrecí la pista de una broma de muy mal gusto llamando a casa de Eliot y diciendo una obscenidad sobre Birdwire y él. Y luego el robo. Pensé que lo más conveniente era llevarse un montón de material para su posterior escrutinio. Así que fui en coche, pasé el crepúsculo drogando a un buen puñado de perros, me colé por la noche, robé cantidad de objetos curiosos y todos los papeles que encontré, e hice esa pintada grosera...

—En más de una ocasión —intervino Appleby— se le ha oído defender lo divertido de la situación, afirmando que no le hacía daño a nadie.

—Y no lo hice. Mi siguiente misión era recalcar que toda la historia era una broma extravagante, devolviendo todo lo que había sustraído. Ya sabe cómo me las ingenié: la Araña ora ladrón roba las cosas; la Araña ora detective las recupera. Ese fue el primer momento en que la personalidad doble del personaje de Eliot me ayudó.

»Es una auténtica pena que no tenga nada más que contarle. No conseguí hacerme con lo que buscaba. Cuando está en casa, Birdwire guarda su material más escandaloso en un banco, no le quepa duda. Así que me quedé con un palmo de narices; ahí acababa todo. Y ya ha adivinado cómo pretendía seguir: armado con los hechos fatídicos, no sería yo, sino la Araña, quien se desatase contra Benton. Me daba la sensación de que se mostraría particularmente vulnerable a ese tipo de ataque travieso; a algo muy parecido, de hecho, a lo que se ha intentado en Rust.

—Esta tarde Bussenschutt ha dicho prácticamente lo mismo.

—La personalidad doble de la Araña podría entrar en juego de nuevo: el ladrón que chantajeaba; el detective que lo descubría.

»Y así es como acaba mi papel en este asunto. El resto de la historia del códice es cosa de Bussenschutt. Como podrá imaginarse, la historia y la petición de Timmy me dejó un poco fuera de juego. Y esa noche menté atropelladamente el tema de Birdwire a Benton, en presencia de Bussenschutt, que, huelga decirlo, olió la sangre *ipso facto*. Se limitó a ir como un rayo a La Hacienda, se metió a esa tontaina en el bolsillo, le sacó la terrible verdad, sea lo que sea, y luego fue a Benton y le ordenó que volviese a la ciudad para traerle y entregarle el códice. Bussenschutt es de una sencillez extraordinaria y me quito el sombrero, pero después del robo a Birdwire dejamos de controlar la historia de la Araña: cualquiera que sea el misterio, nuestra tragicomedia académica es irrelevante.

—Al contrario: podría ser crucial.

Winter negó con la cabeza.

—No lo comprendo. Y, por cierto, no comprendo en absoluto cómo me ha podido pillar.

—Mi querido profesor, el crimen no es lo suyo. Lleva sospechosamente fuera de lugar desde el principio. ¿Por qué iba a estar en Rust, a fin de cuentas? Me lo pregunté en cuanto lo vi. Venir a investigar un problema doméstico bochornoso como el que le planteó Timmy no era, ni mucho menos, de su incumbencia. A menos que tuviese un interés que su instinto le impidiese rechazar. Prácticamente se lo dije cuando vino a husmear tras el robo del Renoir. Y un minuto después, cuando sugerí en tono serio que podía pasar algo grave de verdad, abrió la boca para decir algo, pero se lo pensó mejor. Luego analizó la situación a la que nos enfrentábamos con una lucidez un tanto turbia: una broma de A, sugirió, podría parecer un crimen o un delito menor a B. Por otro lado, percibí una sospechosa falta de claridad la primera vez que mencionó la conversación en la sala de profesores, cuando Benton se asustó al oír el nombre de Birdwire. Luego ese «manuscrito que Benton había encontrado en el Levante mediterráneo»; lo único que no estaba claro era cómo encajaba. Pero, como ya le dije, su identificación y evasión instantánea de la señora Birdwire fue el punto crucial. Eso me ayudó a forzar su primera confesión. Luego, una breve conversación con Mummery me hizo comprender la magnitud del códice. Y después de eso —Appleby soltó una risita—, como tantas veces ocurre en mi profesión, hice hipótesis.

—Una broma de A podría parecer un crimen o un delito menor a B. Si eso es un análisis claro, ¿no es prácticamente como decir que mi historia es irrelevante para lo que ha ocurrido después?

—Sería fantástico estar seguro de eso. Sería fantástico pensar que usted y sus queridos colegas y su códice están despachados y no pintan nada. Si pudiera colocarlo bien pegadito al telón de fondo, mi función de limpieza, como usted la llama, sería más sencilla. Un descarte, y el problema se ve con más claridad; más descartes, y el problema se ve aún con mayor claridad. El método eliótico. —Appleby negó con la cabeza—. Pero, como le digo, puede que las cosas sean más complicadas, más densas que eso. Puede que su robo lo haya involucrado más de lo que usted pensaba; así que, se lo repito, lleve mucho ojo. Cuando esté junto al telón de fondo, mientras se produce la limpieza, procure estar atento a cuchillos, disparos o incluso enormes pesos caídos desde arriba.

—No veo por qué...

—Si Bussenschutt lo ha orquestado todo tan bien, ¿cabe suponer que sabe que fue usted quien robó en casa de Birdwire?

—Supongo que sí.

—¿Y es un cotilla?

—Sin lugar a dudas. Pero, aun así...

Appleby se levantó.

—Creo sinceramente —dijo— que alguien podría intentar asesinarlo. Admito, no obstante, que es una jugada con poquísimas posibilidades. —Miró su reloj—. Vamos a llegar tarde a esa cena... Todo ha pasado lentísimamente, ¿no le parece? Pero ahora es cuestión de minutos. Confío en poder irme pronto a la cama.

En más de una ocasión, Hugo Toplady había demostrado su valía en momentos de crisis. Sus palabras eran sedantes; y su sentido del decoro le hacía resistir de manera instintiva a las muestras indecentes de entusiasmo o agitación. Quizá ese fue el motivo por el que, en la cena, Belinda se las apañó para colocarlo junto a su tío segundo Rupert, que ya estaba francamente alarmado.

—No puedo expresar con palabras —dijo Toplady a Belinda y Rupert, sin distinción— cuánto siento, sobre todo al ver el feliz desenlace que parece que tendrá al menos ese asunto, lo de mi abuela.

—¿Lo de tu abuela? —dijo Belinda, patidifusa.

—La historia de mi abuela. Le dejé los poemas de Timmy. Y no, no veo por qué debería dejar de defenderme, aunque no haya causa razonable, pues a mi abuela siempre le han interesado esas cosas. Su hermano menor tuvo que entrar en el Ministerio del Interior, y creo que en esa época había mucha poesía en Interior. Fue la moda durante un tiempo, y mi abuela mostró cierto interés. Pensé que ella quizá encontraría a alguien que pudiese hacer una crítica razonada. Pero, tras mucho reflexionar —Toplady pareció sumirse en una profunda introspección—, he llegado a la conclusión de que lo que Timmy buscaba no era una valoración crítica. En una ocasión, ojo, le dio los poemas a..., a un hombre de Nubia, del que difícilmente podría esperarse que tuviese dominio alguno en materia de métrica inglesa. He acabado por pensar que a Timmy le gusta dar sus versos a la gente que le gusta: solía decir, y ahora que repaso el episodio me acuerdo, que esa persona negra tenía, en efecto, unas formas muy atractivas. Lo que quiero decir es que siento que Timmy no tenga los versos a mano ahora, pues no me parece indiscreto intuir que estará pensando que, de tenerlos, su primer impulso, y creo que a todos nos alegra percibir motivos para intuirlo, sería dárselos a la señorita Appleby.

Aquello fue sedante con creces, y Toplady acto seguido se giró hacia Rupert, que miraba al frente, taciturno.

—*Sir* Rupert —dijo con una cortesía seria—, ¿le interesa a usted la poesía?

Rupert se sobresaltó, como si lo hubiesen arrancado de una intensa concentración.

—¿La poesía? No es lo mío; como hombre de mundo que soy, nunca me ha interesado nada... —Su mirada incómoda deambuló por la mesa y se detuvo en Appleby, justo enfrente de él—: Nada rocambolesco.

Volvió a sumirse en el silencio. Toplady pareció repasar rápidamente en otros temas agradables que sirviesen de distracción.

—*Sir* Rupert —dijo—, ¿sabe algo de la anatomía de los camellos?

Rupert dejó caer el cuchillo y el tenedor y pareció alarmado, como si de repente pusiese en duda la cordura de su vecino de mesa.

—Belinda —dijo bruscamente—, tú entiendes de camellos, digo de coches, joder —miró a Toplady con ojos resentidos—, y tienes que saber qué ha pasado. ¿No puede arreglarse ni siquiera uno?

—Solo pregunto —el tono de Toplady contenía una firme protesta por ese grosero cambio en la conversación— porque el tema parece interesarle a su primo. Creo que tiene que ver con *Una muerte en el desierto*. Es lo que los escritores llaman, creo, color local. Si los animales se levantan primero con las patas delanteras o con las traseras, cosas así. Y he pensado que, como conoce Oriente Próximo...

—Joven, no conozco Oriente Próximo.

Toplady pareció realmente sorprendido.

—Pero mi tío Rudolph —dijo—, que hasta hace no mucho estuvo al frente de la delegación en Teherán, lo menciona en sus *Indiscreciones*. Lo estaba leyendo el otro día. Conoció a *sir* Rupert Eliot cuando estaba involucrado en una misión militar en...

—Claro, claro. Pero eso no quiere decir que pueda ayudar a Richard con sus puñeteros camellos. ¿Que con quién ha hablado? Si tiene que escribir esas novelas basura para dependientas y vendedores, permítale no hablar del tema entre la sociedad decente. Esa es mi opinión. —Rupert lanzó una mirada interrogativa a Toplady.

—La verdad, *sir* Rupert, es que puedo ver más falta de decoro en ciertas formas de hablar sobre los libros del señor Eliot que en cualquier cosa que pueda imaginarse sobre su forma de escribirlos.

En ocasiones, se dijo Belinda, Hugo podía evocar todo el poder aplastante de un personaje tremendamente sensato de Jane Austen.

—Papá —dijo— parece tener mucho cariño a *Una muerte en el desierto*. Creo que nunca lo rompería en mil pedazos, como hizo con

Asesinato a medianoche. No lo digo por nada en concreto. Rara vez habla de sus historias, pero dice que la idea central es justo la que ese tipo de libros deberían tener: algo imaginativo y convincente, pero inviable en la realidad.

—Tuvo que ser Archie —le dijo Rupert a Toplady— a quien conoció su tío. Archie ha estado en Oriente Próximo en varias ocasiones, allí fue donde conoció a Shoon, y tengo motivos para pensar que a veces, en las situaciones censurables, usaba mi nombre. Así es su sentido del humor.

—Es muy poco probable, *sir* Rupert, que mi tío tuviese algún tipo de relación con *sir* Archie en «situaciones censurables».

Aquello tenía visos de disputa.

—Algo estrambótico, esencialmente —continuó Belinda, cambiando de tema—. Como en *La trampilla*: podríamos imaginar a un criminal dando un golpe así, pero ningún criminal en la vida real estaría en condiciones de hacerlo.

—Me parece —dijo un Rupert acalorado, y Belinda comprobó con satisfacción que había logrado desviar su artillería— que ahora mismo ya estamos rodeados de bastante fantasía confusa como para encima tener que hablar de ella. Soy un hombre de negocios sin imaginación y todo esto no me importa lo más mínimo.

—Pero, Rupert, todos somos extravagantes. Me refiero a todos los Eliot. Piensa en la tía abuela Rachael.

—¿La tía abuela Rachael? —preguntó Toplady, educado.

—No la has conocido, pero vive con nosotros. Rupert es su sobrino favorito. —Belinda hizo una pausa maliciosa, como si esa fuera prueba suficiente de la naturaleza extravagante de la viuda del difunto Timothy Eliot—. Tiene noventa y pico años y está atentísima a cualquier jugarreta que quieran hacerle. Papá, aunque deje de escribir, sin duda se volverá más extravagante con los años. Y Timmy quiere ser embajador. La verdad es que somos bastante raritos.

Toplady sopesó la respuesta idónea.

—En la familia de mi madre —confesó—, de cuando en cuando sale a relucir una marcada vena de excentricidad.

—¡El Espíritu Modelador —dijo la señora Cavey con voz tensa—, la Imaginación Creativa! —Clavó en Shoon unos ojos que parecían tantear si estaba al alcance de un zarpazo húmedo y pegajoso—. ¡A veces me parece —su voz se tornó serísima— que la Creación Imaginativa lo es todo!

Shoon, que miraba al fondo de la mesa, pensativo, masculló una respuesta educada.

—Pero el señor Winter —continuó la señora Cavey— sostiene que también está el Pozo Profundo.

—¿El Pozo Profundo?

—Yo lo llamo así. Él lo llama memoria. Sostiene el señor Winter que alguien —la señora Cavey pareció titubear un instante—, creo que era Proust, consideraba la memoria importantísima.

—Estoy de acuerdo —dijo Shoon—, y creo que Benton coincidirá conmigo, en que la memoria es muy, pero que muy importante. Echando un vistazo alrededor de mi mesa, veo caras conocidas y desconocidas; y también hay, quizá, caras que no pueden definirse de una forma ni de la otra. Benton, ¿no está de acuerdo?

Desde el otro flanco de la señora Cavey, Benton lanzó una mirada nerviosa a su anfitrión.

—La verdad —dijo— es que no me había parado a pensarlo.

—Caras —continuó Shoon, con una incursión en la elegancia— en la penumbra de la antorcha titilante de Mnemósine. Los colegas de Benton, señora Cavey, son hombres harto interesantes. Menciona usted a Winter, al parecer un tipo de lo más emprendedor. Bussenschutt me ha dado algunos detalles concretos sobre sus costumbres, sobre su método. Y me pregunto: ¿es la suya una de esas caras por las que pasa la penumbra de la memoria? Y por ahora me respondo que no.

La señora Cavey, a la que el significado de esos comentarios se le escapaba, puso una expresión particularmente atenta y comprensiva. Benton estaba cada vez más incómodo.

—¿Ha conocido a la señora Birdwire —continuó Shoon—, mi querida señora Cavey? Siento que no pueda venir esta noche; le encantaría que le presentasen a una colega escritora. No tenemos una relación íntima, pero me consta que es discreta, cualidad ideal en el buen vecino. Benton, ¿coincide conmigo en que es una persona excelente?

—La verdad, Shoon, han pasado tantos años...

—Ah, ¡la Memoria, esa venus caprichosa otra vez! Hay cosas, ¿verdad?, en las que ponemos particular interés en olvidar: antiguas humillaciones, comienzos frustrados, riesgos que no nos importaba correr cuando nos movíamos a pequeña escala. Sí, claro.

Benton, que parecía estar masticando desesperadamente sin ayuda de la saliva, miró con inquietud a Shoon y luego a la señora Cavey, que mostraba una perplejidad impasible.

—Ojalá —dijo— la luna salga para esa interesante visita a la torre.

—Porque la Discreción —continuó Shoon, haciendo caso omiso a la última frase— también es una diosa. Coincidirá conmigo, Benton, en que incluso las personas más intachables tienen muchos motivos para preferir relacionarse con gente discreta a tratar con individuos indiscretos. —Volvió a mirar con aire pensativo hacia el fondo de la mesa—. Me parece casi asombroso que la cara de Winter no me resulte al menos ligeramente familiar. Benton, ¿está usted al tanto de su carrera?

—Ojalá pudiera satisfacer su curiosidad, Shoon, pero la verdad es que nunca he investigado mucho sobre él.

—¿No habrá estado, por casualidad, trabajando alguna vez, en fin, en alguna rama del Gobierno? A veces a los catedráticos les da por ahí un tiempo. Tengo un amigo íntimo, distinguido académico, que estuvo una época en Inteligencia Militar. Una vocación de lo más interesante, ¿no le parece, señora Cavey?

—La verdad —Benton desistió de su intento de comer— es que me lleva a un territorio desconocido para mí. Me parece muy poco probable.

—Hay cuestiones —dijo Shoon— de las que conviene mucho asegurarse. —Cogió un cuchillo para trinchar y empezó a juguetear con él—. Sí, señor. —Y volvió a mirar con aire pensativo hacia el fondo de la mesa—. Qué familia más interesante la de los Eliot.

—Se me ha ocurrido... —comenzó la señora Cavey. A la señora Cavey se le había ocurrido que sus anfitriones de la Residencia Rust ocuparían un nicho perfecto en su proyecto de *Temporada de neblinas*. Pero en ese momento no le dieron la oportunidad de ahondar en el tema.

—Mírelos, Benton —continuó Shoon—. Obsérvelos uno a uno. ¿No se le ocurre nada? Escudríñelos, se lo ruego.

Benton escudriñó, siendo perfectamente consciente de que entretanto él estaba siendo escudriñado.

—Ojalá —dijo— mi memoria no fuera tan indiferente. Pero estoy casi seguro de que, excepción hecha de mi discípulo, nunca había visto a ninguno hasta que han llegado esta mañana. Excepto al señor Eliot, claro. Una vez me llamó al *college*.

Shoon negaba con la cabeza, meditabundo.

—Es curioso —murmuró—. Como muchas de las cosas que han sucedido, y que prometen suceder, a nuestro alrededor, es curioso. Me estoy acordando de Mascate, ¿o era Dunkot? Benton, ¿eso le recuerda a algo? Vuelva a mirar, mi querido amigo.

Benton volvió a mirar, fijamente, a Belinda.

—No —declaró, con un tono que pretendía sonar rotundo—, no consigo encontrar ningún vínculo en absoluto.

Shoon hizo un gesto contrariado con la cabeza, perplejo.

—Señora Cavey —dijo, como si quisiera abandonar educadamente un tema estéril—, me interesan muchísimo los argumentos de los libros, con sus tramas y conspiraciones. Hablemos de eso.

3

El pequeño André levantó una mano y apuntó con el dedo índice al aire. Hizo una pausa dramática, y luego la mano empezó a moverse lentamente en una línea horizontal sobre su cabeza; el dedo, trabajando desde la primera falange, trazaba a su paso arabescos en el aire.

—Esta —dijo André— es la Residencia Disparate.

El dedo en movimiento dejó de escribir, y la mano hizo una floritura artística. André, que sentía animadversión por el grupo de Rust, se deleitaba contando episodios bochornosos varios a los amigos de Beda el Venerable.

—Y esta —Timmy oyó la voz de Patricia en su oído— es la Abadía Pesadilla: vamos a explorarla. —Habló en tono apremiante, como si al oír a André describir la inscripción del arquitrabe se hubiese acordado de algo de repente—. Y no te preocupes, yo me encargo de que no te pierdas la torre oeste.

Se escabulleron del comedor y deambularon de la mano por la gran casa sombría. Pasaron por galerías con techos de vigas, piezas con paredes recubiertas de madera, armerías donde la luz de la luna, al filtrarse a través de las vidrieras, salpicaba con manchas coloridas e irregulares el vestido de Patricia. Subieron una majestuosa escalera tallada, y dejaron atrás salas que los criados atravesaban a toda prisa con panecillos, hogazas de pan y botellas de agua caliente; luego subieron una escalera sin alfombra, hasta llegar a una planta desierta, donde enfilaron una escalera de caracol que daba a una pequeña habitación redonda. Cuando llegaron ahí, ambos ya iban jadeando, pero Timmy pudo oír, por encima de su respiración, un curioso sonido sibilante.

—El viento está arreciando —dijo Patricia con una voz ausente, familiar, mientras subía por una escalera desplegable que había en el centro de la sala—. Ayúdame, Timmy.

Timmy la sujetó de los tobillos, y con un interés ambiguo vio doblarse hacia atrás su cuerpo esbelto para empujar una trampilla sobre su cabeza. El silbido del viento se convirtió en un gemido estentóreo e inquietante. Habían llegado al tejado.

Las vastas extensiones de plomo estaban bañadas por la luz invernal de luna llena, cual mar calmo, y aquí y allí se veía una ola helada y discordante, cuando el tejado se elevaba hacia el caballete. Frente a ellos, a la altura de la cintura, tenían las almenas. Timmy avanzó unos pasos, apoyó las manos en la piedra fría y húmeda para sujetarse y se asomó. Allá abajo vio algo ondear ligeramente con el viento: era la rama más alta de un roble enorme. Entonces Timmy cayó en la cuenta de que habían subido mucho, de que estaban en la torrecilla más alta del edificio principal. Solo había un punto más elevado en toda la abadía: la gran torre oeste que dominaba las ruinas.

Se giró y vio a Patricia recostada en la parte superior de la torrecilla, con los pies apoyados en el canalón de plomo. Su cuerpo era una sombra inclinada, su rostro estaba pálido bajo la luna, y sus ojos seguían alguna estrella a través del laberinto en movimiento de pequeñas nubes.

—Supongo —dijo, levantando la voz por encima del viento— que estás seguro, ¿no?

—Por supuesto que estoy seguro. Me... —Hizo una pausa, presa de la sospecha—. ¿Y tú? Me acuerdo de algo que dijo Belinda...

—Ven a este lado. —Patricia se desvaneció con sus palabras; Timmy la siguió a toda prisa hasta el otro lado de la torrecilla. Lo cogió de la mano—. Te prometí diversión... ¿Ves?

Timmy vio. Ese era el punto en que la casa y las ruinas se tocaban; ahí comenzaba una gran muralla con grietas falsas que se perdía en la oscuridad. No tenía pasamanos ni parapeto; sin embargo, era ancha y sólida, aunque con una superficie irregular. Con altos y bajos, pero siempre descendiendo poco a poco cual montaña rusa gigante, se sumía en la noche. Hasta donde alcanzaba la vista, la muralla no tenía nada de suicida: es decir, si se conservaba la serenidad, tendría que intervenir la mala suerte para que se provocase el desastre.

Patricia fue primero. Tardaron diez minutos en llegar a tierra firme, en medio del gran claustro en ruinas.

—Y ahora... —dijo.

Ahora venía lo serio. La gran torre oeste tenía una escalerilla de inspección; una barra de hierro tras otra hasta llegar a una altitud desde la que podían divisarse cinco condados.

—En cuanto a Jasper —continuó Patricia, agarrando la escalera—, he llegado a la conclusión de que llevas razón: todo es inquietantemente falso. —Y con la mano señaló las monstruosas ruinas de pega que se extendían acres y acres a su alrededor—. Incluso la colección, no lo dudo. —Empezó a subir—. Así que, por lo menos, vamos a sacarle algo real. —Y ya no estaba.

—Yo creo... —dijo Timmy—, creo que no deberías... —Pero le hablaba al aire. Así que siguieron exprimiendo la experiencia del peligro de esa excentricidad de Shoon.

La escalerilla ascendía a la sombra de un contrafuerte largo, y el cuerpo de Patricia se perdió en la oscuridad; solo sus piernas, que resplandecían ligeramente bajo los tonos suaves de las medias, se movían sin cesar sobre la cabeza de Timmy. Sin duda, Belinda había dicho algo así como que a Patricia no le hacían gracia las alturas. Timmy se percató de que las cosas hermosas no son menos hermosas, ni menos apetecibles, cuando bailan sin ton ni son con la sombra del peligro.

Llegaron sin demasiada dificultad a lo más alto, donde había una pequeña y cómoda plataforma, resguardada y amurallada. Se sentaron.

—Patricia —preguntó Timmy con aspereza—, ¿esa es la única ruta para bajar?

—Ah, no. Hay una diminuta escalera de caracol por dentro. La escalerilla solo es para tener controlada la estructura exterior.

Un espasmo repentino de relajación nerviosa recorrió a Timmy de arriba abajo.

—Qué curioso —dijo—: de ahora en adelante no te permito volver a hacer algo así.

Patricia no respondió. El viento había despejado casi todas las nubes y las estrellas brillaban tanto que parecían cubiertas de escarcha. Eran momentos de extraordinaria felicidad y sosiego. Timmy, con la espalda apoyada en la roca gélida junto a Patricia, se imaginó mirando torre abajo, y sintió de manera abrumadora la esencia incomprensible y absurda de la abadía Shoon y de todo lo que yacía a sus pies. Miró desde su torre y vio allá abajo una gran giga bufonesca, una *danse macabre*. Fue una visión, un esclarecimiento intelectual de extraordinaria exactitud. Era un indicio de los poderes desconocidos y gratificantes que albergaba en su interior. Se tumbó tranquilamente y empezó a recitar:

... sube a la torre de vigilancia,
y velo todo despojado de falacia:
no mirarás con ojos de celosía,
ni escucharás entre laberintos de orejas,
ni aprenderás con rodeos...[54].

Timmy se detuvo de golpe, pegó un grito e intentó aferrar el aire. La torre oeste había dado una sacudida muy fea.

Oyó la risa de Patricia.

—Solo es el viento —dijo—; el viento y el ingenio de tu tío Archie. Toda la mampostería que hay abajo es falsa. Estamos sostenidos por enormes vigas de acero. Es como si tuvieras un palo de golf bocabajo, erguido sobre la varilla, y al hacerlo vibrar nosotros estuviésemos dentro de la cabeza. Un movimiento divertido...

La corona pesada de la torre se mecía suavemente con el viento. Hacía frío. Se juntaron más.

—Me alegro de que hayamos subido por la escalerilla —dijo Patricia—. Te despeja la mente. Y no tiene más peligro —se miró las medias— que una escalera grande.

Timmy miró la escalerilla.

—¿Has jugado alguna vez —preguntó— al juego de mesa de Serpientes y Escaleras? Belinda y yo teníamos una versión que incluía leccioncillas morales.

—Espero que le sacaseis partido.

—Lecciones morales en imágenes. En la cabeza de la serpiente más grande estaba la Pereza: unos tipos holgazaneando en un *pub*. —Timmy dio una palmadita a Patricia en la cabeza—. Por esa serpiente ibas bajando y bajando hasta el Fracaso. —Le dio una palmadita en los pies—. El Fracaso era una especie de albergue para pobres.

—¿Y las escaleras?

—La más grande representaba a la Diligencia. —Y Timmy puso los dos dedos del fondo de la escalera en la media de Patricia—. De ahí subías directamente a...

—Creo —dijo una voz práctica a su espalda— que están a punto de empezar.

—De empezar a salir para la inspección —explicó John Appleby—. No, creo que me he equivocado. Pero no tendremos que esperar mucho. Y gracias a la luz de la luna este es un lugar perfecto para

---

[54] Extracto del poema *Elegy on Mistress Elizabeth Drury*, de John Donne.

tener una vista de pájaro. Por cierto, no querría yo interrumpir ese juego de Serpientes y Escaleras.

Lo miraron atónitos.

—John —preguntó Patricia—, ¿se puede saber...?

—Nuestros amigos van a salir de la casa y se abrirán camino hasta aquí a través de las sombras rotas de las ruinas. Una vez llegados a los pies de la torre, es probable que se detengan bajo la luz de la luna. Ese será el momento. —Appleby hizo una pausa, y desde la sombra en la que se encontraba llegó un chasquido metálico—. Patricia, ¿sabes que el *cellarium* que con tanto celo protege el ermitaño es nada más y nada menos que un pequeño arsenal? Eso o un almacén al por mayor. Hay expuestos todo tipo de artilugios letales, colocados en orden. Ojalá hubiera podido hacerme con un rifle.

—¡Un rifle! —dijo Timmy, sobresaltado.

Volvió a oírse el chasquido metálico.

—El revólver —dijo Appleby con gran sosiego— es un arma peliaguda. Incluso con un buen cañón alargado como este —y ahora dio un golpecito con el tubo de acero en la roca—, por más que se practique, uno no puede hacer gran cosa.

—John —lo interrumpió Patricia—, ¿a qué viene todo esto? ¿Quién va a atacar a quién?

—¿Alguna vez has practicado con uno? —Appleby se tomó una licencia fraternal para llevar la conversación por donde quería—. La clave no está en la puntería, sino en apuntar. Lo levantas a la altura de la cabeza, lo vas bajando como si fuera un índice acusador y disparas cuando te lo dicta el instinto. Con suerte, consigues dar en la diana. Aunque, claro, lo que yo haré será fallar.

Timmy miró hacia abajo: el suelo estaba a una distancia inmensamente remota.

—No tiene pinta de que vaya usted a desempeñar un papel eficacísimo en los disturbios venideros. Me lo imaginaba pegado al pobre Rupert como su sombra.

—¿Rupert? Ah, no creo que nadie más aparte de Rupert crea que la vida de Rupert corre auténtico peligro. —Se oyó el rasguido de una cerilla y Appleby se encendió un cigarrillo—. No quiero decir que su vida no pueda correr peligro, pero sería única y exclusivamente culpa suya. —Se oyó una risita ahogada en las sombras—. No os molesta que entretenga la espera murmurando enigmas, ¿verdad? Patricia sabe que no lo hago por vicio.

—En absoluto —dijo un Timmy triste—, en absoluto.

—Rupert, por cierto, está en un lugar seguro. Una medida amable para apaciguar sus nervios, gracias a un plan sugerido por su padre. Cuando se han acercado las nueve en punto, se le ha llevado discretamente a explorar la colección. Aunque estuvieran deseando derramar su sangre, ahí les sería imposible.

—Podrían hacerlo desde el tejado —dijo Patricia, brusca—. Hay una trampilla...

Su hermano negó con la cabeza.

—Comprobado: está perfectamente cerrada desde dentro. —Se puso tenso y miró hacia la casa—. Otra falsa alarma. Ojalá se den prisa. —Y empezó a caminar de un lado a otro por la pequeña plataforma—. Confieso estar un tanto inquieto por Winter.

—¡Winter! — exclamaron Timmy y Patricia al unísono.

—Algo podría pasarle a Winter en cualquier momento, como quien dice. Pero el riesgo es pequeño y debe correrlo. Quizá me equivoque, claro, pero lo que estoy esperando que ocurra en los próximos minutos es otra cosa.

—No creerá —dijo Timmy rápidamente— que papá...

—Su padre nunca ha corrido peligro de sufrir un ataque. Y ahora tampoco.

Patricia se levantó.

—John —dijo en tono curioso—, ¿de verdad crees que va a haber un intento de homicidio ahí abajo?

—Sí.

—¿Y que subir aquí te ofrece las mejores posibilidades de evitarlo?

—Sí.

—¿No hay una forma más segura? ¿Avisar a alguien? ¿Arrestar a alguien?

—Mi querida hermana, toda esta historia es muy sombría. He subido aquí por un andamio de hipótesis espeluznantes sobre el que, por ahora, no se ha arrojado luz. La metáfora es precaria, pero creo que entiendes lo que quiero decir.

—¿Y si no puedes detener ese... asesinato?

—Entonces —dijo Appleby, con toda la parsimonia del mundo— no hay nada que hacer.

—¡Mirad! —dijo Timmy, que quizá usó el tono melodramático para disimular una voz un tanto vacilante—, ¡por ahí vienen!

De la casa llegó un murmullo irregular de voces; a los pocos segundos, un grupito de siluetas apareció a lo lejos, entre las ruinas.

—Winter —dijo Appleby en voz baja— robó en casa de Birdwire.

Las siluetas desaparecieron; el viento atrapó sus voces y todo quedó en silencio. Timmy y Patricia miraron con curiosidad a la figura inmóvil a su lado.

—La colección —dijo Appleby, también con voz queda, como si estuviese yendo a tientas—. Las reacciones de su padre; las palabras de Rupert; la colección «curiosa».

Las siluetas volvieron a surgir, esta vez mucho más cerca, de la sombra desperdigada de una muralla semiderruida. Escorzadas, abriéndose paso a través de construcciones ruinosas y pasando bajo arcos destruidos, parecían una penosa patrulla de reconocimiento que se había agrupado a la buena de Dios en una localidad prácticamente arrasada. El runrún de las voces siguió creciendo hasta rodear la torre; la voz de la señora Cavey, la primera en distinguirse, decía cosas sin sentido sobre la luna y la noche.

—Nueva Zelanda —dijo Appleby—; lo que pasaba en *Gran Tarántula*; la carrera y la conversación de Adrian Kermode.

El grupo a sus pies, avanzando entre murallas que se estrechaban, estaba bañado por la luz de la luna aquí y allá. De repente ascendió el sonido tenue de alguien que había tropezado; y luego un pequeño barullo de preocupación, compasión, ayuda.

Appleby se apoyó con sumo cuidado en el parapeto.

—El marido —dijo con una confianza repentina— de nuestra querida reina.

Estaban casi debajo; inmóviles; atrapados y retenidos en un círculo de luz fría y punzante. La voz de Shoon, afable y pedagógica, flotó hasta ellos, pero fue interrumpida bruscamente por la de Appleby.

—Proust —dijo Appleby, y era como si la luz lo hubiese anegado por completo—, y quizá la anatomía del camello.

Tenía los ojos clavados abajo, pero de golpe se aferró al parapeto, como si se hubiese percatado de una emergencia inesperada; chasqueó la lengua, y Timmy y Patricia, siguiendo su mirada, vieron al grupo dividirse en dos partes desiguales. La mayoría seguía apiñada, observando la torre con obediencia. A unos cinco metros de distancia, como si se hubiese apartado para decir unas palabras, estaba Shoon. Y pegado a él vieron a Winter.

Appleby cambió ligeramente de posición. Pudieron ver a Shoon y a Winter separarse y, en ese preciso momento, un sonido, seguido al instante de otro, hizo añicos el silencio. Shoon desapareció como un rayo, refugiándose detrás de un muro; Winter, tras hacer una pausa mínima, siguió su ejemplo; en el grupo cundió el pánico. Timmy notó un susurro a su lado: era el brazo de Appleby bajando. Entonces sintió una detonación ensordecedora en el oído; el arma subía y bajaba rápidamente, un estruendo tras otro rasgaron la noche.

El silencio, aún más sorprendente que el clamor que lo había precedido, se cernió sobre ellos, abrupto. Abajo, todos habían desaparecido, rumbo a la casa, resguardándose como buenamente podían por el camino. Appleby miró su reloj.

—Las nueve menos diez —dijo, y la voz llegó amortiguada a unos oídos entumecidos.

Patricia ni siquiera lo escuchó. Estaba perpleja, con los ojos clavados en esa larga muralla, que subía y bajaba cual montaña rusa en un parque de atracciones fantasmal, por la que Timmy y ella habían descendido temerariamente una media hora antes...

—Las nueve menos cinco —dijo Appleby, que parecía estar limpiando su revólver a conciencia; Timmy y Patricia, con la sensación de estar cumpliendo órdenes, siguieron sentaditos y tranquilos.

—Casi las nueve en punto.

Timmy se movió, incómodo.

—¿No sería mejor que fuéramos bajando? Parece que todo está en calma.

Mientras hablaba, la torre dio una sacudida, como un ser vivo al recibir un latigazo. Durante unos instantes se vieron atrapados y zarandeados por una especie de ola gigante. La convulsión se convirtió en un ruido atronador, que aumentó, inundando sus sentidos hasta rayar lo insoportable, para luego disiparse. Lo siguió, cual puñado de guijarros lanzados por un chiquillo, el golpeteo de las rocas al desmoronarse, el tintineo de miles de añicos de cristal.

Appleby agarró a Timmy y a Patricia del brazo, y a través de una cortina de humo observaron el caos donde, hasta hacía unos segundos, el tejado de la abadía Shoon brillaba tranquilamente bajo la luna.

—Está claro —dijo Appleby— que ha llegado la hora de la limpieza.

4

—Mire —dijo Winter, apareciendo en el vestíbulo de Shoon—, me opongo categóricamente.

—¿Se opone? —Appleby, como si la limpieza que tenía por delante pudiese esperar, se sentó en una banqueta.

—Me opongo a ser elegido misteriosamente, como Hamlet, a fin de cuentas.

—¿Hamlet? —El tono ausente en la voz de Appleby sugería que su apariencia tranquila ocultaba una reflexión intensa.

—Nos dijo que se había planeado un asesinato y dejó caer un par de insinuaciones geniales, como dando a entender que quizá era Shoon quien iba a por mí. Pero se le olvidó mencionar que usaría hombres armados. Pensé que si me pegaba a él y estaba ojo avizor todo saldría bien. Y entonces se las apaña para que alguien, convenientemente apostado en un punto elevado de las ruinas, me dispare. La bala me ha pasado silbando junto a la cabeza. He perdido los nervios, estoy abrumado a más no poder. —Winter, que estaba a todas luces tranquilísimo, negó con la cabeza, indignado.

—¿Ve por qué es usted Hamlet, a fin de cuentas?

—Ligerísimamente, sí. Aunque he de decir que las precauciones de nuestro afable anfitrión parecen excesivas. Además, ¿se puede saber qué ha sido esa explosión espantosa? ¿Ha intentado eliminar a alguien más? ¿Y dónde está ahora? Ese hombre es una amenaza, habría que atraparlo.

Appleby se levantó de un salto.

—Y así será. Si el tempo no falla, lo atraparemos... Todas las preguntas quedarán respondidas, completa y sistemáticamente, en unos quince minutos. O casi todas. —Esbozó una sonrisa, para desconcierto de Winter—. Yo voy a buscar a Shoon, usted vaya a la tribuna; Patricia, Timmy, id con él, y que el grupo no se separe. Después de una explosión de esta magnitud hay riesgo de incendio, pero seguro que el personal de Shoon lo tiene bajo control. Sí, vamos a descubrirlo todo enseguida. Pero, esperad un momento. Sí... Voy con vosotros.

—Parece —dijo un Winter resentido— extraordinariamente alegre.

—Mi querido profesor, la alegría es crucial en una situación así.

En la tribuna, la alegría brillaba por su ausencia. El grupo estaba conmocionado, como era de esperar. La señora Cavey estaba tumbada en un sofá, quejándose. El señor Eliot, muy pálido e inmóvil, permanecía junto a Belinda. La atmósfera estaba impregnada de desconcierto e impotencia. La única persona que estaba haciendo algo útil era Chown, que ponía vendajes improvisados a un Rupert Eliot chamuscado, ensangrentado y muerto de miedo. De Shoon no había ni rastro.

Appleby, al llegar al umbral de la puerta y echar un vistazo a su alrededor, dijo:

—Señor Eliot, ¿cómo está? —Winter percibió un ápice de inquietud en su voz; toda la sala se giró al oírlo.

—Estoy bastante bien. —El señor Eliot respondió con voz tenue, pero tranquila—. Gracias, John.

—Me alegro. Nadie tiene que preocuparse. —Appleby recuperó la confianza de golpe—. Esto acaba aquí. Voy a buscar al señor Shoon. —Impasible, y con los ojos de todo el grupo posados sobre él, sacó su revólver del bolsillo. Hubo un ligero runrún de sorpresa mientras apoyaba el arma en la palma de la mano—. Vamos a tener una charlita con nuestro anfitrión.

Haciendo gala de una actitud decidida y confiada, Appleby se despidió con un ademán de la cabeza y se marchó.

Los minutos pasaban lentamente. Se había producido un intento de asesinato en la torre oeste. El viento frío se colaba por las ventanas, hechas añicos tras esa explosión tremenda e inexplicable. En algún lugar de la abadía, un detective de Scotland Yard intentaba dar caza al propietario, revólver en mano. El grupo, desgastado tras días de inquietudes de mayor o menor magnitud, no hizo ningún intento de oponerse. Entumecidos y atontados, se limitaban a esperar a ver lo que pasaba. La señora Cavey seguía quejándose. Chown, con un gruñido de satisfacción, colocó a Rupert en un sillón de orejas. En una ocasión, el señor Eliot hizo amago de hablar, se contuvo, se llevó las manos a la cabeza y suspiró. De todo el grupo, solo

Adrian Kermode conservaba una expresión de inteligencia activa, y sorprendida.

Los minutos pasaban lentamente. Un reloj marcó las nueve y cuarto. Las campanadas se desvanecieron, y sobre ellas se elevó el sonido de unos pasos —unos pasos de hombre— en el pasillo.

La puerta se abrió: era Appleby.

Patricia casi pega un grito. Su hermano estaba pálido; muy pálido, pero conservaba la compostura. Miró a su alrededor sin mediar palabra, cerró la puerta y se dirigió con suma lentitud al centro de la sala.

—Ha habido —titubeó— numerosos daños materiales.

El comienzo era misteriosamente aciago; entre el grupo hubo gestos de incomodidad, y una vez más el señor Eliot intentó hablar, en vano.

—Como habrán comprendido al ver a *sir* Rupert herido, la explosión se produjo en la sala de la colección. Entre las cartas. Imagino que la gran mayoría está destruida. —Appleby respiró hondo—. Señoras y señores —y su voz sonó al tiempo formal y curiosamente brusca—, el señor Shoon está muerto.

Tras un instante de silencio penetrante, el señor Eliot gritó, y el grito desencadenó un murmullo horrorizado, perplejo... Appleby levantó la mano.

—El señor Shoon ha muerto por accidente. Y sin embargo, no ha sido del todo un accidente: ha fallecido intentando asesinar al señor Eliot.

—Pero, John... —El señor Eliot se levantó, desesperado e incrédulo.

—Déjenme hablar. —Era evidente que, mientras Appleby pedía silencio, buscaba en su cabeza la mejor forma de proceder—. Han de saber que nuestro anfitrión era un hombre muy desesperado y resuelto. El señor Winter, aquí presente, puede dar fe de ello, pues también han intentado, como algunos de ustedes habrán notado, acabar con su vida: el disparo en la oscuridad mientras inspeccionaban la torre. Hoy —los ojos de Appleby se clavaron en Bussenschutt—, alguien ha dado a Shoon razones para creer que Winter podía haber obtenido información sobre ciertas actividades cuestionables de su pasado. No hace falta que especifique cómo. Bastará con decir que la información estaba en manos de una señora que Shoon creía discreta, y cuando tuvo motivos para pensar que Winter la conocía, actuó. Con eso se harán una idea del tipo de hombre... Por su parte, el señor Eliot tenía información aún más peligrosa sobre Shoon.

—Pero, John, eso no es verdad. —La voz del señor Eliot llegó apagada del otro lado de la sala.

—El señor Eliot tenía esa información, pero sin saberlo.

Hubo un silencio confundido.

—Podía estar a punto de saberlo a cada instante en que trabajaba en su nuevo libro. Ese es el secreto de toda esta misteriosa, y ahora trágica, historia. Shoon no podía permitirse que *Una muerte en el desierto* continuase.

En su sillón, Kermode cambió de posición con un movimiento brusco.

—Pero la clarividencia, ese saber cosas en las que Eliot había pensado...

—Alto. —Appleby volvió a levantar la mano—. Déjenme llegar a eso. Es complicado, pero más vale aclararlo por completo de una vez por todas. Una parte solo puede basarse en conjeturas, y por eso lo mejor sería, para entendernos sin rodeos, echar tierra sobre el asunto. No estoy aquí en calidad de policía; no hay caso contra nadie, salvo contra un muerto. Que Shoon murió en un accidente por culpa de uno de sus inventos deplorables es lo único que el mundo debe saber.

Rupert Eliot, que seguía temblando ligeramente en su sillón, levantó la cabeza de golpe.

—Exacto —dijo—. No hay ninguna necesidad de lavar todos estos trapos sucísimos.

—*Sir* Rupert, en mi opinión, habla con mucho tino. Y no olviden que él también se ha visto amenazado por Shoon hoy. Pero eso era una tapad... Permítanme continuar. —La mirada de Appleby describió un círculo alrededor de la sala; su voz se hizo sentir: había logrado un control casi hipnótico del grupo—. Una parte de la historia, como digo, solo puede basarse en conjeturas, a menos que el señor Eliot consiga recordar. Y eso es lo curioso: que es incapaz de ayudarnos.

»Así pues, he aquí una reconstrucción hipotética. La señorita Eliot me dijo que su padre pasó la última parte de su carrera en el ejército en Inteligencia Militar, en Oriente Próximo... Señor Eliot, ¿estoy en lo cierto?

El señor Eliot asintió, desconcertado e inquieto.

—Así es, sí.

—Allí, en Oriente, el señor Eliot descubrió por accidente quién sabe qué fechoría de Shoon; solo podemos suponer que había de por medio un asesinato en el desierto. En cuanto eso sucedió, cayó enfermo. Creo, y se me ocurre sobre la marcha, que debió de ser precisamente a manos de Shoon. Cuando se recuperó, para inmenso alivio de este, no recordaba nada de todo el asunto. Señor Eliot, le vuelvo a preguntar, ¿está de acuerdo?

—Sin duda caí enfermo. Y mi memoria se vio afectada. No me acuerdo de nada de Shoon. Pero...

—¡Equilicuá! Shoon estaba relativamente a salvo. Imaginen entonces su consternación cuando, pasados los años, Belinda le cuenta que su padre está escribiendo una novela titulada *Una muerte en el desierto*. ¿Por qué ha escogido ese tema? ¿No será porque los recuerdos enterrados de aquella auténtica historia violenta están resurgiendo en su mente? O, si la situación es del todo fortuita, ¿qué recuerdos enterrados podrían salir a la luz por el mero hecho de trabajar en el tema?

Se diría que toda la tribuna estaba hechizada. Peter Holme, inclinándose hacia adelante en su taburete junto al fuego, miraba fijamente a Appleby, presa de la más pura fascinación; los quejidos de la señora Cavey se habían convertido en tragos de saliva intermitentes; Rupert Eliot temblaba de nuevo en su sillón; y Archie tenía los ojos clavados en él, como ya los clavara en la inscripción del arquitrabe en la Residencia Rust, dos noches atrás.

—Así que Shoon se dispuso a alejar a Eliot de su libro; de todos sus libros. Tal y como descubrió Winter, todo lo de Rust pudo hacerse desde fuera. En cuanto a la clarividencia, esa es la parte más fácil. Barajamos una serie de explicaciones, como la hipnosis, por ejemplo. Pero no caímos en otro estado mental anómalo que podría explicar los hechos: el delirio. Por eso debemos suponer que Shoon tuvo contacto con el señor Eliot durante la enfermedad que derivó en su pérdida de memoria. A la sazón, el señor Eliot no había empezado a escribir las historias de la Araña, pero ya había fragmentos de esas fantasías en su cabeza. Y para provocar los efectos que se provocaron en Rust, lo único que necesitaba Shoon eran fragmentos. Que obtuvo por boca de un hombre delirante.

Appleby hizo una pausa para tomar aire, y en ese mismo momento Bussenschutt intervino.

—Me veo obligado a...

—Pero —Appleby retomó la palabra— el intento de acabar con las historias de la Araña fue un fracaso. Así las cosas, Shoon pasó a adoptar medidas más desesperadas. Nos hizo venir aquí, y hostigó a *sir* Rupert, supongo, para difuminar nuestra inquietud. Y luego...

Appleby hizo una pausa, demostrando un dominio absoluto del sentido dramático.

—Y luego la trama se frustró. *Sir* Rupert, al verse amenazado con los varios mensajes de lo que podía pasar a las nueve, se había refugiado en la colección. Entonces Shoon preparó uno de los artefactos infernales con los que trafica; debía explotar contra el señor Eliot cuando este subiese a recoger a *sir* Rupert. Probablemente imaginaríamos que habían asesinado al hombre equivocado, de suerte que el móvil de toda esta historia quedaría oculto con gran ingenio. O esa era la idea. Shoon, como quizá recuerden, era un lector apasionado —Appleby se giró hacia el señor Eliot, y por un instante Winter tuvo la sensación de que estaba tocando una especie de instrumento complejo— de ingeniosas novelas de criminales.

El señor Eliot volvió a levantarse.

—John..., para. Yo...

—Pero a Shoon —Appleby siguió, con voz grave— su plan le explotó en la cara, y nunca mejor dicho. En su final hay una justicia poética que podría estar sacada perfectamente de una novela. —La mirada de Appleby se clavó en Kermode, en Bussenschutt—. Jasper Shoon no volverá a tramar nada, jamás.

—¡Jamás!

El grupo se sobresaltó. Aunque era dramático, Appleby había hablado en voz baja; ahora la voz del señor Eliot resonó en toda la sala.

—¡Jamás volveré a plasmar nada en papel como escritor! Punto final.

—Idiota —era Rupert Eliot, dirigiéndose a su primo—, pobre idiota —la voz de Rupert se convirtió en un rugido—, ¡¿vas a rechazar miles de libras al año solo porque...?!

Como si fuese una nueva explosión, la mano de Appleby aporreó la mesa que había a su lado.

—*Sir* Rupert, ¿no juraba y perjuraba que quería que las historias acabasen? ¿No? ¿Y ahora pretende que continúen? ¿Para conseguir su dinero? ¿Por qué?

Las personas de la tribuna podían haberse convertido perfectamente en figuras de piedra. Solo Rupert se movió, tambaleándose y hundiéndose de nuevo en su sillón.

—¿Por qué, *sir* Rupert, si no es porque Shoon está muerto? Pero Shoon no está muerto.

La cabeza de Rupert se clavó en el respaldo; la mandíbula se le abrió en una mueca curiosa.

—Antes lo invitaban a subir en el *Begonia* y poner rumbo a Nueva Zelanda el nueve del mes que viene. Le aconsejo que opte por un barco que zarpe antes. Shoon está vivo. Lo he metido en un armario. —Appleby soltó una risita—. Ay, me temo que ese es el único sitio en el que lo voy a encerrar.

—Puede arrestarlo —la voz de Winter se abrió paso, expedita, entre el desconcierto— por incitar a alguien a dispararme cuando estábamos junto a la torre.

—Mi querido profesor, ese era *sir* Rupert disparándole a Shoon. ¡Y Shoon lo sabe de sobra! —Se giró hacia Rupert—. Lo dicho: lo mire por donde lo mire —dijo fríamente—, un barco que zarpe antes parece lo más idóneo.

Epílogo

El doctor Bussenschutt dejó su vaso.

—El Smith Woodhouse de cosecha tardía —dijo—. Un vino siempre soberbio en la mesa.

—Yo detesto —dijo Mummery— el aroma en los oportos.

—Nos van a servir el Fonseca —dijo Winter— el Día del Fundador. Casi seis meses de espera.

El murmullo de la conversación inundó la sala de profesores. Los ojos de Appleby, desviándose de sus compañeros de la mesa adicional, se cruzaron con la mirada crítica del doctor Groper, sobre la chimenea, y pasaron a distinguir entre las sombras varios retratos apócrifos de William de Chalfont, Richard à Lys y *sir* Humphrey Bohun. En un atril al fondo de la sala, colocadas allí para inspección y comentario de los eruditos, estaban las primeras pruebas de la edición crítica del códice del doctor Bussenschutt. Del exterior llegaba la cháchara de los estudiantes decidiendo a qué cine ir. Más allá, Oxford, rodeada por el río, ramificada entre torres, se movía bajo esa plácida noche de verano, y su progreso estaba marcado por los tañidos de campanas discretamente emotivas.

—Se comenta que al joven Eliot —dijo Bussenschutt— le va bien. Por lo general, no apruebo que los estudiantes abriguen la idea del matrimonio cuando la Academia aún se erige justo frente a ellos. Sin embargo, en este caso se diría que no hay consecuencias nocivas. Confío en que acabe en Hacienda. —Bussenschutt lanzó una mirada interrogativa a Appleby, y luego pasó con prudencia a Benton, sentado, taciturno y nostálgico, en la soledad de la mesa pequeña—. Fue una historia curiosa; y la parte más curiosa, señor Appleby, fue sin duda su actuación final.

Mummery emitió un breve gorgoteo.

—Fue un embrollo de sinsentidos.

—Ah, sí, mi querido Mummery. Pero Appleby encontró el ritmo perfecto. No habría resistido a diez minutos de análisis, pero él lo completó todo en solo cinco.

—Una actuación excelente —masculló Winter—. Sobre todo esa cara palidísima tras la supuesta muerte del pobre Shoon. ¿Se puede saber cómo lo hizo?

—Se entra en un baño —dijo Appleby, sereno— y se carraspea sin cesar hasta conseguir una voz tremendamente afectada.

—Mi querido maestro —Mummery emitió un sonido misterioso—, he aquí una lección de meticulosidad y persistencia, incluso para usted... Pero ¿no era todo un tanto innecesario?

Appleby asintió.

—Quizá sí, pero estaba de vacaciones, a fin de cuentas. Y la verdad es que quería ver a Rupert Eliot derrumbarse. Luego estaba el señor Eliot. Supongo que uno no debería ir dando pequeñas lecciones al futuro suegro de su hermana, pero pensé que podría sentarle bien creer durante unos minutos que había matado a Shoon sin querer. Hacer estallar un par de bombas en casa de un vecino —Appleby negó con la cabeza, con gesto serio— fue una auténtica irresponsabilidad escandalosa por su parte. Como dije una vez, es más joven que Timmy. Cuando uno se para a pensarlo, el quid del misterio está en ese hecho evidente.

—Ah —dijo Bussenschutt.

—Pero el auténtico objetivo de mi actuación era el siguiente: Eliot había descubierto que Rupert era quien lo acosaba. Y sabía cómo lo estaba haciendo, pero no tenía ni idea de por qué Rupert se comportaba de manera tan deplorable. Pensé que sería útil dejarlo lo más claro posible; la anatomía del camello, ya saben.

Bussenschutt pasó el decantador.

—La anatomía —dijo, con expresión de haber comprendido perfectamente— del camello.

—Pensé que si podía sugerir a Rupert que toda la historia se estaba resolviendo de manera brumosa, sin que se sospechara de él, quizá acabase por delatarse. Lo más difícil era pasar por alto el auténtico crimen que Rupert había intentado cometer, es decir, escabullirse de la sala de la colección por el tejado, bajar por la muralla con grietas falsas y disparar a Shoon. El hecho de que la bala pasara silbando junto a la cabeza de Winter, y que Shoon tuviese de verdad una mínima razón para organizar una conspiración con la que eliminar a Winter, permitió dar al asunto ese giro argumental necesario. Mi historia, huelga decirlo, era un embrollo. Eliot sí que sirvió en Oriente Próximo, y volvió a casa de baja tras una enfermedad que afectó ligeramente a su memoria. Pero lo que es seguro es que Shoon y él jamás tuvieron un encuentro como el que yo sugerí; está claro que Shoon no habría contratado a Belinda Eliot en la abadía de existir esos antecedentes.

—A mí también —Bussenschutt parecía casi tímido— se me ocurrió eso en su momento, ¿sabe?

Appleby sonrió.

—Temía que alguien pudiera intervenir, haciendo saltar por los aires toda la historia, con cualquiera de las innumerables pegas. Kermode me preocupaba particularmente, pues, claro está, Kermode lo sabía. Lo de la clarividencia, digo. De hecho, ya me lo había explicado antes. Supongo que él tenía una pista inicial: conoce la forma de escribir ese tipo de libros. Y, en cierto sentido, motivó toda la trama.

Hubo una pausa de reflexión.

—Exacto —dijo Bussenschutt—. Esto, eh..., está bastante claro.

Un silencio titubeante se cernió sobre la mesa adicional. Appleby se quedó mirando su vaso con modestia. Mummery emitió ese ruidito, como una bañera al vaciarse, que sus colegas interpretaban como una muestra de curiosidad e impaciencia.

—La verdad es —dijo Bussenschutt, prudente— que hemos de confesar que todavía estamos lejos de tener claros, eh, los detalles de la historia. Sería muy amable por su parte, saciaría lo que a estas alturas es ya una curiosidad tolerable e inocua, que nos ofreciese, mi querido señor Appleby, un, en fin, un resumen explicativo de lo que sin duda ha de denominarse «el caso Eliot».

—Empezando —añadió Winter con más franqueza— por el principio y explicándolo absolutamente todo.

—Por supuesto. —Appleby asintió, miró a Bussenschutt, hizo una pausa—. Pero ¿a qué —preguntó en tono erudito y con ligera malicia— nos referimos con principio?

Bussenschutt soltó una risita con gran cordialidad.

—Nos referimos al final.

—Exacto. Resulta imposible comprender el principio de un misterio hasta que no se sabe qué pretendían conseguir los incidentes misteriosos. Si no tuvieran un objetivo, serían un sinsentido, obra, y eso no era algo inimaginable, de un lunático. Descarté la idea del lunático y procedí a distinguir —sin percatarse, el idioma de Appleby iba adoptando dejes académicos— los posibles finales. La psique humana está regida por dos principios en conflicto: el principio del placer y el principio de la realidad.

—Esta constatación —lo interrumpió Bussenschutt— podría resultar útil desde un punto de vista empírico. Sin embargo, no me importaría... —Se frenó—. En fin, es un tema para otra ocasión.

—Si el principio del placer hubiese entrado en acción, el desconocido podría intentar obtener ciertas satisfacciones inmediatas: la venganza frente a un enemigo, la sensación de poder, el espectáculo de la humillación, el desconcierto en unos, el terror en otros. Pero si estuviese actuando el principio de la realidad, estaríamos ante algo esencialmente distinto: los incidentes representarían un plan racional y práctico para abordar una situación real; el objetivo no sería el placer inmediato, sino la supervivencia y la adaptación.

»Saqué mis conclusiones definitivas en ese sentido con el asunto del middle black. El principio de realidad estaba en marcha.

Bussenschutt se retorció en su sillón.

—Pero, por lo que he oído de ese incidente...

—Exacto. Estaba cargado de malicia; del puro deseo de conmocionar y aterrar. Sin embargo, no llegó hasta el último peldaño de la malicia, la venganza, la reivindicación de poder: el asesinato. Era homicida, pero sin asesinato. Durante unos segundos de agonía, se hizo creer a los hijos de Eliot que su padre había sido asesinado: ahí estaba el principio del placer. Con muchísima fuerza, quizá. Pues conviene notar que ese incidente se produjo después de que se frustrara el primer plan del desconocido: llegó tras la recuperación misteriosa de Eliot, cuando el desconocido debió caer en la cuenta de que esa nueva manifestación serviría de bien poco. Esencialmente fue un arrebato malicioso del principio del placer, mientras que el principio de la realidad trabajaba en algo distinto. En el destino del cerdo había una suerte de satisfacción sucedánea de las ganas de asesinar; como si el principio del placer estuviese ansioso por matar, si pudiera hacerse a su manera. Pero no hubo asesinato; el principio de la realidad seguía teniendo el control. No hubo asesinato porque el asesinato era inútil desde un punto de vista práctico. Y el bromista, como le aseguré, Winter, era un bromista práctico. Perseguía un objetivo real, un objetivo concreto en el mundo real, para el que el asesinato de Eliot no serviría. Y aquí Kermode era clave.

»La carrera de Kermode: esa era la primera pista. Si Eliot moría, Kermode continuaría donde lo dejase. Ahí vemos algo para lo que la muerte de Eliot no serviría: la desaparición de la Araña. Solo si el propio Eliot dijese en vida «No se publicarán más libros de este tipo», la carrera de la Araña tocaría a su fin... No la muerte de Eliot, por más que al desconocido pudiera gustarle, sino la muerte de la Araña: ese era, posiblemente, el objetivo. Así las cosas, me sentí justificado para buscar un motivo acuciante detrás del elaborado plan que se estaba ejecutando. De nuevo, un motivo práctico; no un arrebato de esnobismo intelectual, el deseo de conseguir un contrato teatral, ni nada por el estilo.

—Claro que —dijo Bussenschutt— el propio Kermode...

Appleby asintió.

—No podía olvidarme de Kermode, el suyo era un caso especial. Él mismo había dicho que estaba esperando en la línea de banda; estaba deseando tomar el relevo y, a escondidas, lo había oído lamentarse de que Eliot se hubiese recuperado del primer ataque. Kermode quería ver muerta a la Araña de Eliot, y por una razón que podía decirse acuciante y práctica. No lo descarté por completo hasta que el caso entró en una segunda fase: cuando el desconocido empezó a actuar de una forma que no beneficiaría a Kermode en absoluto.

»Pero, hasta entonces, tenía ese problema: ¿qué motivo acuciante y práctico podía haber para matar a la Araña, para parar las máquinas de Wedge de una vez por todas? La respuesta no era difícil de encontrar: esas máquinas pretendían publicar algo que el desconocido no podía permitirse que saliese a la luz.

Appleby hizo una pausa al percatarse del silencio absoluto a su alrededor, con la sensación desconcertante de que toda la sala de profesores debía de estar escuchándolo. Pero la mesa grande, la mesa mediana y la mesa pequeña estaban desiertas; los colegas de sus compañeros se habían dispersado.

Winter estaba inclinado hacia él.

—¿El principal motivo que desencadenó toda la trama era el miedo a algo que parecía estar a punto de aparecer en un libro? Es una variación del móvil que imputó a Shoon en su fantasía.

—Exacto. Pero en mi fantasía a Shoon le bastaba con asesinar a Eliot para librarse del problema. Para el desconocido, en cambio, un motivo así era inútil; el asunto del middle black o, mejor dicho, toda esa campaña intricada, lo demostraba. De ahí se sacaba una conclusión clara: lo que no debía publicarse ya existía. Una vez más, Kermode era clave. Porque ahora sabemos que no solo iba a continuar con sus propias historias de la Araña, sino que iba a completar y publicar los manuscritos inconclusos de Eliot. Y se sabía de la existencia de uno de esos manuscritos: la novela *Una muerte en el desierto*. Eliot la estaba escribiendo en paralelo a *Asesinato a medianoche*; sin embargo, de esas dos, el desconocido solo se atrevió a sacar a la palestra, alterándola, la segunda. Eliot destruyó *Asesinato a medianoche* en cuanto se sintió perturbado por lo que estaba ocurriendo. Pero

Una muerte en el desierto, que debía tener alguna idea básica con la que estaba particularmente satisfecho, decidió conservarla, y estaba determinado, tras la misteriosa recuperación de su equilibrio mental, a la que llegaré en breve, a continuar con ella. Además, el manuscrito estaba a buen recaudo en una caja fuerte; si Eliot muriese, todo pasaría a manos de Kermode automáticamente. De hecho, era muy posible que Kermode, que colaboraba echando una mano con esto y lo otro en el negocio de la Araña, conociese ya el meollo de la historia por boca de Eliot o Wedge.

»Ahora comprenderán el punto al que hemos llegado. Las máquinas de Wedge están esperando, con esa hambre insaciable que tanto divierte a Winter, el nuevo libro. Pero el nuevo libro no debe publicarse. Así pues, se ejecutan intricadas acciones para que Eliot se sienta asqueado con su trabajo, para sacarlo de quicio hasta el punto de hacerle gritar: «¡Paren las máquinas!». No se volvería a imprimir ninguna historia de la Araña, ni escrita por Kermode ni por él. Hacerle alcanzar ese punto era el objetivo, y las acciones del desconocido eran, como ya digo, intricadas. Y también sutiles. Sin embargo, al ser sutiles, tenían doble filo. La trama falló cuando parecía a puntito de tener éxito. Eliot se metió en la cama como un hombre derrotado, sabedor, como nos dijo, de lo que tenía que hacer: y con eso se refería sin duda a relegar a la Araña al olvido. A la mañana siguiente se había recuperado y estaba resuelto a continuar. Ahora el derrotado era el desconocido: casi podía oír, si era un hombre con imaginación, las máquinas de Wedge empezando a girar. Sin embargo, es evidente que tenía otra bala en la recámara.

Bussenschutt vació su vaso y asintió.

—El proceso de comunicación debía evitarse. Y la técnica que era imposible aplicar en un extremo podría, no obstante, funcionar en el otro.

—Exacto. Asesinar al señor Eliot no servía de nada. *Una muerte en el desierto*, cualquiera que fuese el material peligroso que contenía, se guardaba en un lugar seguro y, en caso de imprevisto, Kermode lo retomaría sin más. Pero ¿qué pasaba con la persona a la que el material peligroso no debía llegar? Ahí el asesinato sí era una opción posible. Cuando el escenario cambió bruscamente a la abadía, tuve la corazonada de que el misterio estaba entrando en esa segunda fase. Se había planeado un asesinato.

Winter lo interrumpió.

—En efecto, x iba a asesinar a y; y Eliot, la única variable conocida de la ecuación, no estaba implicado. En ese momento, su información estaba en una fase muy peculiar.

—Me había hecho una idea aproximada de lo que estaba ocurriendo, pero no tenía ni idea de los actores. Y el primer indicio que se me presentó fue un tanto fantástico; una especie de pista etimológica. Shoon comentó de pasada, hablando del hombre que vigilaba el *cellarium*, que tenía motivos para saber mucho de ermitaños. En ese momento mi cabeza entró involuntariamente en su pequeño almacén de griego y caí en la cuenta de que un ermitaño es una persona que vive en el desierto... *Un asesinato en el desierto*. El vínculo dejó de ser algo meramente verbal cuando pensé que, en el pasado, Shoon había estado involucrado en un montón de actividades sospechosas en Arabia y alrededores.

»Así las cosas, Shoon podría ser uno de los protagonistas. Quizá había algo en *Una muerte en el desierto* que no debía llegar a su conocimiento. Sin embargo, también era posible que Shoon fuese quien estaba resuelto a que ese material peligroso no le llegara a otra persona: más o menos la teoría en la que basé mi embrollo tras la explosión. En otras palabras, Shoon podía ser x o y.

Los criados habían quitado con discreción las mesas pequeña, mediana y grande; estaban apagando las velas; el doctor Groper había desaparecido, y solo las luces más altas de su planetario resplandecían en la pared. En algún sitio, un reloj dio las nueve.

—El bromista era x, ahora asesino en potencia; y era su posible víctima. De estos dos, y seguía siendo una incógnita absoluta; sobre x, porque x había estado activo, sabía mucho más. Tenía que concentrarme en x. Así pues, ¿quién era ese desconocido que había adoptado, tan curiosamente, la personalidad de la Araña? ¿Cuáles eran las pistas evidentes del problema?

Appleby hizo una pausa, como si estuviera lanzando algo más que una pregunta retórica. Pero nadie contestó.

—Quizá la observación de que Rupert Eliot era la Araña.

—¿Era la Araña? —Bussenschutt negó con la cabeza, perplejo.

—El hombre de carne y hueso: el hombre real de extremidades alargadas. Quizá debí haber pensado que ahí tenía a alguien que podría haber sido la Araña en el colegio. Y también estaba la cuestión del pastor: una de las primeras travesuras del bromista fue avergonzar al pastor de Rust. Quizá debí haber pensado que Rupert tenía motivos para sentir rencor por el clero; de niño se había metido en problemas por robar en una iglesia.

Mummery resopló, impaciente.

—Eso —dijo— son consideraciones baladíes.

—Tiene toda la razón; podrían haber sido ideas que llevaran a engaño. En efecto, solo había un gran camino hacia x: la ruta de la premonición, la clarividencia del bromista. Ese seguía siendo el problema primordial desde el principio y, por exasperante que fuese, había que ir descartando solución tras solución.

»Pero también había un segundo problema relevante. ¿Qué tipo de material era ese de *Una muerte en el desierto* que no podía llegar, bajo ningún concepto, al desconocido *y*? Me respondí diciéndome que Eliot debía de haber introducido en su novela, de forma deliberada o sin saberlo, algún incidente derivado de la vida real, del que *y* no debía enterarse. Pero, para mi sorpresa, resultó que me equivocaba de plano. Para crear ese material peligroso, Eliot, ahora lo sé, se valió únicamente de su imaginación.

»Cuando me acerqué a la verdad, empecé a preguntarme: ¿podrían estar esos dos problemas, el de la clarividencia y el de la peligrosidad de la nueva novela, conectados? ¿Acaso conocer la verdad sobre uno me ofrecería la verdad sobre el otro?

»Pero no hace falta que les cuente una larga historia para explicarles cómo logré por fin despejar la *x* y la *y*. No hay ningún tipo de lógica rimbombante implicada; se me ocurrió tras hacer una pequeña reflexión sobre lo que había sucedido mientras inspeccionábamos la colección: así de sencillo. Lo primero que nos mostraron fueron las treinta y siete novelas de Eliot. Cuando estábamos allí delante, Rupert reveló que Belinda le había contado que, a veces, Shoon las leía. Y luego se mostró un tanto insolente para cerciorarse de que, en efecto, era cierto. La respuesta de Shoon fue explícita: leía todos y cada uno de esos libros, y estaba deseando que se publicase el siguiente... Así pues, sin necesidad de hacer una deducción demasiado arriesgada, Rupert era *x* y Shoon era *y*.

Bussenschutt lanzó un suspiro de felicidad.

—Winter, mi querido colega, ¿estaba usted presente en ese momento esclarecedor?

Winter asintió.

—Claro, maestro, debería haberlo visto. Pero no olvide que para entonces se habían presentado unas complicaciones un tanto confusas.

—Las complicaciones confusas —dijo Appleby— representaban, tristemente, mi siguiente tarea. Rupert estaba ansioso por saber si Shoon de verdad leía las novelas. Eso ofreció el primer resumen claro de la situación, y yo solo tenía que evitar acercarme a lo que podríamos denominar «elaboración secundaria»: el hecho confuso de que ahora era Rupert quien parecía estar siendo amenazado. Rupert era el bromista; o el bromista original. —Hizo una pausa y sonrió a Winter—. Mejor dicho, casi el bromista original. Pues no olvidemos que Rupert tenía una coartada muy potente: cuando se produjo la primera manifestación, y me refiero al caso Birdwire, Rupert estaba en Escocia. De ahí que Winter, aquí presente, fuera una pieza fundamental del puzle. Cuando descubrí la verdad detrás del robo, la gran coartada de Rupert se desmoronó. Él mismo me había dicho que, en cuanto se enteró del caso Birdwire, volvió a toda prisa a Rust. Y es que, en efecto, el robo le había dado una idea.

»Luego añadí uno o dos puntos más en su contra: x conocía Rust, y sabía de cierta costumbre de Archie Eliot, con lo que drogarlo era coser y cantar. Rupert encajaba bastante bien. También podía imaginármelo convenciendo a André para la historia de los perros de la señora Cavey: admitió haber tenido una larga conversación con él sobre los planes para esa velada; además, Belinda y yo lo vimos sonreír con una satisfacción repelente cuando André se marchó en busca de los animales disecados. Más adelante, me percaté de otra cuestión relevante, relacionada con la elaboración secundaria: las amenazas contra él, que se iniciaron cuando llegamos a la abadía. Rupert creía sinceramente que eran cosa de Archie. Sin embargo, cuando nada más conocernos hablamos de las primeras bromas contra el señor Eliot, dijo estar convencido de que el autor no podía ser su primo. Podemos ver el razonamiento que siguió su mente. En un primer momento él mismo se inspiró en lo que creía un mero acto vandálico: el robo en casa de Birdwire. A raíz de eso, construyó su propia trama, estrictamente práctica. Pero ahora creía que Archie estaba invirtiendo el proceso: que había decidido participar en el juego por pura malicia. Por eso pasó un tiempo hasta que las amenazas contra él empezaron a sacarlo de quicio de verdad. Pero luego sí que se puso de los nervios. Cuando empecé a comportarme deliberadamente como si la amenaza contra su vida fuese muy real, descubrí que tenía los nervios a flor de piel. Era consciente de que estaba jugando a un juego desesperado contra un hombre peligroso: quizá Shoon había sospechado, y ahora era él quien iba tras Rupert, y muy en serio.

»Así estaba, pues: con casi todo, y con casi nada. Si Rupert, y solo Rupert, era x, ¿cómo había organizado el robo del Renoir, una historia para la que la señora Moule le daba una coartada? Y, mucho más trascendental y fascinante, ¿cómo había podido montar algo que recordase a una historia que su primo nunca llegó a plasmar en papel, *La fiesta de cumpleaños*? Volvía a enfrentarme con el primer gran enigma: la clarividencia. ¿Y por qué iba Rupert a tener tanto miedo de que Shoon leyese *Una muerte en el desierto*? Ahí estaba, otra vez, el segundo enigma. ¿Y cuál era la situación de Eliot? En un principio se había desmoronado por culpa de la clarividencia, o de la clarividencia y de una idea obsesionante que Chown le había metido en la cabeza: que una especie de doble personalidad suya estaba actuando. ¿Por qué se había recuperado a la mañana siguiente del caso Renoir? ¿Qué había descubierto? ¿Qué se traía ahora entre manos? ¿Y dónde —Appleby, cauteloso, escudriñó la sala de profesores desierta— entraba su colega Benton?

—¿Benton? —Winter estaba sorprendido—. ¿Entra en algún sitio, aparte de en nuestra historia del códice?

—No le quepa la menor duda. La señora Cavey, mujer de gran lucidez, me habló de algo curiosísimo, una especie de provocación de Shoon a Benton. Al parecer, Shoon estaba cada vez más incómodo con los Eliot, o con uno en concreto, e insistió mucho a su colega para que se acordase de algún vínculo suyo con un Eliot. Benton estaba implicado.

—Y Benton, claro está —Bussenschutt sonrió a Winter con su clásica afabilidad—, tiene un secreto.

—¿El secreto —dijo Appleby— de la anatomía del camello?

Bussenschutt pareció desconcertado.

—No me cabe duda —respondió, cauteloso— de que podría conocer ese secreto también.

—Nunca me ha parecido que el whisky —dijo Bussenschutt, apretando la palanca de un sifón— sea acorde con la naturaleza de la sala de profesores. Y estoy aún menos dispuesto a aprobar esos mejunjes preliminares o de aperitivo conocidos misteriosamente como cócteles. Sin embargo, cuando uno está en su refugio —y con un gesto señaló las paredes sombrías de su estudio—, y en una ocasión tan propicia para la difusión del conocimiento... —Se estiró para coger el decantador—. Una aposiopesis bien puede transmitir el sentido de lo que quiero decir —añadió—. Y ahora, mi querido señor Appleby, *camelus saltat*. Que yo traduciría como: el camello está a punto de revelar qué guarda en la joroba.

—El camello está a punto de aparecer. Pero primero permítanme que me detenga para indicar adónde hemos llegado y qué señales tenemos por delante.

»Rupert Eliot, que había visto misteriosamente frustrado el intento de apartar a su primo de sus libros, se plantea como ruta alternativa a su seguridad el asesinato de Shoon. Ese era el asesinato planeado, y confieso que la idea de su posible éxito no me causaba demasiado desasosiego. El móvil del crimen era, aunque solo fuese a grandes rasgos, inteligible: Shoon es un hombre implacable y, como le habían dicho a Archie Eliot, pertinazmente vengativo. Y en *Una muerte en el desierto* había algo que, de algún modo, delataría a Rupert.

»Ahora los problemas. Estaba, y cada vez era más notable, la elaboración secundaria: la campaña contra Rupert. Las señales de este caso, cuando logré leerlas bien, eran los gustos literarios de Rupert y una pregunta sobre lo que pasaba en el libro *Gran Tarántula* de Eliot.

»El siguiente problema era la recuperación de Eliot: esa extraña peripecia que siguió al robo del Renoir. Aquí resultó haber un único letrero, que solo decía, si me permiten seguir con mi metáfora: Continúe en dirección Clarividencia.

»El tercer problema era el de la misteriosa peligrosidad de la novela que Eliot tenía en mente. Y aquí encontré el mismo letrero: Continúe en dirección Clarividencia. Coincidirán conmigo en que no era demasiado útil.

»Y luego, una vez más, el problema final de la clarividencia en sí: corazón y ciudadela del misterio desde el primer momento. ¿Cómo lo había conseguido Rupert? Aquí, felizmente, había varias señales: el tipo de imaginación de Richard Eliot; la conversación de Kermode sobre los artistas; un aforismo de Proust sobre el arte. De todas ellas, Proust, hablando a través de la boca de Winter, fue el más esclarecedor. Permítanme plantear la pregunta: ¿de dónde viene la Araña?

Hubo un breve silencio, que Winter rompió con una especie de grito.

—¡Patricia! —exclamó—. Appleby, su hermana hizo exactamente la misma pregunta mientras jugábamos al billar. Y Peter Holme respondió citando a Wordsworth, no a Proust: «De escondites diez años profundos».

—Exacto. Solo que los años son más bien cincuenta. Como comentó la sagaz señora Moule, da un poco la sensación de que Eliot escribe, con bastante desdén, cosas para niños. Las fantasías de sus historias se cimientan en las fantasías enterradas de su infancia; son las imaginaciones melodramáticas de un niño que empieza a comprender el instinto del gánster; son eso, con una fachada adulta. Para escribir así, y Kermode me hizo mucho hincapié, ya se es demasiado viejo a los diez años. «Niños», dijo. «Ahí está el secreto». Y sin duda es cierto.

—Eso es —dijo Bussenschutt, con gesto de aprobación— psicología pura y dura. Pero cuando distingue entre los principios de la realidad y del placer...

—El tremendo éxito de Eliot —Appleby continuó, haciéndole caso omiso— radica en que su imaginación es como una cámara frigorífica; sus fantasías infantiles se encuentran en un estado de conservación perfecto, pero listas para someterse, en aras de la ficción, a un control crítico adulto. Y a menudo, cuando creía que estaba inventando, en realidad no hacía sino recordar: estaba recordando las invenciones de su infancia.

—Las musas —citó Winter— son las hijas de la Memoria, y no existe arte sin recuerdo.

—Sí. Y Rupert Eliot era su compinche en aquellas primeras invenciones. Los dos niños se criaron juntos: Richard, un mero soñador; y Eliot, propenso a materializar fantasías ilícitas. El material de las historias de Eliot está sacado de lo que a la señora Cavey le gusta llamar Pozo Profundo, y Rupert está en el fondo de ese pozo. Ahí también se encuentra la verdad de lo que el doctor Bussenschutt denomina «el caso Eliot».

Appleby vació su pipa.

—Y ahora podrán comprobar que, de la limpieza que empecé tras la explosión, queda sorprendentemente poco que hacer. Rupert recordó una historia imaginaria que habían titulado *La fiesta de cumpleaños*. Aunque fuera de forma dispersa, se acordaba de un buen montón de detalles; los suficientes para evocar unos efectos clarividentes o adivinatorios. Pero su plan, al ser sutil, tenía, como digo, doble filo. Su primo podría tropezarse con la verdad en cualquier momento. Y eso es lo que pasó con el caso del Renoir. Como recordarán, la obra apareció a los pies de la cama de un criado. Aquello propició que Eliot se recuperase de golpe, declarando que su mente no podía crear lo que a él le parecía una broma de muy mal gusto, y que por ende no podía haber matices metafísicos ni personalidades múltiples implicadas. Era un razonamiento engañoso, con el que ocultó la verdad: en realidad, se había acordado. Se acordó de que ese era un giro de tuerca retorcido que Rupert le había dado a una historia sobre un robo, la historia de la fiesta de cumpleaños, que imaginaron muchos años atrás. Entonces se le reveló un mecanismo insospechado para la creación de sus historias: su musa era, en efecto, una hija de la Memoria. Y comprendió que, detrás de lo que había ocurrido en Rust, estaba la mano de Rupert.

»Así pues, ahora sabía que era Rupert; ese tipo fantástico, como a él le gustaba decir. Sabía cómo lo había hecho, pero no tenía ni idea de por qué; parecía del todo gratuito. No es de sorprender que informase a su primo mediante la preciada imprenta de Shoon de que era un incordio... Y Eliot, que tiene una vena claramente juvenil e irresponsable, ideó un plan para lo que él llamó «una limpieza a fondo». Decidió cambiar las tornas con Rupert; hacer que la Araña lo asustase a él. Esa fue la segunda complicación. Avisó a Rupert de que habría problemas a las nueve, y le sugirió que lo mejor sería zarpar rumbo a Nueva Zelanda el nueve de diciembre... Por último, planeó un auténtico susto de muerte.

»Se percató de que, durante la visita a la colección, Rupert no se había despegado de la sección de «curiosidades», los libros indecentes, situados en una nave revestida de acero, en un extremo de la galería. Hizo una incursión en el *cellarium*, de donde mi hermana lo vio salir, y robó una bomba de relojería. Se enzarzó en un debate con Shoon sobre la trama de *Gran Tarántula* y así pudo acceder de nuevo a la colección: la cuestión controvertida debía verificarse allí. Escondió la bomba cerca de las cartas, que consideraba mucho más indecentes, de lejos, que las «curiosidades». Supuso que Rupert se llevaría un susto de muerte, pero nada más: estaría a salvo dentro de esa nave de acero... Luego, con la excusa de llevar a su primo a un lugar seguro, se encargó de que lo encerrasen en la sala de la colección poco antes de la visita a la torre. Un plan brillante y descabellado a partes iguales; estábamos ante el autor de las treinta y siete novelas en plena forma. Basta considerar la rapidez y pericia con la que tuvo que crear el caos entre los coches y teléfonos de la abadía.

»Rupert, aunque no estaba seguro de si era Shoon o Archie quien lo amenazaba, sabía que en cualquier caso tenía que acabar con Shoon. Escogió el momento en que creyó tener una coartada gracias a la colección, subió al tejado, y de ahí bajó por la muralla con grietas falsas. Disparó a Shoon, y yo lo asusté a mi vez, disparando varias veces al aire. Pero ahora sí que estaba en peligro, un peligro imprevisto: regresó a la colección a las nueve en punto, y la bomba, que era muchísimo más potente de lo que Eliot pensaba, estuvo a punto de pillarlo... Pero todo eso, que sin duda supuso una incomodidad para Rupert y durante un tiempo también para su primo, era mera decoración en nuestro tema principal.

Winter suspiró.

—Y yo que pensaba —dijo— seguir la vocación de detective. Dios, Dios, Dios... Por cierto, ¿qué pasa con la coartada para el Renoir?

Appleby soltó una risita.

—Al menos tiene olfato para los cabos sueltos. La respuesta a esa pregunta, y al sinsentido del clarinete y del bastón del secretario ciego, es el marido de nuestra querida reina.

—¿Que es qué?

—Otra Eliot irresponsable, con un peculiar sentido del tiempo. La señora de Timothy Eliot, que reside en el ático, fue compinche de Rupert cuando era niño: juntos planeaban bromas en el pasado lejano. Solo que la señora de Timothy Eliot no es consciente de que el pasado lejano ya pasó. Está robusta como una roca, sufre virilidad senil y se divirtió como una chiquilla haciéndose pasar por Rupert y asustando a la señora Moule en la oscuridad... Caí en la cuenta de su importante papel cuando, rumbo a la abadía, Timmy hizo un comentario impreciso: que todos los Eliot estaban de camino.

—Todo está claro —dijo Bussenschutt—, salvo el camello.

Appleby negó con la cabeza.

—Quizá el camello no sea tan interesante, a fin de cuentas; al menos no bajo mi punto de vista. Al enterarse de que Eliot iba por la abadía preguntando por la anatomía del camello, Rupert se puso sorprendentemente nervioso, y me pregunté qué pasaba ahí. Sin embargo, lo que sé sobre la función real del animal no es tanto fruto de un descubrimiento, cuanto de una confesión: la confesión final de Rupert. Lo interesante es la parte en que me equivoqué.

»Supuse, y no era de extrañar, que Eliot debía de haber incluido en *Una muerte en el desierto*, deliberada o inadvertidamente, algo que le hubiese pasado de verdad, una experiencia real. Pues naranjas de la China: incluyó imaginación pura y dura, que en realidad era, aunque él no lo sabía, una de esas fantasías enterradas que compartió con Rupert en su infancia. Y era esa fantasía la que, merced a una paradoja extraordinaria, suponía un peligro potencial para Rupert. Porque, en una ocasión, Rupert había empleado en la vida real esa misma fantasía contra Shoon; cosa de ese instinto suyo por materializar los sueños.

Appleby hizo una pausa.

—Doctor Bussenschutt —dijo con solemnidad—, ¿qué guarda el camello en su joroba?

Bussenschutt abrió la boca para hablar, pero se contuvo, con una actitud harto recelosa.

—Nunca —manifestó— he visto esa materia como un tema de investigación.

—Se suele creer que es agua, pero en realidad es principalmente grasa. Y Richard y Rupert, de niños, habían dado con la técnica más estrambótica e improbable para matar: inyectar veneno en la joroba. Tu enemigo emprende un viaje a través del desierto, solo; el camello, al recurrir a sus reservas, absorbe poco a poco el veneno y muere: ya tenemos dos muertes en el desierto.

Mummery, que había respetado férreamente su costumbre de guardar silencio, estalló en una carcajada.

—De entre todas las cosas imposibles...

—Eso pensaba Eliot. Ahora le preocupan sus libros, así que ubica sus crímenes en los lugares más improbables con las tramas más fantásticas. Esa trama le vino a la cabeza, y él creía que por primera vez, hace no mucho. El resultado fue *Una muerte en el desierto*.

»Pero resulta que la historia es viable, y Rupert estuvo a punto de materializarla. Hace años, en Oriente, Benton contó con la ayuda de Rupert para planear el asesinato discreto de Shoon: todos eran gente de la misma calaña. Rupert, que supongo que ya había tenido algo de relación con Shoon, envenenó al camello. El animal, en efecto, murió en el desierto, y Shoon estuvo a punto de morir también. Tuvo que quedarse con la sensación desconcertante de que a su animal le había pasado algo verdaderamente extraordinario; con esa sensación y con el débil recuerdo de que Rupert estaba por allí en aquella época. El intento había fracasado, pero todos estaban bastante a salvo hasta que llegó la alarmante noticia de que el nuevo libro de Eliot tenía el título que tenía. Lo que le sucedió a Shoon tuvo que ser tan sumamente inaudito que le bastaría con leer la historia para darse cuenta de que el episodio que casi le costó la vida no fue un accidente.

Bussenschutt, por una vez, parecía tener problemas para encontrar las palabras.

—La verdad... no parece...

—Pues lo es —dijo Appleby—. Sí, señor. Lo es.